김춘수 '형이상시(形而上詩)'의 '존재와 진리' 연구

'천사(天使)'의 변용을 중심으로

김춘수 '형이상시(形而上詩)'의 '존재와 진리' 연구

'천사(天使)'의 변용을 중심으로

오주리吳周利

국학자료원

'천사(天使)'를 만난 것은 제 운명에 하나의 선물이었습니다. 소녀시절부터 저의 꿈은 '선(善)'과 '미(美)'가 하나인 예술을 찾는 것이었습니다. 그 고뇌의 길에서 저는 라이너 마리아 릴케(Rainer Maria Rilke)의 『두이노의 비가 Duineser Elegien』의 천사를 만났고, 또 김춘수의 『거울 속의 천사』와 『쉰한 편의 비가』의 천사를 만났습니다. 이들의 천사 덕분에 저는 눈물 글썽이는 천사로서의 시인의 상을 꿈꾸게 되었습니다.

라이너 마리아 릴케의 천사를 만나기 위해 저는 프라하의 성당과 뮌헨의 거리와 프라이부르크의 대학으로 여행을 떠났었습니다. 그 시간은 제게 얼마나 큰 치유의 시간이었던지! 라이너 마리아 릴케는 단지 상상 속에서 천사를 그려낸 것이 아니라, 천사와 함께 살았던 것이었습니다. 이 땅에 하느님의 나라가 임하도록 기도했던 인간들의 믿음이 세웠던 그 도시들에서 천사는 지금도 날고 있었습니다.

하느님께 기도합니다. 제자들의 손을 잡고 천국의 계단을 오를 수 있게 해달라고. 그리고 제자들과 눈빛을 나누는 시간에 천사를 보내시어 저의 한없는 나약함을 도와달라고.

이 책『김춘수 '형이상시(形而上詩)'의 '존재와 진리' 연구: '천사(天使)'의 변용을 중심으로』는 저의 박사학위 논문을 수정·보완한 것입니다. 이 논문은 김춘수의 후기작인 '천사'의 시편들을 중심으로 초기작인 '꽃'의 시편들까지 소급하여 '천사의 변용'이란 관점으로 김춘수의 전작(全作)을 집대성한 작가론적 연구입니다. 이 논문은 천사의 의미를 궁구하기 위하여, 아우구스티누스(Aurelius Augustinus), 아퀴나스(Thomas Aquinas), 벤야민(Walter Benjamin)의 이론이 원용되었습니다. 또한, 김춘수에게 가장 큰 영향을 미친 릴케의 시론에 가장 심원하게 접근한 하이데거(Martin Heidegger)의 존재론의 관점이 이 논문 전체를 관통하고 있습니다. 그리고 마지막으로 이 논문은 형이상시(形而上詩, Metaphysical Poetry)의 개념의 구명을 위해 플라톤(Plato)과 랜섬(John Crowe Ransom)의 이론이 원용되었습니다. 그 이외에 동서양 사상사에 박학했던 김춘수의 시론에 대한 해석을 위해 여러 사상이 참조되었습니다. 이는 제가 다 섭렵하기 어려운 사상들이었으나, 김춘수가 남긴 저술들에 거론된 사상들의 궤적을 충실히 따르려 하였음을 고백합니다.

김춘수의 '천사'에 대하여 연구해 볼 것을 독려해주신, 신범순 지도교수님의 은혜에 가장 깊은 감사를 드립니다. 또한, 이 논문을 위해 조언을 아끼지 않으신 조영복 교수님, 김유중 교수님, 방민호 교수님, 김승구 교수님께도 감사를 드립니다. 또한, 이 책의 출판을 허락해 주신 국학자료원의 사장님과 편집을 위해 노고를 아끼지 않아 주신 편집부께도 감사의 말씀을 전합니다. 마지막으로 제가 천사의 눈물로 시를 쓰도록 인도해 주시는 하느님께 영광을 돌리며 이 글을 마칩니다.

2020년 봄
저자 오주리

김춘수 '형이상시(形而上詩)'의 '존재와 진리' 연구
'천사(天使)'의 변용을 중심으로

|차 례|

김춘수 '형이상시(形而上詩)'의 '존재와 진리' 연구

'천사(天使)'의 변용을 중심으로

I. 서론

1. 연구사 검토

대여(大餘) 김춘수(金春洙, 1922. 11. 25.~2004. 11. 29.)는 1922년 통영(統營)에서 태어나 1940년 니혼대학(日本大學) 예술학부 창작과에 입학하여 수학하였으며, 1946년 「애가(哀歌)」[1]로 등단하고 처녀시집 『구름과 장미』를 상재(上梓)한 이래, 반세기가 넘는 시력(詩歷) 가운데, 독자들로부터 가장 사랑을 받는 「꽃」의 시인으로 한국현대시사에 아름다운 궤적을 남기고 운명(殞命)하였다.[2] 그는 하나의 우주를 깨고 나

---

1) 김춘수, 「애가(哀歌)」, 조선청년문학가협회 경남본부, 『날개 — 해방 1주년 기념 시집』, 부산: 을유출판사, 1946.8.15, p.29.
2) 김춘수의 시집과 시기 구분은 다음과 같다. 초기는 제1시집 『구름과 장미』(행문사, 1948), 제2시집 『늪』(문예사, 1950), 제3시집 『기(旗)』(문예사, 1951), 제4시집 『인인(隣人)』(문예사, 1953), 제5시집 『꽃의 소묘(素描)』(백자사, 1959), 제6시집 『부다페스트에서의 소녀의 죽음』(춘조사, 1959)이 해당되며, 중기는 제7시집 『타령조(打令調)·기타(其他)』(문화출판사, 1969), 제8시집 『남천(南天)』(근역서재, 1977), 제9시집 『비에 젖은 달』(근역서재, 1980), 제10시집 『라틴점묘(點描)·기타(其他)』(탑

오면 또다시 그것을 새로운 천구의 우주로 만들어가는, 창조와 생성의 존재의 진리를 추구한 위대한 시인으로 지상의 묘비명에 자신의 이름을 새겼다.

김춘수가 자신의 시력이 '의미의 시'와 '무의미의 시'가 변증법적으로 지양되는 과정으로 발전해나갔다고 자술한 것3)을 근거로, 그의 시력을 3단계로 나누어 그 특색을 개괄하면 다음과 같다.

『구름과 장미』, 『인인(隣人)』, 『꽃의 소묘(素描)』 등의 시집으로 대표되는 김춘수의 초기의 시편은 '릴케 시편' 또는 '플라토닉 포에트리(Platonic Poetry)'로 명명되며, 인간 실존의 허무와 비애를 초월하기 위한 존재론적 탐구를 시원으로 삼는다. 그는 '신의 죽음'이라는 '최후'를 새로운 기원으로 삼아 신이 최초의 이름을 부여하듯 존재의 진리를 찾

출판사, 1988), 제11시집 『처용단장(處容斷章)』(미학사, 1991)이 해당되고, 후기는 제12시집 『서서 잠자는 숲』(민음사, 1993), 제13시집 『호(壺)』(한밭미디어, 1996), 제14시집 『들림, 도스토옙스키』(민음사, 1997), 제15시집 『의자와 계단』(문학세계사, 1999), 제16시집 『거울 속의 천사』(민음사, 2001), 제17시집 『쉰한 편의 비가(悲歌)』(현대문학, 2002), 유고시집 『달개비꽃』(현대문학, 2004)이 해당된다.
김춘수의 시선집은 다음과 같다. 『제1시집(第一詩集)』(문예사, 1954), 『처용(處容)』(민음사, 1974), 『김춘수 시선(詩選)』(정음사, 1976), 『꽃의 소묘』(삼중당, 1977), 『처용이후(處容以後)』(민음사, 1982), 『꽃을 위한 서시』(자유문학사, 1987), 『샤갈의 마을에 내리는 눈』(신원문화사, 1990), 『꽃을 위한 서시』(미래사, 1991), 『돌의 볼에 볼을 대고』(탑출판사, 1992), 『꽃의 소묘(素描)』(세계출판사, 1992), 『꽃인 듯 눈물인 듯』(예담, 2005), 『김춘수 시선』(지식을만드는지식, 2012), 『그는 나에게로 와서 꽃이 되었다』(시인생각, 2013) 등이 있다.
김춘수의 전집은 다음과 같다. 『김춘수 전집』1 · 2 · 3(문장사, 1982), 『김춘수 시 전집』(서문당, 1986), 『김춘수 시 전집』(민음사, 1994), 『김춘수 시 전집』(현대문학, 2004), 『김춘수 시론 전집』I · II(현대문학, 2004)
그러나 이 이외에도 김춘수는 시론, 수필, 소설 등의 산문도 상당량 남겼다. 그의 모든 시와 산문을 아우르는 새로운 전집의 발간이 필요한 것으로 보인다.
3) 김춘수, 『서서 잠자는 숲』, 민음사, 1993. (김춘수, 『김춘수 시전집』, 현대문학, 2004, p.723. 재수록.)

는 탐구를 한다. 그의 시의 '천사', '나르시스', '꽃'은 그러한 과정에서 등장하는 존재의 상징들이다.

『처용단장』, 『남천(南天)』 등의 시집과 『의미와 무의미』 등의 시론 집4)으로 대표되는 김춘수의 중기의 시세계는 초기의 시세계와 대립적인 것으로 평가됐지만, 오히려 그의 존재론적 탐구는 역사와 실존의 대립을 신화적 상상력으로 초극하고, 다양한 미학 실험으로 존재의 변용을 확장한다. '처용'은 이상적 존재상으로서 '천사'의 변용이다. 또한, 음악의 신으로서의 '오르페우스', 십자가 상징으로서의 신인(神人) '예수'도 시인의 이상화된 존재의 변용 양태들로 볼 수 있다.

『들림, 도스토옙스키』, 『거울 속의 천사』, 『쉰한 편의 비가』 등의 시집으로 대표되는 김춘수의 후기의 시세계는 묵시록에 입각한 신학적 존재론을 그 특징으로 하며, 구원과 초월의 문제가 전경화되고, '죽음을 향한 존재'가 '죽음을 초월한 존재'가 되어 지상과 천상을 아우르는 완성기이다. 이 시기에 사별한 아내로서의 '천사'는 초기 시의 '신부(新婦)'이자 중기 시의 '에우리디케(Eurydice)'로서 사랑의 존재를 상징한다. 또한, 묵시록적 세계의 역사를 심판하는 천사인 안젤루스 노부스가 등장하며, 천사의 눈을 완전히 내면화한 시인 자신이 천사가 되는 것도 이 시기이다.

김춘수가 심원한 시세계를 완성하기까지는 문단과의 대화적 관계가 중요하게 작용했다. 그런 의미에서 김춘수에 대한 평가를 살펴보기로 한다. 먼저 김춘수의 스승 격인 시인의 평가로는 유치환(柳致環, 1908~

---

4) 김춘수의 시론집은 다음과 같다. 『한국 현대시 형태론』(해동문화사, 1959), 『시론 − 작시법을 겸한』(문장사, 1961), 『시론 − 시의 이해』(송원문화사, 1971), 『의미와 무의미』(문학과지성사, 1976), 『시의 표정』(문학과지성사, 1979), 『시의 위상』(둥지출판사, 1991), 『김춘수 사색 사화집』(현대문학, 2002)

1967)과 서정주(徐廷柱, 1915~2000)의 평가가 있다. 유치환은 김춘수의 처녀시집『구름과 장미』의 서문(序文)에서 신(神)이 가장 의로운 자를 시인으로 삼아, 내세의 열반과 인류의 영원한 동경을 음악의 세계로 표현하였다고 찬사를 보냈다.[5] 나아가, 서정주는 김춘수의『늪』의 서문에서 "시적 종교"의 세계가 심화되고 있음을 상찬하였다.[6] 이것은 김춘수의 초기 시편이 그의 스승 격인 유치환과 서정주로부터 존재와 실존에 대한 형이상학의 영향을 받았다는 것을 방증하기도 한다.

다음으로, 김춘수의 시를 인식론의 관점에서 연구한 평가를 살펴보기로 한다. 김용직은 김춘수가 해방 후 혼란기에 청록파(靑鹿派) 다음으로 나타난 시인으로 주목하였다.[7] 김용직은 김춘수가 청춘과 열정의 상징 '아네모네(anemone)'처럼 자기갱신의 실험정신을 통해 앨런 테이트(Allen Tate)가 말하는 인식론적 시로서「꽃」을 보여주었다고 고평했다.[8] 김주연은 김춘수가 세계의 일반적 질서에 관심하는 '인식의 시인'으로, 시적 대상에 대한 회의(懷疑)로 여과해낸 무상의 관념을 가지고 순수시의 세계를 구축한다고 평하였다.[9] 유종호도 김춘수에 대한 추모의 글에서 그는 이데아의 음악을 추구한 시인이었으며 무의미시는 거기에 이르는 연습곡이었다며, 인식론의 시를 높이 평가하였다.[10] 조영복은 김춘수가 언어를 시의 근본문제로 삼고, 언어의 인식론적 가치와 언어 이면의 초월적인 것을 탐구했다고 보았다.[11] 특히 조용복은 김춘

5) 유치환,「시집『구름과 장미』에 대하여」, 김춘수 연구 간행 위원회,『김춘수 연구』, 학문사, 1982, p.8.
6) 서정주,「시집『늪』에 대하여」,『김춘수 연구』, p.9.
7) 김용직,『한국 문학의 흐름』, 문장사, 1980, pp.149~152.
8) 김용직,「아네모네와 실험의식-김춘수론」,『김춘수 연구』, pp.69~89.
9) 김주연,「명상적 집중과 추억 -김춘수, 시세계」,『김춘수 연구』, pp.157~159.
10) 유종호,「이데아의 음악과 이미지의 음악: 김춘수의 시세계」,『현대문학』, 현대문학, 2005년 1월호, p.368.

수의 '꽃' 계열의 시가 첫째, 꽃이 식물학적 꽃이 아니라 하나의 시니피 앙이라는 점, 둘째, 시어·시행·문장의 재배치를 통해 말의 변형을 가한다는 점, 셋째, 언어에 대한 신비체험과 철학적 사유를 드러낸다는 점 때문에 말라르메적이라고 평하였다.[12] 또한, 조영복은 김춘수가 언어의 이데아와 언어의 존재성을 추구한다는 점에서 상징주의 시의 언어관과 상통한다고 하였다.[13] 나아가 남기혁은 김춘수의 초기 시는 절대(이데아, 무한, 영원, 신)에 대한 동경과 좌절을 보여주는 반면,[14] 중기 시는 보편적 근대성으로 환원되지 않는, 절대적 비동일자로서의 타자의 지위를 지닌 예술,[15] 즉 문학 외적인 것으로부터 독립된 자기준거를 지닌 절대적 현존(das absolue Präsens)[16]을 구현하고자 무의미시를 시도했다고 보았다. 이러한 논의들은 형이상시로서의 김춘수의 시를 바라보는 관점에 근간이 될 것이다. 그러나 이상의 논의들은 김춘수의 시가 역사를 포함한 신화적 초재성의 방향으로 발전해 간 것을 포괄하지는 못한다. 그러므로 본고는 그러한 부분까지 아우를 수 있는 형이상시의 개념으로 발전시켜 논의할 것이다.

다음으로 김춘수의 시를 존재론의 관점에서 연구한 평가를 살펴보기로 한다. 먼저 조남현은 「릴케와 천사」[17]와 「릴케적인 실존」[18]에 실린

11) 조영복, 「여우 혹은 장미라는 '현실'과 언어—김춘수와 문학적 연대기」, 『한국 현대시와 언어의 풍경』, 태학사, 1999, pp.162~163.
12) *Ibid.*, p.171.
13) *Loc. cit.*
14) 남기혁, 「김춘수의 무의미시론 연구」, 『한국문화』 vol. 24, 한국문화연구소, 1999, p.173.
15) 남기혁, 「김춘수 전기시의 자아인식과 미적 근대성—'무의미의 시'로 이르는 길」, 『한국 시학 연구』 vol. 1, 한국시학회, 1998, p.65.
16) Karl Heintz Bohrer, 『절대적 현존』, 최문규 옮김, 문학동네, 1998. (남기혁, 「김춘수의 무의미시론 연구」. 재인용.)
17) 김춘수, 「릴케와 천사」, 『문예』 제5호, 1949년 12월호.

김춘수의 시론과 시의 상관관계를 해명하면서 「꽃」의 "되고 싶다"가 릴케적인 변용(變容, Verwandlung)이자 존재론적 소망이라고 평가한다.[19] 김현 또한 김춘수가 릴케의 인생론의 영향으로 존재탐구로서의 언어를 추구하는, 생성의 시인이라고 규정하였다.[20] 그는 김춘수의 「갈대」와 「분수」의 분열된 인간 조건이 김춘수 시의 출발점이고, 「나목과 시 · 서장」의 '무한(無限)'이 플라톤의 이데아에 상응하는, '나'라는 관념의 초극점이라고 보았다.[21] 유기룡은 김춘수의 존재와 존재자의 내면적 의미에 대한 탐구가 카시러(Ernst Cassirer, 1874~1945)가 말한, 인간의 자기해방(自己解放, self-liberation)을 위한, "가능의 세계"로의 확장이라고 보았다.[22] 이상의 논자들은 김춘수의 시에서 존재론적 상승을 의미 깊게 읽어낸 것이다. 이어서, 김춘수의 존재론에 대한 연구에 깊이를 더하게 된 계기는 그가 영향을 받은 실존주의(實存主義, existentialism) 사상가, 즉 키르케고르(Søren Kierkegaard, 1813~1855), 니체(Friedrich Wilhelm Nietzsche, 1844~1900), 후설(Edmund Husserl, 1859~1938), 하이데거(Martin Heidegger, 1889~1976), 사르트르(Jean Paul Sartre, 1905~1980) 등의 철학에 대한 이해가 병행된 다음부터이다. 먼저 이

---

18) 김춘수, 「릴케적인 실존」, 『문예』 제13호, 1952년 1월호.
19) 조남현, 「김춘수의 「꽃」」, 『김춘수 연구』, pp.330~333.
   '변용'의 관점으로 접근한 논문으로 다음이 있다.
   김재혁, 「시적 변용의 문제: 릴케와 김춘수」, 『독일 어문학』 vol. 16, 한국독일어문학회, 2001.
   오정국, 「김춘수 시에 있어서의 '천사'의 시적 변용」, 『한국문예창작』제9권, 한국문예창작학회, 2010.8.
20) 김현, 「김춘수와 시적 변용」, 『상상력과 인간/시인을 찾아서 ― 김현 문학 전집 3』, 문학과지성사, 1991.
21) *Ibid.*, pp.178~180.
22) 유기룡, 「새로운 가능을 현시하는 미의식―김춘수, 시 세계」, 『김춘수 연구』, pp.90~99.

승훈은 하이데거의 「휠덜린 시의 해명 - 회상」, 「휠덜린과 시의 본질」 등의 시론에 나타난 시적 언어의 특징, 즉 첫째, 사상교환의 수단의 언어가 아니라 그 자체의 목적성을 띠는 언어, 둘째, 본질적이고 명명적(命名的)인 언어, 셋째, 존재자가 본질의 불빛 아래 존재를 태어나게 하는 언어, 넷째, 역사와 시공을 초월하는 절대 진리를 지향하는 언어, 다섯째, 소멸해 가는 생성으로서의 언어 등의 개념을 김춘수의 초기 시에 적용하여 분석하였다.23) 장경렬은 「꽃」에서의 호명(呼名)은 하이데거의 관점으로 "대상을 말의 안쪽으로 끌어들"24)임으로써 대상을 언어적 존재, 의미적 존재로 만드는 것이나,25) 개작과정에서 "의미"를 "눈짓"으로 바꾼 것은 의미를 능동적으로 실체화(hypostatization)하는 시적 주체로부터, 후설적 판단중지를 하는 순수 자아(das reinen Ich)의 존재로 나아간 것이며, 이러한 방향성은 관념시로부터 무의미시로의 변화를 반영한다고 논했다. 이형기는 "시인은 신들의 이름을 부르고 만물을 그 본질에 따라서 이름 짓는다. […] 이렇게 이름 짓는 가운데 존재하는 것의 본질을 규정해 주고 그리하여 존재하는 것을 존재하는 것이라고 인식하기에 이른다."26)는 하이데거의 철학을 인용하면서, 존재의 본질을 밝히는 데는 존재에 대한 호명(呼名)이 바로 존재의 조명이라고 하였다.27) 나아가, 이광호는 명명(命名)은 하이데거의 관점에서 부재 속의

---

23) 이승훈, 「시의 존재론적 해석시고(解釋試攷) — 김춘수 초기시를 중심으로」, 『김춘수 연구』, pp.220~234.
24) Martin Heidegger, "Language", *Poetry, Language and Thought*, Trans. A. Hofstadter, NY: Harper and Row, 1975, p.198. (장경렬, 「의미와 무의미의 경계에서 — '무의미 시'의 가능성과 김춘수의 방법론적 고뇌」, 『응시와 성찰』, 문학과지성사, 2008, p.89. 재인용.)
25) 장경렬, *op.cit.*, pp.93~99.
26) Martin Heidegger, 『시론과 시문』, 전광진 옮김, 탐구당, 1979, p.21. (이형기, 「존재의 조명」, 『김춘수 연구』, pp.31~32. 재인용.)

현존이라는 점과28) 블랑쇼의 관점에서 개별실존을 부르는 것이라는 점29)에 입각하여 김춘수 시에서 호명(呼名)의 존재론적 의의를 밝혔다. 한편 전병준은 하이데거의 "Ich will das Nicht-Wollen(나는 비의지를 의지한다)"를 김인환의 견해에 따라 "적극적 수동성"으로 번역한 다음, 김춘수의 주체와 타자의 관계성의 문제에 적용하였다.30) 김용태는 김춘수가 의식존재(意識存在), 즉 대자존재(對自存在)보다 사물존재(事物存在), 즉 즉자존재(即自存在)를 우위에 두었다는 점에서31) 그의 시가 하이데거처럼 존재론적이라기보다 인식론적이라고 보았다.32) 나아가 그는 김춘수의 '처용(處容)' 시편들의 탈시간성(脫時間性)을 분석하였다.33) 이인영도 김춘수의 허무주의가 근대의 역사에 대한 비판에서 비롯되어 탈시간성의 '반(反) 유토피아 충동'으로 나아간다고 보았다.34) 박은희는 후설의 시간의식(time-consciousness)과 인간의식의 과정(過程, process)의 측면에 주목하였다.35) 최원규는 김춘수의 「꽃」의 존재론을 사르트르의 존재론, 즉 '나는 타자에 의해 인식됨으로써 나로 존

27) 이형기, 「존재의 조명」, 『김춘수 연구』, pp.32~34.
28) 한국 하이데거학회 편, 『하이데거의 예술철학』, 철학과현실사, 2002, p.109. (이광호, 「김춘수 시에 나타난 호명과 시선의 문제」, 『현대문학의 연구』제46집, 한국문학연구학회, 2012.2, p.510. 재인용.)
29) Ullich Haase & William Large, 『모리스 블랑쇼-침묵에 다가가기』, 최영석 옮김, 앨피, 2008, p.109. (이광호, op.cit., p.518. 재인용.)
30) 전병준, 『김수영과 김춘수 - 적극적 수동성의 시학』, 서정시학, 2013.
31) 김용태, 「김춘수 시의 존재론과 Heidegger와의 거리 其一」, 『어문학교육』제12집, 한국어문교육학회, 1990.7.
32) 김용태, 「김춘수 시의 존재론과 Heidegger와의 거리 其二」, 『수련어문논집』 vol. 17, 수련어문학회, 1990.
33) 김용태, 「무의미시와 시간성-김춘수, 무의미시에 대한 존재론적 규명」, 『어문학교육』 vol. 9, 한국어문교육학회, 1986.
34) 이인영, 『김춘수와 고은의 허무의식 연구』, 연세대학교 국어국문학과 대학원 박사학위 논문, 2000.
35) 박은희, 『김종삼 · 김춘수 시의 모더니티 연구』, 한국학술정보, 2006, pp.30~32.

재한다'는 대자존재(對自存在)의 차원으로 분석한다.36) 문혜원은 김춘수의 『인인(隣人)』과 『꽃의 소묘(素描)』를 중심으로, 전후(戰後) '신의 죽음'과도 같은 현실에서 죽음에 대한 공포의 극복을 하이데거의 공현존재37)라는 개념으로 해명한다.38) 그러나 문혜원은 김춘수가 이데아적 관념성을 추구했던 '꽃' 계열의 시가 비유적 이미지(metaphorical image)를 차용함으로써 실패할 수밖에 없다고 주장하는데, 그 근거로 "칸트의 인식론적인 이원론과 플라톤의 존재론적인 이원론이 혼동"39) 되었기 때문이라고 하였다. 그러면서 문혜원은 무의미시를 현상학적 판단중지에 따른 서술적 이미지의 시화라고 한 시론과 노에마-노에시스가 역사체험과 용융되어 실험된 형식의 '처용' 시편을 높이 평가한다.40) 나아가 문혜원은 다시 의미와 체험의 시로 돌아온 『서서 잠자는 숲』 이후의 시가 후설의 '생활세계' 개념에서 메를로-퐁티의 '신체'의 개념으로 넘어간 것이라는 의견을 제시한다.41) 이상의 논의들은 실존

36) Jean Paul Sartre, 『존재와 무 L'Être et le Néant』II, 손우성 옮김, 삼성출판사, 1977, p.80. (최원규, 「존재와 번뇌-김춘수, 「꽃」을 중심으로」, 『김춘수 연구』, p.42. 재인용.)
37) 문혜원이 지적한 바와 같이, 고석규는 공현존재를 인인으로 번역하였다.
고석규, 「지평선의 전달」, 『신작품』, 1954. 11. 8. (고석규, 『고석규 문학전집』2, 마을, 2012, pp.12~15. 재수록.)
그러나 최근에는 공현존재라는 용어는 거의 사용되지 않으며, 공동존재(共同存在, Mitsein) 아니면 공동현존재(Mitdasein)로 번역되어 사용되고 있다.
38) 문혜원, 「하이데거의 영향을 중심으로 한 김춘수 시의 실존론적인 분석」, 『비교문학』 vol. 20, 한국비교문학회, 1995.
문혜원, 『한국 전후시의 실존의식 연구』, 서울대학교 국어국문학과 대학원 박사학위 논문, 1996.
39) Ibid., p.253.
40) 문혜원, 「김춘수의 무의미시의 현상학적 특징 연구」, 『비교한국학』 vol. 22, 국제비교한국학회, 2014.
41) 문혜원, 「김춘수의 시와 시론에 나타나는 현상학적 특징에 관한 연구: 후설 현상학과의 관계를 중심으로」, 『한국언어문학』 제86집, 한국언어문학회, 2013. 9.

주의와 현상학의 계보의 시각에 충실하게 김춘수의 시 세계에 대한 존재론적 논의의 기반을 마련해 놓았다. 본고는 이러한 접근방식에 근본적으로 동의하는 가운데, 이원론적 대립의 지양과정으로 김춘수의 시 세계를 설명하는 방법 대신, 천사의 개념을 도입하여 일원론적으로 그의 시세계 전체를 조망할 것이다.

김춘수의 존재론은 릴케의 존재의 시학으로부터 온 것이라는 관점이 가장 보편적이다. 김춘수 자신이 '릴케적인 실존'[42]을 체화하려 했기 때문일 것이다. 존재론적 논의 가운데 릴케적 존재론을 심화해서 살펴보면 다음과 같다. 김윤식은 한국시사에서 처음으로 릴케의 시와 시론을 독일어 원문으로 읽고 소개한 시인은 시문학파의 박용철(朴龍喆, 1904~1938)이라면서 그의 「시적 변용(變容)에 대해서—서정시의 고고한 길」[43]이 바로 릴케의 시론임을 예로 들었다.[44] 그는 이어서, 릴케의 영향을 받은 윤동주(尹東柱, 1917~1945)가 천진성의 시세계를 이루었으며, 김춘수가 노년에 '천사'의 시편을 창작하였음을 지적하면서, 여전히 현대시사에 릴케의, 불가시의 내적 세계에 대한 탐구는 정전으로 본받을 가치가 있다고 하였다.[45] 이재선은 릴케가 한국시에 미친 영향을 밝히는 연구를 통해 하이데거에 의해 입론된 릴케의 시론을 먼저

---

42) 김춘수, 「릴케적인 실존」, 『문예』 제13호, 1952년 1월호.
43) 박용철, 「시적 변용(變容)에 대해서—서정시의 고고한 길」, 『삼천리문학』 창간호, 1938. (박용철, 『박용철 전집 2 — 평론집』, 깊은샘, 2004. 재수록.)
44) 김윤식, 「한국시에 미친 릴케의 영향」, 『한국문학의 이론』, 일지사, 1974, p.211.
   릴케가 김춘수에 미친 영향에 관한 논문으로 다음이 있다.
   강숙아, 「릴케 문학의 영향과 김춘수의 시」, 『외국학연구』 제22집, 중앙대학교 외국학연구소, 2012. 12.
   조강석, 「김춘수의 릴케 수용과 문학적 모색」, 『한국문학연구』 제46집, 한국문학연구소, 2014.
45) *Ibid.*, pp.211~212.

개관한다. 그는 하이데거의 「무엇을 위한 시인인가? *Wozu Dichter?*」와 「숲길 *Holzweg*」에서 "존재하는 것의 존재를 묻는 사유의 시가 존재라고 하는 시작(詩作)과는 동일의 실존을 과제"로 한다는 문장을 인용하며 릴케의 시론의 핵심으로 간주한다.46) 나아가 릴케의 시의 편력은 귄터(Werner Günther, 1898~1956)가 지적한 것처럼 「내면에의 길 *Der Weg nach innen*」을 통해, 생자(生者)와 사물이 있는 차안, 사자(死者)가 있는 피안, 그리고 그 두 세계를 아우르는 제3의 통일의 공간으로서의 세계내면공간(世界內面空間, Weltinnenraum)에 이른다고 하였으며, 이러한 공간은 모순과 대립을 순화하는 천사에 의해서 무시간적 · 우주적 개방성의 공간으로 만들어진다고 하였다.47) 그러한 천사는 릴케의 초기 『기도시집 *Das Stunden-Buch*』의 존재의 도취를 통한, 송가적 신성성이 충만의 세계, 중기 『말테의 수기 *Die Aufzeichnungen des Malte Laurids Brigge*』의 존재의 순교자적 · 절망적 결단의 세계, 그리고 후기 『두이노의 비가 *Duineser Elegien*』의 인간존재의 실상에 대한 인식과 진실의 총결산의 세계로부터 탄생한다는 것이다.48) 또한, 그는 천사가 기독교적 개념이라기보다 "완전한 의식의 이데아의 구상화"49)라는, 이데아와 천사의 상관성을 인정하는 중요한 견해를 덧붙인다. 나아가 『오르페우스에게 바치는 소네트 *Die Sonette an Orpheus*』에 등장하는, 이상적 시인으로서의 오르페우스(Orpheus)를 천사의 쌍생아라고 보아, 릴케의 시에서의 천사의 위상을 확대하였다.50) 이상의 논의들은 한국시사에서

---

46) 이재선, 「한국현대시와 R. M. 릴케」, 『김춘수 연구』, p.103.
47) *Loc. cit.*
48) *Ibid.*, pp.104~105.
49) J. B. Leishman & Stephen Spender, *Duino Elegies Commentary*, New York: W · W · Norton & Company, 1939, pp.87~88. (이재선, *op. cit.*, p.106. 재인용.)
50) *Loc. cit.*

의 릴케 수용사적인 관점으로, 본고에서 다뤄지는 릴케의 존재론적 시론의 근간이 될 것이다. 그러나 이러한 논의는 김춘수의 작품에 대한 분석을 통한 그만의 독자성을 드러내기에는 소략한 면이 없지 않아 있다. 그러므로 본고는 그러한 부분을 보충할 수 있도록 논의를 확대해가고자 한다.

한편, 릴케의 존재론을 통해 김춘수에게 전해진 가장 중요한 상징 중 하나는 장미 다음으로 천사이다. 류신[51]은 셰스토프가 "천사는 온몸이 눈이다."라고 한 천사의 이미지를 바르트(Roland Barthes)적인 불안의 기호[52]로 보는 한편, 김춘수의 「거울」의 천사의 이미지를 아퀴나스적인 신의 경상(鏡像)으로서의 천사의 본성으로 본다.[53] 김현 또한 릴케의 천사의 얼굴성에 대하여 "자기 자신의 아름다움을 내보내면서, 다시 그것을 받아들이는 천사의 얼굴 그 자체이다. 천사의 얼굴이 바로 그 얼굴인 것이다!"[54]라고 하였다. 이상의 논의들은 김춘수의 천사에 대한 본고의 관점에 참조가 될 수 있을 것이다. 그러나 천사의 본질적인 존재성에 대한 논의가 아직 본격적으로 이루어져 있지 않아 본고는 이

---

51) 류신, 「천사의 변용, 변용의 천사 −김춘수와 릴케」, 『비교문학』 제36집, 한국비교문학회, 2005.
김춘수의 천사에 주목한 논문으로 다음이 더 있다.
김석환, 「김춘수의 『쉰한 편의 비가』의 기호학적 연구」, 『한국문예비평연구』, 한국문예비평학회, 2007.
권온, 「김춘수의 시와 산문에 출현하는 '천사'의 양상−릴케의 영향론 재고의 관점에서」, 『한국시학연구』 vol. 26, 한국시학회, 2009.
엄정희, 「웃음의 시학−김춘수 시집 『거울 속의 천사』의 기호놀이를 중심으로」, 『한국문예창작』 vol. 8, 한국문예창작학회, 2009.
52) Roland Barthes, 「정면으로 응시하고」, 『이미지와 글쓰기』, 김인식 편역, 세계사, 1993, p.111. (류신, op.cit., p.229. 재인용.)
53) 류신, op.cit., pp.229~234.
54) 김현, 「바라봄과 텅 빔」, 『김현 문학전집』 12권, 문학과지성사, 1993, p.231.

러한 부분을 보충할 수 있도록 논의를 진행할 것이다.

천사에 대한 이해가 부족한 이유 중의 하나는 한국이 유사 이래 사상사적으로 항상 유교 중심의 현세적인 사상이 지배적이었던 데 있는 것으로 판단된다. 김춘수는 서구 문학의 수용이 피상적인 데 그치곤 하는 이유로 종교의 문제를 들곤 했다. 그러므로 다음으로는 김춘수의 신화적 관점과 신학적 관점에서 연구한 논의를 살펴보기로 한다. 먼저 송기한은 '기도의 자세'로 시작(詩作)을 해온 김춘수의 시의 근대성은 영원성의 상실과 회복이라는, 기독교의 성경적 서사구조, 즉 낙원으로부터의 추방과 타락을 거쳐 다시 구원에 이르는 구조로 나타난다고 보았다.55) 나아가 그는 「숲에서」와 「신화의 계절」 등의 시를 아담과 이브가 두 주체인 에덴동산, 즉 기독교적 시원을 상징하는 것으로 보았다.56) 김대희는 김춘수의 시에서 예수가 등장하는 존재론적 이유를 인간 본성의 선과 악의 문제, 그리고 육신의 존재로서의 고통과 죽음의 문제에 있다고 보았다.57) 김춘수는 노년으로 갈수록 한국의 전통적인 신화에서 예수의 신화로 옮겨간다. 그 안에는 묵시록적 세계관이 있다.

---

55) 송기한, 「근대에 대한 사유의 여행 – 무의미에 이르는 길」, 『한국 현대시와 근대성 비판』, 제이앤씨, 2010, p.297.

56) *Ibid.*, pp.304~311.

57) 김대희, 「김춘수 문학에 나타난 예수 문제」, 『개신어문연구』 제26집, 개신어문학회, 2007.12.
김춘수의 예수에 대한 연구로는 다음과 같은 논문이 있다.
왕용, 「예수를 소재로 한 시에서 의미와 무의미」, 『김춘수 시 연구』, 권기호 외 편, 흐름사, 1989.
금동철, 「예수 드라마와 인간의 비극성–김춘수론」, 『구원의 시학』, 새미, 2000.
김효중, 「김춘수의 시적 정서와 기독교적 심상」, 『세계문학비교연구』 vol. 19, 세계문학비교학회, 2007.6.
남금희, 「시적 진실로서의 고통과 성경 인유: 김춘수의 예수 소재 시편을 중심으로」, 『문학과 종교』 vol. 15, 한국문학과종교학회, 2010.4.

묵시록적 관점으로 볼 수 있는 김춘수의 시집으로는 『들림, 도스토옙스키』부터 후기시가 모두 포함된다. 최현식은 '들림'의 의미를 영혼의 매혹으로 해석하고, 극시 형식과 접붙이기 시론의 실험으로 보았다.[58] 배대화는 김춘수의 『들림, 도스토옙스키』에서 '들림'의 의미를 드라마성으로 인한 다성성(多聲性, poliphony)과 대화성(對話性)으로 보고,[59] 다양한 인물군을 유형화하여 이 시집의 연구의 초석을 마련하였다. 먼저 그는 소냐를 천사의 도스토옙스키적 변용으로서의 초월적 존재로 보았으며,[60] 『죄와 벌』의 라스콜리니코프, 『악령』의 스타브로긴, 『카라마조프가의 아들들』의 이반 카라마조프를 '인신(人神)'의 유형으로 보았다.[61] 한편 김성리는 시인의 트라우마에 대한 치유의 관점에서 『들림, 도스토옙스키』가 창작되었다고 보았다.[62] 이러한 논의들은 김춘수의 시에 대한 논의가 무의미시 중심으로 기울던 데 대하여 김춘수에게도 역사와 윤리의 문제가 본질적인 부분에 있다는 것을 각성하였다는 의의가 있다. 그러나 아직 소략한 논의에 그치고 있어 본고는 이러한 논의를 확대하여 김춘수의 시세계 전체 안에서 논의해 보고자 한다.

---

58) 최현식, 「'들린' 영혼의 자기 관찰과 시적 표현 – 김춘수 시집 ≪들림, 도스토옙스키≫」, 『말 속의 침묵』, 문학과지성사, 2002, pp.180~190.
김춘수 시의 형식실험에 대한 연구로는 다음과 같은 논문이 있다.
김의수, 『김춘수 시의 상호텍스트성 연구』, 서울대학교 국어국문학과 대학원 박사학위 논문, 2002.
59) 배대화, 「김춘수의 ≪들림, 도스토옙스키≫에 대한 시론적 연구」, 『세계문학비교연구』제24집, 세계문학비교학회, 2008.9. p.154.
60) Ibid., p.166.
이와 같은 관점의 연구로는 다음 논문이 있다.
최라영, 「'도스토옙스키 연작' 연구 – 김춘수, '암시된 저자(the implied author)'를 중심으로」, 『김춘수 시 연구』, 푸른사상, 2014.
61) Ibid., p.167.
62) 김성리, 「도스토옙스키와 심리적 진실」, 『김춘수 시를 읽는 방법 – 현상학적 해석과 치유시학적 읽기』, 산지니, 2012, pp.147~150. 참조.

다음으로 김춘수의 시를 무의미시의 관점에서 연구한 논문들의 평가를 살펴보기로 한다. 정한모는 김춘수의 『의미와 무의미』에 대하여 학술적 성격이라기보다 김춘수 자신의 시작 과정의 비의를 밝히는 해설서의 성격이라고 규정하면서, 「거듭되는 회의」에서 릴케나 엘리엇의 영향으로 시적 변모가 이루어짐을 밝힌 데 의의를 부여했으며, 이 시론집의 핵심인 무의미 시론은 결국 "기존의미를 부정하고 허무를 극복하는 데서 시작되는 소멸의 시론인 동시에 생성의 시론"이라면서 이를 "김춘수의 존재론적 시화의 육화"라는 말로 규정하여, 향후 김춘수의 무의미 시론 연구의 중요한 초석을 쌓는다.[63] 김준오는 김춘수의 무의미시론에서 무의미 자체만을 본다면 독창적이지 않을 수 있는 근거로, 발레리(Paul Valéry)의 순수시, 퐁티(Maurice Merleau-Ponty, 1908~1961)의 『의미와 무의미 Sens et Non-sens』, 프레베르(Jacques Henri Marie Prévert, 1900~1977)의 「말하는 시」, 크노(Raymond Queneau, 1903~1976)의 「메타언어 Metalanguage」, 그리고 그라피즘(graphisme) 등을 예로 들면서, 무의미시론은 처용(處容)과 맞물려야만 한국적 시론으로 탄생할 수 있으므로 처용시학이라 명명해야 한다면서, 그 핵심을 초월과 순수를 향해가는 인고주의와 고립주의로 규정하였다.[64] 이승훈은 김춘수의 무의미시의 세 유형을 서술적 이미지, 탈이미지, 통사해체

---

63) 정한모, 「김춘수의 『의미와 무의미』」, 『김춘수 연구』, pp.10~12.
   정한모와 유사한 전제에서 무의미시에 접근한 논문으로 다음이 있다.
   최라영, 『김춘수의 무의미시 연구』, 서울대학교 국어국문학과 대학원 박사학위 논문, 2005.
   함종호, 『김춘수 '무의미시'와 오규원 '날 이미지시' 비교연구: '발생 이미지'를 중심으로』, 서울시립대학교 대학원 박사학위 논문, 2009.
   조연정, 「'추상 충동'을 실현하는 시적 실험: 김춘수의 무의미시론에 나타난 언어의 부자유와 시의 존재론」, 『한국현대문학연구』42집, 한국현대문학회, 2014.4.
64) 김준오, 「처용시학」, 『김춘수 연구』, pp.255~293.

로 나눴으며, 실험정신의 창조적 과정 자체에 의의를 두었다.[65] 반면 무의미시에 대한 가장 근본적인 비판으로 오세영[66]과 김예리[67] 등의 연구가 있다. 이상의 논의들은 무의미시가 시의 가장 근저의 형태라는 것을 밝혀주고 있다. 이상의 논의들은 무의미시가 형이상시와 대립적이라는 선입관을 시정해 줄 것이다. 왜냐하면, 형이상시는 근저에 이미지로서의 시를 갖지 않은 것이 아니기 때문이다. 본고는 무의미시를 형이상시 안에 통합하는 관점에서 논의를 진행할 것이다.

김춘수를 순수─참여의 대립 구도 가운데서 순수시인의 상징으로 여겨, 그의 시에서 역사성과 윤리성을 주목하지 않았던 당대의 평문들에 비해, 최근의 역사성과 윤리성에 대한 연구 가운데는 호평이 많아졌다. 김춘수의 시를 역사성[68]의 관점으로 보거나 그러한 관점을 확장하여 윤리성[69]의 관점으로 보는 논문이 늘고 있는 것이 최근 연구의 동향

65) 이승훈, 「김춘수와 무의미의 세 유형」, 『현대문학』, 현대문학, 2005년 1월호, pp.373~383.
    김춘수의 무의미시론 및 수사학에 대한 연구로는 다음과 같은 논문이 있다.
    금동철, 『1950─60년대 한국 모더니즘시의 수사학적 연구』, 서울대학교 국어국문학과 대학원 박사학위 논문, 1999.
    권혁웅, 『한국 현대시의 시작방법 연구』, 깊은샘, 2001.
    송승환, 「김춘수 시의 비극성 연구: 시집 『쉰한 편의 비가』를 중심으로」, 『어문논집』 vol. 49, 중앙어문학회, 2012.
66) 오세영, 「김춘수의 무의미시 연구」, 『한국현대문학연구』 제15호, 한국현대문학회, 2004.
67) 김예리, 「김춘수의 무의미시론 비판과 시의 타자성」, 『한국현대문학연구』 제38집, 2012.
68) 이성희, 『김춘수 시의 멜랑콜리와 탈역사성 연구』, 서울대학교 국어국문학과 대학원 박사학위 논문, 2011.
    진수미, 「김춘수 초기 시의 역사 인식 문제」, 『민족문학사연구』 제45호, 민족문학사학회 민족문학사연구소, 2011.4.
    전병준, 「김춘수 시의 변화에서 역사와 사회가 지니는 의미 연구」, 『한국문학이론과 비평』 제58집, 한국문학이론과 비평학회, 2013.
69) 김승구, 「시적 자유의 두 가지 양상: 김수영과 김춘수」, 『한국현대문학연구』 vol.

이다. 그러한 이유는 김춘수가 1990년대 이후에 기울인 노력의 성과 때문으로 보인다. 본고 또한 그동안 소홀히 다뤄져 왔던 김춘수 시의 역사성과 윤리성을 중요하게 다루고자 한다.

마지막으로 최근의 연구 동향을 주목해 보도록 한다. 김유중은 최근의 연구 경향에서 김춘수의 무의미시(론)에 대한 비판이 격화된 데 대하여, 이데올로기적 언어의 합리성과 필연성에 대한 치열한 대결로서의 시적 언어의 탐구였던 무의미시(론)의 가치를 재옹호하며, 그 시기의 시의 유년(幼年)의 문제를 재조명할 것을 제안한다.[70] 김유중은 김춘수의 존재의 구원으로서의 시작(詩作)은 과정에 이미 그 의미가 내포된 것으로 이해하고, 유년으로부터 시작된 나르시스적 우울에 대한 자기치유로서의 시의 전개 양상을 가족관계를 통해 추적한다.[71] 그는 김춘수에 대하여 정신분석적으로 접근할 수 있는 여지를 보여주었다. 나아가 그는 김춘수에게서 상대적으로 가려졌던 양심의 문제를 부각하였다.[72] 김춘수에게서 양심에 대한 태도가 회의적인 태도에서 적극적인 태도로 발전해가는 양상을 보여주었다는 데 그 연구의 의의가 있다. 또한, 최근에 김유중은 김춘수 시의 구원의 문제를 예수의 시편과 연관지어 연구함으로써 성과를 남겼다.[73] 본고 또한 '처용' 시편에 대하여

17, 한국현대문학회, 2005.

강계숙, 『1960년대 한국시에 나타난 윤리적 주체의 형상과 시적 이념 – 김수영·김춘수·신동엽의 시를 중심으로』, 연세대학교 국어국문학과 대학원 박사학위 논문, 2008.

김지녀, 『김춘수 시에 나타난 주체와 타자의 관계 양상 연구』, 고려대학교 대학원 박사학위 논문, 2012.

70) 김유중, 「김춘수 문학을 어떻게 이해할 것인가?」, 『한국현대문학연구』 vol. 30, 한국현대문학회, 2010.

71) 김유중, 「김춘수의 유년과 우울 : 나르시스적 우울증'의 발생론적 동기와 배경에 관한 일 고찰」, 『한중인문학연구』 vol. 33, 한중인문학회, 2011.

72) 김유중, 「김춘수의 실존과 양심」, 『한국시학연구』 vol. 30, 한국시학회, 2011.

상대적으로 기존 논의에서 소외된, 소설 「처용」을 통한 유년에 대한 논의와 '예수' 시편에 대한 논의를 통해, 김춘수 시의 신화적 요소가 지닌 형이상성이 무의식적으로 어떻게 연관되는지 밝힐 것이다.

신범순은 어느 연구자보다 깊이 있는 시각으로 김춘수의 본질에 접근해가는 연구를 지속해 오고 있어 주목된다. 먼저 릴케의 존재의 시론이 김춘수에게 미친 절대적인 영향에 대하여 그 어느 연구자보다 앞선 성과를 세워놓았다. 신범순은, 죽음을 초극하여 예술의 본질로서의 신적 존재를 찾으려는 릴케의 존재론에 대하여 김춘수는 거리를 두려 했음을 지적한다.[74] 김춘수는 릴케의 작품을 다 이해하기에 어려웠다고 고백하기도 했다. 신범순은 '장미여, 오 순수한 모순이여'를 자신의 묘비명으로 새길 만큼 '장미의 시인'이었던 릴케의 장미는 시인의 운명이 응결된 예술적 이상(理想)임을 상기하였다.[75] 그 장미가 김춘수의 처녀시집 『구름과 장미』라는 제목 안으로 들어온다. 신범순은 김춘수가 릴케의 존재론적 언어관과 '장미'의 상징으로써 역사와 이데올로기를 초극하려 했다고 보았다. 그는 '눈'의 상징 또한 릴케의 자장 안에 있으며, 사물은 내면을 응시하며 고양된 상태로 존재한다는 김춘수의 인식론은 신과 예술에 대한 형이상학을 관통하려 한 시도라고 평가하였다.[76] 김춘수의 '눈'의 상징은 특히 '천사'와 '거울'의 시편에서 절정에 이른다. 신범순은 김춘수의 「꽃」이 의미를 개화하는 존재로서 인생의 보편적 · 철학적 원리를 보여준다고 하였다.[77] 그것은 그 작품이 널리 사랑받는

---

73) 김유중, 「김춘수의 문학과 구원」, 『한국시학회 학술대회 논문집』, 한국시학회, 2014.10.
74) 신범순, 「문학과 예술 사이」, 『깨어진 거울의 눈』, 현암사, 2000, p.157.
75) 신범순, 「기호의 세계, 장미의 이름」, *op.cit.*, pp.171~173.
76) *Ibid.*, pp.177~178.
77) 신범순, 「무화과 나무의 언어－김춘수, 초기에서 <부다페스트에서의 소녀의 죽

이유이기도 할 것이다. 한편, 그는 김춘수가 본질과 현상의 분리 없이, 물적 존재와 영적 존재를 통합된 상태로 보며, 자신의 존재계를 펼쳐 보인다고 하였다.[78] 이상적인 형이상시는 그런 조화 속에서 성취될 것이다. 그는 김춘수가 릴케처럼 『두이노의 비가』와 같은 묵시록적 세계의 심연으로 가지 않은 것은 「대지진(大地震)」이란 시를 통해 그에게 찾아온 심연으로의 개시의 순간을 차단했기 때문이라며, 그것으로써 그의 시가 언어실험에 그친 점을 비판하기도 한다.[79] 그는 김춘수의 '무의미 시편'보다 '릴케 시편'을 높이 평가하는 것이다.

나아가 신범순은 기존의 연구에서 소외되어 있지만, 김춘수 시의 본질적인 비밀을 지닌, 초기의 역사 관련 시편들에 대하여 선구적인 성과를 내놓고 있다. 그는 김춘수의 「밝안제」의 '태백(太白)'이 단군조선의 신화를 상징하지만, 그것은 '만년(萬年)'이라는 시간 끝에 황금시대가 소멸한 것에 대한 회한으로 나타난다고 하였다.[80] 이 '만년'은 유치환의 「송가」와 「생명의 서」에서 읽어낼 수 있는, 사상적 기호로 김춘수에게 계승된 것이다.[81] 이 시인들의 의도는 신채호의 역사관과도 상통한다. 한편 그는 꽃의 음영 속에 하늘을 올려보는 '거북'의 구도자적 자세는 존재의 영원성으로서의, 이데아에 대한 동경을 가진 시인을 상징한다고 보았다.[82] 그는 이 거북을 생명파의 숭고한 종교성으로부터 계승된 것으로 본 것이다. 또한, 그는 김춘수가 역사철학의 방향으로 나

음>까지 시에 대해」, 『한국 현대시의 퇴폐와 작은 주체』, 신구문화사, 1998, p.228~229.
78) 신범순, 「역사의 불모지에 떨어지는 꽃들」, 『시와 정신』 2015년 9월호. 참조.
79) *Ibid.* 참조.
80) 신범순, 「무화과 나무의 언어―김춘수, 초기에서 <부다페스트에서의 소녀의 죽음>까지 시에 대해」, pp.235~237.
81) 신범순, 「역사의 불모지에 떨어지는 꽃들(3)―김춘수를 중심으로」, pp.11~12.
82) 신범순, 「기호의 세계, 장미의 이름」, pp.177~178.

아간 것이 아니라, 「나목과 시 서장」에서처럼 '꽃'의 상징의 대척점으로서 '무화과(無花果) 나목'의 상징으로 나아가, 역사를 무(無)로 돌려놓은, 태초의 시학을 확립했다고 하였다.[83] 김춘수의 신화적 시편이 그러한 일례들일 것이다. 그는 김춘수의 '처용'에 대하여 시적 자아와 동일시되는 인물로, 인욕(忍辱)의 상징 이외에도 역사적 폭력으로부터 물러난 자들의 "집합적 존재"들이며, 그들의 무대는 신화적 세계의 알레고리인 것으로 해석하였다.[84] 또한, 처용은 여성적 바다에서 펼쳐지는 "존재와 비존재의 경계의 애매한 존재"나 "존재와 무의 경계의 존재"[85] 등을 모색한다고 그는 보았다. 그러한 존재의 양상은 유년과 신화가 맞물리는 지점에서 나타난다. 나아가 그는 샤갈(Marc Chagall, 1887~1985)의 「나의 마을」에 표현된 동화적 세계가 평화의 공간의 상징이 된다고 하였다.[86] 초현실주의적인 그 작품은 김춘수에게 유토피아적 이미지를 제공하는 것이다. 이로써 신범순은 김춘수의 시세계 전반을 존재론적 관점에서 관통하는 시각을 보여주었다.

마지막으로 신범순은 김춘수를 고전적 시인이라고 하였다.[87] 예술에서 고전적인 것 일반의 의미에 대하여 헤겔은 내용과 형식을 이루는 것이 이상(理想, Ideal)으로서, 미의 내면에 있는 것이 스스로 의미하고 (das sich selbst Bedeutende) 스스로 해명하며(sich selbst Deutende), 자신을 대상화하는 정신적인 것(das Geistige)으로 스스로 완결된(in sich

---

83) 신범순, 「무화과 나무의 언어 – 김춘수, 초기에서 <부다페스트에서의 소녀의 죽음>까지 시에 대해」, pp.240~241.
84) 신범순, 「처용신화의 성적 연금술의 상징」, 『시작』, 천년의시작, 2003년 2월, p.294.
85) Ibid., pp.297~298.
86) 신범순, 「작은 평화가 숨 쉬는 휴식처; 김춘수의 샤갈의 마을에 내리는 눈」, 『문학사상』, 문학사상사, 1996년 1월호, p.93.
87) 신범순, 「무화과 나무의 언어 – 김춘수, 초기에서 <부다페스트에서의 소녀의 죽음>까지 시에 대해」, p.228.

abgeschlossen) 현상의 형태로 자신의 현존재(現存在, Dasein)를 표현하는 것으로 규정하였다.[88] 고전 예술(klassische Kunst)은 절대적인 것을 최상의 것으로 표현하는 수단으로써, 예술 그 자체로서의 종교가 성립된다.[89] 김춘수의 경우 처녀시집부터 보이듯이 '천사'와 '장미(꽃)' 등 이상적인 상징을 통해 현존재(現存在, Dasein)의 고유한 존재성을 드러내는 시를 형상화하고, 그것으로써 공동체의 사랑을 받는 시인이 된 것은 그의 시에서의 고전적인 것의 미덕으로 볼 수 있다. 개인과 인류가 추구해야 할 이상을 진리라고 일반화할 수 있다면, 본고는 그 진리 추구의 문제를 존재의 문제 안에서 바라보고자 한다. 김춘수의 '천사'는 이상적 존재이지만 '눈'으로 이루어진 존재란 점에서 인식의 존재이고, '장미(꽃)'는 인식론적 대상이지만 스스로 생성된다는 점에서 존재론적 주체이다. 이렇듯 김춘수 시에서는 존재론과 인식론이 결합되어 있다. 그것을 한 마디로 존재와 진리의 문제라고 할 수 있을 것이다. 본고는 존재와 진리의 문제를 시학의 관점에서 구명할 수 있도록 형이상시라는 개념을 도입하여 김춘수를 조명해 보고자 한다. 그의 시의 '천사'는 김춘수의 형이상시에서 존재와 진리에 대한 상징성과 더불어 미학적 몸의 구체성을 줄 수 있을 것으로 기대한다.

2. 연구의 시각

이 논문은 '철학으로서의 시'이자 '시로서의 철학'인 '형이상시(形而

---

88) Georg Wilhelm Friedrich Hegel, 『미학강의』2, 두행숙 옮김, 은행나무, 2010, pp.253~259.
89) *Ibid.*, p.268.

上詩, metaphysical poetry)[90] 의 관점으로 김춘수의 '플라토닉 포에트리 (Platonic Poetry)'[91]의 의미를 구명하는 것을 목표로 한다.[92] 아리스토 텔레스는 형이상학을 『형이상학 *Metaphysica*』에서 진리에 도달하기 위한 학문으로 처음 규정하였다.[93] 칸트는 형이상학을 영혼 · 세계 전체 · 신에 대한 체계로서 감성적 인식 너머, 순수이성으로만 도달할 수 있는 학문으로 규정하였다.[94] 한편 김춘수와 동시대적으로 현대철학 에서는 하이데거가 형이상학이란 존재자로서의 존재자에 대하여 사색 하는 학문으로, 존재의 진리가 형이상학의 근간을 이룬다고 하였다.[95] 이상의 논의를 종합해 보면, 형이상학은 이성으로 존재의 진리에 도달 하고자 하는 학문이라고 정의할 수 있을 것이다. 시는 하나의 존재론적

---

90) Herbert J. C. Grieson, "Introduction", *Metaphysical Lyrics and Poems of the Seventeenth Ce ntury — Donne to Butler*, London: Oxford University Press, 1995, p.1.

91) 김춘수,『김춘수 시론 전집』I, 현대문학, 2004, p.5.

92) 메타피지컬 포에트리(Metaphysical Poetry)에 대한 역어와 플라토닉 포에트리 (Platonic Poetry)에 대한 역어의 문제를 정리하고자 한다. 전자는 형이상시, 또는 형이상학시(形而上學詩), 또는 철학시(哲學詩)로 번역이 가능하며 후자는 관념시 (觀念詩)로 번역되기도 한다. 그러나 플라토닉 포에트리는 관념시가 아니라 김춘 수 자신이 언급한 그대로 플라토닉 포에트리라고 부르는 것이 가장 옳을 듯하다. 김춘수의 플라토닉 포에트리 개념은 랜섬(John Crowe Ransom, 1888~1974)으로 부터 왔다. 랜섬의 시론은 II장에서 상세히 다루도록 한다.

93) 아리스토텔레스는 형이상학이 다루는 대상을 다음과 같이 나눴다. 그것은 (1) 원인 에 대한 연구 (2) 실체의 원리 (3) 실체의 종류 (4) 비감각적 실체의 존재 여부 (5) 실 체의 본질적 속성 (6) 원리와 원소의 유적 속성과 내재적 속성 (7) 모나드(분할되지 않는 것) (8) 자체 원인인 것 (9) 정의에 내재하는 원리 아닌 바탕이 되는 원리 (10) 소멸의 원리 (11) 하나와 있음의 실체 여부 (12) 원리의 보편성과 개별성 (13) 원리 의 잠재성/가능성과 원리의 발휘성/실현성 (14) 수와 도형의 실체 여부와 감각 여 부로 나뉜다.

Aristoteles,『형이상학』, 김진성 역주, 이제이북스, 2010, pp.107~112.

94) Immanuel Kant,『형이상학 서설』, 백종현 옮김, 아카넷, 2012. 참조.

95) Martin Heidegger,「형이상학이란 무엇인가」,『이정표 *Wegmarken*』1, 신상희 옮 김, 한길사, 2005, pp.125~187.

물음으로서 진리를 구한다는 의미에서 그 자체로 철학을 내포한다. 그런 의미에서 형이상학과 시는 본질적인 면에서 통한다고 하겠다. 이처럼 '시는 철학'이자 '철학은 시'라고 보는 관점은 보편적이다. 동서고금의 현자들은 시의 본질로서의 은유성의 언어를 철학자적 논증을 위해 다루었다.[96]

그 예로 동양의 경우, 에즈라 파운드(Ezra Pound, 1885~1972)는 『칸토스 The Cantos』에서 공자(公子, BC 551~BC 479)의 『논어(論語)』를 한 편의 시로 보고, 『논어』의 경구들을 자신의 작품의 일부로 인유(引喩)하여 시화(詩化)하였다.[97][98] 맹자(孟子, BC 372~BC 289)의 『맹자』와 주자(朱子, 1130~1200)의 『대학(大學)』과 『중용(中庸)』은 『시경(詩經)』을 화두로 삼아 철학적 가르침을 전하곤 하였다. 또한, 노자(老子, B.C. 570 경~B.C. 479 경)는 『도덕경(道德經)』에서 '길'로 은유된 우주의 원리로서 '도(道)'를 제시하였고,[99] 장자(莊子, BC 369 경~BC 269 경)는 『장자』에서 '호접몽(胡蝶夢)'[100]으로 은유된 인간의 무의식의 세계를 암시하였다. 이는 현대 심리학의 영역을 선취한 것이다. 이러한 예들은 이성의 논리를 넘어 시적인 사유로 철학의 경지에 도달한 것이라고 할 수 있다.

서양의 경우, 아도르노(Theodor W. Adorno, 1903~1960)가 키르케고르(Søren A. Kierkegaard, 1813~1855)의 철학을 '시로서의 철학'(phil

---

96) 신범순, 「개념의 지층과 언어의 육체」, 『깨어진 거울의 눈』, pp.23~25.
97) Ezra Pound, 『칸토스』, 이일환 옮김, 문학과지성사, 1992, pp.53~56, p.188.
98) "논어를 영어로 옮기면 어떤 모양이 될까? 에즈라 파운드는 논어를 시라고 했다던가?"
  김춘수, 「샌디애이고의 백일홍」, 『김춘수 시 전집』, 현대문학, 2004, p.492.
99) 老子, 『도덕경』, 노태준 역해, 홍신문화사, 1995, pp.22~23.
100) "莊周夢爲胡蝶" 莊子, 『장자』, 안동림 역주, 현암사, 2000, pp.86~87.

osophy as poetry)[101]이라고 일컬은 바 있다. 신(神)과 절연된 인간의 절망[102]과 불안[103]을 시적인 문체로 사유하는 키르케고르의 철학서는 한 편의 아름다운 장시(長詩)처럼 느껴진다. 그렇기 때문에 김춘수는 키르케고르의 문장에서 절망을 통해 "비약의 계기"[104]를 발견했다.

이러한 계보는 고대 그리스로 거슬러 올라간다. 파르메니데스(Parmenides: B.C. 546~B.C. 501)의 『자연에 대하여 On the Order of Nature』[105], 루크레티우스(Titus Lucretius Carus, B.C. 94경~ B.C. 55경)의 『사물의 본성에 관하여 De Natura Rerum』[106](B.C. 50 경), 단테(Alighieri Dante, 1265~1321) 의 『신곡(神曲) La Divina Commedia』(1321), 존 던(John Donne, 1572~1631)의 『신성 소네트 Holy Sonnets』(1609) 등의 형이상시, 말라르메(Stéphane Mallarmé, 1842~1898)의 사유의 언어[107]로서의 절대시(絶對詩, absolute poetry)[108], 발레리(Ambroise-Paul-Toussaint-

---

101) Theodor W. Adorno, *Kierkegaard — Construction of the Aesthetic*, Trans. & Edit. Robert Hullot — Kentor, London: University of Minnesota Press, 1999, p.3.

102) Søren A. Kierkegaard, 『죽음에 이르는 병 *Sygdommen til Dø den*』, 박환덕 옮김, 범우사, 1995.

103) Søren A. Kierkegaard, 『불안의 개념 *Begrebet Angest*』, 임규정 옮김, 한길사, 1999.

104) 김춘수는 "절망은 그리고 <죽음으로 가는 병>이다. 그러나 절망은 비약의 계기가 된다. Kierkegaard은 저간의 소식을 알리고 있다"라고 썼다.
김춘수, 「모던이즘과 니힐리즘」, 『시연구』 No. 1, 산해당, 1956, p.96.

105) Karl Raimund Popper, 『파르메니데스의 세계』, 이한구 외 옮김, 영림카디널, 2009. 참조.

106) Titus Lucretius Carus, 『사물의 본성에 관하여』, 강대진 옮김, 아카넷, 2013. 참조.

107) 사유는 순수한 말로서, 사유의 언어는 전형적인 시적 언어이다.
Maurice Blanchot, 「말라르메의 경험」, 『문학의 공간 *L'espace Littéraire*』, 이달승 옮김, 그린비, 2014, p.41.

108) 김현, 「절대에의 추구: 말라르메 시론」, 『현대문학』, 1962.8, pp.151~165. Gottfried Benn은 절대시를 "믿음이 없는 시, 희망을 갖지 않는 시, 아무에게도 향하지 않는 시"라고 정의 내린 바 있다.
Gottfried Benn, *Gesammelte Werke* in 4 Bänden hrsg, von Dieter Wellershoff,

Jules Valéry, 1871~1945)의 순수시(純粹詩, poésie pure),[109] 휠덜린(Friedrich Hölderlin, 1770~1843)과 릴케(Rainer Maria Rilke, 1875~1926)의 존재론적 시 등이 '철학으로서의 시', '시로서의 철학'의 범주에 들어갈 수 있다.[110]

　한국현대시사의 경우, 한용운이 불교적 형이상시를 시작한 이래, 정지용이 가톨릭적인 형이상시를 개척하였고, 유치환이 니체적 형이상시로서 현대사상을 시에 도입하였다. 그러한 계보 아래, 김춘수는 '플라토닉 포에트리'라 명명되는 형이상시를 창작한다. 그의 시는 한국의 현대시사의 지평을 확대하고 정신사를 심화한다.

　김춘수는 전술한 바와 같이 자신의 형이상시를 '플라토닉 포에트리'라고 정의하였다. 김춘수의 시에 사상적 영향을 미친 인물은 릴케를 위시하여 키르케고르, 니체, 후설, 하이데거, 셰스토프(Lev Shestov, 1866~

Wiesbaden, 1958~1961, Bd. 1, S. 589.(유향자, 「Gottfried Benn의 절대시(絶代詩) 연구」, 이화여자대학교 독어독문학과 석사학위 논문, 1989, p.1. 재인용.)

109) 순수시는 포우(Edgar Allen Poe, 1809~1849)의 시론인 「시적 원리」(1850)의 영향을 받아 보들레르(Charles Baudelaire, 1821~1867)가 발전시킨 시관(詩觀)으로 상징주의 시인들의 시학(詩學)이 되었다. 순수시라는 용어 자체는 브레몽(Abbé Henri Brémond, 1865~1933)이 1925년 아카데미 프랑세즈(Académie Française)에서 발표한 연설로부터 유래하였으며 원어로는 Poésie Pure이다. 브레몽은 발레리의 시를 중심으로 자신의 순수시론을 확립하는 과정에서, 페이터(Walter Horatio Pater, 1839~1894)가 "모든 시는 음악의 상태를 동경한다."라고 한 것을 "모든 시는 음악의 상태를 기도한다."로 변형하여 음악성과 관념성이 결합된 순수시론을 확립하였다.

110) 시는 아니지만, 고대 그리스의 플라톤(Plato, B.C. 427 ~ B.C. 347)의 대화편(對話篇, dialogues), 근대 계몽주의 시대 프랑스의 볼테르(Voltaire, 1694~1778), 디드로(Denis Diderot, 1713~1784), 루소(Jean-Jacques Rousseau, 1712~1778), 등의 에크리튀르(écriture)도 '철학으로서의 문학', '문학으로서의 철학'의 범주로 볼 수 있다.
Gustave Lanson & Paul Tuffrau, 『랑송 불문학사』 上, 정기수 옮김, 을유문화사, 1997. 참조.

1938), 니부어(Reinhold Niebuhr, 1982~1971) 등이 있다. 그러나 시기상으로 또는 어원상으로 플라톤의 사상에 대한 검토가 선행되어야 할 것이다. 김춘수가 자신의 시론에서 플라톤을 언급한 경우의 몇 가지 예를 들어보면 다음과 같다.

> 플라톤의 고대 희랍은 문제가 다르다. 그의『국가론』에는 선한 행위를 모방할 뿐 아니라 자신(시인)이 또한 선한 행위자라야 한다는 것을 강조하고 있는 듯하다.
> 　　　　　－김춘수,『시론－작시법을 겸한』부분.[111] (I. 295~296)

> 외계를 모방하는 기술을 예술이라고 생각한 것은 그리고 그것을 명확하게 글로써 기록해둔 것은 고대 희랍인들이다. 그 대표적인 예로 우리는 플라톤과 아리스토텔레스를 들 수가 있다.
> 　　　　　－김춘수,『시론－시의 이해』부분. (I. 354)

> 비평을 크게 구별하면, 이 '모럴로서의 비평'과 '심미로서의 비평'으로 이분될 것이다. 서구에서는 플라톤의 시인 추방론과 아리스토텔레스의 시인 옹호론 이래로 되풀이되고 있는 비평의 흐름이다.
> 　　　　　－김춘수,『의미와 무의미』부분. (I. 504)

> 완성된 조화는 이리하여 창작이 되고 거기에는 꽃의 이데아가 깃들게 된다.
> 　　　　　－김춘수,『시의 위상』부분. (II. 178)

위에서 보는 바와 같이 김춘수는 플라토니즘을 자신의 시론에 받아

---

111) 이 논문에서『김춘수 시 전집』(현대문학사, 2004)에서 인용된 글은 '(인용 면수)'로 표기하기로 한다. 또한『김춘수 시론 전집』I · II(현대문학사, 2004)에서 인용된 글은 '(권호수 인용 면수)'로 표기하기로 한다.

들였다. 그의 관심은 이데아론, 시학으로서의 창작론, 시인과 공동체의 관계로서의 윤리론 등에 있었다. 여기서 플라톤의 철학의 핵심은 첫째 유토피아(Utopia) 사상, 둘째 이데아론(the theory of Ideas), 셋째 영혼불멸론(靈魂不滅論), 넷째 우주론(宇宙論), 다섯째 상기론(想起論)이다.[112) 그중 김춘수가 자신의 시나 시론에 자주 인용하는 이데아(Ιδέα, Idea)는 플라톤(Plato) 철학의 핵심 개념어로서, 고대 그리스어로 형상(形相)이라는 의미로[113), 존재의 본모습이란 의미이다. 플라톤의 이데아는 존재 외부의 다른 것의 영향에 변화되지 않는, 불변성을 특징으로 한다.[114) 이데아는 눈으로 어떻게 보이는가 하는 것과는 무관하여 감각(aisthēsis)으로는 파악 가능하지 않고, 지성(nous)으로만 파악 가능하다.[115) 존재하는 것은 그것의 이데아에 따라 실재하는 것이다. 예컨대 존재하는 아름다움 자체인 어떤 것은 아름다움의 이데아에 따라 실재하는 것(ho estin)[116)이다. 이데아는 생성하고 소멸하는 것에 대한 지성인 의견(doxa)과 달리, 인식(epistēmē/gnōsis)과 진리(alētheia)의 원인이면서도 그것을 넘어서는 아름다움(kallos)이다.[117) 플라톤에게 진정한 존재는 영혼의 사유를 통해 관계 맺는 비물질적 형상이며, 신체와 관계를 맺는 생성은 존재로부터 분리함으로써[118) 불변의 이데아론을 세웠다.

김춘수는 첫 시집『구름과 장미』부터 존재의 문제를 다뤄왔다. 김춘수는「릴케적인 실존」(1952)에서 하이데거를 직접 거론하며 존재 · 현

---

112) Bertrand Russell,「플라톤 사상의 근원」,『서양 철학사』, 서상복 옮김, 을유문화사, 2013, p.166.
113) Plato,『국가 · 정체』, 박종현 역주, 서광사, 2011, p.176.
114) *Ibid.*, p.176.
115) *Ibid.*, pp.433~434.
116) *Ibid.*, p.433.
117) *Ibid.*, p.438.
118) Plato,『소피스트 *Sophistes*』, 이창우 옮김, 이제이북스, 2012, pp.99~104.

존재(現存在, Dasein) · 실존 등의 철학적 용어를 원용하여 릴케의 시 「향수병(香水甁)」을 분석한다.[119] 그는 릴케의 마지막 시집 「과수원 V ergers」(1924~1925)[120]에 실린 그 시의 분석에서, 시인이란 향수병처럼 쓰러짐으로써 불행의 향기를 아름답게 발산하는 존재라는 것이다. 그러한 문제의식이 김춘수의 처녀시집 『구름과 장미』부터 삽입해 있다. 그는 인간이라는 현존재(現存在, Dasein)의 실존적 문제와 존재자 (存在者, das Seiende)의 존재의 문제를 연관 지어 자신만의 시학과 시세계를 이루려 한 것이다. 그것은 하이데거의 철학적 관점에서 인간을 '죽음을 향한 존재(Sein zum Tode)'[121]로 현상학적으로 바라보며, 그 피투성(被投性, Geworfenheit)의 존재로서의 비애(悲哀)를 심미적으로 그리려 한 시도로 볼 수 있다. 그는 '왜' 인간은 죽음이라는 유한성 앞에 놓인 존재인가에 대한 질문을 던지고 그에 대한 답을 궁구하려 하기보다 질문을 던지는 그 실존 자체를 미학적으로 형상화해 온 것이다. 그러나 김춘수의 세계관은 무저의 심연(深淵, Abgrund)[122]의 극에 굴복하지만은 않는다. 어느 한 편, 비애의 한가운데에 그것에 침몰되지 않는 긍정성의 철학과 빛의 미학으로의 전회(轉回)가 내포되어 있다. 그러한 맥락에서, 스피노자(Baruch de Spinoza, 1632~1677)가 인간은 자신을 본질 그대로 보존하려는 노력[123]으로서의 코나투스(conatus)[124]

---

119) 김춘수가 쓴 "신으로 가는 다리도 단절된 지나간 시간과 아직 오지 않는 시간 사이에 위치한 흠핍(欠乏)한 시간(하이떽거)"에서 하이데거의 흠핍한 시간이란 하이데거의 「궁핍한 시대의 시인」을 가리키는 것으로 보인다.
　　김춘수, 「릴케적인 실존」, 『문예』, 제13호, 1952년 1월호, pp.32~33.
120) Rainer Maria Rilke, 「과수원 Vergers」, 『완성시(1906~1926) · 프랑스어로 쓴 시 ─릴케 전집 3』, 고원 · 김정란 옮김, 책세상, 2001, pp.251~301.
121) Martin Heidegger, 『존재와 시간 Sein und Zeit』, 이기상 옮김, 까치, 2001, p.338.
122) Martin Heidegger, 「가난한 시대의 시인」, 『시와 철학─횔덜린과 릴케의 시세계』, 소광희 옮김, 박영사, 1980, pp.207~208.

를 가지고 있다고 한 점을 상기해 볼 수 있다. 인간에게는 죽음에 저항하여 자기 자신을 보존하려는 힘이 있다고 할 때, 김춘수의 시세계는 그러한 코나투스가 항상 잠존하고 있다. 그때 자기 자신이란 바로 인간의 육체에 숨을 불어넣어 비로소 인간을 생명이게 하는 영혼이라고 할 수 있을 것이다.[125] 영혼은 육체의 생성과 소멸에는 무관하게 죽음에 저항한다. 생성하고 소멸하는 육체가 아닌, 한 인간의 본질로서의 영혼[126]은 최고선(最高善)의 이데아를 지향한다. 이데아를 지향함으로써 인간은 '죽음을 향한 존재'에서 '죽음을 초월한 존재'가 된다. 김춘수에게서는 그러한 존재 초월의 상징으로 천사(天使)가 등장한다. 천사는 진리를 추구함으로써 무한성, 즉 신에 닿은 존재로서의 진정한 주체에 이르려 한다. 인간에게는 죽음을 불사하고도 지키려는 것이 있다. 그것은 자신의 본질을 실현한 것으로서의 이데아로 사라지지 않는다. 시도 시인 자신의 본질을 실현한 하나의 이데아일 것이다. 시인은 죽더라도 자신의 시라는 이데아에 남는다. 시인은 심미성을 추구하는 존재이지만, 스스로 심미성이 된다.

이 논문은 김춘수의 '플라토닉 포에트리'를 형이상시의 관점에서 존재와 진리의 문제를 한 시기의 특성만이 아니라는 것을 그의 시력(詩歷) 전체에서 구명하려 한다. 즉, 김춘수의 형이상시의 발전 과정은 인간의 한계를 초극하려는, 천사적 존재가 신으로 표상되는 이상(理想)을 향하여, 진리에 대한 열정으로서의 에로스(eros)를 가지고, 평생 충실성

123) Gilles Deleuze, 『스피노자와 표현의 문제』, 이진경 옮김, 인간사랑, 2004, p.311.
124) Baruch de Spinoza, 『에티카 Ethica』, 강영계 옮김, 서광사, 1990. 참조.
125) Plato, 「파이돈 Phaidon」, 『소크라테스의 변론, 크리톤, 파이돈, 향연』, 천병희 옮김, 숲, 2012, p.156.
126) Ibid., p.156.

(忠實性)[127])을 잃지 않으며 다가가는 과정일 것이다. 인간은 충실성만큼 자신의 존재에 도달한다.[128]) 김춘수는 공자(孔子)의 사무사(思無邪)[129])를 들어 자신의 시관을 밝힌다. 즉, 공자는 시란 "생각이 순수하다"[130])라는 시관을 전제 삼는 것이다. 그러한 시관은 낙이불음(樂而不淫)과 애이불상(哀而不傷)을 시인의 덕목으로 삼는 태도와도 통한다.[131]) "즐거우나 방탕하지 않고, 슬프지만 고통스럽지는 않다"[132])는 것은 시가 감정의 산물이 아니라 존재를 맑게 지키는 사유의 산물로 여기는 것으로 볼 수도 있을 것이다. 나아가 맹자는 자신의 존재에 대한 진실을 궁구하는 충실성을 진심지성(盡心知性)이라면서, 자신의 천성(天性)을 알고자 하는 마음을 다할 때 천명(天命) 또한 알게 된다는 것이다.[133]) 그리고 이것은 다시 심미적인 것과 거룩한 것으로까지 나아가는 전제가 된다. 존재에 충실함으로써 진실해지는 것은 아름답고 존귀하다. 즉, 존재에 충실한 것은 아름다우며, 존재의 빛을 발하는 것이 위대하고, 조화로워지면 거룩해지고 거룩함을 알 수 없으면 신적인 경지에 이른다.[134]) 김춘수의 시가 존재─역사─신학의 순으로 발전해 간

---

127) Aurelius Augustinus, 『신국론 *De Civitate Dei*』, 추인해 옮김, 동서문화사, 2013, p.563. 신에 충실함과 존재의 관계 참조.
128) 박종홍, 「실존철학과 동양사상─특히 유학 사상과의 비교」, 『사상계(思想界)』 영인본 제7권 61호~66호, 1958~1959, p.11.
129) 김춘수, 「빛 속의 그늘」, 『빛 속의 그늘』, 예문관, 1976. (김춘수, 『김춘수 전집 3─수필』, 문장사, 1983, p.60. 재수록.)
130) 孔子, 「위정 편」, 『논어』, 박종연 옮김, 을유문화사, 2013, p.49.
131) 김춘수, 「잡록」, *op.cit.*, pp.144~145.
132) 孔子, 「팔일 편」 *op.cit.*, p.94.
133) "盡其心者 知其性也 知其性 則知天矣"
    孟子, 「진심편(盡心篇)」, 『맹자(孟子)』, 우재호 옮김, 을유문화사, 2011, p.829.
134) "充實之謂美 充實而有光輝之謂大 大而化之之謂聖 聖而不可之之謂神"
    Ibid., p.916.

것도 맹자가 말하는 존재가 진심지성을 다할 때 깨달음을 얻어가는 과정과 일치하는 것처럼 보인다. 이것은 인간의 본성과 우주의 이치를 하나의 형이상학으로 보려는 성리학의 이치로 발전한다. 오오하마 아끼라는 맹자로부터 온 진심(盡心)이 바로 주자(朱子) 성리학의 궁리(窮理)라고도 하였다.135) 존재에 충실하여 진리를 구하는 것은 아름답다. 그러하듯이, 김춘수는 존재의 진리와 미(美)가 하나가 되는 이상(理想)을 상정하고, 초기시에서 후기시에 이르기까지 자기지(自己知)를 자신의 심연 안으로 확대해간다. 그것은 아름다운 영혼(schöne Seele)136)이 존재의 진리를 구하려는 시적 순례이기도 할 것이다.

여기서 존재와 진리의 개념에 대해 정의 내리고자 한다. 플라톤은 존재에 대하여 『소피스트 Sophistes』137)에서 규정하였다. 존재는 진리의 전제가 된다. 그것은 소피스트들의 무(無)가 거짓의 전제가 된다는 것과 대립된다. 플라톤의 존재론은 파르메니데스를 계승하여 이데아라는 일자(一者)로 귀결되며, 이러한 일자의 사상은 플로티노스(Plotinos, 205~270)에게로 다시 계승된다. 아리스토텔레스는 그러한 존재론(存在論, ontologie) 즉, 존재의 학문(science de l'être)을 제1 철학이라고 하였다.138) 그로 인해 존재론은 전통적으로 형이상학과 동의어 개념으로 통용됐다.

플라톤의 존재에 대한 관점을 살펴보면 다음과 같다. 플라톤의 존재에는 두 가지가 있다. 그 하나는 '우시아(ousia)'로서, '에이나이 einai (to

---

135) 大濱晧, 『주자의 철학』, 임헌규 옮김, 인간사랑, 1997, p.199.
136) Georg Wilhelm Friedrich Hegel, 『정신현상학 Phänomenologie des Geistes』 2, 임석진 옮김, 한길사, 2009, p.222.
137) Plato, 『소피스트 Sophistes』, pp.91~161. 참조.
138) 페르낭 반 슈텐벨겐, 『존재론』, 이효상 옮김, 동아출판사, 1968, p.1.

be)' 동사의 명사형이며 '생성의 결과로서의 존재'를 의미한다.139) 다른 하나는 'to on', 즉 '있는 것', 또는 '~인 것'으로, 가장 기본적인 존재 본유를 의미한다.140) '진실로'에 상응하는 그리스어 'ontôs'는 동사 '있음(e inai)'의 파생어로서, '진실로 ~하다'는 것은 '~하다는 것은 진실이다.'라는 것과 같다.141) 'ontôs'가 '진실로'라는 의미를 갖는 것은 동사 'einai'가 '존재하다'의 의미(존재적 의미)와 '~이다'의 의미(서술적 의미)뿐 아니라, '~임은 진실이다'의 의미(진리적 의미)도 지니기 때문이다.142) 이렇듯 존재에 대한 어원적 분석에서 밝혀지는 것은 진리 개념 자체가 존재 개념 안에 내재한다는 것이다. 그러므로 존재와 진리는 본래 공생하는 개념이라고 할 수 있다.

그런 차원에서 플라톤의 존재와 진리가 언어와 맺는 관계를 김춘수의 시에서 중요한 주제인 '이름'과 관계하여 더 자세히 살펴보면 다음과 같다. 플라톤은 단어는 음성을 통해 존재(ousia)에 관해 지시하는 것(dêlôma)으로143) 행위에 대해 지시하는 음성기호인 '동사'와 행위를 행하는 것들 자체에 적용된 음성기호인 '이름', 두 종류가 있다고 하였다.144) 플라톤은 진리의 언어를 로고스라 한다. 로고스(logos)는 진리치를 가지는 문장의 집합으로, 이름과 동사의 결합이다.145) 이름은 존재를 인식하게 하는 데 필수적이다. 플라톤은 인식(epistēmē)과 관련된 기본요소로 첫째, 존재(ousia), 둘째, 존재의 의미규정(logos), 셋째, 이름

---

139) Plato, *op.cit.*, p.97.
140) *Ibid.*, p.120.
141) *Ibid.*, p.114.
142) *Loc. cit.*
143) *Ibid.*, p.142.
144) *Ibid.*, pp.142~143.
145) *Ibid.*, p.143.

(onoma) 세 가지를 들었다.[146] 존재와 의미와 이름이 연결되어 하나의 상을 이룰 때 인식이 이루어진다. 존재의 이름에 의미를 규정한다는 것은 존재의 이름을 부름으로써 그에 대해 참인 진술한다(legein)는 것이다.[147] 참인 진술은 존재하는 것을 존재하는 것과 다르지 않게 진술하는 것이며, 존재하지 않는 것을 존재하는 것으로 진술하지 않는 것이다.[148] 김춘수가 플라토닉 포에트리라 명명한 '꽃'의 시편에는 위와 같은 주제가 내포되어 있다.

다음으로는 김춘수의 존재론과 진리론을 그가 영향을 받은 현대 사상가들을 통해 검토해 보도록 한다. 김춘수는 릴케의 영향으로 시인이되었다고 고백하였다. 릴케의 시학을 존재의 시학이라고 하거니와, 김춘수 또한 그와 같은 존재의 시학을 확립해 갔다. 릴케와 가장 밀접한영향관계에 있는 사상가는 키르케고르와 니체이다. 김춘수도 그의 초기 산문을 통해 그가 키르케고르와 니체를 열정적으로 탐독하고 그들의 사상을 체화하려 한 흔적을 쉽게 발견할 수 있다. 그의 그러한 존재론은 넓은 의미에서 실존주의(實存主義, existentialism)의 범주에 들어간다. 이러한 사상의 계보에 있는 철학가로는 키르케고르, 니체, 후설, 하이데거, 사르트르 등을 들 수 있다.

먼저 키르케고르의 존재론을 검토해 보도록 한다. 키르케고르는 실존주의의 선구자이지만, 후대의 실존주의자들과 달리, 신(神) 개념을버리지 않았다는 특징이 있다. 이러한 점에서 신과 인간의 존재론적인관계를 실존주의 가운데 그의 사상적 특징이라고 할 수 있다. 릴케와김춘수의 시에서도 신 개념이 중요한 요소이므로 키르케고르는 두 시

---

146) Plato, 『법률 Nomoi』, 박종현 역주, 서광사, 2009, p.711.
147) Plato, 『소피스트』, p.145.
148) Ibid., p.147.

인의 사상적 배경에서 중요한 철학자이다. 김춘수는 「릴케적인 실존」과 「시 형태론 서설」에서 키르케고르를 실존과 신학 두 차원에서 의미 있게 다룬 바 있다. 키르케고르 철학의 핵심은 '단독자(單獨者, Der Einzelne)'라는 개념이다. 단독자는 보편적 존재자와 대비된다. 즉, 단독자 개념은 아리스토텔레스의 군집, 데카르트의 코기토 등의 개념과 대립적인 개념이다.149) 단독자는 철저히 혼자로서 고독한 가운데 자기 자신의 내부와 관계 맺는 존재이다.150) 단독자는 죄에 절망하고 불안해하며, 자신 안의 불확정성으로 인하여 고뇌한다. 그러나 단독자에게 진리란 바로 그러한 자기 자신과 관계 맺는, 내부 안에만 있다.151) 이러한 존재와 진리에 대한 관점은 하이데거에게 계승된다.

다음으로 니체의 존재론을 검토해 보도록 한다. 김춘수는 니체의 『비극의 탄생』을 거론하면서 자신의 비극은 태초부터 있었다며 비극적 세계관을 고백한다.152) 그는 시 「최후의 탄생」에서는 니체의 이름을 직접 호명한다. 또한, 그는 시론 「모던이즘과 니힐리즘」에서는 니체의 <즐거운 지혜>, <운명애>, <영겁회귀>, <반기독>, <선악의 피안>을 거론한다.153) 각각 현대어 번역으로는 『즐거운 학문』, 『이 사람을 보라』, 『차라투스트라는 이렇게 말했다』, 『안티크리스트』, 『선악의 저편』을 가리킨 것으로 보인다. 이상으로 보아, 김춘수의 니체에 대

---

149) Søren Kierkegaard, 『죽음에 이르는 병 *Sygdommen til Dφden*』, 박환덕 옮김, 범우사, 1995, pp.197~207. 참조.
150) *Ibid.*, p.23.
151) Søren Kierkegaard, 「철학적 단편에 대한 종결적 비학문적 후서」, *Søren Kierkegaard Samlede Vaerker*, Auden Udgavne VII, København, 1920~1936. (표재명, 『키르케고르의 단독자 개념』, 서광사, 1992, p.108. 재인용.)
152) 김춘수, 「책 뒤에」, 『쉬운 편의 비가』, 민음사, 2002. (김춘수, 『김춘수 시 전집』, 현대문학, 2004, p.1100. 재수록.)
153) 김춘수, 「모던이즘과 니힐리즘」, *op.cit.*, pp.92~93.

한 이해는 상당히 깊었던 것으로 판단된다. 김춘수가 파악한 니체 사상의 특징은 첫째, 생(生)에의 동경, 둘째, 반기독교, 셋째, 형이상학적 반항, 넷째, 허무로부터의 창조, 다섯째, 주체로서의 주관적 생 등이다.[154] 그런 면에서 김춘수에게 니체 사상의 비극의 정신은 그의 존재론에서 반드시 궁구해 볼 필요가 있다. '신은 죽었다'는 선언을 한 니체의 존재론은 기존의 형이상학이 신이라는 완전한 존재에 대한 전제 아래 만물에 대한 존재론을 펼쳤던 것을 비판한다. 니체는 신만이 스스로 자기원인이며 인간은 피조물이라는 인식을 대신하여, 인신사상(人神思想), 즉, 초인사상(超人思想)을 펼침으로써 새로운 존재론의 기반을 마련한다. 그의 철학은 아포리즘인 경우와 유고(遺稿)인 경우가 많아 체계화하기 어렵지만, 생기론적 존재론(Vitalist Ontology)[155]이라 불리는 들뢰즈의 존재론에서 니체의 사상이 부활한 데서 니체의 존재론의 생명력을 확인할 수 있다. 들뢰즈 사상의 주저인 『차이와 반복 *Différence et Répétition*』[156]은 플라톤이 생성을 존재로부터 분리하여 인식했던 것과 달리, 생성과 존재를 불가분의 것으로, 즉, 생성하며 존재하고, 존재하며 생성하는 것으로 인식한다. 그것은 니체가 그의 유고에서 생성과 존재에 대한 주제를 유럽 허무주의의 극복으로서의, 힘에의 의지로 전개하려던 것과 일맥상통한다.[157] 들뢰즈가 강조하는 생성(生成, devenir)의 존재도 궁극적으로 니체가 영원회귀를 긍정하는 초인(超人, Über

---

154) *Loc. cit.*
155) Alain Badiou, *Briefings on Existence*, translated, edited, and with an introduction by Norman Madarasz, New York: State University of New York Press, 2006, p.63.
156) Gilles Deleuze, 『차이와 반복 *Différence et Répétition*』, 김상환 옮김, 민음사, 2004. 참조.
157) Friedrich Wilhelm Nietzsche, 「생성과 존재」, 『니체 전집 21 - 유고(1888년 초~18889년 1월 초) 생성과 존재 외』, 백승영 옮김, 책세상, 2006, pp.9~12.

mensch)158)의 사상으로부터 영감을 받았다. 다시 말해 니체와 들뢰즈의 존재론에서의 존재는 존재 안에 내재하던 가능성으로 잠재해있던 자아들이 긍정을 통해 영원회귀(永遠回歸, Ewige Wieder-Kunft)159) 하듯 현현되는 생성의 과정에서 변화해가는 존재이다. "창조하는 힘의 의지"160)로 "유기체 존재의 내적 운동"161)을 하여 "생성에 대한 정당화"162)를 이루는 영원회귀론의 중요 테제들은 『차라투스트라는 이렇게 말했다 Also sprach Zarathustra』의 초인상으로 구현된다. 들뢰즈는 한 인간 안의 분열된 자아들이 능동적인 "애벌레－주체"163)가 되어 영원회귀 안에 차이(difference)의 원환으로 돌아오는 것으로 재해석하며, 그 자신의 존재론을 코스모스가 발생하는 카오스,164) 즉 카오스모제(Chaos-mose)165)라는 개념으로까지 발전시킨다. 김춘수의 긴 시적 도정의 끝없는 실험 아래 펼쳐지는 다채색의 차이의 우주들은 그러한 창조와 생성에 대한 존재론적 열망에서 이루어졌다고 볼 수 있다.

한편 니체와 릴케는 루 살로메를 연인으로 두었다는 공통점 이외에도 니체의 생성의 존재론과 릴케의 변용의 존재론 사이에도 공통점이

---

158) Gilles Deleuze, 『니체, 철학의 주사위 Nietzsche et la Philosophie』, 신범순 · 조영복 옮김, 인간사랑, 1993, pp.118~119.
159) 영원회귀는 인간을 비롯한 만물이 영원히 회귀한다는 니체의 존재론의 핵심이다. Friedrich Wilhelm Nietzsche, 『니체 전집 17 － 유고(1884년 초~가을) 영원회귀－하나의 예언 외』, 정동호 옮김, 책세상, 2006, pp.11~291.
160) Ibid., p.43.
161) Ibid., p.224.
162) Ibid., p.173.
163) Gilles Deleuze, 『차이와 반복』, p.187.
164) Ibid., p.431.
165) 카오스모제란 카오스가 일관성을 부여하고 사건들의 경과에 영향을 끼치는 과정을 의미하는 개념어로서, 카오스(Chaos)와 코스모스(Cosmos)와 오스모제(Osmose) 세 단어의 합성어이다.
윤수종, 「들뢰즈 · 가타리 용어 설명」, 『진보평론』 제31호, 2007년 봄호, p.369.

있어 흥미롭다. 릴케의 존재에 대한 관점을 살펴보면 다음과 같다. 릴케의 존재론은 그의 시『두이노의 비가』와『오르페우스에게 바치는 소네트』나 그의 소설『말테의 수기』등을 통해 추론해낼 수 있다. 존재(存在, Sein)와 현존재(現存在, Dasein)라는 어휘들로 점철된 그의 작품들에서 읽어낼 수 있는 그의 존재론의 핵심은 변용(變容)이다. 릴케의 변용은 존재가 스스로 자신의 내부의 힘으로 전(全)존재론적으로 변화하는 창조적 전환과정이다.166) 자신을 넘어 자신 이상의 것을 창조하는 존재167)로서의 초인 개념은 릴케의 변용 개념과 상통하는 면이 있다. 릴케의 존재론은 필멸의 존재로서의 인간과 존재의 원형(Archetypen des Seins)이자 궁극의 존재로서의 천사168)가 대비되는 가운데, 그 사이에 존재하는 무수한 존재들의 중간적 양태들을 보여준다. 릴케의 문학은 존재론적 상승을 향한 열정과 좌절의 과정을 비가적(悲歌的)으로 노래한다.

릴케의 시의 존재론에서 자신의 철학을 세우고자 했던 철학자는 하이데거였다. 김춘수와 하이데거의 상관관계는 첫째, 김춘수가 하이데거를 직접 시론에서 거론한 경우, 둘째, 릴케의 시사상을 경유한 경우, 셋째, 니체 등의 실존주의를 경유한 경우, 넷째, 후설과 하이데거 사상의 연속성에서 비롯되는 경우 등을 들 수 있다. 이러한 이유로 김춘수에 대한 하이데거적 관점에서의 연구는 상당한 축적을 이루어 왔으나, 김춘수의 일부 시기의 작품과 하이데거의 일부 저서에 의존한 연구가

---

166) 오주리, 「릴케의『두이노의 비가』와 한용운의『님의 침묵』에 나타난 '사랑'의 의미 비교 연구」, 『비교문학』 제53집, 한국비교문학회, 2011, p.177.
167) Friedrich Wilhelm Nietzsche, 「차라투스트라의 머리말」, 『니체 전집 13 – 차라투스트라는 이렇게 말했다』, p.16.
168) 전광진, 「『두이노의 비가(悲歌)』에 나타난 천사상(天使像)」, 김주연 편, 『릴케』, 문학과지성사, 1993, pp.53~102.

대부분이므로 좀 더 심화된 연구의 여지가 남아있다고 판단된다. 하이데거의 존재에 대한 관점에서 핵심이 되는 것은 시간으로, 그의 시간관은 칸트로부터 왔다. 칸트는 존재에 대하여 실재적 술어가 아니고, 어떤 개념에 다른 어떤 개념을 보탤 수 있지 않으며, 단지 그 자체 사물 또는 규정의 정립(Position)에 지나지 않는, 논리적 사용에서 판단의 연결어, 즉 계사(Coupla)라고 하였다.169) 칸트의 현존재(現存在, Dasein)는 본질존재(Wassein, So-sein)와 형이상학적 존재(Sein)와 달리 사람과 사물과 사태가 일정한 시공간적 장소(Da)를 차지하고 있는 존재자를 의미한다.170) 칸트는 현존재(現存在, Dasein)를 실존(Existenz)이나 현실성(Wirklichkeit)과 같은 의미로 보았다.171) 그러므로 현존재(現存在, Dasein)를 인간으로만 한정한 하이데거는 칸트와 달라진다. 그러나 하이데거는 칸트의 『순수이성비판 Kritik der reinen Vernunft』에서의 시간에 대한 논구를 존재론의 정초로 해석하고 자신의 철학으로 받아들여 『칸트와 형이상학의 문제 Kant und das Problem der Metaphysik』를 거쳐 『존재와 시간 Sein und Zeit』에서 자신의 시간적 존재론을 확립한다. 시간은 내감의 형식으로, 의식은 모두 시간에 관여한다.172) 의식과 시간의 관련성에 대해서는 아우구스티누스부터 후설과 베르그송에 이르기까지의 계보가 있다. 그러나 하이데거는 『칸트와 형이상학의 문제』에서 시간이 "직관 형식(Anschauung Form)"이기 때문이 아니라,173) 존재이해가 현존재(現存在, Dasein)의 시간적 유한성 하에 미래로 기투해

---

169) Immanuel Kant, 『순수이성비판 Kritik der reinen Vernunft』 2, 백종현 옮김, 아카넷, 2014, p.775.
170) 坂部 惠 外, 『칸트 사전』, 이신철 옮김, 도서출판 b, 2009, p.490.
171) Immanuel Kant, op.cit., p.298.
172) Immanuel Kant, 『순수이성비판』 1, 백종현 옮김, 아카넷, 2014.
173) 시간은 선험적 개념이며, 감성적 직관의 순수 형식의 개념이다. Ibid., pp.251~252.

보는, 그러한 시간의 초월적 상상력(Einbildungskraft)[174]과 본질적 통일성을 내세웠다는 점에서 칸트의『순수이성비판』이 기초존재론이 된다는 해석을 내렸다.[175] 칸트의 초월은 경험 넘어 있는 것 또는 경험의 가능성 너머 있는 것으로, 지식 내부에 경험 이외의 선험적인 것이 항상 포함되어 있다는, 그의 인식론의 핵심개념이다.[176] 김춘수에게도 근본적으로 실존적인 물음을 던지는 것이 현실이나 역사에 대하여 초월이라는 존재형식으로 대응하는 양상으로 일관되게 나타나며, 그것은 그의 시가 상징주의 또는 신화주의(神話主義)[177]를 지향하게 했다는 점에서, 초월은 그의 사상에서도 중요한 개념이 될 것이다.

하이데거의 모든 존재론적 논의는『존재와 시간』이란 정점을 향해 개진된다. 하이데거는『존재와 시간』의 서문에서 진정한 존재의 의미에 대한 물음을 시간이라는 지평에서 해명하는 것이라고 자신의 철학적 목표를 선언한다.[178] 하이데거의 존재는 존재자(存在者, das Seiende)를 존재자로서 규정하고 있는 바로 그것, 존재자가 각기 이미 그리로 이해된 바로 그것이다.[179] 존재물음은 존재자를 그 존재에서 투명하게 만드는 것으로[180] 물음이라는 존재 가능성을 가진 존재자를 현존재(現存在)라고 한다.[181] 그러한 점에서 하이데거는 인간 본위적이다. 하이

---

174) 칸트의 상상력은 대상의 현전 없이 직관에 표상하는 능력을 의미한다. *Ibid.*, p.360. 또한, 상상력은 잡다를 종합하여 하나의 상(像)으로 만드는 능력을 의미하기도 한다. *Ibid.*, pp.335~336.
175) Martin Heidegger,『칸트와 형이상학의 문제 *Kant und das Problem der Metaphysik*』, 이선일 옮김, 한길사, p.326.
176) 坂部 惠 外,『칸트 사전』, 이신철 옮김, 도서출판 b, 2009, pp.416~417.
177) 김춘수,『꽃과 여우』, 민음사, 1997, p.216.
178) Martin Heidegger,『존재와 시간』, p.13.
179) *Ibid.*, p.20.
180) *Ibid.*, p.22.
181) *Ibid.*, p.22.

데거가 현존재를 자신의 존재를 이해하며, 존재함 자체를 존재론적으로 뛰어나다고 보는 것은[182] 죽음에 대하여 살아있음 자체에 대한 긍정으로 해석할 수 있을 것이다. 그러한 현존재(現存在, Dasein)의 존재 자체를 실존이라고 하고[183] 스스로 실존적 물음을 던지고 풀어헤쳐 보이는, 존재론적 구조에 대한 물음으로 실존을 구성하는 것을 실존성이라고 한다.[184] 존재물음에 대한 답은 연역적 근거제시와 같은 순환논증일 수 없으며, 근거를 밝혀 파헤쳐 제시하는 것이므로[185] 존재에 대한 기술(記述)이 필요한데, 바로 거기서 철학의 언어보다 시의 언어가 탁월한 것을 볼 수 있다. 시는 이미 근원적으로 그러한 존재기술을 자신의 본질적인 수행으로 삼아왔다. 김춘수의 시적 언어는 그러한 본질에 충실하여 존재에 대한 물음이자 존재에 대해 기술을 해 나아간다.

여기서 시인의 시작을 위한 고독으로 돌려놓는 것, 즉 존재를 있는 그대로 되돌려 놓는 현상학적 환원을 위해 판단중지 즉 '에포케(epoche)'가 행해진다. 이것은 김춘수 자신의 시학에서 창작의 방법론의 일환으로 이미 후설과 하이데거 이전에 시인에게 체득되어 있었다. 판단중지(epoche)라는 용어는 피론(Pyrrhon)의 회의학파(懷疑學派)가 마음의 평정(平靜, ataraxia)을 위해 모든 인식에 대한 판단을 중지해야 한다는 학설에서 비롯되었다.[186] 후설은 에포케로 데카르트의 방법론적 회의를 대신하였다. 판단중지는 한 인간의 의식에 자연적으로 정립된 판단을 중

---

182) *Ibid.*, p.28.
183) *Ibid.*, p.28.
184) *Ibid.*, p.23.
185) *Ibid.*, p.23.
186) Edmund Husserl, 『순수현상학과 현상학적 철학의 이념들 *Ideen zu einer reinen Phänomenologie und Phänomenologischen Philosophie*』 1, 이종훈 옮김, 한길사, 2012, p.122.

지하는 것이다. 그 이유는 진리에 관한 명증적 확신과 양립하는 판단을 억제함으로써 진리에 대한 인식을 확고하게 만들기 위해서이다.[187]

김춘수에게 후설의 지향성 개념이 일정 정도 타당하게 적용될 것으로 판단된다. 지향성(志向性, Intentionalität)은 "무엇에 관해 의식해 가짐(Bewußthaben von etwas)"[188]으로 정의된다. 데카르트가 '나는 생각한다'는 '코기토(cogito)', 즉 사유작용까지 나아갔다면, 후설은 '코기타툼(cogitatum)', 즉 사유대상까지 나아간다.[189] 김춘수의 시에는 항상 주체와 같은 무게의 대상을 상정하고 상호주관적으로 사유하는 양상이 드러난다는 점에서 코기타툼 개념은 그에게 상당히 유효하다. 후설은 코기토에 대응되는 개념으로 인식작용이란 의미의 노에시스(noesis)와 코기타툼에 대응되는 개념으로 인식대상이란 의미의 노에마(noema)를 확립한다. 인식작용은 '대상과 관련된 주관'(the subject-in-the relation-to the object)으로, 인식대상은 '주관과 관련된 대상'(the Object-in-the-relation-to-the-Subject)로 볼 수 있다.[190] 이러한 개념틀은 특히 김춘수 초기의 인식론적 시의 구명에 적합할 것으로 기대된다. 그러나 김춘수의 의식은 항상 심리와 결합된다. 거기에 독자들이 사랑하는 김춘수 시의 매혹이 있기도 하다. 후설은 명제와 진리 등 의미적 통일체를 이룬 것들이 경험이나 심리처럼 실재적이지 않지만, 즉 비실재적(irreal)이지만, 사유의 대상이 된다는 점에서 '관념적(ideal) 객체성(Objektivität)'이 있음[191]을 지적했다. 김춘수의 플라토닉 포에트리의 경우, 경험이나

---

187) *Ibid.*, pp.122~124.
188) Edmund Husserl, 『현상학적 심리학 *Phänomenologisch Psychologie*』, 이종훈 옮김, 한길사, 2013, p.72.
189) Edmund Husserl & Eugen Fink, 『데카르트적 성찰 *Cartesianische Meditationen*』, 이종훈 옮김, 한길사, 2002, p.78.
190) Edmund Husserl, 『순수현상학과 현상학적 철학의 이념들』 1, p.335.

심리로 환원되지 않지만, 직관에 의해 파악된 존재계의 원리를 상징적 언어들로 배치함으로써 하나의 의미의 통일체를 만들어낸다는 점에서 후설의 그러한 개념은 김춘수의 시론을 지지한다. 나아가 관념적 대상이 심리적 주체의 실재적 활동과 관계를 맺는다는 것을 기술(記述)하는[192] 후설의 내면심리학(Innenpsychologie)[193]은 김춘수의 문학작품을 해명하는 데 부합할 것으로 판단된다.

후설이 인식론으로서 창시한 현상학에 대하여 그의 제자인 하이데거는 존재론으로 계승하기 위하여 현상을 다음과 같이 재해석한다. 현상(現象)이란 뜻의 그리스어 '파이노메논(φαινόμενον)'은 '자신을 그 자체에서 내보여주는 것'을 의미한다.[194] 현상학(現象學)은 '자신을 그 자체에서 내보여주는 것'을 있는 그대로 '보이게 하는' 학문으로 정의될 수 있다.[195] 현상은 타자와의 진실된 만남을 가능하게 하는, 탁월한 만남의 형식이다.[196] 후설의 인식작용과 인식대상의 문제에 하이데거는 '만남'을 적용하여 그것을 자신의 존재론으로 전유한다.

후설이 김춘수에게서 중요한 또 하나의 이유는 바로 '인식'뿐 아니라 '의미'와 관련된 일련의 문제 때문이다. 의미부여는 인식작용의 하나이다.[197] 인식대상은 자신의 의미(Sinn)로서의 '내용'을 가지며, 이 의미에 의해 자신의 대상과 관계가 맺어진다.[198] 후설의 코기토, 즉 자아에 대한 의식은 의미화의 근원으로 세계를 의미로 파악하려 한다.[199] 그에

---

191) Edmund Husserl, 『현상학적 심리학』, pp.59~64.
192) Ibid., p.64.
193) Ibid., p.79.
194) Martin Heidegger, 『존재와 시간』, p.49.
195) Ibid., p.57.
196) Ibid., p.52.
197) Edmund Husserl, 『순수현상학과 현상학적 철학의 이념들』 1, p.304.
198) Ibid., p.408.

게서 세계의 존재란 하나의 의미이다.200) 의미한다는 것(to mean)은 표시한다는 것(to indicate)과 다르다.201) 표현(expression)은 의미를 창출하는 작용으로써, 아무것도 표시하지 않는 고독한 정신적 삶에서도 표현은 가능하다202)는 일례에서 표시와 표현의 개념을 명확히 구분할 수 있다. 표현은 자신 안에 내재한 존재의 본질을 펼쳐내는 것으로서 존재론에서 또 하나의 가장 핵심적인 개념이 될 것이다. 그러한 존재를 표현존재(Ausdrucksein)203)라고 한다. 나아가 들뢰즈는 표현을 존재의 구원이라고까지 의미부여 하였다.204) 김춘수가 사유와 인식의 매개로서의 언어의 문제를 다루면서도, 공허하지 않은 것은 존재의 내부에서 올라오는 표현의 힘이 있기 때문이다.

결국, 인식과 의미가 무엇인가 존재에 대한 진정한 앎에 대해 진리추구를 하는 것은 에로스의 힘이다. 김춘수에게는 존재와 진리 사이에 에로스가 있기 때문에 아름답다. 김춘수가 느낌이 진실이라고 말했듯, 여기서 사실진리 또는 논리진리를 너머 직관진리의 개념을 중요하게 다룰 필요가 있다.205) 직관진리는 지각과 감각을 거쳐 진리에 도달할 수 있다는 관점으로 아이스테시스(αισθσιζ, aisthesis)를 거쳐 이데아(Ιδέα,

---

199) Pierre Thévenaz, 『현상학이란 무엇인가─후설에서 메를로 퐁티까지 *Qu'est-ce que la Phenomenologie?─De Husserl À Merleau-Ponty*』, 심민화 옮김, 문학과지성사, 1995, p.27.

200) *Ibid.,* p.28.

201) Edmund Husserl, *Logical Investigations* volume 1, Trans. J. N. Findlay, London & New York: Routledge, 2008, p.183.

202) *Loc. cit.*

203) Martin Heidegger, 『존재론─현사실성의 해석학 *Ontologie─Hermeneutik der Faktizitat*』, 이기상 · 김재철 옮김, 서광사, 2002, p.104.

204) Gilles Deleuze, 『스피노자와 표현의 문제』, p.431.

205) Martin Heidegger, 『논리학:진리란 무엇인가? *Logik: Die Frage Nach der Wahrheit?*』, 이기상 옮김, 까치글방, 1977, pp.113~114.

Idea)에 도달한다는 것이다. 직관진리가 중요한 것은 바로 그것이 예술로서의 시의 몸과 영혼을 모두 긍정할 것이기 때문이다. 김춘수가 의미의 시와 무의미의 시의 지양을 통해 도달하려 했던 이상적인 시도 그러한 데 있을 것이다.

이외에 김춘수가 존재론적 개념어를 쓴 것은 「릴케적인 실존」과 「김소월론 ―「산유화」를 중심으로」206) 등에서이다. 그가 쓰고 있는 존재론적 개념어는 '즉자적 존재(卽自的 存在)'와 '대자적 존재(對自的 存在)', '투기(投企)',207) '자유에 대한 고통을 짊어진 존재' 등이다.208) '즉자적 존재'와 '대자적 존재'는 헤겔을 경유하여 사르트르를 통해 김춘수에게 온 것으로 보인다. 먼저 헤겔의 존재에 대한 개념은 다음과 같다. 헤겔의 존재(Sein)는 무규정적 직접성(unbestimmte Unmittelbark eit)으로, '존재하는 것'은 '다른 것'과의 구별을 의미하며 동시에 변증법적인 형식에 의해 '다른 존재'(他者)로 이행하면서 자신의 본질로 내적 심화가 이루어져 가는 그러한 존재를 의미한다.209) 김춘수도 자신의 시가 의미의 시와 무의미의 시가 변증법적으로 지양되어 갔다고 하였다. 변증법에 의해 존재는 즉자존재―대타존재―대자존재로 발전한다.

<hr>

206) 김춘수, 『시론―시의 이해』, 송원출판사, 1971. (김춘수, 『김춘수 시론 전집』 I, 현대문학, 2004, p.466. 재수록.)
207) 김춘수가 언급한 '투기(投企)'는 하이데거의 'Entwurf'의 번역어로 '기투(企投)', 또는 '기획투사(企劃投射)'로도 번역되는 예도 있다. 'Entwurf'는 사르트르를 비롯한 불어권에서는 'pro-jet'에 해당되는 용어이다.
하이데거는 Martin Heidegger, 『존재와 시간』, pp.201~205.
사르트르는 Jean Paul Sartre, 『존재와 무 L'Être et le Néant』, 정소성 옮김, 동서문화사, 2014, p.69.
208) 김춘수, 『시론―시의 이해』, 송원출판사, 1971. (김춘수, 『김춘수 시론 전집』 I, 현대문학, 2004, pp.469~470. 재수록.)
209) Georg Wilhelm Friedrich Hegel, 『헤겔 논리학 Wissenschaft der Logik』, 김계숙 옮김, 서울문화사, 1997, p.171.

즉자적 존재는, 즉자(卽自, Ansich), 즉 '다른 것'과 관계없이 오로지 그 자신에서(ansich) 주제로 되는 일이나 그렇게 되는 것으로서의 존재를 의미한다.210) 대자적 존재는 즉자적 존재와 쌍을 이루는 개념으로, 대자(對自, Fürsich), 즉 '타자'와의 관계를 가능하게 하고 또한 '타자'와의 관계를 내면화한 바의 "부정적 자기관계"이다.211) 김춘수는 인간의 비애의 근원이 바로 인간이 대자존재임에 있다고 하였다. '즉자적으로, 그 자체로 있다'(Ansichsein)거나 '대자적으로, 독자적으로 있다'(Fürsichsein)는 것이 합쳐져 자기동일성이 된다는 규정은 혼(Seele)이라고 부르는 순수한 자기운동을 나타내는 것으로서 중요하다.212) 거기서 진리는 자기의식 안에 있다.213)

헤겔의 순수한 존재는 순수한 추상으로서의 사상을 의미한다.214) 김춘수의 형이상시는 추상과 구상을 동시에 아우른다. 헤겔은 대자존재(Fürsichsein)를 일자(das Eins)로 보았으며, 다수(das Vielen)는 각각의 다른 존재가 모여서 된 일자로, 즉 모든 것을 다수로 된 일자로 보았다.215) 김춘수의 다양한 존재성의 양태도 그러한 관계에 있을 것이다. 헤겔의 무(無)의 개념은 존재자의 총체의 완전한 부정(否定, negation, Verneinung)216) 또는 존재하지 않는 것으로서의 비존재자(非存在者,

---

210) 加藤尙武 外, 『헤겔 사전』, 이신철 옮김, 도서출판 b, 2009, p.384.
211) *Ibid.*, p.84.
212) Georg Wilhelm Friedrich Hegel, 『정신현상학 *Phaenomenologie des Geistes*』 1, 임석진 옮김, 한길사, 2011, p.96.
213) *Ibid.*, p.370. 참조.
214) Georg Wilhelm Friedrich Hegel, 『헤겔 논리학』, p.173.
215) *Ibid.*, p.189.
216) Martin Heidegger, 「형이상학이란 무엇인가 *Was Ist Metaphysik?*」, 『철학이란 무엇인가 · 형이상학이란 무엇인가 · 휴머니즘에 관하여 · 무엇을 위한 시인인가 · 철학적 신앙 · 이성과 실존』, 최동희 · 황문수 · 김병우 옮김, 삼성출판사, 1990, p.76.

Nicht Seiende)이다.[217] 김춘수에게서 무, 부정, 비존재자는 그의 니힐리즘에 관한 시론과 무의미시론 등에서 중요한 개념이다. 헤겔의 무는 절대적 부정으로 존재에 대한 자기부정이지만, 표현될 수 없는 것으로서의 신(神) 또한 무로 표현되고, 나아가 자유도 무에 대한 최고의 형식이기도 하다.[218] 신 또한 무가 되는 논리는 김춘수의 시에서 유치환의 영향이 남아있던 초기시에서 나타난다. 헤겔에게 존재와 무는 모순에 의해 통일되어 지양되고 나면 모순은 소멸되는데, 그것을 발전이라고 하며, 그러한 존재를 현존재(Dasein)로 본다.[219]

반면에 사르트르의 존재론의 출발점은 '나타나는 것의 존재(l'être de ce paraître)'를 정당화하는 데 있다.[220] 그러나 김춘수에게는 초월의 영역이 항상 나타나므로 그의 존재론은 사르트르의 존재론과는 구별된다. 사르트르는 니체가 지적한 '배후 세계의 착각(die Illusion der Hinter welten)'에 해당되는 것으로서의 유명론(唯名論)이나 초월론(超越論)을 비판하면서, '나타나는 것(paraître)' 자체가 본질이라는, 현상(phénomène) 우위의 입장을 취한다.[221] 김춘수의 시에서 '이름'과 '천사'가 차지하는 비중을 보면 김춘수와 사르트르가 다르다는 것을 알 수 있다. 사르트르에게 존재론은 존재현상, 즉 존재가 자신을 나타내는 것을 기술하는 것이다.[222] 김춘수도 후설의 현상학의 입장을 취하기는 한다. 그러나 사르트르의 존재는 '드러내 보이기 위한 존재(l'être de-pour-dévoiler)'로서 자신을 드러내 보이는 정도에 따라 그만큼만 존재한다는 현상적 조건

---

217) *Loc. cit.*
218) Georg Wilhelm Friedrich Hegel, *op.cit.*, pp.174~176.
219) *Ibid.*, pp.180~182.
220) Jean Paul Sartre, *op.cit.*, p.15.
221) *Ibid.*, pp.11~43.
222) *Ibid.*, p.16.

에 제한된다.223) 또한, 김춘수의 시세계에서 신적 존재가 나온다. 신은 자기원인이다. 그러나 사르트르의 존재는 자기원인(自己原因, causa sui)이 아니라, 자체(自體, soi)이며224) 노에시스(Noesis) 속의 노에마(Noema), 즉 자기와의 밀착이다.225) 실존이 본질에 앞선다는 그의 철학의 핵심 테제도 그러한 의미일 것이다. 이만큼 존재의 원인에 대한 사유에서도 사르트르와 김춘수는 크게 다르다. 특히 사르트르에게 즉자존재는 우연성(contingence)이고, 남아도는 것(de trop)이며, 창조되지도 않는 것이고, 존재의 이유도 없는 것이며, 다른 존재와 어떤 관계도 갖지 않는 것이다.226) 그러므로 인간은 그토록 무상한 즉자존재로부터 해방되기 위해 자신을 자신의 바깥으로 기투함으로써 자유로워지며, 기투된 자신의 총체로 초월된 자신이 구성되는데, 그러한 사르트르의 인간존재는 자유의 존재이다.227) 그러나 김춘수는 니부어의 신학을 받아들이듯이 인간의 한계를 인정한다. 사르트르에게 자유는 존재의 불충분함에서 비롯되는 '존재의 무'이다.228) 김춘수는 사르트르의 '자유로 인해 고통받는 존재'라는 존재론적 관점을 주시하였다.229) 그러나 김춘수는 시인으로서 작품 안에서는 예술적 자유는 추구하였으나, 그 이외에는 대체로 모든 인간적 유한성을 받아들였다. 김춘수의 사상에서 절대적 자유를 지향하는 도정에서, 해체를 통한 창조를 이뤄간 그에게 무 또는 허무와의 대면은 시작(詩作)에서만큼은 기본 전제가 되었다.

---

223) *Ibid.*, pp.17~18.
224) *Ibid.*, p.38.
225) *Ibid.*, p.39.
226) *Ibid.*, pp.40~42.
227) *Ibid.* 참조.
228) *Ibid.*, pp.726~727.
229) 김춘수, 「김소월론－＜산유화＞를 중심으로」, p.469.

김춘수의 시에는 무와 소멸과 부재에 대한 사유가 있다. 무와 더불어 무화과정(無化過程, Nichtung) 또는 무화작용(無化作用, Nichten)[230]을 살펴보도록 한다. 무화작용은 불안(Angst)이 드러낸 무에 의해 존재가 '~로부터 후퇴하는 현상'이다.[231] 한편 무화작용은 달아나는 전체로서의 존재자를 거부하며 지시하는 작용으로 전체로서의 존재자에 대해 절대적 타자를 드러낸다.[232]

김춘수는 자신의 시 「메시지」에서 아도르노라는 이름은 언급하지 않았지만, 아도르노의 유명한 테제, '아우슈비츠 이후 서정시를 쓸 수 없다'[233]는 구절을 인용한 바 있다. 현대철학의 관심은 아도르노가 『부정변증법』을 통해 헤겔로 완성된 독일관념론 철학의 동일성의 신화를 비판한 것처럼, 현대철학의 일반적인 경향에는 동일성 철학에 대한 반성과 그에 대한 반성의 지점으로서의 타자성 철학에 대한 요청이 있다. 아도르노는 동일성이 관념 속의 가상일 뿐이며,[234] 모든 것을 동일하게 만들려는 것은 폭력적이라는 것이다.[235] 김춘수의 연구에서 타자성에 대한 연구가 축적되고 있는 것도 그의 삶과 시의 그러한 동시대성 때문일 것이다. 예컨대, 김춘수는 자신이 역사적 폭력의 희생자였다. 김춘수의 문학은 시대적으로 아우슈비츠 이후의 서정시의 불가능성을 말한 아도르노의 사상과 동시대적이다.[236] 김춘수 시에는 이데아와 신이 일자로서의 성격으로 그 세계의 한 부분을 차지하고 있다. 그러나

230) Martin Heidegger, *op.cit.* p.82. 참조.
231) *Ibid.*, pp.80~82.
232) *Ibid.*, p.82.
233) Theodor Adorno, 「문화비평과 사회」, 『프리즘: 문화비평과 사회』, 홍승용 옮김, 문학동네, 2004, p.29.
234) Theodor Adorno, 『부정변증법』, 홍승용 옮김, 한길사, 1999, p.57.
235) *Ibid.*, pp.217~218.
236) Theodor Adorno, 「문화비평과 사회」, p.29.

김춘수의 시에는 이데아와 신에 대한 상실의, 디스토피아적 순간도 공존한다. 그의 시세계는 일의적이지 않다는 의미이다. 동일성에 대한 반성에 따른 존재의 개념은 타자성에 대한 사유로 나아가게 된다.

김춘수 시의 존재자들은 인간뿐 아니라 자연과 신이 모두 어우러진 양상으로 조화롭게 나타난다. 거기서 퓌시스(φύσις, Physis)라는 존재 개념을 하나 더 불러낼 수 있을 것이다. 퓌시스로서의 자연은 존재의 본질 그 자체이다. 이때 자연은 인간의 역사가 펼쳐지는 대지이면서,[237] 생물, 천체, 신 등 우주적 영역까지 포괄하는 개념이다.[238] 그러면서 퓌시스는 노모스와 대립된다. 이러한 존재는 세계—내—존재(世界內存在, In-der-Welt-sein)로서 공동현존재(Mitdasein)[239]이자 역사적 존재[240]이다. 공동현존재는 현존재가 근본적으로 시간 속에서 세계를 향해 열려 있음으로 인하여 성립된다. 여기서 존재사(存在史, Seinsgeschichte)[241]라는 개념도 성립될 수 있을 것이다. 공동존재(共同存在, Mitsein)와 공동현존재를 사회적 차원으로 확대하면 동인(同人)이라는 개념도 성립할 것이다. 동인이란, 사람들과 함께 함을 의미하는 개념이다.[242] 동인은 인성의 부드러움[柔]으로 사회의 중심[中]을 얻고 하늘[乾]의 뜻에 응하는 것으로[243] 하이데거적인 더불어 존재함을 사회 전

---

237) Martin Heidegger, 「예술작품의 근원 *Der Ursprung des Kunstwerkes*」, 『숲길 *Holzwege*』, 신상희 옮김, 나남, 2010, pp.55~56.
238) Martin Heidegger, 『논리학: 진리란 무엇인가?』, p. 9.
239) Martin Heidegger, 『존재와 시간』, p.160.
240) *Ibid.* pp.488~518. 참조.
241) Martin Heidegger, *The Principle of Reason*, Trans. Reginald Lilly, Indiana: Indiana University Press, 1991, p.62. 참조; Stenger, 「세계현상—후설부터 롬바흐까지」, 이종주 외 역, 서울대 철학사상연구소, 2014, p.14.
242) 王弼, 『주역(周易) 왕필 주』, 임채우 옮김, 길, 2000, p.124.
243) *Loc. cit.*

체적인 측면으로까지 넓힌 개념이라고 할 수 있겠다. 그것은 부드러움 [柔]이 암시하듯이 보다 넓은 포용력을 의미한다. 그런 의미에서 진리의 주체는 주체성뿐만 아니라 타자성을 존중하는, 즉 타자성을 비진리(非眞理)로 매도하지 않는 상호주체성(相互主體性)244)으로 확장된다.

그러나 리쾨르(Paul Ricœur, 1913~2005)는 하이데거의 공동존재(共同存在, Mitsein) 개념을 비판하기도 한다.245) 한편 레비나스(Emmanuel Levinas, 1906~1995)는 공동존재(共同存在, Mitsein) 개념을 유적 개념으로 환원되지 않는, '나─너'의 집단성 개념으로 대신하기도 한다.246) 타자에게도 존재의 진리를 열어 드러내기 위해서는 '나'라는 1인칭247)으로 말할 권리를 인정해 주어야 한다. 또한, 레비나스에게서처럼 타자에 대한 환대(歡待, l'hospitalité)248)는 진리의 보편성을 얻기 위해 반드시 실천해야 할 윤리이다. 레비나스는 하이데거의 공동(현)존재 개념을 보완하는 것이다. 그것은 아감벤(Giorgio Agamben, 1942~)이 언어활동의 순수한 실존을 경험하는 것 자체가 윤리249)라고 하였듯이, 침묵

---

244) 칸트는 상호주관성을 객관성과 동일시했으며, 후설은 하나의 주관을 초월하여 다수의 주관에 공통적인 것이라고 하였다.
  Edmund Husserl, 『데카르트적 성찰』, p.347.
  타자가 주체형성에 영향을 줌으로써 상호주체성을 띠는 것에 대해서는 지젝의 글이 있다.
  Slavoj Žižek, 『환상의 돌림병 The Plague of Fantasies』, 김종주 옮김, 인간사랑, 2002, pp.24~25.
245) Paul Ricœur, 『시간과 이야기 Temps et Récit』 3, 김한식 옮김, 문학과지성사, 2004, pp.151~152.
246) Emmanuel Levinas, 『시간과 타자 Le Temps et l'Autre』, 강영안 옮김, 문예출판사, 2001, pp.117~118.
247) Alenka Zupančič, 『정오의 그림자: 니체와 라캉 The Shortest Shadow: Nietzsche and Lacan』, 조창호 옮김, 도서출판 b, 2005, p.182.
248) Emmanuel Levinas, Totalité et Infini: Essai sur l'extériorité, Phaenomenologica VIII, La Haye, Martinus Nijhoff, 1961.

을 강권 당하지 않을 권리이자, 누구나 자신의 언어로 주체화된 존재로서의 진리를 발화할 수 있도록 하는 윤리이기도 하다.

불확정성을 띠는 진리를 포착하려는 시의 언어는 개방성을 전제하면서 상반된 힘들의 긴장을 내포하는, 살아있는 언어로서의 특성을 지닌다.250) 이러한 진리의 본질에 다가가는 시의 언어를 연구한 리쾨르는 존재론적 열정이 진리에 도달하는 것은, 믿음이라는 존재론적 수행의 순간이며, 그때에만 언어가 자신을 넘는 언어가 됨으로써 존재의 한계 또한 넘는다고 하였다.251) 진리는 믿음으로써만 새로운 의미를 창조해낸다는 것이다. 그러한 믿음의 순간은 크로노스(chronos)의 시간성이 아니라 카이로스(kairos)의 시간성이 실현되는 순간이기도 할 것이다.252) 진실말하기(veridication)253)는 이해됨으로써 필연적으로 존재를 증명하는, 믿음의 경험의 문제인 것이다.254) 진리는 그러한 순간에 존재 그 자체 안에 발견된 채로 있다.255) 진리로서 존재하는 것은 현존재(現存在, Dasein)의 존재방식256)이며, 그로써 진리의 근원적 현상에 다다른다.257)

---

249) Giorgio Agamben, 『목적 없는 수단: 정치에 관한 11개의 노트 *Mezzi senza Fine: Note sulla Politica*』, 김상운 · 양창렬 옮김, 난장, 2009, p.80.
250) Philip Ellis Wheelwright, 『은유와 실재 *Metaphor and Reality*』, 김태옥 옮김, 한국문학사, 2000, pp.34~40.
251) Paul Ricœur, *The Rule of Metaphor*, Trans. Robert Czerny, Toronto: UTP, 1979, pp.247~249.
252) Giorgio Agamben, 『남겨진 시간: 로마인들에게 보낸 편지에 관한 강의 *Il Tempo Che Resta: Un Commento alla Lettera ai Romani*』, 강승훈 옮김, 코나투스, 2008, pp.117~130.
253) Giorgio Agamben, 『언어의 성사(聖事): 맹세의 고고학 *Il Sacramento del Linguaggio : Archeologia del Giuramento*』, 정문영 옮김, 새물결, 2012, p.121.
254) *Ibid.*, p.112.
255) Martin Heidegger, 『존재와 시간』, p.305. 참조.
256) *Ibid.*, p.297.

진리를 뜻하는 그리스어 알레테이아(aletheia)는 망각이란 의미의 강, 레테(lethe)를 벗어난다는 발상에서 나왔으므로 어원적으로 비은폐성(非隱蔽性)이란 의미를 지닌다. 장자도 "道惡乎隱而有眞僞"[258]라 하여, 진리와 비진리가 서로 은폐함을 말한 바 있다. 그러므로 진리란 은폐되어 있던 것 사이에서 자신의 본질을 드러내는 것, 곧 "존재내부"[259]에서 일어나는 것으로 볼 수 있다. 또한, 장자도 "眞人而後有眞知"[260]라 하여, 진인(眞人), 즉 참된 존재가 있은 다음에 진리를 아는 것이 가능하다고 하였다. 그는 진리도 앎의 차원이기 이전에 존재의 차원이라는 것을 전제한 것이다. 그의 진인 개념을 현대적으로 진리의 주체로 해석할 수 있을 것이다. 진리의 주체는, 플라톤이 진리를 추구하는 자는 삶이 아니라 늘 죽음의 경계에서 육체라는 악(惡)의 오염에서 벗어나려 한다고 말한 것이나[261], 칸트가 아름다움을 추구하는 자는 이해관계에 대해 무관심성(無關心性, Interesselosigkeit)[262]을 보인다고 한 것처럼 인간의 동물성을 벗어던진다. 즉 그러한 진리의 주체는 이미 진리에 도달해 있으므로 "不知惡死 […] 其入不距"[263] 즉, 죽음을 두려워하지도 거부하지도 않는 존재이기도 할 것이며 그러한 존재로 김춘수의 시에서는 천사가 나타난다.

---

257) *Ibid.*, pp.297~298.
258) 莊子, 『장자』, pp.57~58.
259) Slavoj Žižek, 『무너지기 쉬운 절대성 *The Fragile Absolute*』, 김재영 옮김, 인간사랑, 2004, p.119.
260) 莊子, 『장자』, pp.176~177.
261) Plato, 「파이돈 Phaidon」, 『소크라테스의 변론, 크리톤, 파이돈, 향연』, pp.118~125. 참조.
262) Immanuel Kant, 『판단력 비판 *Kritik der Urteilskraft*』, 이석윤 옮김, 박영사, 2003, p.58.
263) 莊子, 『장자』, pp.178~179.

진리는 존재 안에 있다. 주체의 기원을 '나는 생각한다, 그러므로 존재한다(Je Pense, dont je suis)'[264]라는 데카르트적 코기토(cogito)로 본다면, 진리는 인식 속에서 구성되는 것이다. 헤겔에게 진정한 무한성은 존재가 다른 존재로 변화하기를 거듭함으로써 도달할 수 있는 경지이다.[265] 주체는 유한하지만, 진리는 무한하다.[266] 김춘수에게 무한은 유한자로서의 인간존재가 초월을 통해 신적인 것에 도달하려는 열망으로 판단된다. 그러므로 주체는 주체의 진리로 되어감(the becoming-true of the subject)으로서[267] 진리추구의 에로스 속에 상승되어 간다.

김춘수의 플라토닉 포에트리는 절대 이상으로서의 이데아계를 상정한다. 그러나 이데아론은 감성계(感性界)와 대립된다는 점에서 존재론적 이원론(二元論, Dualism)이다. 김춘수는 한 편으로는 관념을 시적 언어로 벼려 직조한 철학적 세계를 갖는다. 그러나 다른 한 편으로는 심미적 형상성의 창조를 통해 감각의 쾌(快)를 주는 감성적 세계를 갖는다. 그는 그 두 세계 중 어느 한 편으로 경도되지 않았다. 그의 그러한 이원론의 극복은 그의 시력(詩歷)을 따라 시간적인 측면에서도 이루어지지만, 사유의 체계 안에서도 이루어진다. 그 증거가 바로 '천사(天使)'이다. 천사는 천상과 지상, 삶과 죽음, 신과 인간의, 환원 불가능한 두 세계를 넘나든다.

플라톤의 사상은 아우구스티누스(Aurelius Augustinus, 354~430)의

---

264) René Descartes, 『방법서설 Discours de la Méthode』, 권오석 옮김, 홍신문화사, 1995, p.41.
265) Georg Wilhelm Friedrich Hegel, op.cit., p.185.
266) Alain Badiou, 『존재와 사건 L'Être et L'Événement』, 조형준 옮김, 새물결, 2013, p.631.
267) Alain Badiou, Logics of Words-Being and Event II, Trans. Alberto Toscano, New York: Continuum, 2009, p.52.

사상에 영향을 미친다. 그럼으로써 이데아론은 그리스도 신학으로 스며든다. 이데아계 대 감성계로 이분된 세계관은 그리스도 신학의 천상과 지상으로 이분된 세계관과 구조적인 상동성을 지닌다. 아우구스티누스는, 플라톤학파가 혼을 이성적(理性的) 특성과 불멸적 특성을 가진 것으로 보는 관점을 인정하였지만, 하느님의 말씀을 따라야만 인간은 최고선에 이를 수 있다고 하여,[268) 플라톤 사상을 그리스도 신학으로 발전시켰다. 한편 아우구스티누스의 천사상은 아퀴나스(Thomas Aquinas)의 『영혼에 관한 토론문제 Quaestiones Disputatae de Anima』와 『존재자와 본질에 대하여 De Ente et Essentia』에서 계승된다. 천사는 존재이며 제1 원인이면서 신(神, causa prima que Deus)인 제1의 존재자로부터(a primo ente) 존재(esse)를 갖는다.[269) 신은 본질이 그 존재 자체이며[270) 자기의 존재 속에 모든 완전성을 가진다.[271)'진리의 이름으로!' 라는 학문적 태도로 초자연적 진리의 초월성을 인정하면서도 인간 이성의 합리성 안에서 신학을 정립한다는 원칙을 세운 스콜라철학의 대가,[272) 아퀴나스의 『영혼에 관한 토론문제』는 인간 영혼의 본성으로서의 '지성혼'(anima intellectiva)을 해명하고자 한 존재형이상학이다.[273)

아우구스티누스와 아퀴나스의 천사 개념을 살펴보면 다음과 같다. 먼저 천사가 창조된 것은 첫째 날로, 천사는 빛에 속하지만, 하느님과 멀어져 진리를 떠나면 선을 잃고 타락한다.[274) 천사가 창조될 당시의

---

268) Aurelius Augustinus, 『신국론』, p.443.
269) Thomas Aquinas, 『존재자와 본질에 대하여 De Ente et Essentia』, 김진 · 정달용 옮김, 서광사, 1995, p.53.
270) Ibid., p.59.
271) Ibid., p.63.
272) 이재룡 · 이경재, 「옮긴이 해제」, Thomas Aquinas, 『영혼에 관한 토론문제 Quaestiones Disputatae de Anima』, 이재룡 · 이경재 옮김, 나남, 2013, p.464.
273) Ibid., p.466~467.

형상은 천사화(天使畵)가 보여주는 것처럼 특정 형상이 있는 것은 아니다. 신의 형상(imago Dei)을 지닌 것은 천사 또는 영혼이 아니라 성자(聖子, Fillius)뿐이다.[275] 그러므로 예술작품의 천사의 형상은 상상된 것이다. 천사는 비물체적 실체로서, 정의나 증명에 의해서가 아니라 직관으로 인식되므로, '무엇임'(quid est)이라 정의될 수 없다.[276] 그러나 본래 천사는 신의 질서 안에서 진선미를 추구하는 사자(使者)의 상징이다. 천사는 하느님의 사랑과 말씀 안에서 선의 근원을 추구한다.[277] 선의 근원은 선의지(善意志)이다. 인간은 천사에 비해 성품이 나약하므로, 천사들의 선의지를 닮으려고 해야 한다.[278] 그럼으로써 인간은 자신을 극복하고 신에 가까워질 수 있다. 이처럼 천사는 인간에게 귀감이 되며 신과 인간 사이를 매개한다. 또한, 천사는 인간의 기도를 들어서 하느님께 전함으로써 인간과 신을 매개하는 역할도 한다.[279] 신은 곧 말씀이다. 신과 인간의 교제는 말씀으로 이루어진다. '말씀 안에서 보기'(videre in Verbo)는 신적 본성에 참여하는 것이다.[280] 천사는 하느님의 말씀을 온전히 이해하며 그것을 진리로 받아들인다.[281] 다만, 인간의 이해(intelligere)는 추론적(cum discursu)이지만, 천사의 이해는 비추론적(sine discursu)이라는 차이가 있다.[282] 이처럼 인간과 천사는 신의 말씀을 이해하는 방식이 다르다. 그러나 하느님께서 천사에게 하시는

---

274) Aurelius Augustinus, 『신국론』, pp.513~516.
275) Thomas Aquinas, *op.cit.*, p.157.
276) *Ibid.*, pp.157~158.
277) Aurelius Augustinus, *op.cit.*, pp.438~439.
278) *Ibid.*, pp.405~406.
279) *Ibid.*, p.463.
280) Thomas Aquinas, *op.cit.*, p.154.
281) Aurelius Augustinus, *op.cit.*, p.541.
282) Thomas Aquinas, *op.cit.*, p.153.

말씀은 내면의 귀로 들음으로써 인간의 마음에 영적인 형상을 얻는다.283) 자신의 존재 안에 신의 존재를 들이는 것이다. 즉, 천사는 최고 존재인 하느님께 충실함으로써 자신보다 더 큰 존재를 얻는다.284) 최고의 존재는 완전한 존재를 의미한다. 그것은 바로 신이다. 즉 존재의 완전성은 신적 본성에 참여함으로써 주어진다.285) 그러므로 존재는 신에 다가가려는 부단한 노력을 해야만 한다. 천사는 스스로 진리는 아니지만, 창조적 진리에 참여하여 생명의 원천인 진리에 접근하는 것이다.286) 인간도 천사처럼 신을 향한 진리의 순례를 할 때 천사가 인간을 수호해준다.287) 이처럼 천사는 천상의 신과 지상의 인간을 매개하여, 인간에게 귀감이 되거나 인간을 수호하는 역할을 한다. 신을 완전한 존재, 인간을 불완전한 존재라고 한다면, 인간이 자신을 초월하려는 존재의 비약을 할 때, 신과 인간 사이에 천사의 모습이 거울처럼 비치는 것이다.

한편 현대에 와서는 벤야민(Walter Benjamin, 1892~1940)이 「역사의 개념에 대하여」에서 현대적인 천사상을 그렸다. 벤야민은 묵시록적 역사관을 가지고 있다. 그러한 역사관은 그와 동시대의 신학자인 니부어(Reinhold Niebuhr)의 역사관과 상당한 공통분모를 보인다. 니부어의 영향은 김춘수의 초기 시론에서부터 나타나다가 후기에 전면화된다. 니부어의 역사관은 20세기 전반(前半)의, 세계사적 비극288)을 하나의

---

283) Aurelius Augustinus, *op.cit.*, pp.748~749.
284) *Ibid.*, pp.562~563.
285) Thomas Aquinas, *op.cit.*, p.156.
286) Aurelius Augustinus, *op.cit.*, pp.748~749.
287) *Ibid.*, p.453.
288) Reinhold Niebuhr, 『신앙과 역사 *Faith and History*』, 편집부 옮김, 종로서적, 1983, p.10.

종말의 양태로 인식하고 메시아를 기다린다는 것이다. 이때 천사는 지상의 역사를 심판자의 눈으로 내려다보지만, 클레(Paul Klee, 1879~1940)가 그린 「새로운 천사 Angelus Novus」에 묘사된 천사처럼 지상의 인간들을 구제하지 못하는 '역사의 천사'이다.[289] 벤야민의 그러한 역사관은 신화와 역사가 결합된 신화적 역사관이다. 김춘수도 자신을 역사허무주의자로서의 신화주의라고 하면서, 신화적 역사를 자신의 시에 창조한다. 그는 『성경』, 『일리아드』, 『삼국유사』 등이 신화적 역사라고 말한다. 김춘수 시 전체를 관통하는 천사는 그 존재 자체로 김춘수 시의 신화성을 증명한다. 벤야민은 신화적 역사를 시간의 흐름 속에서도 정지되는 순간에 인간존재가 모나드(單子, monad)로서 결정화(結晶化)되는 현재시간(Jetztzeit)을 일정한 구성원칙(構成原則)에 따라 언어화함으로써 이루어지는 것으로 본다.[290] 그렇기 때문에 현재시간은 인류의 역사 끝에서 매초 메시아가 들어오는 문[291]이란 개념이 성립한다. 김춘수의 시는 세계에 대한 비극적 인식하에, 부재하는 메시아를 기다리는 시공에서 천사와 조우한다. 형이상시로서의 그의 시세계는 신학과 신화를 넘나든다. 신학이 신 앞의 현존재(現存在, Dasein)를 다루는 학문이라면,[292] 신화는 신적 존재에 관한 이야기이다.[293] 그의 시세계는 신학과 신화로 심원해진다. 김춘수는 레비-스트로스(Lévi-Strauss, 1908~2009)의 신화소(神話素, mythème) 개념과 프라이(Northrop

---

289) Walter Benjamin, 「역사의 개념에 대하여 *Über den Begriff der Geschichte*」, 『역사의 개념에 대하여, 폭력 비판을 위하여, 초현실주의 외』, 최성만 옮김, 길, 2009, p.339.
290) *Ibid.*, p.348.
291) *Ibid.*, p.350.
292) Martin Heidegger, 『시간개념 *Der Begriff der Zeit*』, 김재철 옮김, 길, 2013, p.130.
293) Northrop Frye, 『비평의 해부 *Anatomy of Criticism*』, 임철규 옮김, 한길사, 2000, p.238.

Frye, 1912~1991)의 원형 개념을 빌어, 신화의 특징을 원형(元型)의 반복과 운명(運命)의 결정성으로 보았다.[294] 레비-스트로스가 신화학의 의의로 밝힌, 무의식의 공통 코드[295]가 김춘수가 이해한 신화소의 원형성인 것으로 보인다. 역사철학자로서의 신범순이 김춘수의 시편에 민족지적으로 접근하여 밝혀낸 신화소의 의미도 존재와 역사, 지상과 천상, 태초와 현재가 교차하는 그의 시의 신화성의 깊이를 드러낸다.

---

294) "스트로스는 […] 신화소 […] 그것은 하나의 원형이기도 하다./신화적 세계관에 의하면 구조적으로 이미 세계는 그 운명이 결정돼 있다고도 할 수 있다. […] N. 프라이와 같은 사람의 가장 첨예한 문학이론이 신화학과 깊이 관련을 맺고 있다는 것은 매우 시사적인 일이라 하겠다."
김춘수, 『오지 않는 저녁』, 근역서재, 1979. 부분. (김춘수, 『김춘수 전집 3 - 수필』, 문장사, 1982, p.291. 재수록.)
295) Claude Lévi-Strauss, 『신화학 *Mythologiques*』 1, 임봉길 옮김, 한길사, 2013, p.110.

II. 김춘수의 형이상시의 시론의 형성

1. 한국 형이상시의 계보

(1) 한국현대시사 이전의 형이상시

한국의 형이상시의 계보는 상당히 전통이 깊다. 한국은 한자문화권(漢字文化圈)이자 유교문화권(儒敎文化圈)이다. 조선(朝鮮)은 유학을 국교로 삼아 문인을 우대하였다. 과거제도(科擧制度)에서부터 시(詩)를 짓는 실력으로 인재를 등용하는 정책은 한국의 전통이 얼마나 시를 중요시하였는지 알 수 있다. 유교는 중국의 춘추전국시대의 제자백가(諸子百家)의 일파인 공자(孔子)에 의해 시작되었다. 그의 사상의 근간은 인륜(人倫)을 세워 국가를 평화롭게 다스리는 데 있다. 그러나 송대(宋代) 주자(朱子, 1130~1200)의 성리학(性理學)에 이르러서 유교는 우주의 원리와 인간의 원리를 하나로 궁구하려는 형이상학으로 완성되었다. 조선의 퇴계(退溪) 이황(李滉, 1501~1570)의 주리론(主理論)이나 율곡(栗谷) 이이(李珥, 1536~1584)의 이기론(理氣論)에 이르러 한국의 유교도 세계철학사상 상당히 높은 형이상학적 완성도를 보인다. 한국 유학자들의 철학은 한편으로는 사상이었으나 또 한편으로는 시였다는 관점에서 볼 때, 한국의 형이상시의 계보는 상당히 깊다. 김춘수는 시조(時調)가 유교의 경세사상의 측면과 도교의 양생술의 측면을 가진다고 보았다.1) 그러나 그는 전자의 측면, 즉 유교의 도덕주의에 입각한 시가 지배적이라는 것을 인정하였다.2) 시조는 도덕주의적인 형이상시이다. 그러한 도덕주의는『장자(莊子)』의「인간세(人間世)」편3)에서 무용성의 실용성을 전제하는 세계관4)과는 대조적이다. 그러나『도덕경』은 대표적인 형이상시다. 김춘수는 조선의 유교가 도덕률과 경세로 편향되어, 한국의 문화의 근저까지는, 상징주의(象徵主義)와 같은 초월성과 예술성을 심어주지 못하였다고 진단하면서, 그러한 한계가 현재까지 한국문화를 경직되게 한 원인으로 보았다.5) 김춘수의 관점에서 유교적 형이상시를 극복하고 상징주의의 초월성을 성취한 최초의 시인은 바로 한용운이다.6)

---

1) 김춘수,『시의 위상』, 둥지출판사, 1991. (김춘수,『김춘수 시론 전집』II, p.359. 재수록.)
2) Loc. cit.
3)『장자』의「인간세」편에는 장석(匠石)의 상수리나무 일화와 남백자기(南伯子綦)의 거목(巨木) 일화가 나온다. 莊子,『장자』, pp.132~139.
4) 김춘수,『시의 위상』, 둥지출판사, 1991. (김춘수,『김춘수 시론 전집』II, pp.371~372. 재수록.)
5) Ibid., p.363.
6) Loc. cit.

(2) 한국현대시사의 형이상시

① 김춘수의 한국현대시사 연구를 통한 형이상시의 탐색

김춘수는 탁월한 시인이자 시론가(詩論家)였다. 그러나 다른 한편으로 그는 문학사가(文學史家)였다. 그의『한국 현대시 형태론』(해동문화사, 1959)은 개화기 시대의 창가(唱歌)와 신체시(新體詩)부터 1920년대『창조』·『백조』·『폐허』· 김소월, 1930년대 시문학파 · 생명파 ·『문장』· 김기림 · 이상, 1940년대 청록파와 윤동주, 1950년대『시와 시론』, 『문예(文藝)』, 후반기(後半期) 동인, 김구용 등까지 다루고 있다.『의미와 무의미』(문학과지성사, 1976)의 Ⅲ장과 Ⅳ장은 1940년대 청록파(青鹿派) 동인부터 1970년대『자유시(自由詩)』동인 1기까지 다룬 시문학사이다.『시의 표정』(문학과지성사, 1979)의 Ⅰ장은 조향 · 이승훈 · 강은교 · 김구용 등의 1970년대 활동까지 문학사적 연구를 확대한다. 『시의 위상』(등지출판사, 1991)은 고은 · 신경림 · 정현종 · 황지우 · 박남철 · 송찬호 등 1970~80년대 시사연구까지 포함한다. 마지막으로 『김춘수 사색(四色) 사화집』(현대문학, 2002)은 조영서 · 노향림 · 정진규 · 박노해 · 황동규 · 오규원 · 박상순 · 김혜순 · 김현승 · 기형도 · 허만하 등 1980~90년대 시인까지 시사에 포함하여 연구하고 있다. 김춘수가 한국시문학사를 연구한 시기는 1950~90년대까지이며, 그가 연구한 대상은 개화기~1990년대에 이른다. 그가 시인으로 활동한 시기와 문학사가로서 연구한 시기는 거의 일치한다. 그는 일평생 한국 근현대 시문학사를 성실히 다룬 학자적 시인이었다. 그가 쓴 문학사는 시인으로서 터득한 심미안과 비판력으로 문학사를 해석했다는 데서 일반 연구자의 업적과 차별화되는 성과가 있다. 이러한 문학사적 연구 가운데 김춘수가 형이상시인으로 규정한 시인들로는 1920년대의 한용운, 1930년대의 정지용과 유치환, 1940년대의 박두진과 윤동주, 1950년대의 김구용과 김종삼, 1960년대의 김수영과 김현승, 1980년대 송찬호, 1990년대 기형도 등을 들 수 있다.[7] 김춘수는 문학사적 연구를 통해 그들이 형이상시에서의 성과와 한계를 파악한 것을 자신의 시에 비추어 보는 전통의식을 가짐으로써 자신만의 형이상시의 개성을 확고히 확립해 갔다. 본고는 김춘수가 그러한 연구를 남긴 텍스트를 충실하게 추적하는 방법으로 한국문학사 속에서 그의 형이상시가 어떻게 변화과정을 거쳤는지 살펴볼 것이다.

② 김춘수의 신체시 연구를 통한 형이상시의 탐색

김춘수는 창작을 하는 시인으로서 시의 형태가 어떻게 발생하는지에 대하여 관심을 갖고 『한국 현대시 형태론』을 저술하였다. 김춘수가 논하는 형태(形態, form)란 문체(文體, style)를 제외하고 운율(韻律, meter)로 제한된다.[8] 김춘수는 시의 형태의 발생 이전에 심리적 과정이 반드시 존재한다는 발생론적 관점을 견지한다. 김춘수는 운문의 리듬이 "회귀(回歸)"[9]의 리듬이라는 특징을 지닌다고 규정하였다. 김춘수는 운문이 자연의 리듬과 반대되는 것으로서 인간의 리듬이라고 본다. 그러나 운문 정형시가 타성에 젖으면 다시 산문의 자연의 리듬으로 돌아

---

7) 그 이외에 일반적인 관점에서 형이상시를 전반적으로 썼다고 할 수는 없지만, 그러한 시에서 성공을 거둔 시인으로는 김소월, 윤동주, 김수영, 이형기, 허영자, 성찬경, 오세영 등을 더 들 수 있다.

8) 김춘수, 『한국 현대시 형태론』, 해동문화사, 1959. (김춘수, 『김춘수 시론 전집』 I, p.36. 재수록.)

9) Ibid., p.29.

가는데, 이때 심리에 따른 리듬이 더욱 중요해진다는 것이다. 그렇게 해서 나타난 자유시의 리듬으로 그는 첫째, 연(stanza)을 무시한 이미지 본위의 형태, 둘째, 문자를 시각적으로 배열한 형태, 셋째, 산문문어(散文文語)의 형태로 분류하였다.10) 김춘수는 신체시가 정형시에서 자유시로 가는 과도기적 과정에서 발생한 것으로 보는 일반적인 관점에 동의하면서, 신체시가 일본에서 먼저 발생했다는 것을 새롭게 확인한다. 그러나 일본의 신체시는 혼마 히사오(本間久雄)의 『속명치문학사(續明治文學史)』에 따르면 서정시와 서경시가 모두 나타나는데, 한국의 신체시는 최남선 · 이광수 모두 서정시에 국한된다는 것이 특징이라고 한다.11) 김춘수는 서정시의 압축된 형태를 동양적이라는 것으로서 강조하며, 서양시에 대하여 주체적인 자의식을 갖는다. 김춘수는 한국현대시의 시발점으로 삼는 최남선(崔南善, 1890~1957)의 신체시(新體詩)나 주요한(朱耀翰, 1900~1979)의 산문시(散文詩)가 시형에서 새로워 보일지 모르지만, 그 내용에서 조선시대의 시가에 못 미친다고 비판하였다. 그렇지만 김춘수는 최남선의 「해에게서 소년에게」(『소년』, 1908년 11월호)가 신시(新詩)의 기점이라는 점은 인정한다. 『태서문예신보』가 나온 1918년 이전까지 최남선과 이광수에 의해 쓰인 신체시에 대하여 김춘수는 '개념적(槪念的)'이라고 평가한다.12) 그러나 김춘수는 최남선과 이광수의 시에 대하여 비판적이다. 그들의 시가 조선시대 유학자들의 시조와 다른 것은 계몽의식이 있는 정도며, 시에 표현된 정서와 감정에 개성과 밀도가 결여되어 있다는 것이다. 형이상시는 관념을

---

10) *Ibid.,* p.31.

11) *Loc. cit.*

12) 김춘수, 『시론―시의 이해』, 송원문화사, 1971. (김춘수, 『김춘수 시론 전집』 I, pp.378~380. 재수록.)

그대로 드러내 논설하는 시가 아니라, 감성 및 표현과의 조화에 의해 심미성까지 획득한 시라는 점에서 김춘수는 최남선과 이광수의 신체시의 성과를 부분적으로만 인정했다.

③ 김춘수의 한국현대시 연구를 통한 형이상시의 탐색 (i) - 통시적 연구

김춘수는 1920년대 프랑스 상징주의 시의 영향을 받은 시인들 가운데 오상순의 「시대고의 희생」(『폐허(廢墟)』 창간호, 1921)과 김억의 「스핑쓰의 고뇌」(『폐허(廢墟)』 창간호, 1921)의 예를 들면서, 식민지의 비애를 탐미적으로 형상화하고자 한 성과가 있으나 형이상성을 결여했다며[13] 비판한다. 김춘수가 그런 것은 자신의 초기시를 상징주의 시로 자각했던 그가 자신의 시에 형이상성을 추구하려 했기 때문인 것으로 보인다.

김춘수가 한국문학사에서 처음으로 상찬한 형이상시의 시인은 만해 한용운이다. 한용운은 불교의 형이상성에 개성적인 감성과 감각을 조화시키는 데 성공했다. 그런 의미에서 한용운의 형이상시에서 '님'은 김춘수 시의 '천사'에 비견할 만하다.

김춘수가 형이상시의 관점에서 좋지 못한 선례로 든 것은 김광균이다. 김춘수는 영미 모더니즘 시론을 상당한 수준으로 연구했다. 그러한 기준으로 보았을 때, 그는 김광균의 이미지즘 시가 논리성을 결여하고 있으므로 형이상시의 수준에 이르지 못했다고 비판하였다.

김춘수는 시문학파를 예술사조 상 고전주의로 분류하였다. 김춘수는 『논어(論語)』에서 공자가 『시경(詩經)』에 대하여 "詩三白一言以蔽

---

13) 김동리, 『문학과 인간』, 청춘사, 1952. (김춘수, *op.cit.*, p.387. 재수록.)

之曰思無邪"라고 언급한 것과 『서경(書經)』에 대하여 "詩言志歌永言"이라고 언급한 것은 시에서 '느낌'을 우선시하는 낭만주의의 시관으로 볼 수 있지만, 시문학파는 '생각'을 우선시하는 고전주의의 시관이라고 하였다.14) 형이상시의 일면이 사유로서의 시라면 시문학파의 고전주의적 성향은 형이상시에 근접한다. 박용철은 김춘수에 앞서 릴케와 키르케고르를 한국문학사에 수용한 업적이 있다. 릴케에게 가장 큰 영향을 준 철학자가 키르케고르이다. 한국에서 릴케 수용의 계보는 키르케고르 수용의 계보와 거의 일치한다. 시문학파는 아니지만, 윤동주가 릴케—키르케고르 계보의 시인에 속한다. 그런 면에서 박용철과 윤동주는 김춘수의 계보에서 선구적이다. 그러나 김춘수는 박용철에 대해서는 냉정하게 비판하고 윤동주에 대해서는 소략하게 다루는 데 그친다. 한편 시문학파의 정지용의 가톨릭 관련 시편들은 김춘수의 신학적 시편들에 상응한다. 이상의 시인들에게서 나타나는, 존재에 대한 내성적 사유와 직간접적으로 기독교와 관련된 형이상시가 김춘수의 계보에 전사적으로 있음을 확인할 수 있다.

김춘수의 형이상시의 계보로 가장 중요한 시인은 생명파의 유치환과 서정주이다. 김춘수는 유치환을 니체에 근접한, 사상가로서의 시인이라고 고평하였다.15) 그들이 생명파라고 불릴 때의 생명은 니체적인 '힘'과 '의지'로 보는 것이 옳을 것이다. 종교를 빌리지 않은 철학으로서 형이상시를 일군 시인으로 유치환은 문학사적 가치가 있다. 김춘수는 또 다른 생명파 시인으로 서정주의 『화사집』을 상징주의가 체화된, 성공적인 사례로 높이 평가하였다. 그는 서정주의 기독교의 결여가 그다

---

14) 김춘수, 『한국 현대시 형태론』, (김춘수, 『김춘수 시론 전집』 I, pp.69~70. 재수록.)
15) 김춘수, 『시의 위상』, 둥지출판사, 1991. (김춘수, 『김춘수 시론 전집』 II, p.324. 재수록.)

음 시집부터 상징주의와 다른 길을 가게 된 이유라고 분석하였다. 그러나 김춘수는 『화사집』 이후의 신라주의에 대해서도 높은 형이상성의 경지를 고평하였다. 생명파를 계승한 청록파 시인 가운데 김춘수는 박두진에 주목하였다. 김춘수는 『의미와 무의미』(문학과지성사, 1976)에서 박두진의 「해」의 '해'는 관념의 비유가 성공한 사례로서, 플라토닉 포에트리의 모범이라고 고평하였다.

④ 김춘수의 한국현대시 연구를 통한 형이상시의 탐색 (ii) - 공시적 연구

1950년대의 한국문단은 전쟁으로 문학사적 자산을 상실한 후 상당히 협소한 지형도를 지닐 수밖에 없었다.[16] 김춘수 또한 1950대는 6.25 시기(1950.6.25.~1953.7.27)의 한국시단이 피란지들에 형성된 소시단(小詩壇)에서 명맥을 유지한 것으로 파악한다. 김춘수는 부산시단의 후반기 동인의 도약이 주목할 만하다고 평가하였다.[17] 부산은 전시(戰時)의 임시수도로서 문화적으로 사르트르·카뮈·카프카·릴케·초현실주의·뉴컨트리파 등을 받아들이는 근거지 역할을 하였다.[18] 방민호가 지적하듯이 김환태·김기림·정지용·백석 등 영미문학 전공자들이 사망하거나 월북하여 한국문단에서 모더니즘이 빈한한 상황이 되었을 때,[19] 이러한 문단상황을 보완해 준 것이 후반기 동인이었다. 김춘수는 후반기 동인에 대하여 일제 강점기의 서정주의(抒情主義)나 허무주의(虛無主義)와 단절하고, 1930년대 모더니즘의 문명비판의식과 주지주의(主知主義)를 계승하였으며, 파운드(Ezra Pound, 1885~1972)

---

16) 방민호, 「6.25와 한국문학」, 『서정시학』 vol. 23, 2013, p.173.
17) 김춘수, 『한국 현대시 형태론』. (김춘수, 『김춘수 시론 전집』 I, pp.124~125. 재수록.)
18) 김춘수, 『시의 위상』, (김춘수, 『김춘수 시론 전집』 II, p.326. 재수록.)
19) 방민호, op.cit., p.173.

와 오든(Wystan Hugh Auden, 1907~1973)의 문학을 수용하였으나, 실
질적인 작품의 성취도는 이국 취향의 소재에 개인의 서정을 결합한 수
준에 그쳤다며 비교적 냉정한 평가를 내린다.[20] 후반기 동인의 시와 시
론의 새로움을 이끈 것은 조향(趙鄕, 1917~1985)이다. 김춘수는 1950
년대의 조향을 1930년대의 김기림과 같은 계몽가의 위상을 가졌던 것
으로 본다.[21] 김춘수는 조향과 함께『로만파』[22] 활동을 한 바 있다.[23]
한계전이 말하는 바와 같이, 김춘수는 후반기 동인에 참여하지 않았지
만, 정신적 유사성은 계속 있었다.[24] 김춘수는 조향의「바다의 층계」
라는 시가 "정적의 효과"와 "침묵의 음성"을 살려 말라르메적인 암시의
음악성과 여백을 통한 동양화적 미의식을 성취했다고 상찬(賞讚)한
다.[25] 또한 포멀리즘(formalism)이나 자유연상과 같은, 모더니즘의 신
선한 기법을 쓰면서도 잘 조직된 언어로 의식의 내면풍경을 그려낸다

20) *Ibid.*, pp.592~601.
21) 김춘수,『시의 위상』, (김춘수,『김춘수 시론 전집』 II, p.335. 재수록.)
22) 김춘수는『로만파』라고 자신의 글에 표기하고 있으나, 실제로는 발간 당시의 제목
   은 한자로『浪漫波』라고 표기되어 있다. 서정주는 '로망파'라고 표기하기도 하였
   다.『浪漫波』는 박세영·임화·이용악·윤회남·김해강·오장환 등이 참여한
   『浪漫』(1936.11.9.)과 다른 동인지이다. 현재『浪漫波』는 3집과 4집만 전해지는데,
   1946년~1948년에 발간되었다.『浪漫波』의 구성원은 조선청년문학가협회 시부위
   원이어야 했으며, 유치환·서정주·김달진·김동리·박두진·조지훈·조연현·
   조향·김춘수 등이 주요 인물이었다.『浪漫波』에는『김춘수 시 전집』(현대문학,
   2004)에 누락된 초기시들이 수록되어 있다. 그러한 작품으로는「인형과의 대화」,
   「잠자리와 유자」(이상『浪漫波』第3輯),「물결」,「슬픈 욕정」,「여명」,「박쥐」(이
   상『浪漫波』第4輯)가 있다. 김춘수는 그 시들이 습작 수준이라 시집으로 상재하지
   않은 것으로 판단된다. (김춘수 외,『浪漫波』제3집·제4집(『마산의 문학 동인지』
   I, 마산문학관, 2007. 재수록.)
23) 김춘수,『의미와 무의미』, 문학과지성사, 1976. (김춘수,『김춘수 시론 전집』 I,
   pp.590~591. 재수록.)
24) 한계전,「50년대 모더니즘 시의 가능성」,『1950년대 한국문학연구』, 한양어문학
   회 편, 보고사, 1997, p.35.
25) 김춘수,『한국 현대시 형태론』, (김춘수,『김춘수 시론 전집』 I, pp.127~128. 재수록.)

고 고평하였다.26) 조향의 시에 대하여 칭찬된 요소들은 김춘수의 시가 추구하는 바이기도 하다는 점에서 1950년대의 김춘수는 조향에게 다소간의 동류의식 또는 경쟁의식을 가졌던 것으로 볼 수 있다. 한편 김춘수는 조향의 시론에 대하여 다음과 같이 말한다.

(i) 대상(object), 즉 객체가 무너져가고 있다는 것은 주객체 사이의 경계가 지워져 가고 있다는 것이 된다. 말하자면, 그것은 하나의 미분화상태의 출현이다. 그것은 또한 밝음을 거부하는 어둠의 양상이다. 개념적으로 말하면, 이념적(platonic)인 것을 등지고 심리적이 되어가고 있다는 것이 된다. 나아가서는 그것은 주객체라고 하는 상대적 관계가 해소된 심리적 절대의 세계가 된다. 시에 이러한 현상이 나타날 때 우리는 그것을 다음과 같이 비대상의 시라고 명명할 수가 있으리라.

　　　　　　　　　　　　　　　－김춘수, 『시의 표정』 부분. (II. 103)

(ii) 의식적인 주제가 없는 의식의 흐름을 나는 하인리히리켈트의 용어를 빌어서 이질적 연속(heterogeneous continuum)이라고 부른다. 다다식으로는 '불연속의 연속'이다. '흐름'이라는 형태는 '연속'이지만, 그 내용은 이질적으로 불연속이요 단절이다./[중략]/자동기술법은 무의식의 의식에의 노출에 의하여 즉자(en－soi)가 대자(pour－soi)에 내재하는 것이라는 사실이 밝혀지는 순간, 그 두 형식이 완전히 융합하는 것을 보여주고 있다./[중략]/싸르트르의 실존주의적 영원한 이원(즉자 대자) 투쟁론이 아닌 초현실주의의 일원론, 융합론, 통일론을 말하는 것이다. 곧 부르통의 절대적 변증법(초현실주의적 변증법)이다.

　　　　　　　　　　　　－조향, 「초현실주의의 사상과 기교」 부분.27)

---

26) 김춘수, 『시론－시의 이해』, (김춘수, 『김춘수 시론 전집』 I, p.427. 재수록.)
27) 김춘수, 『시의 위상』, 재인용. (김춘수, 『김춘수 시론 전집』 II, p.249. 재수록.)

(iii) 프로이트의 개인적 생물학적 무의식보다 더 깊은 층에 집합적 무의식이 있다고 융은 말했으며, 초심리학(Parapsychology)에서는 다시 초상기능(paranomal function: 원감 · 예지 등 정상을 초월한 의식의 기능)을 연구하여 성과를 올리고 있고, 이것의 연장선 위에는 머잖아 심령의 세계가 걸려들어서 여태까지의 속설을 과학적으로 밝혀줄 것이다. 영(靈)의 세계는 곧 우주적 무의식(cosmic unconsciousness)의 세계다. /[중략]/앞으로는 융식 '의식의 흐름'에서 멈출 수는 없다. 집합 무의식을 보탠 융식 '의식의 흐름'이 있을 수 있고, 거기에다 다시 초심리학의 초상기능과 영의 세계와 우주적 무의식까지 염두에 둔 가장 넓은 의미의 '의식의 흐름'을 생각하지 않을 수 없다.

―조향, 『아시체』 부분.28)

김춘수는 (i)에서 비대상시(非對象詩)를 언급한다. 그런데 김춘수 자신도 『처용단장』에서 시도한 시 가운데도 비대상시가 있다. 비대상시는 조향과 김춘수 사이에 공통분모가 발견되는 부분이다. 비대상시라는 개념은 대상이 없는 시라는 의미로서, 대상이 없다기보다는 대상이 자기 자신이라는 의미다. 그러한 발상은 랭보의 "나는 하나의 타자다(Je est un autre)"29)라는 데서 시작되었다. 자기 자신을 하나의 타자로서 인식하는 것은 상당히 현대적인 존재인식이다. 후설이 인식작용(noesis)과 인식대상(noema)을 구분하였던 것을 비대상시에 적용해보면, 주체의 외부에 인식대상이 있는 시가 아니라 인식작용 자체를 자각한 데서 비롯되는, 자기의식에 관한 시라고 할 수 있을 것이다. 그러나 비대상시가 후설보다 더 나아가는 것은 김춘수가 "심리적 절대의 세계"

---

28) 김춘수, 『시의 위상』, 재인용. (김춘수, *op. cit.*, p.339. 재수록.)
29) Arthur Rimbaud, "Lettre du Voyant", (Rolland de Renéville, 『견자 랭보』, 이준오 옮김, 문학세계사, 1983, p.79. 재인용.)

라고 언급한 부분, 즉, 의식을 넘어 무의식의 영역에 대한 접근을 보인다는 데 있다. 상술한 바와 같은 시작법 또는 시학은 초현실주의의 영향에 의해 형성된 것이다. 한편, (ii)와 (iii)의 '의식의 흐름' 기법에 의한 창작품도 비대상시와 출발점이 유사한 것일 수 있다. 이렇듯 김춘수는 자신과 동시대의 시인이자 시론가로서의 조향을 진중하게 연구하였다. 김춘수는 그들과 경쟁하면서도 자신의 시에는 관념과 의미와 의식의 선기능(善技能)을 유지함으로써 초현실주의 영향 아래 있는 후반기 동인과 자신을 차별화하였다.

다음으로 김춘수가 1950년대 문단에서 주목한 시인은 김구용이다. 김구용은 김동리의 애호(愛護)에 힘입어 1949년 『신천지』에 「산중야(山中夜)」를 발표하며 등단하게 된다. 서정주는 김구용의 시에 대해, 시 정신의 심화, 언어망의 확대를 위한 광범위한 시험, 영상미가 풍부한 상징적 표현 등을 고평한다. 서정주는 여기서 더 나아가, 김구용의 시가 동양 정신의 피를 받았으되 자연 관조로 흐르지 않고, 서양 희랍 정신의 살을 받았으되 신(神)을 맹목적 진실로 상징하지 않았다고 하며, 동서양의 순수 완전한 조화30)라고 극찬한다. 그러나 김구용은 난해한 전후 모더니스트들과 같은 범주에서 논의31)되는 가운데 온당한 평가를 받지 못하였다. 김구용 시의 난해성은 일상적인 통사법의 해체, 빈발한 한자어·추상어 사용에 의한 관념의 과잉 등에 원인이 있지만, 시와 산문의 경계를 허무는 실험에 의해 가중된다. 김구용은, 이른바 '중

---

30) 서정주, 「金丘庸의 試驗과 그 獨自性」, 『현대문학』, 1956. 4, p.134.

31) 김구용에 대해 최후의 다다이스트(김홍근) 또는 토착적 초현실주의자(정한모)라는 평은 그의 시가 아직 피상적인 수준에서 평가되고 있음을 방증한다. 그는 「나의 문학 수업」(1955), 「현대시의 배경」(1956) 등의 시론과 「나의 문학, 나의 시작법」(1982) 등의 대담에서 초현실주의 시의 영향을 부정하며 대신 불교의 禪과 老壯의 영향을 받았음을 밝힌다.

편 산문시'32)라고 불리는 중편소설 분량의 산문시「소인(消印)」,「꿈의
이상(理想)」,「불협화음(不協和音)의 꽃 II」을 발표하며 평자들의 반발
에 부딪히게 된다. 김구용의 산문시에 대해 처음에는 극찬을 아끼지 않
았던 김춘수도, 중편 산문시에 대해서는 서구의 인포멀(informal) 운동
의 실패를 예를 들며 경계의 태도를 취하게 된다.33) 김춘수는 김구용
시의 산문성과 철학성에 근거하여 그의 시에 대하여 몰튼(Richard Green
Moulton, 1849~1924)이 말한 "토의문학(討議文學)"34)이라고 규정하
는데, 그러한 규정은 김구용의 시를 형이상시의 일종으로 보는 관점을
타당하게 한다. 나아가 주제적인 면에서 김춘수는 김구용 시가 묻고 있
는 것이 알베르 카뮈(Albert Camus)와 같은 인간조건에 대한 항의라고
파악하였다.35) 그러나 김춘수는 김구용의 토의문학적 성격이 종국에
아리스토텔레스가 말한, '역사로서의 문학'으로 발전할 가능성을 내다
보면서, 김구용 시의 장르 해체의 징후를 진단하고 우려한다. 김춘수가
예견한 대로 김구용은 첫 시집『시(詩)』를 낸 이후, 시인의 무의식에 투
영된 역사적 잔상을 장편소설 분량의 장시(長詩)로 풀어내는 작업을
『구곡(九曲)』,『구거(九居)』,『송 백팔(頌 百八)』등을 통해 계속한다.
김춘수는 김구용 시의 관념성의 시대적 전위성과 필연성을 알아보고
높이 평가하였다. 그러나 김춘수 자신은 오히려 철학은 서정시로 넘나
들면서 근원으로 환원한다는 입장을 견지한다.36) 그럼으로써 김춘수
도『낭산의 악성』과『처용단장』에서 김구용과 같은 장시로 나아가지

---

32) 이건제,「空의 명상과 산문시 정신」, 송하춘·이남호 편,『1950년대의 시인들』, 나
   남, 1994, p.216.
33) 김춘수,「언어-신년호 작품평 시부문」,『사상계』, 1959.2, p.294.
34) 김춘수,『한국 현대시 형태론』(김춘수,『김춘수 시론 전집』I, p.130. 재수록.)
35) 김춘수,『시론-시의 이해』(김춘수,『김춘수 시론 전집』I, pp.429~430. 재수록.)
36) 김춘수,『한국 현대시 형태론』(김춘수,『김춘수 시론 전집』I, pp.130~132. 재수록.)

만, 단장(斷章)이라는 형식을 통해 서정시의 압축성은 그대로 유지한다. 김춘수가 자신과 비교했던 김구용은 한국시를 대표할만한 형이상시의 성취를 이루었다. 김구용 또한 유치환과 마찬가지로 평가절상되어야 할 시인일 것이다.

(i) 나는 릴케의 존재성이 얼마나 이 '들리지 않는 소리'를 위하여 괴로워하였는가를 먼저 알게 되었습니다./[중략]/없는 것에서 있는 것으로 릴케의 시선은 말할 수 없이 투명해졌습니다. 그리하여 그의 '물상(Das Ding)'은 있는 물상이 아니라 변하는 물상으로 되었습니다./[중략]/'무명(無明)'이란 한결 즉자로부터 대자로 옮아갈 그 실현적 과정에서 더욱 완전한 유(有)의 체계입니다. 의미의 체계입니다./[중략]/여백이란 부재의 존재를 말하는 것이 됨으로입니다./[중략]/여백은 존재를 증명하기 위한 부재의 표현에 지나지 않습니다.
— 고석규, 「여백의 존재성」, 『초극』, 1954. 1. 20. 부분.[37]

(ii) '존재의 시간' 아닌 시간과 존재의 입장에서 실존은 Existenz 아닌 Eksitenz, 즉 개존(開存) 명존(明存)의 뜻으로 전기되었다./[중략]/"존재의 빛발 속에 서는 것을 나는 인간의 개존이라 부른다."/[중략]/1924년 라이너 마리아 릴케는 이러한 하이데거의 빛을 예정하는 열린 것(das Offene)이라는 숙어를 하나의 즉흥시에 처음으로 도입하였다./[중략]/즉자대타(即自對他) 하는 세계, 공동세계(Mitwelt)라고 불리우는 세계, 시에 있어서의 대화성이 더욱 충족되는 세계, 거기서 처음 동시성은 인인에 결박된 존재를 의미한다./[중략]/일반으로 존재에 대한 의식은 메타피직의 방법으로 제기되는 것이다. 『순수이성비판』 속에서 칸트는 뭇 인간에 있어서의 자연소질이며 가장 현대적인 것이 메타피직이라 논하였다. [중략] 하이데거는 시

---

37) 고석규, 『고석규 문학 전집』 2, 마을, 2012, pp.12~15.

간에 돌아갈 존재를 다시 시간을 여는 존재로 전기시킴으로써 그의 입장을 새로이 한 것이다. 이러한 메타피직의 의식은 대저 어떻게 발단되며 그것이 또한 시에 참여하는 관계란 무엇이겠는가./처음 메타피직의 요청은 중간자(Medium)인 인간을 생각할 때 플라톤에 있어서 존재와 비재와의 중간, 지자와 막자와의 중간 아니면 아리스토 텔레스의 현상과 질료의 중간으로 각각 저현(著顯)되는 것이었다. [중략] 인간을 다리라고 불렀던 니체 [중략]/오늘 엘리엇 시학에 나타난 메타피직이란 양극성(Polarity)의 동시적 인식을 은유하는 것이라고 하겠다

　　　　― 고석규, 「지평선의 전달」, 『신작품』, 1954. 11. 8. 부분.[38]

　　(iii) '불일치의 일치(discordia concord)'를 형이상학적 시인들의 가장 중요한 '기상'으로서 채택

　　　　― 고석규, 「현대시의 형이상성」, 『부대학보』, 1957.12.7.

　　　　　　　　　　　　　　　　　　　　　부분.[39]

　　고석규(高錫珪, 1932~1958)는 김춘수와 『시연구』 동인이었다. 고석규의 요절로 창간호가 종간호가 된 『시연구』는 모더니즘 연구에서 가볍지 않은 문학사적 가치를 지닌다. 『시연구』에서 김춘수는 「모더니즘과 니힐리즘」[40]을 발표하였으며, 고석규는 「현대시의 전개―비유에 대하여」[41]를 발표하였고, 김춘수와 고석규가 함께 「합평」[42]을 쓰기도 한다. 고석규는 김춘수와 조향만큼 절대적인 영향을 주고받은 문우이다. (i)에서 "릴케의 존재성"이란 표현이 나온다. 이것은 김춘수가 「릴

---

38) *Ibid.*, pp.54~64.
39) *Ibid.*, p.84.
40) 김춘수, 「모던이즘과 니힐리즘」, pp.92~99.
41) 고석규, 「현대시의 전개―비유에 대하여」, 『시연구』 No. 1, pp.75~91.
42) 김춘수 · 고석규 · 김성욱, 「합평」, 『시연구』 No. 1, pp.48~51.

케적인 실존」(1952)이라고 말한 것과 거의 일치한다. 고석규는 나름의 릴케주의자이면서, 김춘수의『구름과 장미』,『늪』,『기(旗)』,『인인』이 릴케를 비판적으로 수용한 경우로 보았다.[43] 또한 (ii)에서는 하이데거의 존재론 및 칸트와 플라톤의 형이상학이 언급되고 있다. 고석규는 (ii)에서 하이데거의 개념어 가운데 "Existenz"와 "Eksitenz"를 대별하고 있다. 전자는 실존으로 후자는 탈존으로 번역된다.[44] 하이데거에 따르면, 현존재(現存在, Dasein)는 실존하는데, "실존은 '거기에'의 열려 있음 안으로 나가서 — 그리고 들어서 — 있음, 즉 탈 — 존(Ek-sistenz)"[45]을 의미한다. (iii)에서는 영국 형이상시의 핵심개념인 기상이 언급된다. (ii)와 (iii)을 통해 고석규가 존재론과 형이상시를 비평적으로 중대하게 다루고 있는 것을 확인할 수 있다. 이러한 고석규의 비평이 김춘수의 시론에 고스란히 적용되고 있다는 것은 고석규와 김춘수가 절대적인 영향관계이자 공생관계에 있었다는 것을 보여준다. 위의 인용에서 보듯이 김춘수와 고석규는 릴케, 하이데거, 플라톤, 영국 형이상시에 대한 문제의식을 공유하였다. 고석규가 자신의 아름다운 글「여백의 존재성」에서 "부재", "존재", "여백", "무명" 등의 상징적 언어들을 다루고 있는데, 이 언어들은 김춘수의 대표작에서도 중요한 상징성을 지니는 시어들인 것이다. 고석규는 김춘수와 키르케고르, 니체, 하이데거의 철학에 대해서도 대화하는 관계에 있었다. 조영복은 이 당시의 실존주의는 일종의 "규범적 심급(normative Instanz)"[46]으로 문단에 지대한 영향력을

---

43) 고석규,「R. M. 릴케의 영향」,『고석규 문학 전집』2, p.285.
44) Martin Heidegger,『존재와 시간』, p.185.
45) *Loc. cit.*
46) Peter Burger,『미학 이론과 문예학 방법론』, 김경연 옮김, 문학과지성사, 1987. (조영복,「1950년대 모더니즘 문학 논의를 위한 비판적 검토」,『한국 모더니즘 문학의 근대성과 일상성』, 다운샘, 1997, p.201. 재인용.)

행사하고 있었다고 보면서, 이러한 문단에 실존주의의 존재론을 모더니즘 문학의 중심으로 쟁점화한 것은 바로 고석규라고 파악한다.[47] 고석규도 김춘수처럼 T. S. 엘리엇의 「형이상시인」의 영향을 받는다. 그러나 고석규는 김춘수와 달리 T. S. 엘리엇이 희곡으로 나아간 것이 비형이상학적이라며, 그의 모순성을 지적한다는 점에서 비평가로서의 날카로운 안목을 보여주기도 한다. 고석규의 이러한 점들이 김춘수의 형이상시 시론에 영향을 주고받았을 것으로 보인다.

1950년대 문학의 주제는 전후의 복구에서 인간적인 삶의 실현으로 옮겨가며 1960년대를 맞는다.[48] 김춘수는 1960년대를 생에 대한 발상과 기술과 산업에 대한 응전이 젊은 시인들에 의해 시의 주제로 떠오르게 된 시대라고 보았다.[49] 그런 의미에서 김춘수는 1960년대를 1930년대에 이은 시의 두 번째 부흥기라고 높이 평가하였다.[50] 1960년대는 전쟁의 폐허로부터 복구되어 경제적 안정을 되찾은 시대일 뿐 아니라, 첫 한글세대가 문단에 등장한 시기이기도 하였다. 1950년대와 1960년대 사이의 교량 역할을 한 시인은 김수영이다. 김춘수는 김수영에게 경쟁의식을 가졌다는 것을 공공연히 밝히면서도 김수영을 대단히 높게 평가한다. 김춘수는 김수영이 하드보일드 한 에스프리(esprit)를 보여준다고 하였다.[51] 김춘수는 김수영을 김기림과 비교해 볼 경우에도 김수영이 탁월하다고 보았다. 김기림이 사회를 시사적 소재로 다룬다면, 김

---

47) *Ibid.,* p.212.
48) 최동호, 「1950년대의 시적 흐름과 정신사적 의의」, 김윤식 · 김우종 외, 『한국현대문학사』, 현대문학, 2002, p.361.
49) 김춘수, 「작품평을 대신하여」, 『의미와 무의미』, (김춘수, 『김춘수 시론 전집』 I, pp.610~612. 재수록.)
50) 김춘수, 『시의 위상』, (김춘수, 『김춘수 시론 전집』 II, p.166. 재수록.)
51) *Ibid.,* p.305.

수영은 사회의 구조 이면까지 통찰해내고 있다는 것이다.52) 김유중은
김수영이 보편적 역사 개념에 저항하였을 뿐 아니라 서구적 모더니티
개념에 저항하는 차원에서 리얼리티를 자신의 존재론적 고민으로 받
아들였기 때문에 한국적인 모더니티와 한민족적인 역사관을 동시에
성취했다고 보았다.53) 김수영이 다른 모더니스트들과 다른 점이라면
오든과 스펜더 같은 뉴컨트리파의 영향을 받았으며, 상대적으로 제임
스 조이스나 T. S. 엘리엇의 영향을 거의 받지 않았다는 것이다.54) 그러
한 점은 김춘수가 T. S. 엘리엇의 형이상시에 대한 논의의 영향을 크게
받은 것과 대비된다. 또한, 김춘수는 김수영에 대하여 소시민적 자학과
동시에 도덕적 성실성을 보이지만 상징성도 탁월하다고 평하였다.55)
김춘수는 도덕성의 측면에서 다른 인물을 언급할 때는 비판적 논지일
때가 많았으나, 김수영에 대해서는 예외적으로 호의를 표하였다. 그러
나 김춘수는 김수영의 시의 난해성만큼은 엘리트주의의 소산이라고
비판하였다.56) 김춘수가 김구용의 지나친 난해성을 비판한 것과 동일
한 맥락이다. 무엇보다 이 논문의 관점에서 중요한 것은 김춘수가 김수
영의 시를 전형적인 관념시57) 또는 상징시로 규정했다는 데 있다. 김춘
수는 김수영의 시도 형이상시의 관점에서 새롭게 조망해 볼 필요를 상
기시킨 것이다.

　김춘수가 김종삼에게 여러 편의 헌시를 바친 데서도 알 수 있듯이,

52) *Ibid.*, p.306.
53) 김유중, 『김수영과 하이데거 − 김수영 문학의 존재론적 해명』, 민음사, 2010,
　　pp.417~427.
54) 김춘수, 「메시지가 강한 시의 계열」, 『김춘수 사색 사화집』, 현대문학, 2002. (김춘
　　수, 『김춘수 시론 전집』 II, p.488. 재수록.)
55) *Ibid.*, pp.491~492.
56) *Ibid.*, pp.508~509.
57) 김춘수, 『의미와 무의미』, (김춘수, 『김춘수 시론 전집』 I, p.520. 재수록.)

김종삼은 김춘수에게 경애의 대상이었다. 김춘수가 김종삼의 작품에 대한 연구를 한 것은 하이데거와의 연관성 아래에서였다. 김춘수는 하이데거의 『휠덜린과 시의 본질』에 주목하였다. 김춘수는 하이데거가 존재를 고향에 비유한 것처럼 인간이 근원적으로 돌아가야 할 것으로 파악하였고, 그것을 가능하도록 존재의 진리를 드러내게 하는 역할을 하는 언어를 "위험한 재보"라는 비유를 들어 언어의 모순된 이중성을 표현한 것에 깊은 인상을 받는다.[58] 김춘수는 김종삼의 시 「북치는 소년」의 "내용 없는 아름다움"이란 시구에는 존재자가 제행무상(諸行無常)에 대하여 느끼는 비애가 있다고 해석하며, "어린 양들의 등성이에 반짝이는/진눈깨비처럼"이란 시구에는 도가도비상도(道可道非常道)의 아름다움이 있다고 해석한다.[59] 김춘수는 김종삼의 존재성과 아름다움의 문제를 불교와 도교라는 동양적 관점과 접합시킴으로써 하이데거의 존재론에 대하여 자기화된 논리로 해석한다. 김종삼은 미학성과 형이상성이 동시에 탁월한 시인으로 김춘수가 항상 존경한 시인이었다.

그 외에 김춘수는 자신과 『시연구』 동인이었던 김현승에 대하여 언급한다. 김현승은 형이상시의 일종으로서 기독교적 종교시를 쓴 시인으로 분류될 수 있다. 그의 시의 성과는 버니언(John Bunyan, 1628~1688)의 『천로역정 The Pilgrim's Progress』에 비견될 만하다.[60] 김현승은, 가톨릭주의를 처음 한국시에 도입하여 성공한 정지용과 예수의 십자가 정신을 체화하여 시화한 윤동주의 문학적 성취를 계승하면서도

---

58) 김춘수, 「김종삼과 시의 비애」, 『의미와 무의미』, (김춘수, 『김춘수 시론 전집』 I, pp.602~603. 재수록)

59) Ibid., pp.604~605.

60) 유성호, 『김현승 시의 분석적 연구』, 연세대학교 국어국문학과 대학원 박사학위 논문, 1997. (유성호 외, 『다형 김현승 연구 박사학위 논문 선집』, 다형 김현승 시인 기념사업회, 2011, p.495. 재수록.)

종교시를 한층 더 성숙한 단계로 끌어올려 중요하게 평가돼야 할 시인
이다. 김춘수도 자신을 플라토닉 포에트리의 시인으로 자각했던 점과
예수와 관련된 시편을 지속적으로 창작한 점과 자신을 신화주의자로
규정한 점 등에서 김현승과 자신을 견주어 볼 측면이 있었을 것이다.
다만, 김춘수와 김현승의 차이는 김춘수가 형식미학에서 실험주의의
성향을 보여 왔던 데 비하여, 김현승은 시의 내면적 깊이를 심화하는
데 주력하며 온건한 서정시의 전형적인 시형을 그대로 따랐다는 데 있
다. 김춘수의 김현승에 대한 평가는 초기시와 후기시가 다소 달라지는
경향이 있다. 김춘수는 김현승의 1930년대 시「플라타너스」에 대하여
자연으로부터 취재(取材)된 이미지가 관념과 균형 및 조화를 이루지 못
한 점을 지적하며,61) 관념을 적절히 상징적으로 드러내지 못한 점을 비
판한다. 김춘수는 1930년대 쓰인 김현승의「명일의 노래」또한 김기림
류의 모더니즘에 가까운, 당시 문단의 주변부적 시의 양상으로 보았
다.62) 김춘수가 그렇게 한 것은 자신이 이상과 같은 실험주의 시의 계
보에 지위를 설정하고, 그러한 관점에서 김현승을 바라보았기 때문일
것이다. 김춘수는 1960년대 전후(前後) 절정기의 김현승의 시에 대해
서도 중도적인 성향의 시의 형태로 분류하였다.63) 그러나 김춘수는 김
현승의 시「고독」에 대하여 여느 잠언시(箴言詩)와 다르게 교훈성이 노
출되기보다 인간의 미묘한 심리를 아이러니와 패러독스의 언어로 적
확하게 표현하기 위해 다가가려 한 자취가 있다며 상찬한다.64) 김현승

---

61) 김춘수,『시론—시의 이해』, (김춘수,『김춘수 시론 전집』I, p.518. 재수록.)
62) *Ibid.*, pp.401~402.
63) *Ibid.*, pp.458~459.
64) 김춘수,「번외」,『김춘수 사색 사화집』, (김춘수,『김춘수 시론 전집』II, p.531. 재
수록.)

은 노년으로 갈수록 성숙한 시세계를 보여준 시인이었다. 김춘수도 노년으로 갈수록 영성(靈性)을 추구하는 신학적 방향으로 나아갔다. 종교적 또는 신학적 형이상시의 관점에서 김현승도 재평가되어야 한다.

마지막으로 김춘수는 운명(殞命)하기 전까지 자신과 동시대의 후배 문인들의 시에 애정을 가지고 연구하는 자세를 잃지 않았다. 김춘수는 1970~1990년대의 문학사에서는 허만하, 송찬호, 기형도 등의 시에서 한국적으로 체화된 상징주의로서의 형이상시의 가능성을 읽어내었고, 오규원, 황지우, 박상순의 시에서 자신의 무의미시가 포스트모더니즘의 양상으로 계승되고 있는 것을 읽어내었다. 그러나 이 시인들은 대부분 아직 생존하여 활동 중이므로 그들의 시세계의 무한한 변화의 가능성을 열어놓은 가운데 그들의 성과에 대한 학문적 평가는 차후 과제로 남겨 놓는 것으로 한다.

2. 외국 형이상시의 한국적 수용 양상

(1) 영미 형이상시의 시론의 수용

형이상시라는 용어는 존슨(Samuel Johnson, 1709~1784)이 『영국 시인의 생애 Lives of the English Poets』(1779~1781)의 「코울리의 생애 Life of Cowley」에서 형이상학적 시인(metaphysical poet)이란 용어를 사용함으로써 최초로 공식적인 문학비평용어가 되었다.[65] T. S. 엘리엇

---

65) 존슨이 처음 사용한 맥락은 비판적인 데 있다. 형이상시가 일반적인 용어가 된 것은 드라이든(Dryden)에 의해서이다.
Helen Gardner, *The Metaphysical Poets*, London: Oxford University Press, 1967, p.xix.

이 이러한 점을 「형이상시인」(1921)에서 언급한 것이 한국문단에 소개됨으로써 고석규와 김춘수는 이러한 시론을 자기화하는 작업을 하게 된다. 형이상시라는 개념이 형성되던 시대의 본디 의미를 먼저 살펴보면 다음과 같다. 형이상시란 단테의 『신곡 *Divina Commedia*』, 루크레티우스의 『만물의 본성에 대하여 *De Natura Rerum*』, 괴테의 『파우스트 *Faust*』처럼 존재의 위대한 드라마 속에서 우주의 철학적 개념과 인간의 영혼에 부여된 역할에 영감을 받은 시를 의미한다.[66] 이러한 시들은 각각 아퀴나스의 교리문답식의 논문, 에피쿠로스의 원자론,[67] 스피노자의 인생관으로서의 '영원의 상(相) 아래서(sub specie aeternitatis)'와 같은 사상의 영향을 받아 인간의 운명에 대한 드라마를 덧입힘으로써 씌었다.[68] 던(John Donne)을 위시한 영국 형이상시파 시인들은 그러한 시작의 전통 위에 있다. 김춘수도 던의 시와 시론에 대하여 자신의 글에서 수차례 심도 있게 연구한 흔적을 보인다.

형이상시의 본질을 이해하기 위해, 형이상시가 형성되던 시대의, 전반적인 사상적 지형을 그려보면 다음과 같다. 영국의 형이상시인들은 시대적으로 『천구(天球)의 회전에 대하여 *De Revolutionibus Orbium Coelstium*』를 써서 지동설을 주장한 니콜라우스 코페르니쿠스(Nicolaus Copernicus, 1473~1543), 『프톨레마이오스와 코페르니쿠스의 2대 세계체계에 관한 대화 *Dialogo sopra i due massimi sistemi del mondo, tolemaico e copernicaon*』를 써서 지동설을 지지한 갈릴레오 갈릴레이(Galil

---

66) Herbert J. C. Grieson, *op.cit.*, p.1.
67) 에피쿠로스는 데모크리토스와 함께 원자론(原子論)을 주장하였다. 에피쿠로스는 원자의 원초적 운동에서 우연적 계기로서의 방향의 편차와 공허 속의 원자 운동의 등속성 등을 발전시켰다.
加藤尙武 外 엮음, 『헤겔 사전』, p.267.
68) Herbert J. C. Grieson, *op.cit.*, p.1.

eo Galilei, 1564~1642), 『파브리카 *Fabrica*』를 써서 의사의 역할을 변화시킨 해부학자 베살리우스(Andreas Vesalius, 1514~1564), 『새로운 기관 *Novum Organum*』을 써서 기계론적 우주관을 주장한 베이컨(Francis Bacon, 1561~1626) 등 자연과학과 의학 분야에서의 혁명적 발견을 이뤄낸 인물들의 영향에 따라 인식론적인 변화를 겪는다.[69] 한 마디로 신앙의 시대에서 이성의 시대로의 변화가 일어나고 있던 것이다. 근대의 시작을 알리는 이러한 흐름은 한국의 경우 근대화가 시대적 과제이던 20세기까지 영향을 미친 것으로 보인다.

17세기의 영국 시인 밀턴(John Milton, 1608~1674)의 『실낙원 *Paradise Lost*』은 그러한 과학과 의학의 발전에 의해 중세의 신학적 세계관에 균열이 일어난 결과, 아우구스티누스의 『마음의 신학 *De Doctrina Christiana*』이나 아퀴나스의 『신학대전 *Summa Theologiae*』의 영향 아래서 쓰인 단테의 『신곡』과 같은 작품은 쓸 수 없었으며, 단테와 역방향, 즉, 단테가 지옥으로부터 천국으로 상승하는 방향으로 갔다면, 밀턴은 신으로부터 인간으로 하강하는 방향으로 갈 수밖에 없던 것이다.[70] 한국의 경우 밀턴의 『실낙원』과 같은 제목으로 이상의 「실낙원」이라는 작품이 있다. 그 작품은 역사에 대한 절망적 인식과 우수와 기지가 절묘하게 어우러진 비애감을 자아낸다. 중세에 대해서, 낙원상실이라는 근대의 시대적 에피스테메 가운데, 형이상시파의 시조 격인 던과 그를 추종하는 시인들은 개념과 관념에 열정과 감성을 더하여 완벽한 조화를 이룬 시를 써냈다.[71] 넓은 의미에서 이상과 동시대인이자 이상의 계승자인 김춘수의 경우도 그러한 역사에 대한 비극적 인식을 공유한다.

---

69) *Ibid.*, p.2.
70) *Loc. cit.*
71) *Ibid.*, p.3.

그러나 김춘수가 자신의 시론에서 직접 거론하고 천착한 형이상시인은 바로 던이었다. 던의 생애와 작품에 대하여 개략적으로 살펴보면 다음과 같다. 그는 1572년 런던의 가톨릭 가정에서 태어나, 1584년 옥스퍼드 대학과 케임브리지 대학에서 수학하였으나 국교인 영국성공회와 충돌하여 학위를 받지 못하고, 자유로운 연애를 다룬『연가(戀歌) *Songs and Sonnets*』(1633)의 집필을 시작하여 신앙과 사랑 사이에 갈등하는, 질풍노도와 같은 청년 시절을 보냈으며, 한때 건강의 악화로 자살에 대한 상념에 사로잡혀『자살론 *Biathanatos*』(1608)을 쓰기도 하였지만, 노년시절에는 가톨릭에서 영국성공회로 개종하여 성 바울 성당의 수석 사제의 길을 걸으며 종교시(宗敎詩)『거룩한 시편 *Divine Poems*』, 『신성 소네트 *Holly Sonnet*』(1609) 등을 남겼다.[72] 그의 연가는 세속성과 시간성을 초월한 사랑을 주제로 하는데,[73] 페트라르카(Francesco Petrarca, 1303~1372)의『칸초니에레 *Canzoniere*』와 같은 시풍을 계승하지 않고,[74] 당대 종교개혁 시기의 신학과 셰익스피어(William Shakespeare, 1564~1616)의『한 여름 밤의 꿈 *A Midsummer Night's Dream*』등의 작풍을 계승하여,[75] 인간존재의 진상(眞相)을 지적이면서도 불안한 선율로 표현하였는데, 그것은 대단히 현대적이어서 20세기의 영미 모더니즘 시인들에게 지대한 영향을 미쳤다.

김춘수가 17세기 영국 형이상시인들에 관심을 가진 것도 그 현대성

---

72) 김선향, 「존 던의 생애」, John Donne, 『존 던의 거룩한 시편』, 김선향 편역, 청동거울, 2001, pp.252~255.
73) 김희진, 「John Donne의 The Songs and Sonnets 연구―화자의 갈등하는 목소리를 중심으로」, 서울대학교 영어영문학과 대학원 석사학위 논문, 1997, pp.62~63.
74) 페트라르카의 시풍이란 사랑하는 여인을 심미적으로 이상화하여 예찬하는 시풍을 의미한다.
75) Herbert J. C. Grieson, *op.cit.*, pp.5~7.

에 이유가 있다. 예컨대 던의 대표작 「고별사―애도를 금하며 A Valedi
ction : Forbidding Mourning」76)에서 연인들을 컴퍼스에 비유한 '기상
(奇想, conceit)의 수사학'은 문학사에 기념비로 남았으며, 그러한 불멸
의 사랑은 대상을 "천사의 예술을 넘어서(beyond an angel's art)" 또는
"천사들의 공기 같은 몸(the aerial bodies of angels)"으로 표현하여 사랑
하는 연인을 신격화(deification)하는 '과장법(hyperbole)의 수사학'으로
나아가기도 한다.77) 김춘수가 영국의 형이상시인들에게 초점을 맞추
고 있는 부분은 바로 '기상의 수사학'이 어떻게 현대시에서 다시 전유
되는가인 것으로 보인다. 김춘수의 시론을 보면 다음과 같다.

심상과 심상과의 연결에 있어 비유적 심상의 경우에는 본의와 유
의의 유합에 있어 공통성이 많은 것을 선택한 것이 보통이지만 17세
기 영국의 형이상시인 (metaphysical poet)들이 그들의 영향을 받은
현대 시인들의 시에서는 공통성이 적은 것들을 선택하여 결합시키
는 일이 있다.
즉 이미 말한 바와 같이 본의와 유의와의 연속성에 있어 그 범위
가 좁은 것이 있다.
이렇게 되면 독자에게 지적 추리를 강요하게 되는 동시에 어떤
놀라움의 감정을 주게 된다. 이러한 심상의 사용방법은 과격한
(radical)한 그것이라고 할 수 있다. 현대시에서는 하나의 방법론으로

---

76) 던의 「고별사 A Valediction: forbidding Mourning」는 *Songs and Sonnets*에 실려 있
    으며, "A Valediction"이라는 같은 제목 아래 다른 부제가 달린 시편으로 "A Valedic
    tion: of My Name in the Window", "A Valediction: of the Book", "A Valediction: of
    Weeping"이 더 있다.
    John Donne, *John Donne Selected Poetry*, Edited with Introduction and Notes by Jo
    hn Carey, London: Oxford University Press, 2008.
77) Herbert J. C. Grieson, *op.cit.,* p.7.

체계화되어 실천되고 있다.

-김춘수,『시론-시의 이해』부분. (I. 357~358)

김춘수의 위의 글에서 17세기 영국의 형이상시인의 수사학에 대하여 나름의 분석과 해석을 하고 있다. 그가 비유적 심상은 본의와 유의 사이에 공통성이 많을 때 유합(類合)된다고 한 것은 비유라는 수사학의 대표 격으로서의 은유에 대한 일반적인 의미를 가리키고 있다. 은유는 본의, 즉 원관념(原觀念, tenor)을 유의, 즉 보조관념(補助觀念, vehicle)에 빗대어 표현하는 수사학으로,[78] 둘 사이의 공통성에 기반하여 'A는 B이다'의 문형, 즉 주어와 술어가 계사(繫辭, copula)로 연결되어 성립하는 수사학이다. 그것은 동일성과 비동일성 사이의 동일성으로서 '닮음'이라는 새로운 위상을 설정한다.[79] 그러나 기상은 원관념과 보조관념의 공통성보다 상이성이 더 커서 인식론적 충격을 주는 수사학이다. 김춘수는 기상에 대하여 "닮지 않은 것에 유사점을 발견하여 양자를 결합"하는 비유라고 정의하였다.[80] 일반적으로 은유가 인간의 사유에 기본이 되며, 그 기능의 첫 번째가 인식의 확장에 있다면, 공통성보다 상이성이 클 때, 인간의 사유와 인식이 확장되는 정도도 더 커지는 것이며, 그 은유의 가치도 더 커지는 것이다. 상이성이 과도해질 때, '과장법의 수사학'이 성립되는 것인데, 김춘수는 이에 대하여 "과격한(radical)"이란 표현을 쓰고 있지만, 그 진의는 "근복적인(radical)"일 것이다. 기상은 그럴 때 무한을 드러내는 데까지 나아간다.[81]

---

78) Ivor Armstrong Richards, *The Philosophy of Rhetoric*, London: New York : Oxford University Press, 1965.

79) Paul Ricœur, *The Rule of Metaphor*, pp.247~306.

80) 김춘수, 『시론-시의 이해』, (김춘수, 『김춘수 시론 전집』I, p.360. 재수록.)

81) Herbert J. C. Grieson, *op.cit.* 참조.

칸트에 의하면 주어와 술어 사이에 동일성이 성립하여 주어에 대한 설명이 술어에 내포되어 있을 때 이루어지는 판단을 분석판단(分析判斷)이라고 하며, 그것은 지성(知性)의 기능에 의해 이루어진다.[82] 그러나 주어와 술어 사이에 비동일성이 성립하여 주어에 대한 설명이 술어만으로는 가능하지 않고 선험적으로 · 초월적으로 판단을 해야 하는 경우 그 판단을 종합판단이라고 하며, 그것은 이성(理性)의 기능에 의해 이루어진다.[83] 종합판단의 경우, 인간 이성의 초월적 기능이 필연적이며, 인식의 확장이 이루어지는 것도 바로 이 종합판단에 의해서이다. 김춘수가 주목한 영국의 형이상시인들은 '기상의 수사학'과 '과장법의 수사학'에 의해서 인간 이성의 초월적 기능을 활성화함으로써 인식의 확장을 이루는 데 크게 기여한다. 던의 시학은 바로 그러한 인식의 차원, 즉 디아노이아(dianoia)[84]와 선험적인 초월주의(a priori transcendentalism)[85]에 그 입지를 두고 있다.

그러나 김춘수는 단순히 수사학에 대한 관심만 가진 것은 아니다. 그는 그러한 수사학적 특성이 어떠한 사상과 필연적으로 만나는가에 대해서도 깊이 천착하였다. 김춘수가 던의 시에 대한 해석으로부터 유추해낸 사상은 다음과 같다.

---

82) Immanuel Kant, 『순수이성비판』, p.207.
83) Loc. cit.
84) Herbert J. C. Grieson, op. cit., p.31.
   디아노이아(dianoia, διανια)는 인식이란 뜻의 그리스어로, 직관적 인식에 대하여, 수학적인 것을 대상으로 하는 매개적 인식을 가리키며 아리스토텔레스는 문학작품의 의미적 측면을 가리켰다. (Aristoteles, 『시학 Peri poietikes』, 천병희 옮김, 문예출판사, 2002. 참조) 현대에 와서 프라이는 문학작품을 주제적 양식에 따라 플롯이 중심인 뮈토스, 사회적 맥락이 중심인 에토스, 의미가 중심인 디아노이아로 분류하였다. 디아노이아는 특히 관념이 중심인 경향의 작품을 가리킨다. (Herman Northrop Frye, 『비평의 해부』. 참조.)
85) Herbert J. C. Grieson, op.cit., p.34.

플라톤은 원을 원만함의 상징으로 하고 있는데, 그렇다면 시인 (John Donne)은 여기서(「A Valediction : Forbidding Mourning」) 우리 두 사람의 관계는 원처럼 완전무결하다고 말하고 있는 것이 된다.

[중략]

이러한 기상(奇想, conceit)은 현대시에서도 자주 눈에 뜨이는 현상이다.

— 김춘수, 『시론—시의 이해』 부분. (I. 360)

김춘수는 던의 「고별사—슬픔을 금하여 A Valediction : Forbidding Mourning」의 전문을 자신의 시에 인용할 만큼 큰 관심을 두고 분석하였다. 김춘수는 던의 기상의 수사학에서 플라톤의 완전성에 대한 지향을 연상한다. 그러한 연상은 던의 사상에 사랑의 영역에서의 영혼과 육체의 관계라는 플라토니즘의 사상이 내포되어 있으므로[86] 자연스럽다고도 할 수 있다. 17세기 영국 형이상시는 첫째, 중세 사랑시의 환상적인 변증법과 둘째, 고전으로부터 포착한 단순하고 관능적인 선율 두 가지를 결합하였다.[87] 플라토닉 러브(Platonic Love)라는 용어가 일상적으로 통용될 때는 플라톤의 사상과 무관하게 단순히 정신적인 사랑을 의미한다. 그러나 플라톤의 사랑론의 절정인 『향연』에는 보다 근본적으로 심오한 의미가 있다.

인간들 서로에 대한 사랑은 그 먼 옛날부터 인간의 본성 속에 자리 잡고 있었고, 인간의 원초적 본성을 결합시켜주는 역할을 해왔으며, 둘을 하나라 만들어주는 작업을 통해 인간의 본성을 치료해 왔

---

86) *Ibid.*, p.18.
87) *Ibid.*, pp.20~21.

다고 볼 수 있다네.

— 플라톤, 『향연—사랑에 관하여 Symposium-e peri erotos,
ethicus』 부분.[88]

만약 사랑의 목적이 좋은 것을 자기 자신 안에 영원히 소유하려는 것이라면, 우리가 동의한 것으로부터 필연적으로, 우리는 좋은 것과 함께 하면서 불멸성을 원하게 된다는 결론이 나오지요. 이러한 추론으로부터 사랑의 대상은 곧 불멸성이라는 사실이 필연적으로 도출되지요.

— 플라톤, 『향연—사랑에 관하여 Symposium-e peri erotos,
ethicus』 부분.[89]

위의 인용에서 보는 바와 같이, 플라톤의 사랑은 인간의 본성으로, 연인 간의 결합은 치료의 의미를 내포하고 있으며, 그러므로 인간은 그것을 자신 안에 영원히 소유하길 바란다는 점에서 불멸의 의미 또한 내포하고 있다. 던이 '컴퍼스(compasses)'를 보조관념으로 든 기상의 수사학에 의해 결합을 상징하고, 역시 같은 수사학으로 그것으로 그려낸 '원(圓, circle)'에 의해 영원성을 상징한다는 데서 플라토니즘의 영향을 유추해 낼 수 있다.

그러나 더 중요한 것은 플라톤과 다른 던만의 고유성일 것이다. 던은 역사의 격변기에서 사상적 갈등의 증거가 되는 인물 그 자체였기 때문이었다. 그런 면에서 17세기의 영국 형이상시는 시 이상의 함의를 지니는데, 그것은 그 세기가 형이상학적이었으며, 영국의 시민전쟁(the great

---

88) Plato, 『향연—사랑에 관하여 Symposium-e peri erotos, ethicus』, 박희영 옮김, 문학과지성사, 2006, p.86.
89) Ibid., p.130.

Civil War)이 형이상학적이었다는 것이다.[90] 그 시기는 종교개혁과 의회주의가 태동하면서 종교적으로나 정치적으로 새로운 물결이 격동을 이루고 있었는데, 그 흐름의 방향은 중세적인 것에서 근대적인 것으로, 즉, 인간 이성의 합리성의 지향으로 나아가고 있던 것이다. 그러므로 17세기 영국의 형이상시의 이지(理智)의 강조는 그러한 시대의 정신을 모태로 하고 있다고 볼 수 있다.

김춘수가 형이상시파에 관심을 갖게 된 것은 20세기 영미의 모더니즘 시인 및 신비평의 이론가들의 간접적인 영향으로 보인다. 일찍이 1930년대부터 최재서(崔載瑞, 1908~1964)와 김기림(金起林, 1908~?)을 중심으로 영미 모더니즘이 유입된 바 있다.[91] 런던대학교(University of London)에서 영문학을 전공하고 돌아온 최재서는 「구미현문단총관─영국편」(1933), 「현대주지주의문학이론의 건설─영국평단의 주류」(1934), 「현대주지주의문학이론」(1934) 등의 글을 선보여 영미 주지주의 모더니즘을 소개하였으며,[92] 니혼대학에서 수학한 김기림은 「현대시의 기술」(1935), 「현대시의 육체」(1935), 「모더니즘의 역사적 위치」(1939) 등의 글을 통해 I.A. 리처즈의 이론을 중심으로 자신의 시론을 세우는 한편,[93] 『기상도(氣象圖)』(1936)[94]를 통해 T. S. 엘리엇의 『황무지』에 필적하는 창작의 성과까지 이룬다.

그런데 김춘수가 영미 모더니즘의 이론을 새삼 다시 자신의 시론을

---

90) Herbert J. C. Grieson, *op.cit.,* p.36.
91) 이에 대한 보론으로, 김기림의 과학적 시론에 이여성이 미친 영향에 대한, 조영복의 최근 연구가 있다.
조영복, 『문인기자 김기림과 1930년대 '활자─도서관'의 꿈』, 살림, 2007, pp.140~141.
92) 최재서, 『문학과 지성』, 인문사, 1938.
93) 김기림, 『김기림 전집 ─2. 시론』, 심설당, 1988.
94) 김기림, 『기상도(氣象圖)』, (김기림, 『김기림 전집─1. 시』, 심설당, 1988. 재수록.)

정립하는 데 검토의 대상으로 삼은 것은 한국시사에서 1930년대의 모더니즘을 자신의 전통의 한 부분으로 인식하고 그것을 극복하기 위해서였던 것으로 보인다. 최재서 · 김기림과 김춘수가 다른 점이 있다면 그가 좀 더 본질적으로 시적 정수를 포착해내려 한 데 있을 것이다. 김춘수는 영미 모더니즘 시인 및 이론가 중 T. S. 엘리엇을 가장 집중적으로 탐구한다. 그 예를 보면 다음과 같다.

T. S. 엘리엇은 16~17세기의 이른바 형이상파 시인들의 시작방법인 기상(conceit)과 셰익스피어의 극작을 모델로 한 작극술과 상징주의에서부터 쉬르리얼리슴에 이르는 프랑스의 시의 방법, 특히 내적 독백(inter monologue)에 대한 의식의 흐름(stream of consciousness) 수법 등을 그의 시의 주제에 맞춰 적절히 (효과적으로) 배합 응용하고 있다.

　　　　　　　　　　　　　　　　—김춘수, 『시의 위상』 부분. (II. 377)

T. S. 엘리엇은 전통을 찾아 16세기 형이상학과 시인들을 재발견하게 된다. 윌리엄 셰익스피어(William Shakespeare)에 대한 관심도 그렇지만, 그들에게서 시의 극적 전개방법을 배운다. 그 단적인 예로 기상(奇想, conceit)이란 것이다. 이것은 로만주의 시대에 오래도록 무시되었거나 경멸된 방법이다. 기지에 속하는 것은 천박하다는 것이다. 그러나 기상은 단순한 시작 방법상의 문제가 아니라, 세계관과 연결되는 문제였다. 연상 상 가장 거리가 먼 것들끼리 결합케 한다.

　　　　　　　　　　　　　　　　—김춘수, 『시의 위상』 부분. (II. 213)

플라톤이 그의 공화국에서 시인을 추방한 사실은 두고두고 쟁의의 대상이 되어왔다. 오늘날에도 아리스토텔레스의 시인 옹호론과 함께 그 형이상학적 문제성이 활발히 논의되고 있는 실정이다.

어느 쪽이냐 하면, 현대시는 '시는 인생의 비평'이라고 하는 뿌리 깊은 플라토니즘을 거부한 데서부터 출발하고 있다. 말라르메나 발레리의 후기 상징주의로부터 초현실주의에 이르는 프랑스 계통의 현대시가 그렇고 T. S. 엘리엇으로 인해 개막된 영미 계통의 현대시 —적어도 엘리엇의 초기 비평을 통해 본 그 자신의 시간은 그러하였다. 말하자면 시는 미학의 세계라는 것이다. 그러나 이들 계통의 시라고 하여 그것들은 논리학이나 철학으로써 접근할 수가 없다든가 접근해서는 안 된다는 말이 아니다(이들 방면에서 접근하여 훌륭한 논문을 쓴 사람들도 있다). 또 이들 계통의 시에는 윤리나 철학이 없다는 것은 물론 아니다. 다만 전기한 바와 같이 미학을 전면에 내세우면서 이들 계통의 시가 출발하였다는 사실로 하여 현대시는 그 출발에 있어 시작의 방법 면으로 이전의 시가 잘 몰랐던, 형이상학적 의미부여를 할 수 있게 되었고, 그것을 밑받침으로 하여 여러 가지 혁신적인 시의 작법이 안출되었다는 것을 알리고 싶을 따름이다. 그러니까 이들 계통의 현대시는 다분히 그 시관에 있어 순수시의 쪽으로 기울어진 것도 하나의 숨길 수 없는 사실이다. [중략] 현대시의 중요한 흐름이 이와 같은 것이었다 하더라도 이미 말한 대로 논리학과 철학이 시에서 거세된 것이 아닌 이상, 플라토니즘은 언제든 고개를 들 기회를 엿보고 있었다고 할 수 있을 것이다.

－김춘수, 『의미와 무의미』 부분. (I. 577~579)

김춘수가 T. S. 엘리엇에 주목한 것을 요약하면 첫째, 기상, 연극적 전개, 내적 독백(internal monologue),95) 의식의 흐름(Stream of consciou

95) 내적 독백은 극적 독백 및 무대 독백(stage soliloquy)과 근본적으로 구분된다. 내적 독백은 '의식의 내용'이나 '의식의 과정'을 모두 보여준다. 즉, 완성된 의식의 내용만 보여주는 극적 독백과 달리, 내적 독백은 미성숙 단계의 의식의 내용을 보여준다는 데에 특징이 있다고 하겠다.
Robert Humphrey, 『현대 소설과 「의식의 흐름」 *Stream of Consciousness in the*

sness)96) 등 모더니즘의 창작기법, 둘째, 반(反)—낭만주의 또는 반(反)—감성주의의 세계관, 셋째, 기독교적 윤리 등이다. 김춘수는 T.S. 엘리엇을 하나의 역할모델로 상정하고 한국적 모더니즘의 시론을 세우기 위해 노력했던 것으로 보인다. 김춘수는 시집만큼이나 시론집에도 정력을 쏟았는데 위에서 보는 바와 같이 1970년대에 나온 시론집부터 1990년대에 나온 시론집까지 T. S. 엘리엇에 대한 관심이 지속되고 있음을 확인할 수 있다. T. S. 엘리엇과 김춘수의 공통점 중의 하나는 둘 다 시 창작뿐 아니라 시론을 세운 이론가이기도 했다는 점이다. 또한, 그들은 대단히 날카로운 비평가이기도 했다.

T. S. 엘리엇은 자신의 시론을 세우는 바탕으로 많은 비평을 남겼다. 그는 최고의 시인은 최고의 비평가라고 한 보들레르적인 의미에서 시인비평가(critic-poet)였던 것이다.97) 김춘수가 T. S. 엘리엇에 주목한 부분과 관련하여 살펴볼 T. S. 엘리엇의 비평문은 다음과 같다. 형이상시에 대한 비평문으로서 「형이상시인 The Metaphysical Poets」(1921)과 「앤드루 마아블 Andrew Marvell」(1921), 셰익스피어에 대한 비평문으로서 「햄릿 Hamlet」(1919)과 「시의 세 가지 음성」(1953), 반(反)—낭만주의 또는 반(反)—감성주의에 대한 비평문으로서 「전통과 개인의 재능」(1917)과 「비평의 기능」(1923), 영미 모더니즘의 기독교적 윤리에 대한 비평문으로서 「종교와 문학」(1935)을 들 수 있다.

먼저 김춘수의 형이상시론에 영향을 준 「앤드루 마아블 Andrew M

Modern Novel』, 천승걸 옮김, 삼성문화문고, 1984, pp.51~53.

96) William James, 『심리학의 원리 *The Principle of Psychology*』1, 정양은 옮김, 아카넷, 2005.

97) Paul Elmer More, 「분열하는 시와 비평」, Thomas Stearns Eliot , 『문예비평론』, 이경식 옮김, 성창출판사, 1989, p.296.

arvell」(1921)과 「형이상시인 The Metaphysical Poets」(1921)을 살펴보면 다음과 같다. T. S. 엘리엇이 기상을 팽창된 은유라고 한 것은 바로 「앤드루 마아블 Andrew Marvell」이란 평문에서이다.[98] 그가 앤드루 마아블에 대하여 호라티우스(Quintus Horatius Flaccus, BC 65~ BC 8)의 시형의 송가(頌歌)를 쓰고 있는데, 거기에는 기술적 완성 이상의 기지와 가벼운 서정적 우아함과 강인한 합리성이 있다며 극찬한다.[99] 김춘수의 미학도 절대적으로 우아함을 통해 쾌를 추구한다. 그러한 특성은 한편으로 헤겔적 의미에서 고전주의 미학[100]의 관점인 것으로 볼 수 있다. 그러나 다른 한편으로 T. S. 엘리엇이 형이상시의 여러 유형 가운데서도 "감수양식(感受樣式)"이란 표현을 쓰며, 사상에 대한 감각적 파악, 또는 사상에 대한 감성적 재창조에 이른 형이상시를 이상적으로 여기는 관점으로도 볼 수 있을 것이다.[101] 김춘수가 시조나 신체시에 대해서 아쉬워 한 부분도 바로 형이상성보다는 감수양식의 부족이라고 할 수 있을 것이다. T. S. 엘리엇은 던처럼 관념도 장미향처럼 감각화 되어 전달되는 시, 이성적인 것과 감성적인 것의 조화를 이룬 시를 추구하였다.[102] 김춘수가 한국시사에서 찾고자 했던 것도 바로 그러한 사례였다. 칸트적 의미에서 감관을 통한 수용의 능력으로서의 감성[103]과 그것을 가공하는 능력으로서의 이성[104]의 기능의 조화에서 이

---

98) Thomas Stearns Eliot, 「앤드루 마아블 Andrew Marvell」, 『문예비평론』, p.75.

99) *Ibid.,* pp.56~57.

100) 우아함(Anmut)은 고전주의 미학의 특성이다. 우아함은 매력적이라는 것, 즉 쾌적하다는 것(das Angenehme)이다. (Georg Wilhelm Friedrich Hegel, 『미학강의 Vorlesungen über die Ästhetik』2, p.377.) 쾌적한 것은 감관(感官)에 쾌(快, lust), 즉 만족(Wohlgefallen)을 준다. 그것은 미와 숭고 가운데 미에 속한다. (Immanuel Kant, 『판단력 비판』, pp.135~136.)

101) Thomas Stearns Eliot, 「형이상시인 The Metaphysical Poets」, 『문예비평론』, 최종수 옮김, 박영사, 1976, p.45.

102) *Ibid.,* p.47.

루어지는 바로 그런 시일 것이다. 18세기의 칸트가 인간의 이성으로 신의 지위를 대체하면서도, 이성의 한계 안에서 종교를 인정하고 다시 인간의 지위에서 신(神)을 요청하였듯,[105] 17세기의 형이상시인은 그보다 앞서 신의 불안정한 지위에 인간의 이성과 감성으로 반응하며 시를 써냈던 것으로 볼 수 있다. 칸트는 이성의 한계를 넘어서는 기적, 신비, 은총에 대한 신앙을 지양하고,[106] 지상에 자연법칙과 도덕법칙이 조화를 이루는 최고선이 실현되는 나라로서의 신의 나라를 건설하는 신앙을 지향해야 한다고 하였다.[107] 그것은 칸트가 인간에 대한 철학적 물음 가운데 종교적 구원(救援)의 문제를 버리지 않았음을 보여준다. 17세기 형이상시인이나 T. S. 엘리엇이나 김춘수는 모두 이성주의자로서의 면모 넘어 구원에 대한 믿음으로서의 신앙의 영역이 있음을 존중한다. 그들이 유신론자인가 무신론자인가 하는 것은 그다음 문제이다. 믿음에 대한 맹세에 의해 신이 나의 안에 임재(臨在, presence)하는 카이로스(Kairos)의 순간이 중요한 것이다.[108] T. S. 엘리엇은 기지, 합리성 등 이성적 요소의 일환으로 기상의 수사학을 옹호하면서도 기독교적 윤리를 동시에 옹호한 것은 바로 그런 의미일 것이다.

그러한 전제하에 그는 시인은 지성적일수록, 시는 철학이 담길수록 가치가 있다고 하면서 형이상시인들이 현대의 시보다 장구성(長久性)

---

103) Immanuel Kant, 『순수이성비판』 1, pp.239~242.
104) Immanuel Kant, 『순수이성비판』 2, 백종현 옮김, 아카넷, 2014, pp.532~536.
105) Immanuel Kant, 『이성의 한계 안에서의 종교 *Die Religion innerhalb der Grenzen der bloßen Vernunft*』, 백종현 옮김, 아카넷, 2011. 참조.
106) *Ibid.*, p.453.
107) 백종현, 「『이성의 한계 안에서의 종교』 해제」, Immanuel Kant, 『이성의 한계 안에서의 종교』, pp.61~62.
108) Giorgio Agamben, 『남겨진 시간: 로마인들에게 보낸 편지에 관한 강의』, pp.117~118.

이 있을 것이라고 내다보았으며, 현대문명의 복잡성은 형이상시인들의 기상만큼이나 난해할 수밖에 없는 수사학을 요구하고 있다고 하였다.[109] 김춘수가 T. S. 엘리엇을 탐구한 이유 중의 하나도 시인이 현대문명에 어떻게 대응할 것인가에 대한 관심이었던 것으로 보인다. 김춘수는 현대가 노장사상의 무릉도원으로 돌아갈 수 없는 시대임을 깨닫고 있었다. 김춘수가 철학적으로는 영원성을 추구하는 한편 미학적으로는 끝없는 실험으로 모더니티를 갱신하려고 한 것도 시인 나름의 현대문명에 대한 적극적 응전이었다.

김춘수는 자신의 시론에서 T. S. 엘리엇의 핵심적 시론인 「햄릿 Hamlet」을 천착한다. T. S. 엘리엇은 「햄릿 Hamlet」(1919)에서 셰익스피어의 희곡과 극작술에 대한 관점을 드러냈으며 그것은 그의 시작법으로써 『황무지 The Waste Land』(1922) 같은 작품에 적용되었다. T. S. 엘리엇의 비평문 「햄릿 Hamlet」은 그의 대표적인 시작법인 '객관적 상관물(客觀的 相關物, objective correlative)'[110]이라는 용어가 처음 등장한다는 점에서 의미 깊다. 김병옥에 따르면, 후설은 『논리학 연구 2』에서 "대상적 상관물(gegenständliches Korrelat)"과 "객관적 상관물(objectives Korrelat)"이란 용어를 사용했는데, T. S. 엘리엇이 "객관적 상관물"을 자신의 용어로 차용한 것으로 보인다고 하였다.[111] J. N. 핀들리가 번역한 판본에는 "objective correlate"[112]이라는 표현이 나오는데, 그것은 T. S. 엘리엇이 "objective correlative"라고 한 것과 같은 의미로 보는 것

---

109) *Ibid.,* pp.49~50.
110) Thomas Stearns Eliot, 「햄릿 Hamlet」, 『문예비평론』, p.33.
111) 김병옥, 「엘리엇과 후설: 객관적 상관물 개념」, 『T.S. 엘리엇』, 한국 T.S.엘리엇학회 편, 동인, 2007, p.251.
112) Edmund Husserl, *Logical Investigations* volume 1, p.184.

도 무방할 것으로 판단된다. 표시의 본질로부터 객관적 상관물이란 개념의 성립이 가능하다.113) 실체에 대한 진술이 그 실체와 달라지는 것, 즉 어떠한 묘사된 통일체와 그것이 내포하는 내용의 관계가 달라지는 것, 거기에 표현과 다른 표시의 기능이 있고, 객관적 상관물이란 바로 그러한 것이다.114) 주관적 감정에 상응하는 객관적 사물과 연결할 때, 바로 후자를 객관적 상관물이라고 하는 것이다. 후설의 철학은 시적 인식에 상당히 가깝다. 그러나 T. S. 엘리엇은 시와 철학의 관계에 대해서 철학은 시 안에서 자신의 지위를 가지고 있지만, 시의 일부일 뿐이며, 또한 철학은 시적이기만 할 수도 없다는 결론으로 시인의 본분을 지켰다.115) 그의 미학의 핵심인 객관적 상관물에 대한 T. S. 엘리엇 자신의 해설을 직접 보면 다음과 같다.

> 예술의 형식으로 정서를 표현하는 유일한 방법은 객관적 상관물(客觀的 相關物, objective correlative)을 발견하는 것이다. 바꾸어 말하면 그 특수한 정서의 공식이 될 수 있는 일련의 사물, 하나의 상황(狀況), 일련의 사건을 말하는 것이다. 감각 체험(感覺體驗)으로 끝나지 않을 수 없는 이들 외부적 사물들이 주어지면 즉시 그 정서가 환기(喚起)되는 것이다.
>
> ―T. S. 엘리엇, 「햄릿 Hamlet」 부분.116)

그는 정서에 대응되는 사물이나 사건을 '객관적 상관물'이라고 정의한다. 그는 바로 그 '객관적 상관물'의 관점에서 셰익스피어의 『햄릿』

---

113) *Loc. cit.*
114) *Loc. cit.*
115) Edmund Wilson, 「T. S. 엘리엇」, 『악셀의 성 *Axel's Castle*』, 이경수 옮김, 문예출판사, 1997, p.131.
116) Thomas Stearns Eliot, 「햄릿 Hamlet」, *op.cit.*, p.33.

을 비판한다. 먼저 그는 셰익스피어의 『햄릿』은 마치 레오나르도 다빈치의 「모나리자 Mona Lisa」처럼 매력적인 실패작이라면서, 그 매력의 이유는 톤(tone)에 있지만, 그 실패한 원인은 모친에 대한 혐오감이란 감정의 객관적 상관물을 찾지 못하고 광기(狂氣)의 발산으로 형식미를 파괴하여 다른 명작의 수준에 미치지 못하기 때문이라고 하였다.117) T. S. 엘리엇이 셰익스피어를 비판하고자 한 지점이자 극복하고자 한 지점이 광기에 있다는 데에 T. S. 엘리엇다운 특성이 있다. T. S. 엘리엇은 광기의 극복을 위해 보편에 기여하는 이성의 작용이라고 할 객관성을 전면에 제시했다. 광기는 일반적으로 병리적인 것으로서 부정적으로 바라보아지지만, 광기 또한 예술의 차원에서 긍정적으로 볼 수 있는 미학적 맥락들을 찾자면, 디오니소스적인 것으로서의 광기가 만든 예술로서의 비극(悲劇)118)과 감성적 능력의 한계를 넘어서지만 도덕적으로 초감성적 능력의 감정을 불러일으키는 숭고(崇高)119) 같은 것이 있다. 셰익스피어의 『햄릿』이 관객에게 아리스토텔레스적 의미의 카타르시스(catharsis)120)를 유발하며 도덕성마저 환기하는 것은 그런 광기의 강력한 힘이 인간의 근저의 무의식에 침잠된 감정까지 뒤흔들며 혼돈의 한가운데 존재의 시초적 상태로 되돌리기 때문일 것이다. 이렇듯 18세기 말부터 19세기 초에 유행한 낭만주의에서는 환영받던 미학적 가치들이 T. S. 엘리엇에 의해 전복되었다.

그의 시론은 "시는 정서의 방출(放出)이 아니고, 정서로부터의 도피

---

117) *Ibid.,* pp.32~34.
118) Friedrich Wilhelm Nietzsche, 『비극의 탄생 · 반시대적 고찰 *Die Geburt der Tragödie · Unzeitgemäße Betrachtungen*』, 이진우 옮김, 책세상, 2010, p.15.
119) Immanuel Kant, 『판단력 비판』, p.136. 참조.
120) Aristoteles, 『시학 *Peri poietikes*』, 천병희 옮김, 문예출판사, 1999, p.47. 참조.

(逃避)"121)라는 유명한 언명으로 대표된다. 정서가 한 인간의 고유한 개성의 핵심이라면, 그의 시론에는 "개성몰각설"122)이 연결되는 것은 논리적으로 자연스러운 귀결로 보인다. 그가 그러한 주장을 하는 이유를 좀 더 면밀히 살펴보면 다음과 같다.

전통은 첫째 역사의식을 내포하는데, 이 역사의식은 25세 이후에도 계속해서 시인이 되기를 원하는 사람에게는 거의 필수불가결의 것이라 할 수 있다. 그리고 이 역사의식은 과거의 과거성에 대한 인식뿐 아니라, 과거의 현재성에 대한 인식도 포함하는 것이며, 이 역사의식은 작가로 하여금 그가 자기 세대를 골수(骨髓)에 간직하면서 작품을 쓸 뿐 아니라, 호머 이래의 유럽 문학 전체와 그 일부를 이루는 자국(自國) 문학 전체가 동시적 존재를 가지고 동시적 질서를 형성한다는 감정을 가지고 작품을 쓰도록 강요하는 것이다. 역사의식은 일시적인 것에 대한 의식인 동시에 영속적인 것에 대한 의식이며, 또한 일시적인 것과 영속적인 것을 일시에 의식하는 것으로서, 작가를 전통적으로 만드는 것이다. 그리고 그것은 동시에 작가로 하여금 시간 속의 자기 위치, 즉 자기의 현대성을 가장 예민하게 의식하도록 만들어주는 것이다.

[중략]

시인은 현재 존재하는 그대로의 자신을 자기보다 더 가치 있는 그 무엇에 계속적으로 굴복시키게 되는 것이다.

[중략]

내가 공박하려고 하는 견해는 아마 영혼의 본질적 통일에 관한 형이상학적(形而上學的) 이론과 관련이 있는지도 모른다. 왜냐하면 내가 말하는 뜻은 시인이 가진 것은 표현할 <개성>이 아니라 하

---

121) Thomas Stearns Eliot, 「전통과 개인의 재능 *Tradition and the Individual Talent*」, 『문예비평론』, p.25.
122) *Ibid.*, p.19.

나의 특수한 매개체라는 뜻이기 때문이다. 그것은 개성이 아니라
그것을 통해서 독특하고 예측치 않았던 방법으로 인상과 경험이 결
합되는 매개체이다.

　　　　　　　　— Thomas Stearns Eliot, 「전통과 개인의 재능」 부분.[123]

　위에 인용한 글에서 시간과 의식에 주목하여 시간의식이란 개념을
추론해 볼 수 있다. 시간의식(時間意識, Zeitbewußtsein)이란 축자적 의
미로는 시간에 대한 의식을 가리키지만, 후설에게는 시간의식이란 인
간의 내적 의식 속으로 시간에 따라 끊임없는 흐름을 구성하는 의식을
가리킨다.[124] 이 흐름은 주관적 시간 형식으로 끊임없는 생성 속에 있
다.[125] 비유하자면 후설의 시간의식은 멜로디[126] 같은 것이다. 김춘수
가 T.S. 엘리엇의 작품에서 의식의 흐름 기법을 발견하는데, 바로 이 후
설의 시간의식이 심리소설의 '의식의 흐름' 기법에 이론적 토대를 갖추
는 데 도움을 준다.[127] 물론 그런 소설에는 베르그송(Henri Bergsong,
1859~1941)[128]의 영향도 있다. 김춘수가 수차례 자신의 시와 시론에
서 언급한 철학자는 바로 후설이다. 김춘수의 『처용단장』도 이런 기법
의 차용 또는 변형이라는 관점에서 조명해 볼 수 있다. 그런데 위의 T.
S. 엘리엇의 글에는 시간의식 이외에 집단이 공유하는 시간의식으로서
의 '역사의식(歷史意識)', 다시 말해 '전통의식(傳統意識)'이라는 개념이

---

123) *Ibid.*, pp.13~22.
124) Edmund Husserl, 「서론」, 『시간 의식 *Zur Phänomenologie des inneres Zeitbewußt
　　seins*』, 이종훈 옮김, 한길사, 1996, p.54.
125) Edmund Husserl, 『현상학적 심리학』, p.245.
126) Edmund Husserl, 「시간의 근원에 관한 브렌타노의 학설」, 『시간 의식』, pp.68~69.
127) Edmund Husserl, 『시간의식』, p.42.
128) Henri Bergson, 『창조적 진화 *L' Évolution Créatrice*』, 황수영 옮김, 아카넷, 2005,
　　pp.22~23. 예컨대, "심리적 존재 전체인 유동체" 등의 개념이 그러하다.

하나 더 있다. 역사의식은 삶의 공공적 존재방식(eine Weise das Öffentl ichseins des Lebens)[129]에 관한 과거를 규정하는 표현존재자(Ausdrucks eiendes)로 제시된다.[130] 역사의식 안에서 개인의 시간의식은 과거의 과거성과 과거의 현재성을 동시에 인식함으로써 자신을 정립한다. 그 것은 후설의 시간의식의 관점에서, 지나가 버린 것을 기억(Erinnerung) 하고 미래적으로 존재하는 것을 기대(Erwartung)하는 방식으로 유사(qu asi)—현재적이 되는 것을 의미하는 것이다.[131] 다만 T. S. 엘리엇이 후 설과 다른 것은 그것이 개인적인 차원이 아니라 전통적인 차원이라는 것이다. 하이데거적 의미의 공동존재(共同存在, Mitsein)가 공간적으로 나를 둘러싼 세계—내—존재(世界內存在, In-der-Welt-sein)로만 확대 되는 것이라면, T. S. 엘리엇의 시인이란 존재는 시간적으로 '과거—존 재'와 '미래—존재'로도 확장되는 현존재(現存在, Dasein)로서 상정되고 있다. 또한, T. S. 엘리엇에게 시인이란 보다 상승된 존재가 되기 위해 늘 변화하고 있는데, 그러한 점은 니체나 들뢰즈의 생성적 존재론과 통 한다.

김춘수가 수용하고 있는 영미 문학이론가들은 신비평(新批評, New Criticism) 그룹의 랜섬(John Crowe Ransom, 1888~1974)과 테이트(All en Tate, 1899~1979) 등으로 특히 그들은 신비평의 초기의 이론을 확 립하는 데 기여하였다. 특히 김춘수가 주목한 랜섬의 글은 「시: 존재론 노트 Poetry: A Note in Ontology」(1934)이다. 김춘수가 자신의 시를 플 라토닉 포에트리라고 할 때, 그 개념도 바로 랜섬의 이 논문으로부터 나왔다. 그러므로 이 논문에 대한 철저한 분석이 필요하다.

---

129) Martin Heidegger, 『존재론—현사실성의 해석학』, p.108.
130) *Ibid.*, p.106.
131) Edmund Husserl, 「시간의식의 분석」, 『시간 의식』, pp.125~127.

"관념의 시를 나는 플라톤적인 시라고 부르겠다."라고 랜섬은 말하고 있다. 앨런 테이트의 말을 빌면 이런 유형의 시는 '의지의 시 (poetry of the will)'라는 것이 된다. "실천적인 의지를 원동력으로 하는 태도인데, 17세기까지의 시에 있어서는 이 태도는 도덕적인 추상 개념과 알레고리에 의지하고 있었다. 지금은 과학의 영향을 받아 피지컬 한 관념에 호소하고 있다."라고 그는 말한다. 매우 피지컬 한 전제를 하고 있지만, 결국 이 시는 '관념'이 '실천적인 의지를 원동력'으로 하고 있다는 것을 알 수 있다. 말하자면 무엇에 도달하고자 하는 의지가 이 시의 발상의 밑바닥에 깔려 있다.

－김춘수,『의미와 무의미』부분. (I. 511)

미국 계통의 신비평가들은 이런 류의 시를 의지의 시(poetry of the will), 관념의 시(platonic poetry)니 하는 명칭으로 부르면서 형이상시(metaphysical poetry), 상상의 시(poetry of the imagination) 하는 따위 유형과 구별하고는 전자들을 후자들보다 시로서는 열등하다고 하고 있다는 것은 다 알려진 사실이다.

－김춘수,『시의 표정』부분. (II. 94～95)

랜섬은 관념의 시, 즉 플라톤적인 시에 대하여 "관념의 시를 나는 플라톤적인 시라고 이름 붙인다. 이 시의 순수성에도 여러 가지 정도가 있다. 이미지를 전연 가지지 않은 추상적인 관념만을 사용한 문장은 과학적인 기록이지 플라톤적인 시도 아니리라"(『시: 존재론 노트』)라고 하고 있다.

[중략]

플라톤적인 시는 독자에게 자유를 주지 않는다. 자기 사상(관념) 쪽으로 끌어들이려 한다.

[중략]

플라톤적인 시의 메시지는 도덕성을 띤다. 즉, 사회성을 띤다. 그러니까 뭔가를 가르치려는 교훈적인 것이 된다는 뜻이 되기도 한다.

시가 독자를 가르치는 데 공헌해야 하느냐 시가 독자에게 쾌락을 주는 데 공헌해야 하느냐 하는 문제는 아직도 미해결의 장으로 남아있다. 시인이 어떤 이데올로기에 사로잡히게 되면 플라톤적인 시의 함정에 빠질 수밖에 없다.

— 김춘수, 『김춘수 사색 사화집』 부분. (II. 481)

랜섬은 "플라톤적인 시는 깊이 피지컬 한 것의 속에 잠겨 있다. 피지컬 한 시가 관념을 가지지 않은 것처럼 보여도 남몰래 살짝 관념화를 이루고 있다고 한다면 플라톤적인 시는 그에 대하여 차고 넘칠 만큼 빚을 갚고 있다고 하는 것은 플라톤적인 시는 극력 제 자신을 피지컬한 시를 닮게 하려고 하기 때문이다. 마치 선전하려는 관념인 약을 객관성이라고 하는 사탕의 옷 속에 숨기려고 하는 것처럼"(『시: 존재론 노트』)이라고 하고 있다.

[중략]

플라톤적인 시도 그것이 시인 이상 관념에 우선해야 한다. 우선 시가 되고 난 뒤에 관념이 있어야 한다. 관념이 시를 압도하면 그것은 시가 아니고 산문이 된다. 랜섬이 "추상적인 관념만을 사용한 문장은 과학적인 기록이지 플라톤적인 시도 아니리라"라고 했듯이 시가 '추상적인 관념만을 사용한 문장'이 된다면 군이 시의 형태를 빌리지 말아야 한다. 자유시건 정형시건 시의 형태를 빌렸다고 시가 되는 것은 아니다. 랜섬이 여기서 '문장'이라고 한 것은 그대로 산문을 뜻하는 것으로 새기면 되리라.

— 김춘수, 『김춘수 사색 사화집』 부분. (II. 484~485)

랜섬은 『시: 존재론 노트』에서 시를 존재론의 문제, 즉 현대적 관점에서 칸트에 기원이 있는, 주체의 문제(subject-matter)를 기준으로 삼아 분류한다.[132] 그에 따르면, 현대의 시는 사물(thing)을 다루는 피지컬

---

132) John Crowe Ransom, "Poetry: A Note in Ontology", *The American Review*, New

포에트리(Physical Poetry)[133)]와 관념(idea)을 다루는 플라토닉 포에트리[134)]로 양분된다. 그리고 두 시가 지양된 형이상시가 제3의 분류에 들어간다.

먼저, 랜섬이 말하는 피지컬 포에트리의 특징은 다음과 같다. 이미지즘의 시는 사물(Ding) 또는 사물성(Dinglichkeit)[135)]을 다룬다는 점에서 대표적인 피지컬 포에트리이다. 흄을 비롯한 이미지스트들은 이미지를 관념의 질료로 보는 관념론자들에 반대한다. 피지컬 포에트리에서는 사물−내용물(a thing-content)[136)] 개념, 즉 사물이 내용물이라는 개념이 성립된다. 그것은 곧 시어로 표현된 '감각(感覺)의 실재(實在)'를 의미할 것이다. 그러나 그러한 '감각의 실재'는 모든 예술의 근본이다. '감각의 실재'를 갖지 않은 시는 없다. 그러므로 모든 시는 시의 존재의 근원에 피지컬 포에트리를 내포한다는 것이다.

다음으로 랜섬이 말하는 플라토닉 포에트리의 특징은 다음과 같다. 랜섬은 테이트의 『신(新) 국가론 *The New Republic*』을 통해 플라토닉 포에트리의 개념을 확립한다. 플라토닉 포에트리는 관념적 주제가 중심이 되므로 알레고리(allegory)와 담론(discourse)의 성격을 내포한다. 플라토닉 포에트리 안에서 감각의 실재로서의 피지컬 포에트리의 역할은 수사학적 기능 정도로 한정된다. 그러나 플라토닉 포에트리라 할지라도 이미지가 부족하면 시로서의 기본적인 여건을 갖추지 못한 것이 된다. 또한, 플라토닉 포에트리가 지나치게 교훈적인 내용을 전달하

York: Bookman, May 1934, p.172.
133) *Ibid.*, pp.173~180.
134) *Ibid.*, pp.180~187.
135) *Ibid.*, p.173.
136) *Ibid.*, p.179.

려 할 경우 독자가 거부감을 느낄 수 있다. 그러므로 플라토닉 포에트리도 이미지와 공감이 반드시 전제되어야 한다. 그러나 여전히 플라토닉 포에트리가 매력적인 것은 바로 플라톤의 『향연』이 말하듯이, 진리에 대한 사랑이자 존재론적 열정으로서의 에로스 때문이다. 플라톤의 이데아(Ιδέα, Idea)는 존재를 절대적인 이상으로 상승시킨다는 데 매력이 있다.

다음으로 피지컬 포에트리와 플라토닉 포에트리가 지양된 형이상시에 대해 살펴보면 다음과 같다. 플라토닉 포에트리와 형이상시는 관념을 다룬다는 점에서 서로 같다. 관념을 다루는 플라토닉 포에트리와 형이상시는 넓은 의미의 형이상시로 분류될 수 있다. 플라토닉 포에트리는 관념을 다룰 뿐 아니라, 교훈적이고 이상주의적인 성격을 가진다는 면에서 형이상시와 구분된다. 형이상시는 관념적인 시를 의미하는 것이 아니라, 피지컬한 시를 바탕에 두고 그 위에 사유와 관념과 이성 등의 역할을 강조한 시이다.

랜섬의 관점으로 다시 형이상시를 자세히 다뤄보면 다음과 같다.

칸트는 미학적 판단이 그 대상의 실존(existence) · 비실존(non-existence) 여부와 무관하다고 주장한다.[137] 칸트의 그러한 논리는, 역사나 과학과 달리, 문학에서는 허구적(fictive)이거나 가상적(hypothetical)인 것도 가치가 있음을 옹호해 준다.[138] 시는 이미지로 세상을 새롭게 감각하도록 만듦으로써, 과학과 다른 방식으로 세상을 재구성할 수 있는 것이다. 이러한 전제들이 형이상시의 존립의 근거를 마련해 준다.

형이상시는 은유(metaphor)로부터 태어난다. 형이상시의 은유에는

---

137) *Ibid.,* p.190.
138) *Ibid.,* p.191.

두 가지가 있다. 첫째, 기상이며, 둘째, 신화이다. 기상(Conceit)은 은유의 일종이나, 원관념과 보조관념의 거리가 멀어 직관보다 이성으로 파악 가능하다는 특징이 있다. 신화도 은유로부터 태어난 기상이다.[139) 단, 신화는 극화(dramatization)와 실체화(substantiation)[140)가 반드시 이뤄져야 하며, 신화는 그것이 가리키는 대상과 유비(analogy)[141) 관계에 놓인다는 특징이 있다. 던의 시처럼 짧은 형이상시는 기상을 주로 기법적으로 사용하고, 밀턴의 시처럼 긴 형이상시는 신화를 주로 기법적으로 사용한다. 김춘수의 경우, 초기의 존재론적 형이상시뿐 아니라, 중기 이후의 신화적 형이상시도 성립될 수 있는 근거가 바로 랜섬의 형이상시 개념에 있다.

현대란 시의 메타포 속에 압축되며 존재가 메타몰포즈하는 전장이며, 다시 정신의 메타피직한 초월의 시대라는 것을 어찌 부인할까 (고석규, 『현대시의 전개』)

위의 글에서처럼 시인이 한 개의 은유를 얻는 순간이란 그것을 고속촬영을 하면 그의 존재가 변신하는 순간이요, 그의 정신이 형이상학적으로 초월하는 순간임을 볼 수 있을 것이다. 그러니까 언어의 은유는 존재의 변형(metamorphosis)이고 동시에 또 정신의 형이상학(metaphysics)이라고 할 것이다.

삼자가 모두 초월(meta)로써 시작되고 있는 것은 우연이 아니다. 현재를 뛰어넘으려는 운동인 것이다. 궁극으로는 시가 그런 것인지 모른다.

－김춘수, 『시론－시의 이해』 부분. (I. 376~377)

---

139) *Ibid.*, pp.199~200.
140) *Ibid.*, p.194.
141) *Ibid.*, p.198.

김춘수의 시론을 통해 시의 형이상성에 대해 확인해 보도록 한다. 위의 인용에서 김춘수가 'Metaphor(은유)=Metamorphosis(변형, 변용)=Metaphysics(형이상학)'을 등가로 보았다는 것이 발견된다. 'Metaphor(은유)=Metamorphosis(변형, 변용)=Metaphysics(형이상학)'에서 공통된 어근은 'Meta' 즉 초월이다. 김춘수는 초월의 문제에 관심을 가진다. 그런데 그것은 시인에게 본질적이다. 시의 언어로서의 은유는 그 어원부터 'Meta-Phor', 즉 넘어가는 것, 초월하는 것을 의미하기 때문이다. 초월의 문제에 대하여 먼저 플라톤과 칸트와 신학의 관점으로 살펴볼수가 있겠다. 플라톤의 초월은 이데아의 상정을 통해, 칸트의 초월은 선험적인 것을 통해, 신학의 신을 통해 초월의 문제에 접근한다. 김춘수가 말하는 '존재의 변형'이란 용어를 통하여 메타포라는 것이 단지언어의 차원에 국한된 문제가 아니라는 인식이 발견된다. 다시 말해, 메타포는 존재론적 비약으로서의 의미를 지니고 있다. 이것은 리쾨르의 은유론과 같은 발상이다. 또한, 이 변형을 릴케의 변용 개념과 비교를 해 볼 수 있다. 김춘수가 말하는 존재의 변형, 영어로 'metamorphosis'는 독일어로 'Verwandlung,' 즉, 릴케가 말하는 변용과 정확히 같은 단어이다.[142] 언어적 차원의 은유와 존재론적 차원의 변용은 같은 것이다. 릴케의 시에서 은유를 분석한다면 그 변용을 잘 이해할 수 있을 것이다. 그리고 바로 은유로 변용을 다루는 시가 형이상학으로서의 시, 형이상시인 것이다. 예컨대, 릴케의 시에서는 '장미' 같은 자연적 생명체를 '현존재(現存在, Dasein)'라고 부른다. 장미는 은유이자, 존재의

---

142) 흥미로운 것은 카프카(Franz Kafka, 1883~1924)의 「변신」도 릴케의 변용(Verwandlung)과 같은 단어를 쓴다는 것이다. 릴케의 'Verwandlung'와 카프카의 'Verwandlung'의 다른 점이 있다면, 전자는 존재의 초월을, 후자는 존재의 몰락을 가리킨다는 데 있다.

비약으로서의 변용이자, 형이상학인 것이다.

결론적으로 김춘수의 철학과 시에 대한 생각을 보면 다음과 같다.

> 철학을 시에서 직접적으로 다루는 경우가 있고, 철학(사상이라고
> 해도 좋다)을 시에서 직접으로 다루지 않는 경우가 있다. 그렇다고
> 어느 한쪽이 철학(사상)을 가지고 있는데 다른 한쪽은 철학(사상)을
> 가지고 있지 않다고 말할 수는 없다. 철학(사상)을 시에서 직접으로
> 다루지 않는다는 데 대한 철학(사상)을 가질 수가 있다.
> ─ 김춘수, 『시의 표정』 부분. (II. 37)

철학이 없는 시인은 없다. 시에 철학을 드러내든, 드러내지 않든 하나의 철학적 입장이다. 김춘수에게서 때로 철학이 없어 보이는 시가 나타날 수 있으나, 그는 철학을 가진 시인이다. 그가 때로 심미성만을 추구할 때도 거기에는 그러한 철학이 있다. 김춘수의 시는 형이상학이 아니라 형이상시이다. 즉, 그는 언제나 아름다움을 추구한다. 그는 감각으로서의 실재를 간과하지 않는다. 그의 시는 그런 가운데 그 이상의 존재계의 진실을 가리킨다.

마지막으로 변용[143])의 개념을 릴케보다 먼저 『차라투스트라는 이렇게 말했다』에서 제시한 니체의 글로서 형이상시론을 마무리하고자 한다.

> 문체는 그가 자신의 사상을 믿고 있으며 사고할 뿐만 아니라 느
> 끼기도 한다는 것을 증명해야 한다.

---

143) Friedrich Wilhelm Nietzsche, 「세 단계의 변화에 대하여」, 『니체 전집 13 ─ 차라
투스트라는 이렇게 말했다』, pp.38~41.

가르치려는 진리가 추상적일수록 진리에 감각을 끌어들여야 한다.
― Friedrich Wilhelm Nietzsche, 「루 살로메를 위한 타우텐부르크
메모들」 부분.144)

니체는 "나의 사랑하는 루!"145)라고 쓴 편지들에서 자신의 문체론과 문장론의 단상을 펼친다. 형이상시의 핵심은 니체의 그러한 문체론과 문장론으로 결론을 내릴 수 있을 것이다. 즉, 형이상시가 추구하고자 하는 것은 사유와 감성의 조화, 진리를 언어화하는 데서의 추상과 감각의 조화가 바로 그것이다. 그의 문체와 문장은 시와 철학이 하나가 되어 그러한 자신의 주장을 스스로 증명해 보인다.

(2) 릴케의 존재론적 시론의 수용

김춘수가 시인으로서의 삶을 시작하게 된 계기는 릴케의 『꿈의 왕관의 쓰고 *Traumgekrönt*』(1896)에 실린 「사랑하기」였다. 김춘수가 생전에 마지막으로 남긴 시집 『쉰한 편의 비가』도 릴케의 『두이노의 비가』에 바치는 헌사(獻詞, tribute)였다. 김현이 김춘수에 대하여 김춘수는 릴케의 영향을 받은 것이 아니라 릴케로 살았다고 표현하였다. 그 표현은 다소 과장법일 것이다. 그러나 릴케는 그만큼 김춘수에게 지대한 영향을 미쳤다. 김춘수가 릴케에 대한 언급을 직접 인용해 보면 다음과 같다.

---

144) Friedrich Wilhelm Nietzsche, 「루 살로메를 위한 타우텐부르크 메모들」, 『유고 (1882년 7월~1883/84년 겨울 루 살로메를 위한 타우텐부르크 메모들 외 ―니체 전집 16』, 박찬국 옮김, 책세상, 2005, pp.25~26.
145) *Ibid.*, p.46.

(i) 하숙집에서 포장을 풀고 내가 사온 책을 들여다보았다. 라이너 마리아 릴케라는 시인의 일역 시집이었다. 내가 펼쳐본 첫 번째 시는 다음과 같다.

사랑은 어떻게 너에게로 왔던가/햇살이 빛나듯이/혹은 꽃눈보라처럼 왔던가/기도처럼 왔던가―말하렴!///사랑이 커다랗게 날개를 접고/내 꽃피어 있는 영혼에 걸렸습니다

이 시는 나에게 하나의 계시처럼 왔다. 이 세상에 시가 참으로 있구나! 하는 그런 느낌이었다. 릴케를 통하여 나는 시를(그 존재를) 알게 되었고, 마침내 시를 써보고 싶은 충동까지 일게 되었다. 이것이 릴케와의 첫 번째 만남이다. 나는 다른 사정도 있고 하여 법과를 포기하고, 문학, 그것도 예술대학의 창작과를 택하게 되었다.
[중략]
46년경에 비로소 나는 또 마음의 여유를 얻어 릴케를 다시 읽게 되었다.
[중략]
릴케의 초기 시와 「말테의 수기」는 새로운 감동을 다시 불러일으켜 주었다.
그러나 나는 살로메의 릴케를 읽고, 또 나이 40에 가까워지자 릴케로부터 떠날 수밖에는 없게 되었다. 나는 릴케와 같은 기질이 아니라는 것을 깨닫게 되었고, 특히 그의 관념과잉의 후기시는 납득이 잘 안 가기도 하였지만, 나는 너무나 비밀스러워서 접근하기조차 두려워졌다.
― 김춘수, 『의미와 무의미』 부분. (I. 497~499)

(ii) 릴케는 대학에 들어가서 더욱 내 관심을 끌게 됐다. 나는 릴케 문헌을 샅샅이 섭렵할 작정이었다.
[중략]

릴케의 초기부터 만년에 이르기까지의 시집과 소설 「말테의 수
기」와 기행문 「사랑하는 하느님의 이야기」와 「로댕론」을 구해 읽
었고, 루 안드레아스 사로메의 릴케 전기를 구해 읽었다. 그의 만년
의 시, 이를테면 『두이노의 비가』는 나에게 너무 난해했다. 「오르
페우스에게 바치는 소네트」까지는 그런대로(나대로) 읽어내기는
했다.

— 김춘수, 『꽃과 여우』 부분.146)

(iii) 청마선생께 시고 뭉치를 보이고 그분의 서문을 얻어낸 처녀
시집 『구름과 장미』는 몇 분의 눈에 뜨이게 되었다. 그것이 47년의
일이던가? 박목월 씨가 신문에 간곡한 신간평을 해주었고, 조지훈
씨가 병상에서 아주 재미있게 보았다는 엽서를 보내주었다. 이리하
여 50년대로 접어들면서 비로소 시작의 방향설정에 대한 어떤 자각
이 싹트기 시작했다.

[중략]

이때 그동안 잠재해있었던 릴케의 영향이 고개를 들게 되었다.
릴케 스타일이라고 할 수 있는 몸짓을 하게 되었다.

— 김춘수, 『의미와 무의미』 부분. (I. 487)

김춘수는 자신의 시론과 자전소설에서 릴케에 대한 독서편력을 상
세히 소개한다. (i)에서 보는 바와 같이 김춘수는 일본어로 번역한 릴케
의 초기시를 읽고 니혼대학 예술학부 창작과에 입학하게 된다. 니혼대
학은 일본 동경(東京)에 있는 사립명문으로서 특히 예술학부는 일본에
서 최고의 수준을 자랑한다. 그곳은 진보적인 석학들이 그 시대의 첨단
의 지식을 세계적인 수준으로 가르치고 있었다. 김춘수가 시인으로서
의 삶을 살기 위해 니혼대학 예술학부에 도전하게 한 계기가 바로 릴케

---

146) 김춘수, 『꽃과 여우』, p.103.

였던 것이다. 김춘수는 릴케의 「오르페우스에게 바치는 소네트」, 『두이노의 비가』와 같은 시, 「로댕론」와 같은 예술론, 「나의 사랑하는 하느님 이야기」와 같은 수필, 그리고 『말테의 수기』와 같은 소설을 섭렵하였다. 그 가운데, 릴케의 자전적 수기로서의 성격이 강한 『말테의 수기』가 김춘수의 심중에 가장 깊이 새겨져 있었다. 심지어 그가 요코하마 고문체험을 겪은 다음에 떠올린 작품이 『말테의 수기』였을 정도였다. 김춘수는 릴케적인 형이상학적 질문, 즉, '나는 여기서 무엇을 하고 있는가?'와 같은 실존적 질문을 던졌다.

김춘수와 릴케 사이의 영향관계를 좀 더 밝히자면 (ii)에서 보는 바와 같이, 릴케의 초기시는 김춘수의 「꽃」의 시편들에, 릴케의 「오르페우스에게 바치는 소네트」는 김춘수의 『처용단장』에, 릴케의 『두이노의 비가』는 김춘수의 『거울 속의 천사』와 『쉰 한편의 비가』 등에 영향을 미쳤다. 이 논문의 전반을 통해 이 부분은 면밀하게 연구될 것이다.

그러나 김춘수가 시인으로서 릴케를 좀 더 천착하게 된 계기는 (iii)에서 보는 바와 같이, 그의 처녀시집 『구름과 장미』가 나온 다음 유치환과 박목월과 조지훈이 김춘수의 「가을에」처럼 릴케가 등장하는 시나 '장미'에 관련된, 릴케적 상징이 주가 되는 시에 주목을 해주었던 데 있다. 김춘수는 초기에는 생명파와 청록파의 영향권 안에 있었지만, 릴케만큼은 선배 시인들에게서 보이지 않는 요소였다.

김춘수가 릴케와의 영향관계 이외에 릴케에 대해 논평한 글은 다음과 같다.

> (i) 릴케의 이 시는 '예지'를 직접으로 토로하고 있다. 우리가 감동하는 것은 그 인생관적 문제성에 많이 힘입고 있는 것이다. 릴케와

같은 시를 느낄 수가 있다. 상징적인 태도라고 할까?

　　　　　　　　　　　─김춘수,『시론─작시법을 겸한』 부분. (I. 245)

(ii) 훌륭한 사상가도 시인 중에는 있다. 릴케 같은 예가 그렇다.

　　　　　　　　　　　　　　─김춘수,『의미와 무의미』 부분. (I. 615)

(iii) 릴케가 『말테의 수기』에서 말했듯이, 부르주아 사회란 속물
사회고 규격화된 상식이 판을 치는 사회다. 예술보다도, 즉 개성보
다도 상품 즉 획일화가 생활의 구석구석을 뒤덮어버린 사회다. 릴케
에 따르면, 옛날의 가재도구는 부르주아 사회에서는 예술품이 된다.
거기에는 그것을 만든 이들의 넋이 깃들어 있기 때문이라고 한다.
각설하고 부르주아 사회는 속물근성과 상식적인 획일성에 잠들어
있는 사회다. 아니 부르주아 사회는 스스로를 오히려 깨어 있는 사
회라고 생각한다. 실험시는 그 상태가 잠들어버린 상태라는 것을 일
깨워주는 역할을 한다.

　　　　　　　　　　　　　　　─김춘수,『시의 위상』 부분. (II. 373)

(i)에서 보는 바와 같이 김춘수는 릴케의 예지적이고 상징적이고 사
상적인 시풍에 매력을 느끼고 있었다. 릴케의 시가 지닌 영성(靈性)은
감히 흉내 낼 수 없는 천재성이기도 하고 고귀함이기도 했다. (ii)에서
김춘수는 릴케를 사상가로서의 시인으로 이해하였다. 릴케는 상징주
의 시인이다. 또한, 릴케는 실존주의 시인이다. 릴케는 이데아적 이상
과 존재론을 자신의 시 안에서 여느 철학자 못지않게 구현하고 있었다.
릴케는 키르케고르나 니체와 자신을 견주며 자신의 시사상을 키웠다.
릴케의 시는 철학으로서의 시로서의 형이상성을 분명히 가지고 있다.
하이데거가 릴케의 시로부터 자신의 존재론적 철학을 정립한 것이 그
증거이기도 하다. (iii)은 릴케가 『말테의 수기』를 쓰던 시대상에 대하

여 김춘수가 나름대로 어떻게 이해하였는지 보여주는 시론이다. 그러한 릴케의 영혼은 고향인 체코를 떠나 그 시대의 세계적인 중심지였던 파리로 가서 부르주아 사회를 보고는 그것에 대하여 회의적이고 비판적일 수밖에 없었을 것이다. 키르케고르처럼 덴마크 청년을 주인공으로 한 『말테의 수기』는 릴케의 자전적 소설이다. 릴케의 젊은 영혼의 고뇌로 쓰인 것이 『말테의 수기』인 것이다. 김춘수의 심중에 박힌 『말테의 수기』는 세속적인 자본주의 사회에 천사와 같은 영성을 지닌 존재로서의 시인의 기품을 유지할 수 있게 하는 내적 근거가 되어 주었을 것이다. 김춘수가 부르주아 사회의 속물근성과 획일성을 비판한 것은 키르케고르의 초상이 투영된 말테의 초상에서 단독자로 서고자 하는 김춘수의 초상이기도 할 것이다. 단독자 개념은 존재가 자기 자신과의 관계 안에서 진리를 찾도록 한다. 존재가 획일화되는 것이 곧 존재의 몰락이라는 인식을 김춘수는, 릴케라는 탁월한 시인-사상가를 통해 배웠다.

릴케의 기도는 시이다. 그만큼, 기도 자체가 시 창작의 일환이었다. 신과의 영적인 접촉에 의해서 창작이 이루어지는 것이다.[147] '기도서(祈禱書)'는 기독교 문화권에서 'Book of Hours/Livres d'Heurs'라고 하는 데 직역하면 '시간들의 책'이다.[148] 이때의 시간은 크로노스의 시간이 아니라, 카이로스의 시간을 의미할 것이다. 특히 루 살로메에게 바쳐진 『기도시집 *Das Stunden-Buch*』은 제목부터 종교적이다. 이 시집은 수녀들이 묵상을 위하여 읽었을 정도로 영성의 깊이가 문학을 넘어 종교를 향한다. 3부로 구성된 이 시집은 각각 「제1부 수도사 생활의 서」,

---

147) 김재혁, 「릴케의 작품 세계 - 전기 작품을 중심으로」, Rainer Maria Rilke, 『기도시집 외』, 김재혁 옮김, 책세상, 2000, p.499.
148) *Loc. cit.*

「제2부 순례의 서」,「제3부 가난과 죽음의 서」와 같은 부제를 단 단편들로 나뉜다. 기도서의 양식을 통해 가난과 죽음에 대하여 영혼의 순례를 떠나는 것이다. 『기도시집』의 시적 주체는 러시아의 수도사이며 비잔틴 양식의 성화(聖畵)를 그리는 종교화가로 릴케의 분신이다.[149] 국적과 시대는 다르지만, 이 시에 바티칸 시스티나 성당에 「천지창조」를 그렸던 미켈란젤로(Michelangelo Buonarroti, 1475~1564)가 나오는 것도 그런 이유일 것이다.[150]

릴케의 『기도시집』의 「1부 수도사 생활의 서 Das Buch vom mönchis chen Leben」(1899)에는 "그대 상냥한 자여, 당신의 은총은 언제나/오래고 오랜 기도 자세마다 깃들었습니다./누군가 손을 합장하여/그 손을 공손히 하고 작게 감싸 조그만 어둠을 만들면/갑자기 손안에서 당신이 이루어짐을 느낍니다."[151]라는 구절에서 "기도"라는 시어를 볼 수 있다. 릴케의 "기도"는 '은총과 보호에 대한 감사'의 의미가 강하다. 그러나 「제2부 순례의 서」에서는 "그들이 기도하는 소리가 들립니까?/검은 돌 위로 쓰러지는 소리가 들립니까?/당신은 그들이 우는 소리를 들어야 합니다, 울고 있으니까요."[152]라고 하며 기도의 의미가 달라진다. 여기서는 눈물의 선지자 예레미야(Jeremiah, BC. 650경~?)처럼 기도는 통성기도(通聲祈禱)로 언어 이전의 울음이 된다. 또한 "당신에게 나의 기도가 모독이 되지는 않겠지요,/내가 당신과 말할 수 없이 친한 사이임을/오래된 책에서 찾아보듯이 기도해도 말입니다."[153]에서도 릴케는

---

149) 김재혁, 「기도시집 주」, Rainer Maria Rilke, 『기도시집 외』, p.457.
150) 김춘수가 러시아 종교화가로서 샤갈을 예술적 이상으로 삼은 것과 유사한 대목이다.
151) Rainer Maria Rilke, 『기도시집 외』, p.374.
152) *Ibid.,* p.386.
153) *Ibid.,* pp.387~388.

인간과 신을 연결하는 기도가 신의 이름을 헛되이 부르는 것이 아니길 바라면서 신과의 분리로서의 악에 빠져들지 않기를 바란다.

릴케의 『기도시집』은 초기시집들의 완숙단계라고 할 수 있다. 릴케의 『첫 시집들』(1895~1897)은 그가 갓 스무 살 남짓할 때 발간한 시집들로 영혼의 순진무구한 상태가 투명한 언어에 영글어 있으며, 아직 세계의 비극적 음영이 드리워지기 전의 미성년적인 목소리의 울림이 있다. 그의 『첫 시집들』을 통해서는 프라하의 성당 안에서 스테인드글라스 아래로 퍼져 내려오는 신비한 빛을 바라보면서 기도하고 있는 소년의 상이 상상되는 것이다. 그러나 『기도시집』에는 '순례(巡禮)'의 고단함과 '죽음'에 대한 통찰이 들어오면서, "어둠"이 중심적인 이미지로 떠오른다. 릴케는 "나의 신은 어둡고"154) "나의 본질의 어두운 시간을 나는 사랑"한다고 하였다. 릴케는 어둠에 대하여, "나를 낳아준 어둠이여, 나는 불꽃보다 당신을 더 사랑합니다. 불꽃은 제 주위로 둥그렇게/찬란히 빛나면서/세계를 구별 짓지만,/그 바깥에 있는 어떤 존재도 불꽃을 모릅니다."155)라고 말한다. 릴케는 빛에 의해 현시(顯示)된 것들이 곧 진정한 존재를 드러내는 것은 아니라고 본다. 오히려 어둠에 탄생의 의미가 있다. 나아가, "나는 아직 아픔을 제대로 아는 자가 못 됩니다,/ 너무도 커다란 이 어둠은 나를 왜소하게 만듭니다./하지만 당신이 바로 어둠이라면, 몸을 무겁게 하여 내게 나타나소서, 그리하여 당신의 손이 나에게 행하여지고, 나의 간절한 절규로 내 뜻이 당신에게 행하여질 수 있도록."156)이라고 릴케는 말한다. "빛"이 아니라 "어둠"으로서의 신은 '나'의 아픔과 절규를 품어주고, 무겁게 구속하여주는 존재이다. 또한

---

154) Ibid., p.316.
155) Ibid., p.322.
156) Ibid., p.427.

"그때 그는 기도해야 한다는 것을 알았습니다./이 인물이 바로 예언자들에게/마치 커다란 화환처럼 수여되던 그 장본인이었기 때문입니다."[157] 라는 구절에서 보는 것처럼, "예언자"의 말대로 신의 현현을 기다린다면, 그때가 바로 "기도"해야 할 때이다. "기도"는 "어둠"으로서의 신의 현현을 기다리는 과정이다.

김춘수의 『낭산(狼山)의 악성(樂聖)―백결 선생』의 「2장 두 개의 꽃잎―성장」 중 "사랑은 왔다./ 햇살이 빛나듯이/아니, 꽃눈보라처럼/아니, 기도처럼/왔다"[158]라는 구절에서 "기도"가 나온다.[159] 이 시에서 '사랑의 시작'은 '꽃의 성장'이자 '기도'라는 은유적 관계에서 창조되는 진실의 의미를 공유한다. 그러므로 이 시에서 김춘수의 "꽃"이 릴케의 『기도시집』의 "어둠"이다. "사랑의 시작"은 기도로부터 만들어지며, 존재를 낳는다. 또한, 김춘수의 「갈대」에 "오! 자세―기도"는 그의 시에 대한 근본태도이다. 릴케는 김춘수에게 기도로서의 시의 의미를 전했다는 의의가 있다.

릴케의 『기도시집』의 존재에 대하여 분석하여 정리하면 다음과 같다.

    (i) 그리고는 언제나 존재하라고 반복하셨습니다.
    (ii) 불꽃은 제 주위로 둥그렇게/찬란히 빛나면서/세계를 구별 짓지만,/그 바깥에 있는 어떤 존재도 불꽃을 모릅니다.
    (iii) 나는 이 세상에서 아주 보잘것없는 존재입니다, 하지만//당신 앞에 하나의 사물처럼 설 정도로 작지는 못합니다
    (iv) 설령 우리들이 모든 깊이의 존재를 부정한다 해도―산맥이 금을 품고 있다면/그 누가 일부러 그것을 캐내지 않는다 해도/바위

---

157) *Ibid.*, p.418.
158) *Ibid.*, pp.271~272.
159) 릴케의 『기도시집』과의 상관성은 김춘수의 두 시에 다 있다.

의 적막 속으로 흐르는 물이,/넘치는 그 물이/언젠가 그것을 바깥으로 밀어낼 것입니다.

(v) 당신은 영원에서 영원으로 흐르는/어두운 미지의 존재입니다.

(vi) 당신은 아낄 줄 아는 소박한 존재입니다.

(vii) 신이여, 그저 몸짓으로 커가며 존재하는/벙어리가 되어 주소서.

(viii) 당신은 적막한 집들 사이로 지나가는/모든 존재 중 가장 조용한 자입니다.

(ix) 일곱 개의 양촛불로 나는/당신의 어두운 존재를 에워쌌습니다.

(x) 나는 당신을 진주 사슬로 책장에다 엮을 수도 없습니다,/나의 감각이 그려내는 떨리는 그 그림을 당신은/당신의 소박한 존재로 금방 무색하게 만들어버릴 테니까요.

(xi) 그러나 당신은 존재하고 존재하고 또 존재합니다, 시간에 몸을 떨면서.

(xii) 얼마 전까지만 해도 내가 존재하지 않았음을/당신은 아십니까?

(xiii) 내가 서두르지 않는다면,/나 결코 흘러간 존재가 아님을 나는 느낍니다.

(xiv) 나는 꿈속의 꿈 이상의 존재입니다.

(xv) 당신의 존재 방식은 이토록 은밀합니다.
　　　　　　　　－Rainer Maria Rilke,「제1부 수도사 생활의 서」,
　　　　　　　　　　　　　　　　　　　　『기도시집』부분.160)

이상은 『기도시집』의 「제1부 수도사 생활의 서」에서 '존재'라는 시어가 나오는 구절을 모두 모아본 것이다. (i)의 "존재"는 생존을 의미한다. (ii)와 (viii)의 "존재"는 일반적인 존재자(存在者, das Seiende)를 의미한다. (iii)의 "존재"는 인간을 의미한다. (iv)의 "존재"는 본질을 의미한

---

160) Rainer Maria Rilke, *op.cit.*, pp.320~373

다. (v)와 (ix)의 "존재"는 신을 의미한다. (vi)과 (x)의 "존재"는 공동존재(共同存在, Mitsein)를 의미한다. (vii)과 (xi)과 (xv)의 "존재"는 현존 또는 현전을 의미한다. (xii)의 "존재"는 정체성을 의미한다. (xiii)과 (xiv)의 "존재"는 현존재(現存在, Dasein)를 의미한다. 이처럼 릴케의 시는 마치 존재론의 철학서를 보는 것만큼이나 '존재'라는 시어가 전체 시에서 차지하는 비중이 상당히 높다. 또한 '존재'가 가지는 의미도 철학적으로 규정되는 의미보다 다양하다. 릴케가 쓰는 '존재'라는 시어는 시의 문맥에 따라 달라지기 때문이다. 『기도시집』의 「제1부 수도사 생활의 서」에서는 신의 존재성과 신을 믿는 자의 존재성이 주제가 되고 있다. 인간의 나약한 존재성을 신의 완전한 존재성과 합치하려는 열정을 통해 인간성을 초월하려는 의지가 나타난다. 아우구스티누스처럼 인간으로서 불완전하지만, 신에 대한 충실성으로 존재의 비약을 하려는 소망이 엿보인다.

(i) 나무들의 피는 솟아올랐으니,/이제 그대는 느낀다, 떨어지려 함을/모든 것을 행하는 존재를 향해.

(ii) 나무들의 피는 솟아올랐으니,/이제 그대는 느낀다, 떨어지려 함을/모든 것을 행하는 존재를 향해.

(iii) 이제 하나의 사물처럼 겸손하여,/진정한 존재로 익어가다오, 그대에게 기별을 주었던 그 존재가/손을 내밀면 그대를 느낄 수 있도록.

(iv) 조화로 이루어진 영원한 존재인 당신을.

(v) 당신은 일체이시고, 나는 헌신하기도/분개하기도 하는 한 존재에 불과한지요?/나는 아무래도 보편적인 존재가 못 되는가요?/운다고 해도 나는 온전한 존재가 못 되나요?

(vi) 해가 떨어지고 나면 언제나 나는/마음 쓰라린 외톨이가 됩니

다,/모든 것에서 떨어져나온 창백한 자,/모든 무리의 멸시를 받는 존재입니다.

(vii) 등불도 없이 깨어 있으면서도 무서워하지 않는/그 유일한 존재, 아직까지 빛에 물들지 않은/그 깊으신 분, 내가 알고 있는 그분은/나무들과 더불어 땅을 뚫고 나타나시고/그윽한 향기가 되어/떨구어진 나의 얼굴을 향해/땅에서 솟아오르니까요.

(viii) 나는 아버지, 하지만 아들은 그 이상의 존재,/ 아버지가 이룬 모든 것, 그리고 그가 못 이루었던 것까지도 아들에게서 위대해질 것입니다.

(ix) 우리에게 아버지란 과거의 존재가 아닌가요?

(x) 나는 당신의 아주 보잘것없는 존재들 중의 하나일 뿐,/골방에서 바깥 세상의 삶을 내다보고/사물들보다 사람들로부터 멀리 떨어져/밖에서 무슨 일이 일어나는지 생각조차 하지 않는 자입니다.

(xi) 당신은 미지의 존재, 여행에서 돌아온 자, 당신에 대한 이야기와 소문들이/때론 속삭이듯 때론 거침없이 떠돕니다

(xii) 그에게 당신은 새롭고 가까운 착한 존재입니다.

(xiii) 그 세상은 흘러갔습니다, 당신이 존재하니까요.
　　－Rainer Maria Rilke, 「제2부 순례의 서」, 『기도시집』 부분.161)

이상은 릴케의 『기도시집』의 「제2부 순례의 서」에서 '존재'라는 시어가 나온 부분을 모두 모은 것이다. (i)의 "존재"는 본질을 의미한다. (ii), (iv), (vii), (xi), (xii), (xiii)의 "존재"는 신을 의미한다. (iii)의 "존재"는 각각 본질과 공동존재(共同存在, Mitsein)를 의미한다. (v)의 "존재"는 각각 피조물과 보편자와 신을 의미한다. (vi)의 "존재"는 사물적 존재를 의미한다. (viii)의 "존재"는 가능태를 의미한다. (ix)와 (xiv)의 "존재"는 현존 또는 현전을 의미한다. (x)의 "존재"는 피조물을 의미한다. 이 부

---

161) *Ibid.*, pp.379~409.

분에서는 릴케의 여느 시보다도 신의 존재성에 대한 물음이 두드러진다. 특히 '영원'하고, '일체'이며, '완전'하고, '유일'하며, '착한' 창조주로서의 신과 '외톨이'에 '분개'하고 '멸시' 받으며, '보잘것없는' 피조물로서의 인간이 극단적으로 대비된다. 이러한 대비가 제목「제2부 순례의서」와 같이 인간이 지상에서 신을 찾는 순례자가 되어야만 하는 이유를 보여준다. 신과 인간 사이의 거리가 곧 순례의 거리일 것이다. 그러한 가운데 기도는 신으로 향하는 인간에게 길을 잃지 않도록 만들어주는 내면의 공간이다. 키르케고르가 기도는 신과 자기 자신과 가능성 가운데 성립한다고 말한 것처럼, 순례의 시간이 바로 신을 향하는 미래로 열린 가능성의 시간이라고 할 수 있을 것이다.

(i) 별빛을 꽁꽁 얼리는 만년설,/지상의 모든 향기를 품어 올리는/그 시클라멘 계곡을 안고 있는 존재입니다.
(ii) 그곳에서 처녀들은 미지의 존재를 바라 꽃을 피우며/어린 시절의 평온함을 그리워합니다.
(iii) 그들은 수백의 귀찮은 존재들 속으로 던져져,/매시간 울리는 시간의 종소리에 비명을 지르며/쓸쓸히 병원 주위를 서성이며/입원할 날을 불안스레 기다립니다.
(iv) 그대, 생성되어가는 존재를 둘러싸고 움직이는/어떤 드넓고 진정한 사건도/대도시에서는 일어나지 않습니다.
(v) 미래에나 존재할 수정의 조각입니다, 도망치듯 떨어지며 반짝이기도 희미하기도 한.
(vi) 그러면 그의 노래의 꽃가루는/그의 붉은 입에서 살며시 풀려나와/꿈꾸듯 사랑스런 존재들을 향해 밀려갔으며/열려 있는 화관 속으로 떨어져/천천히 꽃바닥에 내려앉았습니다.
  — Rainer Maria Rilke,「제3부 가난과 죽음의 서」,『기도시집』
부분.162)

이상은 릴케의 『기도시집』의 「제3부 가난과 죽음의 서」에서 '존재'라는 시어가 나오는 구절을 모두 모은 것이다. 존재의 각각의 의미는 다음과 같다. (i)과 (iii)의 "존재"는 존재자(存在者, das Seiende)를 의미한다. (ii)의 "존재"는 실재(實在)를 의미한다. (vi)의 "존재"는 생성적 존재를 의미한다. (v)의 "존재"는 가능태를 의미한다. (vi)의 "존재"는 공동현존재(共同現存在, Mitdasein)를 의미한다. 「제3부 가난과 죽음의 서」에서의 '존재'는 「제1부 수도사 생활의 서」나 「제2부 순례의 서」의 '존재'와 그 의미가 사뭇 달라지는 것을 확인할 수 있다. 이 부분에서 가장 핵심이 되는 것은 (iv)의 "생성되어가는 존재"이다. 니체는 존재를 생성적 의미에서 바라본 철학자이다. 그런 의미에서 이 부분에서는 "미래"와 "미지"라는 시어가 존재 내부의 잠재태가 앞으로 발현될 수도 있다는 인식을 보여준다. 제3부의 제목에는 "죽음"이 들어가는데, 생성의 미래를 내다보는 것은 역설적이다. 이 부분을 통해서 죽음이라는 무(無) 또는 비재(非在)와 부재(不在)는 다시 생과 존재에 대하여 새롭게 인식하도록 한다는 것이 보인다. 지옥으로서의 '대도시'에서의 '불안'이 미래의 가능성으로서의 존재에 대하여 '그리움'을 갖게 하기 때문에, 그러한 소망에 의하여 이 시에서는 기도가 성립되고 있다.

『기도시집』에는 "나는 노래였고, 신은 운(韻)"[163]이라는 구절이 나온다. "나"라는 현존재(現存在, Dasein)가 음악이며, 원리로서의 "신"은 "운"이라는 것이다. 이러한 비유는 '나'와 '신'이 완전히 일체화·이상화된 데 대한 비유이다. 릴케에게서 이러한 시적 논리가 발전하여 『오르페우스에게 바치는 소네트』에서는 음악의 신, 오르페우스가 시인의

---

162) *Ibid.*, pp.428~455.
163) *Ibid.*, p.357.

이상적 존재로, 그리고 천사의 변용으로 등장한다. 오르페우스는 천사에 근접한 존재이다. 오르페우스는 현존재(現存在, Dasein)이자 장미이다. 김춘수에게서는 음악의 신 '처용'과 음악가인 '백결'이 오르페우스적 존재를 상징한다.

「오르페우스에게 바치는 소네트」의 존재에 대하여 분석하여 정리하면 다음과 같다.

> (i) Ⅲ 노래는 현존재. 신에게는 쉬운 일이다./ 그러나 우리는 언제나 존재하나? 신은 언제나//대지와 별들이 우리의 존재를 향하게 할 것인가?
> (ii) Ⅴ 그의 말이 이승의 존재를 넘어서는 사이
> (iii) ⅩⅠ 말을 몰고 당기고 말을 타고 가는 존재이다//우리 존재의 끈질긴 본성 역시 이런 것 아닌가?
> (iv) ⅩⅩⅡ 우리는 몰아대는 존재들
> (v) ⅩⅩⅢ 그의 외로운 비행이 이루어낸 존재가 되리라
> ─ Rainer Maria Rilke, 「제1부」, 『오르페우스에게 바치는
> 소네트』 부분.164)

이상은 릴케의 『오르페우스에게 바치는 소네트』의 「제1부」에서 '존재'라는 시어가 나오는 모든 구절을 모은 것이다. (i)의 "현존재"와 "존재"는 각각 현존재와 현존을 의미한다. (ii)의 "존재"는 살아있는 존재자(存在者, das Seiende)들을 의미한다. (iii)의 "존재"는 본질을 구현한 존재자를 의미한다. (iv)의 "존재"는 평범한 인간들을 의미한다. (v)의 "존재"는 존재자를 의미한다. 이 부분에서 가장 중요한 것은 '노래' 자체를

---

164) Rainer Maria Rilke, 「오르페우스에게 바치는 소네트」, 『두이노의 비가 외 ─ 릴케 전집 2』, 김재혁 옮김, 책세상, 2001, pp.502~518.

'현존재'에 비유한 것이다. 후설은 『시간의식』에서 인간의 의식을 멜로디에 비유한 바 있다.165) 시간의식은 객관적으로 바라본 인간이 아니라, 주관적으로 바라본 인간에게서 나올 수 있는 개념이다. 인간의 내면의 의식은 항상 시간의 흐름과 함께 멈추지 않고 흐르고 있다. 음악은 비물질적이지만 실체적이다. 인간의 의식도 음악처럼 비물질적이지만 실체적이다. 인간의 의식 자체를 현존재라고 부를 때, '노래=현존재'라는 등식이 성립할 수 있을 것이다. 다시 말해, 인간을 주관적 존재, 자기 자신과 관계하는 존재, 정신으로서의 존재로 보는 관점에서 '노래=현존재'라는 등식이 성립한다는 것이다. 릴케는 그만큼 인간의 내면성 그 자체에 인간의 진리가 있다고 보았다. 릴케의 그러한 존재론은 키르케고르부터 하이데거에 이르는 철학자들의 존재론과 상통한다고 할 수 있다.

(i) I 숨쉬기여, 너 보이지 않는 시여!/끊임없이 우리의 존재와/순수하게 교류 중인 우주 공간이여, 균형이여, 나는 그 안에서 가락으로 생겨난다

(ii) IV 오, 이것은 존재하지 않는 짐승 [중략] 결코 존재하지 않았지만, 그들의 사랑으로 그것은/순수한 짐승이 되었다.

(iii) IV 존재할 필요가 없었다 그들은 곡식알이 아닌/존재하리라는 가능성만으로 그 짐승을 길렀다/그리고 이것이 그 짐승에게 엄청난 힘을 주어/이마에 뿔이 하나 돋게 했다 뿔 하나 그 짐승은 한 처녀에게 흰 모습으로 다가왔다/그리고 은거울 속에 그녀의 마음속에 존재했다

(iv) V 우리는 거친 존재들, 우리는 더 오래 간다/그러나 언제, 모든 삶 중 어느 삶 속에서/마침내 문을 열어 받아들이는 존재가 될까

---

165) Edmund Husserl, 「시간의 근원에 관한 브렌타노의 학설」, 『시간의식』, pp.68~71.

(v) VI 장미여, 너 군림하는 존재여

(vi) IX 그대들 재판관들이여, 이제 고문이 존재하지 않는다고

(vii) X 기계가/복종하기보다는 정신 속에 존재하려고 설치기 때문

(viii) X 아직도 우리는 현존재에 매력을 느낀다; 수백의 자리에 아직 근원이 그대로 남아 있다

(ix) XIII 존재하라 – 그리고 동시에 비존재의 조건을 알아라

(x) XIV 보라, 이 꽃들을, 지상의 것에 충실한 이 존재들을

(xi) XIX 오직 신적인 존재만 들을 수 있게

(xii) XX 운명, 그것은 우리를 존재의 뼘으로 재려고 한다

(xiii) XXI 한번 내려진 결단, 존재를 향한 이 결단에

(xiv) XXII 오, 운명에도 불구하고 우리의 현존재의/찬란한 넘쳐 흐름이여

(xv) XXVII 우리는 정말 언제 깨질까 그토록 조마조마한 존재인가

(xvi) XXVII 모든 것을 순박하게 받아들이는 존재 사이로

(xvii) XXVII 흘러가는 존재들인 우리, 그래도/우리는 영속하는 힘들 사이에서는/신이 쓸 만한 존재로 통한다

(xviii) XXVII 그대는 그 옛날부터 마음이 움직였던 그대

(xix) XXVII 나는 흐른다고/빠른 물결에게 말하라: 나는 존재한다고
     — Rainer Maria Rilke, 「제2부」, 『오르페우스에게 바치는
                                        소네트』 부분.166)

이상은 『오르페우스에게 바치는 소네트』의 「제3부」에 나오는 '존재'라는 시어를 모두 모은 것이다. 그 각각의 의미를 살펴보면 다음과 같다. (i)의 "존재"는 살아있음 자체로 생명감이 리드미컬 하게 흐르는 현존재(現存在, Dasein)로서의 오르페우스를 의미한다. (ii)의 "존재"는 가상의, 상상의 존재를 의미한다. (iii)의 "존재"는 실재, 현존할 필요가

---

166) Rainer Maria Rilke, *op.cit.*, pp.522~543.

없음, 잠재태로서의 존재, 가상으로서 또는 비존재로서 있음을 의미한다. (iv)의 "존재"는 인간인 존재자(存在者, das Seiende), 즉 현존재(現存在, Dasein)를 의미한다. (v)의 "존재"는 비도구적 존재자, 목적으로서의 존재자, 이상적인 존재자를 의미한다. (vi)의 "존재"는 현존을 의미한다. (vii)의 "존재"는 점유(占有)를 의미한다. (viii)의 "존재"는 살아있는 존재자들, 존재 물음을 던지는 존재자를 의미한다. (ix)의 "존재"는 생명에 대한 긍정과 의지, 자신의 존재 근거, 즉 본질을 알라는 것을 의미한다. (x)의 "존재"는 살아있는 존재자들을 의미한다. (xi)의 "존재"는 초월적 존재자, 신적인 존재자, 즉 자신의 원인이고 본질만으로 존재하는 그런 존재자를 의미한다. (xii)의 "존재"는 존재 그대로의 존재를 의미한다. (xiii)의 "존재"는 본질이 구현된 존재를 의미한다. (xiv)의 "존재"는 시간적 존재, 음악적 존재를 의미한다. (xv)의 "존재"는 유한한 존재자를 의미한다. (xvi)의 "존재"는 실재하는 것을 의미한다. (xvii)의 "존재"는 시간의 한계 안에서의 유한한 존재, 존재 자체로 긍정되는 존재를 의미한다. (xviii)의 "존재"는 인간으로서의 현존재(現存在, Dasein), 즉, 존재에 대한 물음을 던지는 존재를 의미한다. (xix)의 "존재"는 시간적 존재임이 본질인 상태로 존재한다는 것을 의미한다. 『오르페우스에게 바치는 소네트』는『두이노의 비가』와 같은 해에 나온, 릴케의 후기작에 해당된다. 릴케는 여느 시인과 달리 만년작이 초년작을 뛰어넘는 시인이다. 『오르페우스에게 바치는 소네트』는 그만큼 릴케의 정신의 절정을 보여준다고 하겠다. 이 시에서 보면 릴케의 존재론은『기도시집』보다 훨씬 심원해졌음을 표면적으로 드러나는 시어만으로도 확인할 수 있다. 예컨대, 존재에 관한 시어가 '존재', '현존재', '비존재', '신적 존재' 등으로 확대되었다. 이 시에서는 앞에서의 '노래=현존재(現存在, D

asein)'라는 등식에서 '시=현존재'라는 등식으로 변화한다. 그러나 노래
는 곧 시이고, 시는 곧 노래이므로, 시가 곧 현존재가 되는 등식은 이해
하기가 쉽다. 이 부분에서는 존재하지 않던 것이 장미와 같은 현존재에
대한 갈망으로 충실성을 다하여 존재를 지향하게 되고 그럼으로써 점
차 비존재에서 신적 존재로 상승하여 가는 심리적 궤적을 그릴 수 있
다. 그러한 궤적은 '흐름'이란 의미를 가진 시어들에 의해서 연결이 되
고 있다. 이 시에는 전반적으로 음악이 흐르고 있다. 이 부분에서 눈에
띄는 것은 (ii)와 (iii)의 "짐승"이다. 인간이 짐승과 같은 존재에서 장미
와 같은 존재로 비약하기 위한 내면의 뜨거운 열정이 나타난다. 오르페
우스는 사랑을 위하여 죽음의 세계로 내려가는 신이지만, 이 텍스트의
이면에 그러한 존재론의 노래가 도저하고 아름답게 흐르는 것으로 이
시는 창조되어 있다.

『두이노의 비가』는 릴케의 최고의 작품이다. 김춘수도 이 시집의 영
향을 받아 『쉰한 편의 비가』를 썼다. 『두이노의 비가』에 대한 자세한
분석은 V장에서 전개하도록 한다. 그러므로 II장에서는 릴케의 존재론
을 검토하는 차원에서만 다루도록 한다.

『두이노의 비가』의 존재에 대하여 분석하여 정리하면 다음과 같다.

(i) 나보다 강한 그의/존재로 말미암아 나 스러지고 말 텐데.
(ii) 생각하라, 영웅이란 영속하는 법, 몰락까지도 그에겐/존재하
기 위한 구실이었음을, 그의 궁극적 탄생이었음을.
(iii) 발사의 순간에 온 힘을 모아 자신보다 더 큰 존재가 되기 위해/
화살이 시위를 견디듯이
(iv) 이 세상에 더 이상 살지 못함은 참으로 이상하다,/겨우 익힌
관습을 버려야 함과,/장미와 그 밖의 무언가 하나씩 약속하는 사물

들에게/인간의 미래의 의미를 선사할 수 없음과,/한없이 걱정스런
두 손안에 들어있는 존재가/더 이상 아닌 것, 그리고 자기 이름까지
도 마치/망가진 장난감처럼 버리는 것은 참으로 이상하다.

　(v) 끝내 그들, 일찍 떠난 자들은 우리를 필요로 하지 않으니, 어느
덧 자라나 어머니의 젖가슴을 떠나듯 조용히 대지의 품을 떠난다, 우
리는. 그러나 그토록 큰 비밀을/필요로 하는 우리는, 슬픔에서 그토
록 자주 복된 진보를/우려내는 우리는, 그들 없이 존재할 수 있을까?
　　　　　　　—Rainer Maria Rilke, 「제1비가」, 『두이노의 비가』 부분.[167]

　이상은 『두이노의 비가』의 「제1비가」에서 '존재'라는 시어가 나오
는 구절을 모두 모은 것이다. (i)의 "존재"는 천사를 의미한다. (ii)의 "존
재"는 영웅의 존재함의 의미이자, 동시에 '몰락' 즉 소멸과 대립적 의미
이자, 존재의 지속으로서의 영속의 의미이다. (iii)의 "존재"는 존재의
성장, 즉 이상적인 존재로의 비약이나 존재론적 열정의 의미를 내포한
다. 그러한 존재는 생성적 존재이다. (iv)의 "존재"는 사물로서의 존재
자(存在者, das Seiende)를 의미한다. 그 시구에는 죽음에 대한 의문이
담겨있다. 존재가 비존재가 되는 것에 대해 의아해하는 것이다. (v)의
"존재"는 살아남은 사람들의 존재함을 의미한다. 이렇듯, (i)~(v)의 존
재의 의미는 모두 다르다. (i)~(iii)은 더 강한 존재, 즉 천사처럼 인간을
초월한 존재가 되기 위한 도약에 대해 말하고 있다. 이것은 생성적 존
재론의 관점에서 힘에의 의지를 보여주고 있다고 하겠다. (iv)~(v)는
(i)~(iii)과 대조적으로 존재의 나약함에 내해 노래하고 있다. 천사의 강
함과 대비되어 인간의 나약함은 이 세상에서 가장 섬세한 악기 같은 음
율로 비애를 노래하고 있다.

---

167) Rainer Maria Rilke, 『두이노의 비가 외 - 릴케 전집 2』, pp.443~447.

(i) 슬프다, 우리는 그러한 존재들, 우리가 녹아 들어간/우주 공간
도 우리 몸의 맛이 날까?

(ii) 보라, 나무들은 존재하고, 우리 사는 집들은 여전히 서 있다.

(iii) 보라, 나의 두 손은 서로를 의식하게 되었고, 또는/나의 닳고
닳은 그 얼굴은 나의 두 손안에서/몸을 사림을. 그것이 내게 약간의
느낌을 준다./하지만 그렇다고 해서 그 누가 감히 존재한다 할 수 있
으랴?

　　　　　　　　─Rainer Maria Rilke, 「제2비가」, 『두이노의 비가』 부분.168)

　　이상은 『두이노의 비가』의 「제2비가」에서 '존재'라는 시어가 나오
는 구절을 모두 모은 것이다. (i)의 "존재들"은 천사에 대하여 인간 존재
들, 필멸의 존재들을 의미한다. (ii)의 "존재"는 존재자(存在者, das Seien
de)의 즉자적으로 존재함을 의미한다. (iii)의 "존재"는 의식과 느낌 넘
어 실재함을 의미한다. 이 부분에서는 존재의 나약성에 대한 슬픔이 나
타난다. 그럼으로써 존재의 최소한의 존재성, 즉 '있음' 자체의 의미가
질문되고 있다. 존재의 위태로움에서 깨닫게 되는 존재의 최소조건에
대하여 「제2비가」는 직관으로 깨닫고 있다. 그러나 존재의 최소조건이
존재의 충만감으로 연결되지는 못하고 있다. 진정한 존재의 의미에 대
한 갈증이 남아있는 상태라고 할 수 있다.

(i) 이것이다, 우리의 내면의 단 하나의 존재, 미래의 존재가 아니
라,/수없이 끓어오르는 것을 사랑하는 것.

(ii) 오랫동안/죽어있던 존재들로부터 어떤 감정이 솟구쳐 올라왔
는가?

　　　　　　　　─Rainer Maria Rilke, 「제3비가」, 『두이노의 비가』 부분.169)

─────────────
168) *Ibid.*, pp.448~451.

이상은 『두이노의 비가』의 「제3비가」에서 '존재'라는 시어가 나오는 구절을 모두 모은 것이다. (i)의 "존재"는 자신의 내적 자연으로서의 존재, 현존재(現存在, Dasein), 내면의 존재, 존재로서의 존재, 규정할 수 없는 것으로서의 존재, 생성하는 존재, 영원회귀적 존재 등을 의미한다. 그것은 아모르 파티(Amor Fati), 즉 운명애에서 비롯된 것이다. (ii)의 "존재"는 내면에 억압되어 있던 존재를 의미한다. 들뢰즈는 존재 안의 가능성으로 잠재된 존재는 니체의 영원회귀처럼 되돌아온다고 말한다. 릴케는 니체의 영향을 받았지만 니체의 『비극의 탄생』에 대한 이해를 통해 니체와 차별화되는 자신만의 세계를 구축하려고 하였다. 「제3비가」의 존재는 니체의 영원회귀적인 존재관이 드러나는 것이 분명해 보인다.

> (i) 그리고 당신들, 내가 옳지 않은가, 당신들에 대한 나의 사랑의 조그만 시작의 대가로 나를 사랑했던 당신들, 나는 그것을 자꾸만 잊었다, 내가 비록 사랑하기는 했지만 당신들 얼굴에 어린 공간이 내게 우주 공간으로 변해버렸기 때문이다, 당신들이 더 이상 존재하지 않는 공간으로
> (ii) 그러면 우리의 존재 그 자체로 인해 우리가 언제나/둘로 나누었던 것이 합쳐진다.
> ─Rainer Maria Rilke, 「제4비가」, 『두이노의 비가』 부분.170)

이상은 『두이노의 비가』의 「제4비가」에서 '존재'라는 시어가 나오는 구절을 모두 모은 것이다. (i)의 "존재"는 현존을 의미한다. (ii)의 "존재"는 본질을 의미한다. 그러나 (i)과 (ii)에서 문맥상 중요한 것은 "당

---

169) *Ibid.*, pp.455~456.
170) *Ibid.*, p.459.

신"과 "나" 그리고 "둘"이라는 시어이다. 이 부분에서는 대타적 존재와 대자적 존재 사이의 갈등이 있다. (i)은 타자와의 관계를 중심으로 하여 자신의 존재를 세우는, 대타적 존재의 양상이 나타난다. 대타적 존재는 자신의 본질에 대해서는 소홀하므로 오히려 자신이 소외되거나 소멸될 수가 있다. (i)에서는 타자성의 의미가 크게 나타난다. "사랑"이라는 시어는 타자성의 의미를 가장 긍정적으로 최고조로 끌어올려 주는 것이다. 그러다 (ii)에서는 대타적 자기 인식을 거쳐 다시 자기 자신에게로 돌아와 대자적으로 자신의 존재를 정립하는 단계에 도달하여 있다.

(i) 그러나 말해다오, 이들이 누구인지, 우리들보다 조금 더/덧없는 존재들, 결코 만족할 줄 모르는 어떤 의지가/누군가, 누군가를 위해 어린 시절부터 꽉꽉 쥐어짜고/있는 이들은?

(ii) 그리고 그들이 그곳에서 간신히,/똑바로 서서, 현존재의 첫 글자 모양을 보여주는가 했더니,

(iii) 그러다가 갑자기 이 힘겹고 존재하지 않는 장소 안에서,/순수한 모자람이 놀랍게 모습을 바꾸어,/말로 표현할 수 없는 곳이/갑자기 저 텅 빈 넘침을 향해 뛰어든다.

　　　　　　　　　　　─Rainer Maria Rilke, 「제5비가」, 『두이노의 비가』 부분.171)

이상은 『두이노의 비가』의 「제5비가」에서 '존재'라는 시어가 나오는 구절을 모두 모은 것이다. (i)의 "존재"는 불만을 느끼는 존재, 허무를 느끼는 존재를 의미한다. (ii)의 "존재"는 대문자 D, 즉 고유명사적인 존재를 의미한다. (iii)의 "존재하지 않는"은 실재하지 않는다는 의미이다. 즉, 여기서 존재하지 않는 것은 가상적인 것 또는 허구적인 것을 의

---

171) *Ibid.*, pp.461~465.

미한다. 「제5비가」이 부분은 존재의 불확실성 내지 미확정성에 대하여 말하고 있다. 존재는 덧없고, 아직 이름이 없으며, 표현될 수가 없다. 존재는 비은폐의 상태로부터 벗어나 자신을 드러낼 때 진리의 상태에 이른다. 이 부분에서의 존재는 아직 진리에 이르지 못한 존재에 대해 말하고 있다. 그러나 존재의 불확실성은 "순수한 모자람"이나 "텅 빈 넘침"이라는 역설적 가치를 지니기도 한다. 유는 무로부터 창조되는 것이듯이 아직 존재성이 미약하거나 존재가 부재하는 곳에 역설적인 자유로움이 있다.

> 영웅은 놀랍게도 어려서 죽은 자들과 아주 가까이 있다. 영웅은/
> 영속성 따위에는 관심이 없다. 그에겐 상승이 현존재이다
> ─Rainer Maria Rilke, 「제6비가」, 『두이노의 비가』 부분.172)

이상은 『두이노의 비가』의 「제6비가」에서 '존재'라는 시어가 나오는 구절이다. 「제6비가」의 "현존재"는 성장의 존재, 생성의 존재, 이상을 향해가는 살아있는 존재를 의미한다. 이 시의 맥락에서 "영웅"과 "아이"는 등가를 갖는다. 『두이노의 비가』에서 주인공 역할을 하는 것이 '천사'라면, 존재의 이상적 귀감으로서의 '천사'는 "영웅"이나 "아이"로 나타나기도 한다. 「제3비가」에서 니체의 영원회귀적 존재가 보였던 것처럼, 「제6비가」에서는 니체의 초인적 존재가 보인다.

(i) 모두 이 세상에 존재했을 때./모두 모든 것을 가졌을 때. 현존재로 가득 찬 혈관들을.
(ii) 우리는 이것에/현혹되어서는 안 된다; 이것은 아직은 우리가

---

172) *Ibid.*, p.468.

인식하는 형상을/보존하는 것을 강화시켜 주리라. 이것은 한때 사람들 속에 있었고, 운명 속에, 파괴적인 운명의 한복판에 서 있었고,/어디로 가야 할지 모름 속에 서 있었다, 마치 존재하는 것처럼

　　　　　—Rainer Maria Rilke, 「제7비가」, 『두이노의 비가』 부분.173)

　이상은 『두이노의 비가』의 「제7비가」에서 '존재'라는 시어가 나오는 구절을 모두 모은 것이다. (i)의 "존재"와 "현존재"는 살아있을 때의 삶의 충만감 의미한다. (ii)의 "존재"는 허상이 아닌 것, 환영이 아닌 것을 의미한다. 「제5비가」가 존재의 모자람에 대해서 말했다면, 반대로 「제7비가」는 존재의 충만함에 대해서 말한다. 「제5비가」에서 미만한 존재의 역설적 의미를 보여주었다면, 「제7비가」에서는 반대로 충만한 존재를 말하다가 "현혹"에 대한 경계로 선회한다. 그러한 데서 '존재'와 '무'라는 양극 사이의 순환성에 대한 사유가 비친다고 하겠다.

　　(i) 외부에 존재하는 것, 그것을 우리는 동물의/표정에서 알 뿐이다
　　(ii) 하지만 그의 존재는/그에게 무한하고 이해되지 않고 그의 상태를/살핌도 없이, 순수하다, 밖을 보는 그의 눈길처럼.

　　　　　—Rainer Maria Rilke, 「제8비가」, 『두이노의 비가』 부분.174)

　이상은 『두이노의 비가』의 「제8비가」에서 '존재'라는 시어가 나오는 구절을 모두 모은 것이다. (i)의 "외부에 존재하는 것"은 열린 세계에 있는 것을 의미한다. (ii)의 "존재"는 존재함 또는 본질을 의미한다. 「제8비가」의 '존재'라는 시어들은 "외부" 또는 "밖"과의 관계가 공통으로 상정되어 있다. 존재의 바깥은 이 시에서 미지의 실재를 가리키는 것으

---

173) *Ibid.*, pp.472~473.
174) *Ibid.*, pp.475~476

로 보인다. 이 시에서 무한하고 이해되지 않는 것을 순수하다고 하는 것은 아직 인위에 의해 왜곡되지 않은 본래의 상태, 존재하는 것의 존재하는 그대로의 상태를 긍정적으로 본다는 것이다.

> (i) 왜, 우리는 현존재의 짧은 순간을 월계수처럼/다른 모든 초록빛보다 좀 더 짙은 빛깔로, 나뭇잎 가장자리마다(바람의 미소처럼)/작은 물결들을 지니고서 보낼 수 있다면,/왜 아직도 인간이기를 고집하는가, 운명을/피하면서 또다시 운명을 그리워하면서?
> (ii) 더 덧없는 존재인 우리를./모든 존재는 한 번뿐, 단 한 번뿐, 한 번뿐, 더 이상은 없다.
> (iii) 우리는 고통을 가져간다. 무엇보다 존재의 무거움을 가져간다, 사랑의 긴 경험을 가져간다, ─그래,/정말 말로 표현할 수 없는 것을 가져간다.
> (iv) 우리의 마음은 두 개의 망치질 사이에/존재한다, 우리의 혀가/이 사이에 존재하지만,/그럼에도 찬양을 그치지 않듯이.
> (v) 이들은 가장 덧없는 존재인 우리에게서 구원을 기대한다
> (vi) 보라, 나는 살고 있다. 무엇으로? 나의 어린 시절도 나의 미래도/줄어들지 않고 있다 …… 넘치는 현존재가/내 마음속에서 솟아나기 때문이다
> ─Rainer Maria Rilke, 「제9비가」, 『두이노의 비가』 부분.[175]

이상은 『두이노의 비가』의 「제9비가」에서 '존재'라는 시어가 나오는 구절을 모두 모은 것이다. (i)의 "현존재"는 시간상으로 유한한 존재, 한시적 존재, 즉 죽음을 향한 존재(Sein zum Tode)를 의미한다. (ii)의 "존재"는 필멸의 존재로서의 인간, 즉 유한자를 의미한다. (iii)의 "존재"

---

175) *Ibid.*, pp.479~482.

는 존재자(存在者, das Seiende)의 자신의 본질로서 존재함을 의미한다. (iv)의 "존재"는 존재자의 자신의 본질로서 존재함을 의미한다. (v)의 "존재"는 유한자, 즉 필멸의 존재를 의미한다. (vi)의 "존재"는 현재 살아있으며 존재의 의미로 충만한 존재를 의미한다. 「제9비가」는 진혼곡처럼 비장미가 넘치는 장이다. 그러나 존재론에 대한 물음과 답에 관하여서는 역설적으로 존재의 상승을 보여주고 있다. 이 부분에서는, 처음에는 인간의 "운명"에 갇혀 있지만 고통을 긍정하고, 현재의 자신을 더 나은 존재로 나아가기 위한 과정적 존재로 인식하는, 발전적 양상이 나타난다. 니체가 인간이 초인으로 나아가야 할 바를 교설한 것과 유사해 보인다. 그러나 이 시에서는 "구원"이라는 시어가 나온다. 존재의 충만감을 갖게 되는 것이 구원의 의미일 수도 있다. 또 한편으로 "구원"은 릴케의 시세계에서 신적 존재가 구심점처럼 있다는 것을 확인해 주기도 한다.

이처럼, 『기도시집』부터 『두이노의 비가』까지 살펴보았듯이, 릴케의 시에는 존재라는 관념어가 직접 많이 등장하는 것이 특징이다. 릴케이외에 다른 시인들은 이렇게 존재라는 시어를 다루진 않는다. 위의 시집들에 구체적으로 예시된 사례들을 정리해 보면, 릴케의 존재라는 한 단어에는 존재, 존재(임), 존재(자), 존재(함), 존재(하기), 현존재(現存在, Dasein), 존재자(存在者, das Seiende), 존재하다, 본질, 실재, 현존, 현전, 생명, 유한자, 피조물 등의 의미가 있다. 또한, 비존재, 미지의 존재, 신적 존재, 순수한 존재 등, 그의 존재에 대한 이해는 점차 깊고 넓어져 가는 것을 시어의 변화만 추적하더라도 확인할 수 있다. 그만큼, 릴케의 존재는 시의 맥락과 맥리에 따라 그 파생되는 의미가 다채롭다. 그러한 양상은 그의 시를 존재론적 시로 규정하게 하는 근거가 된다. 하이데거가 릴케를 자신의 존재론의 교과서로 삼았다는 것도 과장은 아니다.

이상으로 릴케의 존재론적 시론을 살펴보았다. 김춘수는 릴케의 이러한 시로부터 절대적인 영향을 받았다. 김춘수에게는 릴케의 영향이 의식적인 차원에서도 드러나지만, 무의식적 차원에서도 드러난다. 이와 같은 관점에서 III장부터 V장까지 김춘수의 시에 대한 분석을 통해 그의 시에 나타난 존재와 진리의 의미를 새겨보고자 한다.

Ⅲ. 존재론적 형이상시
  ― 신의 언어의 매개자로 진리에 참여하는 '천사'

　Ⅲ장에서는 김춘수의 초기 시, 즉, 시집 상으로『구름과 장미』,『늪』,
『기(旗)』,『인인(隣人)』,『꽃의 소묘』,『부다페스트에서의 소녀의 죽음』
에 해당되는 시편들을 존재론적 형이상시의 관점에서 논구해 보고자
한다.

　1절에서는 신을 상실한 세계의 밤(Weltnacht)과 존재의 심연에서 기
도하는 진리의 언어로서의 로고스에 대하여 '기도'의 시편을 중심으로
다룬다. 2절에서는 주체의 균열과 타자의 생성에 대하여 이데아(Ιδέα,
Idea)와 아이스테시스(αισθσις, aisthesis) 개념으로 '나르시스'의 시편
을 중심으로 다룬다. 3절에서는 존재의 명제진리(命題眞理, Satzwahrhe
it)로서의 이름과 표현존재(表現存在, Ausdrucksein)에 대하여 '꽃'의 시
편을 중심으로 다룬다.

　김춘수의 존재론적 시의 절정은『꽃의 소묘』이다. 바로 전(前) 단계

인 『인인』은 김춘수가 등단 후 자신만의 개성을 확보하고 그 절정을 향해가던 시집이다. 김춘수가 등단한 1946년부터 1950년까지 쓴 시는 존재론적 시의 모색적 단계로서, 김유중은 서정적 주체 내면의 내발적 정서로서의 파토스 또한 강렬함을 지적한 바 있다. 이러한 파토스적 성향은 김춘수의 시의 서정성의 증거로 볼 수도 있다. 그러나 등단작 「애가(哀歌)」부터 '꽃'의 시편과 같은 존재론적 시의 단초가 분명히 보인다. 그것은 습작을 통해 학습된 것이 아닌, 김춘수 고유의 성정인 것으로 판단된다. 그것이 바로 III장을 김춘수 초기 시 전체를 존재론적 형이상시로 보고 논구하고자 하는 이유이다.

1. 세계의 밤과 존재의 심연에서 기도하는 진리의 언어로서 의 로고스 – '기도'의 시편

존재는 존재자(存在者, das Seiende)를 존재자로서 규정하고, 존재자가 각기 이미 그리로 이해된 것으로 정의된다.[1] 김춘수가 시인으로 태어나던 시기의 존재는 '비존재(非存在)'로 소멸해 가는 존재자들을 응시함으로써 자신 또한 그러한 존재로 이해하는 '비통(悲痛)의 존재'이다. 소멸은 생성의 대립 개념이다. 생성이 '있지 않은 것(to mē on)'에서 '있는 것(to on)'으로의 변화라면, 소멸은 '있는 것'으로부터 '있지 않은 것'으로의 변화이다.[2] 김춘수의 존재에 대한 이해는 소멸에 대한 응시를 통해 비존재와 비재로부터 다시 존재를 사유하는 데서 추론된다.

---

1) Martin Heidegger, 『존재와 시간 *Sein und Zeit*』, p.20.
2) Aristoteles, 『형이상학』, p.192.

사월은/지천으로 내뿜는/그렇게도 발랄한/한때 우리 젊은이들의/
피를 보았거니,/가을에 나의 시는/여성적인 허영을 모두 벗기고/뼈
를 굵게 하라./가을에 나의 시는/두이노 고성(古城)의/라이너. 마리
아. 릴케의 비통으로/더욱 나를 압도하라./압도하라./지금 익어가는
것은/물기 많은 저들 과실이 아니라/감미가 아니라/사월에 뚫린/총
알구멍의 침묵이다./캄캄한 그 침묵이다.

— 김춘수, 「가을에」 전문. (40)

불모의 이 땅바닥을 걸어가 보자.

— 김춘수, 「서시」 부분. (47)

「가을에」에서 시인은 "두이노 고성(古城)의/라이너 · 마리아 · 릴케
의 비통"을 그대로 끌어안은 존재로 등장한다. 비통의 원인은 릴케의
『두이노의 비가』가 취하고 있는 '비가(悲歌, elegy)'3)라는 시적 양식이
죽은 자에게 바치는 애도(哀悼)의 노래라는 데서 '죽음'임을 추정할 수
있다. 애도는 사랑하는 사람 또는 그에 상응하는 공동체나 이상(理想)
등을 상실한 데서 비롯되는 심리적 반응이다.4) 주체는 애도의 과정을
통해 점진적으로 상실의 대상으로부터 분리되어야 한다.5) 애도를 심미

---

3) 오세영, 「시의 분류」, 『문학과 그 이해』, 국학자료원, 2003, p.391.
4) 독일어 'Trauer'는 슬픔 자체 또는 상복(喪服)이나 상장(喪章) 등 슬픔의 상징이 되는
   것 특히 애도에 의한 슬픔을 의미한다는 역주에 따라, 이 논문에서는 'Trauer'를 애
   도로 번역하기로 한다. Sigmund Freud, 「슬픔과 우울증 *Trauer und Melancholie*」,
   『무의식에 관하여』, 윤희기 옮김, 열린책들, 1998, pp.247~248.
   그러나 김유중에 따르면, 엄밀한 의미에서 Trauer에 대한 번역어는 없다. 왜냐하면,
   한국어로 슬픔이나 애도는 정서나 심리를 가리키지만, 독일어 Trauer는 상태를 가리
   키기 때문이다. 정신분석 사전에서는 '애도 작업' 또는 '애도 상태'라는 용어를 사용
   함으로써 그것의 신학, 문화학, 인류학 등과의 연계적 연구를 가능하게 한다.
   Jean Laplanche · Jean-Bertrand Pontalis, 『정신분석사전』, 임진수 옮김, 열린책들,
   2005, pp.237~238.
5) *Loc. cit.*

적 작용으로 승화하여 해석한 것은 벤야민(Walter Benjamin)이다. 벤야민은 시대적으로 애도조차 할 수 없도록 비애를 억압당한 세대에게 애도가 의식으로 되돌아오는 것을 '애상(哀喪)의 변증법'이라고 하였다.6) 김춘수의 시에서 젊은이들이 피를 흘린 "사월"은 억압당한 애도로서의 "침묵" 속에서 시의 언어를 잉태한다. 그런 의미에서 그의 처녀시집의 「서시」에서 "불모의 이 땅바닥을 걸어가 보자"라고 선언되듯이, 이 사월은 T. S. 엘리엇의 『황무지』와 같은 사월, 다시 말해 무생명의 불모(不毛)의 봄에 대한 상징일 것이다. "불모"는 다시 묵시록적 세계인식에서 존재와 반대되는 하나의 '무(無)'의 상징이기도 할 것이다. 시인이 시적으로 존재에서 비존재가 되는 것은 단순히 지상에 어떠한 하나의 존재자로 잔존하는 데 만족하는 것이 아니라, 자신의 본질을 잃어버린 데서 그러한 것이다. 자신의 본질을 개시(開示)하고 있는 존재는 언제나 현재적이라면,7) 죽음은 현존재(現存在, Dasein)의 불가능성의 가능성8)으로서 미래를 상실한다. 불모는 한 존재의 시간의 정지만이 아니라, 다음 세대에 올 존재의 미래시간까지 정지시킨다. 인간에게 가능성이라는 자유가 사라진 시간은 결실의 계절로서의 "가을"을 부정하고 애도의 계절로서의 "가을"만 시인이 느끼도록 한다. 김춘수의 초기시에서 그의 근본적인 시작 태도로 보이는, 세상의 모든 죽어가는 존재들에 대한 애도는 자신의 유년기의 상실에 대한 불충분한 애도가 시로 되돌아오는 애상의 변증법이라 불릴 만한 심리적 메커니즘으로 보인다. 그

---

6) Walter Benjamin, 『아케이드 프로젝트 4 – 방법으로서의 유토피아』, 조형준 옮김, 새물결, 2008, pp.9~11.
7) Martin Heidegger, 『논리학:진리란 무엇인가? *Logik: Die Frage nach der Wahreit*』, p.210.
8) Martin Heidegger, 『존재와 시간 *Sein und Zeit*』, p.336.

가 1946년에 등단하여 4~5년간 쓴 시는 릴케적인 상징주의 시풍으로 그 시대의 사태를 내면에서 상징화한 언어로 표현하기 때문에 구체적으로 어떠한 역사의 국면을 가리키는지를 밝히는 것은 어렵다. 그러나 폭력의 역사가 존재의 진실을 위태롭게 하는 정황이라는 것을 「가을에」의 "총알구멍"과 같은 시어들로 미루어 볼 수 있을 뿐이다.

> 너를 위하여 피 흘린/그 사람들은/가고 없다//가을 벽공에/벽공을 머금고 익어가는 능금/능금을 위하여 무수한 꽃들도/흙으로 갔다// 너도 차고 능금도 차다/모든 죽어가는 것들의 눈은/유리같이 차다// 가 버린 그들을 위하여/돌의 볼에 볼을 대고/누가 울 것인가
> — 김춘수, 「죽어가는 것들」 전문. (36)

> 1//죽음은 갈 것이다./어딘가 거기/초록의 샘터에/빛 뿌리며 섰는 황금의 나무……//'죽음'은 갈 것이다./바람도 나무도 잠든/고요한 한밤에/죽음이 가고 있는 경건한 발소리를/너는 들을 것이다.//2//죽음은 다시/돌아올 것이다./가을 어느 날/네가 걷고 있는 잎 진 가로수 곁을/돌아오는 죽음의/풋풋하고 의젓한 무명의 그 얼굴……/죽음은 너를 향하여/미지의 제 손을 흔들 것이다.//죽음은/네 속에서 다시/숨 쉬며 자라갈 것이다.
> — 김춘수, 「죽음」 전문. (184~185)

예컨대, 그것은 「죽어가는 것들」이라는 작품을 통해 드러난다. 「죽어가는 것들」은 「가을에」와 마찬가지로, 시간의 유한성(有限性)을 절감케 하는 "가을"이라는 계절을 배경으로 하고 있으며, "모든 죽어가는 것들"이라는 표현에서 보듯이, 죽음을 향한 존재(Sein zum Tode)'[9]로

---

9) *Ibid.*, p.338.

자신을 인식하는 현존재(現存在)가 등장하고 있다. "없다"라는 부재와 무에 대한 인식이 "흙"이라는 내세로서의 자연으로 회귀함, 즉 죽음에 대한 인식으로 변한다. 그러나 「죽어가는 것들」에서의 존재는 "~을/를 위하여"라는 통사구조의 반복에서 보는 바와 같이, 자신을 타자를 위하여 존재하고, 타자는 자신을 위하여 존재하는, 공동현존재(共同現存在, Mitdasein)로 인식하고 있다. 문혜원(1995, 1996)은 죽음과 공동현존재의 관계에 대하여 앞서 논의한 바 있다. 이 논문은 그 논의를 심화하고자 한다. 리쾨르가 하이데거를 비판하듯이 여기서 김춘수의 공동현존재가 사회적 존재로 확대되는 것은 아니다. 또한, 김춘수의 공동현존재 개념은 각각의 현존재(現存在, Dasein)가 단독자로 있으면서 성립된다. 가을의 존재자(存在者, das Seiende)들은 유한자들의 죽음을 응시하면서도 서로 조응과 의존의 관계 속에 심미적으로 현성(das Wesende)[10]하고 있다. 애도가 타자의 죽음에 대한 비통이라면, 이 시에서의 비통은 공동현존재들 간의 조응에 의해 공감적으로 확산된다. 죽음은 단순한 종말이나 상실의 의미를 넘어 존재론적으로 자기이해를 갖게 한다. 그렇듯 진정한 자기의 발견이 곧 존재에 대한 진리[11]에 이르는 것이다. 슬픔은 이렇게 김춘수의 시적 존재를 열리게 한다는 데서 그의 초기시 시작(詩作)의 근본기분이다.[12] 비통은 자신 안에 가라앉아 있는 무력함이나 그것을 견뎌내는 저항과는 본질적으로 무관하다.[13] 비통이 환희나 평온으로 순화되어야 하는 것이 아니다. 오히려 비통은

---

10) Martin Heidegger, 「언어의 본질」, 『언어로의 도상에서 *Unterwegs zur Sprache*』, 신상희 옮김, 나남, 2012, p.276.
11) Martin Heidegger, 『존재론 – 현사실성의 해석학』, p.42. 참조.
12) Martin Heidegger, 『횔덜린의 송가 *Hölderlin's Hymnen*』, 최상욱 옮김, 서광사, 2009, p.124.
13) *Ibid.*, pp.124~125.

시인의 존재론적 지위를 마련하는 시작의 형이상학적 전거가 된다.[14]
비통은 그 자체로 충분한, 심미성의 형이상학이다.

> 어쩌다 바람이라도 와 흔들면/울타리는/슬픈 소리로 울었다.//맨
> 드라미 나팔꽃 봉숭아 같은 것/철마다 피곤/소리 없이 져버렸다.//차
> 운 한겨울에도/외롭게 햇살은/청석(靑石) 섬돌 위에서/낮잠을 졸다
> 갔다.//할 일 없이 세월(歲月)은 흘러만 가고 /꿈결같이 사람들은 /살
> 다 죽었다.
>
> ―김춘수, 「부재」 전문. (85)

> 이 한밤에/푸른 달빛을 이고/어찌하여 저 들판이/저리도 울고 있
> 는가//낮 동안 그렇게도 쏘대던 바람이/어찌하여/저 들판에 와서는/
> 또 저렇게도 슬피 우는가//알 수 없는 일이다/바다보다 고요하던 저
> 들판이/어찌하여 이 한밤에/서러운 짐승처럼 울고 있는가
>
> ―김춘수, 「갈대 섰는 풍경」 전문. (93)

그러한 비통의 기분으로부터 시인의 내면을 조감할 때, 「부재」에서
처럼 '흔들림'을 발견할 수 있으며, 「갈대 섰는 풍경」에서처럼 그 '흔들
림'이 '흐느낌'으로서의 시인의 실존 그대로라는 것 또한 이해할 수 있
다. 그것은 시어 간의 리듬이라고만 할 수 없는, 좀 더 근본적으로 세계
의 밤(Weltnacht)과 세계의 심연에서 유동하는 존재로서의 존재의 실
존양상이다. 위의 시에서 "푸른 달빛"의 '월하세계(月下世界)'[15]는 그런
심연을 내포한다는 의미에서 절대적인 '세계의 밤(Weltnacht)'이다.
　그러나 여기서 가장 주목하여야 할 것은 제목 「부재(不在)」 자체의

---

14) *Ibid.,* p.38.
15) Walter Benjamin, 『독일 비애극의 원천 *Ursprung des Deutschen Trauerspiels*』, 조만
　　영 옮김, 새물결, 2008, p.95.

의미이다. 부재는 존재와 대립되는 개념이라고 볼 수 있기 때문이다. 김춘수의 초기 시론이 릴케의 존재의 시학의 자기 체화의 과정이었다고 한다면, 그가 존재가 아닌 부재를 무엇으로 이해하였으며 그의 언어로 어떻게 재탄생시켰는가가 중요한 것이다. 부재는 비재(非在)와 다른 개념이다. 부재가 과거에 존재했지만, 현재에 존재하지 않는 것, 즉 눈앞에 지금 있는 것으로서의 현전성(現前性)과 반대되는 것을 의미한다면, 비재는 시간성(時間性, Zeitlichkeit) 또는 시각성(時刻性)과 무관하게 존재하지 않는 것, 비유(非有)를 의미한다. 김춘수가 「부재」에서 형상화하고 있는 것은 바로 시간 안에서의 존재의 변화이다. 그것은 연마다 존재하던 것의 사라짐으로 형상화되며 결국 인간의 죽음에 대한 인식으로 귀결된다. 김춘수가 부재에 대한 사유로 당도한 것은 인간의 유한성과 필멸성이다. "낮"이든 "철"이든 "세월"이든, 그 시간의 길고 짧음에 상관없이 "어쩌다"라는 시간부사가 가리키는 우연의 시간과 순간의 시간의 한가운데서 존재는 실존적 불안(Angst)을 느끼고 있다. 불안은 외상적 상황(traumatic situation), 즉 대상 상실에 대한 경고이다.16) 위의 시들은 존재의 상실을 예시한다. 불안은 언어화할 수 있는 것 너머 실재계에 있는 외상적 요소에 대한 정신적 반응이다.17) 위의 시의, "어쩌다"와 "어찌하여"라는 의문사가 바로 언어화할 수 없는 것을 가리킨다. 불안은 실재와 접촉하려 할 때 느끼는 어려움이다.18) '흔들림'이 바로 타의에 의한 접촉이다. 그러나 불안(Angst)은 인간존재의 근본조

---

16) Dylan Evans, 『라캉 정신분석 사전』, 김종주 옮김, 인간사랑, 1998, p.166.

17) *Ibid.*, pp.166~167.

18) Jacques Lacan, "Of the Subject of Certainty", *The Seminar of Jacques Lacan Book XI: The Four Fundamental Concepts of Psycho−Analysis*, Trans. A. Sheridan, New York·London: W·W·Norton & Company, 1981, p.41.

건이다.[19] 인간은 살아있는 한 불안할 수밖에 없다. 실존적 불안으로서의 '흔들림'은 존재의 진리를 지연시키는 시간이다. '흔들림'은 반복의 리듬으로서 시간의 겹을 만들어 존재의 진리를 은닉하고 은폐한다. "어쩌다"라는 시간성 위에 존재는 부유하며 단 하나의 확실성으로서의 죽음을 바라보고 있다.

> 부서져 흩어진 꿈을/한 가닥 한 가닥 주워 모으며/눈물에 어린 황금빛 진실을/한 아름 안고/나에게로 온다
> —김춘수, 「또 하나 가을 저녁의 시」 부분. (37)

> 내가 잊어버린 아득한 날을/실실이 풀어 주는 듯/뉘가 오르간을 울리고 있다
> —김춘수, 「황혼」 부분. (62)

「황혼」의 "황혼"은 밤의 어둠으로 인도되는 시간으로, 「또 하나 가을 저녁의 시」의 "황금빛 진실"을 내포하는 존재의 시간이다. 여기서 "진실"은 김춘수가 직접 진리의 문제를 시어로 다룬다는 데서 주시돼야 한다. 그에게 진실은 "나에게로 온다"는 데서 보듯이 능동적으로 오는 것이다. 오히려 주체는 그것을 수동적으로 받아들이는 지위에 있다. 진리는 어디로부터 오는 것이라는 김춘수의 인식은 마치 릴케의 "사랑이 네게로 어떻게 왔는가?"[20]라는 시구를 연상시킨다. '어디로부터 오는가?'의 어디가 진리의 근원을 가리킨다면, 그 어디는 바로 「또 하나 가을 저녁의 시」의 "부서져 흩어진 꿈"이다. 꿈은 존재의 내적 진실이

---

19) 홍준기, 「라캉과 프로이트, 키르케고르」, 『라캉의 재탄생』, 김상환·홍준기 엮음, 창작과비평사, 2002, p.191.
20) Rainer Maria Rilke, 「사랑하기」, 『기도시집 외』, p.111.

투사된 상이다. 그것은 존재가 다가갈 수 없는, 초월적인 것이지만, 한편 미래에 도래할 것으로 예기(豫期)되는 것이므로, 허황된 것으로서의 공상(空想, fancy)이나 가상(假想)이 아니라, 이데아적인 것이라고 보아야 할 것이다. 왜냐하면, 그것은 '존재의 진리'를 내포한 상이기 때문이다. 「황혼」에서는 어둠에 의해 시각이 사라지며 "오르간(organ)"이라는 청각이 존재자들에 대한 감각을 대신한다. 「황혼」에서 "황혼"의 시간은 존재가 음악적으로 존재하는 시간이다.[21] 김춘수의 음악은 울음으로서의 음악이며, 익명적 타자의 현전이 자아의 망각 속에서 자신의 존재상실을 일깨우는 음악이다. 니체는 음악의 정신으로부터 비극이 탄생한다고 하였다.[22] 이렇듯 '운다'는 점에서 인간존재가 악기이다.

> 사랑하는 이들의/우는 듯 속삭이는 듯/밤이면 집집마다에/불이 켜인다//따스한 손결들/보고 싶은 이름들/저마다 마음속/소리도 없이……
>
> — 김춘수, 「밤이면」 부분. (63)

> 왜 저것들은/죄 지은 듯 소리가 없는가/[중략]/별이 못 박힌 뒤에는/나뿐이다 어디를 봐도/광대무변(廣大無邊)한 이 천지간에 숨 쉬는 것은/나 혼자뿐이다/나는 목메인 듯/누를 불러볼 수도 없다/부르면 눈물이/작은 호수만큼은 쏟아질 것만 같다/—이 시간/집과 나무와 산과 바다와 나는/왜 이렇게도 약하고 가난한가/밤이여/나보다 외로운 눈을 가진 밤이여
>
> — 김춘수, 「밤의 시」 부분. (89)

---

21) 음악적 존재의 주제는 '백결'과 '처용'으로 이어진다.
22) Friedrich Wilhelm Nietzsche, 「음악의 정신으로부터의 비극의 탄생」, 『비극의 탄생 · 반시대적 고찰 *Die Geburt der Tragödie · Unzeitgemäße Betrachtungen*』, 이진우 옮김, 책세상, 2010, p.177.

무여질 듯 외로운 밤을 불 밝히던 하나 호롱! [중략] 깜박이며 흘
러간 아아 한송이 장미!

　　　　　　　　　　　　　─김춘수, 「장미의 행방」 부분. (66)

「밤이면」에서 "밤"은 "우는 듯 속삭이는 듯" 존재를 개시(開示)한다.
"속삭이는" 말은 귀 기울여 들음(Hinhören)과 마중 오는 말(das entgegn
ende) 사이, 상호주체적으로 친근한(verwandt) 관계에서 진실한 언어의
존재들을 구성한다.[23] 그들은 상호공동적으로 이야기하고 상호공동적
으로 경청함으로써 서로에게 귀속되고 상호공동존재가 된다.[24] 「밤이
면」에서 그 존재들을 감싸고 있는 "집"이라는 공간은 하이데거가 인간
이 지상에 시적으로 거주한다고 한 관점의, 형이상학적 "집"을 의미한
다. 즉, 하이데거에 의하면, 시의 언어는 "존재진리의 집"[25]이다. 김춘
수의 시적 주체에게는 "사랑하는 이들"(「밤이면」)과 비통을 분유(分有)
하며, '속삭임'의 언어로 존재의 집을 짓는 것이 밤의 본디 의미인 것이
다. 그러나 그 본래성이 상실되었을 때, 시적 주체는 "광대무변"(「밤의
시」)이라는, 인간의 지각을 초과하는, 심리적 심연의 공간으로 추락한
다. 한 단독자(Der Einzelne)[26]의 고독이 세계 전체의 고독으로 투사되
는 '밤'은 그 자체로 신이 사라지고 세계가 정지하며 묵시록이 예기되
는 시간이다. 그 밤은 이데아(Ιδέα, Idea)의 상징으로서의 장미를 잃어
버린 시간이다.

---

23) Martin Heidegger, 「언어의 본질」, 『언어로의 도상에서』, pp.240~243.
24) Martin Heidegger, 『시간개념』, p.40.
25) Martin Heidegger, 「휴머니즘 서간」, 『이정표 *Wegmarken*』 2, 이선일 옮김, 한길
　　사, 2005, p.130.
26) Søren Kierkegaard, 『죽음에 이르는 병』, pp.197~207.

1//꽃의 없을 적의 꽃병은/벽과 창과/창밖의 푸른 하늘을 거부합니다//(정신은/제 부재중에 맺어진 어떤 관계도/용납할 수 없기 때문입니다)//그리하여 꽃병은/제가 획득한 그 순수공간에/제 모습의 또렷한 윤곽을 그리려고 합니다//(고독한 니—췌가 그랬습니다)//2//그러나/빛 꽃병에/꽃을 한 송이 꽂아 보십시오/고독과 고독과의 사이/심연의 공기는/얼마나 큰 감동에 떨 것입니까?//비로소 꽃병은/꽃을 위한 꽃병이 되고/꽃은 꽃병을 위한 꽃이 됩니다//3//그것은 신의 눈짓과 같은 /한순간입니다/그 순간에 서면/정신은/날 수도 떨어질 수도 없는/한갓 진공 속의 생물이 됩니다//모든 것을 거부한 그에게/어찌 저항이 있을 수 있겠습니까?//4//꽃병에 있어서/벽과 창과/창밖의 푸른 하늘은/저항이었습니다//꽃병은/제 영혼이 나는 것을 보아야 합니다/꽃병은/제 육체가 떨어지는 것을 보아야 합니다//아, 꽃병은/벽과 창과/창밖의 푸른 하늘에 부딪혀가는/제 스스로의 모습을 보아야 합니다//그것은 어쩔 수 없는/저 시원(始源)의 충동이어야 합니다//5//그리하여 꽃병은/벽과 창과/창밖의 푸른 하늘에 에워싸여/한 사람의 이웃으로 탄생하는 것입니다//그것은/사로잡히고 사로잡는/한 관계라고 해도 좋습니다

—김춘수, 「최후의 탄생」 전문. (138~141)

1//하룻밤 나는/나의 외로운 신에게/물어 보았습니다//그들 중에는 한 사람도/이방의 사람은 없었습니다//2//꼭 만나야 할 그들과 내 사이에는 아무런 약속도 없었습니다//그러나 약속 같은 것이 무슨 소용이겠습니까?/그들이 있기 때문에 내가 있고/내가 있기 때문에 그들이 있는 이상//3//내가 그들을 위하여 온 것이 아닌 거와 같이/그들도/나를 위하여 온 것은 아닙니다//죽을 적에는 우리는 모두/하나하나로/외롭게 죽어가야 하기 때문입니다//4//그러나/그런 것이 아닙니다/우리는 살기 위하여 있는 것입니다//그들이 나의 이웃이 된 것은 그들에게 죽음이 있기 때문입니다/죽음을 위하여/ 그들이 나의 이웃이 된 것은 아닙니다

—김춘수, 「생성과 관계」 전문. (133~134)

김춘수는 위의 시 「최후의 탄생」에서 니체를 인용한다. 니체는 "신은 죽었다"[27]고 선언했다. 그에 앞서 헤겔은 『정신현상학』(1806)에서 "신은 죽었다" 류의 선언에 대하여, 불행한 자기의식이 자신의 비극적 운명과 자기 상실을 표현한 것이라고 하였다.[28] 신의 죽음이 인간을 위태롭게 하는 것은 존재론에서 신은 존재의 제일 원인(causa prima), 즉 존재의 근거는 자기 원인(causa sui)으로 표상되어 왔기 때문이다.[29] 그러므로 신의 죽음은 인간 스스로 존재의 이유를 묻고 답하도록 만들었다. 니체의 신은 죽었다는 선언은 실존주의 철학에서 더 상징적 선언이 되었다. 그러한 선언은 한국 문단에도 큰 영향을 미쳤다. 김춘수에게도 예외는 아니었다. 그러한 맥락에서 '세계의 밤'이란, 「최후의 탄생」에서 니체가 호명되듯이, 릴케가 마주했던, 신의 부재 또는 신의 결여로 인해 더 이상 신성(神聖)의 광채로 세계를 일의성으로 해석할 수 없게 된 시대를 의미한다고 볼 수 있다.[30] 이러한 시대에 가사적(可死的) 존재인 시인은 신들보다 먼저 세계의 근간 없음으로서의 심연(深淵, Abgrund)에 존재하며, "날 수도 떨어질 수도 없는 진공"에서 "신의 눈짓"을 받으며 "시원(始原)"을 향한 "충동"을 노래한다.[31] 여기서 '소멸의 흔적으로 존재의 드러냄'[32]이라는, 「최후의 탄생」의 역설이 성립된다. 그것

27) Friedrich Wilhelm Nietzsche, 「즐거운 학문」, 『즐거운 학문 · 메시나에서의 전원시 · 유고(1881년 봄~1882년 여름) Die Fröhliche Wissenschaft · Idyllen aus Messiana · Nachgelassene Fragmente Frühjahr 1881 bis Sommer 1882』, 안성찬 · 홍사현 옮김, 책세상, 2005, p.183.
28) George Wilhelm Friedrich Hegel, 『정신현상학』 2, p.302.
29) Martin Heidegger, 「형이상학의 존재-신-론적 구성틀」, 『동일성과 차이 Identität und Differenz』, 신상희 옮김, 민음사, 2009, p.52.
30) Martin Heidegger, 「가난한 시대의 시인」, 『시와 철학 ─ 휠덜린과 릴케의 시세계』, p.207.
31) Ibid., pp.208~209.
32) Alain Badiou, 『존재와 사건』, pp.317~318.

은 '존재했었음'의 과거형의 제한을 받지 않고, 현재를 비재(非在)로 만드는 시간을 새롭게 재구성해내는, 김춘수적인 존재론이다. 무(無)라는─존재(être-rien)로서의 비존재(non-être)[33]와 다른, "생성과 관계"의 창조적 존재론인 것이다. 이렇듯 김춘수의 초기 시의 존재는 비존재로의 소멸의 양상으로서의 부재와 비재에 흔들리는 비통의 존재이다. 김춘수는 여기서 새로운 "관계"로서 "인인(隣人)", 즉 공동현존재(共同現存在, Mitdasein)로서의 "이웃"을 맞이한다.(「생성과 관계」) 그것은 새로운 창세기적 순간이다.

> 1/너는 슬픔의 따님인가 보다.//너의 두 눈은 눈물에 어리어 너의 시야는 흐리고 어둡다.//너는 맹목이다. 면할 수 없는 이 영겁의 박모(薄暮)를 전후좌우로 몸을 흔들어 천치처럼 울고 섰는 너.//고개 다소곳이 오직 느낄 수 있는 것, 저 가슴에 파고드는 바람과 바다의 흐느낌이 있을 뿐//느낀다는 것. 그것은 또 하나 다른 눈./눈물겨운 일이다.//2/어둡고 답답한 혼돈을 열고 네가 탄생하던 처음인 그날 우러러 한눈은 하늘의 무한을 느끼고 굽어 한눈은 끝없는 대지의 풍요를 보았다.//푸른 하늘의 무한./헤아릴 수 없는 대지의 풍요.//그때부터였다. 하늘과 땅의 영원히 잇닿을 수 없는 상극의 그 들판에서 조그마한 바람에도 전후좌우로 흔들리는 운명을 너는 지녔다.//황홀히 즐거운 창공에의 비상./끝없는 낭비의 대지에의 못박힘./그러한 위치에서 면할 수 없는 너는 하나의 자세를 가졌다./오! 자세─기도.//우리에게 영원한 것은 오직 이것뿐이다.
>
> ─김춘수, 「갈대」 전문. (117~118)

「갈대」에서 "혼돈을 열고 네가 탄생하던 처음인 그날"이 바로 시인

---

33) *Ibid.*, p.103.

의 창세기적 시간이다. 그러므로, 여기서 "갈대"는 피조물(creature)의 대명사격이다. 김춘수에게 창조와 생성은 관계성 안에서만 가능한 것이므로, 이성이 신앙의 신비를 해체한 근대적 시간에 칸트처럼 다시 신이라는, 초월적이고 절대적인 타자를 요청하여 세운다.[34] 이 시에는 그 창조주를 가리키는 시어는 생략되어 있다. 그러나 이 시 속의 장면은 천지창조이다. 이 시의 "영겁(永劫)"은 우주가 처음 탄생해서 종말이 올 때까지의 시간을 가리킨다. "혼돈"으로부터 "하늘의 무한"과 "대지의 풍요"가 시작되는 이 천지창조의 창세기적 시간부터 인간은 "갈대"처럼 하늘과 대지 사이의 중간자적(中間子的) 존재로 운명이 결정되었다. (「갈대」) 이 시의 주체는, 창조주가 피조물의 존재에 대하여 그 원인과 결과를 결정해 놓았다는[35] 깨달음에 이르러 있다. 「갈대」의 "너는 하나의 자세를 가졌다./오! 자세ㅡ기도"라는 구절에서 "기도"는 초월적이고 절대적인 타자에게 요청하는 언어로, '구원에 대한 갈구'의 의미이다. 이러한 데서 존재의 절망이 더 통렬하다. 이 시에서는 중간자이자 신(神) 앞의 단독자(單獨者, Der Einzelne)[36]로서의 인간상과 그 비애감이 느껴진다. 신과 인간 사이의 단절이 죄이자 죽음에 이르는 길이라면,[37] 다시 그 단절로부터 벗어나 신과의 관계를 회복하는 방법이 기도가 되는 것이다. 김춘수의 초기 시편들은 그러한 실존적 절망에서 구원에 대한 갈망으로서 기도를 한다. 그런데 더 나아가 '기도의 자세'(「갈대」)가 무엇인가 사유해 볼 필요가 있다. 기도하는 대상인 신이나, 기도의 언어로서의 로고스가 아니라 바로 기도하는 나 자신의 주체의

---

34) Immanuel Kant, 『이성의 한계 안에서의 종교』 참조.
35) Aurelius Augustinus, 『신국론』, pp.356~357.
36) Søren Kierkegaard, 『죽음에 이르는 병』, pp.197~207.
37) *Ibid.* 참조.

문제가 '기도의 자세'에 실려 있다. 즉, 단독자로서의 신앙 앞에서의 주체가 초점화되는 것이다. 또한 '기도의 자세'는 '기도의 내용'이 무엇인지는 확정되어 있지 않음을 가리킨다. 즉, '기도의 자세'란 미래에 대하여 열려 있음을 의미한다. 키르케고르가 기도를 위해 신, 자기, 그리고 가능성이 있어야 한다고 말한 것은 바로 그러한 의미일 것이다.[38] 기도를 위해 먼저 신이 상정되어야 하지만, 신과의 관계 속에서 자기의 단독자로서의 주체성 또한 상정되어야 하며, 신과 자기의 관계 속에서 미래로 열린 가능성을 인정해야 한다는 것이다. 그런 의미에서 단독자는 절망에 빠진 존재자(存在者, das Seiende)를 가리키지만, '기도의 자세'로서 존재를 초월할 가능성을 맞는 것이다. 그리고 신과 자기의 머나먼 거리 사이에 바로 매개자로서의 천사가 있다. 신을 찾는 절망한 인간의 순례를 천사가 돌본다.[39] 신의 언어와 인간의 언어가 다르기 때문에, 천사가 인간의 기도를 하느님께 전하는 매개자 역할을 한다.[40] 천사는 '삶'과 '죽음', 그리고 '인간'과 '신'으로 이루어지는 사방세계(四方世界, Welt-Geviert)[41] 사이에서 언어로 세계내면공간(世界內面空間, Weltinnenraum)을 창조한다. 김춘수 시의 세계의 밤(Weltnacht)과 심연은 천사에 의해 천상과의 매개를 얻는다. 김춘수의 초기시집 『구름과 장미』, 『늪』, 『기』, 『인인』, 『꽃의 소묘』, 『부다페스트에서의 소녀의 죽음』은 모두 '릴케의 장'이라는 부제 아래 묶을 수 있을 만큼 릴케로부터의 절대적 영향이 드러나 있다. 신과 인간 사이의 '기도의 자세'로 이루어진 시집에서 천사의 존재는 필연적이다. 천사의 테마는 김춘수의 시작

---

38) Ibid., p.68.
39) Aurelius Augustinus, op.cit., p.453.
40) Ibid., p.463.
41) Martin Heidegger, 「언어의 본질」, 『언어로의 도상에서』, pp.297~298.

전 시기를 통해 변주된다.

1//스스로도 모르는/어떤 그날에/죄는 지었습니까?//우러러도 우러러도 보이지 않는/치솟은 그 절정에서/누가 그들을 던졌습니까?//그때부텁니다/무수한 아픔들이/커다란 하나의 아픔이 되어/번져간 것은//2//어찌 아픔은/견딜 수 있습니까?//어떤 치욕은/ 견딜 수 있습니까?//죄지은 기억 없는 무구한 손들이/스스로의 손바닥에 하나의 장엄한 우주를 세웠습니다//3//그러나/꽃들은 괴로웠습니다//그 우주의 질서 속에서/모든 것은 동결되어/죽어갔습니다//4//죽어가는 그들의 눈이/나를 우러러보았을 때는//내가 그들에게/나의 옷과 밥과 잠자리를/바친 뒤였습니다//내가 그들을 위하여/나의 땀과 눈물과 피를/흘린 뒤였습니다//5//그러나/그들의 몸짓과 그들의 음성과/그들의 모든 무구의 거짓이 떠난 다음의/나의 외로움을/나는 알고 있습니다//수정알처럼 투명한/순수해진 나에게의 공포를/나는 알고 있습니다//내가 죽어가는 그들을 위하여/무수한 우주 곁에/또 하나의 우주를 세우는 까닭이/여기에 있습니다

　　─ 김춘수, 「무구한 그들의 죽음과 나의 고독」 전문. (135~137)

「무구한 그들의 죽음과 나의 고독」은 주제 면에서 「생성과 관계」의 연장선에 놓인 작품이다. 이 시에서 '무구(無垢)'는 죄 없음을 의미한다. 기독교적으로 인간은 신의 형상(imago Dei)을 본떠 만들었기 때문에 인격을 갖추고 있는 것으로 간주된다. 그러므로 처음 인간이 창조되었을 때는 죄가 없는 상태이다. 그러한 존재가 존재의 가장 본연의 상태이다. 그러한 점에서 존재는 근본적으로 존재―신―적이다. 그러나 인간은 자유의지를 가지고 있어, 아담에 의해 원죄(原罪)가 범해지는데, 그로 인하여 인간은 죄적 존재(罪的 存在, Sündigsein)[42]가 된다. 그러나

무구한 자들은 죄가 없는 존재들로서 신이 처음 인간을 빚은 형상 그대로의 존재를 의미한다. 위의 시의 1에서 "스스로도 모르는"이라는 시구는 죄가 무지나 무자각의 상태에서 범해졌다는 것을 의미한다. 그것은 "우러러도 보이지 않는" 불가시성, 즉 봄 너머의 어떤 세계를 가정한다. (「무구한 그들의 죽음과 나의 고독」) 즉 인식 너머의 세계, 불가지성의 세계를 의미한다. 거기에 이 시에서 "절정"으로서의 신적 존재가 있을 것이다. 이 시의 1에서 "누가 그들을 던졌습니까"라는 절규는 인간의 피투성(被投性)에 대한 절망의 목소리 그대로일 것이다. 그것이 인간의 근원적인 아픔이다. 2에서는 그 고통에 대하여 '견뎌냄'의 자세로 대응할 수밖에 없는 인간의 숙명에 대해 질문한다. 그것은 김춘수의 시편들에서 처용과 예수를 통해 변주되는 인욕(忍辱)의 테마와 연속성을 지닌다. 그것을 단지 윤리적인 관점으로만 볼 것이 아니라, 존재가 자신을 보존하기 위한 내적 저항이라고도 볼 수 있을 것이다. 주어는 생략되어 있지만, 그렇게 할 수 있는 자는 신적 존재이다. 그는 지상의 고통을 감내하고 있는 자로 형상화되어 있으므로 예수인 것으로 보인다. 또한, 이 시에서 "죄지은 기억 없는 무구한 손들"은 성경적으로 예수와 성모 마리아이다. 이 시에서 시인은 계속 누구라고 밝히진 않지만, 그러한 존재에 필적하는 순결한 존재는 "우주"를 세웠다고 한다. 그것을 창조의 일반적 속성으로 본다면, 김춘수의 시관(詩觀)은 시는 순결에서 태어나는 것, 속죄(贖罪)에서 태어나는 것으로 볼 수 있다. 속죄는 십자가의 대속(代贖)과 보혈(寶血)에 의해서 이루어진다. 그러므로 이 시의 '견뎌냄'이란 십자가에 못 박혀 피 흘림에 대한 '견뎌냄'으로 볼 수 있다.

---

42) Martin Heidegger, 『존재론—현사실성의 해석학 *Ontologie-Hermeneutik der Fakizität*』, p.60.

3에서는 존재자의 상징으로서의 "꽃"이 다시 등장한다. "우주의 질서"는 신의 섭리가 구현되어 있음을 의미한다. 신은 무오류성을 특징으로 하는 것으로 간주된다. 그러나 "꽃"은 모든 피조물이 죽음을 맞을 수밖에 없다는 데에 근원적인 고통을 갖는다. 김춘수의 시에서는 무생명이 '동결(凍結)'의 이미지로 나타나곤 한다. '얼어붙은 우주'는 그의 인식 속에 세계 전체의 불모성에 대한 비관주의가 자리하고 있음을 보인다. 이 시의 4에서는 앞의 1에서 '나-신'의 관계가 '그들-나'의 관계로 변해있다. '나'가 우러름을 받는 신적 존재의 지위에 와있다. 성경적으로 교리상 인간은 신의 형상(imago Dei)으로 창조되었을 뿐 아니라, 인간과 인간의 관계도 인간과 신의 관계와 같아야 한다. 대상의 본질이 무엇이든, 그 대상을 그러한 존재로서 대하면 그 대상은 그러한 존재가 된다는 이치이다. 그러나 모든 관계는 상호성을 전제한다. '나'가 마치 예수처럼 '그들'에게 희생의 상징으로서의 "눈물"과 "피"를 주어야 한다. (「무구한 그들의 죽음과 나의 고독」) 김춘수의 시세계에서 자신의 분신으로서의 처용이 또 예수로 변용되는 것과도 같은 이치이다. 이 시의 5에서는 "거짓"이라는 시어가 나오고 있어, 역으로 그 시어를 통해 '진리'의 의미를 해석해 볼 수 있을 것이다. 이 시에서 "거짓"은 "몸짓"과 "음성"에 등가적이다. 그것들이 떠나면 '나'는 고독해진다는 것은 역으로 그것들에 의해 더불어 있음의 행복이 있었다는 것을 방증한다. 그러므로 이 시에서 "거짓"은 '위(僞)'로서의 의미가 아니라, 아직 존재의 진리가 개시되지 않은 상태로 보아야 할 것이다. 하이데거에 의하면, 진리는 존재의 은폐된 상태로부터 벗어나 자신을 열고 밝혀 보이는 것이다.[43] 은폐는 항상 부정적인 것만은 아니다. 은폐에는 감싸서 보호하

---

43) Martin Heidegger, 『존재와 시간』, pp.297~298.

고 있다는 의미도 있다. 이 시에서 특히 "거짓"은 아직 진리를 담은 의미의 언어가 아닌 것으로서의 "몸짓"과 "음성"에 등가라는 점에서 하이데거적인 진리관이 더욱 타당하게 적용된다. 이 시에서 "고독"은 '세계를 향한 존재'에서 '자기 자신을 향한 존재'로 되돌아오는 것이다. 세계-내-존재(世界內存在, In-der-Welt-sein)에 안주하고 있을 때, 즉 일상적 존재방식(das alltägliche Sein zum Tode)을 지닌 세인(das Man)의 상태일 때, 죽음을 재난으로 간주하여 은폐(Verdeken)[44]하려 한다. 고독하게 되는 것은 세인들의 무의미한 수다로부터 벗어나는 것이라는 점에서 긍정적이기도 하다. 그것은 그러므로 위의 시에서 "투명"해지고 "순수"해지는 자기 제련의 과정이다. 투명이란 빛에 대한 투시성은 빛을 진리라고 했을 때, 진리에로 열린 가능성이라고 할 수 있을 것이다. 그러나 열려 있다는 것은 너무나 많은 가능성을 허용한다는 점에서 이 시의 시적 주체에게 "공포"스러운 것은 당연하다. 공포(Furcht)는 불안(Angst)과 다른 감정이다. 공포는 특정 대상에 초점이 맞춰져 있다.[45] 그러나 공포와 불안을 완전히 떼어놓을 수 없는 것은 두 개념이 선후 관계로 시간 간격을 두고 공존하는 경우가 많기 때문이다. 하이데거의 공포와 불안의 차이도 이와 유사하다. 김춘수가 이 시에서 "공포"를 말할 때, 그 대상은 막연한 것을 넘어, 시적 주체가 스스로 "알고 있"다고 주관적으로나마 확신할 수 있는 만큼은, 분명하게 실체성을 가진 "공포"의 대상이다. 이 시에서 그 "공포"는 생의 허무에 대한, 처절한 전율(戰慄)로 느껴진다. 김춘수가 이 시에서 "또 하나의 우주"를 만든다고 하는 것은 신이 만든 우주와 다른 우주, 즉 소우주로서의 자신의 존재

---

44) *Ibid.*, pp.344~346.
45) Dylan Evans, *op.cit.*, p.57.

의 진리를 담은 '예술작품이라는 우주', '시라는 우주'를 만든다는 것일 터이다. 그런 의미에서 이 시에 나타난 시인의 역할은 "죽어가는 그들을 위하여" 애도하는 것이다. 죽음을 향한 존재(Sein zum Tode)들을 애도하기 위한 우주를 창조하는 것, 그것은 '나'가 작은 신적 존재가 되는 것이다. 릴케의 『두이노의 비가』의 천사도 김춘수 시의 시인의 역할과 같을 것이다.

> 1//발돋움하는 발돋움하는 너의 자세는/왜 이렇게/두 쪽으로 갈라져서 떨어져야 하는가.//그리움으로 하여/왜 너는 이렇게/산산이 부서져서 흩어져야 하는가,//2//모든 것을 바치고도/왜 나중에는/이 찢어지는 아픔만을 가져야 하는가,/네가 네 스스로에 보내는/이별의/이 안타까운 눈짓만을 가져야 하는가./3//왜 너는/다른 것이 되어서는 안 되는가.//떨어져서 부서진 무수한 네가/왜 이런/선연한 무지개로/다시 솟아야만 하는가,
>
> — 김춘수, 「분수」전문. (182~183)

> 지금은/저마다 가슴에 인(印) 찍어야 할 때, 아! 천구백이십육년, 노을빛으로 저물어 가는/알프스의 산령에서 외로이 쓰러져 간 라이나 · 마리아 · 릴케의 기여,
>
> — 김춘수, 「기(旗)」부분. (117)

「분수」는 "발돋움"이라는 존재의 비약을 형상화하는 것으로서 시작된다. 그것은 「갈대」에서 말한 '기도의 자세'와 또 다른 자세이다. '기도의 자세'가 신 앞에 무력한 존재로 돌아가는 것이라면, '발돋움'의 자세는 마치 자신이 신적 존재가 되려는 듯한 초월의 의지를 보인다. 그러나 『시시포스의 신화 Le Mythe de Sisyphe』[46]의 비극처럼 비약은 항상

추락으로 되돌아와야 하는 운명적 제약에 갇혀 있다. 이러한 부조리는 무의미와 다르다.47) 부조리가 모순의 지점이라면, 무의미는 무화의 지점이다. 그러므로 부조리는 지속될 것이고, 무의미는 하나의 원점일 것이다. 분수는 산산이 부서지는 존재론적 숙명을 반복할 것이다. 그것은 더 나은 존재로 가기 위하여 스스로 선택한 자기부정이다. "분수"는 무화를 지향하는 것이 아니라 "다른 것"이 되고자 하는 것이다.(「분수」) 이때, 그 '되다'는 곧 존재의 생성이다. 그런 의미에서 "다른 것"이 되고자 하는 "분수"는 니체의 차라투스트라가 가르치는 변용이 되기도 할 것이다. "무수한" 존재, "무지개"처럼 다채로운 존재가 되는 것은 바로 영원회귀적으로 존재가 자신 안에 가지고 있던 가능성들을 발현할 때의 희열처럼 보인다. (「분수」) 여기서 '무수(無數)'는 수에 대한 부정적 표현인데 '많음'을 의미한다는 점에서 아이러니하다. 이것을 다수 또는 다양이라고 볼 수 있을 것이다. 이 시에서 분수는 일자적 상태를 벗어나지만, "무지개"라는 천상의 희열을 닮은 존재로 향한다는, 초인적인 지향을 내비친다. 또한, 이 시에서는 "그리움"이란 시어를 비롯하여 유치환의 영향이 강하게 드러난다. 「기」 또한 유치환의 「깃발」을 연상시키는 제목이다. 그러나 이 시 「기」에서는 릴케가 호명된다. 이것은 유치환을 체화한 다음 유치환의 영향권으로부터 벗어나는 단계로 보인다.

눈을 희다고만 할 수는 없다./눈은/우모(羽毛)처럼 가벼운 것도 아니다./눈은 보기보다는 무겁고,/우리들의 영혼에 묻어 있는/어떤 사

---

46) Albert Camus, 『시시포스의 신화 *Le Mythe de Sisyphe*』, 민희식 옮김, 육문사, 1989, pp.159~164.
47) Gilles Deleuze, 『의미의 논리』, p.97.

나이의 검은 손때처럼/눈은 검을 수도 있다./눈은 물론 희다./우리들
의 말초신경에 바래고 바래져서/눈은/오히려 병적으로 희다./우리들
의 말초신경에 바래고 바래져서/눈은/오히려 병적으로 희다./우리들
이 일곱 살 때 본/복동이의 눈과 수남이의 눈과/삼동에도 익는 서정
의 과실들은/이제는 없다./이제는 없다./만톤(萬噸)의 우수를 싣고/
바다에는/군함이 한 척 닻을 내리고 있다.//뭇 발에 밟히어 진탕이
될 때까지/눈을 희다고만 할 수는 없다./눈은/우모처럼 가벼운 것도
아니다.

　　　　　　　　　　　－김춘수, 「눈에 대하여」 전문. (157~158)

　「눈에 대하여」는 김춘수 시 전반의 핵심적 제재인 '눈'을 제목으로
삼고 있다는 점에서 주목을 필요로 한다. 김춘수에게 '눈[眼]'은 진선미
성(眞善美聖)의 총체이다. 그런가 하면 김춘수에게 '눈[雪]'은 유토피아
적 이미지이다. 눈은 천상적인 빛의 이미지인 동시에 천사의 날개의 이
미지이고, 또한 그의 고향 한려수도를 심미화하는 결정체적 이미지이
다. 그런 점에서 백색은 김춘수에게서 가장 지배적인 색채 이미지이다.
그런데 이 시에서는 "눈은 검을 수도 있다"라는 시구가 반복 · 변주된
다. 그것은 유추해 보건대 지상에 내린 눈이 더럽혀진 상태일 것이다.
그러므로 이 시에서 "검은 눈"은 지상적 존재이자 죄적 존재(罪的 存在,
Sündigsein)로 볼 수 있을 것이다. 리쾨르는 흠이나 더러움을 죄적인 것
으로 간주했다.[48] 그러한 시각이 이 시에서도 드러난다. 이 시의 주제
는 타락(墮落)이라고 할 수 있을 것이다.

48) Paul Ricœur, 『악의 상징 La Symbolique du Mal』, 양명수 옮김, 문학과지성사,
　　2000, pp.57~59.

2. 주체의 균열과 타자의 생성: '이데아'의 반영으로서의 '아이스테시스' – '나르시스'의 시편

김춘수의 시세계에서 존재의 문제를 다루는 데 핵심이 되는 것 중 하나는 바로 나르시스이다. 나르시스는 물거울로서의 내면[49]과 영혼에서 언어라는 비물질적 매개체를 다루어 작품을 창조하는 시인에게는 하나의 예술가적 원형으로 존재론적 근원이 된다.[50]

여기에 섰노라. 흐르는 물가 한송이 수선(水仙)되어 나는 섰노라.//[중략] 나의 양자를 물 위에 떠우며 섰으량이면,//뉘가 나를 울리기만 하여라. 내가 뉘를 울리기만 하여라.// (아름다왔노라/ 아름다왔노라)고,//[중략] 한송이 수선이라 섰으량이면, 한오래기 감드는 어둠 속으로, 아아라히 흐르는 흘러가는 물소리……
　　　　　　　　　　　　 – 김춘수, 「나르시스의 노래」 부분. (64)

살바도르 달리가 눈이 멀었다는 건 헛소문이다. 그는 처음부터 눈을 뜨지 않고 있었다.
　　　　　　　　　　　　　　 – 김춘수, 「바다 하나는」 부분. (691)

「조응」은 플라토니즘의 조응을 말한 것이지만 플라톤과 함께 이데아(관념)를 우위에 두고 현상계를 상징으로 본다. 거울에 비친 얼굴은 이데아의 반영이다.
　　　　　　　　　　　　　　 – 김춘수, 『시의 위상』 부분. (II. 183)

초현실주의 화가 달리(Salvador Dali, 1904~1989)에게는 나르시시즘

---

49) Julia Kristeva, 『사랑의 역사 *Histoires d' Amour*』, 김인환 역, 민음사, 1995, p.172.
50) *Ibid.*, pp.18~43.

을 테마로 한 작품이 몇 편 있다.51) 달리의 「나르시스의 변형 Metamor
phosis of Narcissus」(1937)은 달리가 나르시시즘을 소재로 그린 그림 중
대표작이다. 달리는 이 작품을 1938년 7월 런던에서 정신분석가인 프
로이트에게 보여주기도 하였으며,52) 라캉이 달리의 그림의 열렬한 지
지자였다는 사실도 잘 알려져 있다.53) 이와 같이 초현실주의와 정신분
석은 공생적 관계에 있다. 김춘수는 한국현대시사의 초현실주의 계보
에 있는 이상 · 조향 · 이승훈 등의 시인들과 영향관계에 놓여 있었다.
근대 이전의 존재론적 주제는 현대의 정신분석으로 많은 부분 옮겨갔
다. 김춘수의 존재론도 정신분석—초현실주의와 교섭되는 시들을 통
해 나타나기도 한다. 무의미시의 기원도 초현실주의의 영향으로 보는
논의도 있다.54) 초현실주의 화가 달리의 「나르시스의 변형」에서 모티
프를 얻은 김춘수의 「나르시스의 노래」에서 시적 주체는 바로 나르시
스의 상징인 꽃 "수선(水仙)"이다. 이 시에서 물거울에 비친 "양자"는
존재가 일자라는 관념에 균열을 일으키는 타자로서 등장한다. 타자에
의해 시적 주체는 자신에게 낯설어지는 소외(疏外, alienation)를 체험한
다. 나르시스적 주체는 존재의 결여를 가로지른다.55) 데카르트의 코기
토적 주체 안의, 어떠한 분열 또는 균열로서의 존재 내부의 결여를 존

---

51) 달리의 「자신의 몸을 바라보고 있는 벌거벗은 내 아내」 같은 작품도 나르시시즘의
   테마를 보여준다.
   Jean-Louis Gaillemin, 『달리—위대한 초현실주의자』, 강주헌 옮김, 시공사, 2010,
   p.115.
52) Salvador Dali, 『달리』, 정영렬 해설, 서문당, 2000, p.30.
53) Jean-Louis Gaillemin, op. cit., p.72.
54) 송기한, 「근대에 대한 사유의 여행 — 무의미에 이르는 길」, 『한국 현대시와 근대
   성 비판』, p.290.
55) Alain Badiou, Theory of the Subject, Trans. Bruno Bosteels, New York: Continuum,
   2009, p.132.

재의 구성의 필수적 요소로 보는 것은 헤겔 이래 라캉까지 공통적이다.[56] 이 시에서 "뉘"는 정체성이 아직 파악되지 않은, 주체 안의 익명적 타자이다. 하나의 전체에 속하는 모든 것은, 그것이 그것 안에 포함됨으로 인하여 이 전체에 하나의 장애물을 형성한다.[57] 이 시에서 "뉘"가 바로 하나의 전체로서의 "나르시스"의 장애물이다. 나르시스가 존재를 응시할수록 이 시의 그 "뉘"는 분명해지는데, 그 "뉘"가 보편화된 나르시스는 물의 표면이라는 거울 앞에서 자기지(自己知)에 대하여 미지(未知)의 상태가 된다. 다만, 자신의 신체의 이미지를 아름답다고 느끼는 것은 자아가 자신의 상(像)을 상상적으로 이상화(理想化, idealization)한 효과이다.[58] 나르시스는 여기서 그러한 이상화의 효과로서 미학적으로 존재의 비약을 한다. 물거울 속의 존재들은 "아름답다"고만 할 수 있는, 즉 미감적으로만 감지되는 감각의 존재, 즉 아이스테시스(αισθσις, aisthesis)이다. 그러나 아이스테시스는 단순한 감각에 그치지 않고 진리에 이르는 과정이다. 플라톤은 『국가론』 6권에서 인식의 두 가지 양식을 구분하는데 첫째는 아이스테시스(αισθσις, 감각)로 호란(ορα v, 감각적 봄)이며, 둘째는 누스(νουζ, 지성)로 노에인(νοειν, 비 감각적 봄)이다.[59] 나아가 보인 것은 호로메나(ορωμενα)라고 하며, 인식된 것은 누우메나(νοουμενα)라고 한다.[60] 진리로서의 알라테이아는 항상

---

56) Jacques Lacan, 「눈과 응시의 분열」, 『세미나 11 − 정신분석의 네 가지 근본 개념 Le Séminaire − Les Quatre Concepts Fondamentaux de la Psychanalyse』, 맹정현 · 이수련 옮김, 새물결, 2008. pp.108~112.
57) Alain Badiou, op.cit., p.3.
58) Julia Kristeva, op. cit., pp.62~66.
59) Martin Heidegger, 『진리의 본질에 관하여 − 플라톤의 동굴의 비유와 테아이테토스 Vom Wesen der Wahrheit : Zu Platons Hölengleichnis und Theatet』, 이기상 옮김, 까치, 2004, p.110.
60) Loc. cit.

인식된 것이다.[61] 그리고 인식할 수 있는 능력을 주는 것이 최고의 이데아(Ιδέα, Idea)이다.[62] 인식은 진정한 앎으로서의 에피스테메(επιστ ημη)로 나아가는 과정이다. 에피스테메는 현대철학에서 푸코에 의해 알려진 개념이지만 그보다 먼저 플라톤의 『테아이테토스』에서 그 근원적 사유를 발견할 수 있다.[63] 위의 시의 물의 표면 위에서 태어나는 아이스테시스는 그 자체로 아름다움을 구현하고 있다. 로댕(Auguste R odin, 1840~1917)의 조각이 그러하듯이, 내면의 표출로서 표면[64]이 있다면 여기서 나르시스는 그 타자에게서 더 큰 창조성을 본다. 로댕의 예술적 깊이를 간파한 시인은 릴케였다. 릴케가 바라본 로댕에게 새로운 삶이란 "새로운 표면, 새로운 몸짓"[65]이었다. 진리로 가는 아이스테

---

61) *Ibid.,* p.112.

62) Plato, 『국가론』, pp.437~438.
   김춘수의 천사는 일종의 이데아적 존재이다.

63) 『테아이테토스』는 플라톤의 인식론에서 핵심이 되는 저술이다. 하이데거는 에피스테메에 대하여 "나는 나 자신에게 어떤 것을 제시한다. 하나의 사태에 가까이 다가간다. 그 사태를 파악하고 그래서 그것에 적합하고 부합해진다."라고 해석한다. 다시 말해, 에피스테메는 '어떠한 사태 그 자체를 잘 이해함 또는 잘 알고 있음'이다. 그리고 그것은 현존성을 '손 안에 가짐(Verfügen, 마음대로 할 수 있음)'이다. 즉 에피스테메는 진리로서의 비은폐성을 소유한 상태이다. 알라테이아는 비은폐성이므로 존재가 자신을 드러내는 것인데, 플라톤은 자신을 드러내는 것이 지각되어 있음을 판타시아(φαντασια)라고 했다. 판타시아는 상상력도 아니고, 가상도 아니며, 다만 대상을 객관적으로 지각하는 것이다. 그러한 점에서 다시 아이스테시스는 『테아이테토스』에서 에피스테메가 되기도 한다. 이러한 인식론과 존재론 사이의 필연적인 순환은 후설의 현상학적 인식론과 거기에 기반을 둔 하이데거의 현상학적 존재론에서도 일어난다.
   Martin Heidegger, *op.cit.*, p.161~175.
   김춘수에게게 아이스테시스에 대한 집요한 미학적 추궁은 한 치의 거짓도 없는, 존재의 있는 그대로에 대해 포착하고자 하는 일념에서 나온다. 그러한 태도는 일말의 수사적 과장도, 시어의 낭비도 허락하지 않는, 시인의 미학주의자로서의 윤리이도록 한다.

64) Jacques Ranciere, "Master of Surface", *Aisthesis*, Trans. Jakir Paul, London · New york: Verso, 2013, p.157.

시스의 아름다움은 릴케의 사물시(事物詩, Dinggedicht)에 영감을 주었다. 김춘수의 무의미시도 릴케의 사물시로부터 영감을 받았을 것으로 추정된다. 수면의 이미지가 지닌 아이스테시스의 창조적 의미, 이 부분이 고전적인 나르시스의 신화와 다른, 달리의 나르시스이다. 달리의 나르시스에서는 그 자신의 해골이 자신의 상에서는 '꽃 피는 알'로 변용되어 있다. 또한, 그 상은 물거울에서마저 벗어나서 존재하고 있다. 달리의 나르시스는 본체와 이화된 외부적 공간에서 또 하나의 자기로 존재한다. 김춘수는 그러한 점에 대하여 「바다 하나는」에서 달리는 눈이 먼 것이 아니라 눈을 뜨지 않았다고 한 것이며, 그것은 달리가 실재와 무관한 상(像)의 창조자라는 의미일 것이다. 자신의 꿈이 비치는 내면을 바라보는 나르시스는 거울상과 대등하게 조응한다. 시인은 자기가 의식함을 의식하는 존재이지만, 그가 창조한 또 하나의 자기로서의 작품은 자신과 다른 미 자체이다. 그런 의미에서 김춘수에게 작품은 반영으로서의 거울이지만, 그것은 '이데아의 반영'이다. 김춘수에게서 거울의 은유는 씨앗의 은유로 발전한다.66) 모든 피조물은 거울67)이라는 점에서 정체성의 혼란은 운명적이지만, 그 혼란은 또 하나의 창조적 생성으로서의 변용을 불러올 것이다. 그 혼란은 창조적이라는 점에서 카오스모제68)일 것이다. 또한, 그곳에서 변용되는 정체성들은 들뢰즈의 애벌레주체69)이기도, 니체의 생성의 힘이기도,70) 할 것이다. 김춘수는 항

65) Rainer Maria Rilke, 「로댕론」, 『보르프스베데 · 로댕론―릴케 전집 10』, 장미영 옮김, 책세상, 2000, p.226.
66) Gilles Deleuze, 『스피노자와 표현의 문제』, p.112.
67) Walter Benjamin, 『독일 비애극의 원천 Ursprung des Deutschen Trauerspiels』, 조만영 옮김, 새물결, 2008, p.106.
68) 윤수종, 「들뢰즈 · 가타리 용어 설명」, p.369.
69) Gilles Deleuze, 『차이와 반복 Difference et Répétition』, p.187.
70) Friedrich Wilhelm Nietzsche, 『니체 전집 17 ― 유고(1884년 초~가을) 영원회귀―

상 외관상 혼란스러워 보이지만, 그 안으로는 김춘수 자신만의 내적 질서가 흐르고 있다. 그것은 김춘수의 내면과 작품 사이를 순환하는 카오스모제 즉, 혼돈이자 질서이고, 질서이자 혼돈인 그러한 다채로운 상의, 김춘수의 있는 그대로의 시세계이기도 할 것이다. 김춘수가 창조해 낸 존재들의 모든 관계는 무한하게 합성되어 "무한히 많은 방식으로 변함에도 불구하고 언제나 동일한 것으로 머물러 있는 전(全)우주의 얼굴(facies)"을 형성한다.[71] 김춘수의 이러한 여러 가면들, 즉 페르소나(persona)들은 니체와 들뢰즈의 개념으로 보았을 때, 영원회귀의 순환 속에 끝없이 생성되어 솟아오르는, 주체 안의 주체, 애벌레주체이기도 할 것이다. 김춘수에게 창조가 끝없이 이어지는 것은 존재에 대한 긍정이 그 안에 잠재되어 있던, 또 다른 존재를 불러내기 때문일 것이다. 그것은 니체가 강조하는 창조와 생성의 힘이기도 할 것이다.[72]

> 그 물살의 무늬 위에 나는 나를 가만히 띄워 본다. 그러나 나는 이미 한 마리의 황나비는 아니다. 물살을 흔들며 바닥으로 바닥으로 나는 가라앉는다. 한나절, 나는 그의 언덕에서 울고 있는데, 도연(陶然)히 눈을 감고 그는 다만 웃고 있다.
>
> ─김춘수, 「꽃 · L」 전문. (170)

이 고요함에서 영원으로 통하는 소리를 들었단다./이 잔잔함에서 전율하는 영혼을 느꼈단다.//[중략]원한다며는 호수가 화(化)하여 천사 될 수도 있는 우리들 창조하는 이 무한한 기쁨!//[중략] 괴로우나 외로우나 또는 기쁘나 즐거우나 되도록 쉬지 않고 일심으로 걸어가

하나의 예언 외 Nachgelassene Fragmente Fühjahr bis Herbst 1884』, p.11.

71) Gilles Deleuze, op.cit., p.318.
72) Friedrich Wilhelm Nietzsche, 『니체 전집 17 ─ 유고(1884년 초~가을) 영원회귀─ 하나의 예언 외 Nachgelassene Fragmente Fühjahr bis Herbst 1884』, pp.11~43.

보자.//우리들 최후의 유일한 원(願)은 고요한 그곳의 잔잔하고 티 없는 호수 위에다 거짓 없는 내 모습을 단 한 번이라도 비쳐 보는 것.
　　　　　　　　　　　　　　　－김춘수, 「호수」 부분. (115~116)

　「나르시스의 노래」에서의 "뉘"는 「꽃 · I」에서처럼 "그"로 변주된다. "그"는 미지의 존재로 웃으면서 우는 나와 대비된다. 그러한 타자성은 좀 더 강렬하게 완전성을 지닌 일자로서의 나르시스에 균열을 일으킨다. 나르시스적 주체는 존재의 결여와 파괴를 가로지르는 것이다.[73] 그러나 실상 하나의 전체에 속하는 모든 것은, 그것이 그 안에 포함됨으로 인하여 이 전체에 하나의 장애물을 형성한다.[74] 일자의 그러한 완전성에 대한 균열의 체험은 「호수」에서처럼 "일심으로 걸어가"듯 진리 추구를 하는 가운데, "영원으로 통하는 소리"로 출현할 수도 있고, 타자성으로서의 가상으로부터 "천사"가 출현할 수도 있는 것이다. 더 나아가 일자의, 완전성의 균열은 보편성을 지닌 무한한 진리와 접속되는 계기이기도 하다는 의미이다.

　　촛불을 켜면 명경의 유리알, 의롱의 나전, 어린 것들의 눈망울과 입 언저리, 이런 것들이 하나씩 살아난다.//차차 촉심이 서고 불이 제자리를 정하게 되면, 불빛은 방안에 그득히 원을 그리며 윤곽을 선명히 한다. 그러나 아직도 이 윤곽 안에 들어오지 않는 것이 있다. 들여다보면 한바다의 수심과 같다. 고요하다. 너무 고요할 따름이다.
　　　　　　　　　　　　　　　－김춘수, 「어둠」 전문. (171)

　　영산홍의 바다,/일만 개의 영산홍이 깨어 있다./커다란 슬픔으로/

---

73) Alain Badiou, *Theory of the Subject*, p.132.
74) *Ibid.*, p.3.

그것은 부러진다./영산홍 일만 개의 모가지가/밤을 부수고 있다./맨
발의 커다란 밤이 하나/짓누르고 있다./어둠들이 거기서 새어나온
다./어둠들이 또 한 번 밤을 이룬다.

—김춘수, 「대지진」 부분. (351)

「어둠」과 「대지진」에서 '어둠'은 진리에 대한 빛과 어둠의 비유와
연관 지어 해석될 수 있다. 플라톤의, 동굴의 비유를 통해 하이데거는
진리에 대한 추구가 어떤 것인가 의미부여를 하였다. 진리에 대한 추구
는 동굴이라는 어둠의 상태에서 벗어나 진리라는 빛의 상태로 가는 것
이다. 두 시에서 '밤바다의 어둠'으로 표상된 공간은 바로 진리를 감싼
채 감추고 있는 어둠이다. "밝음(Helle)"은 "울린다(hallen)"에서 유래하
였다는 점에서 밝음은 음향(音響)이기도 하다.[75] 밝음과 맑음은 본질적
으로 같다. 즉 빛은 투명성이고 투명성은 투과성이며 투과성은 개시성
이다.[76] 이렇듯 빛으로서의 이데아는 존재자(存在者, das Seiende)의 존
재를 투과시키는 근본적인 기능을 갖는다.[77] 김춘수의 "명경"은 자기
응시라는 나르시시즘적인 소재이다. 동시에 "촛불"과 "어둠"의 상징은
자기 안에서의 내면의 진리의 발견, 즉 직관의 진리의 발견을 위한 지
향을 보여준다.(「어둠」) 한편 그와 반대로 「대지진」은 꽃의 격렬한 슬
픔과 고통이란 현상적 진리를 어둠이 감추고 있다. 신범순은 「대지진」
의 그러한 풍경을 종말적 풍경이라고 보기도 하였다.[78] 그만큼, 낙화하
는 꽃은 전존재를 다하여 자신의 우주 하나를 다 부술 만큼의 격렬한

---

75) Martin Heidegger, 「진리사건의 네 단계」, 『진리의 본질에 관하여―플라톤의 동굴
  의 비유와 테아이테토스』, p.63.
76) *Ibid.*, pp.62~65.
77) *Ibid.*, p.65.
78) 신범순, 「역사의 불모지에 떨어지는 꽃들(3)」, 『한국현대시강독 강의자료집』, p.4.

격정을 보여준다. 그러나 은폐로서의 비진리는 허위와 달리 진리로 가기 전 단계로 간주된다는 점에서 반드시 부정적이지만은 않다고 보는 것이 하이데거의 관점이다.

> 너도 아니고 그도 아니고, 아무것도 아니고 아무것도 아니라는 데……꽃인 듯 눈물인 듯 어쩌면 이야기인 듯 누가 그런 얼굴을 하고,/간다 지나간다. 환한 햇빛 속을 손을 흔들며……/아무것도 아니고 아무것도 아니고 아무것도 아니라는데, 온통 풀냄새를 넣어놓고 복사꽃을 올려놓고 복사꽃을 올려만 놓고, 환한 햇빛 속을 꽃인 듯 눈물인 듯 어쩌면 이야기인 듯 누가 그런 얼굴을 하고……
> ─ 김춘수, 「서풍부(西風賦)」 전문. (67)

> 일상에서 멀고 무한에서는 가까운 희박한 공기의 숨가쁜 그 중립 지대에서 노스달쟈의 손을 흔드는 너/[중략]/영원과 순간이 입맞추는 희유한 공간의 그 위치에서 섰는 듯 쓰러진 하나의 입상(立像)!
> ─ 김춘수, 「기(旗)─청마 선생께」 부분. (105)

김춘수의 「서풍부」는 눈물 어린 얼굴을 한 화자가 어떤 의미의 말을 전하려고 하는 것인지 화자 스스로 알지 못하는 상황을 보여준다. 실존적으로 눈물은 있지만, 그 눈물의 원인을 알지 못한다는 데서 또 하나의 슬픔이 엄존한다. 제목의 '부(賦)'에서 보는 바와 같이, 사뭇 전통시적인 분위기를 풍기는 이 시는 반복되는 리듬 가운데 서정적 울림을 준다. 더군다나 미당 서정주의 동명의 시가 있어 이 시를 통해 독자가 먼저 간취하게 되는 것은 서정성이다. 그러나 통사구조를 면밀히 살펴보면 대단히 철학적인 언어구조로 구성된 것을 알 수 있다. 존재명제(Existenzialsatz)는 'A가 있다' 또는 'A가 없다'와 같은 무주어명제 형식의 문장 또는 그러한 판단을 의미한다.79)「서풍부」의 "너도 아니고", "그도 아니고", "아무것도 아니고"도 주어 없이 보어와 동사로만 이루어진 존재명제의 일종으로 볼 수 있다. 동일률(同一律, Satz der Identität)은 A와 A가 꼭같음(Gleichheit)을 일컫는 A=A 형식의 명제로서 최고의 사유의 법칙으로 간주되어 왔다.80) 동일률의 'A는 A이다'에서 '~이다'에는 존재가 자기 자신과 동일한 것임을 의미함으로써 존재자의 존재에 관해 말한다.81) 동일함의 의미에는 '함께'의 관계, 즉 통일성에 대한 지향성이 내포되어 있다.82) 반면에 동일률로 진리를 증명하는 것이 불가능할 때 차이에 의해 진리를 증명하는 방법을 강구해 볼 수 있다. 그것은 A=A라는 것을 밝히는 것이 아니라, A≠B, A≠C, A≠D… 임을 밝혀서 나머지 모든 것이 A가 아니므로, 그 A가 그 A라는 것을 밝히는 것이다. 이 시「서풍부」의 "너도 아니고 그도 아니고, 아무것도 아니고"가 바로 그런 논증의 문장을 시적 문장으로 활용하고 있다. 이 시에서는 그것이 무엇인지 모르지만 어떤 A에 대하여, 'A가 아니다' 그리고 'B가 아니다' 그리고 'C, D, E……가 모두 아니다'라는 논증의 방식으로 어떤 것을 규정하려는 것처럼 보인다. 그것은 부정에 의한 규정이다. 다시 그러한 문장은 "아무것도 아니고 아무것도 아니고 아무것도 아니라는데"라는 문장으로 변주된다. (「서풍부」) 그러한 자기부정은 일종의 무화과정(Nichten)이자 무화(無化, Nichtung)83)의 일종으로 볼 수도 있을 것이다. 지금 이 시는 부정의 연속으로 비존재자(非存在者, Nicht

---

79) 木田 元 外,『현상학 사전』, 이신철 옮김, 도서출판 b, 1994, p.345.
80) Martin Heidegger,「동일률」,『동일성과 차이』, p.11.
81) Ibid., p.14.
82) Ibid., p.13.
83) Martin Heidegger,「형이상학이란 무엇인가」,『이정표』1, p.163.

Seiende)[84]를 가리키고 있다. 그러나 이러한 부정의 사유는 궁극적으로 무(無)에 이르는데, 헤겔에 따르면 무는 신의 표현이기도 하다.[85] 무로서의 신은 허무의 궁극이 숭고(崇高)의 양상을 빚어내는 유치환의 시적 경향과 유사하다. 김춘수의 시에서는 초기 시에 그러한 '무-숭고'의 양상이 다소 나타나다가 차후에 예수의 시편으로 발전한다. 김춘수의 신은 예수로 대변된다. 예수는 성육신(成肉身)으로 신성(神性)보다 인성(人性)이 강조된다. 더군다나 김춘수는 한편으로는 니체적인 허무의식과 다른 한편으로는 이성의 한계 안에서의 신앙이라는 의식을 가지고 있었다. 김춘수의 신은 인간의 얼굴을 한 신이었다. 그것은 유치환의 '신'이 '허무-숭고'의 신인 것과 비교될 수 있을 것이다. 김춘수는 존재론적 탐구정신으로 신화와 신학에 관심을 가졌다. 그는 부활과 사랑의 논리를 신을 통한 구원으로 찾으려 한다. 김춘수가 니체와 허무의식을 공유하면서도 릴케의 천사를 놓치지 않는 이유도 바로 그것이다. 천사는 신의 도래를 계시로서 전한다. 김춘수의 신은 무에서 존재로 되돌아온다. 김춘수가 반대편의 극으로 되돌아오는 양상은 다음의 시가 증명한다.

> VOU라는 음향은 오전 열한 시의 바다가 되기도 하고, 저녁 다섯 시의 바다가 되기도 한다. 마음 즐거운 사람에게는 마음 즐거운 한때가 되기도 하고, 마음 우울한 사람에게는 자색의 아네모네가 되기도 한다. 사랑하고 싶으나 사랑하지 않는 사람에게는 그만한 이유가 되기도 한다.
>
> ㅡ김춘수,「VOU」전문. (39)

---

84) Martin Heidegger, 「아리스토텔레스의 퓌시스 개념과 그 본질에 관하여」,『이정표』1, p.229.
85) Georg Wilhelm Friedrich Hegel,『헤겔 논리학』, pp.174~176.

사람의 혼을 어지럽게 하는 꿈같이 아름다운 멜로디ㅡ.
　　　　　　　　　　　　　　　ㅡ김춘수,「혁명」부분. (65)

　　반면에 이 시「VOU」의 "되기도 한다"라는 통사의 반복의 의미는
「서풍부(西風賦)」의 "아니고"라는 통사의 반복의 의미와 비교될 수 있
다. 위의 시에서 아무것도 아니라는 부정(否定)에 의해 다다른 무(無)가
존재의 무규정성에 의해 자유를 열어줬다고 볼 수 있는 것이다.[86] 그러
므로 이 시에서는 이제 무규정성의 존재가 무엇이든 될 수 있다. 먼저
'되다'의 경우, 'A가 B로 되다'라는 데서 보는 바와 같이, 주어와 보어를
반드시 필요로 한다. 여기서 A와 B는 은유적인 관계이다. 그러므로 이
러한 통사구조의 반복 속에서 연이은 은유들의 겹이 발견된다. 그것은
무엇이라 하나로 규정할 수 없는, "VOU"라는 미지(未知)의, 존재의 변
용들로 볼 수 있다.(「VOU」) 여기에는 존재에 대한 끝없는 내적 직시를
통한 존재론적 · 인식론적 추적이 흘러가는 운율의 궤적을 이룬다. 여
기서 '되다'에는 니체와 릴케의 '변용' 개념, 그리고 들뢰즈의 "되기(dev
enir)"의 개념이 적용될 수 있다. 「VOU」의 "VOU"는 하나의 철학적 주
사위로서, 한 번 던져질 때마다, 즉 새로운 문장으로 창조될 때마다, 그
의미가 달라지는, 우연으로부터 질서의 탄생이자, 무로부터 유의 탄생
이다. "VOU"는 『처용단장』에서 뱃고동 소리로도 나오지만[87] 이 시에
서의 "VOU"는 그처럼 실재를 모방한 음성상징적 일치가 중요한 것은
아니다.
　　그런데 이 시는 두 문장이 한 쌍으로 모순된 내용을 가지며 짝패를
이루고 있다. 즉 "오전 11시"와 "저녁 5시"가 모순적이며, "즐거운"과

---

86) *Ibid.*, pp.171~191.
87) 김춘수, 『김춘수 시 전집』, p.546.

"우울한"이 모순적이고, "사랑하고 싶으나"와 "사랑하지 않는"이 모순적이다. (「VOU」) 김춘수가 모순을 사유하고 있는 것은 분명하다. 그런데, 이 경우 김춘수가 모순의 지양을 통한 통일을 추구하는 것은 아니다. 이 시는 모순되는 두 항의 양자를 모두 긍정한다는 점에서 앞의 시와 마찬가지로 배중률은 배격하고 양가성을 긍정하는 것으로 판단된다. 김춘수에게서는 중용(中庸)[88]의 태도가 일반적으로 나타난다. 배중률(排中律, principle of the excluded middle, Satz vom ausgeschlossenen Dritten)은 모순되는 두 대립자 사이에 중간자가 있을 수 없다는 논리로 아리스토텔레스의『형이상학』에서 처음 정립되었다.[89] 배중률은 기호화하면 'p∨~p'인데, A 또는 ~A 둘 중의 하나는 반드시 참이라는 의미이다. 그런데 김춘수는 이 시에서 배중률을 인정하지 않고 있다. 헤겔이 A와 ~A 사이의 필연적 대립과 그 통일을 강조한다면,[90] 이 시에서 시인은 A도 아니면서 ~A도 아니면서 아무것도 아닌 것에 대해 표현하려는 의지를 가지고 있다. 이 시의 새로운 질서 안에서는 모순도 변화 속에서 양립이 가능하다. A와 ~A가 같지는 않지만, 같은 것이 될 수 있다는 것은 시적 은유, 또는, 시적 동일률일 것이다. 또한, 그것은 존재에 대한 현상적 이해일 것이다. 마치, 인상파 화가들의 그림이 하나의 풍

---

88) 朱子,「중용장구(中庸章句)」,『중용(中庸)』, 최석기 역, 한길사, 2014, p.45.
　　김춘수는 자신의 시와 시론에서 중용을 몇 차례 언급한다. 공자는 "중용지위덕야기지의호(中庸之爲德也 其至矣乎)"(공자,「옹야편(雍也篇)」,『논어』. p.184.)라고 하여 중용을 도덕 중 최고의 덕목으로 간주하였다.『중용』에서는 중용을 두 가지 의미로 규정짓는다. 첫째는 치우치지 않는 것이고, 둘째는 기뻐하거나 슬퍼하지 않고 마음의 평정을 유지하는 것이다. 김춘수의 경우, 치우치지 않기 위한 노력은 항상 보이는 편이다. 그러나 감정의 변화는 섬세하게 나타난다. 김춘수는 자신의 감정을 과장하지는 않는다. 그렇지만 감정의 극단은 보여준다. 그것은 감정을 적확하게 표현하여 전달하는 것을 의미한다.
89) 한국철학사상연구회 편,『철학대사전』, 동녘, 1997, p.485.
90) 加藤尚武 外,『헤겔 사전』, pp.145~146.

경을 대상으로 삼아 그리면서도 시간에 따라 달라지는 빛과 색의 변화를 담아냄으로써 눈앞에 지각되는 대상의 현재적이고 현존적인 양태 자체를 긍정하는 것과 마찬가지다. 지각(知覺, perception)은 주체가 외부세계의 물성(物性)에 대하여 감각에 의해 교섭하는 것이다.[91] 김춘수의 지각은 대상을 즉물적으로 파악하는 데 그치지 않는다. 즉물성과 추상성 사이의 범주적인 심상, 달리 말해 도식적인 심상(心象)을 빌어 형상화해놓은 단계가 위의 시이다. 그러나 시행의 진행이 깊이를 더 해가는 방향을 헤아려 보면, 구체성의 수위에서 일반성의 수위로 변해가는 것을 알 수 있다. 감각적 즉물성은 의미를 필요로 하지 않는다. 예술 작품의 이미지는 그 자체로 또 하나의 실재(實在)이자 감각의 완결체이다. 그러나 김춘수에게서의 지각된 대상은 인식작용(noesis)에 의해 의식 안에 포착된 내용으로서의 인식대상(noema)을 이루고, 그것은 의식 안에서 독립적으로 존재하는 단계에 이른다. 외부세계로부터 온 대상은 이제 사유의 대상이 된다. 예컨대, 이 시에서 처음에는 시간과 공간은 "11시와 5시의 바다"와 같이 구체적으로 제시된다. 거기로부터 시적 주체는 정서의 수동적 상태인 즐거움과 우울로, 그리고 자신의 존재론적인 욕망과 자유의 문제인 사랑으로 시상을 옮겨간다. 그것은 시상의 흐름이 점점 감각에서 의식으로 옮겨간 것이다. 다시 말해, 그것은 시가 감각에서 의미로 심화되어 가는 과정이다. 거기에는 이데인(idein)[92]적인 운동과 에로스적인 운동이 있다. 지각에서 출발하여 의미지향으로 나아가는 것이 진리를 추구하는, 젊은 김춘수가 나아가던 이데

---

91) Maurice Merleau-Ponty, 『지각의 현상학 *Phénoménologie de la Perception*』, 류의근 옮김, 문학과지성사, 2002, p.693.
92) 이데인은 이데아를 향하여 나아가는 힘이다.
　　Martin Heidegger, 「플라톤의 진리론」, 『이정표 *Wegmarken*』 1, p.311.

인의 방향이다. 존재의 진리는 하나의 명제화될 수 있다 할지라도, 처음에는 세계 안에서의 체험을 통해 지각과 직관에 의해 다른 존재자(存在者, das Seiende)와의 만남이 있어야 한다. 그다음에 그 '주체-대상' 간의 관계를 자신 안에서 상호주관적으로 사유함으로써 언어적으로 표현되는 결과물을 낳는 것이다.[93]

이 시에서 하나 더 주시할 것은 "음향"이다. 음향은 언어에서 의미가 제거된 상태이자 음악 이전의 순수한 아름다움의 상태이다. 이러한 데서 발레리적인, 김춘수의 '절대악(絶對樂)으로서의 시'에 대한 지향을 볼 수도 있다. 음악이 자유로운 영혼의 유동 속에서 태어난다는 발상은 「VOU」보다 「혁명」이라는 시에서 더욱 분명해진다. 김춘수는 「혁명」에서 "멜로디"를 인간의 혼을 카오스 상태에 빠뜨리지만, 거기로부터 꿈은 창조된다고 노래한다. 그것은 니체가 멜로디는 스스로를 새롭게 창조한다고[94] 말한 것에 상응할 것이다. 영혼이 자유로워지면서 혼란의 상태가 되지만, 니체가 실러를 인용하며 말하듯이, 시작(詩作)의 심리를 관조해 보면, 시상(詩想)은 사상(思想)의 인과율로 태어나는 것이 아니라, 그보다 먼저 음악으로서 태어난다.[95] 그렇기 때문에 김춘수에게 부정성에 의해 도달한 무(無)가 단순한 부재와 비재인 것이 아니다. 무로부터 초월적 비약이 일어나 음악으로서의 시가 탄생한다. 그러므로 김춘수는 그러한 멜로디를 "혁명"에 비유하는 것이다.(「혁명」) 후설은 의식이 멜로디의 상태와 같다고 하였다.[96] 인간의 영혼성 안에서의

---

93) Rudolf Bernet과 필자가 다음 강연회 중에 질의응답 했던 내용이다. Rudolf Bernet, 「후설과 하이데거에서 비진리의 현상학적 개념들」, 박지영·신호재·최일만 옮김, 서울대학교 철학사상연구소 초청강연 발표문, 2014. 10. 22.

94) Friedrich Wilhelm Nietzsche, 「음악의 정신으로부터의 비극의 탄생」, 『비극의 탄생·반시대적 고찰 Die Geburt der Tragödie · Unzeitgemäße Betrachtungen』, p.57.

95) Ibid., pp.50~51.

창조를 긍정할 때, 그러한 혁명은 피를 부르는 혁명보다 근본적으로 인간을 아름답게 변화시킬 것이다.

> 저마다 사람은 임을 가졌으나//임은/구름과 장미 되어 오는 것//눈 뜨면/물 위엔 구름을 담아 보곤/밤엔 뜰 장미와/마주 앉아 울었노니//참으로 뉘가 보았으랴?/하염없는 날일수록/하늘만 하였지만/임은/구름과 장미 되어 오는 것
>
> — 김춘수, 「구름과 장미」 전문. (48)

> 장미는 시들지 않는다. 다만//눈을 감고 있다./바다 밑에도 하늘 위에도 있는/시간, 발에 채이는/지천으로 많은 시간,/장미는 시간을 보지 않으려고/눈을 감고 있다./언제 뜰까/눈을,/시간이 어디론가 제가 갈 데로 다 가고 나면 그때/장미는 눈을 뜨며/시들어갈까,
>
> — 김춘수, 「장미, 순수한 모순」 전문. (1135)

> 장미,/오 순수한 모순이여/수많은 눈꺼풀 아래 누구의 잠도 아닌/즐거움이여.
>
> — Rainer Maria Rilke, 「묘비명 Die Grabschrift」 전문.97)

시인이란 무엇인가? 마음속에 가득 찬 고뇌가 그의 입술을 통해 한탄과 비명이 되어 나올 때면 그것이 아름다운 음악 소리가 되는 불행한 사람이다./시인의 운명은 폭군 화라리스가 청동으로 만든 황소 속에 사람을 가두고 이글거리는 불로 고문을 가해 비명 소리를 즐겼던 청동 황소에 갇힌 그 불쌍한 희생자들의 운명과도 같다./그들의 신음 소리는 폭군의 귀에는 공포를 일으키는 비명이 아닌 감미

---

96) Edmund Husserl, 「시간의 근원에 관한 브렌타노의 학설」, 『시간의식』, pp.68~71.
97) Rainer Maria Rilke, 「묘비명 Die Grabschrift」, 조두환, 『라이너 마리아 릴케: 삶과 문학』, 건국대학교 출판부, 1994, p.27.

로운 음악으로 들렸던 것이다. 그래서 사람들은 시인이 주변에 몰려
와 '우리들을 위하여 다시 한번 노래를 하라'고 아우성친다.
　　　－ Sören Kierkegaard, 「디앞살마타－자기 자신에게」 부분.[98]

　　김춘수에서 진리를 상징하는 이데아적 존재로 장미가 있음은 여러
차례 전술된 바 있다. 장미는 현존재(現存在, Dasein)의 상징이자 진리
의 상징이다. 릴케와 김춘수의 장미처럼 현존재는 존재의 진리의 장소
로 경험된다.[99] 그것은 「구름과 장미」에서처럼 "임"으로서의 장미, 즉
이데아를 향한 에로스적 장미였다. 그때의 진리는 객관적 진리이자 상
호주관적으로 동일한 진리[100]였다. 장미는 초기시에서뿐만 아니라, 그
의 말년에 발표된 작품에까지 등장하는 소재이지만 시기에 따라 그 의
미는 달라진다. 진리의 조건에는 무모순성(無矛盾性)이 있는데[101] 진
리의 상징인 장미에 대하여 "순수한 모순"이라고 칭한 부분이 있어 면
밀한 분석이 요구된다. 주지하다시피, 장미에 대하여 "순수한 모순"이
라고 처음 읊은 것은 릴케였다. 그것은 자신의 유언에서였고 「묘비명」
(1925)에 그대로 새겨졌다. 그렇게 릴케는 장미의 시인으로 남았다. 김
춘수는 그가 운명한 2004년에 릴케가 묘비명에 장미를 순수한 모순이
라고 하였듯 동명의 시를 짓고 릴케처럼 세상을 떠났다. 릴케의 시 안

---

98) Søren Kierkegaard, 「디앞살마타－자기 자신에게」, 『이것이냐 저것이냐 Enten-
　　Eller』, 백재욱 옮김, 혜원출판사, 1999, p.9.
99) Martin Heidegger, 「형이상학이란 무엇인가 Was Ist Metaphysik」, 『철학이란 무
　　엇인가 · 형이상학이란 무엇인가 · 휴머니즘에 관하여 · 무엇을 위한 시인인가 ·
　　철학적 신앙 · 이성과 실존』, p.63.
100) Edmund Husserl, 『형식논리학과 선험논리학 － 논리적 이성비판 시론 Formale
　　und Transzendentale Logik－Versuch einer Kritik der logischen Vernunft』, 이종훈 ·
　　하병학 옮김, 나남, 2011, p.307.
101) Ibid., p.134.

에서 모순이 성립되는 것은 장미가 존재의 상징으로서 무수한 타자들의 시선에 노출되어 있으면서도 정작 그 자신은 그 어느 타자에게도 전유되지 않는 비존재가 되기 위해 죽음을 바라고 있기 때문이다. 존재인 동시에 자신 안에 소멸과 무화[102]에 대한 충동을 지니는 상태이기 때문에 릴케의 장미는 모순의 장미이다. 그런데 그것은 시인의 일반적인 운명이기도 하다. 키르케고르는 시인에 대하여 비명을 지르며 죽어가는데 대중들은 그 비명을 음악으로 감상하는 운명을 가진 존재로 보았다. 그것은 릴케에게도 김춘수에게도 해당될 것이다. 김춘수가 「장미, 순수한 모순」에서 "장미는 시들지 않는다"라고 하는 것은 장미의 이데아적 영원성을 의미하는 것이다. 그러한 의미에서 장미는 묵시적(黙示的)인 꽃이다.[103] 즉, 천국의 꽃이다. 김춘수의 장미는 천국의 꽃이 된 것이다. 그런데 릴케와 달라지는 부분은 릴케의 경우 장미는 죽음을 자청하는 뉘앙스를 띠지만, 김춘수의 경우는 죽음을 거부하려는 뉘앙스를 띤다는 것이다. 김춘수의 장미가 더 이상 시간을 보지 않으려고 하는 것은 유한자로서, 죽음을 향한 존재(Sein zum Tode)로서 그에게 주어진 시간이 끝을 향해 와있다는 것을 직감하기 때문일 것이다. 김춘수에게서 장미가 모순인 것은 눈을 감으면 영원이요, 눈을 뜨면 다시 죽음이 되기 때문이다. 영생은 역설적으로 죽음을 받아들여야 얻어진다. 그것은 신이 아닌 모든 존재자의 비애이다. 서로 모순된 관계에 놓인 판단은 서로 배제한다.[104] 모순율(矛盾律)은 논리학적으로 기호화하면 'A≠~A'인데, A는 A가 아닌 것과 같지 않다는 것을 의미한다. 그러나

---

102) Martin Heidegger, 「형이상학이란 무엇인가」, 『이정표』 1, p.163.
103) 예컨대 장미는 단테의 『신곡』 중 「천국편」에서 성찬(聖餐)의 상징이다.
    Northrop Frye, 『비평의 해부』, p.284.
104) Edmund Husserl, op.cit., p.301.

릴케와 김춘수의 모순은 생(生)과 사(死)가 맞닿아 있다는 것에 대한 직시에서 깨닫는, 또 하나의 존재의 진리일 뿐 거짓이 아니다.

3. 존재의 명제진리로서의 이름과 표현존재 − '꽃'의 시편

김춘수의 『꽃의 소묘』 시기의 존재는 형이상학적 지평 위에 존재론적 탐색으로서 '존재 물음을 던지는 존재'로 나타나며, 그러한 존재는 은폐로서의 거짓으로부터 벗어나 비은폐로서의 진리에 가 닿으려 하는, '진리의 존재'이다.

나르시스는 나르시스로서 혼자 자신의 삶을 완성할 수 없는 근본적인 한계로서의 결여를 다시 인식하게 된다. 결여(manquet)는 사르트르가 인간존재를 이해하는 방식으로 그에 의하면 인간은 하나의 결여이다.[105] 그 결여 때문에 인간은 타자를 찾을 수밖에 없다. 그것은 타자의 본질을 발견하고 규정하는 작업으로서의 호명과 명명의 작업으로 나아가게 된다.

> 바람도 없는데 꽃이 하나 나무에서 떨어진다. 그것을 주워 손바닥에 얹어 놓고 바라보면, 바르르 꽃잎이 훈김에 떤다. 화분도 난[飛]다. 「꽃이여!」라고 내가 부르면, 그것은 내 손바닥에서 어디론지 까마득히 떨어져 간다.//지금, 한 나무의 변두리에 뭐라는 이름도 없는 것이 와서 가만히 머문다.
>
> —김춘수, 「꽃 · II」 전문. (172)

---

105) Jean Paul Sartre, 『존재와 무 *L'Étre et le Néant*』. (木田 元 外, 『현상학 사전』, p.19. 재인용.)

꽃이여, 네가 입김으로//대낮에 불을 밝히면/환히 금빛으로 열리는 가장자리,

빛깔이며 향기며/화분(花粉)이며……나비며 나비며/축제의 날은 그러나/먼 추억으로서만 온다.

　　　　　　　　　　　　　　　—김춘수, 「꽃의 소묘」 부분. (186)

내가 그의 이름을 불러 주기 전에는/그는 다만/하나의 몸짓에 지나지 않았다.//내가 그의 이름을 불러 주었을 때/그는 나에게로 와서/꽃이 되었다.//내가 그의 이름을 불러 준 것처럼/나의 이 빛깔과 향기에 알맞는/누가 나의 이름을 불러다오.//그에게로 가서 나도/그의 꽃이 되고 싶다.//우리들은 모두/무엇이 되고 싶다./너는 나에게 나는 너에게/잊혀지지 않는 하나의 눈짓이 되고 싶다.

　　　　　　　　　　　　　　　—김춘수, 「꽃」 전문. (178)

이 시기의 시에는 존재론의 근본개념들이 등장한다. 김춘수가 '플라토닉 포에트리(Platonic Poetry)'로 명명한 이 시기의 시에서 중요한 것은 진정한 앎으로서의 인식이다. 인식(epistēmē)과 관련하여 기본적인 세 개념은 첫째, 존재(ousia) 둘째, 존재의 의미규정(logos) 셋째, 이름(onoma)이다.[106] 김춘수는 바로 존재, 의미, 이름이라는 개념들로 쌓은 미학적 성과로서 「꽃」, 「꽃을 위한 서시」, 「꽃의 소묘」 등의 대표작을 써낸다. 존재의 본질에 맞는 "이름", 즉 존재론의 시초인 파르메니데스의 관점으로 신이 붙여 준 최초의 "이름"을 되찾아 불러줌으로써, 그 존재는 자기목적적이며 자기자신에 대한 충분한 존재이해를 가지고 진리를 향해 열려 있는 현존재(現存在, Dasein)의 상징으로서의 "꽃"이 되고, 나아가 신의 언어이자 시의 언어로서의 로고스, 즉 "의미"가 된다.

---

106) Plato, 『법률 Nomoi』, p.711.

(「꽃」) 로고스(logos)는 진리치를 가지는 문장의 집합으로, 이름과 동사의 결합이다.[107] 또한, 그때의 언어는 템플럼(templum), 즉 성역(聖域)이자 신전(神殿)으로서의 '존재의 집'이 될 것이다.[108]

왜 존재에 대한 물음이 문제인가에 대하여 하이데거는 존재의 정의 불가능성 또는 그것과 반대로 존재의 평균적인 이해가능성 때문에 진정한 존재의 의미에 대해서는 몰이해되어 온 현실을 들었다.[109] 이러한 상황은 고대 그리스에서 소피스트에 의해 존재하지 않는 것을 존재한다고 말하는 거짓 진술이 남용되어, 가장 단수한 의미로서의 '존재'가 혼탁해졌던 상황을 연상시킨다. '진실로'에 상응하는 그리스어 "ontôs"는 동사 "있음"(einai)의 파생어로서 동사 'einai'가 "존재하다"의 의미, 즉 존재적 의미와 "~임은 진실이다"의 의미, 즉 진리적 의미도 가진 데서 성립한다.[110] 요컨대, 존재는 진리이며, 진리는 존재라는, 파르메니데스로부터 시작된 이 명제는 실상 그 어원에 내재해 있었다. 김춘수의 「꽃」, 「꽃을 위한 서시」, 「꽃의 소묘」 들은 '존재의 물음을 던지는 존재'가 되어 자신의 본질을 구현한 존재로서의 '진리의 존재'이자 '순수존재'를 형상화하고 있다. 그것은 '이데아로서의 존재'이기도 할 것이다.

김춘수의 나르시스 계열의 시에서 일자의 균열로서의 타자가 등장한다. 여기서 호명(呼名)의 문제가 생길 수 있을 것이다. 이름은 존재와 존재 사이의 관계에서 표현해내는 낱말이다.[111] 이름은 단순한 기호가

---

107) Plato, 『소피스트 Sophistes』, p.143.
108) Martin Heidegger, 「가난한 시대의 시인」, p.262.
109) Martin Heidegger, 『존재와 시간 Sein und Zeit』, p.18.
110) Plato, 『소피스트 Sophistes』, p.114.
111) Martin Heidegger, 「말」, 『언어로의 도상에서』, p.310.

아니다. 꽃은 김춘수의 시편들에서 가장 많이 변주된 소재이다. 「꽃의 소묘」에서는 "꽃이여"라고 꽃에 호격을 부여한다. 그러나 그것은 아직 이 세상의 다른 모든 꽃들과 다르지 않은 꽃이다. 이 시에서의 꽃은 "추억 너머"이므로 초월적으로 존재하는 데까지는 이르렀을 것이다. 그러나 아직 진리가 출현하는 사건의 단계에 이르지 못했다. 「꽃」에서 "나의 빛깔과 향기에 알맞는" 속성을 띠는, 내 안의 나만의 무엇으로 드러나게 되는 잠재적인 것이다. 그러한 잠재태들이 존재로서의 존재에 근접한다. 그것은 아직 "이름을 불러 주기 전"의 상태, 즉 익명성의 상태라고 할 것이다. (「꽃」) 그러나 알튀세르(Louis Althuser, 1918~1990)의 호명(呼名, interpellate)의 개념보다 더 나아가야 할 것은 그것을 넘어 새로운 이름 붙이기가 필요하다는 것이다. 김춘수가 「꽃」에서 이름이라고만 하지 않고 "나의 이름"이라고 한 것이 존재의 고유명을 부여받은 상태일 것이다. 그 고유명이 무엇인지는 아직 규정되지 않았다. 거기에는 명명을 해줄 "누가"로서의 타자가 필요하다. 그는 또한 익명의 존재는 아닐 것이다. 한편, 아리스토텔레스는 진리의 장소는 명제라고 하였다.112) 명제는 하나의 이름이다.113)

그것을 넘어서는 진리의 주체의 출현을 갈망하는 존재태로, 「꽃」은 김춘수의 긴 시력의 한가운데 놓여 있다. 「꽃」이 「꽃, 순수한 거짓 – 처용단장 제3부를 위한 서시」로 변주되며, 처용 계열의 시편과도 접맥된다는 점이 그러한 증거라고 할 수 있다.

「꽃 · II」에서 "손바닥"은 존재론적으로 타자를 자신의 곁에 허락하는 몸의 공간이다. 그것은 대상을 하나의 존재자(存在者, das Seiende)로

---

112) Martin Heidegger, 『논리학: 진리란 무엇인가?』, p.132.
113) Gilles Deleuze, 『의미의 논리』, p.88.

서 이해(理解)하려는, 즉 존재자에 대한 진정한 에피스테메를 갖고자 하는 노력이다. 에피스테메는 앎인데,114) 푸코가 그 개념을 다룰 때보다 플라톤은 심원한 의미를 가지고 다룬다. 자세히 말해, 플라톤의 에피스테메는 "나는 나 자신에게 어떤 것을 제시한다, 하나의 사태에 가까이 다가간다, 그 사태를 파악하고 그래서 그것에 적합하고 부합해진다"115)라는 의미를 내포하고 있다. 앎은 손안에 가짐(Verfügen)이다.116) "손바닥" 안에 대상을 오래 가지고 살피는 것은 진정한 이해를 갖기 위한 존재추구로서의 에로스의 일종일 것이다.117) 김춘수의 꽃 연작은 그러한 에로스가 발현되어 가는 과정이다. 그것은 대상에 대한 염려(念慮, Sorge)이기도 할 것이다.

다시 김춘수의 관념과 심리의 관계에 대한 논의로 돌아가면, 김춘수에게서 관념 그 자체로 존재하는 아프리오리한 진리의 존재는 가능하지만,118) 그것은 "~이 되고 싶다"(「꽃」)와 같은 심리적 주체의 존재론적 갈망과 닿는다. 김춘수의 한 편의 시에서 심리적 체험작용은 의미형성작용119)과 결합되는 것이다. 그것은 인식론과 존재론이 만나는 필연과도 같을 것이다. 존재자로서의 인간이 자신의 안을 들여다보는 것, 즉 내적 직시(Innenschau)를 하는 것은 인간의 의식 안에 은폐되어 있던 사고의 체험을 밝히는 것이다.120) 그런데 그러한 내적 직시는 고래로

---

114) Martin Heidegger, 「비진리의 본질에 대한 물음을 겨냥한 플라톤의 『테아이테토스』해석」, 『진리의 본질에 관하여—플라톤의 동굴의 비유와 테아이테토스』, p.157.

115) *Ibid.*, p.161.

116) *Ibid.*, p.169.

117) *Ibid.*, p.225.

118) Edmund Husserl, 「≪논리연구≫의 과제와 의의」, 『현상학적 심리학 *Phänomenologische Psychologie*』, 이종훈 옮김, 한길사, 2013, p.65.

119) *Ibid.*, p.64.

시인에게는 가장 근원적인 시작법이다. 자신의 내면 안에서 인식된 대상과 인식하는 주체가 심리적으로 관계를 맺고 있는 것을 내적으로 직시하는 것이 시인의 일이었다. 그리고 외부의 대상은 인간의 의식에 남아 바로 눈앞에 그 대상이 더 이상 현전하지 않는 순간에도 의식은 여전히 대상과 관계를 맺고 있다. 예컨대, 기억하는 의식은 기억하는 대상과, 사랑하는 의식은 사랑하는 대상과 관계를 맺고 있다. 그렇기 때문에, 경험의 육체성이 증발한 다음에도 존재의 형이상학에 의한 시작(詩作)이 가능해진다. 진리는 현존재(現存在, Dasein)가 마주했던 외부의 존재자와의 감각과 감관에 의한 마주침에서 아프리오리한 진리로 나아간다. 그렇듯 "무엇에 관해 의식해 가짐(Bewußthaben von etwas)"을 지향성(Intentionalität)이라고 하는데,[121] 이것은 인간 주체의 의식이 스스로 능동적으로 작용한다는 측면을 강조한 데서 비롯된 개념으로 볼 수 있다. 나아가 그러한 점은 인간의 의식을 외부세계의 대상에 대하여 수동적·수용적으로 보거나, 기능적·도구적으로 보는 관점에 저항한다는 점에서 휴머니즘적이라고 평할 수 있다. 지향성은 인간의 내적 경험을 명증성으로 입증하는 심리적 기술의 출발점이 된다. 김춘수의 경우, 여기서 조금 더 나아가면, 무의식의 심리적 실재를 이미지만으로 형상화하는 이상―조향의 변형된 계보로서 김춘수 식 무의미시가 나온다고 볼 수 있다. 여기서 무의미시는 역설적으로 '존재의 날것'을 포착하고자 하는 인식론의 궁극이기도 할 것이다. 그러나 한편 고래로부터 후설에 이르는 철학자들이 인식작용에 의해 진리를 밝히는 문제가 어떻게 의욕작용에 의해 선(善)의 실천의 문제로 이어지는

120) *Ibid.*, p.68.
121) *Ibid.*, p.72.

가122)에 대해서 궁구하였듯이, 김춘수도 노년에 이르러 「부다페스트에서의 소녀의 죽음」의 개작에서 삭제했던 부분을 그의 시적 주제로 복귀하며 『들림, 도스토옙스키』 연작을 창작한다.

> 주 예수를 모시기엔 섬서ㅎ지 않는냐고/[중략]목숨인양 닳던 이
> 름 불러볼 줄 모르은다
>
> — 김춘수, 「예배당」 부분. (49)

김춘수의 모든 시 가운데 "이름"이란 시어가 처음 쓰인 시는 「예배당」이란 시이다. 그러므로 이 시는 그의 시에서 중요한 호명과 명명의 문제에 대하여 시인만의 원형적 사유가 어떠한 것이었는지 해석해내는데 필수적으로 다루어야 할 시일 것이다. 이 시는 "예수"란 시어가 처음 쓰인 시이기도 하다. 먼저 이 시에서 예배당이라는 시의 공간과 기도를 드리는 장면은 릴케의 『기도시집』을 연상케 한다. 김춘수가 처음으로 불렀던 "이름"이 "예수"라는 '신적 존재(神的 存在)'에게 "목숨"처럼 갈구하던 데서 시작되었다는 것은 의미심장하다. 이 시에서 "목숨"은 존재와 비존재를 구분 짓는 존재의 본질적인 것이다. 역시 이 시에서 "닳던 이름"이라는 것도 기도 때문에 손안에서 닳던 것이든 입술에서 닳던 것이든 시인이 자기 안에 가졌던 존재의 내부적인 것임을 의미한다. 그것은 신적 존재가 "이름"을 통하여 나의 존재의 일부가 되는 양상일 것이다. 김춘수의 시에서 이름과 관련하여서는 호명과 명명의 문제가 있다면, 호명의 문제가 명명의 문제보다 선재해 있다. 호명이 관계 설정의 문제이고, 명명이 그 관계의 의미부여의 문제인 데서 보아도 호명이

---

122) *Ibid.*, p.71.

선재하는 것은 이치상으로도 타당해 보인다.

> 그것들은 내 눈앞을/그냥 스쳐가 버렸을까//[중략]꽃이 지면/여운
> 은 그득히/뜰에 남는데/어디로 그들은/가 버렸을까.//그들은 그때/돌
> 의 그 심야의 가슴 속에/잊지 못할 하나의 눈짓을/두고 갔을까,
> — 김춘수, 「눈짓」 부분. (176~177)

> 1//그는 그리움에 산다./그리움은 익어서/스스로도 견디기 어려운
> /빛깔이 되고 향기가 된다./그리움은 마침내/스스로의 무게로/떨어
> 져 온다./떨어져 와서 우리들 손바닥에/눈부신 축제의/비할 바 없이
> 그윽한/여운을 새긴다.//2//이미 가 버린 그날과/아직 오지 않은 그날
> 에 머물은/이 아쉬운 자리에는/시시각각 그의 충실만이/익어간다./
> 보라,/높고 맑은 곳에서/가을이 그에게/한결같은 애무의/눈짓을 보
> 낸다.//3//놓칠 듯 놓칠 듯 숨 가쁘게/그의 꽃다운 미소를 따라가며는
> /세월도 알 수 없는 거기/푸르게만 고인/깊고 넓은 감정의 바다가 있
> 다./우리들 두 눈에/그득히 물결치는/시작도 끝도 없는/바다가 있다.
> — 김춘수, 「능금」 전문. (179~180)

김춘수의 시 「눈짓」에서 "눈짓"은 주체와 대상 간의 교감을 의미함
과 동시에 감각 상 순간적이지만 심상(心想) 속에서 영원한 기호를 의
미한다. 그것은 보들레르로부터 시작된 모더니티의 미의식 중 하나이
기도 하다. 그러나 김춘수의 시에서 특화되는 것은 그러한 미의식 속에
서도 형이상학적으로 작용하는 사유이다. 하이데거의 시관은 릴케와
하이데거의 시 분석에서 비롯된다. 예컨대, 다음과 같은 논의들이다.
사유로서의 철학은 신적 존재의 시작(詩作)으로부터 비롯된다.123) 시

---

123) Martin Heidegger, 『횔덜린의 송가』, pp.46~47.

인이 자신을 존재—신임을 긍정할 때 시의 근원으로서의 자신을 긍정할 수 있다. 시작은 영혼의 표현 현상이다.[124] 즉, 영혼은 능동적인, 시적 주체이다. 현상은 힘의 흐름 가운데서 의미를 드러내 보여주는 징후들과 기호들이다.[125] 시의 표면에서 영혼이 조응한 표상들로 언어적 의미가 창조되는 것이다. 시작(Dichten)은 신들의 눈짓을 받아들여 존재를 건립하는 것인데, 이때 그 눈짓이란 단순히 인지적인 기호가 아니라 신들의 언어로 언어 안에 감춰진 섬광 같은 것이다.[126] 그러므로 여기서 눈짓은 시인의 영감을 일깨우는 계시(啓示)일 것이다. 이렇듯, "존재에로 내어놓음"으로,[127] 시작에 참여하는 것은 현존재(現存在, Dasein)를 현존재로 완성한다.[128] 김춘수도 하이데거—릴케를 매개로 하여 이와 비교하여 살펴볼 수 있다. 「꽃」에서 "눈짓"이란 시어는 개작 전에 "의미"라는 시어였다. 후설에게서 세계의 존재란 실제성이 아니라 의미이다.[129] 존재의 진리가 성립하려면 먼저 유의미한 판단이어야 한다.[130] 한편 후설은 의미를 의미(Bedeutung)와 의미(Sinn)로 구분하여 전자를 표현된 관념적 내용을 가리키는 것으로, 후자를 표현되지 않았더라도 기체(基體, hypokeimenon)에 내포된 내용을 가리키는 것으로 용어를 나누어 사용하였다.[131] 김춘수의 경우 두 가지 '의미'가 다 나타나지만, 후자를 밝혀내는 것이 그가 밝혀내고자 하는 존재의 비밀로서

---

124) *Ibid.,* p.55.
125) Gilles Deleuze, 「비극적인 것」, 『니체, 철학의 주사위』, p.25.
126) Martin Heidegger, *op.cit.*, pp.57~61.
127) *Ibid.,* p.64.
128) *Ibid.,* p.94.
129) Pierre Thévenaz, 「후설의 현상학」, 『현상학이란 무엇인가—후설에서 메를로 퐁티까지』, p.28.
130) Edmund Husserl, 『형식논리학과 선험논리학』, p.338.
131) *Ibid.,* p.91. 역주 5)

의 진리에 가까운 것으로 보인다. 김춘수가 「꽃」에서 "의미"를 "눈짓"으로 바꾸었을 때는 '의미의 복수성'[132]을 깨닫고 그것을 더욱 풍부하게 하기 위해서였을 것이다. 「꽃」에 와서 그동안의 '꽃' 연작에서 반복과 변주가 이루어지던 테마가 완숙성의 정점을 보인다. 그리고 이 작품은 온 국민이 가장 사랑하는 시가 된다.

결국, 인식된 대상의 의미가 무엇인가 의미부여를 하고 의미충족을 이루려고 하는 것은 그 대상의 본질에 대한 진정한 앎으로서의 진리를 추구하고자 하는 에로스의 작용일 것이다. 인식에서 대상이 무엇인가 그 실체(reality)를 묻는 것보다 그 의미(meaning)를 묻는 것이 더 중요해진 것도 진리란 무엇인가에 대한 인식 자체의 변화, 즉 사실진리만큼 직관진리를 중요하게 여기는 변화를 보여준다. 그것은 단순한 의미부여를 넘어 의미충족 즉 직관의 작용에 의해서 진정한 의미가 성립된다는 관점과 동일선상에 있는 것이다.

> 이데아로서의 신부의 이미지는 릴케와 평계 이정호의 시에서 얻은 것이다. 이 비재(신부)는 끝내 시가 될 수 없는 심연으로까지 나를 몰고 갔다. 그 심연을 앞에 하고는 어떤 말도 의미의 옷이 벗겨질 수밖에 없었다.평계의 침묵을 단지 나는 그의 게으름으로만 돌리지 못한다.//나는 이 시기에, 어떤 관념은 시의 형상을 통해서만 표시될 수 있다는 것을 눈치챘고, 또 어떤 관념은 말의 피안에 있는 것을 나는 알고 싶었다. 그 앞에서는 말이 하나의 물체로 얼어붙는다. 이 쓸모없게 된 말을 부수어보면 의미는 분말이 되어 흩어지고, 말은 아무것도 없어진 거기서 제 무능을 운다. 그것은 있는 것(존재)의 덧없음의 소리요, 그것이 또한 내가 발견한 말의 새로운 모습이다. 말은 의미를 넘어서려고 할 때 스스로 부서진다. 그러나 부서져 보지 못

---

132) Gilles Deleuze, *op.cit.*, p.25.

한 말은 어떤 한계 안에 가둬진 말이다.

　　　　　　　　　　　　　　　－김춘수, 『의미와 무의미』 부분. (I. 532)

　　나는 시방 위험한 짐승이다./나의 손이 닿으면 너는/미지의 까마 득한 어둠이 된다./존재의 흔들리는 가지 끝에서/너는 이름도 없이 피었다 진다./눈시울에 젖어드는 이 무명(無明)의 어둠에/추억의 한 접시 불을 밝히고/나는 한밤 내 운다./나의 울음은 차츰 아닌 밤 돌 개바람이 되어/탑을 흔들다가/돌에까지 스미면 금(金)이 될 것이 다.//……얼굴을 가리운 나의 신부여

　　　　　　　　　　　　　　　－김춘수, 「꽃을 위한 서시」 전문. (189)

　　그런 한편 구체적으로 김춘수가 추구하는 이데아의 상징으로 나타 나는 것은 "신부(新婦)"이다. (「의미와 무의미」) "신부"가 시화된 작품 은 그의 대표작 「꽃을 위한 서시」이다. 이 시에서 "짐승"으로서의 화자 는 보들레르의 『악의 꽃』에서의 신(神)과 절연된 상태로서의 악(惡)의 존재이자, 말라르메의 『목신의 오후』에서의 반수신처럼 인간 내면의 수성(獸性)과 다투는 존재와 같을 것이다. 그러나 김춘수에게 '위험'은 하이데거의 존재론적 시론으로부터 온 것으로 보인다. 김춘수는 하이 데거의 『횔덜린과 시의 본질』에서 하이데거가 횔덜린의 노트에 "모든 재보 중에서 가장 위험물인 언어"[133]라고 쓴 것을 주목한다. 언어가 위 험하다는 것은 존재가 존재자(存在者, das Seiende)의 위협을 받는다는 의미에서 그러하나, 그것은 역설적으로 인간이 언어의 기능에 의해 현 존재(現存在, Dasein)로서의 정체성이 드러나는 과정이므로 필연적이 다.[134] "시는 언어에 의한 존재의 건설"[135]인데 그렇게 하는 과정에서

---

133) 김춘수, 『김춘수 시론 전집』 I , p.602.
134) *Ibid.*, p.603.

존재자에 의해 가려진 존재의 빛을 드러내는 일은 언어만이 할 수 있으며 그 과정에서 언어는 순간 위험해진다. 그러한 언어를 다루는 시인에게 "얼굴을 가리운" 즉 닿을 수 없는 본질로서, 비재(非在)하는 것과 다름없는, 그러나 화자 또는 시인의 존재론적 열망을 이끌어내는 것으로서 작동하는 "신부"는 하나의 심연이다. (「꽃을 위한 서시」) 그 심연은 하이데거가 『가난한 시대의 시인』에서 말하는, 신과 절연된 시대의 허무와 절망으로서 시인이 비명지르듯 노래해야 하는 세계이다. 그러므로 이 시에서 "흔들리"며 "울음"을 쏟는 것은 그러한 실존에 대한 현상학적 형상화이다. 어떤 의미에서 「꽃을 위한 서시」는 하이데거의 존재와 언어에 대한 시론(詩論)의 시화(詩化)처럼 보이기까지 하다. 「꽃을 위한 서시」의 시론적 성격은 다음을 통해 확인할 수 있다.

> 시작은 세계를 개시(開示)하는 하나의 의식이다. 그 의식은 흐르는 수도 있고, 머뭇거리며 계산하는 수도 있기는 하지만—생각해보라. 언어의 세계에 참여하는 사람치고 어찌 언어의 질서를 무시할 수 있다는 것인가? 꽃이라고 누가 발음하면 거기에는 수십 개의 다른 언어가 모여들어 그것(꽃)과 어떤 관계를 맺고자 한다. 이상적인 관계는 시인이 맺어준다. 더 정확하게 말한다면 시인의 의식이 맺어준다. 그러나 시인에게 언어는 언어 그 자체의 질서가 있다는 데 대한 이해와 그것(언어는 언어 그 자체의 질서가 있다는)에 대한 감동이 없을 때 언어와 언어는 이상적인 관계를 맺지 못한다.
>
> —김춘수, 『의미와 무의미』부분. (I. 634)

이데아의 상징, "신부(新婦)"(『의미와 무의미』)가 시화된 작품이 「꽃

---

135) Martin Heidegger, 「횔덜린과 시의 본질」, 『시와 철학—횔덜린과 릴케의 시세계』, p.53.

을 위한 서시」이다. 「꽃을 위한 서시」는 언어와 언어의 관계, 즉 언어 간의 질서, 그리고 그 질서를 만드는 시인의 의식의 운동 과정을 보여 준다.

"의미의 옷이 벗겨지는"(『의미와 무의미』) 것은 언어로 구분될 수 없는 영역이다. 그러나 김춘수는 불가지론적 회의주의에 도달하지만 그것에 굴복하지 않는다. 즉, 그에게는 말의 의미를 넘어서다 말의 의미가 부서지는 한계에 도달하는 것은 처음부터 언어의 관습적 의미규정 안에 머무는 것보다 낫다는 판단과 의지가 보인다. 그 한계에 부딪히기까지의 도전이 존재에 대해 억압적으로 규정하는 상태에 균열을 일으킬 수 있다. 그 균열을 일으키는 것이 바로 이 시에서 "돌개바람"일 것이다. 하이데거적 심연이 「꽃을 위한 서시」의 "무명의 어둠"이라면 이데아로서의 "신부"는 현재는 아니지만 전미래에 도달해야 할, 새롭게 의미부여 되어야 할 존재로서 기다리고 있는 존재인 것이다.

이 시에서 "위험한 짐승"으로서의 시적 주체는 김춘수가 하이데거의 『횔덜린과 시의 본질』에서 인용한 "모든 재보 중에서 가장 위험물인 언어"에 기대어 해석해 볼 수 있다.136) 언어가 위험하다는 것은 존재가 언어에 의해 위협을 받는다는 의미에서 그러하나, 그로써 비로소 현존재(現存在, Dasein)로서의 정체성이 드러난다.137) "시는 언어에 의한 존재의 건설"138)이다. 가려진 존재의 빛을 드러내는 과정에서 언어는 위험해진다. 「꽃을 위한 서시」에서 시적 주체에게 "얼굴을 가리운" 즉 닿을 수 없는 본질로서, 비재(非在)하는 것과 다름없는, 그러나 시인의 존재론적 열망을 이끌어내는 "신부"는 하나의 심연이다. 사랑의 관계는

---

136) 김춘수, 『김춘수 시론 전집』 I , p.602.
137) *Ibid.*, p.603.
138) Martin Heidegger, *op.cit.*, p.53.

하나의 본질이 그 속에 표현되는 한에서 영원한 진리를 갖는다.[139] 그것이 "신부"가 이데아인 이유이다. 이 진리의 깨달음으로서의 사랑은 일종의 지적인 사랑(amor intelectualis)[140]이다.

> 나비는 가비야운 것이 미(美)다/나비가 앉으면 순간에 어떤 우울한 꽃도 환해지고 다채로와진다. 변화를 일으킨다. 나비는 복음의 천사다. 일곱 번 그을어도 그을리지 않는 순금의 날개를 가졌다. 나비는 가장 가비야운 꽃잎보다도 가비야우면서 영원한 침묵의 그 공간을 한가로이 날아간다. 나비는 신선하다.
>
> ─김춘수, 「나비」 전문. (38)

> 그는 몸을 움츠리더니 벽을 민다. 벽은 해면처럼 탄력 있게 그 부분만이 오므라든다. 그러나 그 같은 탄력으로 다시 그를 밀어 낸다./ [중략]/뜻아니 쏟아지는 향내를 좇아 한 마리의 나비는 더욱 아름다이 그 화려한 날개를 번적이면서……
>
> ─김춘수, 「향수병」 부분. (206)

「나비」는 김춘수의 초기 시 가운데 그의 근원적인 미의식을 가늠해 볼 수 있는 작품으로서 가치를 지닌다. 이 시는 "천사(天使)"가 가장 처음 다루어진 시로서 김춘수의 시세계에서 "나비"와 "천사"는 밀접한 상관관계에 놓여 있다. 니체가 나비나 그와 같은 인간은 행복을 표상하며 시적 감동을 자아낸다고 하였다.[141] 김춘수에게도 "나비"와 "천사"가 그러하다. 그뿐만 아니라, "나비"는 은유에 의해 꽃잎과 동일시된다. 이

---

139) Gilles Deleuze, 『스피노자와 표현의 문제』, p.287.
140) Julia Kristeva, 『사랑의 역사』, p.298.
141) Friedrich Wilhelm Nietzsche, 『유고(1882년 7월~1883/84년 겨울)─루 살로메를 위한 타우텐부르크 메모들 외』, p.73.

시에서 "나비는 미(美)"라고 하는 것은 김춘수적인 명제진리(命題眞理, Satzwahrheit)이다. 이 시에서 "나비"="천사"="영원"≒"꽃잎"의 등식이 성립한다는 데서 그의 '미'는 단순한 아름다움에 그치지 않고, 진리로서의 '미'이며 그것은 이데아적인 영원성을 지닌 '미'인 것이다. 이 시에서 "천사"가 매개하는 "복음"이 신의 언어라는 데서 그러한 근거를 찾을 수 있다. 이 시에서 "나비"가 어느 순간 "영원"의 차원으로 비약하는 것은 『장자』의 '호접몽(胡蝶夢)'을 연상케 한다. 안영림처럼 호접몽 그 자체를 장자가 꿈꾼 유토피아로 보는 시각도 있다.142) 「제물론」의 일반적인 주제는 인간의 분별지(分別智)에 대한 반성이다. 즉, 장자의 철학의 핵심은 유심주의(唯心主義)에 입각한 신(神)의 불멸론(不滅論)143) 그리고 진리의 상대주의와 정신적 자유주의에 있다.144) 이 시는 장자와 차이가 있다. 그러나 장자의 나비도 정신의 자유와 불멸을 상징한다는 점에서 이 시와도 상통한다. 김춘수의 "날개"의 비상의 이미지는 나아가 플라톤의 진리추구로서의 에로스(eros)의 이미지로 해석될 수 있다.

그러한 에너지는 「향수병」에서처럼 "벽"을 밀어 깨뜨리는 힘이기도 하다. 그러한 비상하는 존재로서 "나비"는 신화적으로 프시케와 상관관계가 있다는 데서 영혼성(靈魂性)으로도 해석될 수 있다. "향(香)"의 오묘한, 물질성으로부터 탈각하여 비물질성으로 승화되는 이미지는 "나비"에 대한 탁월한 비유적 형상화이며, 그것은 인간이 상상해온 영혼의 이미지이기도 하다.(「향수병」) 그것은 하이데거가 플라톤에 의지해 논의하듯이 인간이 동굴에 영어(囹圄)된 부자유의 상태로부터 빛을

---

142) 莊子, 『장자』, p.87.
143) 劉文英, 『꿈의 철학』, 하영삼 · 김창경 옮김, 동문선, 1993, p.63.
144) 任繼愈, 『중국철학사』, 전택원 옮김, 까치, 1990, pp.129~143.

향해 자유로운 상태로 비상하도록 이끄는 힘에 진리로서의 이데아가 있다고 한 것을 연상시킨다.[145] 아퀴나스는 영혼과 천사의 차이점을 밝히기 위하여 『영혼에 관한 토론 문제』라는 저서를 썼다. 영혼은 인간의 육체와 결합하는 것이고 천사는 그렇지 않은 독립된 존재라는 점에서 영혼과 천사는 같지 않다. 다만 영혼과 천사는 현세 안에서의 초월성을 상징한다는 데 오히려 공통점이 있다. 김춘수가 지향하는 이상적인 진선미성(眞善美聖)의 지점이 바로 거기에 있다는 것도 그의 시 전반에서 보편적으로 나타난다. 김춘수의 존재초월은 자기구원의 의지에서 비롯되는 것이기도 하다.

1//꽃이여, 네가 입김으로/대낮에 불을 밝히면/환히 금빛으로 열리는 가장자리,/빛깔이며 향기며/花粉이며…… 나비며 나비며/ 축제의 날은 그러나/ 먼 추억으로서만 온다.//나의 추억 위에는 꽃이여,/네가 머금은 이슬의 한 방울이/ 떨어진다.//2//사랑의 불 속에서도/나는 외롭고 슬펐다.//사랑도 없이/스스로를 불태우고도/죽지 않는 알몸으로 미소하는/꽃이여,//눈부신 순금의 阡의 눈이여,/나는 싸늘하게 굳어서/ 돌이 되는데.//3//네 미소의 가장자리를/어떤 사랑스런 꿈도/침범할 수는 없다.//금술 은술을 늘이운/머리에 칠보화관을 쓰고/ 그 아가씨도/신부가 되어 울며 떠났다.//꽃이여, 너는/아가씨들의 간을/쪼아먹는다.//4//너의 미소는 마침내/갈 수 없는 하늘에/별이 되어 박힌다.//멀고 먼 곳에서/너는 빛깔이 되고 향기가 된다./나의 추억 위에는 꽃이여,/네가 머금은 이슬의 한 방울이/ 떨어진다.//너를 향하여 나는/외로움과 슬픔을/던진다.
                              ─ 김춘수,「꽃의 소묘」전문. (186~188)

---

145) Martin Heidegger의「플라톤의 진리론」과『진리의 본질에 관하여─플라톤의 동굴의 비유와 테아이테토스』를 참조.

"소묘"는 표현의 일종이다. "꽃"이라는 존재가 "표현"의 문제를 맞이하고 있다. 김춘수도 시작(詩作)을 구원으로 간주해왔다. 표현은 곧 구원이다.[146] 달리 말해 인간은 표현존재(表現存在, Ausdrucksein)[147]이다. 그것도 언어로 표현을 할 수 있는데 그것이 존재가 스스로 진리를 담아내는 방식이다. 표현은 의미를 지니는 기호로 의미기능을 수행한다.[148] 요컨대 표현존재는 자신을 표현함으로써 형성되어 가는 존재이다. 하이데거의 표현존재는 라이프니츠가 모나드로서의 한 명의 인간을 자신 안에 있는 가능성들을 펼쳐내 보임으로써 하나의 우주로 존재한다고 본 것[149]과 유사한 인식이다. 표현존재(表現存在, Ausdrucksein)는 김춘수의 예술가적 실존에서 필연적이다. 김춘수의 「꽃의 소묘」는 꽃 연작 가운데 가장 길다. 그만큼 꽃의 다양한 측면을 보여주려는 의도로 파악된다. '표현하다'에는 그 대상이 무엇이냐에 따라 세 가지로 분류할 수 있다.

진리는 의미된 것과 직관된 것의 동일성이다.[150] 이 시에서는 '되다'의 주어와 보어 사이에 은유적 관계, 즉 동일시의 관계가 있다. 진리에는 명제진리(命題眞理, Satzwahrheit)와 직관진리가 있는데 전자가 일치

---

146) "구원의 길은 곧 표현의 길이다: 표현적으로 되는 것, 다시 말해 능동적으로 되는 것, 신의 본질을 표현하는 것, 자기-스스로가 신의 본질이 펼쳐지는 하나의 관념이 되는 것, 우리 자신의 본질을 통해 펼쳐지고 신의 본질을 표현하는 변용을 갖는 것" Gilles Deleuze, 『스피노자와 표현의 문제』, p.431.
147) Martin Heidegger, 『존재론-현사실성의 해석학』, p.104.
148) 물론 표현에도 대상을 가리키는 지시기능과 심리를 가리키는 고지기능도 있지만, 의미부여를 하는 것이 표현의 가장 본질적인 기능이다. Edmund Husserl, *Logical Investigation I*, Trans. J. N. Findlay, London & New York: Routledge, 2008, pp.183~205.
149) Gottfried Wilhelm von Leibniz, 『모나드론 외』, 배선복 옮김, 책세상, 2007, p.51.
150) Martin Heidegger, 『논리학:진리란 무엇인가? *Logik:Die Frage nach der Wahreit*』, p.113.

의 문제, 즉 타당의 문제라면, 후자는 "~처럼 그렇게"라는 특정한 관계의 동일성의 문제이다.[151] 하이데거에게서 명제진리(命題眞理, Satzwahrheit)는 직관진리와 결국 하나가 된다. 예컨대, 김춘수도 느낌은 진실이라고 하였다.[152] 그것은 논증을 필요로 하지 않는다. 그때의 김춘수가 말하는 진실이 명제진리(命題眞理, Satzwahrheit)와 직관진리의 일치에 부합할 것으로 사료된다. 여기서 진리로 파악된 동일성 속에서 의미된 것과 직관된 것 사이의 관계를 참관계(Wahrverhalt)라고 한다.[153] 이 시는 "추억"을 환기한다. 추억은 과거의 현재화이다. 그것은 존재의 진리를 현전화 하고자 하는 열망일 것이다. 직관의 진리(Anschauungwahrheit)에서 직관함은 현재적이게 함이다.[154]

아리스토텔레스에게서 직관은 아이스테시스로 파악되기도 하는 노에인이다.[155] 김춘수의 시는 "소묘"라는 미술적 기법에 의해 존재를 현상학적으로 그려, 풍부하게 아이스테시스를 포착해낸다. 그것은 감각을 통한 앎이다. 즉 여기서 누우스(νοῦς, nous)의 진리가 성립된다.[156] 이 시가 그려서 보여준 그림만으로 독자는 어떠한 존재의 진리를 직관적으로 자신의 내면에 각인한다. 그것이 논리학과 다른 시예술에서의 진리를 표현하는 방법일 것이다. 김춘수가 『인인』에서 관념성의 절정에 이르렀다면, 다시 『꽃의 소묘』에서는 아이스테시스를 회복한다. 김춘수는 끝없이 새로운 방식으로 진리적 미학적 대상과의 진리적 관계

---

151) *Ibid.,* pp.113~114.
152) 김춘수, 『거울 속의 천사』, 민음사, 2001. (김춘수, 『김춘수 시 전집』, p.1043.)
153) Martin Heidegger, 『논리학: 진리란 무엇인가? *Logik: Die Frage nach der Wahreit*』, p.117.
154) *Ibid.,* p.417.
155) *Ibid.,* p.115.
156) *Loc. cit.*

를 추구하고 있다.

"추억"이란 시어는 이 시뿐 아니라 『꽃의 소묘』 시집 전반에서 반복되고 있다. 여기에는 시간성의 문제가 있다. 진리는 플라톤이 이데아에 부여했던 존재성격이다.[157] 플라톤에게 진리는 무시간적 타당함이다.[158] 「꽃의 소묘」에서 "추억"은 바로 과거와 현재가 다르지 않음을 보여주려 하는 주체의 의지이다. 추억 속에서 진리는 발견된다.[159] 진리가 존재의 성격으로 이해되기 위해서는 '더불어 눈 앞에 있음'이라는 현전성(現前性, Anwesenheit)과 현존성(現存性, Präsenz)이 필수적으로 요청된다.[160] 「꽃의 소묘」에서 "추억"은 그러한 방식의 일종일 것이다. 시간적으로는 "추억"이 현전성과 현존성을 위한 기제라면 "눈"은 공간성에 대하여 그러할 것이다. 본질직시로서의 '봄(Sehen)'을 통찰(Einsehen)이라 하며 이에 의해 명증성이 얻어진다.[161] 헤겔은 논리학에서 시간은 공간의 점이라고 하였다. 김춘수 시에서 '눈'이 응시하는 흐름은 '눈'에 보이지 않는 흐름인 경우가 많다. 즉, 상당히 정적인 공간에 오브제들이 점적으로 배치되어 있다. 「꽃의 소묘」는 그러한 세밀하고 엄밀한 응시의 결과물이다. 김춘수의 '눈'은 존재와 진리를 매개하는 감관이다. 김춘수의 '눈'은 그의 시 전편을 통해서 볼 때 양심의 감관인 동시에 진리의 감관이다. 그에게 진과 선의 문제는 분리되지 않는다. 또한 '눈'은 미를 지각한다. 그에게 '눈'은 진과 선과 미를 동시에 담당하는 감관이다. 그리고 그것은 천사에 의해 성(聖)의 영역으로까지 승화된다.

---

157) *Ibid.*, p.129.
158) *Loc. cit.*
159) *Ibid.*, p.175.
160) *Ibid.*, p.198.
161) Edmund Husserl, 『순수현상학과 현상학적 철학의 이념들』 1, pp.428~430.

시기적으로 대략 『꽃의 소묘』 다음 시집부터 무의미시의 시대가 시작된다. 김춘수는 의미의 시에서 무의미의 시로 넘어가는 단계에서 묘사에 대한 훈련으로 자신의 관념편향을 극복하려고 하였다. 즉, 개념을 묘사(darstellen)에 의해 감성화(Versinnlichungen)한 것이다.162) 중년의 김춘수에게서는 관념적인 것에서 미학적인 것으로의 지향이 두드러져 간다. 김춘수의 초기 시의 플라토닉 포에트리는 관념을 도식적인 그림으로 형상화했다. 그러나 무의미시의 시기에 가면 실재 자체를 감각을 통해 즉물적으로 포착하여 배치하는 미학적 실험으로 나아가게 된다.

여기서 표현이 중요해지는 것도 진리의 직관성의 문제와 연관될 것이다. 주관적인 것이 곧 객관적인 것이라는 관점, 인식은 주체에 의해 의식 속에서 구성되는 것이라는 관점이 바로 그것이다. 표현은 달리 말해 의식 안에서 구성된 상을 객관적 상관물을 빌어 언어로 현출하는 것이다.

1//시를 잉태한 언어는/피었다 지는 꽃들의 뜻을/든든한 대지처럼/제 품에 그대로 안을 수가 있을까/시를 잉태한 언어는/겨울의 설레이는 가지 끝에/설레이며 있는 것이 아닐까,/일진의 바람에도 민감한 촉수를/눈 없고 귀 없는 무변(無邊)으로 뻗으며/설레이는 가지 끝에/설레이며 있는 것이 아닐까,//2//이름도 없이 나를 여기다 보내 놓고/나에게 언어를 주신/모국어로 불러도 싸늘한 어감의/하느님,/제일 위험한 곳/이 설레이는 가지 위에 나는 있습니다./무슨 층계의/여기는 상(上)의 급입니까,/위를 보아도 아래를 보아도/발부리가 떨리는 것입니다./모국어로 불러도 싸늘한 어감의/하느님,/안정이라는 말이 가지는/그 미묘하게 설레는 의미 말고는/나에게 안정은 없는

<hr>

162) Martin Heidegger, 『논리학:진리란 무엇인가? *Logik:Die Frage nach der Wahreit*』, pp.362~365.

것입니까,//3//엷은 햇살의/외로운 가지 끝에/언어는 제만 혼자 남았다./언어는 제 손바닥에/많은 것들의 무게를 느끼는 것이다./그것은 몸 저리는/희열이라 할까, 슬픔이라 할까,/어떤 것들은 환한 얼굴로/언제까지나 웃고 있는데,/어떤 것들은 서운한 몸짓으로/떨어져 간다./―그것들은 꽃일까,/외로운 가지 끝에/혼자 남은 언어는/많은 것들이 두고 간/그 무게의 명암을/희열이라 할까, 슬픔이라 할까,/이제는 제 손바닥에 느끼는 것이다.//4//새야/그런 위험한 곳에서도/너는 잠시 졺에 겨운 눈을 붙인다./삼월에는 햇살도/네 등덜미에서 졸고 있다./너희들처럼/시도/잠시 졺에 겨운 눈을 붙인다./비몽사몽간에/시는 우리가/한동안 썹어 삼킨 과실들의 산미(酸味)를/미주로 빚어 영혼을 적신다./시는 해설이라서/심상의 가장 은은한 가지 끝에 빛나는 금속성의 음향과 같은/음향을 들으며/잠시 자불음에 겨운 눈을 붙인다.

― 김춘수, 「나목과 시」 전문. (190~193)

겨울하늘은 어떤 불가사의의 깊이에로 사라져 가고,/있는 듯 없는 듯 무한은/무성하던 잎과 열매를 떨어뜨리고/무화과나무를 나체로 서게 하였는데,/그 예민한 가지 끝에/닿을 듯 닿을 듯하는 것이/시일까,/언어는 말을 잃고/잠자는 순간,/무한은 미소하며 오는데/무성하던 잎과 열매는 역사의 사건으로 떨어져 가고,/그 예민한 가지 끝에/명멸하는 그것이/시일까,

― 김춘수, 「나목과 시 서장(序章)」 전문. (205)

주어를 있게 할 한 개의 동사는/내 밖에 있다./어간은 아스름하고/어미만이 몹시도 가까이에 있다.

― 김춘수, 「시법(詩法)」 부분. (252)

동체(胴體)에서 떨어져 나간 새의 날개가/보이지 않는 어둠을 혼자서 날고/한 사나이의 무거운 발자국이 지구를 밟고 갈 때/허물어

진 세계의 안쪽에서 우는/가을 벌레를 말하라.

―김춘수, 「시 · I」 부분. (226)

「시 · I」에서 "새"의 본질은 "동체"가 아니라 "날개"라고 한다. "새"의 본질은 오직 비상(飛翔)일 뿐이다. 그것은 초월의 이미지이다. 김춘수에 의하면, 시는 그러한 초월자의 시선(視線)으로 지상에서 범해지는 폭력에 울고 있는 "벌레"와 같은 미미한 생명존재에 대해 "말하라"는 양심의 명령에 따라 쓰는 것이다. 말의 기능은 존재자(存在者, das Seiende)를 '명백하게 함(Offenbar-machen)'이다.[163] 후설의 비진리의 개념을 말하기와 연관하여 살펴본다면, 비진리의 말하기는 한 마디로 공허한 말하기(the empty speeches, das leere Reden)라고 할 수 있는데, 그것은 말하는 주체가 자신의 의식 안에 기호적 지향(signitiven Intentionen)은 가지고 있더라도 직관에 의해 충족된 진리가 결여된 말하기를 의미한다.[164] 즉 일치를 기준으로 진리라고 할 수 있다고 하더라도 직관이 결여되면 공허한 말하기라고 할 수 있다. 또는 다른 경우로, '말한 것을 듣고 말함(Hörensagen des Gesagten)'도 비진리의 말하기의 일례이다.[165] 한편 라캉에게서는 공허한 말하기와 충만한 말하기가 타자에 의한 승인의 여부에 달려 있다는 점에서,[166] 주체의 직관적 경험 여부를 기준으로 한 후설의 관점과 차이가 있다는 점이 주의를 필요로 한다.

그러나 이 시기의 시편들에는 플라토닉 포에트리의 존재론으로 완

---

163) Martin Heidegger, *op.cit.*, p.147.

164) Rudolf Bernet, *op.cit.*, p.2.

165) *Loc. cit.*

166) Jacques Lacan, "Function and Field of Speech and Language: I Empty Speech and Full Speech in the Psychoanalytic Realization of the Subject", *Écrit: A Selection*, Trans. Alan Sheridan, New York:W · W · Norton & Company, 1977, pp.37~40.

전히 환원할 수 없는 「릴케의 장」과 같은 초월적 존재론('초월자'를 상
정하는 아우구스티누스—아퀴나스 계보의 신학적 존재론)의 시와 「부
다페스트에서의 소녀의 죽음」, 「꽃밭에 든 거북」과 같은, '강(물)'과 '만
년'167)의 역사적 상징을 통한 상상력으로 전개된 역사적 존재론의 시
도 공존한다. '만년'은 릴케의 『기도시집』에 '만년설(萬年雪)'168)이 나
오는 것과 같이, 동서고금을 초월한 영원성을 상징하는 시간으로 보는
가운데 헤아려 볼 수 있는 역사성이다. 그러므로 「꽃」, 「꽃을 위한 서
시」, 「꽃의 소묘」 등의 시가 김춘수의 시세계 전체에서 중요한 위상을
갖는 것은 가장 순수한 형태의 존재론을 보여준다는 데 있지만, 다른
시편들과의 존재론적 중층구조를 모두 이해할 때, 김춘수의 존재론의
전모는 드러난다.

　기존에 역설적 진리라는 개념은 존재론적 진리라는 개념과 비교될
수 있다. 존재론적 진리는 역설적 진리와 차이가 있다. 역설은 언어적
으로 표현된 것과 실제 그 언어가 가리키는 내용 간의 배리가 있다는
것을 의미한다. 그러므로 역설적 진리란, 존재의 부조리한 실존적 상황
에서 존재의 본질보다 존재의 실존 자체를 긍정하는 진리라고 할 수 있
다. 존재론적 진리는 존재의 생성의 차원, 존재의 형성의 차원을 강조
한다. 자신을 밝혀 드러내 보이는 것은 자신 안에 숨겨져 있던 긍정의
가능성을 발현함으로써 찾아가고 만들어가는 존재의 진리인 것이다.

---

167) 신범순, 「역사의 불모지에 떨어지는 꽃들―꽃의 존재와 역사의 잠」, 『시와 정신』,
　　　2014. 가을. 참조.
168) Rainer Maria Rilke, 『기도시집 외』, p.428.

Ⅳ. 신화적 형이상시─'천사'의 오르페우스로의 변용

 Ⅳ장에서는 신화적 형이상시가 '천사'의 한국적 오르페우스로의 변용이라는 관점에서 『타령조(打令調) 기타(其他)』, 『처용단장(處容斷章)』, 『낭산(狼山)의 악성(樂聖)』, 『남천(南天)』, 『비에 젖은 달』, 『라틴점묘(點描) 기타(其他)』, 『샤갈의 마을에 내리는 눈』, 『돌의 볼에 볼을 대고』 등 김춘수의 중기 시집을 중심으로 논구되지만 역사와 관련된 초기작도 포함하여 논구된다.

 1절에서는 역사허무주의 극복으로서의 신화주의에 대하여 '만년(萬年)'의 시편을 중심으로 다룬다. 2절에서는 '퓌시스(φύσις, Physis)'와 조화로서의 존재사의 형성을 '처용' 시편 중심으로 다룬다. 3절에서는 시인의 이상(理想)적 존재태로서의 '오르페우스'라는 주제와 진리를 향한 수난과 순례의 도정과 관용의 사랑이라는 주제를 가지고 다룬다. 4절에서는 성육신과 부활 신화의 존재와 진리의 문제를 '예수' 시편을 중심으로 다룬다.

1. 역사허무주의 극복으로서의 신화주의
　 ─ '만년(萬年)'의 시편

(1) 역사에 대한 정의와 김춘수의 역사관의 형성 및 변화 과정

　진리는 존재가 자신의 본질을 비은폐성의 상태로 개시하는 것이다. 그러한 존재는 항상 현존재(現存在, Dasein)로서 시공간 안에서만 현출된다. 바로 그러한 점, 현존재는 시공간적이라는 데서 본질적으로 역사적이다. 그뿐만 아니라 진리도 역사적이다.[1] 그러므로 '존재사(存在史, history of being)'[2]라는 개념의 성립이 가능할 것이다. 존재는 인간의 역사, 특히 인류사라는 보편성에 대하여 민족사라는 구체성과 특수성을 통해 현출된다. 한편 리쾨르는, 진리는 모나드에 갇힌 진리 아닌, 역사의 진리여야 하며, 역사의 진리는 상호주관성 가운데 공동의 존재를 표현해야 한다는 관점을 펼친다.[3] 김춘수는 자신의 존재론적 주제의식을 실존이라는 범주에서 역사라는 범주로 넓힌다. 그러나 그 역사라는 범주는 반드시 시작(詩作)을 통해서만 현시될 수 있는 존재사이다. 시간은 존재의 진리에 대한 이름으로 사유되어야 하는데, 존재의 마지막 이름은 동일한 것의 영원회귀 속에 숨어 있다.[4] 존재사는 그러한 시간의 본질 속에 형성된다.[5] 그러므로 이러한 존재사적 물음은 존재 자체로의 회상(回想, Andenken)을 동반한다.[6]

---

1) Martin Heidegger, 『존재와 시간』, p.518.
2) Martin Heidegger, *The Principle of Reason*, p.62.
3) Paul Ricœur, 『역사와 진리 *Histoire et Vérité*』, 박건택 옮김, 솔로몬, 2006, pp.52~64.
4) Martin Heidegger, 「형이상학이란 무엇인가」, 『철학이란 무엇인가 · 형이상학이란 무엇인가 · 휴머니즘에 관하여 · 무엇을 위한 시인인가 · 철학적 신앙 · 이성과 실존』, pp.66~67.
5) *Ibid.*, p.67.

나는 역사주의자가 아니다. 역사에 대해서는 늘 절망적, 허무적
입장을 지켜왔다. 그래서 나는 반동으로 신화주의자가 됐는지도 모
른다. 세상은 직선으로 뻗어가는 것이 아니라 나선형으로 돌고 있다
는 것이 내 인식이다.

― 김춘수, 『꽃과 여우』 부분.7)

　위의 자전소설 『꽃과 여우』에서 보듯이 김춘수는 자신이 역사주의
자(歷史主義者)가 아니라 신화주의자(神話主義者)라고 하였다. 그러나
신화주의자라는 개념이 역사주의자라는 개념과 대립되는 것은 아니다.
김춘수에게는 역사가 신화 안으로 지양되어 '신화적 역사'로 재창조된
형태로 나타나기 때문이다. 벤야민은 '신화적 역사'8)라는 개념을 제시
한 바 있다. 신화와 역사는 그 자체로 보자면 대립적인 개념으로 보인
다. 왜냐하면, 신화는 영원성이란 시간을 전제한다면, 역사는 불가역성
이란 시간을 전제하기 때문이다. 두 개념은 서로 상충되는 시간성으로
볼 수 있다. 그러나 벤야민은 서로 모순되어 보이는 두 개념을 하나로
교섭하여 사유함으로써 '신화적 역사'라는 개념을 제시한다. 벤야민은,
역사란 시간의 흐름 속에서도 정지되는 순간에 인간존재가 모나드(單
子, monad)로서 결정화(結晶化)되는, 그러한 현재시간(Jetztzeit)이 언어
화된 것으로 간주한다.9) 이러한 벤야민의 역사관은 특유의 메시아관을
가지고 있다. 벤야민에게 메시아적 현재시각이란 개념이 성립되는 것

---

6) *Ibid.*, p.59.
7) 김춘수, 『꽃과 여우』, p.216.
8) Susan Buck-Morss, 「4. 신화적 역사」, 『발터 벤야민과 아케이드 프로젝트 *Walter Benjamin and the Arcades Project*』, 김정아 옮김, 문학동네, 2004, p.111.
9) Walter Benjamin, 「역사의 개념에 대하여」, 『역사의 개념에 대하여, 폭력 비판을 위
하여, 초현실주의 외 *Über den Bergriff der Geschichte, Zur Kritik der Gewalt, Der Sürrealismus*』, p.348.

은 지구의 역사 45억년 가운데 인류의 문명은 5만년에 불과한데, 그것은 1일 중 2초에 불과한 시간10)이라는, "자연사(自然史)"11)의 관점에 의해서이다. 그러므로 벤야민에게 현재시간은 인류의 역사 끝에서 매초 메시아가 들어올 수 있는 문이 되는 것이다.12)

벤야민의 신화적 역사관은 김춘수의 시론에서도 발견된다. 김춘수는 처녀시집『구름과 장미』에서부터 '신화적 역사' 개념을 가지고 있었다. 선역사(先歷史)가 신화 형식의 역사로 대체되는 현상은 어느 문명권에서도 보편적으로 나타나는 현상이다. 김춘수에게는 그런 선역사가 '만년(萬年)'으로 상징되는 신화의 시간으로 형상화되어 있다. 그러나, 그것은 문학적으로 상상된 것에 불과한 것이 아니라, 한민족의 역사에 대한 분명한 사관(史觀)으로부터 비롯된 것이다. 그것은 단재(丹齋) 신채호(申采浩, 1880~1936)를 통해 김춘수에게 전해진 역사관이다. 인류의 역사에서 만년은 문자와 농경이 시작되며 문명이 개화한 시점과 일치한다. 그러한 시편들이 있었기 때문에 김춘수의 사상이 성숙되어 가면서『처용단장』에 이를 수 있었을 것이다.『처용단장』에 이르러 김춘수는 의식의 수위로부터 무의식의 수위로 자신의 유년시를 향한 영혼의 여행을 시작하는데, 그것은 일종의 존재사(存在史)로서 독아론(獨我論)을 넘어서 다른 존재와 혼융됨으로써 비로소 대자적 존재 이해로 나아가는 아름다운 영혼의 진리의 순례이다. 김춘수는 인간을 "대자적 존재"로 보면서 그것이 "인간된 비애"라고 고백한다.13) 김춘수의 그러한 인간관에는, 인간은 일차적으로 인간에게 가장 근본

---

10) *Ibid.*, pp.348~349.
11) Martin Heidegger,『존재와 시간』, p.507.
12) Walter Benjamin, *op.cit.,* p.350.
13) 김춘수,『서서 잠자는 숲』, 민음사, 1993. (김춘수,『김춘수 시 전집』, p.724. 재수록.)

적인 타자로서의 자연과의 관계 위에서 문화와 역사를 만들어가는 존재라는 인식이 전제되어 있다.[14] 그의 그러한 인간관에서 나온 역사관은 그렇기 때문에 인간과 신, 자연과 문화를 아우르는 대 장관으로 펼쳐진다. 김춘수에게는 자연-풍경, 식민지, 전쟁터, 예배장소 등-도 역사적이다.[15]

하이데거에 따르면, "역사성은 역사로서 존재하는 것의 역사적 존재(Geschichtlichsein)를 의미한다."[16] 김춘수는 바로 '역사로서 존재하는 것'에 대한 사유를 시화하는 것을 멈추지 않는다. 그러나 한편 김춘수는 역사의 안을 '시간'으로, 역사의 밖을 '영원'으로 규정하면서, 시는 역사의 안과 밖의 이면성을 동시에 살아내야만 한다고 주장하였다.[17] 그 의미는 김춘수가 자신의 시에서 영원성과 시간성을 동시에 추구하겠다는 의미로 판단된다. 신은 시간개념 상으로는 영원에 대응된다.[18] 그러나 영원성은 단순히 시간적 무한성만을 의미하지 않는다. 영원성은 변함없는 사랑을 의미한다.[19] 김춘수가 신을 통해 갈구하는 것은 사랑이다. 사랑의 다른 이름이 구원이기도 할 것이다.

『처용단장』은 한편으로는 신화적 색채를 띠면서 영원성을 보여주고, 또 다른 한편으로는 현실적 색채를 띠면서 역사성을 보여준다. 하이데거에 따르면, 역사성은 염려(Sorge)에 뿌리를 두고 있다.[20] 염려는 현존재(現存在, Dasein)가 '세계-내-존재(世界內存在, In-der-Welt-sein)'

---

14) *Loc. cit.*
15) Martin Heidegger, *op.cit.*, p.507.
16) Martin Heidegger, 『시간개념』, p.14.
17) 김춘수, 『한국 현대시 형태론』, 해동문화사, 1959. (김춘수, 『김춘수 시론 전집』 I, p.68. 재수록.)
18) Martin Heidegger, 『시간개념』, p.130.
19) Paul Ricœur, 『시간과 이야기』 3, p.506.
20) Martin Heidegger, 『존재와 시간』, p.493.

로서 곁에 있는 타인의 죽음의 가능성에 대하여 마음을 졸이는 것이다. 역사성은 탈자적 지평의 시간성이다.[21] 김춘수가 역사적 인물들을 무수히 자신의 작품으로 불러들인 양상을 보면, 그 인물들에게 측은지심(惻隱之心)이 느껴지도록 형상화하고 있다는 것을 알 수 있다. 아무리 역사적으로 영웅적인 인물이었다고 할지라도, 김춘수가 그리는 그 인물들은 영락없이 인간으로서 가장 왜소한 실존을 드러낸다. 현존재(現存在, Dasein)가 역사적이라는 것은 역사적 주체를 존재론의 기준에서 보아야 한다는 것이다. 역사적 실존은 죽음과 유한성에 대한 자각 안에서 양심과 자유를 진지하게 사유한다.[22] 현존재가 과거의 역사로 되돌아가는 방식이 양심(良心)이다.[23] 김춘수가 역사로 되돌아가 자신의 존재를 사유하는 것은 양심의 부름이기도 하다.

김춘수의 역사허무주의를 하이데거의 몰락 개념을 빌려 해명해 볼 수 있다. 존재가 역사적 인식 속에 세계에 완전히 동화됨으로써 자기상실을 겪으면 몰락하게 된다.[24] 역사성에 대한 존재론적 이해는 현존재가 자신과 함께 연관된 존재들을 염려(念慮, Sorge)하며 그들을 향하는 생기(生起)의 구조에서 형성된다.[25] 현존재가 태어나서 죽을 때까지의 시간뿐 아니라, 태어나기 이전의 시간과 죽은 이후의 시간이 있다는 것을 자각할 때, 즉 시간의 영속성의 한가운데 자신의 생이 있다고 인식할 때, 현존재는 자신이 역사적 존재임을 깨닫는다. 현존재가 '나는 누구인가'라는 물음을 던지고, 자신의 근원에 대한 이해를 구하고자 할

---

21) *Ibid.*, p.507.
22) *Ibid.*, p.503.
23) Martin Heidegger, 『시간개념』, p.148.
24) *Ibid.*, p.55.
25) Martin Heidegger, 『존재와 시간』, p.492.

때, 그 시간적 연원에 대한 답이 자신이 역사적인 존재임을 알게 하는 것이다.

현대에 와서 역사는 그야말로 세계사적인 국면을 맞이하게 되면서 격변을 겪게 된다. 한민족도 근현대사에서 세계사적인 역사의 격변에 따른 질곡을 가장 크게 감내해야 했던 겨레 중 하나이다. 아직도 그러한 질곡은 크게 남아 현시점에 큰 영향을 미치고 있다. 김춘수가 한 생애를 보냈던 1922년부터 2004년 사이의 한국 근현대사는 김춘수라는 한 인간의 삶에도 큰 그림자를 드리웠다. 김춘수는 한국의 근현대사가 자신의 삶에 드리운 음영을 외면하지 않고 나름대로의 방식으로 응전해 왔다.

김춘수의 역사관을 살피기에 앞서 일반적인 역사에 대한 정의를 먼저 확인할 필요가 있다. '역사란 무엇인가?'라는 질문에 대한 답은 답하는 사람마다 다를 것이다. 그 가운데 통념상으로 형성되어 있는 역사 개념과 근원적인 역사 개념 그리고 현재 논쟁 중인 역사 개념 등을 세밀하게 구분하여 논구해야 할 필요가 있다.

동양에서 '역사(歷史)'라는 개념어가 처음 쓰인 것은 명왕조(明王朝) 말, 신종(神宗)의 만력연간(萬曆年間)에 원황(袁黃)의 『역사강감보(歷史綱鑑補)』에서부터라고 전한다.[26] 그러나 역사서의 기원은 연원을 더 거슬러 올라간다. 동서양에서 각각 역사의 아버지로 불린 인물은 사마천(司馬遷, BC 145~ BC 46)과 헤로도토스(Herodotos, BC 484~ BC 425) 이다. 김춘수의 시에서는 「골동설」에 『사기(史記)』가 언급되어 있으며, 수상집 『사마천을 기다리며』[27]는 제목에서부터 사마천이 언급되

---

26) 김춘수, 「역사의 눈 시의 눈」, 『왜 나는 시인인가』, 현대문학, 2005, p.398.
27) 김춘수, 『사마천을 기다리며』, 월간에세이, 1995.

고 있다. 사마천의 『사기(史記)』(BC 108~BC 91)는 최초로 역사를 통사(通史)로 다룬 역사서이다. 『사기』가 다루고 있는 시대는 중국의 상고시대(上古時代)부터 한(漢) 무제(武帝, BC 156~BC 87)까지이다. 중국은 『사기』이래 국가마다 왕조사(王朝史)를 남기는 전통을 갖고 있었다. 한국도 『조선왕조실록(朝鮮王朝實錄)』 등 세계문화유산 급의 역사서를 가지고 있다. 동양에서 통념상 떠올리는 역사라는 개념은 『사기』나 『조선왕조실록』처럼 과거의 왕조사를 기록한 저술인 경우가 일반적이다.

키케로(Marcus Tullius Cicero, BC 106~ BC 43)가 역사학의 아버지라고 부른 헤로도토스의 『역사 ιστορίαι, historíai』는 최초로 역사를 학문의 대상으로 다룬 저술이다. 김춘수는 헤로도토스를 『한국 현대시 형태론』(1959)에서 문학과 역사의 발생과 관련하여 언급한다.[28] 헤로도토스의 『역사』는 고대 지중해 문명 중심의 세계사를 기록하는 가운데 주로 그리스와 페르시아 전쟁을 기록하고 있다. 고대 그리스에서는 헤로도토스처럼 사실(史實)을 사실 그대로 산문의 형식으로 기록하는 것보다 시나 비극의 형식으로 창작하는 전통이 앞서 있던 것이다. 서양은 헤로도토스 이래 역사를 사실 중심으로 객관적으로 기록하는 전통을 갖게 되고, 그것은 근대 역사학의 아버지라 불리는 랑케(Leopold von Ranke, 1795~1886)에게까지 이어진다. 랑케는 근대역사학의 아버지로 불리는 역사학자로, 보편사(普遍史)를 추구하는 입장에서 사실(史實)과 사료(史料) 중심의, 객관적 실증주의의 방법론으로 역사에 접근하려 하였다. 랑케 다음으로, 현대사에서 역사에 대한 정의에서 가장

---

28) 김춘수, 『한국 현대시 형태론』, 해동문화사, 1959. (김춘수, 『김춘수 시론 전집』 I, p.33. 재수록.)

일반적으로 정전화된 저서는 E. H. 카(Edward Hallett Carr, 1892~1982)의 『역사란 무엇인가』이다. 김춘수는 랑케의 실증주의(實證主義, positivism)와 역사주의(歷史主義, historicism)에 대하여 E. H. 카의 논리로 응답한다. 김춘수의 시론에서 그러한 사유를 확인해 보면 다음과 같다.

> 19세기의 역사관을 결정짓는 데 결정적인 역할을 한 레오폴트 폰 랑케(Leopold von Ranke)는 "나는 지워버리고 사실만이 그 자신의 입으로 말을 하게 했으면 한다"는 투의 말을 했다고 한다. [중략] E. H. 카(E. H. Carr)의 "역사란 현재가 과거와 나누는 대화다"라는 정의를 시인하게 된다.
> ─김춘수, 『시의 위상』 부분. (II. 413~414)

김춘수는 랑케 식의 사실과 사료를 실증주의적으로 다루는 역사 기술 방식에 저항한다. 그러한 이유는 랑케의 말 중 "나는 지워버리고"라는 부분, 즉 과도한 객관주의에 있을 것이다. '나'라는 주관(主觀)을 배제하고 오직 객관(客觀)만이 존립 가능하다는 관점이 불가하다는 것이 김춘수의 시인으로서의 시각인 것이다. 오히려 E. H. 카처럼 역사는 "대화(對話)"라는 관점에 김춘수는 동조한다. 그것은 '역사란 무엇인가?'라는 질문에 대하여 누구나 "의식적이든 무의식적이든 자신이 처한 시대적 위치를 반영"[29]하여 대답하기 때문에, 역사 또한 과거의 사실(史實) 그대로가 아니라 역사가의 현존재(現存在, Dasein)의 주관적 해석(解釋)에 따라 달라질 수 있는 여지를 열어놓는다는 것이다. 그러한 열린 태도는 E. H 카가 갈릴레오 갈릴레이의 명언을 변형하여, 그럼

---

29) Edward Hallett Carr, 『역사란 무엇인가 What is History』, 김승일 옮김, 범우사, 1998, p.14.

에도 불구하고 역사는 움직인다30)고 선언한 바와 일맥상통한다. E. H 카가 랑케 식의 역사관에 반대한다고 해서, 역사가의 주관만을 강조하는 역사관을 가진 것을 결코 아니다. E. H. 카는 콜링우드(Robin George Collingwood, 1889~1943)처럼 역사적 사실과 사료에 대해 역사가의 주관을 절대적 우위에 두는 역사관에도 반대한다.31) E. H. 카는 역사에 대하여 객관주의도 주관주의도 아닌, 역사와 역사가 사이의 상호작용32)으로서의 대화를 자신의 역사관으로 삼는다. 그러한 상호주의는 상당히 김춘수 시의 본질적인 속성이기도 하다. 김춘수 초기의 존재론적 시편들에서 나타나는 '속삭임'과 '호명'의 문제는 결국 더불어 존재할 수밖에 없는 존재자들 간의 '대화'의 문제인 것이다. 김춘수가 역사를 '대화'로 인식하는 E. H. 카의 관점을 시인하는 것은 그로서는 자연스러운 태도가 아닐 수 없다.33) 대화란 해석이다. 대화란 더불어 존재할 수밖에 없는 두 존재자 간에, 두 세계 간에, 두 시간 간에 서로에게 열려 있는 해석이다. 존재의 근원에 대한 물음은 존재사에 대한 물음으로 이어지지 않을 수 없다. 더불어 존재한다는 것은 공시적으로만 적용되는 것이 아니라 통시적으로도 적용된다. 그러한 것이 바로 하이데거가 역사를 객체로만 보는 역사학에 반대하고 역사적인 것의 존재양식에 대한 이해가 선행되어야 한다고 주장한 것과도 통하는 맥락일 것이다.34)

---

30) *Ibid.*, p.257.
31) *Ibid.*, pp.37~48. 참조.
32) 김춘수가 인용한 부분의 정확한 원문은 다음과 같다. "역사란 역사가와 사실 사이에서 끊임없이 이루어지고 있는 상호작용의 과정으로, "현재와 과거와의 끊임없는 대화"라고 하겠습니다." *Ibid.*, p.53.
33) *Ibid.*, p.147.
34) Martin Heidegger, 『존재와 시간』, p.492.

김춘수의 역사의식은 역사의 진보 자체에 대해 부정하지 않는다. 김춘수는 다만 아렌트(Hannah Arendt, 1906~1975)가 '폭력의 세기'[35]라 불렀던 20세기의 역사에 드러난 유무형의 모든 폭력을 비판하려 할 뿐이다. 김춘수가 비판하는 역사의 폭력은 물리적 폭력, 구조적 폭력, 상징적 폭력 세 가지 모두에 해당된다.[36] 다른 문인들에 비하여 김춘수는 더욱 미시적인 차원의 상징적 폭력까지 심도 있게 비판하려 한 것이며, 그것은 그가 언어의 본질에 대하여 시인으로서 그 누구보다 오래 진리를 탐구하는 자세로 사유해왔기 때문일 것이다. 그러나 김춘수는 결국 역사가가 아니라 시인이었다. 김춘수는 랑케처럼 사실만 다큐멘터리로 전달하려 한 것이 아니라, 카처럼 역사와 대화하려고 하였고, 그것을 작품으로 실천했다.

> R. G. 몰턴은 다음과 같이 말하고 있다. 산문이라고 불리는 문학은 그러한 창조의 행위는 보여주지 않는다. 산문은 이미 존재하는 것의 논의에 한정되어 있다.
> 만약 철학자 혹은 역사가 현실의 세계를 논하는 저작에 있어서 사실 존재하지 않았던 일소사까지도 존재하는 것으로서 말했다고 하면 그는 그 점에서 역사가 혹은 철학자인 것을 그만두고 시적 창조의 영역으로 들어간 것이 된다.
> —김춘수, 『시론—시의 이해』 부분. (I. 334)

김춘수가 철학자와 역사가의 산문과 시인의 시 사이에 차이가 있다면 그것은 전자가 존재하는 것만 다룬다면 후자는 존재하지 않는 것

---

35) Hannah Arendt , 『폭력의 세기 *On Violence*』, 김정한 옮김, 이후, 1999, p.24.
36) Slavoj Žižek, 『폭력이란 무엇인가 *Violence*』, 김희진·정일권·이현우 옮김, 난장이, 2011, pp.23~42. 참조.

도 존재하는 것으로 다룬다는 데 있다고 하였다. 김춘수는 문장론부터 존재론적이다.

김춘수는 『기(旗)』의 「후기」에서 "나의 눈에 비치는 삼라만상은 다란텔라의 춤을 추고 있었다."[37]라고 말한다. 이때 "다란텔라"는 '타란텔라'의 일본어 발음으로 여겨진다. '타란텔라'는 '타란툴라'라는 독거미에 물린 인간이 추는 광기의 춤을 의미한다. 여기서 '타란툴라'의 상징에 대해 깊이 고찰해 볼 필요가 있다. 김춘수의 이러한 역사의식에서 비판이 되는 역사적 패악들은 니체의 『차라투스트라는 이렇게 말했다』에 나오는 '타란툴라(tarantula)'[38]의 이미지로 볼 때 그 본질이 이해된다.[39] 김춘수는 '역사=이데올로기=폭력'이라는 등식을 자신의 산문에서 자주 피력한다. 그러면서 이데올로기가 종언에 처할 수밖에 없는 필연을 다니엘 벨(Daniel Bell, 1919~2011)을 인용하여 자신의 주장을 대신한다. 김춘수가 인용하는 다니엘 벨의 저서는 『이데올로기의 종언(終焉)』(1960)일 것으로 판단된다. 다니엘 벨은 이데올로기의 기능에 대하여 사회의 구성원들이 권력을 정의로, 복종을 의무로 받아들이도록 하기 위하여 그들을 초월적으로 결합하는 데 있다고 보았다.[40] 다니엘 벨이 이데올로기의 종언을 선언한 것은 동구의 소비에티즘(Sovietism)과 서구의 파시즘(Fascism)이 철저히 인간성을 파괴하며 인류가 이룩해 온 모든 꿈을 무너트리는 것을 목도했기 때문이었다.[41] 타란툴라

---

37) 김춘수, 『김춘수 시 전집』, p.127.
38) Friedrich Wilhelm Nietzsche, 「타란툴라에 대하여」, 『니체 전집 13 − 차라투스트라는 이렇게 말했다 *Also Sprach Zarathustra*』, pp.161~167.
39) 신범순, 「역사의 불모지에 떨어지는 꽃들(3)−김춘수를 중심으로」, p.1. 참조.
40) Daniel Bell, 『이데올로기의 종언 *The End of Ideology*』, 기우식 옮김, 삼성문화재단, 1972, p.252.
41) *Ibid.*, pp.264~266.

로서의 역사는 바로 다니엘 벨이 『이데올로기의 종언』에서 비판한 역사와 다르지 않을 것이다.

다음으로, 김춘수가 역사에 대한 허무의식을 갖게 된 근원적인 외상 체험을 먼저 살펴보면 다음과 같다.

> 나는 어떤 사건으로 경찰서 유치장에 반년쯤 구류된 일이 있었다. 그때 나는 결정적으로, 여기서 나는 왜 이러고 있는가 하는 그 감정이 하나의 형이상학적 물음으로 굳어져 갔다.
>
> R. M. 릴케의 『말테의 수기』의 한 대목을 나는 늘 생각에 담고 있었다.
>
> — 김춘수, 『꽃과 여우』 부분.[42]

> 요코야마의 헌병대 감방은 독방이었다. 참고로 몇 마디 물어보고 곧 돌려보내겠다던 약속은 거짓이었다. 그것은 그들의 상투 수단인 줄을 나는 몰랐다. 붙들려 간 지 꼭 보름 만에 처음으로 불려 나가 심문을 받게 됐다. [중략] 한 달 만에 우리는 풀려나와 하숙에 잠깐 머물 사이도 없이 다음날 이른 새벽녘에 이번에는 세다가야서(署) 고등계 형사 세 명에게 붙들려 갔다. [중략] 나는 아주 초보의 고문에도 견뎌내지 못했다. 아픔이란 것은 우선은 육체적인 것이지만 어떤 심리 상태가 부채질을 한다. 그렇게 되면 사람의 육체적 조건은 한계를 드러낸다. [중략] 감방이란 희한한 곳이다. 사람을 비참하게 만들고 자신감을 죽이는 이상으로 재기 불능의 상처를 남긴다. [중략] 그는 사상범이었다. 도쿄 제국 대학의 경제학 교수로 그때 한창 시끄러웠던 인민전선 파의 한 사람이라고 했다. 좌익이 용납될 수 없는 시기다. 사회주의라기보다는 그는 공산주의 동조자다. [중략] 그는 나로부터 의식적으로 시선을 피하면서 빵 두 개를 다 먹어치웠다.

---

42) 김춘수, 『꽃과 여우』, p.94.

[중략] 이데올로기와 실제의 행동과는 다르다는 것을 그로부터 배웠
지만 그러나 한없이 허전하기만 했다.

－김춘수, 『꽃과 여우』 부분.43)

  김춘수는 경성제일고등보통학교 재학시절부터 도서관에서의 풍부
한 독서체험 덕분에 정신적으로 조숙했었다. 김춘수는 일제 강점기 말
에 일본에서 대학시절을 보내며 경찰에게 붙잡혀 유치장과 교도소에
들어가 고문과 취조를 받는 체험을 한다. 이러한 체험이 김춘수의 역사
에 대한 원체험이자 외상(外傷)으로서 일평생 그의 시에 영향을 미치게
된다. 김춘수가 일제(日帝)로부터 받은 고문(拷問)의 폭력성과 이데올
로기의 폭력성을 동일 선상에 놓고 비판할 때, 그 동기는 표면적으로
'선(善)'과 '의(義)'의 이데올로기를 내세우지만, 그 본질과 핵심에 권력
의 폭력성을 숨기고 있는 독거미 같은 세력으로서의, 타란툴라를 비판
하고자 한 것이다. 신범순은 기존의 역사를 지배하는 세력을 타란툴라
라고 보는 니체의 역사관을 '반역사(反歷史)'의 역사관이라고 규정하였
다.44) 니체의 "인간은 동물에 비하여 진보가 없다"45)는 역사관은 역사
주의에 정면으로 반박하는 것이다. 니체로부터 인간 자신을 초극하라
는 초인사상이 나오는 것도 그러한 반역사의 역사관 때문이라는 것이
다.46) 니체의 표현은 수사학이 가미되어 있으므로 그의 사유를 학문적
으로 정확히 이해하기 위해서는 수사학을 덜어내야 한다. 그러한 맥락
에서, 니체의, 위의 표현이 반동적 역사관을 의미하는 것은 아니다. 다

---

43) *Ibid.*, pp.187～194.
44) 신범순, 『노래의 상상계』, 서울대학교 출판문화원, 2011, p.xi.
45) Friedrich Wilhelm Nietzsche, 『권력에의 의지 *Der Wille zur Macht*』, 강수남 옮김,
  청하, 1988, p.76. (신범순, 『노래의 상상계』, p.ix. 재인용.)
46) 신범순, *op.cit.*, p.ix.

만 역사 비판의 강도를 높이기 위해 니체는 수사학을 빌린 것이다. 신범순은 니체보다 더 나아가서 창조적이고 생산적인 역사개념을 제안한다. 그것은 바로 청동기시대부터 시작되는 것으로 보아온 역사시대의 기준을 넓혀 선사시대(先史時代)까지 포함하며, 인간존재뿐 아니라 자연존재까지 포함하고, 또한 반역사까지 포함하는 역사로서의 '수사(秀史)'라는 개념이다.[47) 김춘수는 한편으로는 제국주의에 의해 자신의 젊은 시절 한가운데를 짓밟힌 체험으로 역사에 대한 허무주의를 갖게 되었다면, 다른 한편으로는 살아남은 자의 비애로서 그 허무주의를 극복하고 새로운 것을 창조해야만 하는 과제를 갖게 되었다. 김춘수가 『처용단장』에 한려수도의 대자연을 하나의 신화적 배경으로 삼는 가운데 유년사와 민족사를 교차시키는 것은 신범순의 역사관처럼 일종의 수사(秀史) 개념의 역사에 접근해 간 것으로도 볼 수 있을 것이다. 역사시대의 기준을 문자(文字)의 유무로 삼는 것은 '사건으로서의 역사'와 '기록으로서의 역사' 가운데, 기록으로서의 역사만을 기준으로 한 것이다. 그러나 역사시대 이전의 문명 또한 현대인이 해독하지 못하는 기호들의 형태로 자연 속에 묻힌 채 있으며, 그것 또한 인류의 뿌리라는 것을 부정할 수 없다.

> 시의 차원에서는 어떤 절박한 사태를 놓친 그런 차원에서의 참여가 실은 도피보다는 덜 성실하다는 그 역설을 왜 모르는 체 하는가? [중략] '우리'라는 관념의 의미상의 한계를 어떻게 잡아야 할까? 한국인 · 일본인……으로 잡는다면 그 한계는 민족주의에 가 부닥치게 된다. '우리'를 무산계급·유산계급으로 잡으면 그 한계는 사회주의에 가 부닥친다. 좌우간에 '우리'는 그 한계를 따지고 들 때 이데올

---

47) *Loc. cit.*

로기, 즉 관념에 부닥친다. 그러나 실감으로서의 구체적인, 아주 리얼리스틱한 우리는 내 입장으로 친구 정도의 말이 될 수밖에는 없다. 친구는 민족도 아니요 계급도 아니다. 나는 친구가 될 수 없는, 민족으로부터 계급으로부터 도피하고 싶을 뿐이다. 관념(이데올로기)의 감성에 사로잡힐 수 없다. 이것이 또한 시를 생각할 때의 나의 결백성이다.

— 김춘수, 『의미와 무의미』 부분. (I. 490~491)

김춘수는 이데올로기가 계급 · 민족 등을 호명하지만 한편으로는 자유를 억압한다고 주장한다. 계급 · 민족 등의 이데올로기에 의한 명명이 억압의 역기능으로 변질된 역사적 상황에서, 김춘수는 '친구'라는, 인간의 순수한 본원으로 되돌려진 관계성을 통해, 새로운 우정을 환기하며, 보편적인 박애주의로 나아갈 전제를 만든다. 아감벤은 철학이 어원적으로 우정(philos)이라는 의미를 내포한다는 것을 상기한 바 있다.[48] 김춘수는 상술한 바와 같이, '사유로서의 시'를 쓰는 시인이다. 김춘수에게 시로서의 철학을 한다는 것은 시인 된 자의 양심의 "결백성"으로서의 "도피"의 자리에서 '우정(友情)'의 의미를 살피고, 그것을 시화(詩化)하는 것이다. 그 도피는 '생활로부터 해방으로서의 구원(救援)', '시작 과정 자체로서의 구원'[49]이라는 역설적 가치를 지닌다.

키 큰 상록수나무 밑에 가 앉으면/눈물은 말라 코끝만 시큰둥하다./대련(大連)과 여순(旅順)이 지척인데/대련에서 죽이지 않고 왜

---

48) Giorgio Agamben, 『장치란 무엇인가 Che cos'è un dispositivo』, 양창렬 옮김, 난장, 2010, p.49. 참조.
49) 김춘수, 「시작 및 시는 구원이다」, 『의미와 무의미』, 문학과지성사, 1976. (김춘수, 『김춘수 시론 전집』 I, 현대문학, 2004, pp.496~497. 재수록.)

일제는/여순에서 죽어라 했을까./동지 단재 신채호,/어 다르고 아 다
르다지만/민족주의자가 왜/아나키스트가 되어야만 했을까./인왕산
위 눈물 나는 눈물 나는 저/등꽃빛 하늘,/

—김춘수, 「동지 신채호」 전문. (534)

'개인의 자유'라는 명제는 그대로 아나키즘의 이념에 연결된다.
"바쿠닌의 사회이론은 자유로써 시작되고, 그리고 자유로써 거의
끝난다." "브르통의 규정에 따르면 정치형태로서의 아나키즘이란
각인에 의한 각인의 통치에 기초를 둔 자유의 제도였던 것이다"(가
와세 다케오 川瀨武夫, 『말라르메와 아나키즘』)라고 할 때 상징주의
자인 시인은 그대로 아나키즘의 신봉자였다. 장 메리르는 "상징주
의의 이론의 힘을 이루고 있는 것은 바로 아나키이다. 이 이론은 시
인에 대하여 의의 있는 존재가 될 것, 즉 개인으로 있을 것만을 요구
한다……아무렴, 상징주의란 문학상의 아나키스트이다"(『프랑스
에서의 아나키스트 운동』)라고 하고 있다.

—김춘수, 『시의 위상』 부분. (II. 183)

앞서 여러 서구 역사학자들에 대한 김춘수의 관심을 살펴보았듯이,
김춘수는 중용의 입장에서 다각도로 역사를 바라보았다. 그렇지만 그
의 역사관에는 위에 인용된 「동지 신채호」에서 보는 바와 같이, 그가
청년시절 만났던 단재 신채호로부터 영향을 받은 아나키즘(Anarchism)
에 뿌리가 있다. 그러나 정작 김춘수 자신은 무장투쟁으로 나아갈 수
없었던 평화주의자였다. 김춘수는 신채호의 아나키즘을 미학적으로
승화하여 절대적인 자유의 정신으로 받아들인다. 자유를 극단까지 추
구하는 아나키즘의 사상은 '개인의 자유'라는 절대적인 명제를 추구하
였던 프랑스 상징주의의 사상 그리고 초현실주의 사상과도 그 근본에
서 조우한다.

김춘수가 위에 인용된『시의 위상』에서 언급하고 있는 브르통(André Breton, 1896~1966)은 초현실주의 선언을 함으로써 그 사상적 기반을 표명한 인물이다. 브르통의 초현실주의 선언은 1924년에 제1차 선언, 1930년에 제2차 선언 이렇게 두 차례에 걸쳐 있었다. 제1차 선언이 미학적 · 예술적 선언이었다면, 제2차 선언은 정치적 · 역사적 선언이었다. 1차 선언이 상상력의 무한한 자유를 선언한 것이었다면, 2차 선언은 무한한 정치적 자유를 선언한 것이었다. 김춘수의 시론에는 초현실주의의 이러한 무한한 자유의 이념이 영향을 미치게 된다. 한국현대시사에서 브르통의 시론을 계승하여 체화하고 발전시킨 시인의 계보로는 이상(李箱), 조향(趙鄕, 1917~1984), 송욱(宋稶, 1925~1980), 김구용(金丘庸, 1922~2002), 이승훈(李昇薰, 1942~2018), 김춘수 등이 있다. 김춘수는 한국 내 초현실주의 시인들의 시론과 자신의 시론 사이에서 치열한 미학적 논쟁을 벌인다. 김춘수는 직간접적으로 국내외 초현실주의자의 영향을 받기도 하였지만, 그들로부터의 영향으로부터 자신을 차별화하기도 한다. 그러한 가운데, 한국현대시사에서 진일보한 시론으로서 김춘수의 시론이 정립되어 나간 것이다. 랭보(Arthur Rimbaud)가 "나는 타자다(Je est un autre)"("Lettre du Voyant")라고 말한 데서 비롯된, '주체도 대상도 없는 시'라는 이념이나, 의식의 모든 의도적인 통제마저 거부하며 내면의 절대적인 자유를 추구했던 초현실주의50)의 이념은 김춘수의 무의미시(無意味詩)에서도 부분적으로 실험되었다.

한편, 신채호는 역사란 "인류 사회의 '아(我)'와 '비아(非我)'의 투쟁이 시간부터 발전하며 공간부터 확대하는 심적 활동의 상태의 기록"51)이

---

50) André Breton,『초현실주의 선언』, 황현산 옮김, 미메시스, 2012, pp.62~70. 참조.

라고 정의한다. 여기서 '아'가 주체를 의미한다면, '비아'는 타자를 의미할 것이다. 이러한 주객의 관계를 기본전제로 설정하는 사유방식은 헤겔의 주객변증법에 기반한 역사관을 연상시킨다. '투쟁'이란 개념은 사회를 투쟁들의 관계로 인식한 한비자(韓非子, BC 270~BC 233)나 홉스(Thomas Hobbes, 1588~1679)를 비롯한 다른 정치사상가에게서도 발견되는 개념이다. 그러나 신채호가 강조하는 투쟁은 호전성을 의미하는 것이 아니라, 외세의 침략을 당한 우리 민족이 패배주의에 빠지지 않으려는 저항의 의미가 강하다. 신채호가 『을지문덕(乙支文德)』(광학서포 (廣學書舖), 1908), 「수군제일위인 이순신전(水軍第一偉人 李舜臣傳)」(대한매일신보(大韓每日新報), 1908), 「동국거걸 최도통전(東國巨傑 崔都統傳)」(대한매일신보, 1909) 과 같은 작품을 통해 을지문덕, 이순신, 최영 등 무인(武人) 중심의 민족영웅서사를 써냈던 것도 저항의 의미로 보아야 하는 것과 마찬가지다.[52] 신채호가 고구려의 을지문덕이나, 고려의 최영이나, 조선의 이순신을 되살려낸 것은 단순히 과거지향적 관심 때문이 아닐 것이다. '과거를 어떻게 바라보는가'와 '현재를 어떻게 바라보는가'의 관점은 한 인물 안에서 일치할 수밖에 없다.[53] 과거를 잘 앎으로써 현재를 정확히 파악하고[54] 미래의 향방을 타진하는 것이다.[55]

그러나 오히려 신채호의 『조선상고사』에서 "심적 활동의 상태의 기록"이란 부분이 지닌 의미적 맥락이 김춘수의 시가 고유하게 존재론적

---

51) 신채호, 『조선상고사(朝鮮上古史)』, 인물연구소, 1982, p.41.
52) 권영민, 「한국 근대문학의 성립」, 『한국현대문학사』 1, 민음사, 2006, pp.92~99.
53) Edward Hallett Carr, op.cit., p.222.
54) Ibid., p.97.
55) Ibid., p.184.

으로 옹립해온 영역에 대한 개념에 가까운 것으로 보인다. 김춘수는 신채호에게 경애(敬愛)의 뜻을 밝히며, 시인의 본분으로 "심적 활동의 상태의 기록"을 자신에게 주어진 소명(召命)으로 삼은 것으로 보인다. 신채호는 "역사는 역사를 위하여 역사를 지으란 것이요, 역사 이외에 무슨 딴 목적을 위하여 지으란 것이 아니"[56]라고 하였다. 그것은 역사가의 임무를 제시한 것으로, 역사가는 역사를 왜곡하는 것을 경계하라는 의미를 담고 있을 것이다. 시의 언어는 역사가의 기록에서 누락된 역사까지 기록하는 언어일 수 있다. 한 존재의 역사체험에 의해 심적으로 각인된 역사는 무의식의 층위까지 침잠했다 떠오르며 시인의 언어로 표현된다. 김춘수는 역사를 시언어의 예술의 영역에서 신화적으로 형상화하는 방향으로 나아간 것이다. 그것은 시인의 눈에 투영된 있는 그대로인 존재사의 기록일 것이다. 김춘수 시에 나타난 신채호 같은 인물은, 요한묵시록에서의 천사가 무서운 형상으로 세상의 타락을 징벌하듯이, 묵시록적 역사 속에서 '선(善)'과 '의(義)'를 상징하는 인물일 것이다.

(2) 김춘수의 '신화적 역사'의 양상과 의미

김춘수는 역사허무주의의 극복을 위해 신화주의를 선택했다고 밝혔다.[57] 구체적인 작품으로 「신화의 계절」을 살펴보면 다음과 같다.

간밤에 단비가 촉촉이 내리더니, 예저기서 풀덤불이 파릇파릇 돋아나고, 가지마다 나뭇잎은 물방울을 흩뿌리며, 시새워 솟아나고,/ 점점(點點)이 진달래 진달래가 붉게 피고,//흙 속에서 바윗틈에서,

---

56) 권영민, *op.cit.*, p.45.
57) 김춘수, 『꽃과 여우』, p.216.

또는 가시 덩굴을 헤치고, 혹은 담장이 사이에서도 어제는 보지 못
한 어리디어린 짐승들이 연방 기어 나오고 뛰어 나오고……//태고연
히 기지개를 하며 산이 다시 몸부림을 치는데,//어느 마을에는 배꽃
이 훈훈히 풍기고, 휘넝청 휘어진 버들가지 위에는, 몇 포기 엉기어
꽃 같은 구름이 서(西)으로 서으로 흐르고 있었다.
    ─김춘수, 「신화의 계절」 전문. (69)

　　김춘수가 자신을 신화주의자로 규정하였으므로 김춘수 연구에는 반
드시 신화비평의 틀이 필요하다. 그동안 크게 중요시되지 않았지만, 그
런 의미에서 「신화의 계절」은 재평가되어야 할 것이다. 한국에서 신화
(神話)라고 하는 개념과 서양에서 뮈토스(Mythos)라고 하는 개념은 같
지 않다. 뮈토스는 문학작품의 서술(narrative)적인 면을 가리키기도 한
다.58) 신화는 좁은 의미로 신 또는 신적 존재에 관한 이야기로 정의된
다.59) 레비─스트로스는 신화를 사상을 전언하는 문학양식의 일종으
로 보며, 신화의 역할은 문화에 내재하는 역설을 매개하거나 부재와 현
존의 간극을 매개하는 데 있다고 본다.60) 김춘수의 「신화의 계절」이나
『처용단장』 같은 작품도 그러한 역할을 하는 것으로 보인다. 신화는 비
유로 묵시를 나타낸다.61) 위의 시는 사실상 김춘수의 여느 시보다도 비
유로 점철되어 있다. 그러나 이 시가 보여주는 장면은 그 어떤 현실도
닮지는 않았다. 그러나 그것은 독자가 충분히 상상할 수 있는 장면이
다. 사실주의가 유사성의 수사학인 직유의 예술이라면, 신화는 동일성

---

58) Northrop Frye, 『비평의 해부』, p.662.
59) Ibid., p.238.
60) Joseph Childers · Gary Hentzi, 『현대 문학 · 문화 비평 용어사전』, 황종연 옮김, 문
　　학동네, 2000, p.291.
61) Northrop Frye, op.cit., p.270.

의 수사학인 은유의 예술이다.[62] 예컨대 '태양신'은 태양을 곧 신과 동일하게 보는 은유 그 자체인 것이다.[63] 위의 시는 그러한 세계에 들어가 있다. 프라이는 신화와 관련하여 시를 단순히 언어로 분류하기보다 이미지의 구조를 가진 인공물로서의 테크네(techne)로 본다.[64] 김춘수의 시가 『처용단장』에 신화주의를 도입했을 때, 의미를 넘어 이미지들의 인위적이고 창조적인 결합으로서의 무의미시를 시도했던 것은 그러한 맥락에서 이해할 수 있다. 김춘수의 신화주의적 시편들에서 발견되는 낙원의 이상적 형상화는 밀턴의 『복낙원(復樂園, *Paradise Regained*)』이 지닌 주제의 위대성[65]과 일면 견주어 볼 수 있다. 그러나 김춘수의 시세계 전반이 일종의 복낙원의 구조라고 볼 수도 있을 것이다. 김춘수의 『거울 속의 천사』와 『쉰 한편의 비가』는 천상적인 존재자(存在者, das Seiende)들이 지상에 임재한 세계를 묵시적으로 보여준다.

송기한은 전술했듯 「신화의 계절」을 에덴동산으로 보았다. 신화의 시간은 태초의 시간을 현재적으로 재현하지만 미래의 시간을 예기하기도 한다. 태초의 시간은 우주의 영점(零點) 상태로서 카오스로부터 시작된다. 인간은 무의식적으로 내면이 카오스로 가득 찰 때, '나는 왜?'라는 존재론적 질문을 던지게 되고, 근원적인 자신의 본질을 자신이 태어나던 순간의 영점 상태로 되돌려 본다. 그 지점에서 존재는 '나는 무엇으로 태어났다'라는 자기지(自己知)를 다시 확인함으로써 자신의 본래성을 회복한다. 태초의 카오스는 현재의 무화(無化)이다. 그렇지만, 그 무화는 존재의 비본질적 상태를 근본으로 되돌리기 위한 과정의 일

---

62) *Ibid.*, p.270.
63) *Ibid.*, p.270.
64) *Ibid.*, p.202.
65) *Ibid.*, p.205.

부이다. 그것은 죽음 이후의 부활과 같다. 여기서 부활은 영적 변화를 상징적으로 표현하는 것이다.

『처용단장』은 그렇게 해서 탄생한 신화이다. 그러나 『처용단장』이 전에 이미 김춘수의 시에는 신화적 역사의식이 있었다. 예컨대 「신화의 계절」이 바로 그러한 시이다. 김춘수는 「신화의 계절」에서 역사를 "태고(太古)"까지 거슬러 올라간다. 이 시는 「밝안제」의 상고시대보다 더 깊은 역사의 연원(淵源)을 그리고자 하는 것이다. 이 시에서는 '풀', '나무', '꽃', '덩굴', '짐승' 등 모든 자연존재들의 생명이 시작되는 순간을 형상화하고 있다. 신화의 자연은 관념적인 자연으로 영원성이 묵시적으로 드러난다.66) 그러한 자연에 둘러싸인 이 시 속의 "마을"은 일종의 아르카디아(Arkadia)이다. 이 시의 장면은 마치 성경의 창세기의 천지창조의 과정 중 셋째 날부터 여섯째 날 사이의 시간을 형상화한 것으로 보인다. 천지창조 중 셋째 날 물과 식물이 창조되었으며, 여섯째 날에 짐승과 인간이 창조되었다. 모든 신화는 본질적으로 '우주창조 신화'의 의미를 내포한다.67) 그러나 반드시 이 시가 천지창조만을 가리키는 것으로 국한되지 않는 것은 "계절" 때문이다. 계절은 순환한다. 마치 자연이 영원할 것처럼 계절은 지나간 시간을 다시 시원의 시간으로 되돌려 놓는다. 위의 시에서 생명이 처음 소생하는 신화의 시간은 태고의 창세기적 시간이기도 하지만, 봄이라는 계절마다 되돌아오는 시간이기도 하다. 역사의 시원에는 원역사(元歷史, prehistory)로서 신화가 있다. 신화에 나타난 역사는 현재와 이접(離接)하고 있는 동시에 연접(連接)하고 있다.68) 김춘수의 「신화의 계절」은 계절의 반복성을 통해 태

---

66) *Ibid.*, p.242.
67) Mircea Eliade, 『종교 형태론 *Patterns in Comparative Religion*』, 이은봉 옮김, 한길사, 2000, p.527.

고(太古)를 현재화한다. 그러한 현재를 '신화적 현재'[69]라고 할 수 있을 것이다. 시간의 흐름을 원래 비가역적(非可逆的)이다. 한번 지나간 시간은 되돌릴 수 없다. 그러나 신화의 시간은 무시간성(無時間性)이다. 물론 무시간성은 신화에만 있는 개념은 아니다. 정신분석에서는 무의식의 시간을 무시간성으로 본다.[70] 신화의 시간은 가역적이다. 지나간 시간이 되돌아올 수 있다. 신화가 되돌리는 것은 역사 이전, 바로 태초의 순간이다. 신화에서의 무시간성이란 낙원의 시간이 역사 너머 태초의 시간에 있음을 의미하는 것이다.[71] 그 신화 안에는 역사와 예술이 하나가 되어 흐르게 된다. 또한, 랜섬에 따르면, 신화는 그 자체로 기상이다. 이 시기의 김춘수의 형이상시는 신화화된 시의 형태로서 존재계를 은유하고 있다. 신화는 서사성을 갖는다. 서사성은 진리를 명제로 드러내는 방식과 또 다른 방식으로 진리를 드러낸다. 명제형식의 진리에서는 타당성의 성립조건으로서의 일치가 중요한 요건이다. 명제진리(命題眞理, Satzwahrheit)는 시 안으로 들어오면, 동일성의 원리를 지닌 은유성으로 나타날 것이다. 그에 반해 신화는 서사로서 환유의 구조로 이루어져 있다. 그러나 그것은 명제진리나 은유와 또 다른 방식의 진리를 드러내는 언어의 구조물이다. 그것은 한 존재의 진리를 밝혀내는 언어가 확장된 형태로서, 존재사를 밝히는 언어를 다루는 것으로 볼 수 있다. 존재사의 진리를 밝히는 언어는 신화라는 서사의 구조 안으로 포섭되어, 한 개체로서의 인간을 뛰어넘는 시간의 질서 안에서 자신의,

---

68) Claude Lévistrauss, 『야생의 사고 La Pensée Sauvage』, 안정남 옮김, 한길사, 1996, p.338.
69) Mircea Eliade, op.cit., p.502.
70) Sigmund Freud, 「무의식에 관하여」, 『무의식에 관하여』, p.192.
71) Mircea Eliade, op.cit., p.543.

존재의 근원을 찾아가는 여로를 통과하는 언어이다. 그러나 신화는 그 자체로 다시 기상으로서의 은유이다. 즉 불일치의 일치이다.

김춘수의 신화는 한민족의 근원에 대한 역사의식이 현대사까지 아우르는 신화적 역사, 역사적 신화의 양태로 드러나는데, 그 역사는 일종의 수난사(受難史)로서, 필연적으로 역사로부터 수직으로 초월할 수밖에 없는 논리를 내포하고 있다. 김춘수에게 수난사로서의 우리 겨레의 역사는 천상계가 지상계를 감싸고 있는 양상으로 드러나는 것이다. 김춘수에게 '예수'는 한국적으로 '처용'으로 변용되는가 하면, '천사'는 천상계를 증거 하려는 듯 지상에 내려온다. 김춘수의 신화적 세계관은 예수와 천사 등 종교적 세계관의 간섭을 받으면서도, 구원은 그렇게 낙관주의적으로 예정되어 있지만은 않다는 인식 아래, 비극성을 지니고 있다. 그러한 의미에서 처용의 울음은 천상을 동시에 울리는 비가를 넘어 레퀴엠이다. 프라이가 신화를 비극적 형식과 희극적 형식으로 구분한 데 따르면, 김춘수의 신화는 비극적 형식이 우세한 것으로 규정될 수 있다.[72]

---

72) Northrop Frye, 『비평의 해부』, p.131.
  <신화의 비극적 형식과 희극적 형식의 구분>

	비극적 형식	희극적 형식
신화	· 디오니소스적 이야기: 죽어가는 또는 고립된 신들에 관한 것. · 효과: 자연의 '엄숙한 공감'. · 주제: 상상력에 의한 인간과 자연의 연결. · 소박한 예: 헤라클레스, 오르페우스, 발데르, 그리스도에 관한 이야기 · 감상적인 예: 『십자가의 꿈』, 킹즐리의 『올턴록』에 있는 발라드.	· 아폴로적인 이야기: 신들의 사회에 의해서 수용되는 주인공들에 관한 것. · 효과: 외적인 세계의 상상적인 비전의 경험. · 주제: 사회의 통합, 구원, 수용. · 소박한 예: 메르쿠리우스, 헤라클레스에 관한 이야기. · 감상적인 예: 『천국편』

거북이 한 마리 꽃그늘에 엎드리고 있었다. 조금씩 조금씩 조심성 있게 모가지를 뻗는다. 사방을 두리번거린다. 그리곤 머리를 약간 옆으로 갸웃거린다. 마침내 머리는 어느 한 자리에서 가만히 머문다. 우리가 무엇에 귀 기울일 때의 자세다. (어디서 무슨 소리가 들려오는 것일까,)

이윽고 그의 모가지는 차츰차츰 위로 움직인다. 그의 모가지가 거의 수직이 되었을 때, 그때 나는 이상한 것을 보았다. 있는 대로 뻗은 제 모가지를 뒤틀며 입을 벌리고, 그는 하늘을 향하여 무수히 도래질을 한다. 그동안 그의 전반신은 무서운 저력으로 공중에 완전히 떠 있었다. (이것은 그의 울음이 아닐까,)

다음 순간, 그는 모가지를 소로시 움츠리고, 땅바닥에 다시 죽은 듯이 엎드렸다.

― 김춘수, 「꽃밭에 든 거북」 전문. (168)

「꽃밭에 든 거북」에서 "거북"은 김춘수의 핵심 테제인 '꽃'과 조응하는 존재로 등장한다. 이 '거북'은 신범순에 따르면, 생명파인 서정주와 유치환을 통해 생명의 기호로서 전해진 것이다.[73] 김춘수의 「꽃밭에 든 거북」은 서정주의 「거북이에게」의 "거북"이 목을 들어 천상을 바라본다는 모티프가 같다. 그렇지만 다른 점이 있다.[74] 김춘수의 '거북'은 천상으로부터의 소리를 들으려 고뇌한다는 점에서 묵상적이며 종교적인 구도자의 분위기를 풍긴다. 김춘수의 '거북'은 묘사적이고, 슬픔에

---

73) 신범순, 「역사의 불모지에 떨어지는 꽃들―꽃의 존재와 역사의 잠」, p.18.
74) 김춘수와 서정주가 비교될 때는 둘의 차이점에도 주의를 필요로 한다. 김춘수는 1946년에 등단하였으므로 서정주와 달리, 김춘수에게는 친일의 논리가 처음부터 성립되지 않는다. 서정주에 대한 비판의 논리로 주목할 만한 주장으로는 남기혁의 논문을 참조할 수 있다.
남기혁, 「서정주의 동양인식과 친일논리」, 『국제어문』 vol. 37, 국제어문학회, 2006.

잠겨 있으며, 상상적으로나마 천상에 이른다면, 서정주의 "거북"은 주술적이고, 열망에 잠겨 있으며, 천상을 바라보지만, 여전히 지상에 있다. 이러한 차이는 김춘수는 『거울 속의 천사』와 『쉰한 편의 비가』에서 천상적 존재인 천사를 지상으로 불러 내리지만, 서정주는 『질마재 신화』에서 자신의 고향에 있는 지상적 존재자(存在者, das Seiende)들을 긍정하며 그 자체를 신화화하는 것과 같은 맥락일 것이다. 이 두 시의 차이는 두 시인이 노년으로 갈수록 극명하게 달라지는 것을 예견하는 전조처럼 보인다. 그렇지만 김춘수에게서도 '거북'은 질긴 인고의 생명력과 바다에서 오는 존재라는 상징성을 갖는다.

　－진(辰) 땅에는 예로부터 「불근」이란 신도(神道)가잇서, 태양을 하느님이라하여, 섬겻스니, 옛날의 임금은 대개 이 신도의 어른이니라

　벌 끝에 햇불 날리며, 원하는 소리 소리 하늘을 태우고, 바람에 불리이는 메밀밭인 양 태백의 산발치에 고소란히 엎드린 하이얀 마음들아,

　가지에 닿는 바람 물 위를 기는 구름을 발 끝에 거느리고, 만년 소리없이 솟아오른 태백의 멧부리를 넘어서던 그날은,

　하이얀 옷을 입고 눈보다도 부시게 하늘의 아들이라 서슴ᅙ지 않았나니, 어질고 착한 모양 노루 사슴이 따라,

　나물 먹고 물 마시며, 지나 새나 우러르는 겨레의 목숨은 하늘에 있어,
　울부짖는 비와 바람 모두모두 모두어 제단에 밥 들이고,

벌 끝에 횃불 날리며 원하는 소리 소리 상달 희맑은 하늘을 태우
도다.

—김춘수, 「밝안제」 전문. (74)

　　김춘수의 '거북'의 상징성에서 드러난 생명의 영속성에 대한 지향은
'만년(萬年)'이라는 역사적 상징을 통해 개인의 시간에서 역사의 시간
으로 확대된다. 그 대표적인 작품이 「밝안제(祭)」이다. 신범순은 '거북'
과 '만년'이 한민족(韓民族)의 일본 제국주의에 대한 저항의 의미가 있
다고 주장한다.[75] 앞에서 「동지 신채호」 등 김춘수의 신채호와 관련된
시편들에서 예증한 바와 같이, 김춘수 초기시의 역사의식에는 신채호
의 사상의 영향이 짙게 스며있다. 신채호의 『조선상고사』에 따르면, 한
민족은 고대 동아시아의 우랄알타이어족(―語族, Ural-Altaic language
s)의 한 갈래인데, 파미르고원(―高原, Pamir Plat)이나 몽고사막(蒙古沙
漠)으로부터 동래(東來)하여 불함산(不咸山), 즉 현재의 백두산(白頭山)
에 정착한 다음, 광명(光明)을 상징하는 조선(朝鮮)이란 이름을 국호로
정하면서, 고조선(古朝鮮)의 역사를 갖게 되었다.[76] 그러한 맥락에서
김춘수의 「밝안제」는 시어나 문맥으로 보아, 신채호의 『조선상고사』
에 나타난 우리 겨레의 시원적 순간을 시화한 것으로 해석될 수 있다.
신채호의 『조선상고사』에 따르면, 상고시대에 우리 겨레는 태백산에
서 광명을 숭배하는 제(祭)를 올렸다.[77] 제의가 언어와 논리, 그 이전의
것이라면, 신화는 제의에 의미와 서술성을 부여하여 하나의 꿈을 사회

---

75) 신범순, 「생명파 사상의 마지막 양상과 해방 후 계승적 맥락」, 『한국현대시강독 강
　　의자료집』, pp.11~12.
76) 신채호, 『조선상고사』, pp.87~88.
77) Ibid., p.90.

가 용인하는, 승화된 형태로 나타내 보이는 것이다.[78] 김춘수의 「밝안 제」라는 제목의 의미도 "태백"이라고 명시된 영토에 마련된 "신도(神 道)"라는, 신성한 공간에서 올리는 제(祭)의 이름인 것이다. 이 시에서 "불근", "태양", "횃불", "밝안"은 모두 원형상징적으로 '불'의 상징성을 띤 양태들로 나타나 있다. 신채호는 농경민족인 우리 겨레가 불로 농토 를 개척하였기 때문에 그 땅을 '불'이라 불렀다고 주장한다.[79] 이 시에 서 "벌 끝의 횃불"이 바람에 번져 "메밀밭"을 일구어내는 장면은 오랜 역사 속에서 우리 겨레가 생존을 위해 벌여야 했던 거룩한 의식의 장면 일 것이다. 농업혁명이 국가의 성립으로 이루어진 것이라는 관점처 럼,[80] 이 시에서 "신도의 어른"인 "임금"이 다스리는 땅은 농경민족이 꿈꾸는 풍요로 그득하다. 그리고 이 땅의 민초들을 시인은 "하이얀 마 음들아"라고 호명하고 있다. 이들은 마치 천상적 존재처럼 "물 위"를 거뜬히 건넌다. 전술된 바와 같이, 『주역』에서 동인(同人)이란, '사람들 과 함께함'을 의미하는 개념[81]이다. 『주역』에는 사람들과 함께하면 강 도 무사히 건널 수 있다고 하였다.[82] 하나의 나라를 이루고 바람과 구 름을 거느리며 물과 산을 넘는 이 시 「밝안제」의 한 장면은 『주역』의 그러한 구절과 상통한다. 나아가 『주역』은 "천여화 동인(天與火 同人)" 이라 하여 하늘과 불은 동인을 돕는다고 하였다.[83] 물은 역경을 극복하 는 것을 상징한다면, 불은 사람을 모으는 것을 상징한다. 그러한 맥락

---

78) Northrop Frye, 『비평의 해부』, pp.221~222.
79) 우리 겨레의 최초의 근거지인 부여(夫餘)도 '불'의 음역(音譯)이라고 한다.
  Ibid., pp.88~90.
80) 柄谷行人, 『세계사의 구조 世界史 の 構造』, 조영일 옮김, 도서출판 b, 2012, p.113.
81) 王弼, 『주역(周易) 왕필 주』, p.124.
82) *Loc. cit.*
83) *Ibid.*, p.125.

에서 「밝안제」의 불의 원형 상징이 지닌 의미는 농경민족의 존엄한 생존, 그것도 더불어 존재함으로써 가능한 생존 그 자체를 상징하는 것이다. 그러나 그것이 전부는 아니다. "하이얀 옷"과 "희맑은 하늘"의 백색(白色)의 원형 상징은 고결한 순결성과 염결성(廉潔性)을 의미한다. 프라이에 따르면, 제의는 뮈토스, 즉 신화의 원형이다.[84] 원형적 양상에서 문학 장르로서의 신화는 제의와 꿈을 결합한다.[85] 「밝안제」에서 '불'과 '흰색'의 원형상징은 "노루 사슴"과 "나물" 등, 약육강식이 없는, 신화적 낙원의 이미지와 연결된다. 그리고 그러한 낙원의 이미지는 곧 평화의 상징이다. 김춘수 시의 존재생태계(存在生態界)[86]는 이 땅의 무수한 식물들이 인간과 교유하는 이미지로 이루어져 있다. 김춘수의 「밝안제」의 "진(辰)"은 역사학적으로 한민족이 한반도 내부에 정착하여 등장한 부족국가이다. 현재 김춘수의 고향인 통영은 한국의 고대사(古代史)에서 변한(弁韓, 卞韓)과 가야(伽倻)의 영토였다. 신채호는 변한이 '불한'의 이두자(吏讀字)로서 천사(天使)를 의미한다고 주장한다.[87] 김춘수가 천사와 최초로 만난 것은 유년시절 호주 선교사를 통해서였다. 그렇지만 그의 고향, 통영의 한려수도는 그 자연과 역사 위에 이미 천사가 지상에 내려와 있는 이미지로 겨레의 무의식에 투영돼 김춘수에게 전해진 것일 수 있다. 요컨대, 위와 같은 논증에 따라, 「밝안제」는

---

84) Northrop Frye, 『비평의 해부』, p.222.

85) *Ibid.,* p.241.

86) 존재생태계는 신범순이 처음 창안한 개념어이다. 존재생태계는 인간과 자연이 서로 상생적으로 공존하자는 관점에서 인간존재와 자연존재를 동등한 지위에 놓은 개념으로서 의의가 있다. 또한, 자본주의와 과학의 시대인 현시대에 인간과 자연이 도구적으로 전락하는 것에 대하여 근본적으로 저항하되, 그 저항이 해체나 파괴의 방식이 아니라 창조의 방식이라는 점에서 상당히 의미 있는 개념이다.
신범순, 『노래의 상상계』, 서울대학교 출판문화원, 2011, p.ix.

87) 신채호, *op.cit.,* p.92.

「신화의 계절」과 마찬가지로 또 하나의 신화라고 할 수 있다.

　김춘수 시에 나타난 신화도 하나의 관념이라는 점에서 형이상학적이다. 랜섬은 신화를 일종의 형이상시로 보았다. 그러한 의미에서 김춘수의 신화적 시편들도 형이상시라고 할 수 있다.

　김춘수의 시편들에는 푸가의 기법[88]과 같이 음악적으로 반복 · 변주되는 시편들이 많다. 예컨대, '소설 「처용」─ 시 『처용단장』─ 소설 『꽃과 여우』'는 일평생 반복 · 변주되는 김춘수 자신의 신화일 것이다. 김춘수는 자신의 삶을 신화적 지위에 올려놓음으로써 예술화한다. 김춘수의 시편들에는 하나의 이데아로서 천상계가 지상계에 내려온 듯한 이미지가 한려수도의 천사와 같은 바다의 이미지로 나타난다. 이러한 이미지는 그의 시세계 전반에 하나의 토포스(topos)로 반복 · 변주된다.

　　이것이 무엇인가? 할아버지의 할아버지의 그 또 할아버지의 천년 아니 만년. 눈시울에 눈시울에 실낱같이 돌던 것. 지금은 무덤가에 다소곳이 돋아나는 이것은 무엇인가?/내가 잠든 머리맡에 실낱 같은 실낱 같은 것. 바람 속에 구름 속에 실낱 같은 것. 천년 아니 만년, 아버지의 아저씨의 눈시울에 눈시울에 어느 아침 스며든 실낱 같은 것. 네가 커서 바라보면, 내가 누운 무덤가에 실낱 같은 것. 네가 커서 바라보면, 내가 누운 무덤가에 실낱 같은 것. 네가 커서 바라보면, 내가 누운 무덤가에 실낱 같은 것. 죽어서는 무덤가에 다소곳이 돋아나는 몇 포기 들꽃……/이것이 무엇인가? 이것이 무엇인가?
　　　　　　　　　　　　　　　　　　　　─김춘수, 「눈물」 전문. (68)

　이리로 오너라. 단둘이 먼 산울림을 들어 보자. 추우면 나무 꺾어

---

88) 푸가의 기법은, 예컨대, 셰익스피어의 극들에 자주 나타난다.
　　Northrop Frye, *op.cit.*, p.229.

이글대는 가슴에 불을 붙여 주마. 산을 뛰고 산 뛰고 저마다 가슴에 불꽃이 뛰면, 산꿩이고 할미새고 소스라쳐 달아난다./이리와 배암떼는 흙과 바윗틈에 굴을 파고 숨는다. 이리로 오너라. 비가 오면 비 맞고, 바람 불면 바람을 마시고, 천둥이며 번갯불 사납게 흐린 날엔, 밀빛 젖가슴 호탕스리 두드려보자./아득히 가 버린 만년(萬年)! 머루 먹고 살았단다. 다래랑 먹고 견뎠단다.…… 짙푸른 바닷내 치밀어 들고, 한 가닥 내다보는 보오얀 하늘……이리로 오너라. 머루 같은 눈알미가 보고 싶기도 하다. 단둘이 먼 산울림을 들어 보자. 추우면 나무 꺾어 이글대는 가슴에 불을 붙여 주마.

— 김춘수, 「숲에서」 전문. (71)

솔개미며 수리랑 오소소 부는 밤에 휘휘 쫓겨가고, 눈보라 매운 햇살 천동이며 번갯불이 백화(白樺)와 장송(長松)을 후다닥 몰아갔다.//사나운 시절 뿔뿔이 날아가고, 뉘가 닦았는지 이랑 같은 풀섶 길. 삭은 바위 위에 이끼만이 미끄러워, 오소리 도마뱀 둥개이며 살았고 푸르른 하늘 아래 이름 모를 꽃이 피며, 철 어긴 나비 날고, 봄은 오고 봄은 가도 텅 비인 한나절,//골골에 물소리도 살살살 멀어진데 몇 만년 흘러서 옛소리 들을는고, 도사리고 늘어진 꽃 같은 구름.

— 김춘수, 「푸서리」 전문. (72)

화사한 옷자락을 스스로 울며, 울렁이는 가슴을 스스로 울며, 아득히 만년(萬年)은 흘러갔도다.//푸르른 하늘. 흐르는 구름엔들, 안타까운 울음은 스미었거늘, 초록빛 변두리엔 하이얀 물방울이 널리었도다.//산을 가면 물소리. 들로 가면 물소리. 고요히 숨쉬는 누리 — 위에도/고소란이 세월은 스쳐갔구나.//한아름 돋아나는 풀이파리에 희맑은 사슴의 눈동자에도, 이슬인 듯 눈물은 맺치었거늘,//답답한 가슴을 몸부림치며, 밤과 낮, 사모치는 소리로, 만년을 너 홀로 울음 울었도다.

— 김춘수, 「동해」 전문. (73)

김춘수의 신화적 역사가 드러난 시는 지속적으로 창작된다. '만년'에 대한 시편으로는 「밝안제」이외에도 「눈물」, 「숲에서」, 「푸서리」, 「동해」가 더 있다. 김춘수가 위의 시편들에서 시공간을 '지금—여기'를 넘어 시원으로 확장하는 것은 자신을 역사적 존재로 자각하고, 자신의 상속성과 보편성을 확인해보고자 하는 존재론적 노력이다. 김춘수의 이러한 역사의식에 비추어 보았을 때, 그의 등단작이 해방 1주년 기념으로 나온 『날개』에 수록되었던 것은 문학사적으로 상징적이다. 또한, 위의 시편들은 대부분 시집으로 상재되기 이전인 1947~1948년에 동인지 『로만파(浪漫派)』에 수록된 시편들이었다. 김춘수 시의 역사는 신화적으로 상징화되고 심미화되었다. 그래서 김춘수의 시의 근저에는 민족성이 녹아 있으면서도 그것을 뛰어넘는 보편성이 동시에 녹아 있다. 김춘수의 시세계가 한국현대시사(韓國現代詩史)에서 성숙의 단계를 대표한다는 것은 이렇듯 미학적인 차원에서뿐만 아니라 사상적인 차원에서도 그러하다. 김춘수의 '만년'의 시편들을 비롯한 역사적 시편들의 가치가 시사적으로 재평가되어야 한다.89)

1//사양 알타이 넘어서/벅찬 멧부리 갈래 뻗은 허릿등에 은사(銀蛇)인 양 굽이치는 실하(河)를 넘어서/벌도 다하는 곳에//하늘보다 검푸른 아랄의 물구비/바다만큼 짙푸른 인도라의 성벽/태양에도 내음새/안뿌라의 꽃//티무울 무덤을 밟고 간 순례의 무리가/진종일 울

___

89) 그러나 여기서 더 나아가 염두에 두어야 할 것은 김춘수의 시력이 1946년~2004년까지 무려 반세기가 넘는다는 사실이다. 그 사이에 그의 시의 경향에도 변화가 계속된다. 『타령조』, 『낭산의 악성』, 『처용단장』이 쓰인 시기는 민족성의 색채가 가장 강하게 나타났던 시기이다. 그러나 그는 21세기의 세계화된 지식정보사회까지 내다보았다. 그는 그러한 시대상을 관찰하면서 세계정부의 등장까지 내다본 코즈모폴리턴이기도 했다. 김춘수는 민족성과 세계성 사이의 대화에 능통한 시인이었다.

리이던/이교 종소리//서울 사말칸트/종려수 이파리 한들이고/인더스 간제스 천산(天山)을 불어오는/아아 애틋이 면면한 아라비아 피릿가락//2/눈이 무엇인들 보았으랴/귀가 무엇인들 들었으랴//보기 위하여/눈을 감을려고 하는구나/듣기 위하여/귀를 막을려고 하는구나//―어리석음이라/뉘 감히 풀이할 수 있었을까―//눈 감을수록/귀 막을수록/돌돌돌 감돌아드는 것/잎과 가지 사이/안타깝게 한들이는/이는 애촛때 땅과 하늘이 맺은/홀홀(忽忽)한 약속이려니//너에게 가장 알맞은 것/이것을랑 간직하라//그가 쉬다가면/꽃 이운 뜰 안에/함초롬 향기는 부럽지 않은가

―김춘수, 「바람결」 전문. (76~78)

중앙아세아 아한대지방의/늪 속에 사는 거머리,/거머리가 붕으로 화(化)하는 동안/우리가 지레 보는/우리 영혼의 상공을 덮는/거대한 날개,/날개가 던지는 미지의 그림자다.

―김춘수, 「붕(鵬)의 장(章)」 부분. (222)

흑해에서 만난 바람,/그리고 고비사막에서도/중앙아세아에서도 만난 바람/우랄 알타이의 구름 비 천둥,/장백산맥을 넘어서면서 한번 울고/천년을 잠자다 문득 깨난/아라비아산 나마(裸馬) 일필(一匹)/얼마나 마음 다급했으면/운주는 경주 박물관/유리상자 안에 걸어둔 채/오늘은 해 저무는 감포(甘浦) 앞바다를/멀리멀리 달리고 있다./달리고 있다.

―김춘수, 「운주(雲珠)」 전문. (350)

과벽탄(戈壁灘)//고비는 오천리 사방이 돌밭이다. 월씨(月氏)가 망할 때, 바람 기둥이 어디선가 돌들을 하늘로 날렸다. 돌들은 천년만에 하늘에서 모래가 되어 내리더니, 산 하나를 만들고 백년에 한 번씩 그들의 울음을 울었다. 옥문(玉門)을 벗어나면서 멀리 멀리 삼장법사 현장도 들었으리.//**명사산(鳴沙山)**//그 명사산 저쪽에는 십년에

한 번 비가 오고, 비가 오면 돌밭 여기저기 양파의 하얀 꽃이 핀다.
봄을 모르는 꽃. 삭운(朔雲) 백초련(白草蓮). 서기 기원전 백이십년.
호(胡)의 한 부족이 그 곳에 호(戶) 천오백칠십, 구(口) 만사천백, 승
병(勝兵) 이천구백십이 갑(甲)의 작은 나라 하나를 세웠다. 언제 시
들지도 모르는 양파의 하얀 꽃과 같은 나라//누란.
- 김춘수, 「누란(樓欄)」 전문. (434)

김춘수는 위에 인용된 「바람결」, 「붕의 장」, 「운주」, 「누락」에서 한
민족이라는 겨레를 호명하면서도, 겨레보다 더 큰 유대의식을 보여준
다. 그는 시에서 한반도로부터 흑해에 이르는 광활한 지역 전체를 자신
의 신화적 역사의 공간으로 삼는다. 그것은 김춘수의 초기 시에 나타난
역사의식에 유치환을 경유하여 신채호의 사상이 전해져 있기 때문이
다. 신채호는 '역사적 아(我)'의 주체성을 지키기 위해서는 시간적 차원
에서는 생명의 상속성을 잃지 않아야 하며, 공간적 차원에서는 영향의
보편성을 잃지 않아야 한다고 주장한다.[90] 「바람결」에서는 "알타이"-
"아랄"-"인도라"-"사말칸트(사마르칸트)"-"인더스"-"아라비아"가
그 시적 공간이다. 「운주」에서는 "흑해"-"고비사막"-"우랄 알타이"-
"장백산맥"-"경주"가 그 시적 공간이다. 「붕의 장」에서는 "중앙아세
아"에 우리 영혼의 상징인 "붕"의 흔적이 비침을 보인다. 「누란」에서는
지금은 황폐한 그 지역에 찬란한 역사가 있었음이 회고된다. 시 안에
등장하는 시어들을 종합해 보면 알타이를 중심으로 펼쳐진 아시아의
대륙을 형상화하고자 한 김춘수의 의도가 분명히 보인다. 위의 시편들
에는 알타이어족의 역사적 공간이 광활하게 무대화되어 있는 것이다.
김춘수는 신채호처럼 한민족이 우랄알타이어족이라는 뿌리에서 나온

90) 신채호, *op.cit.*, p.42.

하나의 갈래라는 역사적 인식을 가진다.[91] 신채호는 시간적 차원에서 '역사적 아(我)'를 찾는 것은 최초의 문명의 기원을 묻는 데서 시작되어야만 한다고 주장한다.[92] 김춘수의 이러한 역사에 대한 주체적 의식은 그동안 연구사에서 소외되어 온 경향이 있다. 그러나 김춘수의 이러한 역사의식이 뿌리가 되어있었기 때문에 그가 현대사의 폭력성에 저항할 수 있는 강인한 내성(耐性)을 가졌던 것임은 분명하다. 이러한 역사를 시화하는 것 자체가 김춘수에게는 폭력의 역사에 대한 저항이자 새로운 역사의 창조였다.

김춘수의 「언어(言語)·종교(宗教)·인종(人種)」은 그의 동양에 대한 인식을 개괄적으로 보여주는 수상(隨想)이다. 김춘수는 극동(極東) 아시아의 한국·중국·일본을 한문문화권(漢文文化圈)으로 보는 보편적 관점에 동의하면서, 동시에 이슬람 문화권과 인도 문화권도 같은 동양이라는 범주에서 문화적 동류의식을 갖는다고 하였다.[93] 다만, 그는 이슬람 문화권과 인도 문화권은 종교가 삶을 지배하는 영향력이 강하여 극동아시아의 문화권과는 현실적으로는 큰 차이가 있다고 보았다. 그러나 무엇보다도 그는 한민족이 단일인종·단일민족이라고 하였다. 그는 아시아 전체에 대한 동류의식과 함께 민족의식을 가지고 있었다.

김춘수의 이러한 시와 수상은 최근에 진행되는 담론을 심화하는 데 도움을 줄 것으로 판단된다. 김춘수의 시에서 이처럼 한반도부터 흑해까지 광활하게 펼쳐 보여주는 것은 들뢰즈의 노마드(Nomad) 개념처럼

---

91) 신채호는 고대 동아시아에서 한민족은 '우랄어족'이었음을 상기시킨다. 그런데 여기서 '우랄어족'이란 '우랄알타이어족'을 가리키는 것으로 보는 것이 옳을 것으로 판단된다. *Ibid.*, p.87.
92) *Ibid.*, p.43.
93) 김춘수, 「언어(言語)·종교(宗教)·인종(人種)」, 『김춘수 전집 3 — 수필』, pp.285~286.

탈경계(脫境界)의 사유를 보여주는 것일 수 있다.94) 신범순은 해체주의보다 창조적인 개념을 제안한다. 그는 겨레의 역사와 문화를 보위해 줄 생명의 경계를 창조하는 데까지 나아가는 것이다.95) 또한, 그것은 한겨레만이 아니라 이웃 나라나 이웃 겨레와 평화로운 관계 속에서 추구되어야 한다. 즉, 최근의 국제적인 다문화주의(multiculturalism)는 공생을 지향해야 할 것이다.96)

김춘수는 점차 『라틴점묘 · 기타』에서는 그리스—로마—스페인 중심의 라틴 문명권을, 그리고 『들림, 도스토옙스키』에서는 러시아 문명권을 자신의 시 세계로 끌어들인다. 김춘수는 전통에 대해 현대적으로 실험한다는 자부심을 지니고, 다른 문명권과의 교섭 또한 활발히 하였다. 그 첫 단계가 이 절의 시편들이 보여주는 광활한 '만년(萬年)'과 '알타이'의 상상력이다. 광활히 펼쳐지는 김춘수의 '만년'과 '알타이'의 시편들은 신채호의 사관으로부터 영향을 받아 김춘수 나름대로 당대의 현실을 신화적 역사에 대한 상상력으로 극복하려 한 일례들이다.

2. '퓌시스'와 조화로서의 존재사의 형성 — '처용'의 시편 ①

김춘수는 시작(詩作)은 인격의 발견과 형성이자 또한 인격의 파괴와 재형성이라고 하였다.97) 이와 같이 김춘수는 처용(處容)에 관심을 지니게 된 계기 또한 악(惡)에 대한 문제, 즉 윤리적인 문제에 있다고 하였다.98)

---

94) 신범순, 「동아시아 근대 도시와 문학」, 『동아시아 문화 공간과 한국 문학의 모색』, 어문학사, 2014, p.16.

95) *Ibid.*, p.17.

96) 蘭明, 「'지리'와 '역사'의 사이로 일어서는 '지(知)'의 초상—'동아시아 문학'의 위상 또는 '세계 문학'의 행방」, 『동아시아 문화 공간과 한국 문학의 모색』, p.40.

97) 김춘수, 「의미와 무의미」, 『김춘수 시론 전집』 I, p.639.

처용의 존재가 처음 등장하는 문헌은 일연(一然, 1206~1289)의『삼국유사(三國遺事)』이다.『삼국유사』의 '처용랑망해사조(處容郎望海寺條)'라는 설화 안에 들어있는 향가(鄕歌)「처용가(處容歌)」가 처용이 최초로 문학적으로 형상화된 작품이다.「처용가」는 신라 헌강왕(憲康王, ?~886)이 재위 중일 때 창작되어 현재까지 전래된다. 향가「처용가」는 고려가요(高麗歌謠)「처용가」로 발전된다.「처용가」는 고려시대와 조선시대에 벽사의례(辟邪儀禮)의 일종인 나례(儺禮)에서 처용가무로 실연(實演)되었다. 조선시대 성종(成宗) 24년에 성현(成俔, 1439~1504) 등에 의해 편찬된『악학궤범(樂學軌範)』(1493)에「처용가」의 가사가 한글로 실려 있다. 이처럼「처용가」는 고대부터 한국시사(韓國詩史) 전체를 관통하는 작품이다.

신범순은「처용가」가 조명된 시대상을 통해 그 의의를 밝힌다. 그는 신라의 불교와 조선의 유교가 대자연의 신비로운 치유력을 가지고 있지 않기 때문에 국운이 쇠해졌을 때, 헌강왕이나 고종이「처용가」를 불러내었다고 주장한다.[99] 그는 처용이 신라의 멸망 이후에도 고려와 조선에 처용무와 처용가의 형태로 계승된 것은 지배체제로서의 '국가(國家)'와 구별하여, 자연 존재생태계의 구획으로서의 '나라'가 있다는 증거라고 본다.[100] '나라'라는 개념은 19세기 이후부터 현재까지 세계사적으로 보편화된 근대적 국가관인 네이션―스테이트(nation-state)의 쇠퇴 경향[101]에 대하여 새로운 대안(代案)이 될 수 있다. '나라' 개념은 인간과 자연이 하나의 존재계 안에 공존하는 윤리에 의해 성립되는 개

---

98) *Ibid.*, p.646.
99) 신범순,『노래의 상상계』, p.293
100) *Ibid.*, pp.265~268.
101) 柄谷行人,『네이션과 미학』, 조영일 옮김, 도서출판 b, 2012, p.62.

념으로, 우주의 근본적 질서에 부합할 뿐 아니라 미래지향적이기도 하다. 김춘수가 「꽃」 계열의 형이상학적 시편들을 완성한 다음 다시 「타령조」 연작과 「처용단장」 연작의 실험에 들어간 것도 거시적인 관점에서는 근대성의 한계에 대한 극복의 시도로 볼 수도 있다. 김춘수는 자신의 시작 초기에 관념성을 추구하였지만, 그것만으로는 자신의 존재 근저에 실재하는 무의식적인 어떤 것에 도달하는 데는 한계가 있다고 판단한 것으로 보인다. 「처용단장」 연작은 김춘수 일생일대의 시적 자서전이다. 그 시작은 단편소설 「처용」이었다. 그는 단편소설 「처용」을 통해 유년기로 회귀한다.102) 그 양상을 자세히 살펴보면 다음과 같다.

(i) 그는 호주라고 하는 먼 섬에서 온 예수교의 선교사라고 그랬다. 우리가 다니는 유치원은 그가 세운 것이라고 그랬다.

[중략]

일본애들의 소학교와 우리들의 보통학교는 운동장이 서로 잇닿아 있었다.

[중략]

"임마, 니 웃학곤 서울 간다지, 앙이 임마?"

(ii) 아랫도리를 다 적시고 더운 김이 가셔지자 그쯤에서 소리를 내고 울어야 할 것 같았다./가랭이를 기워오라고 한 처녀선생님이 달려왔다.

[중략]

"저 똥 봐라!"

할머니는 대문을 쳐닫고 아이들이 들어오지 못하게 했다. 처녀선생님은 뒤로 돌려세우고 수건에다 물을 묻혀 씻어주었지만, 그녀는

---

102) 김춘수의 작품 중에서 유년을 자전적으로 소재로 삼은 경우는 「집 · 1」(『기(旗)』), 「유년시(時)」 1 · 2 · 3 (『타령조 · 기타』) 등이다.

바로 세우고 손으로 물을 끼얹어 주고 손으로 마구 문대기도 하였다.

(iii) 계집애는 게가 거품을 뿜는 것이 더럽다는 것이었다. 왜 더러
우냐고 물어도 더러우니까 더럽다는 것이었다. 더럽다는 것은 무슨
뜻일까?/계집애는 게를 발로 가만히 밟아 눌렀다.
[중략]
언젠가 녀석이 구렁이를 잡는 것을 보았다. 처음에는 돌멩이를
던졌다. 다음에는 꼬챙이 끝으로 눈깔을 푹 쑤셨다.

(iv) "임마 너 뒷산에서 그거 했지, 임마 자식아!"
[중략]
녀석은 어떤 모양으로 죽었을까? 죽기 며칠 전에 녀석과 변소간
에서 마주쳤다.
－김춘수, 「처용」부분.103)

(v) 프로이트는 <문명이 행복을 방해한다>고 했다. 에고가 이드
를 억압한다는 말이다. 그렇다면 자유롭게 풀어놓는 것이 상책이다.
이때의 자유는 개인의 자유, 즉 개인주의에 연결된다. [중략] 그런 사
회는 호이징가의 호모 루덴스 철학에 연결된다. 노동이 무용이 되는
사회 말이다.
－김춘수, 『꽃과 여우』부분.104)

(vi) 어린 시절을 영원히 잃어버리고 싶지 않다며 어린 시절 역시
어떤 식으로든 다시 한번 살아나야 할 것이다. 그런데 내가 어린 시
절을 잃어버렸다는 것을 생각하자 이제 의지할 것을 결코 얻을 수
없으리라는 것을 느꼈다.
[중략]

---

103) 김춘수, 『김춘수 전집 3 - 수필』, 문장사, 1983, pp.411~431.
104) 김춘수, 『꽃과 여우』, pp.142~143.

그 후로 나는 죽음의 공포에 대해서 많은 생각을 했다. 물론 나 자신의 경험을 함께 고려하면서 말이다. 죽음의 공포를 느꼈다고 말할 수 있을 것이다. 그 공포는 번잡한 도시의 사람들 사이에 있을 때 종종 아무런 이유도 없이 나를 덮쳤다.

[중략]

그러나 혼자 있을 때도 나는 두려움을 느꼈다. 죽음에 대한 두려움에 시달리다가 일어나 앉아서는 적어도 앉아 있으면 살아 있는 것이라고, 죽은 사람은 앉지 못하는 법이라고 애써 자위하던 밤들이 있었음을 부인할 필요는 없을 것이다. 그것은 대개 지금처럼 우연히 묵게 된 방에서 일어났다. 그 방들은 내가 형편이 안 좋을 경우 자신들이 취조를 당하거나, 내 일에 말려 들어갈지 모른다는 불안을 느끼는지 나를 외면했다.

— Rainer Maria Rilke, 『말테의 수기』 부분.[105]

김춘수가 자신의 첫 자전적 소설로 선언한 「처용」은 통영에서의 유년 시절을 소재로 삼고 있다. (vi)에서 보는 바와 같이 김춘수의 자전적 소설 「처용」은 릴케의 자전적 소설 『말테의 수기』에 상응한다. 유년기의 성(性)을 다루고 있는 이 작품은 (v)에서 보는 바와 같이, 김춘수가 프로이트에 대해 언급한 데 해석의 실마리가 있다. 김춘수는 문명이 정신을 억압한다는 프로이트의 말을 빌려, 김춘수 자신이 자유와 놀이를 지향하게 된 동기를 말한다. 그러면서 그는 예술의 본질을 놀이로 본 하위징아(Johan Huizinga, 1872~1945)[106]를 따르고자 한다. 여기서 칸트 또한 예술의 본질이 놀이(Spiel)[107]라던 주장이 상기된다. 그러한 주

---

105) Rainer Maria Rilke, 『말테의 수기-릴케 전집 12』, 김용민 옮김, 책세상, 2000, pp.171~176.
106) 한편, 김춘수의 시 「서가」(『거울 속의 천사』)에서는 하위징아의 『중세의 가을』이 언급된다.
107) Immanuel Kant, 『판단력 비판』, pp.74~77, pp.215~218.

장은 칸트가 예술의 자율성을 인정하고 옹호하는 차원에서 비롯되었으며, 그러한 주장이 현대의 미학관에 지대한 영향을 미친 것은 주지의 사실이다. 이 놀이는 영어로 'play'의 의미, 즉 자율적인 작용을 의미한다. 이러한 논의를 존재론으로 발전시키면, 하이데거는 존재의 본질 또한 존재자(存在者, das Seiende)에게 스스로 다가와 관계를 맺는, 놀이(Spiel)와 같은 요소가 있다고 하였다.108) 요컨대, 김춘수가 성에 대한 억압으로부터 벗어나 놀이를 예술의 영역에서 시도해보고자 했던 작품이 바로 소설「처용」이다. 성(性, die Geschlechtlichkeit)은 죄성(罪性, die Sündigkeit)을 동반한다.109) 이 작품 소설「처용」에는 성과 죄성 사이의 미묘한 갈등의 심리가 잘 나타나 있다. 이 작품은 자전적이기 때문에 작가에 대한 정신분석적 비평의 접근도 가능하다. 그러나 본고는 시를 연구의 범위로 설정하였으므로, 소설「처용」에 대해서는 개략적으로 논의하도록 한다.

먼저, (i)에 나타난 소설 내용상의 정황을 김춘수의 연보(年譜)와 대질해 보면, 이 소설의 시간적 배경은 김춘수가 호주(濠洲)에서 온 예수교의 선교사가 운영하는 유치원을 다녔던 시절부터 통영공립보통학교를 거쳐 서울의 경기공립중학교에 진학하기 직전까지의 시기이다. 이 소설은 처음부터 끝까지 남아(男兒)의 실금(失禁) 모티프를 반복적으로 보여준다. 주인공 '나'는 정신분석학적으로 오이디푸스 콤플렉스기를 지난 다음 전성기기(前性器期)를 거쳐 제2차 성징이 나타날 즈음까지 성장해 가는 소년이다. 그 시기를 주인공 '나'가 유치원생이던 시절과 보통학교 학생이던 시절, 두 부분으로 나누어 분석해 볼 수 있다. (ii)에

---

108) Martin Heidegger,「형이상학의 존재-신-론적 구성틀」,『동일성과 차이』, p.58, p.270.
109) Søren A. Kierkegaard,『불안의 개념』, p.183.

서 보면 소년이 실금하여 "처녀선생님"이나 "할머니"가 아랫도리를 벗기고 닦아주는 모티프가 나온다. 이러한 배뇨성애(排尿性愛)는 유년기적 남근성애(男根性愛)110)의 변형이다. 성인 남자의 경우 성(性)이라는 자신 안의 물자체적(物自體的) 실재(實在)에 대하여 두려움을 가지며 그것을 이성적(理性的)으로 통제하도록 훈련된다. 그러나 유치원생 소년에게는 아직 성(性)의 함의에 대한 이해도 두려움도 없다. 이러한 장면에서 유치원생 소년은 탈성화(desexualization)111)된 무성애적(asexual) 존재라는 것을 확인할 수 있다. 들뢰즈는 무성(無性)의 인간의 메저키스트적 면모를 보면서 그러한 성향의 인간에게서 이상주의의 가능성을 발견한다.112) 그러한 점은 처용 또한 거세된 자이면서 음악의 신인 것과도 상통한다고 볼 수도 있다. 천사, 신, 예수, 마리아 등도 무성적 존재이다.

다만 소년은 실금의 문제를 '더러움'의 문제로 인식한다. 김춘수 시 세계에 전반적으로 나타나는 결벽증(潔癖症)의 근원을 이해할 수 있게 하는 대목이다. 예컨대, 김춘수는 언어적으로나 윤리적으로 극도의 결벽증을 보인다. 그는 시어를 가장 절약적으로 운영한다. 또한, 그는 자신의 인간으로서의 한계에 대한 인식과 그에 따른 윤리적 책임의식을 강하게 갖는다. 그의 이러한 결벽증을 거세 콤플렉스의 일종으로 본 것은 바로 김현이다.

한편, 김유중은 김춘수에 대한 정신분석적 해석에 거세 대신 억압 개념을 적용하였다. 이 작품분석에서는 억압이 거세를 포괄할 수 있는,

---

110) Sigmund Freud, 「성욕에 관한 세 편의 에세이」, 『성욕에 관한 세 편의 에세이 Drei Abhandlungen zur Sexualtheorie』, 김정일 역, 열린책들, 2000, pp.301~312.
111) Alenka Zupančič, 「희극으로서의 사랑에 대하여」, 『니체와 라캉: 정오의 그림자』, pp.246~269.
112) Gilles Deleuze, 『매저키즘 Masochism』, 이강훈 옮김, 인간사랑, 2007, pp.37~38.

넓은 개념으로 판단된다. 이 작품의 거세 콤플렉스 모티프가 성(性)에 대한 억압의 일종이기 때문이다.

다시, 김현은 '게' 모티프를 예로 들며 김춘수의 거세 콤플렉스로부터 비롯된 결벽증을 논구하였다. 김현의 그러한 주장은 (iii)에서 보는 바와 같이 '구렁이' 모티프에도 적용될 수 있다. 또 한편 '게'는 원형 상징적으로 모성(母性)의 상징이다. 왜냐하면, 게는 달의 주기에 따라 알을 산란(散亂)한다고 믿어졌는데, 게의 그러한 특성이 인간의 여자가 한 달 주기로 배란(排卵)하는 것과 닮아 보였기 때문이다. 그런데, 이 작품에서 여아(女兒)는 여성상징인 '게'의 거품이 더럽다며 밟아 죽인다. 그 거품은 비너스의 탄생이 바다에 빠진 우라노스의 거품에서 이뤄진 것과 연관을 지어 추론해 볼 수 있다. 이 작품에서 여아가 거품 묻은 게를 죽이는 것은 자신이 성화(性化)될 가능성에 대한 억압, 즉 자신의 여성성에 대한 억압을 심리적으로 표현한 것으로 보인다. 또한 '녀석'이라 불리는 '나'의 친구가 구렁이를 죽이는 장면도 남아가 남성성을 억압하는 심리적 표현으로 보인다. 이 작품에서 거세의 모티프는 여기서 그치지 않는다. '나'가 보통학교 학생이 된 다음에도 그러한 경향은 계속된다. (iv)에서 보는 바와 같이, 성에 대한 추문을 낸 '녀석'은 '나'에게 매를 맞은 다음 트럭에 뛰어들어 죽는다. 그것으로 이 작품에서 보여주는 유년기의 성(性)에 대한 모든 이야기가 끝난다. 그러하듯이, 이 작품은 성(性)에 대한 두려움과 억압으로 점철되어 있다.

그런데 의문스러운 것은 이 작품 소설 「처용」에는 단 한 번도 제목인 '처용'이 등장하지 않는다는 점이다. 그러한 맥락에서 '처용'은 이 작품의 거세 모티프와 연관 지어 추론되어야 한다. 즉, '처용'이 거세된 자들의 상징이기 때문에, 거세 모티프가 주가 되는 이 작품에 '처용'이란 제목이 붙여진 것일 수 있다. 역신(疫神)과 사랑을 나눈 처용의 아내는 '더러움'을 입은 존재이다. 처용은 역신과 아내에게 관용을 베풀었다고 하지만 그들을 경계한 것이기도 하다. 더러움에 대한 결벽증은 초자아의 과도한 윤리적 억압의 결과이다. 그러나 김춘수에게 그것이 부정적이지만은 않다.

성적 억압의 여백에 김춘수의 시에는 종교성이 있다. 김춘수에게는 끝없이 이상(理想)을 향하여 비상하게 하는 내적 에너지가 신성(神聖)에 대한 추구로 승화되어 나타난다. 성(性)이 공백을 이룬 지점에 김춘수 시의 신화적 낙원 지향성과 묵시록적 심판의식이 나타나는 것으로 해석될 수도 있을 것이다. 그러한 특성이 김춘수 시세계의 정신성을 높여주는 이유이기도 하다.

그러나 김춘수도 인간이다. 인간은 근본적으로 태어날 때부터 성적 존재이다. 김춘수의 억압된 성(性)은 자신의 몸이 아닌 '바다'에 투사되어 있다. 신범순도 김춘수의 바다를 성적 연금술의 공간으로 해석한 바 있다.[113) 김춘수 시의 바다와 성(性)에 대한 양상이 표현된 시를 찾아보면 다음과 같다.

> 모발을 날리며 오랜만에/바다를 바라고 섰다./눈보라도 걷히고/저 멀리 물거품 속에서/제일 아름다운 인간의 여자가/탄생하는 것을 본다.
>
> — 김춘수, 「봄 바다」 전문. (234)

> 바다 밑에는/달도 없고 별도 없더라./바다 밑에는/항문과 질과/그런 것들의 새끼들과/하느님이 한 분만 계시더라./바다 밑에서 해가

---

113) 신범순, 「처용 신화의 성적 연금술의 상징」, p.292.

지고/해가 져도, 너무 어두워서/밤은 오지 않더라./하느님은 이미/
눈도 없어지고 코도 없더라.

─김춘수, 「해파리」 전문. (397)

　김춘수의 「봄 바다」는 이상향으로서의 한려수도의 바다 이미지를
보여주는 시이다. 이 시의 중심에는 "제일 아름다운 인간의 여자가/탄
생"한다는 선언적 진술이 있다. 이 구절에는 중대한 인식의 일신(一新)
이 있다. 그 때문에, 신선한 이미지에 의한 미적 쾌감이 확장된다. 즉,
이 구절에서 인식의 새로움이란 바로 "인간의 여자"라는 부분에 있다.
베이컨(Francis Bacon, 1561~1626)은 인간이 종족의 우상(Idola Tribus)
이라는 편견에서 벗어날 것을 촉구한 바 있다.114) 베이컨은 프로타고
라스(Protagoras, BC 480~BC 411 추정)가 '인간은 만물의 척도이다
(Homō-Mēnsūra-Satz)'라고 한 이래, 인간은 자신들의 지성(知性)을 과
신하는 오류를 범하고 있다고 말한다.115) 김춘수가 「봄 바다」에서 "인
간의 여자"라는 표현을 한 것은 바로 그런 종족의 우상에서 벗어난 데
서 가능한 것이다. 김춘수의 그러한 시선을 초월적 시선이라고 할 수
있을 것이다. 그러한 장면은 신이 인간을 창조하고 보기 좋았다고 한
『성경』의 「창세기」 구절과 유사하다. 그러한 표현은 성(性)의 관점에
서는 자신의 남성성을 초월적 시선 뒤로 억압한 것이다. 단편소설 「처
용」의 과도한 거세 콤플렉스로 인한 성에 대한 억압은 「봄 바다」에서
탈자적 지위로부터의 초월적 시선의 확보를 통해 여자를 미적으로 인
식하는 것을 가능하게 한다. 그것은 결벽성을 순결성으로 승화한다. 이

---

114) Francis Bacon, 『신기관─ 자연의 해석과 인간의 자연 지배에 관한 잠언 *Novum
　　Organum*』, 진석용 옮김, 한길사, 2001, pp.48~51.
115) *Loc. cit.*

시의 이미지는 미의 여신 비너스가 그녀의 아버지 우라노스가 빠진 바다의 물거품으로부터 태어났다는 그리스 · 로마 신화의 한 장면을 그린, 「비너스의 탄생(The Birth of Venus)」이란 작품을 연상시킨다. 보티첼리(Sandro Botticelli, 1445~1510), 카바넬(Alexandre Cabanel, 1823~1889), 부셰(François Boucher, 1703~1770), 부게로(Adolphe William Bouguereau, 1825~1905) 등의 화가는 「비너스의 탄생」을 아름다움의 이상으로 그린 것이다.

탄생의 공간으로서의 "바다"의 이미지는 김춘수의 「해파리」에서 상상적으로 형상화된다. 바다가 태초의 혼돈이나 자궁의 상징으로 간주되는 것은 일종의 원형(原型, archetype) 상징이다. 그런데 김춘수의 바다에 옮겨진 성의 이미지는 독특하다. 「해파리」에서 김춘수의 "바다"는 "질(膣)"과 "항문(肛門)"으로 이루어져 있는 것이다. 들뢰즈는 '기관 없는 신체'[116]란 개념을, 지젝은 '신체 없는 기관'[117]이란 개념을 제시한 바 있다. 두 개념 모두 인체가 하나의 유기체라는 고정관념을 깨드리기 위해 제시된 개념이다. 김춘수도 「해파리」라는 시를 통해 시인의 상상력으로 독특한 신체와 기관의 형상을 보여준다. 이 시 「해파리」에서는 기관이 먼저 인식된다. 이 시에서 신체는 상상적으로 바닷물 안으로 형상화된 것으로 보인다. 이 시에서 "질"과 "항문"이 등가를 지니는 것은 남녀의 성차(性差)에 대한 인식이 형성되기 이전인 유년기의 상상적인 성(性)의 양태인 것으로 판단된다. 굳이 그 "바다"에 성별을 부여하자면 중성(中性) 또는 무성(無性)이라고 할 수 있을 것이다. 김춘수가

---

116) Gilles Deleuze, 『앙띠 오이디푸스 L' Anti-CEdipe』, 최명관 옮김, 민음사, 2001, p.25.
117) Slavoj Žižek, 『신체 없는 기관 Organs and Consequences』, 김지훈 · 박제철 · 이성민 옮김, 도서출판 b, 2008, p.173.

"바다"를 "하느님"으로 보았는데, "하느님"은 성경적으로 성별이 없는 존재인 것이다. 다만 하느님은 창조주일 뿐이다. 이 시의 제목 「해파리」의 비밀은 「하여(何如)」(『거울 속의 천사』, 2001)에 나온다. 「하여」에는 "해파리는 어느 날 왜 수모(水母)가 되어"라는 구절이 있다. "수모(水母)"가 바로 "해파리"의 이명(異名)인 것이다. 김춘수는 「해파리」를 통해서 모성상징으로서의 물을 시화하고자 한 것이다.

신범순은 김춘수가 그린 처용의 바다에서 불함사상(不咸思想)이 계승되어 온 흔적을 읽어낸다.118) 그는 식민사관에 저항하기 위하여 시도된 불함사상을 비판적으로 계승한다.119) 그가 김춘수의 처용에서 불함사상을 읽어내고자 하는 것은 처용이 겨레의 무의식 속에 살아 저항하는 생명력을 가지고 있기 때문이다. 김춘수의 처용을 통해 창출된 바다는 겨레 혼의 신비감과 생명감으로 충만한, 신화적 원형성을 지닌 바다인 것은 분명하다. 김춘수가 『처용단장』 후반부에서 옥중에서 『조선상고사』를 쓰던 신채호를 형상화한 것도 김춘수의 민족의식의 일면을 보여준다.120)

　　인간들 속에서/인간들에 밟히며/잠을 깬다./숲속에서 바다가 잠을 깨듯이/젊고 튼튼한 상수리나무가/서 있는 것을 본다./남의 속도 모르는 새들이/금빛 깃을 치고 있다.

　　　　　　　　　　　　　　　　　　　　　－김춘수, 「처용」 전문. (233)

---

118) 신범순, 「축제적 신시(神市)와 처용 신화의 전승」, 『시와 정신』, 시와정신사, 2009년 봄호, pp.259~273. 참조.
119) 신범순, 『노래의 상상계』, p.31.
120) 김춘수가 『처용단장』에서 종교나 민족이나 사상을 대하는 태도는 중용적이다. 『처용단장』에는 예수와 라마승, 신채호와 아쿠다가와 류노스케, 무정부주의자와 탐미주의자가 동시에 나온다.

1//[중략]/그대 순결은/형(型)이 좀 틀어지긴 하였지만/그러나 그
래도/그대는 나의 노래 나의 춤이다//2//[중략]맨발로 달려간 그 날로
부터 그대는/내 발가락의 티눈이다.//3//[중략]그대는 나의 지느러미
나의 바다다/바다에 물구나무선 아침 하늘/아직은 나의 순결이다
                    ─김춘수,「처용 삼장(三章)」전문. (239~240)

  김춘수의「처용」에서 "숲속에서 바다가 잠을 깨듯이"라는 구절은
바다와 숲이 포개진 이미지를 보여준다. 김춘수가 그려낸 처용의 바다
는 모든 생명의 근원지로서의 바다와 원형적으로 닮아있다. 이러한 김
춘수의 처용 계열의 시편들은 단편의 시와 장편의 소설을 거쳐『처용
단장』에 이르러 완성된다.「처용」에서 "인간들 속에서/인간들에 밟히
며/잠을 깬다"라는 구절은 인욕(忍辱)의 상징으로서의 '처용'의 캐릭터
를 단적으로 보여준다. 또한,「처용 삼장」에서 "순결(純潔)"에 대한 집
착은 김춘수적인 사랑의 테마, 진리추구의 에로스로 승화되는 그만의
사랑의 테마와 연속성이 있다. 이 작품들은 장차 대작(大作)『처용단장
』으로 가기 위한 프롤로그로 볼 수도 있을 것이다. "삼 장"이라는 분장
(分章)의 형식도 발레리의「나르시스 단장(斷章)」과 같은 장시로 나아
가기 위한 전(前) 단계의 실험으로 볼 수 있다. 본격적으로『처용단장』
에 대한 논의를 시작하면 다음과 같다.

  (i) 바다가 왼종일/새앙쥐 같은 눈을 뜨고 있었다. 이따금/바람은
한려수도에서 불어오고/느릅나무 어린 잎들이/가늘게 몸을 흔들곤
하였다.
  ─김춘수,「제1부 눈, 바다, 산다화」,『처용단장』부분. (540)

  (ii) 호주 선교사네 집에는/호주에서 가지고 온 해와 바람이/따로

또 있었다./탱자나무 울 사이로/겨울에 죽도화가 피어 있었다./주님 생일날 밤에는/눈이 내리고/내 눈썹과 눈썹 사이 보이지 않는 하늘을/나비가 날고 있었다. 한 마리 두 마리,

　　　　　　－김춘수, 「제1부 눈, 바다, 산다화」, 『처용단장』 부분. (543)

(ⅲ) 아침에 내린/복동이의 눈과 수동이의 눈은/두 마리의 금송아지가 되어/하늘로 갔다가/해 질 무렵/저희 아버지의 외발 달구지에 실려/금 간 쇠방울 소리를 내며/돌아오곤 하였다.

　　　　　　－김춘수, 「제1부 눈, 바다, 산다화」, 『처용단장』 부분.

　　　　　　　　　　　　　　　　　　　　　　　(544~545)

(ⅳ) 눈이 내리고 있었다./눈은 아침을 뭉개고/바다를 뭉개고 있었다./먼저 핀 산다화 한 송이가/시들고 있었다./눈이 내리고 있었다./아이들이 서넛 둘러앉아/불을 지피고 있었다./아이들의 목덜미에도/불 속으로도/눈이 내리고 있었다.

　　　　　　－김춘수, 「제1부 눈, 바다, 산다화」, 『처용단장』 부분.

　　　　　　　　　　　　　　　　　　　　　　　(545~546)

(ⅴ) 샤갈의 마을에는 삼월에 눈이 온다./봄을 바라고 섰는 사나이의 관자놀이에/새로 돋는 정맥이/바르르 떤다./바르르 떠는 사나이의 관자놀이에/새로 돋은 정맥을 어루만지며/눈은 수천수만의 날개를 달고/하늘에서 내려와 샤갈의 마을의/지붕과 굴뚝을 덮는다./삼월에 눈이 오면/샤갈의 마을의 쥐똥만 한 겨울 열매들은/다시 올리브 빛으로 물이 들고/밤에 아낙들은/그해 제일 아름다운 불을/아궁이에 지핀다.

　　　　　　－김춘수, 「샤갈의 마을에 내리는 눈」 전문. (224)

(ⅵ) 아내는 두 번이나/마구간에서 아이를 낳고/지금 아내의 모발은 구름 위에 있다./봄은 가고/바람은 평양에서도 동경에서도/불어

오지 않는다./바람은 울면서 지금/서귀포의 남쪽을 불고 있다./서귀
포의 남쪽/아내가 두고 간 바다,/게 한 마리 눈물 흘리며, 마구간에
서 난/두 아이를 달래고 있다.

—김춘수, 「이중섭 2」 전문. (389)

김춘수의 『처용단장』 1~2부와 3~4부 사이에는 간극(間隙)이 있다.
1~2부에는 유토피아의 상이 형상화되어 있다면, 3~4부에는 디스토
피아의 상이 형상화되어 있다. 우선, 1~2부는 "눈" 내리는 이미지로
설정되어 있는데, 이는 샤갈의 마을의 이미지와 상관성이 있다. 이러한
"눈" 내리는 이미지는 김춘수가 자신의 자전소설에서 역사주의를 포기
하고 신화주의를 선택함으로써, 모든 폭력이 사라진 이상향을 꿈꾸던
것이 표현된 것이라고 볼 수 있다.

후설에 따르면, 시간의 흐름 한가운데 가라앉아 흐르지 않는 시간은
끊임없이 현재로 되돌아와 한 존재에게 진정한 개체화(個體化, individu
ation)의 계기를 준다.[121] 김춘수에게는 폭력의 기억에 의한 고통 콤플
렉스가 있었다. 외상(外傷)의 시간은 존재로 하여금 자기치유를 위해
현재의 시간을 필요하게 만든다. 그러나 역설적으로 그러한 고통스러
운 반복이 존재의 고유성을 만든다. 김춘수의 시 『처용단장』의 1부의
(i)과 (ii)에서 "~있었다"라는 통사구조가 반복되는 것은 과거의 현재화
를 보여준다. 바로 그러한 현재화를 통해 존재는 자신의 근원적 존재(U
rsein)[122]를 눈앞에 마주하게 되는 것이다. 개체화의 시간은 근원적 감
각의 시간형식(Temporalform)이다.[123] 바로 그 근원적 감각에 의해 근

---

121) Edmund Husserl, 『시간의식』, pp.142~143.
122) *Ibid.*, p.148.
123) *Ibid.*, p.145.

원적 인상이 형성된다. 자전적 작품으로서의 『처용단장』의 (ii),(iii),(iv)에는 김춘수의 유년으로부터 반복적으로 되돌아오는 근원적 인상(Urimpression)[124]이 심미적으로 형상화되어 있다. 한려수도라는 바다는 그의 유년의 원형으로서 유토피아적 이미지로 표현된다. 『처용단장』은 그러한 기억(記憶, mémoire)의 세계이다. 기억에 대하여 아우구스티누스는 『고백록(告白錄) Confessions』에서 "광대한 궁전"이라고 하였다.[125] 후설의 일차적인 일반적 기억과 이차적인 상상적 기억으로 구분하였다.[126] 그러나 『처용단장』의 기억은 다분히 '무의식적 기억'이란 의미에서 마르셀 프루스트(Marcel Proust, 1871~1922)의 『잃어버린 시간을 찾아서 À la Recherche du Temps Perdu』와 비교될 수 있다.[127] 김춘수 또한 『처용단장』에서 자신만의 잃어버린 시간을 찾고 있다. 들뢰즈는 프루스트의 『잃어버린 시간을 찾아서』에 대하여, 프루스트가 찾고 있는 것은 기억이나 추억이 아니라 진리라고 하였다.[128] 김춘수 또한 '진리 찾기'를 하고 있다. 그것은 자신의 유년과 무의식에 침잠한 존재의 진리 찾기이다.

처용의 바다는 한없이 정적(靜的)이다. '단장(斷章)'이라는 정제된 미적 형식으로만 표현될 수 있다. 하나의 단장은 하나의 프레임이다. 그 프레임마다 완결성을 지니고 있다. 그것은 에포케(epoche)라는, 판단중지(判斷中止)에 의해 현상학적인 엄밀성의 미학으로 탄생한, 존재의 현

---

124) *Ibid.,* p.145.
125) 木田 元 外, 『현상학 사전』, pp.49~50.
　　　한편 아리스토텔레스는 기억을 '므네메'와 '아남네시스'로 구분하였으며, 아퀴나스에게서 '메모리아(memoria)'와 '레미니센티아(reminiscentia)'로 구분하였다.
126) Edmund Husserl, *op.cit.,* p.116.
127) 木田 元 外, 『현상학 사전』, p.50.
128) Gilles Deleuze, 『프루스트와 기호들 Proust et les Signes』, 서동욱 · 이충민 옮김, 민음사, 2009, pp.19~20.

현된 상이다. 김춘수가 일제에 의한 고문이라는 폭력의 극단에서 천상의 이미지를 떠올린 것은 그 순간이야말로 구원(救援)이 절실한 순간이었기 때문일 것이다. 그러므로 그에게 트라우마에 의한 각인은 한 존재에게 역운적(歷運的, geschicklich) 각인129)이라고 할 수 있을 것이다. 그 순간에 김춘수는 샤갈의 「마을과 나 (I and the Village)」(1911) 같은 작품을 떠올렸다고 자전소설 『꽃과 여우』에서 밝힌 바 있다.

샤갈의 동화적인 화풍은 『처용단장』의 1부에도 그대로 형상화되어 있다. (iii)의 "복동이"와 "수동이"는 어린아이의 이름일 것이다. 아이들의 천진무구한 눈동자가 "눈[雪]"이 되어 내리고, 그것은 "송아지"의 눈동자와 오버 랩(over lap) 된다. 샤갈은 제2차 세계대전 당시 유태인(猶太人)이었지만, 그가 성당의 스테인드글라스에 찬란한 성화(聖畵)를 그린 것은 김춘수처럼 구원에 대한 갈망 때문이었을 것이다. 김춘수는 「토레도 대성당」이란 시에서 천사가 내려오는 스테인드글라스를 형상화한다. 샤갈의 성당 성화는 창세기의 천지창조를 백색과 원색의 조화로 그려내고 있다. 이때 백색은 천상붉은빛의 이미지와 순교자의 흰 피의 이미지로, 지상에 상처 입은 인간을 치유하는 에너지를 발산한다. 김춘수가 유년 시절 한려수도의 바다를 신화적 시공간으로 재창조한 『처용단장』의 1부~2부는 바로 김춘수적 신화의 천지창조라고도 할 수 있을 것이다.

김춘수는 『남천(南天)』의 중심이 '이중섭 연작'에 있다고 밝혔다. 이중섭(李仲燮, 1916~1956)은 김춘수에게 한국의 샤갈이다.130) 샤갈의

---

129) '역운적'은 '숙명적'이라는 의미이다.
   Martin Heidegger, 「형이상학의 존재-신-론적 구성틀」, 『동일성과 차이』, p.59.
130) 김춘수가 화가에 관해 쓴 시는 다음과 같다. 「반 고흐」, 「다시 반 고흐」, 「뭉크의 두 폭의 그림」, 「루오 할아버지가 그린 유화 두 점」, 「샤갈의 마을에 내리는 눈」,

「나의 마을」은 김춘수에게 구원에 대한 이미지를 제시한다. 김춘수가 자신의 자전적 소설 『꽃과 여우』에서 역사의 폭력에 절망할 때, 구원을 갈망하며 샤갈 그림 속의 송아지 눈동자를 떠올렸다고 하였다. (iii)은 그러한 "송아지"의 이미지를 환상적으로 묘사하고 있다. "송아지"의 눈동자는 순수와 동심의 상징이다. 김춘수가 신화적 세계로 비약할 때, 그 신화는 유년기적 꿈을 담은 신화이다.

이중섭의 그림들은 소와 가족이 조화되어 있다. 이중섭의 화풍은 동심이 느껴지는 삽화와 같은 풍이다. 그러나 이의 작품들은 삽화를 뛰어넘는다. 이 그림들은 비재현성[131]을 띠며 꿈에 다가간다. 동심을 품은 듯한 환상적인 화풍은 샤갈과 이중섭의 공통점이라고 할 수 있다. 김춘수의 '이중섭 연작'에서 주로 묘사의 대상이 되는 것은 이중섭 작품 속의 여자와 어린이의 이미지이다. 이중섭은 그림뿐 아니라 가족과 주고받은 편지도 유명하다. 그의 아내 이남덕, 그리고 아들 태성 · 태현과 주고받은 편지는 가족애로 가득하다.[132] 이 편지에서 느껴지는 사랑은 그가 그린 가족화(家族畵)의 이미지 그대로이다. 특히 김춘수의 소설 「처용」에 나오는 어린이들은 게, 뱀, 물고기 등과 어울려 논다. 이중섭의 그림에도 게, 뱀, 물고기와 어울려 노는 어린이의 그림이 있다. 김춘수의 작품과 이중섭의 작품의 이러한 유사성은 한려수도라는 지연(地緣) 때문이다. 그러한 연유에서 김춘수가 유년의 한려수도에 대하여 품

「고야의 비명」, 「에필로그」(김홍도) 등이 있다. 그러나 이중섭 연작만큼 김춘수가 애정을 가지고 천착한 화가는 없다. 이중섭을 다룬 작품은 「이중섭」1~8, 「내가 만난 이중섭」으로 총 9편이다.

[131] 현대의 회화는 재현을 목표로 하지 않는다.
Gilles Deleuze, 『감각의 논리 *Francis Bacon Logique de la Sensation*』, 하태환 옮김, 민음사, 2009, p.12.

[132] 이중섭, 『이중섭-편지와 그림들』, 박재삼 옮김, 다빈치, 2013.

고 있던 이미지는 이중섭이 그린 유년의 이미지와 유사하다.

정신분석학에 따르면, 인간은 태아기(胎兒期) 또는 이유기(離乳期) 이전의 시간을 하나의 신화적인 낙원의 시간으로 기억한다.[133] 김춘수는 이중섭의 작품 속에서 무구한 존재로 그려지는 여자와 어린이를 통하여 낙원의 한 장면을 형상화한다. 그것은 최초의 인간 아담과 이브가 선악과(善惡果)에 손을 대 원죄(原罪)를 짓기 이전의, 인간의 형상이다. 신성함을 상기함으로써 신화를 현재로 다시 살 수 있다.[134]

역으로, 낙원 상실로서의 거세 콤플렉스는 오이디푸스 콤플렉스의 극복이 불완전할 때 재발된다. 그러나 그러한 관점으로 김춘수의 경우를 완전히 해석하는 것은 불충분하다. 왜냐하면, 김춘수에게는 천사로 상징되는 영적 존재의 신성한 세계에 대한 갈망이 있었기 때문이다.

김춘수는 신학자 니부어의 정신분석학에 대한 비판을 자신의 관점으로 삼아왔다. 김춘수는 독자들에게 사랑의 시인으로 각인되어 있을 만큼 그의 시 전반에는 에로스의 아름다움이 드러나면서도 성애가 거의 드러나지 않는 것이 특징이다. 다만, 김춘수의 시에서 유일하게 성기에 대한 묘사가 드러나는 것이 바로 '이중섭 연작'에서이다. 그것은 이중섭의 작품이 실제로 인체의 묘사를 하고 있기 때문이다. 그러나 미술은 나체(裸體)를 묘사하는 것이 성적 의미로 환원되지 않고 미학적 의미로 인정되는 영역이다. 그러므로 다시 김춘수의 고유한 캐릭터로서의 처용이 거세된 자이면서 동시에 병을 고치는 신이란 점을 상기해 보도록 한다.

신화 가운데서도 기원을 다룬 신화를 기원신화라고 한다.[135] 김춘수

---

133) Mircea Eliade, 『신화와 현실』, p.137.
134) Ibid., p.81.
135) Ibid., p.83.

의 신화적 형이상시는 대체로 기원신화적 성격을 지니고 있다.[136] 그런데 흥미로운 것은 기원신화를 낭송하는 목적이 치료에 있었다는 것이다. 처용이 역신(疫神)을 쫓아냄으로써 병을 치료하는 의신(醫神) 역할을 하는 것도 그러한 맥락에서 이해될 수 있다. 예수도 귀신과 질병을 쫓는다. 또한, 김춘수의 시에는 그리스의 의신으로 「소크라테스의 변명」에서 "아스클레피오스"도 나온다.[137] 이때의 치유는 재창조이다. 김춘수는 자신에 대한 최초의 기억으로 되돌아가 자신을 재창조하는 것이다.

그곳은 지상으로부터 멀어진 천상(天上)으로서의 공간이다. 그 천상은 바다라는 물의 육체로 이루어진 천상이다. 그의 처녀시집『구름과 장미』의 "구름"은 바로 물의 육체로 이루어진 천상의 이미지이기도 할 것이다. "구름"은 천상의 제유(提喩)이다. 또한「낭산의 악성―백결선생」에서 "부운멸(浮雲滅)"이란 표현이 나오듯이 구름은 소멸한 것으로서 존재하고, 비재하며 존재하는 오묘한 아름다움의 상징이다. 김춘수의 영혼에 원초적으로 각인된, 어렴풋한 흰 빛의 구름은 정밀하기 그지없는 한려수도의 바다로부터 변용(metamorphosis)된 이미지이기도 할 것이다. 그것이 지상에 현현될 때는『처용단장』에서와 같이 "산다화(山茶花)"로 피어난다. "산다화"의 '다(茶)' 즉 '차(茶)'는 식물로서의 속성과 물로서의 속성을 동시에 갖는다. 차는 자연상태에 있을 때는 식물이지만 인간의 몸으로 들어올 때는 액체가 된다. 그것은 일종의 영액(靈液)으로 몸에 관계하기보다 영혼에 관계한다. 천상적 이미지의 바다

---

136) 이것은 후기의 '도스토옙스키' 시편과 '천사' 시편이 종말신화적 성격을 지닌 것과 대비된다.
137) 김춘수, 「소크라테스의 변명」, 『샤갈의 마을에 내리는 눈』, 신원문화사, 1990. (김춘수, 『김춘수 시 전집』, p.527. 재수록.)

는 "산다화"라는 환유적 대상을 통해 인간의 몸으로 들어와 영혼까지 천상적 물의 에너지로 채운다. 그러면서 동시에 "산다화"는 김춘수 시의 상징체계에서 "장미"로부터 시작된 "꽃"의 새로운 변용으로 볼 수도 있다. 『구름과 장미』에서 천상의 제유로서의 "구름"과 병치된 "장미"는 이상적인 존재자의 상징이고, 『꽃의 소묘』의 "꽃"은 형이상학으로 옮겨진 존재론의 결정체이지만, 『처용단장』의 "산다화"는 '산(山)'의 상징성에 의하여 자연과 지상으로서의 공간의 의미를 내포한다. "산다화"는 김소월의 「산유화」의 "꽃"과 비교한다면, '다(茶)'에 의해 자연과 인세(人世)를 연결하며 즉자존재로서 독립적이고 자족적인 상태로 있는 것이 아니라, 유적 존재의 일부로서 그리고 우주의 질서를 구현한 존재로서 존재들의 계열 속에 조화롭게 있는 것이다.

『처용단장』의 존재들은 서로 공동현존재(Mitdasein)로서 있다.[138] 공동현존재는, 인간의 현존재는 세계-내-존재(In-der-Welt-sein)이므로 고립되어 존재하지 않는다는 데서 비롯된 개념이다. 현존재가 마주하는 존재들은 또 다른 현존재(現存在, Dasein)로서 세계를 구성하고 있다. (현)존재들은 그렇게 서로 상호주관적으로 공동(현)존재로서 공동세계를 구성하고 있다.

그러나 리쾨르는 하이데거의 공동존재(共同存在, Mitsein) 개념을 비

---

138) 하이데거에게서 현존재는 인간만을 가리키고 존재는 그 이외의 모든 존재자도 가리킨다. 공동현존재(共同現存在, Mitdasein)와 공동존재(共同存在, Mitsein)와의 관계도 그와 같다.
Martin Heidegger, 『존재와 시간』, p.160.
한편, 공동존재(共同存在, Mitsein)는 상호공동존재(Miteinandersein)와 구별된다. 공동존재(共同存在, Mitsein)는 세계-내-존재(世界內存在, In-der-Welt-sein)와 동근원적으로(gleichursprünglich) 현존재가 존재함을 의미한다.
Martin Heidegger, 『시간개념』, p.36.

판하기도 한다.139) 한편 레비나스는 공동존재 개념을 유적 개념으로 환원되지 않는, '나-너'의 집단성 개념으로 대신한다.140) 김춘수의 경우, 언제든지 이데올로기적 호명에 의해 개인이 집단화되는 것을 반대하였으므로, 리쾨르의 비판은 적용되지 않는다. 김춘수는 레비나스처럼 언제나 개인의 고유한 존재성을 사상하지 않는 차원에서 '나'와 '타자'의 관계를 맺었다. 김춘수의 공동(현)존재의 양상은 후설의 상호주체성의 개념에도 가깝다.

유토피아로서의 한려수도는 다른 한편으로 후설의 개념으로 고향세계(Heimwelt)이기도 하다.141)『처용단장』의 1~2부는 전술한 바와 같이 유토피아적 이미지를 형성한다.『처용단장』이외에 김춘수의 시에서 고향에 대한 의식이 드러나 있는 시로는「귀향」이 있다. 이 시에는 고향의 원형이 상실된 것에 대한 회한과 연민의 정서가 스며있다.「귀향」에서 "조상(祖上)"은 "군화(軍靴)"로 상징되는 전쟁에 의해 훼손되었고, "어머니"는 "석유(石油)"로 상징되는 근대문명의 혜택으로부터 소외되었다. 다만, "문명 이전"의 "무구(無垢)"가「귀향」에서 퓌시스(φύσις, Physis)로서의 원초적인 우주로 그대로 보존되어 있을 뿐이다. 그러한 고향세계(Heimwelt)는 이향세계(Fremdwelt)와 이항대립적 개념으로, 자연의 일부로서의 인간은 고향세계에서 태어나 문화의 일부로서의 이향세계를 받아들이면서 성숙해 간다는 이러한 개념은 상호주관적 공동체(Gemeinschaft)의 지향에 대한 고찰로부터 비롯되었다.142)「샤갈의 마을에 내리는 눈」에서 "마을"의 이미지는「귀향」이나,『처용

---

139) Paul Ricœur,『시간과 이야기』3, pp.151~152.
140) Emmanuel Levinas,『시간과 타자』, pp.117~118.
141) 木田 元 外,『현상학 사전』, p.24.
142) Edmund Husserl,『데카르트적 성찰』, p.303.

단장』에서도 공통적이다. 이 시들에서 "눈[雪]"의 이미지로 응결되는 자연과 "불"의 이미지로 응결되는 집에 대한 회상은 시인의 무의식에서도 살아 있는 감각적 형상이다. 고향에 대한, 하나의 원초적인 것(Primordinales)으로 이루어져 있는 유년의 세계에서 자아의 신체는 자연의 일원으로 존재의 안에 내재적 시간을 지니고 있다.[143] 그렇다면 이향세계는 호주 선교사로부터 받아들인 기독교의 문화라고 할 수 있을 것이다. 김춘수의 유년의 세계에서 서로 다른 두 공동체는 그렇게 공존하고 있다. 『처용단장』의 1부는 바로 그러한 고향세계와 이향세계의 조화로운 만남으로 해석될 수 있다.

김춘수의 『처용단장』이 쓰인 시기와 무의미 시론이 쓰인 시기가 같이 시작되었다. 그런데 그 시론은 영미 모더니즘과 프랑스 상징주의의 영향을 받았다는 점이 처용이라는, 한국적인 주체의 설정과 모순되는 것처럼 보이기도 한다. 김춘수는 일반적으로 모더니즘의 최고의 지위에 있는 것으로 평가되지만, 그 자신은 한국시사에서 모더니스트의 영향을 받았다고 하지 않고, 서정주와 청록파의 영향을 받았다고 한다. 특히 그는 서정주의 『신라초』로부터 시작된 신라주의의 영향을 받았다고 주장한다. 처용은 바로 신라의 일연에 의해 쓰인 『삼국유사』를 통해 전래된 신화적 인물인 것이다. 그런 의미에서 처용이 바로 김춘수 시세계의 신라주의의 상징이라고 할 수 있다. 그런 의미에서 김춘수는 토착화된 모더니즘, 체화된 모더니즘의 경지에 이른 것이라고 평가될 수 있다.

완성된 『처용단장』의 각각의 시편들은 김춘수의 고향인 통영의 바다라는 자연으로부터 한국의 현대사의 질곡들을 모두 끌어안는다. 그

---

143) *Ibid.*, p.202.

럼으로써 김춘수의 시 세계 초기에 나르시스로부터 시작했던 개인적인 존재에 관한 탐구가 유적 존재, 즉 보편적인 존재에 관한 탐구로 확장되는 양상을 보인다. 또한, 『처용단장』은 존재사(存在史)의 시적 기록이다. 이 시편들의 풍부한 자연의 양상들은 시인의 존재의 출발점으로서의 퓌시스(φύσις, Physis)에 대한 탐색과 연관된다. 그러한 의미에서 『처용단장』은 김춘수가 개인과 역사의 단상들을 소홀히 보고 있지 않다는 것을 알려준다.

그러나 무엇보다 신화주의자로서의 김춘수의 작품은 그대로 하나의 신전(神殿)이다.[144] 신전으로부터 솟아나와 피어오르는 행위(Herausko mmen und Aufgehen)를 퓌시스(φύσις, Physis)라고 하는데, 그것은 인간의 거주지로서의 대지(die Erde)로 현성한다.[145] 대지는 역사적 존재로서의 인간이 뿌리내리고 있는 현사실적 공간이다. 그것이 펼쳐져 보이는 것이 바로 『처용단장』이다.

그러한 의미에서 김춘수가 무의미시의 극단으로 나아가 본 것도 자신의 존재론적이고 인식론적인 시와 결별한 것이 아니라, 오히려 그것을 다른 방식으로 실험한 것이다. 따라서 김춘수의 『처용단장』은 「꽃」만큼 존재론적이고도 인식론적이다.

엘리아데는 벤야민과 다른 관점에서 신화와 역사를 연관 짓는다. 엘리아데에 따르면, 신화는 신성한 역사로서, 존재의 시원으로서의 창조를 해명하여 후대에 전한다.[146] 엘리아데의 신성한 역사(sacred history)라는 개념은 초자연적인 힘에 의한 창조가 우리의 실재 역사와 관련되

---

144) Martin Heidegger, 「예술작품의 근원 Der Ursprung des Kunstwerkes」, 『숲길 Holzwege』, 신상희 옮김, 나남, 2010, p.54.
145) Ibid., pp.55~56.
146) Mircea Eliade, op.cit., p.67.

어 있음을 의미한다.147) 천사가 날아다니는 김춘수의 한려수도의 바다
는 3부와 4부에서 민족사의 상처를 상당히 포괄한다. 김춘수에게서 역
사는 신화로, 신화는 역사로 넘나든다. 그것은 하늘에서 내려온 천사와
지상에 사는 천사와 같은 존재들 때문에 가능하다.

인카네이션, 그들은/육화(肉化)라고 하지만,/하느님이 없는 나에
게는/몸뚱어리도 없다는 것일까,/나이 겨우 스물둘인데/내 앞에는/
늙은 산이 하나/대낮에 낮달을 안고/누워 있다./어릴 때는 귀로 듣고/
커서는 책으로도 읽은 천사,/그네는 끝내 제 살을 나에게 보여주지
않았다./맨발로 바다를 밟고 간 사람은/새가 되었다지만/그의 젖은
발바닥을 나는 아직도 한 번도/본 일이 없다.
　　　　ー김춘수,「제3부 메아리」,『처용단장』부분. (567~568)

꿈이던가,/여순 감옥에서/단재 선생을 뵈었다./땅 밑인데도/들창
곁에 벚나무가 한 그루/서 있었다./벚나무는 가을이라 잎이 지고 있
었다./조선사람은 무정부주의자가 되어야 하네
　　　　ー김춘수,「제3부 메아리」,『처용단장』부분. (560~561)

ㅕㄱㅅㅏㄴㅡㄴ/눈썹이없는아이가눈썹이없는아이를울린
다./역사를/ 심판해야한다 ㅣㄴㄱㅏㄴㅣ/심판해야한다고 니콜라
이 베르쟈에프는/이데올로기의솜사탕이다 [중략] ㅣ 바보야/역사가
ㅕㄱㅅㅏㄱㅏ 하면서/ㅣㅂㅏㅂㅗㅑ
　　　　ー김춘수,「제3부 메아리」,『처용단장』부분. (594~595)

뉘더라/한번 지워진 얼굴은 복원이/ 쉽지 않다./한번 지워진 얼굴
은ㅎㅏㄴㅂㅕㄴㅈㅣㅕㅈㅣㄴㅓㄹㄱㅜㄹㄷㄴ/, 복상(腹上)의/무덤

147) *Ibid.*, pp.68~74.

도 밀쳐낸다는데/글쎄,

　　　　　− 김춘수, 「제3부 메아리」, 『처용단장』 부분. (592~593)

역사는 나를 비켜가라,/아니/맷돌처럼 단숨에/나를 으깨고 간다.

　　　　　− 김춘수, 「제4부 뱀의 발」, 『처용단장』 부분. (619)

아우슈비츠,/그날로부터 아무도 서정시는/쓰지 못하리.//르완다
에서는/기린이 수천 마리나/더 이상 뻗을 곳이 없어/모가지를 하늘
에 묻었다고 한다./올여름/서울은 비가 오지 않아/사람들은 너나 없
이/남의 사타구니만 들여다본다./지리고 고린 그 살 냄새가 /어디서
나나 하고,

　　　　　− 김춘수, 「메시지」 전문. (768)

　김춘수는 위에 인용된 부분과 같이 『처용단장』 제3부부터 역사에 대
한 심판을 문제 삼기 시작한다. 이것은 『들림, 도스토옙스키』에 대한
예고편의 성격이 강하다고 할 수 있다. 『처용단장』 제1부~제2부와
『처용단장』 제3부~제4부는 창작된 시기가 시간상으로 큰 차이가 있
다. 이렇게 시인의 성장과 함께 성장하는 구성을 지닌 『처용단장』은 일
종의 리좀(rhizome)[148]이다. 김춘수가 『처용단장』 3~4부에서 기술하
는 역사는 다분히 무의식적에 침잠되었다가 존재의 내부에서 고통스
럽게 터져 나오는 역사라는 점에서 역사학의 역사와 다를 것이다. 김춘
수의 역사를 무의식의 역사라고 규정할 수도 있지 않을까 가정해 본다.
리좀의 형식으로 쓰인 한 권의 책은 저자의 무의식의 지도이다.[149] 『처

---

148) Gilles Deleuze, 『카프카−소수적인 문학을 위하여 *Kafka-Pour Une Littérature
　　Mineure*』, 이진경 옮김, 동문선, 2001, p.13.
149) Gilles Deleuze · Félix Guattari, 『천 개의 고원 *Mille Plateaux*』, 김재인 옮김, 새물
　　결, 2001, p.30.

용단장』은 김춘수의 자전적 시이자 무의식의 지도로서 자신의 삶과 역사를 모두 포괄한다. 즉,『처용단장』은 총체성을 구현하는 방식을 대신해 리좀의 방식으로 의식과 무의식, 삶과 죽음, 개인과 역사를 하나하나 포섭해 자신의 존재의 한 부분으로 전화한다.『처용단장』제3부~제4부는 김춘수가 완전히 정계를 은퇴하고 시인으로 다시 돌아가 쓴 것이다. 김춘수의 그러한 모습은 도연명(陶淵明)이 「귀거래사(歸去來辭)」에서 "소무적속운 성본애구산 오락진망중 일거십삼년(少無適俗韻 性本愛邱山 誤落塵網中 一去十三年)"150)이라 하여, 천성적으로는 세속보다 자연을 사랑하였으나 정계에 나갔다가 자신을 더럽힌 것을 후회하고 전원의 시인으로 되돌아온 모습을 연상케 한다.

『처용단장』의 제1부~제2부의 시풍은 초현실주의적 시풍에 가깝다. 초현실주의자들은 오랜 전통을 따라 이미지들이 막대한 불균형을 초래할 가능성이 없는 한두 가지 기표가 결합하면, 예외 없이 은유가 형성된다고 주장했다.151) 정신분석학은 초현실주의 시를 지지하였다. 무의미(Non-sense)로부터 의미(sense)가 발생할 때 은유가 시작된다는 것이다.152) 김춘수의 무의미시도 초현실주의 계열의 이미지와 동일성보다 콜라주에 의존한 은유의 발생을 노리는 시였다. 그러나 인간은 사회적 검열이라는 장애물을 우회할 힘을 환유 속에서 찾는다.153) 김춘수가 무의미시라는 미학적 실험성의 극단으로 나아갔다가 다시 자신의 시에 역사에 대한 선악판단을 들여온 것은 그의 그러한 체험이 반성적

---

150) 陶淵明, 「歸去來兮 − 歸園田居 其一」,『도연명』, 장기근 편주, 서원, 2001, p.49.
151) Jacques Lacan, "The Agency of the Letter in the Unconscious or Reason since Freud", *Écrit: a Selection*, pp.146~175.
152) *Ibid.,* pp.156~158.
153) *Ibid.,* pp.146~175.

IV. 신화적 형이상시−'천사'의 오르페우스로의 변용 | 271

으로 작용하였을 것으로 판단된다.

김춘수가 『처용단장』에서 "역사"는 "바보"라고 한 것은 완전히 인간성이 파괴된 언어, 의미의 해독이 불가능한 언어의 자취로 남았다. 위의 시에서 "역사는 [중략] 나를 으깨고 간다"라는 비명처럼 김춘수는 폭력으로서의 역사에 대하여 그것이 인간성을 파괴하였고, 인간성의 정점이자 인간성의 고유성이라고 할 수 있는 언어를 파괴하였다는 것을 증언하는 것이다. 그것은 언어적 존재로서의 호모 로퀜스(Homo loquens)의 파괴일 것이다. 실어증(失語症)은 정신상태를 규정하는 대뇌 장치의 해부학적 손상에 의해 야기되지만, 일반적으로 언어 장애를 포함하는 언어적 문제로 간주될 수 있다.154) 즉, 문자가 의미 생성 과정에서 도출해 내는 두 가지 효과들이 장애를 일으키는 것이다.155)

김춘수의 트라우마를 만든 것을 '사건(事件, event)'과 구분하여 '사고(事故, accident)'라고 규정해보도록 한다. 김춘수는 "한 번 지워진 얼굴은 복원이/쉽지 않다"고 직접 말하고 있다. "뉘더라"는 정체성의 상실을 의미하는 질문일 것이다. 사고는 인간에 대한 모종의 파괴가 인간의, 가능성으로서의 실존의 구조까지 훼손시켜 더 이상 회복되지 않는 가소성(可塑性, plasticity)의 상태로 남겨 놓는 것이다.156) 그것은 "무덤도 밀쳐" 낼 만큼 도저한 파괴성으로만 응집된 힘이다. 김춘수의 파괴된 언어는 존재의 내부에서 시간이 지나도 무감해지지 않는 외상에 의해 넓어져 가는 환부에 잠식되어가는 의식의 한계지점에서 나온 언어이다. 그렇기 때문에 의미는 탈색되고 음절로 분해되는 것이다. 만약

---

154) *Ibid.,* p.148.

155) *Loc. cit.*

156) Catherine Malabou, *Ontology of the Accident—An Essay on Destructive Plasticity,* Trans. Carolyn Shread, Malden: Polity, 2012, pp.30~31.

그다음 단계가 있다면 짐승의 언어로서의 비분절음이 될 것이다. 그것은 완전히 인간이 자연과 구별되지 않는 상태로 되돌려진 상태일 것이다. 인간을 무차별한 물질적 상태로 되돌리는 폭력, 자연으로부터 미분화된 상태로 되돌리는 폭력, 바로 그 폭력에 대한 증언으로서의 언어가 아니라, 그 폭력의 증거물로서의 언어, 김춘수의 파괴된 언어는 그것을 보여준다. 그런 의미에서 그것은 존재의 내부에 죽음으로 도사리고 있는 폭력, 내재화된 폭력일 것이다. 그러한 폭력은 자아 안의 타자이다. 폭력을 가하는 타자와 폭력을 당하는 자아 사이에 저항이 사라질 때 자타의 구분은 사라지며 그 파괴의 흔적으로서의 무의미한 언어의 파편들이 남는다. 그것은 존재의 창조적 생성의 종착지일 것이다. 존재론적 열망으로서의 은유적 변용의 끝은 사고에 의해 외상이 극복되지 못하고 파괴된 영혼의 가소성의 상태일 것이다.157) 가소성의 상태란 파괴(destruction)나 해체(deconstruction)가 외부의 대상이 아니라 주체에 일어난 상태, 즉 존재의, 돌이킬 수 없는 본질로부터의 이탈의 상태로 볼 수 있을 것이다. 그러므로 『처용단장』에서의 언어파괴적 양태는 주체의 의사(疑似) 죽음의 상태에서 남겨진 유언이라고 볼 수도 있을 것이다. 김춘수가 『처용단장』 이후 『서서 잠자는 숲』에서 무의미시의 실험을 그만둔 이유를 밝힌 것도 그와 같은 이유일 것이다. 그렇기 때문에 김춘수는 다시 「부다페스트에서의 소녀의 죽음」의 개작에서 삭제했던 역사의 트라우마로 돌아가는 길로서 『들림, 도스토옙스키』로 나아간다. 거기서부터 김춘수는 다시 자신이 내려놓았던 존재의 거울을 마주한다. 그럼으로써 자신의 기원으로서의 릴케의 시편들인 『거울 속의

---

157) Catherine Malabou, *Plasticity at the Dusk of Writing*, Trans. Carolyn Shread, New York: Columbia University Press, 2010, pp.28~30.

천사』와 『쉰한 편의 비가』를 되찾을 수 있었을 것이다.

김춘수의 '역사는 바보다'라는 문장을 언어실험의 관점에서만 보는 것은 김춘수의 진가를 제대로 보지 못한 것이다. 그러한, 음절단위로의 언어의 분쇄는 이미 19세기 프랑스 상징주의 랭보의 시에도 있었으며, 20세기의 다다이스트들의 시에도 있었다. 실험은 상상력의 영역을 새롭게 개척한다는 의미에서 그 전위성 자체에 의의가 있다고 한다면, 김춘수는 전위(前衛, avant guard)가 아니라 후위(後衛)로서의 키치(kitch)[158]라고 보아야 하며, 그것은 김춘수의 가치를 평가절하하는 것이 된다. 김춘수는 새로운 실험을 한 것이 아니라 기존에 있었던 실험의 결과물을 차용한 것이다. 김춘수 자신도 시인으로서의 정직성으로 『처용단장』 3부의 도입을 말라르메로부터 차용했다는 것을 밝히고 있다. 김춘수는 자신의 시론을 통해서 인포멀(informal), 즉 예술에서의 형식 파괴적 실험에 대해서 무조건 옹호만 한 것은 아니다. 김춘수는 한국 모더니즘 시에 대하여 그것을 체화하여 자신의 내적 필연성으로 승화하고, 직업으로서의 시인이라는 자의식이 투철하여 언어주의를 고수하는 시인들에 의해 한국시사가 성숙한 단계에 들어선 데 의의를 부여했다. 또는 김춘수는 항상 특수한 시대적 맥락에서 저항적 의미가 있는 실험적 양식에 대해서만 옹호하였다.

그런 의미에서 김춘수가 '역사는 바보'라고 한 것은 그의 아우슈비츠 시편들과 연관 지어 보는 것이 필연적이다. 그의 파괴된 형태로서의 언어는 호모 사케르(Homo Sacer)적 상태로 추락한 존재의 비명이다. 즉, 존재 상실의 탈주체화 상태이다.[159] 이것은 내면의 파열들이지 언어실

---

158) M. Calinescu, 『모더니티의 다섯 얼굴 *Five Faces of Modernity*』, 이영욱 외 옮김, 시각과 언어, 1993, pp.283~320. 참조.

험이 아니다. 이 해체론적인 부분이 존재론적이다. 감상자의 객관적인 시선으로 보았을 때 실험이라고 하는 것은 창작자에게는 생리(生理)인 것이다.

그러한 맥락에서 김춘수의 「메시지」처럼 아우슈비츠에 대한 시편들 또한 눈에 띈다. 김춘수는 아도르노가 아우슈비츠 이후 서정시를 쓸 수 없다[160]고 말했던 그 비극적 전언을 자신의 시 안으로 인용한다. 아우슈비츠라는 모티프에 작가의 글쓰기라는 모티프를 병치한 것이다. 여기서 문제적인 것은 역사의식의 문제뿐 아니라 글쓰기의 문제가 제기된다는 것이다. 글쓰기, 그것은 인간동물이 하지 않는 인간만의 행위이다. 또한 그것은 시를 쓰는 자신을 아우슈비츠와 같은 역사적 상황에서 사유한다는 것이다. 김춘수의 시 세계가 일관적으로 형이상학적 초월성을 띤다고 했을 때, 폭력의 역사 앞에서도 시를 쓴다는 것은 필멸의 존재를 넘어 진리의 주체로서의 불멸의 존재를 지향한다는 것이다. 그 죽음의 한계 상황에서도 그것에 저항하는 것을 보여주는 김춘수의 시는 진리의 주체로서의 불멸의 존재들을 그려내 보이고 있다. 김춘수가 탈자(脫自, Ekstasen)하여 타자에 대한 염려를 늘 보여주었던 것도 자신이 그런 극한에 가까이 다가가 보았기 때문일 것이다.

『처용단장』에서 『들림, 도스토옙스키』로 넘어가는 맥락에 대하여 살펴보면 다음과 같다. 『처용단장』 제3부~제4부는 『들림, 도스토옙스키』로 가는 전주곡이기도 하다. 처용단장의 후반부가 역사에 의해 파괴된 인간의 상에 대해 묘파하고 있다면 들림, 도스토옙스키에서는 역

---

159) Giorgio Agamben, 『아우슈비츠의 남은 자들—문서고와 증인 *Quel Che Resta Di Auschwitz—L'Archivio E Il Testimone*』, 정문영 옮김, 새물결, 2012, p.181.
160) T. W. Adorno, 「문화비평과 사회」, 『프리즘: 문화비평과 사회』, p.29.

사에 대한 심판을 주제로 다루고 있다. 그것은 최후의 심판 모티프이기도 할 것이다.

　　공자는 꿈에 주공(周公)을 본다. 보고 또 보아도 끝이 보이지 않는 황하의 질펀한 물과 같다./그때처럼 웃통을 벗은 아이가 입에 바람개비를 물고 해안통을 달리지 않는다. 그늘이(시꺼멓게) 밀리는가 하더니 서북쪽의 하늘 한쪽이 와르르 무너진다. 후두두 굵은 빗방울이 스쳐간다. 제비붓꽃 하나가 목이 부러지고 그때처럼 어디선가 날콩 볶는 고소한 비린내가 나지 않는다. [중략] 나는 꿈에 이순(耳順)의 나를 본다.
　　　　　　　　　　　-김춘수, 「제4부 뱀의 발」, 『처용단장』(610~611)

　　보기가 안됐다고 자사(子思)는 할아버지(공자)가 만든 배암의 복부에 발을 여러 개 달아주었다. 「중용」이 바로 그것이다./[중략] 청중들은 나를 자사라고 하고, 질의자도 3분이나 시간을 주었는데도 사족에 대해서는 묻지 않았다. [중략] 공자처럼 늘 참말만 해도 잘 돌아가지 않는 세상이 있다는 것을./신라 시대에 이미 솔거(率去)가 갈퀴 모양의 용의 긴 발톱을 그리고 있다.
　　　　　　　　　　　-김춘수, 「사족(蛇足)」 부분. (720)

　「사족」은 김춘수의 『처용단장』의 「제4부 뱀의 발」과 뜻이 같다. 「제4부 뱀의 발」은 무정부주의자 이외에 다양한 역사적 인물이 등장하고, 예수와 천사 이외에 무당과 라마승이 등장한다. 이러한 점에서 이 작품은 김춘수의 사상을 정치적으로나 종교적으로나 어느 하나의 사상의 관점에서 볼 수 없도록 하는 복합성을 갖는다. 한편, 「사족」은 김춘수 자신의 사상의 복합성에 대해 김춘수 자신이 해설을 붙인 것으로 볼 수도 있다. 즉, 김춘수 자신은 그러한 복합성이 「사족」에 나오는 시어 그대로 "중용"이라고 판단한 것으로 보인다. 중용은 포용과도 연관된다. 그 핵심은 공자와 주공의 일화에 있다. 『논어』에는 공자가 꿈에 주공(周公, B.C. 1100경~미상)을 만나는 대목이 나온다.[161] 주공은 노나라의 시조이자 성왕(成王, B.C. 1054경~ B.C. 1020경)의 숙부[162]이다. 주공은 자신이 왕위에 오를 수 있음에도 불구하고 성왕의 신하로서의 지위를 평생 지켜, 중국 역사상 충신(忠臣)의 대명사가 되었다. 공자는 바로 그러한 주공을 본보기로 삼아 자신의 예(禮)에 대한 학설을 세웠다.[163] 위의 시 「제4부 뱀의 발」의 "이순(耳順)"은 『논어』의 「위정편(爲政篇)」에 나오는 "육십이이순(六十而耳順)"이란 구절에서 비롯된 말이다. 또한 「제4부 뱀의 발」에서 "황하의 질펀한 물"이란 역사의 격랑을 비유하고, "제비붓꽃"은 그 시대에 죽은 자들을 비유하는 것이라고 해석될 수 있을 것이다. 이러한 맥락에서 공자와 주공의 일화를 김춘수가 자신의 자전적 시인 『처용단장』에 넣은 것은 반성적 차원의 자기고백일 것이다. 김춘수는 최소한 윤리주의자로서 자기 자신의 잘못에 대해서조차 거짓말은 하지 않았다. 자신의 잘못을 미화하거나 합리화하지 않은 것은 시인으로서의 윤리적 진실성을 보여주는 대목이다. 인식의 진리와 윤리의 진리는 분리되지 않는다. 윤리적 진리를 추구하는 가운데 인식의 진리도 있으며, 역으로 인식의 진리를 추구하는 가운데 윤리의 진리도 있다.

(i) 모든 것이/전쟁까지가/모난 괄호 안에 들어가고 있었다.
　　　　　　　 ─김춘수, 「제3부 메아리」, 『처용단장』 부분. (575)

---

161) "子曰 甚矣 吾衰也 久矣 吾不復夢見周公" 공자, 『논어』, pp.190~191.
162) *Ibid.*, p.191. 옮긴이 주.
163) *Ibid.*, pp.90~91, p.296.

(ii) 그때 나는 이미「 」안에 들어가고 있었다. 고./아니 이미 들어가 버렸다. 고./실은 입과 항문도 이미「 」안에 들어가 버렸다. 고,
— 김춘수, 「제3부 메아리」, 『처용단장』 부분. (593)

(iii) 내가 들어갈 괄호의 맵시를/생각했다. 그것이 곧/내 몫의 자유다.
— 김춘수, 「제3부 메아리」, 『처용단장』 부분. (596)

(iv) 눈물과 모난 괄호와/모난 괄호 안의/무정부주의와/얼른 생각나지 않는 그 무엇과/호야,/네가 있었다./또 하나/일곱 살인가 여덟 살에 죽은/네 죽음도 있었다.
— 김춘수, 「제3부 메아리」, 『처용단장』 부분. (602)

(v) 이 시는 후설 현상학의 그 판단중지, 즉 판단을 괄호 안에 넣고 유보상태로 두는 그 상태와 문장상으로 흡사한 것이 되고 있다.
— 김춘수, 『김춘수 사색(四色) 사화집』 부분. (II. 465)

(vi) 데리다 계통의 해체주의 이론가 중에는 모든 책읽기는 다 오독이라고 하는 이가 있다. 오독이란 판단은 그럼 어디서 나왔는가? 이렇게 보면 이런 이론에는 현상학적 치밀성이 결여돼 있다. 판단은 언제나 괄호 안에 넣어두고 '판단중지'의 신중을 기해야 한다.
— 김춘수, 『김춘수 사색(四色) 사화집』 부분. (II. 522)

(vii) 괄호만 있고 나는 없다, 없는 것이 나다.
— 김춘수, 「선(善)」 부분. (713)

(viii) 여백이란 부재의 존재를 말하는 것이 됨으로입니다.
[중략]
여백은 존재를 증명하기 위한 부재의 표현에 지나지 않습니다.

우리들 부정 속에 내재되는 새로운 긍정을 위하여 L이여! 우리는 다
만 진실한 우리들의 작업을 멈추지 않아야 할 것입니다.
― 고석규, 「여백의 존재성」, 『초극』, 1954. 1. 20. 부분.164)

(i)~(vii)에 공통적으로 나오는 단어가 바로 "괄호"이다. "괄호"는
(v)~(vi)에서 보듯이 인식론적 차원에서 판단중지이다. 그런가 하면 (vii)
에서 보듯이 "괄호"는 윤리적 차원에서 "선(善)"이다. 마지막으로 "괄
호"는 존재론적 차원에서 주체 내부의 균열 또는 결여이다. 그것은 완
전한 무(無)와는 다르다. 주체 내부의 균열 또는 결여를 인간존재의 근
본적인 구성의 일부로 보는 관점은 현대철학에서 어느 정도 일반화되
어 있다. 김춘수의 호가 대여(大餘), 즉 큰 비어있음을 상기하게 한다.

김춘수의 이러한 면모에 대하여 가장 먼저 간파한 것은 고석규였다.
고석규는 『여백의 존재성』에서 김춘수 시의 존재론에 나타난 여백성
을 언급한 바 있다.165) (viii)에서 보듯이 고석규가 말하는 존재의 여백
은 부재(不在)를 의미한다. 그러나, 그는 부재를 무와 동일시하지 않고,
"부정 속에 내재되는 새로운 긍정"이라는 역설을 주장한다. 고석규가
형이상학적으로 "여백의 존재성"이라고 표현한 바를 김춘수는 표상적
으로 "괄호"라고 표현한 것이다. 나아가 김춘수는 괄호라는 표상을 존
재의 결여로 인식한 것이 아니라, 항상적(恒常的)이고 근본적인 것으로
인식한다. 그럼으로써 김춘수는 후설의 에포케 개념을 괄호라는 표상
으로 표현한 것이다. 고석규의 입장이 존재론에 가깝다면, 김춘수의 입
장은 인식론에 가까운 것이다.

현대철학에서 주체의 균열과 결여는 근본적으로 인간을 타자 지향

---

164) 고석규, 『고석규 문학 전집』 2, pp.12~15.
165) Ibid., pp.14~15.

적 존재로 규정하게 한다. 김춘수에게서도 "괄호"의 존재는 타자에 대한 포용력으로 연결된다. 윤리는 타자와의 관계에서 형성된다. 그가 「선(善)」이라는 시에서 말하는 "선"한 인간이란 "괄호"의 존재이다. "괄호"는 비어있음이란 의미에서 김춘수의 호 '대여(大餘)'와도 연관될 것이다.

선(善)에 대해 김춘수와 비슷한 사유를 한 것으로 보이는 동서양 철학자들의 논의를 빌려와 보면 다음과 같다. 노자는 『도덕경』에서 "상선약수(上善若水)" 즉, 최고의 선은 물과 같으므로 그것은 "기어도(幾於道)" 즉, 도(道)에 가깝다고 하였다.[166] 나아가 왕필(王弼, 226~249)은 『도덕경』에 주해를 붙이며, 물이 임하는 '낮은[卑] 곳'과 사람들이 '싫어하는[惡] 곳'은 같다고 해석하였다.[167] 나아가, '싫어하는 곳'은 불쾌를 유발하는 곳으로 볼 수도 있을 것이다. 이것을 다시 칸트의 선에 대한 관점에서 보자면, 불쾌를 유발하는 것에 대해서도 이성적 판단으로 옳은 것이면 양심의 명령에 따라 선을 실천해야 한다는 것과도 통한다.

다시 말해 위의 시 「선(善)」에서 김춘수의 선(善)으로서의 "괄호"는 노자의 낮은 곳[卑], 그리고 칸트의 불쾌(不快)를 포용하는 선으로서의 "괄호"이다. 그러한 의미에서 그 "괄호"는 선을 실천하는 윤리적 주체의 표상이기도 할 것이다. 다시 말해, 그것은 자신을 비움으로써 타자를 자신 안에 들여놓고 자신의 한 부분처럼 대해줄 수 있는 포용력과 공감력 등의 윤리적 감수성을 지니는 존재로 이해된다.

그러한 윤리적 감수성의 외연을 넓혀보면, 그것은 타자가 원하는 대로 자신을 내어주라는 예수의 가르침과도 통한다는 점에서 기독교적

---

166) 老子, 『도덕경』, pp.37~38.
167) 王弼, 『왕필의 노자(老子)』, 임채우 옮김, 예문서원, 2001, p.65.

윤리관과도 부분적으로 일치한다고 판단된다. 나아가 맹자(孟子)도 "선여인동(善與人同)"[168]이라 하였다. 선(善)은 타인들과 더불어 지내면서 더불어 그것을 행할 때 의의가 더 커진다고 하였다.

그러나 "괄호"라는 그의 시적 은유는 어느 하나의 윤리관으로 귀결되지 않는 창조성을 지니고 있다. 칸트에게서 주체의 자율성은 윤리성의 기본적인 조건이다.[169] 다시 말해, 타자에 대한 포용력뿐 아니라 주체의 자율성이 갖추어져야 그것을 윤리적이라고 할 수 있다는 의미이다. 그것은 능동적으로 존재의 진리에 대한 추구를 지속할 때 가능한 것이기도 할 것이다. 김춘수는 그러한 입장에서 청년에서 말년에 이르기까지 20세기 중후반의 역사 전반을 자신의 시 안으로 끌어들인 것이었다. 요컨대, 김춘수의 타자에 대한 포용력은 자신의 호가 '대여'인 것처럼 자신이 "괄호"의 존재로서의 선의 실천자인 데서 비롯된 것으로 볼 수 있다.

> 방안은 그와 나 둘뿐인데 나는 그때 거기에는 없는 것처럼 되어 버렸다./사람[人]이 둘[二]이라야 한다는데, 나는 그를 더 기다려야 하나?
>
> ─김춘수, 「인(仁)」, 『서서 잠자는 숲』(712) 부분.

공자는 『논어』에서 "부인자 기욕립이립인 기욕달이달인(夫仁者 己欲立而立人 己欲達而達人)"[170]이라 하여 인(仁)은 자신을 세움으로써 남을 세우고 자신이 도달하고자 함으로써 남도 더불어 도달하게 하는

---

168) 孟子, 「卷三 公孫丑章句 上 ─ 第八 善與人同 章」, 『맹자』, p.247.
169) Immanuel Kant, 『윤리형이상학 정초 *Grundlegung zur Metaphysik der Sitten*』, 백종현 역, 아카넷, 2010, p.169.
170) 孔子, 『논어』, p.185.

것이라고 하였다. 즉, 인(仁)은 인간과 인간의 관계성 그 자체에 기반하는 덕목이다. 더불어 존재함을 의미하는 것이 인(仁)의 그 기본적 의미인 것이다.

위의 시 「인(仁)」에서의 기다림의 모티프는 그의 시 「메시아」에서도 그대로 반복된다. 구원자로서의, 시적 주체의 기다림의 대상은 끝내 오지 않고, 결국 시적 주체의 기다림의 행위 자체만 남는다는 모티프가 반복되는 것이다. 그러한 모티프는 실존주의 사상을 대표하는 작품인 사무엘 베케트(Samuel Beckett, 1906~1989)의 『고도를 기다리며 *En Attendant Godot*』의 모티프와 유사하다. 즉, 무신론의 시대에 부조리(不條理)한 인간 실존에 대한 고백인 것이다. 그러나 김춘수는 실존주의의 바탕인 허무에 그치지 않고 끝까지 윤리를 궁구한다. 그러한 일면이 이 시에서는 인(仁)이 붕괴된 현재의 윤리를 에피파니(epiphany)로 드러내는 것으로 나타난다. 인은 유교 사상의 핵심 덕목이다. 모든 윤리의 기본이 되는 인은 곧 사랑이다. 김춘수는 나름대로 인(仁)이라는 글자의 형성원리를 풀어서 자신의 시구절로 삼고 있다. 실제로 고서(古書)에서 인(人)과 인(仁)은 혼용되었다고 한다.[171] 그러므로 김춘수는 「인(仁)」이라는 시를 통해서 윤리의 근간이 무너져 있음을 고백하고 있다. 그러나 인의 붕괴는 단순히 윤리의 문제에 그치지 않는다. 김춘수는 자신의 시론에서 문화의 핵심은 윤리라고 말한 바 있다. 윤리의 문제는 문화의 정수로서의 시의 문제로 직결된다. 공자는 『논어』에서 "인이불인 여례하 인이불인 여악하(人而不仁 如禮何 人而不仁 如樂何)"[172]라고 하여, 사람이 어질어야 예(禮)가 있으며 또한 음악이 있다고 하였

---

171) *Ibid.*, p.27. 역자 주.
172) *Ibid.*, p.78.

다. 즉, 공자는 인을 예와 음악의 근간으로 본 것이다. 시를 음악으로 본다면, 인의 붕괴는 곧 음악으로서의 시의 붕괴이기도 할 것이다.

3. 시인의 이상적(理想的) 현존재로서의 '오르페우스'의 진리의 순례 ― '처용'의 시편 ②

오르페우스(Orpheus)는 음유시인의 신이다. 오르페우스는 자신의 죽은 아내, 에우리디케(Eurydike)를 찾아 지옥의 순례를 떠나지만 끝내 그녀를 되찾아오지 못하는 비극의 주인공이다. 그러한 의미에서 오르페우스의 신화는 비극의 형식을 지니고 있다. 이러한 오르페우스 신화는 여러 시인에 의해 재창조되었다. 그것은 시인의 신화가 시인 개인이 진리의 탐구로써 써낸 신학[173]이기 때문일 것이다. 김춘수가 영향을 받은 릴케의 경우도 그러하다. 릴케의 시 가운데『오르페우스에게 바치는 소네트』가 있다. 릴케는『오르페우스에게 바치는 소네트』에서 오르페우스를 '이상적 현존재(現存在, Dasein)'의 상징으로 그린다. 신범순은 오르페우스를 봄이 오면 장미처럼 부활하는 아도니스적 존재로 본 릴케의 소네트를 상찬한다.[174] 릴케는 니체의 영향을 받았다. 니체는 사랑을 위해 신은 인격적 존재여야 한다고 주장한다.[175] 예수나 오르페우스 모두 사랑의 화신이라는 점은 같다. 그러나 예수는 기독교적 신

---

173) Northrop Frye,『비평의 해부』, p.154.
174) 신범순,「우리는 무엇으로 사는가(3)― 릴케의 <오르페우스에게 부치는 소네트> 읽기」, 서울대학교 한국현대시강독 강의 자료집, 2014. 10. 8. p.1.
175) Friedrich Wilhelm Nietzsche,「안티크리스트 *Der Antichrist*」,『바그너의 경우 · 우상의 황혼 · 안티크리스트 · 이 사람을 보라 · 디오니소스 송가 · 니체 대 바그너― 니체 전집 15』, 백승영 옮김, 책세상, 2002, p.241.

의 무성적(無性的) 특성을 그대로 가지고 태어나 근본적으로 탈성화(脫性化)되어 있다. 오르페우스가 예수와 다른 것은 남녀 간의 사랑으로서의 에로스가 가능한 신이라는 점이다.

　김춘수에게도 릴케에게서와같이 오르페우스의 변용으로 볼 만한 존재들을 주인공으로 한 시편들이 상당수 창작된다. 그 구체적인 예를 살펴보면 아래와 같다.

> 　흰 한 송이 꽃은 무릎 위에서 시들어집니다/다 같이 보자기에 싸두었던 이야기를 폅니다/그러면 유순한 버드나무처럼 우리는 또다시 기억합니다//움은 솟아오른다고요?/인생은 이처럼 행복에서 멀리 살았습니다
>
> 　　　　　　　　　　　　　　　　－김춘수, 「애가(哀歌)」 부분.176)

> 　남자는 이승의 누구에게/주고 싶은 것이 있어, 그것이 간절할 때/노래가 되지/산천도 듣고/초목도 들어라,/노래가 우는 울음소리를……그것은 차라리 환희로다.//[중략]//거문고는 다섯 줄이 아니라/일곱 줄이 아니라/내 손톱의 희노(喜怒)에 따라/열 줄도 되고 스무 줄도 되었네.//[중략] 그것은 마약이었네.//죽음이었네./황홀한 죽음이었네.//[중략]//그대 먼저 이승을 뜨면/내 그대 찾아/저승으로 가리./이승에서 그대 귀를 막던/그 가락 다시 또 들려주리,//[중략]//나는 또 알고 있다./아내는 깊이깊이/이승의 울음을 운다./죽으면 그만인 이승의 울음을/나는 또 참아야 한다./내 울음은/그렇다./나중에 아내를 찾아/저승까지 가 닿는다./그런 울음이다.//[중략]//아내는 자기의 존재를 잊고 있었다.//[중략]//백결 선생!/그대가 그대로 하나의 가락이로다.
>
> 　　　　　　　　　　　　　　　－김춘수, 「낭산의 악성」 부분. (276~324)

---

176) 김춘수, 「애가(哀歌)」, 조선 청년문학가협회 경남본부, 『날개 － 해방 1주년 기념 시집』, 을유출판사, 1946.

밤, 자정이 넘도록 돌아오지 않는다면/어둠의 변두리를 돌고 돌
다가/먼동이 틀 때까지 사랑이여, 너는/얼마만큼 달아서 병이 되는
가,/병이 되며는/무당을 불러다 굿을 하는가,/넋이야 넋이로다 넋반
에 담고/타고동동(打鼓冬冬) 타고동동 구슬채찍 휘두르며/역귀신(役
鬼神)하는가.

—김춘수, 「타령조·1」 부분. (213)

용의 아들/라후라(羅喉羅) 처용아빌 찾아갈까나,/엘리엘리나마사
박다니/나마사박다니, 내 사랑은/먼지가 되었는가 티끌이 되었는
가,/굴러가는 역사의/차바퀴를 더럽히는 지린내가 되었는가

—김춘수, 「타령조·2」 부분. (214)

그대 이승에서/꼭 한번 죽어야 한다면/죽음이 그대 눈시울을/검
은 손바닥으로 꼭 한번/남김없이 덮어야 한다면/살아서 그대 이고
받든/가도 가도 끝이 없던 그대 이승의 하늘,/그 떫디 떫던 눈웃음은
누가 가지리오?

—김춘수, 「수련별곡」 부분. (333)

금자문자(金子文子)//[중략]//어린 우리 문자(文子)는/죽음이 악기
라서/피 쏟고 모로 누워/새우처럼 허리 꺾고 감옥에서/ 죽었을까,//
[중략]//**윤이상의 비올론첼로**/허파앓이와 객혈/길을 가다가도 그는
문득/본다./괜찮아 괜찮아/시간은 아직 많이 남았다고/가느다란 대
롱을 타고 생각보다/피는 아주 먼 데서 온다./[중략]문 닫고/혼자서/
목쉰 소리를 낸다.

—김춘수, 「바꿈 노래(替歌)」 부분. (739~744)

위에 인용된 바와 같이, 김춘수의 시에 나오는 음악의 형식으로는 대표
적으로 "애가"(「애가(哀歌)」), "타령조"(「타령조」), "별곡"(「수련별곡」),

"바꿈 노래"(「바꿈 노래」) 등이 있다. 특히, 「애가」는 김춘수의 최초의 작품으로 그가 처음부터 시를 음악으로 간주했다는 것이 확인된다. 「낭산의 악성」은 백제 시대의 음악가 백결(百結)을 다루고 있는데, 백결은 거문고의 명인으로서 아내를 위해 「대악(碓樂)」을 남겼다는 점에서 김춘수에게 한국판 오르페우스로 받아들여진 것으로 보인다. 「타령조」와 「수련별곡」의 타령과 별곡도 각각 한국 고유의 전통음악의 형식이다. 나아가 김춘수는 「바꿈 노래」에서는 한국의 현대 음악가인 윤이상(尹伊桑, 1917~1995)도 다룬다. 윤이상은 김춘수의 시 「골동설(骨董設)」177)에서 "통영읍"이라는 지연을 통해 만난 인물로 등장하기도 한다. 현재까지도 통영에서는 그 지역을 대표하는 예술가로 항상 윤이상과 김춘수가 기념되고 있다. 요컨대 김춘수는 꾸준히 음악의 형식을 자신의 시에 적용해 왔다.

특히 그가 부딪혔던 허무와 무의미는 언어적으로나 미학적으로나 순수한 절대음악의 언어로 이루어진 시를 지향하게 하였다. 칸트는 시와 자연스럽게 결합되는 예술로서 심의(心意)를 내면적으로 자극하는 공통적 속성을 지닌 음악을 들었다.178) 그러한 의미에서 시와 음악의 만남은 필연적이다. 김춘수는 발레리의 순수시의 경지처럼 시의 음악성을 궁극까지 가보려 한다.

예컨대, 그러한 시도는 김춘수의 「낭산의 악성」에서 이루어진다. 릴케가 "노래는 현존재"(『오르페우스에게 바치는 소네트』)라고 하였듯이, 「낭산의 악성」에서 "백결선생"은 "노래가 되"어 "울음소리"를 내는 "가락" 그 자체로 그려진다. 다시 말해, 릴케에게서나 김춘수에게서나

---

177) 김춘수, 「골동설」, 『호(壺)』, 도서출판 한발, 1996. (김춘수, 『김춘수 시 전집』, pp.774~785. 재수록.)

178) Immanuel Kant, 「여러 미적 예술의 미감적 비교」, 『판단력 비판』, pp.212~213.

존재는 음악적이고, 음악은 존재적이다. 나아가 "백결선생"에게 "노래"는 "마약"과 같은 도취상태이며, "황홀한 죽음"과 같은 의사죽음의 상태이다. 이것은 니체가 『비극의 탄생』에서 디오니소스적인 음악의 상태에서 비극이란 예술이 승화되어 탄생하는 것을 해명한 이치와 같다. 그러한 음악의 현존재성과 창조성 때문에 하이데거는 "예술로서의 힘에의 의지"[179]라고 말한 것으로 해석될 수도 있다. 왜냐하면, 니체에게서 존재는 힘에의 의지이기 때문이다. 하이데거는 플라톤과 아리스토텔레스가 존재를 우시아(ousia, Anwesenheit, 현존)로 깨닫는 데까지 나아갔지만, 존재의 생성에 대해서까지는 나아가지 못했으며, 그러한 한계는 니체의 영원회귀에 대한 해명에서 극복되었다고 본다.[180] 니체는 존재(being)를 생성(becoming)으로, 다시 그 생성을 힘에의 의지(will to power)로 보았다. 다시 이 시 「낭산의 악성」에서 "이승"과 "저승"을 아내 때문에 오가는 모티프는 오르페우스의 신화 그대로이다. "아내"의 "울음"은 자기의 "존재"를 망각할 만큼 슬픈 현세의 "울음"이요, "백결"의 "울음"은 그러한 아내를 그리워하며 내세로 떠난 자의 "울음"이다. 현세의 울음과 내세의 울음이 운명애(amor fati)적인 사랑의 진실로서의 에로스의 아름다움 때문에 음악의 경지에 이른다. 김춘수가 "울음"에 의한 존재의 망각을 시로써 말하는 것은 그 망각이 존재의 초월을 통해 음악으로 향하는 단계에서 보이는 일시적인 암막 효과라고 판단된다.

　　김춘수의 시는 『처용단장』에 와서 리듬에 큰 변화가 생긴다. 예컨대 김춘수의 시는 『인인(隣人)』에서 자신의 관념시의 절정을 구가하고,

---

179) Martin Heidegger, 『니체 *Nietzsche*』 I, 박찬국 옮김, 길, 2010, p.17.
180) *Ibid.*, pp.35~36.

『꽃의 소묘』에서 관념과 미가 조화를 이루어 이데아적인 진선미를 겸비한 아름다움의 경지에 이르는데, 거기에는 신의 숨결 같은 음악적 탄력을 지닌 리듬이 살아 있다. 거기에는 음악을 의식하지 않은 듯 느껴지는 무흠결의 음악이 있었다. 김춘수의 시에 리듬이 없다는 비판[181]은 다시 평가절상되어야 할 것이다.

『처용단장』에 이르면 새로운 리듬이 나타나기 시작한다. 김춘수의 무의식적 지향은 디오니소스적 음악의 힘으로 향하는 것 같이 보이기도 하지만, 한편, 그의 의식적 지향은 아폴론적 음악의 균형을 향하는 것 같이 보이기도 한다. 그의 음악성은 디오니소스적 음악과 아폴론적 음악 사이 오묘한 지점에 있다. 그것은 시간의 관점에서 과거의 현재화와 관계가 있을 것이다. 시를 쓰는 자로서의 김춘수에게 과거지향의 의식은 과거의 현실로부터 취한 의식의 대상을 독립적으로 자신의 내부에 가진다. 그리고 주관은 그 자체로 내적 시간의 연속성을 통해 자기 동일성을 유지하며 하나의 코기토로서 존재한다. 그러나 무의식적으로 김춘수의 『처용단장』에서 자신의 내면에 침잠해 있던 유토피아와 디스토피아를 순환하게 하는 것은 그의 유년의 트라우마이다. 그 트라우마의 과거적인 동시에 현재적인 시간성이 리듬 면에서나 존재론적인 면에서 시간적 양가성(ambivalence)을 띠게 한다.[182] 그 중용적 지점에서 『처용단장』은 단정한 형태의 단형시들이 연작 장시로 뻗어 나아가는 형식미를 갖게 된 것으로 판단된다.

요컨대, 「낭산의 악성」에서 『처용단장』에 이르기까지의 예시들은 김춘수의 시적 분신으로서의 오르페우스적 존재의 여정이 끝내 이상

---

181) 서우석, 「김춘수: 리듬의 속도감」, 『시와 리듬』, 문학과지성사, 1993, pp.128~141.
182) Catherine Malabou, *Ontology of the Accident — An Essay on Destructive Plasticity*, p.55.

288 | 김춘수 '형이상시(形而上詩)'의 '존재와 진리' 연구

적으로 '스스로 음악인 존재'로 승화하는 극단까지 나아가려는 것이라고 볼 수 있다. 이와 같은, 시적 주체의 음악적 존재로의 변용은 『낭산의 악성』, 『처용단장』, 그리고 『타령조』 연작으로도 이어진다. 김춘수는 1960년대 10여 년 동안 「타령조」 연작 50편 정도를 써냄으로써 장타령(場打令)의 넋두리와 리듬을 실험해 보았다고 밝혔다.[183] 장타령에는 두 종류가 있다. 하나는 흥보가(興甫歌)에서 박 타는 장면에 동자가 부르는 타령이고, 또 하나는 거지가 구걸할 때 부르던 타령이다.[184] 어느 편이든 가장 빈한한 계층이 부르던 타령이다. 그 밖에 김춘수의 시 가운데 「루오 할아버지가 그린 유화 두 점」에서도 엿장수가 장타령을 부르며 등장하기도 한다.[185] 이렇듯 장타령의 특징은 한(恨)이 서려 있으면서도 능청스러운 해학(諧謔)이 묻어 있다는 것이다. 이러한 특징은 김춘수가 '처용'을 통해서도 웃음을 통한 관용을 추구해 온 데 녹아 있기도 하다. 그러나 김춘수는 『타령조』 실험이 단순히 기교적 실험에 그쳤다고 겸손하게 자평했다.[186] 한국근현대시사를 통해 실험되었던 전통회귀운동들은 대체로 실패했다. 예컨대, 1920년대와 1970년대의 민요시 운동은 일시적인 복고주의에 그쳤을 뿐, 창조적인 성과를 내지 못했다. 그러나 『타령조』와 『처용단장』 연작을 동시에 실험했던 김춘수는 『타령조』에 실패한 대신 『처용단장』에 성공한다. 『타령조 · 기타』는 '타령'이라는 음악을 표제로 내세우는 데 그치지 않았다. 이미 「타령조 · I」에서는 처용설화의 사랑 모티프가 나온다. 또한 「타령조 · II」에

183) 김춘수, 「후기」, 『타령조 · 기타』, 문화출판사, 1969. (김춘수, 『김춘수 시 전집』, p.253. 재수록.)
184) 송방송, 『한겨레음악대사전』, 보고사, 2012. 참조.
185) 김춘수, 「루오 할아버지가 그린 유화 두 점」, 『라틴점묘 · 기타』, 탑출판사, 1988. (김춘수, 『김춘수 시 전집』, pp.504~505. 재수록.)
186) 김춘수, 「후기」, 『타령조 · 기타』, (김춘수, 『김춘수 시 전집』, p.173. 재수록.)

서는 처용이란 이름과 역사에 의한 트라우마와의 상관성이 거론되는 것이다. 그러므로 『타령조』는 『낭산의 악성』처럼 『처용단장』의 전주곡 같은 성격을 지닌다고 볼 수 있다.

그런데 여기서 가장 중요한 것은 처용이라는 음악의 신(神)이 김춘수의 분신으로서 오르페우스의 변용으로 해석될 수 있다는 것이다. 처용은 병인(病人)을 찾아다니는 의신(醫神)이다. 오르페우스도 지옥으로 내려가는 신이다. 시인은 본래 스스로는 성스러움을 지니고 지옥을 순례하는 자이다. 지옥은 시인의 눈에 비친 세상의 이름이다. 시인에게는 자신의 순결과 결벽성 때문에 세상이 죄성(罪性)으로 가득 찬 공간으로 보인다. 그리고 릴케에게서 오르페우스가 천사의 변용이라는 데서 처용도 천사의 변용으로 해석될 수 있다. 그러나 처용의 신과 인간의 중간적 성격은 무엇이라고 하나로 규정되지만은 않는다. 그가 지향하는 절대의 지점은 인간적 한계를 넘어서 신적 존재를 지향하는 존재, 즉 처용의 관용정신으로 나타나기도 한다. 김춘수도 처용과 분신 관계이지만, 끝내 신은 되지 못하고 다만 신에게 기도하는 존재에 머무르거나, 구원을 바라지만 구원받지 못하여 절망하는 존재로, 즉, 시인으로 머무른다.

19세기 말 건양원년(建陽元年)에 『독립신문』이 발간되자 창가 가사가 둑이 터진 듯이 쏟아져 나왔다. [중략] 창가 가사를 이어 대중의 열렬한 애호를 받으면서 등장한 것은 유행가 가사다. [중략] 많은 사람이 이 노래에 귀를 기울이고 애창한 것이 또한 사실이라고 한다면 우리 겨레의 의식구조를 새삼 한 번 따져볼 만하다.
　　　　　　　　　　　　　　　　－김춘수, 「유행가 가사와 우리 겨레」 부분.[187]

---

187) 김춘수, 「유행가 가사와 우리 겨레」, 『시인이 되어 나귀를 타고』, 문장사, 1980.

김춘수는 「황성옛터」 같은, 감상적인 유행가조차도 우리 겨레의 의식에 깊이 침윤해 있다면 가치가 있다고 보았다. 음악은 슬픈 소리로 현존을 일깨우는 한편 세계를 연결한다.[188] 노래가 보이지 않게 우리 겨레를 수호하는 것이다. 김춘수 시에서 백결과 처용의 공통된 역사적 배경은 신라주의(新羅主義)이다. 한국현대문학사에서 신라주의는 신라가 천년왕국이었다는 데서 영원이라는 상징성을 갖는다. 신라는 역사적 실체이지만 신라라는 이념은 후대의 예술가들에게 하나의 신화이다. 김춘수는 역사가 시간의 안이라면 영원은 시간의 바깥이라고 했다. 신라주의가 바로 역사로부터 초월하여 신화에 이른 예가 된다. 신라주의는 김춘수에게만 고유한 것은 아니다. 한국전쟁으로 대부분의 문인이 월북하거나 사망하거나 실종된 가운데 분단 이후 한국 문단의 대세를 이룬 것은 서정주·김동리를 위시한 전통주의 문인들이었다.[189] 신라주의는 분단 이후 한국 문단의 공백을 채우며 시정신의 명맥을 계승하는 몫을 해냈다. 다시 말해, 한국현대시사에서 신라주의는 하나의 신화로서 우리 겨레의 의식세계의 연속성을 만들어냈다. 그 중심에 시인으로는 서정주에 이어 김춘수가 있었다. 처용의 나라, 음악으로 가득한 신라는 김춘수에게 플라톤이 꿈꾸었던 '음악국가'[190]이기도 할 것이다.

（김춘수, 『김춘수 전집 3 - 수필』, 문장사, 1983, pp.394~396. 재수록.）

188) Friedrich Wilhelm Nietzsche, *op.cit.*, p.92.
189) 방민호, 「6.25와 한국문학」, pp.171~173.
190) Friedrich Wilhelm Nietzsche, 『유고(1869년 가을~1972년 가을)-아이스킬로스, 소포클레스, 에우리피데스에 대하여 외 *Nachgelassene Fragmente Herbst 1869 bis Herbst 1872*』, 최상욱 옮김, 책세상, 2005, p.58.

4. 성육신(成肉身)과 부활 신화에 나타난 신적 존재의 의미
— '예수'의 시편

김춘수는 자신의 시세계에서 처용과 예수를 등가로 간주해 왔다. 둘은 모두 김춘수에게 분신적 존재이다. 전기적으로 김춘수가 예수와 관련을 맺은 것은 일차적으로 유년기에 호주 선교사를 통해서이다. 김춘수는 그의 시력 초기부터 말기까지 일관되게 예수 등 『성경』과 관련된 시편을 썼다. 또한, 말기에 스스로 자신의 세계관이 신학에 닿아있다고 증언하였다. 서양 형이상학은 존재론이 신학이었다.[191] 그것을 존재—신—론(Onto-Theo-Logik)이라고도 할 수 있을 것이다.[192] 그러한 김춘수의 시편들은 정지용으로부터 김현승으로 이어지는 신학적 형이상시의 계보 가운데 있다. 사상적으로는 릴케나 니체와 공유하는 시대적 에피스테메 안에 있었던 김춘수에게 신학적으로 예수와 매개를 해준 것은 먼저 키르케고르이다. 키르케고르는 실존주의자로서 그의 생전에 기독교로부터는 인정을 받지 못했던 것으로 알려져 있다. 그것은 그의 철학이 기독교의 교리에 대한 정통적 해석의 방식과 다른 방식으로 기술되었기 때문일 것이다. 노년의 김춘수에게 프로테스탄트 신학의 영향을 준 것은 니부어이다. 김춘수와 니부어의 관계에 대해서는 V장에서 다루기로 하고, IV장에서는 김춘수가 『남천』을 통해 '예수' 시편을 남긴 것과 관련하여 키르케고르에 대한 그의 글을 먼저 살펴보기로 한다.

　　　이상에게 키르케고르를 애독한 흔적이 있다고 하고 있는데 키르케고르를 길잡이로 하여 기독교 세계에 적극적으로 접근해갔다면

---

191) Martin Heidegger, 「형이상학의 존재—신—론적 구성틀」, 『동일성과 차이』, p.46.
192) *Loc. cit.*

어찌 되었을까? [중략] 기껏 해봤자 '권태'를 붓으로 미화하는 키르
케고르가 말하는 소위 제1단계의 실존인 미적 실존이 있었다면 있
었다고나 할 것이다. 절망하려야 절망할 수가 없었던 사람의 눈물
나게도 서글픈 모습이다.

　　　　　　　　　　　－김춘수,『한국 현대시 형태론』 부분. (I. 160~161)

　위의 인용에서 보듯이 김춘수는 이상이 키르케고르를 탐독하였으나
키르케고르와 다른 방향성으로 나아간 것에 대하여 아쉬워하는 논조
의 산문을 남긴다. 김춘수는 한국현대시사적으로 이상이 단명(短命) 때
문에 성취하지 못한 주제적 영역을 개척하는 차원에서 '예수' 시편과
신학적 시편으로 나아간 일면이 있는 것으로 보인다. 그러나 이상에게
도 예수와 관련된 시편들이 적지 않게 남아있으며 그의 시세계 안에서
중요한 위상을 지니고 있다. 그러나 김춘수로서는 이상은 권태라는 일
종의 정신적 한계지점에 이르렀고, 김춘수는 권태라는 허무적 상태를
다른 방식으로 관통하거나 초월하는 방향으로 나아간다. 키르케고르
는 '예수와 동시대인 되기'[193]를 통해 성경 시대의 예수를 현재적으로
자신 안에 성령(聖靈)으로 영접함으로써 진정한 그리스도인이 된다고
하였다. 김춘수는 키르케고르적으로 '예수와 동시대인 되기'로 나아간
다. 그것이 김춘수에게는 이상적 권태를 문학사적으로 극복하는 방향
이었다.

　사랑하는 나의 하느님, 당신은/늙은 비애다./푸줏간에 걸린 커다
란 살점이다./시인 릴케가 만난/슬라브 여자의 마음속에 갈앉은/놋
쇠 항아리다./손바닥에 못을 박아 죽일 수도 없고 죽지도 않는/사랑

---

193) Mircea Eliade,『종교 형태론』, p.501.

하는 나의 하느님, 당신은 또/대낮에도 옷을 벗는 어리디어린/순결이다./삼월에/젊은 느릅나무 잎새에서 이는/연둣빛 바람이다.

－김춘수, 「나의 하느님」 전문. (223)

하느님은 언제나 꼭두새벽에/나를 부르신다./달은 서천을 가고 있고/많은 별들이 아직도/어둠의 가슴을 우비고 있다./저쪽에서 하느님은 또 한 번/나를 부르신다./나를 부르시는 하느님의 말씀 가까이/가끔 천리향(千里香)이/홀로 눈뜨고 있는 것을 본다.

－김춘수, 「서천(西天)을」 전문. (429)

위에 인용된 「나의 하느님」과 「서천을」을 통해 김춘수는 신의 존재성을 묻고 있다. 이러한 맥락에서 김춘수의 시에서 '신적 존재(神的 存在)'가 무엇인지 철저히 구명되어야 할 필요가 있다. 『성경』에서 신(神)을 존재론적으로 표현한 구절로는 "나는 스스로 존재하는 자이다(I am who I am)"[194]가 있다. 이 구절은 모세가 신의 이름을 묻자 신이 그렇게 대답한 것이다. 신의 이름은 '누구'라는 정체성을 드러내지 않는다. 다만 신의 이름은 존재와 존재자를 동시에 가리킨다.[195] 그 구절은 신의 완전성을 의미한다. 「나의 하느님」에서 신적 존재는 "어리디어린/순결"이라는 것도 '죄적 존재(罪的 存在)'로서의 인간과 대비되는 완전성의 일면을 가리킬 것이다. 신은 자기 원인으로 존재하며 자신의 본질을 드러낸다. 그에 반해 인간은 신의 형상(imago Dei)으로 지어졌다는 성경적 세계관이 김춘수의 시 사상의 근간을 이루고 있다. 그만큼 「나의 하느님」은 나의 삶 안에 존재성을 띠고 있다. 신범순은 이 시를 세속

---

194) 「출애굽기」 3장 14절.
195) Mircea Eliade, 『세계종교사상사 *Histoire des Croyances et des Idées Religieuses*』 1, 이용주 옮김, 이학사, 2014, p.275.

가운데 임재한 신성으로 해석하였다.196) 그러한 점은 이 시에서 김춘수가 릴케를 호명하듯이 릴케의 「나의 하느님 이야기」197)와 유사하다. 김춘수가 극한의 비극적 상황에서도 초월하는 힘을 발산하며 돌파해 내는 것은 신적 존재에 대한 희망을 근본적으로 가지고 있기 때문이다. 그러나 신과 인간의 관계는 상호적이다. 「서천을」에서 '꽃'의 테마이던 호명(呼名)이 다시 나오는 것은 의미심장하다. 진리의 관계가 서로의 이름을 불러 고유한 존재성을 드러내는 것이었듯이 김춘수는 신에 의해 자신이 불리는 것을 듣는다. "하느님의 말씀"은 명제진리(命題眞理, Satzwahrheit)이다. "하느님"은 "나"에게 진리의 이름을 붙여 주려고 한다. 김춘수에게서 그러한 행위는 곧 사랑이었다. 그리고 그것은 '신부(新婦)'를 맞이하는 것이었다. 신이 '나'를 부르고, '나'는 그것을 듣는 것은 일종의 언약(言約)이다. 「서천을」의 "천리향(千里香)"은 신비로운 영원성의 한 가닥 현현이다. 이 시는 주기도문(主祈禱文, Lord's Prayer)을 연상시킨다. 자기 자신이 신적 존재이면서도 신을 바라보는 존재는 바로 예수일 수 있을 것이다. 다음은 "하느님"의 또 다른 의미를 살펴볼 수 있는 시이다.

> 모과는 없고/모과나무만 서 있다/마지막 한 잎/강아지풀도 시들고/하늘 끝까지 저녁노을이 깔리고 있다./하느님이 한 분/하느님이 또 한 분/이번에는 동쪽 언덕을 가고 있다.
>
> ―김춘수, 「리듬 · II」 전문. (358)

196) 신범순, 「삶의 축제는 가능한가―김춘수, <샤갈의 마을에 내리는 눈> 읽기」, 『한국현대시강독 강의자료집』, p.1. 참조.
197) 릴케의 이 작품은 인간들의 삶 안에 임재하고 계신 신에 관한 이야기들로 구성되어 있다.
Rainer Maria Rilke, 「사랑하는 신 이야기 *Geschichten vom Lieben Gott*」, 『단편소설―릴케 전집 7』, 김재혁 옮김, 책세상, 2000.

이 시의 제목이 왜 「리듬·II」인지는 파악하기 어렵다. 제목에 맞추어 본문에서 그 의미를 추론해 낼 수 있을 뿐이다. 첫 행을 보면 "모과는 없고"이다. 이 문장은 이미지에 기여하지 않는다. "없다"라는 형용사는 상태에 대한 설명이지, 이미지를 감각으로 형상화한 것이 아니기 때문이다. "모과는 없고"는 다음 행 "모과나무만 서 있다"라는 행에 의해서 반복(反復)·변주(變奏)의 양상을 띠면서 리듬을 형성한다. "모과나무만 서 있다" 또한 이미지의 형성에 거의 이바지하지 않는 시어인 조사 "만"과 서술어인 "서 있다"로 구성되어 있다. 그러므로 "모과는 없고/모과나무만 서 있다"에서 이미지의 형성에 기여하는 부분만 남겨 효율적으로 시어를 운용하자면 '빈 모과나무' 정도로만 표현해도 된다. 저 두 행에서 불필요한 문장성분들은 언어유희적 기능을 하며 리듬에 관여하고 있다. '모과 없는 모과나무'는 일종의 지적·언어적 유희인 것이다. 로고스적 언어의 논리성에 의식적으로 반항하는 실험의 일종이다. 이러한 시가 김춘수가 실험한 무의미시의 계열인 것이다. 김춘수는 무의미시를 통해서 리듬만 남은 시를 창조하고자 의도했다. 이 시에서 또 하나의 리듬을 찾자면, 시간의 경과에서 비롯되는 것이다. 이 시는 "저녁노을"이란 시어에 의해 시간이 제시되어 있다. 태양이 운행되는 하늘은 인간이 발견한 최초의 시계이다. 일모(日暮)는 자연의 시간에서 일일의 끝이다. 그때, 일모의 반대편인 동쪽에 "하느님이 한 분/하느님이 또 한 분" 있다. 기독교는 유일신론(唯一神論, monotheism)이다. 여러 신 가운데 하느님만을 단 하나의 절대적인 신으로 인정하는 것이다. 그런데 하느님이 또 있다는 것은 신이 무소부재(無所不在)한 존재라는 원칙에 따라 타당하다는 해석을 내릴 수 있다. 또는 데리다적인 차연(差延, différrance)의 존재성으로 그 타당성을 인정할 수 있다. "하느님이 한 분/하느님이 또 한 분"이라고 하는 리듬에서 음악의 도돌이 표 또는 푸가(fugue)가 연상된다. 이 대칭성과 순환성의 리듬에서 우주의 시간이 보인다. 동으로 점차 움직여 오는 어둠의 형상은 경외의 대상인, 숭고의 하느님의 존재를 느끼게 한다. 이렇듯 이 시는 존재자들 사이에 서로 무관해 보이는 연동(聯動) 안에 보이지 않는 영원의 리듬이 있다는 것을 보여준다. 기독교의 신은 성부(聖父)와 성자(聖子)와 성령(聖靈)이 삼위일체(三位一體, trinity)를 이루는 신이다. 그러므로 다음으로는 김춘수의 시에서 성자인 '예수'에 대하여 살펴보기로 한다.

　　- 예수가 십자가에 못 박힐 때, 그의 아픔을 덜어주기 위하여 백부장(百夫長)인 로마군인은 술에 마약을 풀어 그의 입에다 대어 주었다.//예수는 눈으로 조용히 물리쳤다./-하느님 나의 하느님,/유월절 속죄양의 죽음을 나에게 주소서./낙타 발에 밟힌/땅벌레의 죽음을 나에게 주소서/살을 찢고/뼈를 부수게 하소서./애꾸눈이와 절름발이의 눈물을/눈과 코가 문드러진 여자의 눈물을/나에게 주소서./하느님 나의 하느님,/내 피를 눈감기지 마시고, 잠재우지 마소서./내 피를 그들 곁에 있게 하소서./언제까지나 그렇게 하소서.
　　　　　　　　　　　　　　　- 김춘수, 「마약(痲藥)」 전문. (405)

　　술에 마약을 풀어/어둠으로 흘리지 마라./아픔을 눈 감기지 말고/피를 잠재우지 마라./살을 찢고 뼈를 부수어/너희가 가라./맨발로 가라./숨 끊이는 내 숨소리/너희가 들었으니/엘리엘리나마사박다니/나마사박다니/시편의 남은 구절은 너희가 있고,/술에 마약을 풀어/아픔을 어둠으로 흘리지 마라./살을 찢고 뼈를 부수어/너희가 낸 길을 너희가 가라./맨발로 가라. 찔리며 가라.
　　　　　　　　　　　　　　　- 김춘수, 「못」 전문. (349)

김춘수는 『남천(南天)』에서 '예수' 연작을 선보인다. 예수(Jesus)는 마리아가 성령으로 잉태하여 낳은198) 하느님의 아들199)이다. 그러한 동시에 예수는 인간의 죄를 구원하기 위해 성육신(成肉身, incarnation)으로 지상에 온 하느님이기도 하다.200) 그러한 점에서 예수는 인성(人性)과 신성(神性)을 동시에 가지고 있다. 예수가 신인(神人)이라 불리는 이유도 그러한 데 있다. 김춘수가 『남천』의 '예수' 연작에서 형상화하는 "예수"는 성육신으로 지상에 와 인간과 조금도 다를 바 없이 고통을 받는 존재이다.

먼저 「마약」은 예수의 십자가형(十字架刑, crucifixion)을 극적(劇的)으로 형상화하고 있다. 김춘수는 자신의 산문 「남천제수상(南天齊隨想)」에서 "마약"의 의미는 "마취제"라고 스스로 해제를 단다.201) 실제로 성경에는 마약이라는 표현은 나오지 않는다. 다만 성경에는 "쓸개 탄 포도주"202), "몰약(沒藥)을 탄 포도주"203), "신 포도주"204)라는 표현만 있다. 그러므로 "마약"은 김춘수가 붙인 시적인 은유(隱喩)가 된다. 상식적으로 "마약"과 "마취제"는 동일성보다 차이가 더 크게 느껴진다. 그러나 여기서 김춘수에게 "마약"이란 은유는 진통(鎭痛)의 의미, 즉 치유의 의미일 것이다. 그러한 수사학의 운용은 김춘수가 내면적으로 고통으로부터 벗어나고자 하는 갈망을 강렬히 가지고 있다는 증거일 것이다. 그러나 "예수"는 십자가형에 처하기 전에 로마의 "백부장(百夫長)"

---

198) 「마태복음」 1장 20절.
199) 「마가복음」 1장 1절.
200) 「로마서」 8장 1절~3절.
201) 김춘수, 「남천제수상(南天齊隨想)」, 『김춘수 전집 3 – 수필』, p.197.
202) 「마태복음」 27장 34절.
203) 「마가복음」 15장 23절.
204) 「누가복음」 23장 36절.

이 준 마취제로서의 포도주를 거부한다. 고통으로부터 벗어나고자 하는 것이 김춘수를 포함한 인간의 본능이다. 그러나 이 시들에서의 "예수"는 고통으로부터 벗어나기를 거부한다. 예수는 프로이트가 말하는 쾌락의 원칙을 넘어서 그 이상의 것을 추구하고 있는 것이다. 예수는 자신에게 주어진 극악의 고통을 그대로 받아들인다. 그것은 고통 너머 그가 지켜야 할 가치가 있기 때문일 것이다. 예수가 십자가형에 처하게 된 명목상의 죄목은 정치범이다. 예수가 자신을 유대인의 왕이라고 선언한 것이 당시의 로마제국에 대하여 반역을 한 것으로 간주되었기 때문이다. 또한, 대제사장이 예수에게 그가 메시아인지 물었을 때 예수가 그렇다고 시인했기 때문에 예수의 죄는 신성모독죄가 되었다.205) 그러나 예수가 먼저 스스로를 메시아라고 한 것은 아니었다.206) 예수는 신의 사랑으로 지상에 하늘나라를 임재토록 하기 위해 인간에게 온 것이다. 그러한 예수는 로마제국의 법을 넘어 자신이 옹립해야 할 진리가 있기 때문에 사형을 받아들인다. 예수의 그러한 결기 앞에 조금이나마 고통을 덜어보고자 하는 인간적인 본능은 무화된다. 그러한 지점에 인간성을 초월하는 예수의 숭고(崇高)함이 있다.

　그러나 김춘수는 위의 시 「마약」과 「못」에서 십자가형을 앞둔 "예수"의 심리를 인성(人性)의 차원에서 깊고 섬세하게 묘사한다. 이 시들이 근본적으로 성경에 충실하면서도 창작품인 것은 그러한 이유에서이다. "하느님, 나의 하느님"부터 「마약」의 화자는 "예수"이다. 그다음 시구들은 시인에 의해 상상된 "예수"의 기도로 이루어져 있다. 시인은 "예수"의 침묵 속에 숨겨져 있는 통성(痛聲)의 기도를 듣고 언어로 옮겼

---

205) Mircea Eliade, 『세계 종교 사상사』 2, 최종성 · 김재현 옮김, 이학사, 2014, p.459.
206) *Ibid.*, p.464.

다. 예컨대, 「못」의 "엘리엘리나마사박다니"는 『성경』에서 「마태복음」의 27장 46절에 나오는 구절로서, "나의 하느님이여 나의 하느님이여 어찌 나를 버리셨나이까?"라는 뜻이다. 이런 물음이 인간으로서의 예수의 고통에 찬 기도일 것이다. 이 시에서 "예수"는 시인의 목소리를 빌려 하느님을 향하여 인간으로서의 고통을 초극할 수 있게 해달라고 고백하고, 김춘수는 "예수"의 페르소나를 빌려 자신의 외상적인 고통을 초극하려 한다. 김춘수의 구원에 대한 갈망은 고통에 대하여 도피도 회피도 할 수 없는 궁지에서 고통을 있는 그대로 다 받아들이고 관통하는 방식을 통해 신에 다가가는 것으로 이루어진다. 그것은 인간의 인간됨에 대한 절망의 끝에서 솟구쳐 오르는 기도이다. 인간에 대한 도저한 절망은 죽음에 이르는 병이다.[207] 인간은 죽음을 극복할 수 없다. 부활은 예수라는 신적 존재에게만 가능했다. 예수의 부활이 예수가 하느님이라는 신성의 증거이다.

다음으로 이 시 「마약」에서 "유월절 속죄양(贖罪羊)"이라고 하는 것은 바로 십자가에 못 박힘으로써 자신의 목숨을 희생하는 예수의 상징이다. 왜냐하면, 유월절(逾越節, Passover)은 이스라엘 민족이 이집트에서의 노예 생활로부터 벗어난 날을 기념하는 명절로 어린 양을 먹는 풍속이 있는 날이었고,[208] 또한, 유월절은 메시아가 나타나 이스라엘 왕국을 건설한다고 믿어지는 날이었다.[209] 신학적으로 인간의 속죄(贖罪)는 예수의 십자가 희생이라는 대속(代贖)을 통해서만 이루어지기 때문이다.

이 시에서 고통의 감각에 대한 표현은 "눈과 코가 문드러진 여자의

---

207) Søren Aabye Kierkegaard, 『죽음에 이르는 병』, p.23.
208) 「출애굽기」 12장.
209) 遠藤周作, 『예수의 생애』, 김광림 옮김, 홍익사, 1983, p.106.

눈물"에서 절정을 이룬다. 얼굴은 인간의 정체성의 기본이다. 또한, 인간과 인간의 관계에서 얼굴은 최소한의 인간 조건으로서의 인격이다. 인간성을 파괴당한 약자들의 곁에 십자가에 못 박혀 흐르는 예수의 피는 구원의 보혈(寶血)이다. 여기서 예수의 피와 포도주의 상징적 의미를 성경과 시를 비교하여 명확하게 구명해 볼 필요가 있다. 김춘수는 예수가 물을 포도주로 바꾼 기적을 인간이 예수를 매개로 하여 자기 혁명을 이루는 것에 대한 비유로 보았다.210) 물의 포도주로의 변용에서 김춘수는 존재론적 비약을 본 것이다. 그것은 인성의 신성으로의 승화이다. 성경적으로 포도주는 예수의 피의 상징이다. 물로서의 인간이 포도주가 되는 것은 예수의 희생 속에 인간의 죄가 대속됨으로써 죄성을 씻고 신성에 도달하는 것이다. 흥미로운 것은 로마인 백부장이 예수에게 준 "마약"도 포도주에 쓸개든 몰약(沒藥)이든 진통을 해 줄만한 것을 넣었다는 것이다. 김춘수가 마취제를 "마약"에 빗댄 비밀은 그 정체가 포도주였기 때문이다. "마약"이란 비유는 포도주가 인간의 영혼을 도취상태에 이르게 하는 속성을 부각한다. 이때 그러한 포도주는 예수의 피로서의 포도주에서 디오니소스의 포도주로 확대된다. 고대 그리스의 포도 숭배는 이상주의가 일종의 마취상태일 것이라는 가정하에 있었다.211) 그렇기 때문에 예수가 성경에서 마취제로서의 포도주를 거부했음에도 불구하고 김춘수의 상상력에 의해 다소 모순적이게도 고통속의 쾌락인 향락(享樂, jouissance)의 뉘앙스가 풍긴다. 디오니소스는 존재의 개체성을 파괴하면서 원초적인 무한과의 합일로 나아가는 과정에서 발생하는 고통을 쾌락으로 승화시키면서 거듭난다.212) 따라서

210) 김춘수, 「남천제수상」, 『김춘수 전집 3 - 수필』, p.197.
211) Friedrich Wilhelm Nietzsche, 『유고(1869년 가을~1972년 가을)-아이스킬로스, 소포클레스, 에우리피데스에 대하여 외』, p.94.

회생제의가 축제가 되는 모순 속에서 인간 안에 잠재된 혼돈의 에너지가 뒤흔들린다. 그것이 비극의 미학이기도 할 것이다. 김춘수는 니체의 『비극의 탄생』을 거론하며, 자신에게는 태초부터 비극이 있었다고 말한다.213) 김춘수는 비극적 정신을 품은 시인이다. 비극의 기원은 고대 그리스의 디오니소스 축제에서 비롯되었다. 들뢰즈는 디오니소스와 예수의 순교자(殉敎者)로서의 면모가 동일하다고 보았다.214) 김춘수의 위의 시편들에서 포도주가 예수를 위한 진통제에서 디오니소스적 황홀경의 상징으로 비약하는 것도 유사한 맥락이다. 그러나 디오니소스는 고통 자체를 긍정한다면, 예수는 고통을 통한 구원을 긍정한다.215) 김춘수는 끝까지 구원의 문제를 놓지 않는다. 비극의 본질은 몰락에 있다. 저항할 수 없는 운명의 힘으로 몰락하는 인간의 드라마가 비극이다. 하이데거는 몰락은 한 존재가 전체(全體)에 동화되어 자신을 완전히 상실했을 때 일어난다고 하였다.216) 김춘수가 자신의 비극의 근원으로 폭력에 의한 희생을 들고 있는 것도 전체에 함몰된 존재의 몰락으로 볼 수 있을 것이다.

　김춘수 시의 비극성은 니체의 고대 그리스 비극론과 달리, 그리스신화를 시화한 작품이 아니라 그리스도 신화를 시화한 작품에서 절정에 이른다. 예컨대, 『라틴점묘 · 기타』는 김춘수가 그리스신화를 시화(詩化)하려는 의도에서 라틴유럽여행을 다녀와서 쓴 시집이다. 그러나 김춘수는 그곳의 유적지에서 거의 시적인 영감을 얻지 못했다고 밝혔다.

---

212) Gilles Deleuze, 「비극적인 것」, 『니체, 철학의 주사위』, p.38. 참조.
213) 김춘수, 『김춘수 시 전집』, p.1100.
214) Gilles Deleuze, *op.cit.*, pp.42~45.
215) *Loc. cit.*
216) Martin Heidegger, 『시간개념』, p.55.

신화주의자임을 자청한 김춘수는 그리스신화 관련 시편을 몇 편 남겼지만, 비극의 미학으로 성공한 작품군은 '예수' 연작이었다. 김춘수에게는 고통에 대한 콤플렉스가 창작자의 근원적인 에너지가 되었다.[217] 그러한 점은 김춘수로 하여금 십자가형에 대한 집착을 보이게 했다. 니체는 '양심의 가책(mauvaise conscience)'은 '고통의 내재화(l'intériorisation de la douleur)'라고 하였다.[218] 김춘수는 노년으로 갈수록 고통의 문제에서 양심의 문제, 즉 선악의 문제로 넘어간다. 김춘수에게서는 고통의 문제가 선악에 대한 인식으로 다시 받아들여지고 그것에 대한 갈등이 첨예하고도 미시적인 움직임으로 나타나는 것은 후기 시 '도스토옙스키' 시편들을 통해서이다. 김춘수의 고통에 대한 콤플렉스를 포도와 관련된 시편들과 함께 조금 더 살펴보면 다음과 같다.

> 포도밭이 있고 길은 그쪽으로 비스듬히 뻗어 있다. 오늘은 가을에 비가 내린다. 한 번도 환하게 웃어보지 못하고, 늦게 맺은 포도알이 하나 둘 고개를 떨군다./저무는 하늘, 비쭈기나무가 한 그루 지워져가는 구름 사이 사지를 길게 뻗고 산발하고 아까부터 죽어 있다. 그런 모양으로 바다가 또한 저물어간다./망할 놈의 지옥,
> ―김춘수, 「바다의 주름 예수의 이마 위의 주름」 부분. (508)

> 새처럼 가는 다리를 절며 예수가/서쪽 포도밭 길을 가고 있다.
> ―김춘수, 「서쪽 포도밭 길을」 부분. (443)

217) 김춘수, 「고통에 대한 콤플렉스」, 『김춘수 전집 1―시』, 문장사, 1983, pp.353~355.
218) Friedrich Wilhelm Nietzsche, 「도덕의 계보」, 『선악의 저편 · 도덕의 계보 *Jenseits von Gut und Böse · Zur Genealogie der Moral*』, 김정현 옮김, 책세상, 2009, pp.430~433.

위의 시 「바다의 주름 예수의 이마 위의 주름」과 「서쪽 포도밭 길을」
은 "포도밭"을 공간적 배경으로 하고 있다. 포도원은 기독교에서 중요
한 상징성을 띤다. 예컨대, '하느님의 포도원'은 곧 이스라엘을 상징한
다.[219] 그러나 「바다의 주름 예수의 이마 위의 주름」의 바다는 "포도
알"이란 시어로 인하여 예수의 사혈(死血)의 이미지를 가지고 있다. 포
돗빛이 바로 사혈의 색이다. 포돗빛으로 가득한 바다는 바로 "지옥"의
이미지이다. 고통의 극한은 지옥의 이미지로까지 발전한 것이다. 특히
"망할 놈의 지옥"이라는, 욕설을 포함한 표현은 무가치한 고통에 대한
수사(修辭)일 것이다. 지옥은 『성경』에서 아이가 제물로 바쳐져 애곡
(哀哭)이 끊이지 않던 골짜기, '게엔나(γέεννα)'에서 유래한 말이다.[220]
'인간 희생 제사'는 배교(背敎, apostasy)를 한 유다의 왕, 아하스(Ahaz)
의 통치의 특징이었다.[221] 지옥은 제물로서의 예수가 죽었던 겟세마네
(Gethsemane)에 대한 또 하나의 은유가 될 수도 있을 것이다. 카뮈는 시
시포스의 고통을 겟세마네에서의 예수의 고통에 비유하기도 하였
다.[222] 실존의 차원에서, 시시포스가 현대인의 상징이라는 점에서, 현
대의 삶 자체가 형벌이란 인식이 그러한 비유에 담겨 있다. 김춘수에게
도 시인으로서의 삶에서 고통은 일상적이었다. 예수의 사혈로 이루어
진 바다는 게엔나로서의 "지옥"을 상징한다. 또한, 그 바다는 성경 시대
너머 현대에 와서 일상화된 비극이 빚어내는 "지옥"을 상징하기도 할
것이다. 처용과 예수는 김춘수의 시적 분신이기도 하다는 점에서 김춘

219) Mircea Eliade, 『세계 종교 사상사』 2, p.457.
220) 라형택 편, 『로고스 성경 사전』, 로고스, 2011, p.1947.
221) John J. Bimpson, 「열왕기 상하」, J. Alec Motyer et al. 『IVP 성경주석』, 한국 기독
      학생회 출판부, 2011, p.509.
222) Albert Camus, 『시시포스의 신화』, p.162.

수의 바다는 유년기의 천상적 이미지로서의 바다와 순식간에 핏빛으로 변하는 지옥으로서의 이미지를 동시에 가지고 있다.

> 너무 달아서 흰빛이 된/해가 지고, 이따금 생각난 듯/골고다 언덕에는 굵은 빗방울이/잿빛이 된 사토(砂土)를 적시고 있었다./예수는 죽어서 밤에/한 사내를 찾아가고 있었다./예루살렘에서 제일 가난한 사내/유월절에 쑥을 파는 사내/요보라를 그가 잠든/겟세마네 뒤쪽/올리브숲 속으로, 못 박혔던 발을 절며/찾아가고 있었다./—안심하라고,/쑥은 없어지지 않는다고/안심하라고,
>
> — 김춘수, 「요보라의 쑥」 전문. (407)

> 하느님을 생각하면/무릎이 시다./가을에 피는 장미는/그 언저리만 하루하루 시들고 있다./비는 갠 듯/유카리나무 키 큰 그늘에는/날개 젖은 방울새 한 마리,//죽은 나사로가 저만치 또 오고 있다.
>
> — 김춘수, 「골동설(骨董說)」 부분. (776)

「요보라의 쑥」의 공간적 배경은 "겟세마네"와 "골고다(Golgotha)"이다. 예수의 십자가형이 이루어진 곳이 바로 골고다이다. 골고다는 그 뜻부터 해골이다. 이 시도 「마약」과 마찬가지로 예수의 십자가형을 다루고 있다. "못 박혔던 발"이라는 시구의 과거시제로 보아 이 시는 십자가형 이후 예수의 부활 다음의 사건을 다루고 있다. 『성경』에는 예수의 사후부터 부활 전까지 있었던 일로 마리아와 살로메가 예수의 사체에 바를 향품(香品)[223]과 향유(香油)[224]를 준비하는 장면이 나온다. 예수가 부활한, 빈 무덤에는 흰옷을 입은 한 청년이 남아있었다.[225] 그 청년

---

223) 「마가복음」 16장 1절.
224) 「누가복음」 23장 56절.
225) 「마가복음」 16장 5절.

은 정황상 천사이다.226) 「요보라의 쑥」에서 천사가 직접 등장하지는 않지만, "사내"가 김춘수가 자신의 시 안에서 천사라 부른 수많은 존재 중 하나가 될 수 있을 것이다. 『성경』에서 쑥은 "독초와 쑥"227)이라는 구절에서 보듯이 독초에 상응하는, 부정적인 풀로 나온다. 이 시에는 "유월절 쑥"이라는 표현이 나오지만 『성경』에는 유월절에 무교병과 쓴 나물228)을 먹는 것으로만 명시되어 있다. 무교병(無酵餅)은 누룩을 넣지 않은 떡이다.229) 누룩은 죄의 상징이므로230) 신성한 날에는 종교적인 근신의 차원에서 무교병을 먹은 것이다. 이 시의 "쑥"도 무교병과 같은 맥락에서 해석될 수 있다. 쑥은 가장 흔한 풀이면서도 인간의 몸을 정화하고 치료하는 약재로 여겨져 왔다. 그러한 의미에서 「요보라의 쑥」에서 "쑥"은 치유의 상징으로 볼 수 있다. 이 시에서 "사내"는 "쑥" 으로 "예수"를 "안심" 하도록 달래는 것이다. 신학적으로 예수는 부활로서 신이라는 것을 증명했지만, 이 시는 부활한 예수에 대해서도 신성보다 인성을 강조하고 있다. 「요보라의 쑥」에서 예수가 부활한 모습은 죽음을 어떻게 초월하는가에 대한 문제에 김춘수 나름의 답을 내린 것이다. 그는 인간적인 신학에 접근해간다.

「요보라의 쑥」이 예수가 부활한 장면을 보여준다면, 「골동설」은 예수가 부활시킨 "나사로"를 보여준다. 나사로(Nazarus)는 죽은 지 4일 만에 예수가 부활시킨 인물이다. 그러나 나사로는 병든 자 또는 가난한 자, 모두에 대한 은유가 될 수 있다. 이 시에서 "죽은 나사로"는 "날개

---

226) 「마태복음」 28장 1절~4절.
227) 「신명기」 29장 18절.
228) 「출애굽기」 12장 8절.
229) 「출애굽기」 12장 39절.
230) 「고린도전서」 5장 8절.

젖은 방울새 한 마리"처럼 연약한 생명체로서 구원을 가장 절실하게 기다리는 자일 것이다. 『성경』에서 예수는 구세주이다. 그러나 니체는 예수가 단지 고통을 없애주는 자라면 의사와 다를 바 없다고 한다.[231] 김춘수는 이 시에서 니체의 그러한 비판을 빗겨 간다. 김춘수는 예수의 기적을 이성적으로 해석한다. 예를 들면, 예수가 나사로를 부활시킨 것은 병들고 죽어가는 나사로의 곁을 끝까지 지켜주었다는 의미로 보는 식이다. 이 세상에서 가장 무력한 자를 위하여 예수 또한 가장 무력한 자의 모습으로 곁을 지켜주는 것, 그것이 바로 예수가 실천했을 사랑의 방식이라고 김춘수는 말한다.[232] 「골동설」에서 하느님을 떠올리면 무릎이 시린 이유도 신이란 지상에 죽어가는 것들을 함께 아파하는 존재라는 것이 김춘수의 시적 진실이기 때문일 것이다. 그는 예수가 기적적으로 병을 고친다든지 부활을 시킨다든지 하는 것은 모두 그러한 사랑의 실천일 뿐이라는 것이다. 그랜트는 예수의 부활이 영적인 부활이라고 한다.[233] 신학적으로도 예수의 육적 부활이 생물학적인 육체의 부활을 의미하는 것은 아니다. 김춘수는 『성경』의 기록을 역사적으로나 과학적으로 증명하려 하기보다, 의서술(擬敍述)[234]로 쓰인 진실이라고 받아들인다. 김춘수가 의서술이라고 지칭하는 것은 현실에 없는 소재를 상징과 우화의 기법을 빌려 나름의 심리적 진실을 표현하려는 서술이다.[235] 그는 『성경』, 『일리아드』, 『삼국유사』 등이 역사와 신화를 넘

231) Friedrich Wilhelm Nietzsche, 『인간적인 너무나 인간적인 II ─ 니체 전집 8 *Menschliches, Allzumenschliches*』, 김미기 옮김, 책세상, 2010, p.283.
232) 김춘수, 「아만드꽃」, 『왜 나는 시인인가』, p.111.
233) Robert M. Grant, *The Earliest Lives of Jesus*, New York: Harper, 1961, p.78. (Mircea Eliade, 『신화와 현실』, p.226. 재인용.)
234) 김춘수, 「베드로의 몫」, *op.cit.,* p.159.
235) *Ibid.,* pp.159~162.

나드는 의서술로 쓰였다고 본다.236) 김춘수는 칸트처럼 이성(理性)의
한계 안에서 종교를 바라보았다. 그는 예수의 기적도 비유의 일종으로
간주했다. 그러나 김춘수는 문학작품이 그러하듯이 『성경』의 서술도
과학이나 역사와 다른, 인간존재의 진리에 대한 창조라는 점을 긍정했
다. 그에게 부활은 존재론적 일신에 대한 은유일 것이다.

「요보라의 쑥」과 「골동설」은 예수와 부활에 대한 시이지만, 예수를
신격화(神格化)하기보다는 인간과 다를 바 없으며 인간과 더불어 있는
예수를 그려내고 있다. 김춘수의 시선은 낮은 데로 향해 있다. 그의 「타
령조」 연작은 거지들이 부르던 장타령(場打令)을 음악적으로 실험한
것이었다. 김춘수가 자신의 노래 안으로 거지들까지 끌어안는 것은 예
수의, 사랑의 실천과도 같다. 예수를 매개로 주체와 타자는 고통의 계
열로 이어지는데 이것이 '공존 가능성'의 조건이다.237) 나사로는 가장
평범한, 고통받는 인간존재 중 하나이다. 김춘수가 그리는 것은 부활한
나사로가 아니라, 아직 죽어있는 상태인 나사로이다. 요컨대 「골동설」
의 "나사로"는 "가을에 피는 장미"나 "날개 젖은 방울새"처럼 구원이
필요한, 모든 죄적 존재(罪的 存在, Sündigsein)들의 상징일 것이다.

꿀과 메뚜기만 먹던 스승,/허리에만 짐승 가죽을 두르고/요단강
을 건너간 스승/랍비여,/이제는 나의 때가 옵니다./내일이면 사람들
은 나를 침 뱉고/발로 차고 돌을 던집니다./사람들은 내 손바닥에
못을 박고/내 옆구리를 창으로 찌릅니다./랍비여,/내일이면 나의 때
가 옵니다./베드로가 닭 울기 전 세 번이나/나를 모른다고 합니다./
볕에 굽히고 비에 젖어/쉿빛이 된 어깨를 하고/요단강을 건너간 스

236) *Ibid.,* pp.158~160.
237) Gilles Deleuze, 『주름, 라이프니츠와 바로크 *Le Pli, Leibniz et le Baroque*』, 이찬웅
옮김, 문학과지성사, 2004, pp.94~95.

승/랍비여,

— 김춘수, 「겟세마네에서」 전문. (410)

예수가 숨이 끊어질 때/골고다 언덕에는 한동안/천둥이 치고, 느
티나무 큰 가지가/부러지고 있었다./예루살렘이 잠이 들었을 때/그
날 밤/올리브 숲을 건너 겟세마네 저쪽/언덕 위/새벽까지 밤 무지개
가 솟아 있었다./다음날 해 질 무렵/생전에 예수가 사랑하고 그렇게
도 걷기를 좋아하던/갈릴리호숫가/아만드꽃들이 서쪽을 보며/시들
고 있었다.

— 김춘수, 「아만드꽃」 전문. (406)

김춘수는 '예수' 시편에서 주로 예수의 수난과 인간들의 메시아에 대
한 기다림을 다룬다. 김춘수는 신약(新約)을 원전 텍스트로 삼아 모티
프를 차용하는 경우가 많다. 그의 시편들 중에는 예수와 관련하여 주변
인물들에 대한 시편들이 있다. 「겟세마네에서」의 "랍비"는 세례 요한
(John the Baptist)을 가리킨다. 세례 요한은 예수의 선구자로 예수의 공
생애(公生涯)를 예비했다.[238] 세례 요한은 예수의 제자인 사도 요한과
구별된다. 사도 요한은 「요한복음」과 「요한묵시록」을 기록한 인물이
다. 「겟세마네에서」의 1~2행은 「마가복음」 1장 6절 "요한은 낙타털
옷을 입고 허리에 가죽 띠를 띠고 메뚜기와 석청을 먹더라"는 구절과
내용상 거의 일치한다. 「겟세마네에서」의 "요단강(Jordan江)"은 세례
요한이 사역(使役)을 하던 공간이다. 예수가 메시아라는 것을 처음 알
아보고 예수에게 세례를 준 것도 바로 세례 요한이다.[239] 그러나 세례
요한은 예수보다 먼저 헤롯왕에 의해 사형을 당한다. 김춘수의 「겟세

---

238) 라형택 편, *op.cit.*, p.1670.
239) Mircea Eliade, 『세계 종교 사상사』 2, p.453.

마네에서」의 "나의 때"는 예수의 스승이었던 세례 요한이 죽은 다음 '자신이 죽을 차례'를 의미한다. 이 시는 죽음 앞에서 스승을 잃은 예수의 고백인 것이다.

　이 시의 후반부에는 예수의 스승 격인 세례 요한에 이어 예수의 제자인 "베드로(Peter the Apostle, BC 10경~AD 65경)"가 나온다. 베드로는 시몬이라 불리는 어부이자 세례 요한의 제자였다. 그러나 베드로는 예수 앞에서 "주는 그리스도시요 살아 계신 하느님의 아들이시니이다"[240]라며 신앙고백을 한다. 예수는 반석에 교회를 세울 자라는 뜻에서 시몬에게 베드로라는 이름을 주었으며, 실제로 베드로는 예수 사후에 초대 교회를 세워 네로황제에 의해 순교하게 될 때까지 이방인에게도 전도함으로써 기독교가 유대교를 넘어서 보편종교가 되도록 만드는 데 공헌했다. 예수는 그런 베드로에게 '천국의 열쇠'[241]를 맡길 만큼 제자에 대한 사랑이 깊었다. 그러나 죽음은 한 존재에게 고유하다. 자신의 죽음은 타자가 대신할 수 없다. 김춘수는 「예수에게는 친구가 없었다」[242]라는 수필을 썼다. 그는 예수의 고독을 강조한다. 그는 예수의 고독에서 단독자(單獨者, Der Einzelne)가 될 수밖에 없는 인간의 운명에 대하여 사유한다. 단독자는 보편성으로 환원될 수 없는 한 존재의 고유함에 대한 인식에서 나온 개념이다. 키르케고르는 죽음에 이를 만큼의 절망 한가운데 놓인 인간의 죄성에 대하여 보편성이라는 준거를 적용할 수 없다고 보았다. 칸트는 인간이 무리 지으려는 특성을 인간의 동물적 특성이자 패악의 근거로 보았다.[243] 인간은 고독의 한가운데서 자신만의

240) 「마태복음」 16장 16절.
241) 「마태복음」 16장 19절.
242) 김춘수, 「예수에게는 친구가 없었다」, 『김춘수 전집 3 - 수필』, pp.167~169.
243) Immanuel Kant, 『이성의 한계 안에서의 종교』, p.190.

고유한 존재의 진리를 마주할 수 있다. 김춘수가 베드로의 예수에 대한 배신을 시의 한 장면으로 삼은 것은 죽음 앞의 예수의 고독을 부각하기 위해서이다. 「겟세마네에서」의, "베드로가 닭 울기 전 세 번이나/나를 모른다고 합니다"는 『성경』의 "내가 진실로 네게 이르노니 오늘 밤 닭 울기 전에 네가 세 번 나를 부인하리라"는 「마태복음」 26장 34절의 구절과 내용상 일치한다. 「겟세마네에서」가 『성경』과 다른 것은 전자는 예수가 요한에게 하는 말이고, 후자는 예수가 베드로에게 하는 말이라는 점이다. 아주 작은 차이에 불과해 보이지만, 이 지점에 김춘수의 상상력이 개입되어 있다. 즉, 예수는 제자인 베드로에게는 스승이지만, 예수도 세례 요한에게는 제자였다는 점을 김춘수는 포착한 것이다. 제자를 대하는 스승의 마음은 자신이 제자이던 마음을 비추어 보는 데서 나왔을 것이다. 아주 단순한 역지사지(易地思之)의 논리이다. 예수도 자신의 스승인 세례 요한의 죽음을 막지 못했다. 그런 의미에서 이 시가 세례 요한의 여러 모습 가운데 예언자로서의 모습에는 어울리지 않는, '메뚜기'를 먹는 야인으로서의 모습을 부각한 의미도 드러난다. 김춘수는 스승의 인간적인 면모를 강조하고자 한 것이다. 이 시는 인간 요한, 인간 예수, 인간 베드로를 그리고자 한 시이다. 예언자로서의 세례 요한은 예수에게 세례를 줌으로써 자신이 하던 역할을 물려주었지만, 이 시에서 요단강을 건너갔다는 것을 통해 암시되는 세례 요한의 죽음에 대해 생각해 보면, 세례 요한은 제자인 예수에게 죽음도 물려준 것이다. 예수의 입장에서 베드로가 예수 자신을 부인해야만 베드로는 살 수 있고, 그래야만 베드로는 교회를 일으킬 수 있다. 베드로의 배신에 대한 예수의 예언은 단죄의 의미가 아니라 그만큼 인간의 심성에 대한 깊은 이해에서 나온 말이다. 「베드로의 몫」이라는 수필을 보면, 김춘수는 베드로를 평범한 인물이자 의문스러운 인물로 본 것을 알 수 있다.244) 김춘수가 보는 베드로에 대한 시각은 자기 자신에 대한 충실성과 일관성을 갖지 못한 모순적 존재라는, 다소 부정적인 시각이다. 또는 김춘수는 『성경』에서의 베드로에 대한 기록에 대하여 의문을 갖는다. 베드로의 의문스러운 성격이 『성경』의 기록자들에 의한 각색이나 오류일 수 있다고 보는 것이다. 그러나 베드로가 그랬다고 해야만 예수 사후의 역사적 사실들이 성립된다. 그러나 「겟세마네에서」가 말하고 있는 더 큰 진실이 있다. 예수가 스승 세례 요한의 죽음을 뒤따르게 되었듯, 베드로도 결국에는 순교자가 되었다. 이 시에서 십자가형을 앞두고 "겟세마네"에서 스승 세례 요한을 부르는 예수의 모습은 차후에 역시 십자가형에 처할 베드로가 예수를 부를 모습과 같은 것이다. 김춘수가 보여준 이 시의 진실 안에서 예수는 베드로이며, 베드로는 예수이다. 그런 의미에서 예수가 부활한 것은 베드로 안에서이며, 예수가 부활시킨 것은 자신의 분신처럼 순교한 베드로이다. 그러하듯이 예수의 십자가형과 그 부활의 의미는 존재론적 전이에 의해 예수를 믿음으로써 예수를 닮은 자로 거듭나는, 그의 사도와 신도들의 존재론적 일신에 있다고 하겠다.

한편 「아만드꽃」의 장면은 골고다에서의 예수의 죽음에 대한 자연 존재들의 반응이다.245) '아만드꽃'이 어떤 꽃인가에 대해서는 연구자들 사이에서 논란이 있었다. 가장 정확한 것은 김춘수 자신의 언급을 통해 '아만드꽃'의 정체를 파악하는 것일 터이다. 김춘수는 수필 「죽음」에서 한국에는 잘 알려지지 않은 아만드꽃이 중동 일대에서는 흔히 볼 수 있

---

244) 김춘수, 「베드로의 몫」, 『왜 나는 시인인가』, pp.163~166.
245) 김춘수, 「죽음」, 『왜 나는 시인인가』, p.137.

는 꽃이라며 그 생태적인 특성을 밝힌다. 또한, 그는 수필「아만드꽃」
에서 아만드꽃에 대하여 예수가 갈릴리호숫가를 거닐 때 발에 밟히던
풀꽃으로 키가 작고 솜털 같으며 양젖 냄새가 난다고 묘사하고 있
다.246) 한편 그는 수필「베타니아의 봄」에서 마리아의 귀여운 용모를
아만드꽃에 비유하고 있기도 하다.247) 이상의 언급들을 종합해 볼 때,
장미가 이데아를 상징하는 꽃이라면, 아만드꽃은 친근함을 상징한다
고 할 수 있겠다. 그런데 시「아만드꽃」에서는 예수의 죽음과 함께 아
만드꽃이 시들고 있다. 예수와 아만드꽃 사이에 조응이 일어나고 있다.
예수가 살아 있을 때는 그에게 가장 친근하던 꽃이던 아만드꽃은 예수
가 죽은 다음에는 조화(弔花)가 되고 있다. 예수가 십자가형으로 죽음
에 이르기까지 모든 사람으로부터 버림을 받는다. 그러한 고독의 상황
에서 예수의 고통과 슬픔을 이해하는 것은 역설적으로 아만드꽃뿐이
었던 것이다. 김춘수는 예수의 고독한 죽음을 아만드꽃을 배경으로 삼
음으로써 더욱 강조하고 있다. 김춘수는 이 작품을 통해 예수의 죽음이
비극성의 전형이며, 인류가 이 비극을 초극하지 못하는 한, 역설적으로
예수의 죽음의 가치가 영원할 것이라고 말한다.248) 김춘수는 비극의
정신으로 예수의 죽음에 대하여 문학적인 해석을 내리려 한 것으로 보
인다. 죽음의 비극성에 대하여 인간은 슬픔과 두려움을 먼저 갖게 되
고, 다음으로 숭고하게 고양된 감정을 갖게 되며, 그러한 감정의 상태
로부터 윤리적으로 정화될 수 있다. 그러나 아만드꽃들은 예수의 죽음
을 자신의 죽음인 것처럼 받아들이며 같이 시들어 간다. 홀로 남겨진
예수의 죽음에 대하여 같이 슬퍼한 것은 인간존재가 되지 못하는 아만

---

246) 김춘수,「아만드꽃」,『왜 나는 시인인가』, p.110.
247) 김춘수,「베타니아의 봄」,『왜 나는 시인인가』, p.117.
248) 김춘수,「죽음」,『왜 나는 시인인가』, pp.137~138.

드꽃이다. 인간의 마음도 가장 순수한 본성의 상태로 되돌려진다면, 아만드꽃처럼 애도할 것이다. 김춘수가 창조한 아만드꽃은 애도하는 자연존재를 상징한다.

> 그 둘, 교외의 예수//예루살렘은 가을이다./이천 년이 지났는데도/집들은 여전히 눈 감은 잿빛이다./예수는 얼굴이 그때보다도/더욱 문드러지고 윤곽만 더욱 커져 있다./좌우에 선 야곱과 요한,/그들은 어느 쪽도 자꾸 작아져 가고 있다./크고 밋밋한 예수의 얼굴 뒤로/영영 사라져 버리겠지. 사라져 버릴까?/해가 올리브 빛깔로 타고 있다./지는 것이 아니라 솔가리처럼 갈잎처럼/타고 있다. 냄새가 난다./교외의 예수, 예루살렘은 지금/유카리나무가 하늘빛 꽃을 다는/그런 가을이다.
> ─ 김춘수, 「루오 할아버지가 그린 유화 두 점」 부분. (504~505)

> 그의 인물들은 루오의 예수처럼/윤곽이 문드러져갔다.
> ─ 김춘수, 「고야의 비명」 부분. (472)

산문집 『오지 않는 저녁』[249]에 실린 수필 「남천제수상(초)」는 『남천』에 상재된 '예수' 연작에 대한 해제 성격의 글이다. 이 글에서 김춘수는 E씨의 『예수전(傳)』을 읽었다고 밝힌다. 최근에 김유중은 E씨가 엔도 슈사쿠(遠藤周作, 1923~1996)라는 설을 확정 짓는 가운데, 김춘수의 '루오' 시편에 대한 해석에서 의미 있는 성과를 남겼다.[250] 엔도 슈사쿠

---

[249] 김춘수, 『오지 않는 저녁』, 근역서재, 1979. (김춘수, 『김춘수 전집 3 ─ 수필』 재수록.)
[250] 김유중, 「김춘수의 문학과 구원」, 『한국시학회 학술대회 논문집』, 한국시학회, 2014.10.
E씨를 엔도 슈사쿠(遠藤周作, 1923~1996)로 본 연구자는 다음과 같다.
양왕용, 「예수를 소재로 한 시에서 의미와 무의미」, 『김춘수 시 연구』, 권기호 외 편,

가 쓴『예수의 생애』는 기독교인이 아닌 독자들도 읽을 수 있도록 소설처럼 서술한 책이다. 그 책의 그러한 점이 양심의 시선에 과민한 김춘수가 편안하게 예수를 시화하는 태도에 영향을 미쳤으리라는 것이 김유중의 견해이다.

위의 시「루오 할아버지가 그린 유화 두 점」은 화가 루오(George Rouault, 1871~1958)가 그린「교외의 예수」(1920)라는 그림을 비교적 있는 그대로 시적 언어로 묘사하고 있는 시이다. 김춘수는 미술사에서 예수를 그린 그림들이 이상적으로 미화되어 있는 것에 대하여 이견을 표한다.[251] 그는 예수를 그리더라도 예술가적인 관점에서 심리적 진실에 가깝도록 표현할 수 있는 자유를 갖기 원한다. 예컨대, 김춘수는 밀레(Jean François Millet, 1814~1875)의「만종(晚鐘)」(1857~1859)에 나타난 경건함을 관습화된 신앙의 형태라고 보았다.[252] 밀레는 농민화(農民畵)와 종교화(宗敎畵)로 가장 많은 사랑과 존경을 받은 화가인 한편, 오히려 그러한 이유로 그의 그림이 통속적이지 않은가 하는 의혹을 받은 화가이기도 하다.[253] 예술이 취향의 문제라면, 김춘수는 밀레보다 루오를 선호한다. 루오도 밀레만큼 종교화의 거장이다. 그러나 밀레는 사실주의적인 화풍을, 루오는 표현주의적인 화풍을 보이는 차이점이 있다. 밀레는 노동하는 삶 속에 녹아 있는 경건한 신앙을 그린다면, 루

흐름사, 1989, p.243.; 남금희,「시적 진실로서의 성경 인유-김춘수, 예수 소재 시편을 중심으로」,『문학과 종교』vol. 15. no.1., 한국문학과종교학회, 2010, p.131.

E씨를 에르네스트 르낭(Josph Ernest Renan, 1823~1892)으로 추측하는 소수 견해도 있었다. 엔도 슈사쿠의 책에 에르네스트 르낭이 비판적으로 언급되기도 한다.

遠藤周作,『예수의 생애』, p.22.

251) 김춘수,「음영」,『왜 나는 시인인가』, p.140.
252) 김춘수,「어찌할 바를 모르나니」,『왜 나는 시인인가』, p.150.
253) 오광수,「밀레의 생애와 작품 세계-토속적인 방언으로 영원한 지평을 열어」,『밀레』, 서문당, 2003, pp.45~50.

오는 성경 시대의 예수의 수난을 그린다. 김춘수는 루오의 예수가 신인 (神人)으로 지상에 내려와 고통 받는 모습을 그린 데 공감한다.

「루오 할아버지가 그린 유화 두 점」에서 시인의 상상력이 만들어낸 시공간은 바로 예수가 역사에 존재한 지 "이천 년"이 지난 현재의 "예루살렘"이다. 예루살렘(Jerusalem)은 현재 이스라엘의 수도이다. 종교 사적으로 예루살렘은 기독교와 유대교의 위대한 왕도(王都)이고, 이슬람교의 제3의 성도(聖都)이다.254) 예루살렘은 세계사적으로 종교와 정치 측면에서 중요한 위상을 지녀왔다. 그러나 김춘수가 주목하는 것은 예루살렘의 중심이 아니라 "교외(郊外)"이다. 한 도시의 교외는 그 도시가 지닌 인간적인 이면이 드러나는 공간이다. 김춘수는 시인의 관점에서 루오가 예수를 발견한 곳이 예루살렘의 중심이 아니라 교외라는 점을 천착한다. 시 속에서 교외의 시간은 "가을"이다. 계절은 도시를 "잿빛"으로 물들이고, 태양조차 "올리브빛"으로 바래게 만든다. 이 시의 "가을"이란 시간 속의 성도 예루살렘은 쇠락의 이미지를 띤다. 계절의 쇠락과 함께 예수의 얼굴도 지워져 간다. 예수가 거느린 야곱(Jacob)과 요한(John)도 소멸되어 간다. 김춘수는 수필 「음영」에서 루오의 「교외의 예수」와 함께 있는 인물 두 명이 예수의 제자인 베드로, 요한, 야곱일 것으로 추측한다.255) 루오의 그림만 보아서는 예수와 함께 있는 인물이 누구인지 정확히 알 수 없다. 야곱이나 요한일 것이라고 본 것은 김춘수의 상상력이다. 그는 「고야의 비명」에서처럼 "윤곽이 문드러"져 있는 루오의 화풍이 그림을 보는 이들에게 자유롭게 상상할 여지를 주었다고 본다. 김춘수 자신의 미학관에서도 여백을 중요시 해왔다. 그는

---

254) 라형택 편, *op.cit.*, p.1590.
255) 김춘수, 「음영」, 『왜 나는 시인인가』, p.143.

루오의 그림을 바라보며 상상을 넓혀간다. 그는 루오의 그림에 완전히 동화되어 예수가 현재의 예루살렘에 와 있다고 상상하는 데까지 나아가는 것이다. 김춘수는 성경 시대를 현재적으로 느끼고 있다. 키르케고르는 진정한 그리스도인이 되려면 예수와 동시대인이 되어야 한다고 하였으며, 벤야민은 현재의 매순간이 메시아가 들어오는 문이라고 하였다. 김춘수는 위의 시에서 예수를 현재의 시간으로 옮겨옴으로써 예수와 동시대인이 되고 있다. 그것은 메시아의 구원의 현재성과 관련이 있다. 예수의 성경 시대와 김춘수 자신의 현재를 시간적으로 오버랩하는 기법은 「메시아」라는 시에서도 나타난다. 메시아에 대해서는 V장의 「메시아」 분석에서 논의를 이어가기로 한다.

V. 묵시록적 형이상시
— '천사'의 '안젤루스 노부스'로의 변용

V장에서는 묵시록적 형이상시를 '역사심판'의 '인신(人神)'과 구원의 '안젤루스 노부스'로의 변용이란 주제로 『들림, 도스토옙스키』, 『의자와 계단』, 『거울 속의 천사』, 『쉰한 편의 비가』 등 김춘수의 후기 시집이 논구될 것이다.

1절에서는 인신사상(人神思想)의 한계와 악(惡)의 역사에 대한 심판에 대하여 『들림, 도스토옙스키』의 시편이 중점적으로 논의된다. 2절에서는 양심의 시선으로서의 천사와 '메시아'를 예고하는 '안젤루스 노부스'에 대하여 『거울 속의 천사』의 시편이 중점적으로 논의된다. 3절에서는 세계내면공간(世界內面空間, Weltinnenraum)에서의 '죽음을 초월한 존재'의 비가(悲歌)에 대하여 『쉰한 편의 비가』의 시편이 중점적으로 논의된다.

김춘수의 후기 시 세계는 묵시록적 세계관이 투영된 형이상시의 세

계이다. 묵시(默示, revelation)란 예언적 계시(啓示)를 의미한다.[1] 묵시
는 『성경』의 사무엘 하 7장에 나오는 것처럼 선지자(先知者) 나단(Nat
han)이 다윗(David)에게 전한 하느님의 예언 같은 것이다. 한편, 묵시적
인 것은 악마적인 것과 대별된다. 프라이의 구분에 따르면, 신과 천국
에 관한 것을 묵시적이라고 한다면, 악마와 지옥에 관학 것을 악마적이
라고 한다.[2] 이러한 대별을 통해서도 김춘수의 시 세계를 묵시적이라
고 할 수 있다. 김춘수의 후기 시세계에는 마치 『성경』의 「요한 묵시록
(默示錄, Apocalypse)」과 같은 세계의 상상력이 나타난다. IV장에서는
김춘수의 역사허무주의의 성격이 구명된 바 있다. IV장은 김춘수가 바
라보는 역사의 폐허 위에 예수와 천사가 비가(悲歌)의 통주저음을 배경
으로 등장하는 것이 특징이었다. 그러한 역사의 장면은 영혼의 유년기
적 낙원상태의 환상을 걷어내고 나면 묵시록적 세계의 진상을 드러낸
다. 김춘수의 후기 시 『들림, 도스토옙스키』는 도스토옙스키(Fyodor M
ikhailovich Dostoevskii, 1821~1881)의 묵시록적 세계관과 교섭되어
있으며, 『거울 속의 천사』와 『쉰한 편의 비가』는 릴케의 묵시록적 세
계관과 교섭되어 있다. 또한, 도스토옙스키나 릴케와 동시대의 사상가
였던 니체의 『비극의 탄생』의 세계관이 김춘수의 후기 시에도 깊이 투
영되어 있다. 김춘수 후기 시의 세계는 '릴케-니체-도스토옙스키'의
묵시록적 세계관의 삼각구도가 바탕이 된다. 김춘수는 태초에 비극이
있었다고 선언했다. 그만큼 그의 사상에서 니체의 비극적 세계관은 도

---

1) Northrop Frye, 『비평의 해부』, p.252.
2) *Ibid.*, p.276.
　김춘수의 경우, 초기에 신화적 경향이 잠재해 있다가, 중기에 신화적 경향이 전경화 되었
　다면, 후기에는 신화적 경향이 보다 초월적으로 묵시적인 경향으로 상승하는 구도를 보
　인다. 묵시적인 세계는 악마적인 세계와 반대되는 세계이다. 천사가 시의 전면에 등장하
　는 그의 후기 시들은 묵시록적 세계 그 자체이다.

저한 저류(底流)를 이루고 있다.

김춘수의 후기 시는 영성과 고뇌가 심화된다. 그는 노년에 이르러 본격적으로 신학적 세계인식의 관문에 들어섰다. 이 시기의 시집들에서 김춘수가 공통적으로 언급하는 사상가는 바로 신학자 라인홀드 니부어(Reinhold Niebuhr, 1892~1971)이다. 니부어는 『들림, 도스토옙스키』, 『거울 속의 천사』, 『쉰한 편의 비가』에서 모두 언급된다. 그 구체적인 예를 살펴보면 다음과 같다.

신학자 니부어는 프로이트의 이런 따위 몰이념의 세계를 계급의 이상을 잃은 상층 중산 계급의 절망의 표현이라고 했다. 다시 말하거니와 프로이트에게는 선도 악도 없고 오직 어떤 사실이 있었을 뿐이다. 인류는 이 사실을 응시하는 지점에서 다시 시작해야 한다고 프로이트는 말하고 있는 듯이 보인다. 그러나 도스토옙스키는 다르다.//도스토옙스키는 프로이트의 과학적 몰가치의 세계, 즉 과학적 허무의 세계와는 전연 다른 위치에 있다. 그는 선과 악을 가치관의 차원에서 보고 있다. 선과 악은 갈등하고 있는 것이 사실이지만 이 악을 압도해야 한다고 그는 가치관, 즉 이념의 차원에서 말하려고 한다.
　　　　　　－김춘수, 「책 뒤에」, 『들림, 도스토옙스키』 부분. (886)

예수의 목에는 <유대의 왕>이라고 쓰인 호패가 차여져 있다. [중략] 라인홀드 니부어라는 아이는 뒤에 유명한 신학자가 되었다. [중략] 원장(유치원의) 선생님은 호주에서 온 선교사다. [중략] 꿈에 나는 그 계단을 밟아본다.
　　　　　　－김춘수, 「계단을 위한 바리에떼」 부분. (940~942)

나를 깨우려 하지 마시오./당신이 보내준 당신의 책/'Human

Destiny'/나를 깨우려 하지 마시오./잠들어 있을 때가/나는 보석이니까, 나는/어릴 때 고향에서 언뜻 보았소./한여름 해거름/한려수도 저멀리/반딧불 나비처럼/새가 한 마리 가고 있었소./밤이 되자 어느새 그는/내 하늘의 머나먼 별이 되어 있었소./간혹 낮에도 보였소./볼우물이 양쪽 볼에 한 개씩/두 개 있었소.

         －김춘수,「전령(傳令) 니부어」전문. (1006)

 니부어의 책『인간의 운명』에는 다음과 같은 구절이 있다. 나는 지금도 생생하게 기억하고 있다. 그는 말한다.

 "근대는 자연 이해에 있어서는 과거 어느 때보다 치밀하고 투철하나 인간 이해에 있어서는 과거 어느 때보다 천박하다. 생물학자들은 인간은 이성인 체하지만 실은 동물이라고 하고 있는가 하면, 관념론자들은 인간은 동물인 체하지만 실은 이성이라고 하고 있다. 그렇다. 인간은 이성인 체하는 동물이고 동물인 체하는 이성이다. 어느 쪽도 체에 걸린다"라고－.

 나는 여기서 신학용어인 이율배반(antinomy)을 알게 됐다. 인간에게는 양면이 있다. 그것들이 갈등한다. 논리적으로는 해결이 없다고 나는 생각하게 됐고 지금도 그 생각 그대로다. 해결이 없다는 것은 구원이 없다는 것과 같은 말이다. 논리적 구원은 나에게는 없다.

     －김춘수,「책 뒤에」,『쉰한 편의 비가』부분. (1100~1101)

 김춘수는 후기 시를 쓰면서 신학자 라인홀드 니부어의 저서『인간의 운명』(1941~1943)을 탐독했다고 수차례 밝힌다.『인간의 운명』은『거울 속의 천사』에서「전령 니부어」라는 시에 "Human Destiny"라는 영어 제목으로 나온다. 그리고 그것은『쉰한 편의 비가』의「책 뒤에」에서 정확히『인간의 운명』이란 제목으로 제시된다. 김춘수가『인간의 운명』이라고 한 책의 원제는『인간의 본성과 운명 *The Nature and Des tiny of Man*』으로 이 책의 제1부가 『인간의 본성 *Human Nature*』이고, 제2부가 『인간의 운명 *Human Destiny*』이다. 그러므로 김춘수가 읽었다는 책은 『인간의 본성과 운명』의 제2부 『인간의 운명』을 가리킨다고 하겠다.

그러나 이미 김춘수가 「남천제수상」에서 밝혔듯 그는 신앙에 대하여 이성적으로 접근한다. 예를 들면, 『성경』속에 나타난 기적에 대하여 이성적으로 해석을 내리는 것이 김춘수의 독법(讀法)이다. 앞 장에서 살펴보았듯이 김춘수는 신인(神人) 예수의 신성(神性)과 인성(人性), 양면성 가운데서도 철저히 인성에 자신의 자아를 대입함으로써 예수를 시화했다. 인간이 의미 있는 존재인 이유는 신이 인간을 자신의 형상에 따라 창조했다는 '신-동형설' 때문이었다.[3] 신성(神性)은 김춘수의 예수 시편들에서 "무한한 인간성"[4]의 또 다른 표현이었다.

그의 그러한 신학적 태도는 근현대의 무신론(無神論)과 긴장 관계에 놓여 있다. 근대세계는 신학적 세계관으로 포섭되기에는 너무나 물질문명이 지배하는 상태가 되었다. 그 안에서 인간은 신을 망각한 채 살아갔다. 김춘수의 신앙은 무신론자인 니체의 비극적 절망을 동시대적으로 지니면서도 그것을 초극하려는 데서 심화해 간다. 니체의 사상의 핵심은 인신사상(人神思想)으로서의 초인사상(超人思想)이다. 그러나 김춘수는 니부어가 신약성경에서 죄의 개념은 인간이 하느님이 되려는 것이라고 말한 데 동의한다.[5] 인간은 예수를 매개로 예수를 닮아가려고 노력할 수 있을 뿐이다. 김춘수는 인간이 신과 결코 같아질 수 없

3) Martin Heidegger, 『존재론-현사실성의 해석학』, pp.51~56. 참조.
4) Northrop Frye, 『비평의 해부』, p.253.
5) Reinhold Niebuhr, 『인간의 본성과 운명 I - 인간의 본성 *The Nature and Destiny of Man*』, 이상설 · 윤영복 · 양우석 옮김, 민중서관, 1958, p.187.

다는 유한성을 니부어의 사상을 통해 받아들인다.

　니부어가 김춘수에게 어떤 영향을 미쳤는지 정리하면 다음과 같다. 『들림, 도스토옙스키』의 「책 뒤에」에서 보는 바와 같이 니부어는 김춘수에게 선악의 문제를 일깨우며 그가 도스토옙스키에 관심을 갖게 했다. 또한 「계단을 위한 바리에떼」와 「전령(傳令) 니부어」에서 보는 바와 같이 니부어는 김춘수에게 유년기적 낙원에 대한 동경으로부터 인간의 운명에 대한 사유를 각성시켰다. 마지막으로 『쉰한 편의 비가』의 「책 뒤에」에서 보는 바와 같이 니부어는 김춘수에게 인간의 영육 간의 이율배반에 대해 고뇌하게 했다.

　니부어는 근대적 인간관은 선악 판단의 능력을 상실했다고 비판하였으며,6) 근대적 형이상학은 자연과 정신의 통일, 자유와 필연의 통일을 이해하지 못하는 한계를 지닌다고 비판하였다.7) 니부어의 그러한 비판은 말년의 김춘수에게 각성의 효과를 갖게 했다.

　김춘수는 후기 시에서 예수인 신인(神人)과 초인인 인신(人神)의 모순과 대립을 시로 써낸다. 김춘수는 그러한 갈등을 신학용어로 이율배반(二律背反, antinomy)8)이라고 한다는 것을 의식한 가운데 노년의 시편들을 창작했다.

　그리하여 김춘수는 중년에 신화주의를 심미적으로 추구하던 단계에서 노년에 인간의 본질에 대한 내적 고뇌를 하는 단계로 들어간다. 그것이 『들림, 도스토옙스키』를 통해 선악의 문제에 대한 성찰과 인간의 자유의 문제에 대한 성찰로 나타나고, 『거울 속의 천사』와 『쉰한 편의

---

6) *Ibid.,* p.168.

7) *Ibid.,* p.167.

8) 김춘수, 『쉰한 편의 비가』, 민음사, 2002. (김춘수, 『김춘수 시 전집』, p.1011. 재수록.)

비가』를 통해 생사의 문제에 대한 성찰과 영육의 문제에 대한 성찰로
나타난다.

김춘수의『들림, 도스토옙스키』,『거울 속의 천사』,『쉰한 편의 비가』
가 쓰인 시기는 그가 시인으로서의 정신이 완숙해지는 단계에 속한다.
이 시기의 김춘수의 존재론에는 묵시록적 존재론으로서의 구원과 초
월의 문제가 그 중심에 등장한다. 김춘수는 기독교 신자로서 종교적 형
이상시를 초기부터 지속적으로 써왔지만, 말년에 와서 그 영성은 더욱
강렬해지고 치열해진다.

1. 인신사상의 비극과 악에 대한 심판
─ '도스토옙스키'의 시편

김춘수의『들림, 도스토옙스키』는 철저히 도스토옙스키의 소설들과
상호텍스트적 관계를 이루는 가운데 실험된 시집이다. 이 시집에서 다
루어진 도스토옙스키의 작품으로는『죄와 벌』,『카라마조프가의 형제
들』,『백치』,『악령』,『지하 생활자의 수기』,『미성년』,『가난한 사람
들』,「학대받은 사람들」이 있다. 도스토옙스키의 소설은 바흐친(Mikhail
Bakhtin, 1895~1975)에 의해 대화주의(對話主義)로 규정되어 왔다.9)
김춘수의『들림, 도스토옙스키』또한 여느 시집보다 대화성(對話性,
dialogism)의 양상이 두드러진다. 김춘수의 시에서는 타자와의 대화가
항상 중요한 국면을 차지해 왔다. 마치 바흐친이 말하듯, "존재한다는

---

9) 도스토옙스키와 비교하여 톨스토이 류의 소설은 독백주의로 환원되는 서사시를 지
   향한다. Julia Kristeva,「말·대화, 그리고 소설」,『바흐친과 문학 이론』, 여홍상 편
   역, 문학과지성사, 1997, p.264.

것은 소통한다는 것"10)을 증명이라도 하는 것처럼 김춘수의 시의 존재
의 진리는 관계성 속에서 발생해 왔다. 김춘수는 이 작품들에 나오는
등장인물 간에 서로 주고받는 편지의 형식을 빌려 고백의 언어들을 시
화하고 있다. 고백은 '타자에 대한 나'와 '나 자신에 대한 나'를 구별 짓
게 하는, 자기 자신에 대한 객관적 언어이다.11) 그러나 다른 한편 편지
들의 교환은 대화이다. 대화적 구조(Dialogical Structure)의 의의는 목소
리들의 교환에 있다.12) 이 시편들의 언어에 대하여 일차적으로는 고백
적(告白的)이라고 규정할 수 있으며, 이차적으로는 다성적(多聲的)이라
고 규정할 수 있다. 이 시편들을 고백적이라고 규정할 때, 그 고백의 의
미를 아우구스티누스의 『고백록(告白錄)』과 루소의 『참회록(懺悔錄)』
의 전통의 계보에 놓음으로써 찾을 수 있을 것이다. 그러나 이 시편들
이 고백문학보다 실험적인 것은 고백의 언어를 들어주는 청자를 편지
의 수신인으로서 구체적으로 정해놓는다는 데 있다. 그런 차원에서 이
시편들의 고백은 대화이기도 하다. 바흐친은 시적 언어의 서정적 주관
성을 비판해 왔다.13) 김춘수의 『들림, 도스토옙스키』는 시를 대화화
(對話化, dialogization)14) 하면서도 고백의 서정성을 그대로 유지한다.
즉, 김춘수의 『들림, 도스토옙스키』는 양가성(兩價性)15)을 지닌다. 그
뿐만 아니라, 이 시편들은 도스토옙스키의 한 작품 속의 등장인물 간의
편지만 오가는 것이 아니라, 서로 다른 작품 속의 등장인물 간의 편지

---

10) Mikhail Bakhtin, 「도스토옙스키에 관한 저서의 개작 계획」, 『말의 미학』, 김희숙 ·
    박종소 옮김, 길, 2007, p.444.
11) *Ibid.*, p.458.
12) Joseph Childers · Gary Hentzi, 『현대문학 · 문화비평 용어사전』, pp.150~151.
13) Michael Davidson, 「시적 담론의 대화성」, 유명상 옮김, 『바흐친과 문학 이론』,
    p.232.
14) *Ibid.*, p.225.
15) Julia Kristeva, *op.cit.*, p.265.

도 오가서 그 복잡성이 더하다. 편지의 발신인과 수신인의 관계를 통해 '남자－여자', '노년－청년', '부자－빈자' 등 서로 이항대립적인 관계에 놓인 인물들 간에 대화가 형성된다. 양가성의 공존에 대하여 바흐친은 '카니발의 시간'이라고 규정하였는가 하면, 고진(柄谷行人, 1941~현재)은 '비유클리트적 기하학의 공간'이라고 규정하였다.16) 김춘수의 『들림, 도스토옙스키』에서도 카니발의 시간이나 비유클리드적 기하학이란 용어를 빌리지 않더라도 서로 다른 작품에 등장하는 인물들의 만남이 이루어짐으로써 이질적인 시간과 공간이 공존하는 현상이 일어난다. 그것은 김춘수의 심리적 굴절에 의해 이루어진다. 그런데 이때의 심리적 굴절은 오히려 왜곡이 아니라 적확한 맞춤이다. 이것은 김춘수 나름대로 다성성(多聲性, polyphony)17)의 경계를 넓히려 노력한 성과 그 이상이라고 해야 할 것이다. 다성성은 단순히 여러 목소리를 집합적으로 모아놓는 데서 형성되지 않는다. 존재의 내부로부터 울려나오는 진실을 귀담아 듣고 그것을 다시 시인의 음성으로 발화하였을 때 형성되는 것이다. 그러므로 다성성은 김춘수가 의식적으로 의도한 실험이기도 하지만, 시인 자신의 내면에 각인된 등장인물들을 재무대화 할 수밖에 없는 심리적 필연성 때문에 형성된 복잡한 대화망인 것이다. 바흐친은 도스토옙스키 작품 중에 대화성의 절정을 보여주는 장면이 바로 『카라마조프가의 형제들』에서 이반과 알료샤가 대심문관에 대하여 나누는 대화로 보았다.18) 여기서 중요한 것은 '외적 대화'보다 '내적 대화'

---

16) 柄谷行人, 「도스토옙스키의 기하학」, 『언어와 비극』, 조영일 옮김, 도서출판 b, 2004, pp.94~95.
17) Julia Kristeva, *op.cit.,* p.265.
18) Mikhail Bakhtin, 「저서 ≪도스토옙스키 창작의 제 문제≫에서」, 『말의 미학』, p.282.

이다.19) 타자와의 논쟁 가운데서도 자기 자신과 논쟁하며 존재성을 심화해 가는 과정이 바로 내적 대화인 것이다.20) 김춘수의 『들림, 도스토옙스키』도 제1부와 제2부는 편지의 형식의 시로 구성되어 있지만, 제3부는 스타브로긴의 독백으로 구성되어 있고, 마지막 제4부 「대심문관」은 극시(劇詩)의 형태로 구성되는 데까지 나아간다. 그런 의미에서 김춘수의 극시 「대심문관」은 주제적으로나 형식적으로 가장 극단까지 나아간 작품으로 평가될 수 있을 것이다.

그 이외에도 『들림, 도스트예프스키』에서 상호텍스트적으로 다루어지는 작품으로는 릴케의 소설 「하느님 이야기」가 있다. 그리고 림스키코르사코프(Nikolai Andreevich Rimskii-Korsakov, 1844~1908)의 피아노곡 「닭 발등 위 오두막집」도 김춘수의 이 시집의 한 구절에서 제목이 인용되고 있다. 릴케의 「하느님 이야기」와 림스키코르사코프의 「닭 발등 위 오두막집」은 단 한 편에 불과하지만, 김춘수의 이 시집이 완전히 도스토옙스키의 세계에 함몰되지 않도록 하는 균형추로서의 역할을 한다.

그런데 여기서 김춘수와 도스토옙스키의 연결고리로서 셰스토프라는 러시아 철학자의 역할을 고려해 볼 수 있다. 셰스토프는 「허무로부터의 창조」라는 글을 통해 김춘수의 천사관에 중대한 영향을 미친 것으로 알려져 있다. 그런데 바로 그 「허무로부터의 창조」는 『비극의 철학 – 톨스토이, 도스토옙스키, 니체』라는 셰스토프의 책에 실려 있다. 셰스토프는 그 책에서 톨스토이와 도스토옙스키는 서로 대립적인 세계관을 가진 것으로 해석하고 있다. 반면에 셰스토프는 도스토옙스키

---

19) *Loc. cit.*
20) *Ibid.*, pp.282~283.

와 니체는 상당히 동질적인 세계관을 가진 것으로 해석하고 있다. 셰스토프에 따르면, 도스토옙스키와 니체는 첫째, 서구의 역사에 대한 비판의식, 둘째, 기독교에 대한 비판의식, 셋째 인신사상 등에서 공통점을 가지고 있다. 김춘수가 초기 시에서 니체를 직접 호명한 바 있지만, 후기 시에서도 역시 태초부터 비극이 있었다는 선언과 함께 자신과 니체의 공통분모를 다시 한번 강조한다. 그러므로 김춘수의 '도스토옙스키' 시편들은 현대적 비극의 관점에서 볼 수 있을 것이다.

도스토옙스키의 작품들을 통해서 김춘수가 천착한 주제는 세 가지 정도로 나누어 볼 수 있다. 첫째, 『죄와 벌』을 중심으로 한 양심의 가책과 용서와 부활의 주제, 둘째, 『악령』을 중심으로 한 자유와 인신의 문제, 셋째, 『카라마조프가의 형제들』을 중심으로 한 역사심판의 문제가 바로 그것이다. 김춘수의 '예수' 시편에서의 고통의 문제는 '도스토옙스키' 시편으로 와서 '양심의 가책(mauvaise conscience)'[21]의 문제로 심화된다. 양심은 자유가 주어지는 한에서 가능하므로 양심의 문제는 자유의 문제이기도 하다. 또한, 그것은 인간이 할 수 있는 것과 할 수 없는 것의 한계에 대한 물음의 문제이기도 하다. 김춘수는 노년에 이르러서도 겸손하게 도스토옙스키를 자신의 정신적 대화자로 불러 위와 같은 문제들을 시화하는 도정으로 들어선다.

『들림, 도스토옙스키』는 '도스토옙스키' 시편 가운데 『죄와 벌』과 상호텍스트적 관계에 놓인 「소냐에게」로 시작된다. 그러므로 「소냐에게」는 이 시집 전체의 서시(序詩) 격으로 간주된 상태에서 『죄와 벌』과 관련 있는 작품들이 논구될 것이다.

『들림, 도스토옙스키』에서 『죄와 벌』이란 작품 하고만 관련이 있는

---

21) Friedrich Wilhelm Nietzsche, 「도덕의 계보」, pp.430~433. 참조.

작품은 「소냐에게」, 「딸이라고 부르기 민망한 소냐에게」가 있다. 『죄와 벌』을 포함하여 그 이외의 작품과도 관련이 있는 작품은 「라스코리니코프에게」, 「드미트리에게」, 「구르센카 언니에게」, 「스비드리가이로프에게」, 「허리가 긴」이 있다. 독자들은 김춘수의 이 시편들만 읽더라도 『죄와 벌』의 핵심적인 줄거리를 재구성할 수 있을 만큼, 『죄와 벌』의 하이라이트가 되는 장면들을 김춘수는 시화하여 보여주고 있다. 구체적으로 이 시편들을 살펴보면 다음과 같다.

(i) 오직 그것만이 방법인가 싶어/나는/대낮에 한길에서/달려오는 마차 바퀴에 몸을 던졌다./그런데 웬걸/그건 한 청년의 넓적한 등이었다.[중략] 그러나 그 청년/(라스코리니코프라고 하던가,)/인생의 비참 앞에 무릎을 꿇는다고 했다./어쩜 좋으랴./하느님은 왜 나를/꽃병으로 만들지 않았을까,

　　　　　－김춘수, 「딸이라고 부르기 민망한 소냐에게」 부분. (840)

(ii) 뼈대 굵은 아저씨가 와서/풀잎처럼 왠지/제물에 시들어갔어요./내 삶은 너무 벙벙해서/뭐가 뭔지 나는 몰랐어요./내 몸에 왜 그런 것이 있어야 하나, 하고/나는 내가 아니지 않을까/하는 생각을 나는 또 했어요./간밤에는 꿈에 언니를 봤어요. [중략]//개꽃 하나 벙긋하는 날/소냐

　　　　　－김춘수, 「구르센카 언니에게」 부분. (839)

(iii) 가난은 죄가 아니라는 말은 진실입니다. 저도 음주가 선행이 아니라는 것 정도는 알고 있습니다. 그건 더할 나위 없는 진실이지요. 그러나 빌어먹어야 할 지경의 가난은, 존경하는 선생, 그런 극빈(極貧)은 죄악입니다.

　　　　　－ Fedor Dostoevskii, 『죄와 벌』 부분.22)

위에 인용된 「딸이라고 부르기 민망한 소냐에게」는 "소냐"의 아버지 마르멜라도프가 "소냐"에게 남기는 유서(遺書)의 형식으로 되어있다. 이 시의 중심 장면은 도스토옙스키의 『죄와 벌』에서 "소냐"의 아버지가 가난했기 때문에 가족부양을 위해서 "소냐"가 창녀가 되는 것을 방관할 수밖에 없던 것에 죄책감을 느끼고 "마차"에 뛰어들어 자살 기도 하는 장면이다. 「딸이라고 부르기 민망한 소냐에게」에서 "소냐"의 아버지는 "인생의 비참"에 절망하며 신을 원망한다. 위의 인용에서 보는 바와 같이, 도스토옙스키의 원작 『죄와 벌』에는 "극빈(極貧)은 죄악"이라고 표현된 부분이 있다. "소냐"의 아버지에게 "인생의 비참"이란 바로 "극빈은 죄악"이 될 수밖에 없는, 타락한 세상의 비극이었을 것이다.

도스토옙스키의 "죄악"은 다시 죄와 악으로 나누어 보아야 한다. 먼저 죄에 대하여 논구하도록 한다. 죄에 대한 그리스어 어원은 첫째, 목표가 없다는 뜻의 'chattat', 둘째, 비뚤어진 길이란 뜻의 'awon', 셋째, 거역이란 뜻의 'pesha'가 있다.[23] 그러므로 죄는 어원적으로 '허무', '비진리', '거역' 등의 의미가 있는 것으로 정리될 수 있다. 흥미로운 것은 죄의 현대적 개념에서는 거의 사상되어버린, '허무'나 '비진리'의 의미가 어원에는 내포되어 있었다는 점이다. 그러나 죄에 대한 어원적 해석은 죄의 본질에 대한 직관적 깨달음에 대단히 충실하게 닿아있다.

『성경』에서 죄의 관념은 '하느님 앞'이라는 전제에서만 성립된다.[24] 『성경』의 윤리는 '나는 해야 한다. 그러므로 나는 할 수 있다'는 칸트의 격률을 따른다.[25] 즉, 『성경』이든 칸트든 절대적인 명령에 복종하는

---

22) Fedor Dostoevskii, 『죄와 벌』 상, 홍대화 옮김, 열린책들, 2013, p.25.
23) Paul Ricœur, 『악의 상징』, p.80.
24) *Ibid.*, p.60.

방식으로 선은 실천된다. 죄의식은 바로 그 격률이 어겨졌을 때 발생한다. 그러한 죄의식은 신의식(神意識)과 자의식(自意識) 사이에 있다.[26] 그 사이의 갈등이 죄의식으로 심화될 때, 한 존재는 그 무게를 감당하지 못한다. 「딸이라고 부르기 민망한 소녀에게」에서 "소녀"의 아버지가 품게 된 죄의식은 신에 의해서도 더 이상 구원받지 못하는 나락에 그를 떨어트린다. 죄의식은 한 존재를 자살에 이르게 할 뿐이다. 니체가 부채의식에 불과한 죄의식으로부터[27] 인간을 해방하고자 한 이유도 그러한 점 때문일 것이다. 니체는 고통을 운명애(運命愛, amor fati)[28]로 받아들이고 사랑하라고 명한다. 그러나 죄와 구원의 문제는 단순히 고통으로부터의 해방의 문제는 아니다. 인간을 고통의 관점으로 보아 온 것은 불교(佛敎)를 비롯한 여러 종교와 에피쿠로스 학파(Epicurean School)를 비롯한 여러 철학이 있어왔다. 이러한 종교들과 철학들은 대체로 인간의 개체적 유한성을 우주의 영원한 무한성과 합일시킴으로써 고통으로부터 해방되는 방법을 교설해 왔다.[29] 그러나 악은 고통으로부터 해방의 문제보다 심원한 주제이다. 김춘수 자신도 노년에 선악의 문제를 다시 묻기 시작했다고 밝혔다.[30] 악은 신에 대한 반역행위(叛逆行爲)이다.[31] 바울(Paul)은 악의 자리는 육체이며, 악을 행하는 것

---

25) Reinhold Niebuhr, 『그리스도인의 윤리·예수·희망의 실험』, 박봉배 옮김, 삼성출판사, 1982, p.72.

26) *Ibid.,* p.73.

27) Friedrich Wilhelm Nietzsche, 「도덕의 계보」, 『선악의 저편·도덕의 계보』, p.402.

28) Friedrich Wilhelm Nietzsche, 「이 사람을 보라」, p.374.

29) Reinhold Niebuhr, *op.cit.,* pp.73~74.

30) 김춘수는 『처용단장』에서는 용서와 중용의 논리를 앞세워 선악의 문제를 전면적으로 다루지는 않았다. 김춘수는 '예수'의 시편에서도 마찬가지였다. 십자가형과 관련된 시편들도 고통과 구원의 문제는 다뤘지만, 선악의 문제는 전면적으로 다루지 않았다. 김춘수의 시집 가운데 선악의 문제가 본격적으로 다루어진 것은 『들림, 도스토옙스키』에서부터이다.

이 죄라고 하였다.[32] 위의 시에서 "소냐"의 아버지의 죄악은 육체의 필요에 의해 인륜을 저버리고 신을 반역한 데 있을 것이다.

「구르센카 언니에게」에서는 창녀가 된 "소냐"가 자신의 목소리로 직접 고백을 하고 있다. "소냐"에게 청자로 선택된 대상은 그녀 자신과 가장 처지가 비슷한 "구르센카"이다. "구르센카"는 『죄와 벌』이 아니라 『카라마조프가의 형제들』에서 "표도르(표트르)"와 "드미트리 부자(夫子)" 사이에서 애욕 때문에 갈등을 일으키는 여성이다. "구르센카"는 「표트르 어르신께」서는 "거리의 여자"로, 「어둠에서 들려준 이야기」와 「우박」에서는 "화냥년"으로 표현된다. "구르센카"도 두 부자 사이에서 돈으로 유혹당하는, 창녀와 다름없는 인물로 다른 작품들에서 규정되고 있다. "소냐"는 「구르센카 언니에게」에서 "구르센카"에게 여자의 육체가 성적으로 유린당함으로써 자기 상실에 이르는 비애를 고백하고 있다. "소냐"와 "구르센카"는 이 시집에 나오는 인물 중 동병상련이 가능한 여성 캐릭터들일 것이다. 김춘수는 자신이 남성이면서도 여성 캐릭터의 비애와 비참에 깊이 스며든다. 김춘수가 인식하는 태초의 비극이란 이런 정황을 포함하는 것일 터이다.

> 등이 휘도록 죄를 짊어지고/라스코리니코프는 시베리아로 가고
> ─ 김춘수, 「허리가 긴」 부분. (854)

> 스스로 모든 양심상…모든 장애를 제거할 수 있는 권리를 가졌다고 말한 것뿐입니다. 그것도 만일 그의 신념을 실행에 옮기기 위해서 그렇게 하는 것이 요구되는 경우에 한해서만 말입니다.
> ─ Fedor Dostoevskii, 『죄와 벌』 부분.[33]

---

31) *Ibid.*, pp.77~78.
32) *Ibid.*, p.82.

나 너희에게 위버멘쉬(Übermensch)를 가르치노라. 사람은 극복
되어야 할 그 무엇이다. 너희는 사람을 극복하기 위해 무엇을 했는
가?/지금까지 존재해온 모든 것들은 그들 이상의 것을 창조해왔다./
[중략]/사람에게 위대한 것이 있다면 그것은 그가 목적이 아니라 하
나의 교량이라는 것이다. 사람에게 사랑받을 만한 것이 있다면, 그
것은 그가 하나의 과정이요 몰락이라는 것이다.

— Friedrich Wilhelm Nietzsche, 『차라투스트라는 이렇게
말했다』 부분.34)

「허리가 긴」에서는 "라스코리니코프"가 살인죄를 저지른 다음 시베
리아로 형을 살러 가는 장면이 시화되어 있다. 도스토옙스키의 『죄와
벌』에서 "라스코리니코프"는 법학도인 대학생이다. 이 소설에서 살인
을 저질렀던 "라스코리니코프"는 "소냐"를 만나 죄를 자수하고 시베리
아 8년 형을 선고받는다. 위에 인용된 『죄와 벌』의 구절은 도스토옙스
키의 초인사상의 단면이 나타난다. 이 구절은, 인간은 "양심"과 "신념"
에 따라 살인도 할 수 있다는 논리를 보여준다. 예컨대, 니체는 강한 인
간은 기독교의 교리가 말하듯 버림받아야 할 자가 아니라 오히려 이상
적으로 추구되어야 할 자라고 주장한다.35) 위에 인용된 니체의 『차라
투스트라는 이렇게 말했다』는 인간이 자기 자신을 극복하고 "위버멘
쉬,"36)즉, 초인으로 거듭나야만 할 필연적인 이유에 대한 논거이다. 그
러나 인간이 신이 되려는 사상은 인간악(人間惡)을 합리화한다.37) 그것

---

33) Fedor Dostoevskii, 『죄와 벌』상, 홍대화 옮김, 열린책들, 2013, p.377.
34) Friedrich Wilhelm Nietzsche, 『차라투스트라는 이렇게 말했다』, pp.16~26.
35) Friedrich Wilhelm Nietzsche, 「안티크리스트」, 『바그너의 경우 · 우상의 황혼 · 안
티크리스트 · 이 사람을 보라 · 디오니소스 송가 · 니체 대 바그너』, p.218.
36) 위버멘쉬는 과거에는 초인 또는 인신으로 번역되어 왔다.
37) Reinhold Niebuhr, op.cit., p.84.

은 다시 초인의 모순이다. 예컨대, 도스토옙스키의『죄와 벌』에서 "라스코리니코프"는 계획된 살인을 한 것 이외에 우발적인 실수로 무고한 인물까지 살인하게 된다. 이 작품에서 결국 "라스코리니코프"는 우발적 살인에 대하여 자기합리화를 할 수 있는 논리를 찾지 못하고 자신의 불완전성에 절망한다. 즉, 인간이 결코 신일 수 없다는 것이 그러한 실수를 통해 증명된 것이다. 죄의 근원은 살인 그 자체보다도 '자신이 신이 될 수 있다'[38]는 신념에 있었다.『죄와 벌』에서 "라스코리니코프"는 우발적 살인에 대하여 양심의 가책을 느끼고 괴로워한다. "라스코리니코프"가 양심의 가책을 느끼는 것은 신의 존재를 믿기 때문도 아니고, 경찰이 그를 의심하기 때문도 아니다. 다만, 그는 죄인으로 대자화(對自化)되는 자기 자신을 용납할 수 없던 것이다.[39] 이 작품에서 "라스코리니코프"가 느끼는 고통은 실재의 삶에 영향을 미치므로 그 죄는 실재성[40]을 띠는 죄이다. 이 작품에서 "라스코리니코프"는 "소냐"의 권유로 결국 자수를 하게 된다. 그렇지만 "소냐"는 매개자의 역할을 했을 뿐이다. "라스코리니코프"에게 죄는 법적인 문제도, 신앙적인 문제도 아니고 다만 존재론적인 문제였다. "라스코리니코프"는 자신의 완전성을 회복하고자 하는 선의지(善意志)를 통해 자수한 것이다.『죄와 벌』에서 "라스코리니코프"는 법적으로 죄의 대가를 정당하게 치르고, "소냐"의 용서와 사랑을 통해 구원을 받는다.

자넨 소냐를 만나/무릎 꿇고 땅에 입맞췄다//[중략]페테르부르크

---

38) *Ibid.,* p.85.
39) Paul Ricœur,『악의 상징』, p.90.
40) *Loc. cit.*

우거에서/이반

― 김춘수, 「라스코리니코프에게」 부분. (826)

내 친구 셰스토프가 말하더라./천사는 온몸이 눈인데/온몸으로
나를 보는/네가 바로 천사라고./[중략] 아직도 간간히 눈보라치는 옴
스크에서/라스코리니코프

― 김춘수, 「소냐에게」 부분. (823~824)

"당신은 정말 이상한 사람이야, 소냐. 내가 <이런 이야기>를 했
는데도, 나를 안고 키스하다니. 당신은 정신이 나간 모양이군."/"아
니에요, 이 세상에서 지금 당신처럼 불행한 사람은 없어요." [중략]
"그럼, 나를 버리지 않는 거야, 소냐?" 그는 일말의 희망을 느끼며,
그녀를 바라보고 물었다. "아니오, 아니에요. 절대로 언제까지나, 그
어느 곳에서도 버리지 않을 거에요!"

― Fedor Dostoevskii, 『죄와 벌』 부분.41)

그러나 이 병들어 창백한 얼굴에서는 이미 새로워진 미래의 아침
노을, 새로운 삶을 향한 완전한 부활의 서광이 빛나고 있었다. 그들
을 부활시킨 것은 사랑이었고, 한 사람의 마음속에 다른 사람의 마
음을 위한 삶의 무한한 원천이 간직되어 있었다. [중략] 그는 갱생한
자신의 온 존재로 그것을 완전히 느끼고 있었다. 그리고 그녀…그녀
는 오직 그의 삶을 자신의 삶으로 생각하고 살아오지 않았던가! [중
략] 그의 베개 밑에는 복음서가 놓여 있다. 그는 기계적으로 그것을
손에 들었다. 이 책은 소냐의 것으로 그녀가 그에게 나사로의 부활
을 읽어 줄 때 들고 있었던 바로 그 책이었다. 유형 생활이 시작되었
을 때, 그는 그녀가 그를 신앙으로 괴롭힐 것이고, 복음서에 대해서
말하며 그에게 책들을 강요할 것이라고 생각했다.

― Fedor Dostoevskii, 『죄와 벌』 부분.42)

---

41) Fedor Dostoevskii, 『죄와 벌』 하, 홍대화 옮김, 열린책들, 2013, pp.604~605.

위에 인용된 김춘수의 시「라스코리니코프에게」에 나오는 장면은 도스토옙스키의 소설『죄와 벌』의 한 장면을 시화한 것이다. 그 장면은 바로 "소냐"의 입맞춤으로 "라스코리니코프"가 용서를 받는 장면이다. 그러나 김춘수의 작품이 도스토옙스키의 작품과 다른 점은 편지의 발신인을『카라마조프가의 형제들』의 "이반"으로 삼아, 대화주의적 다성성43)을 극대화하고 있다는 것이다. 대화주의는 하나의 이념이기도 하고, 하나의 미학이기도 하지만, 무엇보다 그 바탕은 사랑이기도 할 것이다. 김춘수의 시는 대화주의라는 개념이 적용되기 이전부터 대화주의적이었다. 대화주의는 사랑을 통해 가장 이상적으로 아름답게 나타날 것이다. 도스토옙스키 또한 모든 작품이 대화주의적이지만『죄와 벌』에서 "라스코리니코프"와 "소냐"를 통해 하나의 정점을 이룬다.『죄와 벌』에서 "라스코리니코프"의 거듭남을 가능하게 한 것은 그를 위하여 살아주는 "소냐"의 사랑이었다. "소냐"의 "라스코리니코프"에 대한 사랑은 마치 신의 대리인의 사랑과 같다. "소냐"는 "라스코리니코프"에게 "복음서"(福音書, Gospel)를 읽어준다. 특히「요한복음서」의 "나사로"(Lazaros)의 "부활"을 읽어준다. 그 의미는 바로 "소냐"가 "라스코리니코프"가 죄로부터 용서받고 거듭남으로써 "부활"하기를 바란다는 것이다. 복음이 기쁜 소식인 이유는 죄와 벌 개념이 없기 때문이다.44)

니체는 예수가 십자가형으로 죽음을 맞이하였으므로 복음을 화음(禍音, Dysangelium)으로 정정해야 한다고 주장한다.45) 도스토옙스키

---

42) *Ibid.*, pp.808~809.
43) Julia Kristeva, *op.cit.*, pp.264~265.
44) Friedrich Wilhelm Nietzsche,「안티크리스트」,『바그너의 경우 · 우상의 황혼 · 안티크리스트 · 이 사람을 보라 · 디오니소스 송가 · 니체 대 바그너—니체 전집 15』, p.258.
45) *Ibid.*, p.267.

의 작품 속에 나오는, 초인사상을 신봉하는 인물들은 기독교에 대하여 니체와 유사한 반항의식을 갖는다. 그러나 도스토옙스키는 작품 외적으로 기독교를 끝까지 믿은 것으로 알려져 있다. 『죄와 벌』에서 "소냐"와 같은 인물이 도스토옙스키에 의해 창조되어 "라스코리니코프"를 구원하는 것도 같은 맥락에서 이해될 수 있을 것이다. 셰스토프가 니체와 도스토옙스키 두 인물을 동시에 비극의 철학자라고 명명하였지만, 도스토옙스키는 마지막에 기독교 신자로 남은 것이 니체와 다른 점이다.

죄인으로 규정되는 것을 정죄(定罪, condemnation)라 한다. 바로 그 정죄 자체가 벌이 될 수 있다. 그러나 역설적이게도 그 정죄 가운데서 속죄(贖罪, redemption)가 이루어지는 것이 가능하기도 할 것이다. 『죄와 벌』에서는 "라스코리니코프"가 "소냐"를 통한 속죄의 과정을 거치도록 한다. 그러므로 김춘수의 「소냐에게」는 도스토옙스키의 작품 『죄와 벌』 속의 인물들을 차용하면서, "소냐"라는 인물을 "천사"로 격상한다. 그것은 특이하게도 『카라마조프가의 형제들』과 『죄와 벌』, 두 작품의 인물들이 동시에 등장하는 「라스코리니코프에게」라는 작품에서, "소냐"가 사랑과 구원을 베푸는 존재라는 시구가 나와, 「소냐에게」에서 왜 "소냐"가 천사로 격상되는지의 논거가 된다.

소피야,/네 눈이 그처럼 아름답듯이/그런 천사도 있었나 하고/나는 생각에 잠긴다./나는 생각에 잠긴다./꿈이 아닌데/왜 내 눈에 그런 것이 보일까/하는 생각도 하면서 나는 나도 모르게/낯선 길을 너무 멀리 왔다. 사람들은 나를/백치라고 한다.//1875년 늦여름 시골 어느 객사에서/무이시킨 공작.

　　　　　　　　　　　　　　　　　－김춘수, 「소피야에게」 부분. (835)

그런데 이들의 자식들은 이 글의 주인공처럼 백치로 자라든가 [중략] 그는 '바보에게 복이 온다!'라는 러시아 속담을 실제로 입증할 수 있었기 때문이다.

　　　　　　　　　　　　　　　　　—Fedor Dostoevskii,『백치』부분.46)

그분이야말로 이 세상에서 보기 드물게 순결한 분이었어요! 또한 뛰어난 학자이기까지 했어요. 그분은 다수의 존경받는 학계 인사분들과 친분을 맺고 있었으며, 많은 돈을 과학발전 기금에 썼어요. 그분의 마음씨나 그분의 선량한 행동에 관해서는 당신이 똑바로 썼어요. 당시에 나는 거의 백치였던 데다가 아무것도 이해하지 못했으니까요.

　　　　　　　　　　　　　　　　　—Fedor Dostoevskii,『백치』부분.47)

　김춘수의「소피야에게」의 화자인 "무이시킨 공작"은 도스토옙스키『백치(白痴)』의 주인공이다.「소피야에게」에서 보듯이『백치』이 소설의 주인공 "무이시킨 공작"이 바로 "백치"이다. 그런데, 그가 "백치"로 불리는 데는 역설적인 이유가 있다. 위에 인용된 도스토옙스키의『백치』에서 보듯이 "무이시킨 공작"은 타락한 세상에 어울리지 않을 만큼 세속적인 것에 무지하고 "순결"하고 "선량"한 마음으로 세상을 바라보기 때문에 사람들이 그를 "백치"라고 부르는 것이다. 이러한 맥락에서 김춘수의「소피야에게」에서 죄에 얼룩진 역사 가운데서 "천사"를 보는 "무이시킨 공작"은 "백치" 취급을 받는 것이다.

　악령은 천사와 대립되는 존재일 것이다. 신학적으로, 신이 창조한 모든 존재는 선하다는 전제 아래, 악은 선의 결여로만 간주되었기 때문

---

46) Fedor Dostoevskii,『백치』상, 김근식 옮김, 열린책들, 2014, p.404.
47) *Ibid.*, p.420.

에, 악의 존재론적 실재성은 부정되었다.48) 그러나 도스토옙스키의 『악령』은 악을 실재하는 것으로 형상화한다. "악령"의 의미는 도스토옙스키와 김춘수의 다음 작품들의 분석을 통해 해명될 것이다.

저는 저의 상상력의 키를 재봅니다./말도 많고 탈도 많은 그것은/바벨탑의 형이상학./저는 혼듭니다./무너져라 무너져라 하고/무너질 때까지, 그러나 어느 한 시인에게 했듯이/늦봄의 퍼런 가시 하나가 저를 찌릅니다. 마침내 저를 죽입니다./그게 현실입니다./7할이 물로 된 형이하의 이 몸뚱어리/이 창피를 어이 하오리까/스승님,//자살 직전에/미욱한 제자 키리로프 올림.
　　　　　　－김춘수, 「존경하는 스타브로긴 스승님께」 부분. (831)

죽음은 형이상학입니다./형이상학은 형이상학으로 혼듭니다만/죽음을 단 1분도 더 견디지 못합니다./심장이 터집니다./저의 심장은 생화학입니다./수소가 7할이나 됩니다./억울합니다.//키리로프 다시 올림, 이제/죽음이 주검으로 보입니다.
　　　　　　－김춘수, 「추신, 스승님께」 전문. (832)

"만약 자살을 할 결심이시라면……"
"그래서요? 왜 두 가지 문제를 함께 놓는 겁니까? 삶은 삶이고, 그건 또 별개의 문제죠. 삶은 존재하는 거지만 죽음은 전혀 없는 거니까요."
"미래의 영원한 삶을 믿게 되었군요?"
"아니오, 미래의 영원한 삶이 아니라 이곳의 영원한 삶을 믿어요. 어느 순간들이 있는데, 당신이 그 순간들에 이르면 갑자기 시간이 멈추고 영원해지는 겁니다." "그 순간에 이르고 싶으신 겁니까?" "그래요" "그건 우리 시대엔 불가능할 것 같은데." 니콜라이 프세볼로

───────────────
48) Mircea Eliade, 『세계 종교 사상사』 3, 박규태 옮김, 이학사, 2014, p.80.

도비치 역시도 생각에 잠긴 듯이, 천천히 전혀 비꼬는 기색 없이 말했다. "묵시록에서 천사는 더 이상 시간이 존재하지 않으리라고 맹세하더군요." "알고 있습니다. 그곳이라면 분명히 그럴 테지요. 명확하고 정확하니까. 모든 인간이 행복을 획득하면 시간은 더 이상 존재하지 않을 겁니다. 그럴 필요가 없으니까요. 매우 그럴듯한 생각입니다." "그럼 그걸 어디다가 감추죠?" "어디에도 감추지 않아요. 시간은 물체가 아니라 관념이니까요. 머릿속에서 꺼져버리게 되는 겁니다."

—Fedor Dostoevskii, 『악령』 부분.49)

키릴로프는 관념을 견뎌내지 못했고 그래서 자살했지만, 그러나 정말이지 난, 그가 건전한 판단력을 갖지 못했기 때문에 그토록 관대했다는 걸 알고 있습니다. 난 절대로 판단력을 잃을 수도 없고, 절대로 그가 했듯이 그 정도로까지 관념을 믿을 수 도 없습니다. 난 심지어, 그 정도로까지 관념에 몰두할 수도 없습니다. 절대, 절대로 난 자살할 수 없습니다!/나는 내가 자살해야 한다는 걸, 비열한 벌레와 같은 나 자신을 이 땅에서 제거해야 한다는 걸 알고 있지만, 그러나 난 자살이 두려워요. 관대함을 보이는 게 두려우니까요. 난 이것 역시도 기만이 될 거라는 걸 - 그것도 무한하게 늘어선 기만의 대열 중 마지막 기만이 될 거라는 걸 알고 있습니다. 오직 관대함을 과시하기 위해서라면, 자기 자신을 기만한들 무슨 소용 있겠습니까?

—Fedor Dostoevskii, 『악령』 부분.50)

위에 인용된 김춘수의 「존경하는 스타브로긴 스승님께」에서 "스타브로긴"은 도스토옙스키의 『악령』에 나오는 인신주의자이다. 「존경하는 스타브로긴 스승님께」의 화자인 "키리로프"는 "스타브로긴"의 제자

---

49) Fedor Dostoevskii, 『악령』 중, 홍대화 옮김, 열린책들, 2013, p.366.
50) Fedor Dostoevskii, 『악령』 하, 홍대화 옮김, 열린책들, 2013, p.1041.

이다. 김춘수는 「존경하는 스타브로긴 선생님께」와 「추신, 스승님께」에서 "키리로프"의 자살의 문제를 다루고 있다. 자살에 대한 학문적 접근으로는 사회적 차원과 개인적 차원으로 나누어 볼 수 있다. 전자를 시도한 대표적인 학자는 뒤르켐(Emile Durkheim, 1858~1917)이다. 자살을 "집합적 질환"[51]으로 본 뒤르켐의 『자살론』은 자살의 사회적 원인을 구명한 연구서이다. 그러나 도스토옙스키의 작품에서 자살의 문제는 다르다. 셰스토프가 도스토옙스키와 니체를 연결하였듯이, 이 작품의 자살 문제는 니체의 초인사상에 해석의 실마리가 있다. 니체의 초인사상이 문제적인 것은 인간에게 자살할 권리가 있다고 인정한다는 것이다.[52] 니체에게 자살의 문제는 뒤르켐처럼 집합적 차원의 자살 문제가 아니라 개인적 차원의 자살의 문제이다.

개인적 차원으로 자살의 문제를 다룬 철학자로는 칸트가 있다. 그러나 니체와 달리 칸트는 윤리학적 근거를 들어 자살에 반대하였다.[53] 칸트는 이성적 존재자이자 도덕적 존재자인 인간은 그 현존재(現存在, Dasein) 자체가 최고의 목적이므로, '무엇을 위하여 인간이 현존하는가?'라는 질문을 인간에 적용할 수 없으며, 인간 자체가 최고의 목적이라는 명제에 반(反)하는 그 어떤 자연의 힘에도 인간은 복종하지 말아야 한다고 주장하였다.[54] 이러한 주장은 칸트가 자살을 반대하는 주장의 근거가 된다.

그러나 니체는 자살을 인간의 자유의 문제로 본다. 니체는 양심의 가

---

51) Emile Durkheim, 『자살론 Le Suicide』, 김충선 옮김, 청아출판사, 2000, p.11.
52) Friedrich Wilhelm Nietzsche, 『인간적인 너무나 인간적인 I—니체 전집 7』, 김미기 옮김, 책세상, 2010, p.99.
53) Immanuel Kant, 『윤리 형이상학 정초 Grundlegung zur Metaphysik der Sitten』, 백종현, 아카넷, 2005, pp.133~134.
54) Immanuel Kant, 『판단력 비판』, p.344.

책도 자유의 본능, 즉 힘에의 의지를 억압한 결과에 불과하다고 본다.[55] 또한, 니체는 『인간적인 너무나 인간적인』에서 자유의 정신을 위하여 인간의, 있는 그대로의 성정을 긍정하려 한다.[56] 예를 들면, 이성과 도덕률에 의해 통제되어야 할 것으로 간주되어 온, 인간 안의 야수성 같은 것도 긍정한다.[57] 이러한 자유의 맥락에서 니체는 자살할 권리를 긍정한다.

다시 김춘수의 「존경하는 스타브로긴 스승님께」로 돌아오면, "키리로프"가 자살한 이유는 "바벨탑의 형이상학" 때문이다. 『성경』의 「창세기」 11장에는 바벨탑의 이야기가 나온다. 이 이야기는 신이, 신에게 도전하는 인간들에게 서로 다른 언어를 갖게 하여 그 도전을 멈추도록 인간을 벌한 이야기이다. 여기서 바벨탑의 이야기가 주는 교훈은 인간이 자신의 유한성을 초월할 수 있다고 믿는 모든 교만에 대한 일침이다.[58] 즉, 「존경하는 스타브로긴 스승님께」에서 "키리로프"가 자살을 한 것도 결국은 "바벨탑"이라는, 신에 대한 도전, 즉, 자기 자신이 신이 되는 길이 좌절되었기 때문일 것이다. 이에 대해 고진은 『악령』의 "키릴로프"가 죽음에 이른 이유에 대하여 키르케고르가 『죽음에 이르는 병』에서 말하듯 절망적으로 자기 자신이 되려는 극한을 추구했기 때문이라고 해석한다.[59] 즉, 외부로서의 타자 없이 자신을 신으로 절대화하다가 그 끝에서 자살하게 되었다는 것이다.[60] 이러한 고진의 주장은 상당히 타당하다. 김춘수도 그와 같은 맥락에서 도스토옙스키의 『악령』

---

55) Friedrich Wilhelm Nietzsche, 「도덕의 계보」, 『선악의 저편 · 도덕의 계보』, p.435.
56) Friedrich Wilhelm Nietzsche, 『인간적인 너무나 인간적인 I—니체 전집 7』, p.11.
57) *Ibid.*, p.71.
58) Reinhold Niebuhr, 『비극의 피안』, pp.23~25.
59) 柄谷行人, 「도스토옙스키의 기하학」, 『언어와 비극』, p.113.
60) *Loc. cit.*

을 재해석함으로써 「존경하는 스타브로긴 스승님께」를 창작한 것이다.

김춘수의 「존경하는 스타브로긴 스승님께」에서 해석을 요하는 또 하나의 중요한 시구는 "바벨탑의 형이상학"과 대립 관계에 있는 "형이하의 이 몸뚱어리"이다. "형이상학"에 대한 문제의식은 「추신, 스승님께」로 이어진다. 「추신, 스승님께」에서 "키리로프"는 "죽음은 형이상학"이라고 고백한다. 이처럼 생사의 문제, 즉, 존재의 문제는 가장 형이상학적인 문제이다. 그것은 육체의 문제, 즉 형이하학적 문제와 정반대의 지점에 있다. 그러나 이러한 형이상학과 형이하학 간의 모순은 자살에서 모호해진다. 즉, 자살의 이유는 형이상학적인 데 있으나, 자살의 실행은 형이하학적인 데 있는 것이다. 이러한 모순 가운데 고뇌하는 인간의 실존, 이 자체가 「존경하는 스타브로긴 스승님께」와 「추신, 스승님께」의 주제의식이 될 수도 있을 것이다. 이처럼 『악령』에서 모티프를 얻은 「존경하는 스타브로긴 스승님께」와 「추신, 스승님께」에서 허무를 극복하지 못해 자살을 선택하려는 제자와 그의 스승 간의 서신에서 보이는 일촉즉발의 상황은 젊은 시절의 김춘수의 치열성을 뛰어넘는 듯하다.

앞 장에서 전술한 바와 같이, 김춘수는 니체의 『비극의 탄생』을 들며, 김춘수 자신에게도 태초에 비극이 있었다고 말했다. 니체는 역사에 대하여 "태초에 무의미가 있었도다. 그리고 그 무의미는 신과 함께 있었고, 신은 곧 무의미였도다"[61]라며 『성경』을 패러디하였다. 김춘수가 태초에 비극이 있었다고 한 것은 다시 니체에 대한 패러디일 수 있다. 김춘수에게 무의미란 니체에게서처럼 생의 허무를 가리키는 것이었다. 그러나 김춘수는 젊은 시절 이미 생의 허무 문제를 고통에 대한 견딤의

---

61) Friedrich Wilhelm Nietzsche, 『인간적인 너무나 인간적인 II—니체 전집 8』, p.32.

방식으로 지나왔다. 그러므로 "키리로프"가 "바벨탑의 형이상학" 때문에 자살한 것과 같은 길을 김춘수는 가지 않는다. 그는 구원(救援)은 시의 결론이 아니라, 시 쓰는 과정 자체라고 하였다.[62] 김춘수는 말년에 이르기까지 그것을 몸소 가장 잘 실천해 보인 시인으로서 귀감이 된다.

다음으로 『악령』에서 "스타브로긴"의 상황을 살펴보기로 한다.

　　Besy,/유라시안들은 나를 그렇게 부른다./얼마나 사랑스러운가./물오리 이름 같다./그날/거웃 한 올 채 나지 않은/새벽 이슬 같은/나는 내 누이를 범했다./나는 내가 누군지 알고 싶었다./어디를 가나 내 눈앞은/유카리나무가 하늘빛 꽃을 다는/그런 계절이었다./나는 번데기일까, 키리로프 그는/나를 잘못 보았다./나는 지금 후설의 그/귀가 쭈뼛한 괄호 안에 있다./지금은 눈앞이 훤한 어둠이다.

　　　　　　　　　　　　　　　 ─김춘수, 「악령」 전문. (869)

　　의식도 영혼도 다 비우고/나는 돼지가 될 수 있다./밥 달라고 꿀꿀거리며/간들간들 나는 꼬리를 칠 수도 있다./성경에 적힌 그대로/무리를 이끌고 나는 바다로/몸 던질 수 있다./말하자면 나는/죽음을 이길 수 있다./그러나/그 다음이 문제다. 내 눈에는/그 다음이 보이지 않는데, 썰렁하구나/나에게는 스승이 없다./1872년 3월 1일

　　　　　　　　 ─김춘수, 「사족─직설적으로 간략하게」 부분. (874)

　　위에 인용된 「악령」과 「사족─직설적으로 간략하게」는 『들림, 도스토옙스키』의 3부 「스타브로긴의 넋」에 포함된 작품이다. 두 작품의 화자는 "스타브로긴"이다. "스타브로긴"은 전술한 바와 같이 인신주의자이다. "스타브로긴"의 제자 "키리로프"는 "스타브로긴"보다 앞서 자살

---

62) 김춘수, 「시작 및 시는 구원이다」, 『의미와 무의미』, 문학과지성사, 1976. (김춘수, 『김춘수 시론 전집』 I, 496. 재수록.)

하고, "스타브로긴"도 결국 자살한다. 니부어에 따르면, 악마는 자기가 하느님이라고 주장하는 천사이다.[63] 도스토옙스키의『악령』에서 자신을 신이라고 믿었던 인신주의자들은 모두 자살을 합리화한 끝에 자살하는 비극을 맞는다. 이것은 아우구스티누스를 비롯한 신학적 입장과는 명확히 대비되는 것이다. 신학적으로 자살은 하느님에 대한 죄이다. 그리스도인에게 자살할 권리는 없다.[64]『성경』의「출애굽기」20장 13절에는 십계명(十誡命, Ten Commandments)의 한 구절인 "살인하지 말라"는 구절이 있다. 아우구스티누스는 이 구절을 개인의 권능으로 그 누구도 살인해선 안 되며, 자기 자신도 살인해선 안 된다는 의미로 해석한다.[65] 그러므로 자살은 하느님에 대한 죄이다. 이에 반해, 인신주의자들은 하느님을 부정함으로써 자살할 권리를 가질 수 있던 것이다.

김춘수의「악령」의 첫 구절에는 "Besy"가 나온다. 도스토옙스키의『악령』은 "Besi"이다. 「악령」과「사족—직설적으로 간략하게」는 이제 선악의 문제를 넘어서 자기지(自己知)에 대한 문제가 다뤄지고 있다. 「악령」의 "나는 내가 누군지 알고 싶었다"는 구절이나「사족—직설적으로 간략하게」의 "나에게는 스승이 없다"라는 구절이 바로 그러하다. "알고 싶었다"는 것은 역설적으로 자신의 무지(無知)에 대한 자백이다. 무지는 소크라테스에 의하면 진정한 앎의 전제이다. 그러나 김춘수의「악령」에서 자신에 대해 알고자 하는 의지의 끝은 진정한 앎을 남긴 것이 아니라, 죄를 남겼다. 그런 의미에서「사족—직설적으로 간략하게」의 "스승이 없다"는 구절은 자기지의 추구를 극단까지 밀어붙여 본 자의 절망에서 나온 고백이다. 요컨대, 이 두 편의 시는 자기지에 이를 수

---

63) Reinhold Niebuhr, *op.cit.*, p.85.
64) Aurelius Augustinus, 『신국론』, p.67.
65) *Ibid.*, p.63.

없는 절망의 궁극에 대하여 고백하고 있다. 그것은 나름대로 존재의 밀어붙임의 실험을 해본 결과이다.

김춘수의 「악령」은 도스토옙스키의 동명소설 『악령』에 나오는 인신론자인 "스타브로긴"이 "키리로프"에 대하여 "나를 잘못 보았다"고 말하면서 다시 한번 자신을 후설주의자로 내세우고 있다는 점에서 문제적이다. 이 작품에서 후설이 거론되는 것처럼 김춘수의 작품에서 철학자의 이름이 거론되는 경우는 드물다. 김춘수의 작품에서 거론된 철학자로는 소크라테스, 플라톤, 니체, 그리고 후설 정도가 있다. 또 다른 작품 「선(善)」에서는 후설의 이름이 거론되지는 않지만, "괄호"의 존재가 거론되는데, 「악령」에서 "후설의 […] 괄호"라는 구절을 통해서, 앞 작품의 "괄호"가 후설의 개념이었음이 확인된다. 그러한 점은 김춘수가 자신의 시론 『김춘수 사색(四色) 사화집』에서 "후설 현상학의 판단 중지, 즉 판단을 괄호 안에 넣고 유보상태로 두는 그 상태"라고 한 부분과 "판단은 언제나 괄호 안에 넣어두고 '판단중지'의 신중을 기해야 한다"고 한 부분에서도 확인된 바 있었다. 그러므로, 김춘수가 "괄호"라고 하는 것은 현상학적 판단중지의 상태, 즉 에포케(epoche)[66]인 것이 분명하다. 에포케는 노에시스(Noesis)[67]와 지향성(志向性, Intentionalität)[68]이라는 개념이 있기에 가능하다. 김춘수의 주체는 비어있으면서 무언가를 바라보고 그것을 자신 안에 있는 그대로 받아들인다는 맥락에서 "괄호"의 존재이다. 한 마디로 영혼이 정적으로 멈추어 있고 비어있는 상태, 후설이 말하는 진리를 향하는 자가 최초로 임하는 자세가 바로 김춘수의 "괄호"의 상태인 것으로 보인다. 「사족—직설적으로 간

---

66) Edmund Husserl, 『순수현상학과 현상학적 철학의 이념들』 1, pp.122~123.
67) *Ibid.* p.304.
68) Edmund Husserl, 『현상학적 심리학』, p.72.

략하게」의 "의식도 영혼도 다 비우고" 같은 표현이 바로 이에 대한 논 거가 될 것이다. 그것은 노에마(Noema)와 코기타툼(cogitatum)[69]을 비 운 상태를 의미할 것이다. 그런데 「사족—직설적으로 간략하게」에서 더 중요한 것은 자신을 다 비움으로써 그 무엇도 될 수 있다는 선언이 다. 즉, 이 시에서는 "~ㄹ 수 있다"라는 시구가 반복되고 있다. 즉, 이 시의 시적 주체는 자신에게 "돼지"도 "예수"도 될 수 있는 가능성이 있 다고 고백한다. 이 시의 시적 주체는 무제한에 가까운 자유를 가진 존 재가 된 것이다. 이와 같은 자유는 역설적으로 사르트르의 자유 개념을 떠올리게 한다. 김춘수는 사르트르가, 인간은 자유로 인해 고통받는 존 재[70]로 이해한 데 동의한다. 그러한 자유로부터 도피(逃避)하지 않는 인간이 바로 초인[71]적인 존재, 죽음을 넘어서는 존재일 것이다.

그러나 그러고 난 다음, 「사족—직설적으로 간략하게」의 시적 주체 는 "나는/죽음을 이길 수 있다./그러나/그 다음이 문제다. 내 눈에는/그 다음이 보이지 않는"다고 고백한다. 죽음을 넘어선 존재에게 또다시 남 는 것은 허무(虛無)라는 것이 발견되는 것이다. 이 시에서 존재의 진리 에 관한 탐구로서의 자기지에 대한 갈망은 어떤 '무(無)로서의 존재'의 발견에 대한 깨달음까지 나아간다. 궁극에서 존재와 무가 만나고, 앎과 무지가 만나는 것이다. 도스토옙스키의 『악령』과 이를 차용한 김춘수 의 시편들에서 무신론자는 자신의 운명을 가지고 실험을 하는 자이다. 그 실험은 아무것도 정해진 바 없는 무로서의 자유에서 자기 파괴로 향 하는 절망적인 몸부림일 것이다. 이러한 주제는 김춘수 초기 시 중 「분

---

69) Edmund Husserl & Eugen Fink, 『데카르트적 성찰』, p.78.
70) 김춘수, 「김소월론 —<산유화>를 중심으로」, p.469.
71) Gilles Deleuze, 『니체, 철학의 주사위 *Nietzsche And Philosophy*』, pp.118~119. 참조.

수」의 주제로 되돌아가는 것이기도 할 터이다. 그것은 초월에 대한 갈망이다. 초월(transcendence)과 내재(immanence)를 구분하자면, 자기의 식체험에 속하는 것을 내재, 이에 속하지 않는 것을 초월이라고 한다.[72] 초월과 내재는 상호적인 관계에 놓여 있다.[73] 결국, 존재가 자기 안의 무를 극복하기 위해 죽음이라는 극한에 부딪혀 보는 운명의 실험, 파괴적이기까지 한 운명의 실험을 감행하는 것은 그러한 초월에의 시도 끝에 무가 있다는 결론에 다다랐기 때문이다. 무에서 출발하여 결국 다시 무에 이르는 것은 인간의 대단한 비애이다.

이러한 맥락에서 김춘수의 도스토옙스키 연작은 '악령'이나 '인신'뿐 아니라 다시 '천사'를 소환한다. 그러한 작품을 살펴보면 다음과 같다.

시인 릴케가 보았다고 합니다./승정님,/승정님의 넓고 넓은 가슴에 씨를 뿌리는 일은/겨레의 몫입니다./아시겠지만 이 땅에는/교회의 종소리에도 아낙들 물동이에도/식탁보를 젖히면 거기에도/천사가 있습니다. 서열에는 끼지 않은/천사가 있습니다.//슬라브 겨레의 내일을 굳게 믿는 샤토프 올림
                    — 김춘수, 「치혼 승정(僧正)님께」 부분. (836)

도스토옙스키는 그의 여러 작품에서 <사람은 고통에 예민하고 풍부한 감수성을 가지고 있다>고 하였다. 이와 같이 우리에게는 괴로움이 필요한 것인지도 모른다.
                    — 김춘수, 「천사는 전신이 눈이라고 한다 (2)」 부분.[74]

---

72) 木田 元 外, 『현상학 사전』, p.380.
73) *Loc. cit.*
74) 김춘수, 「천사는 전신이 눈이라고 한다 (2)」, 『빛 속의 그늘』, 예문관, 1976. (김춘수, 『김춘수 전집 3 - 수필』, 문장사, 1983, pp.163~164. 재수록.)

위에 인용된 「치혼 승정(僧正)님께」에서 보는 바와 같이 김춘수는 도스토옙스키 시편들 가운데서도 "릴케"를 등장시켜 "천사"의 존재를 입증하려 한다. 신을 저버린 무신론자들, 그리고 역사의 폭력의 가해자들, 그러한 인간들 사이에서 김춘수는 악에 물들지 않은 존재들에게서 희망을 찾아 천사라 불러왔다. 김춘수의 천사에 대한 시화는 후기 시에서 더욱 심화된다. 「치혼 승정(僧正)님께」에서 "서열에는 끼지 않은/천사"가 있다고 하는 것은 신학적인 의미의 "천사"가 아니라, 세상이 "천사"라는 것을 알아보지 못하는 "천사", 세상 가운데서 자신만이 알아보는 "천사"가 있다는 의미이다. 김춘수에게 진리란 타자의 승인 아래 상호주체적으로 성립되는 것이다. 『들림, 도스토옙스키』의 시편들에서 김춘수는 악을 일말의 미화도 없이 그려내는 도스토옙스키의 인물들을 다루고 있다. 그러한 가운데서도 김춘수는 자신의 진리를 승인해 줄 타자를 끝없이 찾고 있다. 그것은 김춘수적인, 존재의 진리를 향한 열정이다. 또한, 그것은 무신론의 시대이기에 김춘수 자신이 더욱 갈구한 구원의 신앙일 것이다. 즉, 김춘수는 신을 잃어버린 시대에 다시 신에게로 가는 길을 인도해 줄 천사를 증명하기 위해 싸우고 있다.

위에 인용된 「천사는 전신이 눈이라고 한다 (2)」에서 보듯이 김춘수에게 윤리는 고통에 무감각해지지 않는 데 있다. 고통에 대한 민감성과 감수성이 인간이 "천사"를 닮아가는 요건이다. 아도르노에 따르면 고통은 진리의 실재이다.[75] 하이데거도 고통은 삶이 자기 자신에게 다가가고 있다는 증거라고 하였다.[76] 이처럼, 고통은 곧 존재의 문제이다. 그러므로, 도스토옙스키 연작은 윤리의 문제만을 다루고 있지는 않다.

---

75) Theodor Adorno, 『부정변증법』 참조.
76) Martin Heidegger, 『종교적 삶의 현상학 *Phänomenologie des Religiösen Lebens*』, 김재철 옮김, 누멘, 2011, p.286.

그것은 선악 판단의 문제에 그치는 것이 아니라, 고통의 문제로 이어지기 때문에 인간의 실존적인 문제이다. 그리고 그 실존적인 문제는 초월 불가능성의 한계라는 궁극에서 다시 신학적인 문제로까지 심화된다.

김춘수에게는 하느님과 예수가 등장하는 시가 많지만, 정신적으로 무신론의 위기에 처했던 순간이 있다. 그것은 그가 『처용단장』의 「3부 메아리」에서 "인카네이션, 그들은/육화(肉化)라고 하지만/하느님이 없는 나에게는/몸뚱어리도 없다는 것일까"[77]라는 시구에서 드러난다. '하느님이 없다'는 것은 구원의 희망을 품는 것이 어리석다는 절망을 느꼈던, 김춘수의 자전적인 체험에서 비롯된 무신론적 고백일 것이다. 그러나 한편 김춘수에게 전혀 신앙이 없었다면 '예수 시편'과 같은 종교적인 시편들을 쓰는 것도 불가능했을 것이다. 그러므로 김춘수의 내면에서는 인생의 흐름에 따라 무신론자로서의 김춘수와 유신론자로서의 김춘수가 갈등해 왔다.

'도스토옙스키 시편'들에서도 마찬가지다. 일부 작품들에서는 무신론자들이 그 중심을 차지했다. 그러나 「치혼 승정(僧正)님께」에서처럼 "샤토프"나 "천사"나 "릴케"를 다시 호명하는 것은 김춘수가 신의 존재성을 영적으로 체험해 왔기 때문일 것이다. 『들림, 도스토옙스키』에서 릴케의 「나의 하느님 이야기」가 부분적으로 인유되는 것은 그가 다시 『거울 속의 천사』와 『쉰한 편의 비가』를 통해 "천사"에게로 돌아가는 여정의 복선이다.

김춘수에게 그러한 주제를 가장 치열한 형태로 담은 작품은 바로 「대심문관」이다. 김춘수는 말년에 이르러 선악의 갈등을 표출하는 치열한 시들을 보인다. 『카라마조프가의 형제들』에서 모티프를 얻은 「대

77) 김춘수, 『김춘수 시 전집』, pp.567~568.

심문관」에서 재림 예수와 대심문관의 대결을 보여준다.

  김춘수의 「대심문관」은 극시(劇詩)의 형식을 취하고 있다. 『들림, 도스토옙스키』는 도스토옙스키의 다성성 소설로부터 영감을 받았다는 것은 상술한 바와 같다. 그런데 다성성을 극단까지 추구할 때, 극(劇) 형식에 이르게 되는 것은 필연적이다. 극 형식은 공존과 상호작용의 원리를 내포하는 것이다.[78] 김춘수의 「대심문관」은 그의 시에 잠재되어 있던 대화적 속성이 마침내 극시의 형식으로 표출된 작품이다. 「대심문관」을 『카라마조프가의 형제들』의 원작과 비교해 가며 그 구체적인 양상을 살펴보면 다음과 같다.

  <무섭고 지혜가 넘치는 악마가, 자멸과 허무의 악마가······> 하고 심문관은 이야기를 계속하지. <······위대한 악마가 광야에서 당신과 대화를 나눈 적이 있고, 악마가 당신을 시험에 들게 했다>는 사실이 성경을 통해 우리들에게 전해졌지요. 그렇지 않소? 그렇다면 악마가 당신한테 던졌던 세 가지 질문, 당신이 거절했던 말, 성경에서 소위 <시험>이라고 한 그 말보다 더 진실된 말을 할 수 있겠소? 만일 언젠가 지상에 진정으로 청천벽력 같은 기적이 일어났다면, 그날은 바로 그 세 가지 질문에 기적이 들어있는 것이오. [중략] 하지만 당신은 인간들로부터 자유를 빼앗고 싶지 않았기에 빵으로 복종을 산다면 그게 무슨 자유인가라고 판단하여 그 제안을 거절했었소. 당신은 인간은 빵만으로는 살 수 없다고 대답했지만, 그 지상의 빵의 이름으로 지상의 악마는 당신에게 반기를 들고 일어나 당신과 투쟁하여 결국 당신을 누르고 말 것이며, 모든 사람들이 <그 짐승을 닮은 자야말로 하늘에서 불을 훔쳐다가 우리들에게 가져다 주었다!>고 외치면서 악마의 뒤를 따르리란 사실을 당신은 모른단 말

---

78) Paul Ricœur, 『시간과 이야기』 2, 김한식 · 이경래 옮김, 문학과지성사, 2005, p.201.

이오? [중략] 사람들의 자유를 지배할 수 있는 자는 오직 그들의 양심을 편안하게 해줄 수 있는 사람뿐이오. 당신에게는 빵과 더불어 확실한 깃발이 주어졌으므로 빵을 나눠 준다면, 그보다 더 확실한 것은 없을 것이고, 따라서 인간은 무릎을 꿇을 것이오. 그러나 그때 당신 곁에서 누군가가 인간의 양심을 지배한다면, 인간은 당신의 빵을 버리고 자신의 양심을 유혹하는 자를 따를 것이오. 그 점에서 당신이 옳았소. 왜냐하면, 인간존재의 비밀은 그저 살아가는 데 있는 것이 아니라, 무엇을 위해 살아가느냐에 있기 때문이오. 무엇을 위해 살 것인가 하는 확고한 관념이 없다면, 인간은 비록 자기 주변에 빵이 널려 있어도 살기를 원치 않고 지상에 남기보다는 차라리 자살을 택할 것이오. [중략] 당신은 세계 왕국을 건설하고 세계 평화를 전했어야 했소. 왜냐하면 인류의 양심을 지배하고 그들의 빵을 손에 움켜쥔 자가 아니고는 누구도 그들을 지배할 수 없기 때문이오. 시저의 칼을 얻은 사람은 우리들이며, 우리들은 그 칼을 치켜든 후, 물론 당신을 거부하고, 악마를 따랐소. 오오, 자유로운 지혜와 과학과 식인이 미쳐 날뛰는 세월이 여전히 지속될 것이오. 왜냐하면 인류는 우리들의 힘을 빌리지 않고 바벨탑을 재건하기 시작했으며, 식인으로 끝을 맺을 테니까 말이오.

     ―도스토옙스키, 「대심문관」, 『카라마조프씨네 형제들』 부분.79)

  이 작품은 도스토옙스키의 『카라마조프가의 형제들』에 나오는 둘째 형 이반이 쓴 서사시 「대심문관」에서 그 제목을 가지고 온 것이다. 이반은 무신론자로서 자신의 사상을 이 작품에 담았다. 이반은 신은 죽었으며 역사는 악이 지배하고 있다고 믿는다. 「대심문관」에서 "시저"는 영웅적 인물을 상징하고 대변한다. 니체는 영웅이란 악마를 신성화(神

79) Fedor Dostoevskii, 『카라마조프 씨네 형제들』 상, 이대우 옮김, 열린책들, 2014, pp.442~453.

聖化)해온 역사를 한 인물로 압축한 것이라고 했다.[80] 「대심문관」이 말하는 역사는 바로 그러한 '영웅–악마'가 지배하고 있는 역사이다. 최초의 인간은 아담의 죄로서의 원죄(原罪, original sin)를 가지고 태어났듯,[81] 태생적으로 인간은 신에 대한 "반역자"라고 위의 인용에서 "대심문관"은 말한다. 그는 인간을 '죄적 존재(Sündigsein)'[82]로 보는 것이다. 인간존재를 동물존재와 비교하여 인격적 존재라고 정의했을 때 그 기원은 『성경』에 있다. 성경적 개념에서 인간에 대한 이념은 「창세기」 1장 26절에서 하느님께서 인간을 신의 형상으로 만들었다는 데 있다.[83] 기독교에서 악(惡)이란, 신과의 분리이다. "대심문관"은 그러한 의미에서 위의 인용에서 인간을 악의 존재로 규정한다. 그러므로 "대심문관"이 바라본 인간은 빵을 위해 자유를 포기하고 예수 대신 악마의 손을 잡고 칼을 들어 살육한다. 그러한 관점에서 이반의 작품 속 주인공인 "대심문관"은 예수에게 세상의 타락상에 대해서 신의 아들로서의 무력함의 책임을 끝없이 묻는다. "대심문관"은 극단적으로 인간이 식인을 하게 될 미래에 대해서까지 예언을 하는데, 실제로 제2차 세계대전 당시, 제국주의자들의 인체실험 중에 의사가 건강을 위해 피실험자의 장기를 먹는 식인행위가 있었다. 이는 인간으로서 상상할 수 있는 극한을 넘어서므로 인류는 경악하지 않을 수 없었다. 『카라마조프가의 형제들』의 셋째 아들, 신실한 신앙인인 "알렉세이"에 비해 반항아적인 "이반"이 예언한 대로 역사는 현실이 되었다. 그 시대가 아우슈비츠 수

---

80) Friedrich Wilhelm Nietzsche, 「루 살로메를 위한 타우텐부르크 메모들」, 『유고 (1882년 7월~1883/84년 겨울 루 살로메를 위한 타우텐부르크 메모들 외 -니체 전집 16』, p.16.
81) Søren Aabye Kierkegaard, 『불안의 개념』, p.125.
82) Martin Heidegger, 『존재론 – 현사실성의 해석학』, p.60.
83) *Ibid.,* p.51.

용소에서 홀로코스트가 있던 때다. 그것은 인류에게 하나의 종말을 예고하는 사건이지 않을 수 없다. 이처럼 도스토옙스키의 「대심문관」은 역사의 종말에 대한 경고인 것이다. 다음으로 김춘수의 「대심문관」을 살펴보면 다음과 같다.

> 대심문관 왜 또 오셨오?/이미 당신은/역사에 말뚝을 박지 않았소?/[중략]/역사는 끝났다고/아니/역사는 처음부터 있지도 않았다고/[중략]/역사는 언제나 가고 있다고 하는 [중략] 키리로프,/그 꿀꿀이,/제가 꿀꿀이인 줄도 모르는 주제에 [중략] 내가 뭘 잘못했소?/[중략]/나는 좀 전에/저들 중 몇을/처형,/목을 잘랐소. [중략] 나는 또 닭이 울기 전 세 번이나/당신을 모른다고 했소. [중략] 카이자의 것은 카이자에게 맡기시오.
>
> ─김춘수, 「대심문관」 부분. (876~884)

위에 인용된 「대심문관」에서 보는 바와 같이, 김춘수의 시세계에서 "예수"는 가장 고독한 단독자로 그려진다. 심판은 집단으로 행할 수 없다는 점에서 단독자에게만 대응된다.[84] 김춘수가 일제(日帝)에 의해 요코하마에서 당했던 심문이나 고문은 "예수"가 "대심문관"에 의해 당한 심문이나 고문과 다르지 않다. 그러한 맥락에서 김춘수 또한 예수처럼 가장 고독한 단독자였다. 그러나, 김춘수는 도스토옙스키의 작품을 차용하는 형식을 취함으로써, 「대심문관」 속의 심문 모티프가 자신의 자전적 체험과 일치한다는 것을 감춘다. 김춘수가 자신의 분신이 되는 인물의 페르소나를 빌려와 가면을 쓰는 기법은 그의 작품세계 전반에서 자주 나타난다. 「대심문관」에서 심문을 당하는 "예수"는 김춘수 자신

---

84) Søren Kierkegaard, 『죽음에 이르는 병』, p.207.

의 분신과 같은 페르소나이다. 이 작품에서 "예수"는 자신이 당한 폭력에 대하여 폭력으로 갚지 않는다. 그것이 신의 아들이라는 것에 대한 증명이기도 할 것이다. 그러나 한편 역사에 회의하는 무신론자 "이반"에게도 김춘수 자신은 투영되어 있을 것이다. 『카라마조프가의 형제들』 안에서 「대심문관」의 창작자가 "이반"이었던 것처럼, 『들림, 도스토옙스키』 안에서 「대심문관」의 창작자는 김춘수인 것이다. 작품에서 심문 당하는 "예수"는, 현실에서 고문당하던 김춘수이고, 작품에서 심문하는 "대심문관"은, 현실에서 고문당한 후의 김춘수이다. 김춘수 내면에서 분열된 두 자아의 팽팽한 갈등이 극시라는 형식을 낳았을 것이다. 김춘수는, 자신이 사상가가 아니라 시인인 이유는 갈등하기 때문이라고 하였다. 김춘수는 자신이 역사의 폭력의 피해자이면서도 글을 쓰는 과정 자체만을 구원으로 삼을 수 있을 뿐, 그 이상을 할 수 없다는 자신의 한계를 잘 알고 있었다.

그것이 도스토옙스키와 김춘수의 다른 점이기도 하다. 도스토옙스키의 "대심문관"은 악에 대한 확신을 가진 적그리스도이다. 그러나 김춘수가 창조한 "대심문관"은 결말에서 "예수"를 풀어준다. 김춘수의 "대심문관"은 현재는 "예수"를 심문하면서도 과거에 "예수"에게 애정을 가졌으나 현실 논리 때문에 "예수"를 배신한 것으로 설정되어 있다. 김춘수가 창조한 캐릭터의 이러한 특성이 갈등하는 자로서의 시인 김춘수의 성정을 대변한다. 또한, 이러한 점이 김춘수와 도스토옙스키의 큰 차이점이다.

도스토옙스키의 「대심문관」에도 「요한묵시록」이 나오지만, 김춘수의 묵시록적 세계인식이 나타나는 시나 산문도 상당수 있다. 그러한 성향의 글은 『들림, 도스토옙스키』 전에도 있었다. 예컨대, 김춘수는 『기

(旗)』의 「후기」에서 게오르규(Constantin Virgil Gheorghiu, 1916~199
2)의 『25시』를 언급한 바 있다.[85] '25시'는 최후의 시간에서도 한 시간
더 지난 시간, 즉, 메시아가 온다고 해도 구원의 가능성이 없는 절망한
시간이다.[86] 그러한 의미에서 '25시'는 자정(子正)보다 깊은 밤으로서
의 나락(奈落)의 밤, 즉, 하이데거의 '세계의 밤(Weltnacht)'이기도 할 것
이다. 그것은 완전한 파국의 비애극적 밤이다.[87] 이러한 시대의식이 릴
케와 크게 다르지 않다는 증거는 『25시』의 또 다른 장면에서 릴케의
시가 인용된다는 데 있다. 이 작품에서 주인공 "요한 모리츠"가 목격한,
수용소에서의 "트라이안"의 죽음의 장면에서 "트라이안"은 유언 대신
릴케의 시구절, "대지여, 사랑하는 그대여!/나는 그대에게 내 몸을 바치
노라/영원히 돌아오지 않으리./나는 멀리서 이곳에 온 이름 없는 몸이
어라.//─라이너 마리아 릴케"[88]를 읊는다. "트라이안"의 이러한 모습
은 일제에 의해 고문을 당한 후 릴케와 같은 시인의 길을 간 김춘수의
모습과 겹쳐지기도 할 것이다. 세계사적 맥락에서 게오르규의 『25시』
는 도스토옙스키의 『카라마조프 씨네 형제들』의 「대심문관」이 미리
내다본, 종말로 치닫는 역사에 대한 증언이다. 릴케 또한 "오늘날 이 하
늘에는/냉혹한 법정의 판결 앞에/하나의 세계사가 돌진하여,/그 판결문
속으로 떨어지고 있습니다"[89]라고 읊은 데서 알 수 있듯이, 그러한 세
계사적 인식은 공유되고 있다. 즉, 그 시대는 최후의 심판의 시대처럼

85) 김춘수, 『김춘수 시 전집』, p.127.
86) Constantin Virgil Gheorghiu, 『25시 *Vingt-cinquième Heure*』, 최규남 옮김, 홍신
    문화사, 2012, p.509.
87) Walter Benjamin, 『독일 비애극의 원천』 참조.
88) Constantin Virgil Gheorghiu, *op.cit.*, p.460.
89) Rainer Maria Rilke, 『기도시집 외』, p.334.

작가들에게 인식되었다. 이에 대한 김춘수의 산문을 좀 더 살펴보면 다음과 같다.

> 19세기 말에 니체가 신은 죽었다고 하고, 초인사상, 즉 인신사상을 들먹인 것은 기독교 도덕관(약한 자의 도덕관)에 대한 그 나름의 전환기 도덕관(강한 자의 도덕관)이다. 나치스가 그의 사상(도덕관)을 아전인수격으로 이용할 만큼 오해의 소지가 있었지만, 하여간에 그 사상은 새로운 또 하나의 도덕구조를 선보인 셈이다.
> — 김춘수, 『시의 위상』 부분. (II. 407)

예수는 신이 인간으로 지상에 내려온 신인(神人)이다. 「대심문관」에서 "대심문관"은 무신론자로서 인신(人神)이다. 인신사상은 위의 김춘수의 시론에서 보듯이 니체의 초인사상이며, 강자의 도덕이지만, 도스토옙스키가 제국주의자들의 잔인성을 예언했듯, 나치에 의해 왜곡되게 이용되기도 한다. 신인과 인신, 이 둘은 「대심문관」의 극의 형식 안에서 대립하고 있다. 그러나 김춘수는 「대심문관」을 "대심문관"에 대한 "예수"의 승리로 그린다. 즉, 김춘수는 십자가에 못 박혀 인간의 고통을 대신하고 악을 용서함으로써 성육신을 완성하는 예수의 편에 서는 것이다. 개시성(開示性, Erschlossenheit)에 현존재(現存在, Dasein)의 진리가 있고,[90] 시간이 존재론적 열림의 이름이라면, 성육신의 사건은 영원이 시간 속으로 들어오는 순간이다.[91] 김춘수는, 역사는 시간이고 영원은 시간의 바깥이라고 언급해 왔다. 또한, 김춘수의 「대심문관」의

---

90) Martin Heidegger, 『존재와 시간』, pp.297~298.
91) Slavoj Zizek, 『죽은 신을 위하여 The Puppet and the Dwarf』, 김정아 옮김, 길, 2010, p.25.

심판 모티프가 역사적으로 향하는 비판인 것만은 아닌 것은, 전술한 바와 같이, 키르케고르가 '심판은 단독자와만 관계'[92]한다고 말한 데서 그 근거를 찾을 수 있다. 김춘수는 역사를 악으로 상정하고 자신을 선으로 상정하는, 그런 단순한 선악 구분을 하지는 않았다. 다만, 김춘수는 절망의 끝에서 다시 천사의 환영을 본다. 그것이 『들림, 도스토옙스키』 이후에 쓰인 『거울 속의 천사』와 『쉰한 편의 비가』의 시세계로 이어진다.

요컨대, 『들림, 도스토옙스키』는 「선(善)」이란 시에서 인간을 "괄호"의 존재에 비유했던 바와 같이 바로 시인 자신이 "괄호"의 존재가 되어 도스토옙스키의 여러 작품의 인물에 감정이입 하여 다성적인 목소리를 낸 시집이다. 그 목소리들은 도스토옙스키 작품 속 인물의 목소리처럼 들리다가도 김춘수 자신의 목소리처럼 들리기도 한다. 무신론이 진보적인 사상가들의 신념이 아니라, 시간을 거스를 수 없는 에피스테메일 때, 죄에 대한 신앙고백은 어떻게 이루어져야 하는가에 대하여 답하는 것은 불가능에 가까웠을 것이다. 무신론의 시대에 인간은 악을 자행함으로써 즉, 신을 거역함으로써 자신이 신적 지위가 되어보려던 것인데, 그것은 더할 나위 없는 비극의 시작이었다. 고백이라는 형식이 존재의 진리를 드러내는 하나의 근본적인 형식이지만, 그 고백의 대상으로서 신이 사라졌을 때, 인간은 서로 고백을 들어주는 존재로 요청되기 때문에 편지라는 형식이 고백 대신 그 자리에 들어온 것으로 보인다. 그러므로 『들림, 도스토옙스키』의 편지 형식의 시편들은 무신론자들의 고해성사이고, 무신론자의, 존재의 진리를 표현하는 언어이다.

---

92) Søren Aabye Kierkegaard, 『죽음에 이르는 병』, p.207.

2. 양심의 시선으로서 '천사의 눈'과 '메시아'를
예고하는 '안젤루스 노부스' – '거울'의 시편

　　김춘수는 수필 「천사는 전신이 눈이라고 한다 (1)(2)」[93]에서 처음으로 셰스토프를 언급한다.

　　철학자 셰스토프의 말을 들으면 천사는 전신이 눈으로 되어 있다고 한다. 수정알처럼 티 없는 그 많은 눈을 가진 천사ー.[중략] 그 청년의 눈은 그런 눈이었다. 어느 서슬에 누가 까닭도 없이 자기의 이맛전이나 앞가슴을 쥐어박는다 해도 그 청년은 아마 아무런 항변도 하지 않을는지 모른다. 선(善)이라는 것도 결국은 이런 상태를 두고 한 말일까?

　　　　　　－김춘수, 「천사는 전신이 눈이라고 한다 (1)」 부분.[94]

　　전신이 눈으로 되어 있다는 천사는 모든 것을 볼 수 있음으로 하여 얼마나 괴로워하고 있을까? [중략] 전신이 눈으로 되어 있다는 천사는 이를테면 양심 그것이다. 정신분석학적으로 말하면 초의식이라고 하는 그것이다. 이리하여 천사라고 하는 환영은 개인의 힘을 초월한 실재(實在)가 되었다.

　　　　　　－김춘수, 「천사는 전신이 눈이라고 한다 (2)」 부분.[95]

　　나는 고통(苦痛)에 대하여 콤플렉스를 가지고 있다. 고통에 민감하면서 그것에 질리고 있다. [중략] 나는 언제나 고통에 대해서 피동적(被動的)인 입장에 있었다. [중략] 시간이 가면 갈수록 그때의 기억

---

93) 김춘수, 「천사는 전신이 눈이라고 한다 (1)(2)」, 『빛 속의 그늘』, 예문관, 1976. (김춘수, 『김춘수 전집 3 – 수필』, 문장사, 1983, pp.163~164. 재수록.)
94) Loc. cit.
95) Loc. cit.

이 되살아나 새로운 고통을 안겨주는 그런 고통의 기억도 있다. 이
것은 죽을 때까지 내 체내(體內)에서 씻을 수 없을 것이다. 이미 내
체질(體質)의 일부(一部)가 되고 있다.

　　　　　　　　　　　　　　－김춘수, 「고통에 대한 콤플렉스」 부분.96)

　위에 인용된 「천사는 전신이 눈이라고 한다 (1)」에서 김춘수가 '천사
의 눈'과 "청년의 눈"을 닮은 것으로 인식하며 천착하려는 주제는 바로
"선(善)"의 문제이다. 김춘수는 '천사의 눈'을 "티 없는" 눈으로 묘사한
다. 플라톤은 '악(惡)'과 '오염'을 연관된 것으로 본다고97) 서론에서 상
술(上述)한 바 있다. 김춘수가 '천사의 눈'에 티가 없다고 한 것은 그 눈
이 악에 오염되지 않았다는 의미에서 선한 눈을 표상할 것이다. 아우구
스티누스는 하느님이 천사를 창조하면서 성령(聖靈)으로 사랑을 천사
안에 불어넣어 선의지(善意志)를 갖게 하였다고 한다.98) 선의지는 칸트
에 따르면 선의 유일한 기준이다.99) 곧, 선이란 '결과가 선한가, 아닌
가?'의 문제가 아니라, '목적이 선한가, 아닌가?'의 문제이다. 결과는 주
체의 책임을 넘어선 문제이지만, 목적은 주체의 책임 안에 있는 문제이
다. 선은 주체가 타율이 아니라 자율에 의해 실천해야만 하는 문제이
다. 선의 문제의 중심이 주체의 자율에 실려 있어야만 책임의 문제를
제기할 수 있다. 그러므로 칸트의 명제에 따라 선한 것은 선의지이다.
천사는 창조되는 순간부터 선의지를 가지고 태어난다. 선은 천사의 본
성이다. 천사는 선의 근원을 추구한다.100)

---

96) 김춘수, 『김춘수 전집 1 － 시』, 문장사, 1983, p.354.
97) Plato, 「파이돈」, 『소크라테스의 변론, 크리톤, 파이돈, 향연』, pp.118~125.
98) Aurelius Augustinus, 『신국론』, pp.562~563.
99) Immanuel Kant, 『윤리형이상학 정초』, p.77.
100) Aurelius Augustinus, op.cit., pp.438~439.

김춘수는 '천사의 눈'을 가진 "청년"을 예수나 간디 같은, 비폭력−무
저항주의자처럼 묘사한다. 김춘수는 바로 그러한 "청년"을 통해 "선"을
말한다. 예수나 간디는 인간을 넘어서 있다. 김춘수가 생각하는 "선"을
몸소 구현한 인간은 신적 존재에 가깝다. 천사는 신과 인간 사이의 중
간적 존재이다. 천사는 신과 인간 사이를 매개하여 둘 사이의 거리를
좁힌다. 그러므로, 인간이 선을 추구할 때는 천사의 선의지를 닮으려고
해야 한다.101) 김춘수의 글에서 그가 선이라고 믿는 것은 인성(人性)의
한계를 넘어 신성(神性)에 가까운 천사의 성정이다.

김춘수는 「천사는 전신이 눈이라고 한다 (2)」에서 좀 더 직접적으로
"천사"를 "양심"이라고 규정한다. 양심은 선악을 분별하는 인간의 마음
이다. 그러나 양심은 인간에게 내재적이다. 반면에 천사는 초월적이다.
김춘수가 "천사"를 "양심"이라고 한 것은 천사가 선악의 준거를 가늠하
는 역할을 하기 때문이다. 요컨대, 칸트의 개념으로 양심은 윤리적 존
재자 안에서 도덕법칙에 대하여 의무가 있다 또는 없다를 판정하는 실
천이성이다.102)

또한, 김춘수는 "천사"를 정신분석학의 "초의식"과 같다고 하는데,
이는 '초자아(超自我, Über-Ich)'를 가리키는 것으로 판단된다. 정신분
석학에서 초자아는 자아이상(自我理想, Ichideal)이기도 하다.103) 초자
아는 자아에 대하여 초월하여 있으면서도, 자아에게 이상을 제시한다.
초자아가 강한 김춘수는 시세계가 전반적으로 탈성화(脫性化)104)의 성

---

101) *Ibid.*, pp.405~406.
102) Immanuel Kant, 『윤리형이상학 *Die Metaphysik der Sitten*』, 백종현 옮김, 아카넷,
    2012, p.487.
103) Sigmund Freud, 「자아와 이드」, 『쾌락원칙을 넘어서 *Jenseits des Lustprinzips*』, 박
    찬부 옮김, 열린책들, 1998, p.115.
104) 김춘수의 탈성화적 성향에 대해서는 IV장의 '처용' 시편에서 상술한 바 있다.

향이 우세한 대신, 이상주의자로서의 면모를 지닌다. 그러한 상징으로서 항상 천사가 김춘수의 곁에 있다.

그러나 그것이 위에 인용된 「고통에 대한 콤플렉스」에서 보는 바와 같이, 김춘수에게 "고통에 대한 콤플렉스"를 강화하기도 한다. 초자아는 인간의 내부에서 검열하는 기능을 하기 때문이다. 초자아가 그러한 기능을 하는 것은 외부적인 규율이 내면화된 결과이기도 하다. 김춘수가 "천사"를 초자아라고 해석한 것은 "천사"가 선악을 판단하는 초월적 존재자라는 것을 주장하기 위해서이다.

그러나 여기서 한 가지 더 주목해야 할 점은 김춘수가 천사를 '선(善)'뿐만 아니라 '고통(苦痛)'과 연관 짓는다는 것이다. 그에게 "선"한 "천사"는 "고통"스러워하는 "천사"이다. 김춘수의 고통 콤플렉스가 윤리적으로 승화(昇華)되는 대목이다. 그는 타인의 고통에 대한 민감성과 공감을 윤리적 차원에서 요청하고 있다. 타인과 함께 기뻐하고 함께 괴로워하는 인간의 본성을 칸트는 '도덕적 동정(道德的 同情)'이라고 한다.[105] 그리고 칸트는 타인과 함께 기뻐하고 함께 괴로워할 수 있는 인간의 본성을 '미감적 인간성(美感的 人間性)'이라고 한다.[106] 김춘수의 '온몸이 눈으로 된 천사'는 인간의 고통에 공감하는, 도덕적 동정과 미감적 인간성을 상징한다.

요컨대, 온몸이 눈으로 된 셰스토프의 천사가 김춘수에게 자기 논리로 전유된 바를 정리해 보면 다음과 같다. 셰스토프로부터 온 김춘수의 천사는 첫째, 악에 오염되지 않으며, 둘째, 선의지를 실천하고, 셋째, 무저항주의자이며, 넷째, 도덕적 판정을 하는 양심을 상징하고, 다섯째,

---

105) Immanuel Kant, *op.cit.*, p.566.
106) *Loc. cit.*

이상을 제시하는 한편 검열을 하는 초자아 역할을 하며, 여섯째, 도덕적 동정과 미감적 인간성을 가진 윤리적 존재의 표상이다.

김춘수의 천사관은 이렇듯 셰스토프의 천사관에 대한 윤리학적·정신분석학적 천착을 통해 심화되어 가면서 자기논리화된다. 김춘수가 셰스토프의 천사관을 자기논리화하기 위해 지난 과정은 다음과 같이 지속적인 창작활동을 통해 방증된다.

> (i) 30년대도 다 저물어가면서/나에게 때 아닌 세기말이 와서/나는 그때/밤잠도 설치며/셰스토프를 읽고 있었다./-「허무로부터의 창조」
>
> — 김춘수, 「제3부 메아리」, 『처용단장』 부분. (575)

> (ii) 천사는/전신이 눈이라고 한다./철학자 셰스토프가 한 말이지만
>
> — 김춘수, 「토레도 성당」 부분. (480)

> (iii) 내 나이 스물이 되었을 때, 어느 날 이국의 하숙방에서 셰스토프를 읽고 있었다.…셰스토프의 책에는 '천사는 온몸이 눈[眼]으로 되어있다'는 구절이 있다
>
> — 김춘수, 「그늘」 부분. (648)

> (iv) 내 친구 셰스토프가 말하더라./천사는 온몸이 눈인데/온몸으로 나를 보는/네가 바로 천사라고
>
> — 김춘수, 「소냐에게」 부분. (823)

> (v) 셰스토프의 천사는 전신이 눈으로 돼 있다 [중략]『허무로부터의 창조』
>
> — 김춘수, 『꽃과 여우』 부분.107)

(vi) 셰스토프가 말한/그것이 천사의 눈일까

- 김춘수, 「거울」 부분. (957)

김춘수는 (i)~(vi)에서 보는 바와 같이, 수필 「천사는 전신이 눈이라고 한다 (1)(2)」에서 셰스토프의 천사를 처음으로 언급한 이후, 대부분의 시집과 소설에서 다시 인용한다. 그에게 '천사는 온몸이 눈으로 되어 있다'는 것은 하나의 신조(信條)가 된다. (i)과 (iii)을 통해 일차적으로 확인할 수 있는 것은 김춘수가 일본 니혼대학 유학 시절 20세 안팎의 나이일 때 셰스토프를 읽었다는 것이다. 셰스토프는 제정 러시아의 철학자이자 문학평론가이다. 셰스토프의 대표적인 저서로는 『도스토옙스키, 톨스토이, 니체─비극의 철학』[108]과 『죽음의 철학』[109]이 있다. 『도스토옙스키, 톨스토이, 니체─비극의 철학』은 니체와 도스토옙스키를 중심으로 무신론 시대의 비극의 철학을 논의하면서, 그 대립항에 톨스토이를 놓고 비교·분석한 사상서이다. 한국에는 그 책의 마지막 부분에 안톤 체호프(Anton Pavlovich Chekhov, 1860~1904)에 대한 평론[110]으로 알려진 「허무로부터의 창조」가 번역되어 실려 있다. 김춘수는 「허무로부터의 창조」라는 제목 자체를 자신의 작품에 종종 인용해 왔다. 그것은 「허무로부터의 창조」가 김춘수의 창작론에 깊이 침윤되어 있기 때문일 것이다.

현재 한국에는 잘 알려지지 않은 사상가인 셰스토프를 김춘수가 그토록 정독한 데는 니체와 도스토옙스키로 대변되는, 세계사적 문예사

---

107) 김춘수, 『꽃과 여우』, p.104.
108) Lev Shestov, 『도스토옙스키, 톨스토이, 니체─비극의 철학』, 이경식 옮김, 현대사상사, 1986.
109) Lev Shestov, 『죽음의 철학』, 임대현 옮김, 정음문화사, 1985.
110) 『김춘수 시 전집』, p.575. 편집자 주.

조가 김춘수의 대학 시절 유행하고 있었기 때문으로 보인다. 셰스토프는 도스토옙스키의 친구로서, 김춘수가 『들림, 도스토옙스키』를 쓰게 하는 계기를 준 베르댜예프(Nicholals Alexandrovitch Berdyaev, 1874~1948)와 친구이기도 하다.

요컨대 (i)~(vi)을 종합해 보면, 셰스토프의 '온몸이 눈으로 된 천사'가 김춘수의 시나 소설에 여섯 차례나 등장하는 것을 알 수 있다. 그의 작품에 천사는 항상 존재해 왔다. 그러다 "천사"가 다시 전경화된 것은 『거울 속의 천사』였으며, 그 절정이 『쉰한 편의 비가』가 되었다. 그의 만년으로 갈수록 천사의 의미가 심화되어 갔다고 할 수 있다.

> 오늘은 또 슬픔이 하나/내 살 속을 파고든다./내 살 속은 너무 어두워/내 눈은 슬픔을 보지 못한다.
> — 김춘수, 「슬픔이 하나」 부분. (951)

> 우리가 이승에서/살과 살로 익히고 또 익힌/그것,/새삼 내 눈에는 눈과 코를 달고/부용꽃으로 불그스름 피어날 때까지
> — 김춘수, 「대치동의 여름」 부분. (953)

김춘수의 『거울 속의 천사』는 죽은 아내에게 바쳐진 시집이다. 「대치동의 여름」에서 "살과 살로 익히고 또 익힌"은 운우지정(雲雨之情)을 의미한다. 남녀 간의 사랑에 대하여 '익히다'라는 표현을 적용하는 것은 김춘수적인 사유이다. '익히다'에는 '배우다'라는 의미가 함축되어 있다. 시인은, 사랑이란, 살로써 상대방을 알아가는 것이라고 말하고 있다. 김춘수적으로, 사랑은 앎이다. 그것은 플라톤적으로 에로스(Eros)가 현대적 의미의 에로티시즘(Eroticism)과 달리, 근원적으로는 진리에

대한 열정을 의미하는 것과 같다. 존재론적으로 상대방에 대하여 '익혀'가는 과정, 그것이 사랑이다.

「슬픔이 하나」에서 "살 속"의 슬픔이란 사랑하는 사람의 부재이다. "살 속"은 '살'보다도 깊은 공간이다. 그곳은 한 개체의 내부이다. '살'로서, 존재론적으로 상대방에 대하여 거짓 없는 진실한 앎을 익혀갈 때, 몸이라는 개체 간의 경계를 넘어, 존재 간의 혼융이 일어나는 것이다. 에로티시즘은 개체 간의 불연속성을 극복하기 위해 경계를 넘는 것이다.111) 김춘수에게도 타자에 대한, "살 속"의 감각이 남아있듯이 존재들 간의 경계를 넘는다는 바타유적 의미는 일면 유효하다. 그러나, 바타유가 에로티시즘을 "죽음까지 파고드는 삶"112)이라고 규정하는 것은, 프로이트가 쾌락원칙(Lustprinzip)을 넘어 죽음본능(Todestriebe)이 있다113)고 한 발상에 그 근저가 닿아있는 것처럼 보인다. 그러나 김춘수의 '살'에 대한 사유는 프로이트나 바타유의 사유처럼 육체성에 무게 중심이 있는 것은 아니다. 김춘수는 「슬픔이 하나」에서 "슬픔"이라 표현된 애도의 정서가 "눈"이라는 인식의 매개를 무화하여 "어둠" 속으로 존재를 침잠시키고 있다고 말한다. 김춘수의 "살"은 "슬픔"이 스며있는 "살"이라는 점에서 '감성적 신체(der aesthesiologicne Leib)'114)이다. 이 시의 "어둠"은 사랑하는 사람의 부재를 자신 안에 보존하는, 일종의 무덤일 것이다. 그러나 다시 무덤은 죽음을 삶으로 환원시키는 공간이다. 「대치동의 여름」에서 보듯이 "이승"에서 "살로 익"힌 사랑은 "눈과 코"라는 얼굴성을 가지고 김춘수적인 현존재(現存在, Dasein)의 상징 "부

---

111) Georges Bataille, 『에로티즘 *L' Érotisme*』, 조한경 옮김, 민음사, 2005, p.130.
112) *Ibid.*, p.9.
113) Sigmund Freud, 「쾌락원칙을 넘어서」, 『쾌락원칙을 넘어서』, pp.87~88.
114) Edmund Husserl, 『순수현상학과 현상학적 철학의 이념들』 II, p.284.

용꽃"으로 부활할 것을 상상한다. 이렇듯 『거울 속의 천사』에서는 사랑하는 여인, 즉 죽은 아내의 이미지는 "살"의 감각에 대한 기억으로 나타난다. 「슬픔이 하나」의 "살 속"에 대한 상상력은 다음 시편들에서 "벼룩"에 대한 상상력으로 변주된다.

> 아득하구나//벼룩아/기억하고 있겠지,/온몸으로 네가 빤/내 피는 뜨뜻했다고, 아득하구나/죽어서 이젠 풀매미가 된/너,/너는 또 기억하고 있겠지,/겨우내 널 숨겨준/등잔 밑 어둠,/어둠의 그/눈곱만한 온기를/벼룩아/그게 얼마나 네 콧등을 새큼하게 했는데,
> ― 김춘수, 「꿈과 벼룩을 위한 듀엣」 부분. (980~981)

> 내 피가 그렇게도 좋아/밤낮없이 나를 따르던/벼룩아,/방울꽃 핀 그 길을/가고 있지, 나를 떠나 너는 지금/혼자서 가고 있지,/벼룩아, 너는 어떻게/나를 떠날 수가 있었니,
> ― 김춘수, 「미음(微吟)」 부분. (988~989)

「꿈과 벼룩을 위한 듀엣」에서 "벼룩"은 사랑하는 여인, 즉 아내에 대한 은유이다. 「슬픔이 하나」와 「대치동의 여름」에서 "살"이 남녀 간의 사랑의 매개였다면, 「꿈과 벼룩을 위한 듀엣」과 「미음(微吟)」에서는 "피"를 빼는 "벼룩"이 연인에 대한 은유이다. 김춘수는 두 사람의 사랑에서 남자의 "피"를 빨던 여자가 떠나자 그 여자를 그리워한다. 남자의 여자에 대한 헌신적이고 희생적인 사랑이 보이는 대목이다. 그럼에도 불구하고, 여자가 "벼룩"이 되어 남성의 피를 빤다는 상상력은 아름답다기보다는 기이하다. 이렇듯 본관념과 보조관념의 유사성이 적어, 직관보다 이성적 유추로 이해해야 하는 비유를 기상(奇想, Conceit)이라고 한다. 김춘수의 다소 낯선 비유인 "벼룩"은 존 던(John Donne)의 「벼

룩(The Flea)」과 비교해 볼 때, 보편적인 상상력의 범주 안에서 이해된다. 존 던의 「벼룩」에 나오는 "벼룩"도 성애(性愛)를 상징한다.[115] 그러나 김춘수가 존 던과 다른 것은 존 던의 "벼룩"은 두 남녀를 매개하는 역할만 하지만, 김춘수의 "벼룩"은 여자를 직접 "벼룩"과 동일시한다는 것이다. 그것은 카프카(Franz Kafka)의 『변신 *Die Verwandlung*』에서 그레고르 잠자(Gregor Samsa)가 벌레로 변용되는 상상력에 비견할 만하다. 그러나 김춘수의 "벼룩"은 잠자가 변한 벌레와 달리 사람의 몸에 기생한다. 즉, "벼룩"으로 비유된 여인은 상대에게 의존하는 사랑의 관계에 있다. 김춘수의 시세계의 인간관계에는 항상 상호성이 본질적으로 내재(內在)되어 있었다. 「꿈과 벼룩을 위한 듀엣」이란 제목의 "듀엣"이란 표현이 암시하는 바와 같이 "나"와 "벼룩"은 사랑의 공생관계인 것이다. 그러한 의미에서 이 시에서 "벼룩"이 "나"를 떠나는 것이 슬픈 것은 내가 혼자 되기 때문만이 아니라, "벼룩"이 죽은 것을 의미하기 때문이다. 이들이야말로 공동현존재(共同現存在, Mitdasein)였다. 지금까지 김춘수의 시에 나타나는 사랑이 플라토닉 러브(Platonic Love)에 가까웠던 데 비한다면, 「꿈과 벼룩을 위한 듀엣」과 「미음(微吟)」에서의 "벼룩"의 상상력은 김춘수로서는 비교적 에로티시즘(eroticism)의 표현으로까지 나아간 것이었다. 이전에 "피"를 마신다는 상상력이 김춘수의 시에서 나타났던 것은 '예수'의 시편 정도에서였다.

(i) 1//육탈골립(肉脫骨立),//맨홀에 빠져본 일이 있는가, 하느님이 그렇듯이 거룩한 것은 속이 보이지 않아야 한다고, 말하자면 한없이 깊고 한없이 아련해야 한다고, 마치 살을 벗어난 그 뼈처럼 뽐낸다.

115) John Donne, 「벼룩(The Flea)」, 『존 던의 거룩한 시편』, 김선향 편역, 청동거울, 2001. 참조.

(ii) 2//공자는 맨홀을 말하지 않았다. 공자가 말한 구멍은 이를테면 쏙이 사는 갯벌의 그 대롱같이 생긴 집이다. 쏙을 낚아본 사람이면 알리라. 신체발부(身體髮膚)가 거기 있을 뿐이다. 허울을 벗어놓고 매미가 어디로 갔는지 아무도 모르듯이,

(iii) 3//괜한 소리다. 육탈하면 골은 도(倒)한다. 머지않아 회(灰)가 된다. 회는 가루가 아닌가, 머지않아 날아가 버린다. 날아간 뒤는 다만 안타까움이 남을 뿐이다. 이제는 만져보지 못하는 당신의 모발처럼,

— 김춘수, 「육탈(肉脱)」 전문. (994)

이 시 「육탈(肉脱)」에서도 역시 "살"의 테마가 변주된다. 그런데 이 시는 "육탈(肉脱)"을 말함으로써 육체로부터의 초월이라는 상상력을 발휘하고 있다. (i)에서 시적 주체는 "육탈"이 "하느님"의 "거룩한" 상태에 이르는 과정이라고 말한다. 육체의 죽음이 끝이 아니라 죽음 이후에 영혼은 하느님 곁으로 간다는, 신앙에 바탕을 둔 상상력인 것이다.

(ii)에서는 "신체발부(身體髮膚)"라는 고사성어가 인유(引喩)되고 있다. "신체발부"는 증자(曾子, BC 506~ BC 436)의 『효경(孝經)』에 나오는 "신체발부 수지부모 불감훼상 효지시야(身體髮膚 受之父母 不敢毁傷 孝之始也)"[116]라는 경구(警句)로부터 유래되었다. 이 경구는 공자의 가르침으로, 부모로부터 온 몸을 함부로 훼상하지 않는 것이 효(孝)의 시작이라는 가르침을 담고 있다. 유교문화권에서 효는 인류의 근본이다. 그러한 유교적 효의 사상은 한국문화에 하나의 전통으로 깊이 뿌리를 내리고 있다. "신체발부"는 축어적으로는 해석될 때, 몸[身體]과 머

---

116) 曾子, 『효경(孝經)』, 임동석 역, 동서문화사, 2009, pp.26~30.

리카락[髮]과 피부[膚]를 가리키지만, 일상적 어법으로 해석될 때, 대유법적으로 몸 자체를 가리킨다. 특히 『효경』의 맥락상, "신체발부"는 소중히 보존돼야 할 의무가 있는 몸이란 의미이다. 그런데, 이 시의 시적 주체는 공자의 가르침과 대비되도록 "신체발부"를 "매미"가 변태(變態)할 때 벗어놓는 "허울"에 비유하고 있다. 그러한 비유가 성립되는 이유는 시인이 죽음 앞에서 육체의 무상함을 깨달았기 때문일 것이다. 그 무상함은 (iii)에서 "이제는 만져보지 못하는 당신의 모발"이라는 연인의 부재에 대한 회한에서 절정에 다다른다. 사랑하는 연인들 사이의, 접촉의 매개가 되는 "모발"은 "살"처럼 감성적 신체이다. 이 시의 "모발"은 신체접촉에 대한 감각이 대상의 부재에도 불구하고, 상상적으로 재현된 것이다. 김춘수의 말년작에서 연인과의 상호주체적 공존 관계는 점차 소멸하여 간다.

> 조금 전까지는 거기 있었는데/어디로 갔나,/밥상은 차려놓고 어디로 갔나,
>
> — 김춘수, 「강우」 부분. (959)

> 마주 보고 앉으면/왠지 흐뭇하고 왠지 넉넉해지는/그런 식탁이다. 그/앞자리가 비고/나는 이제 멍하니 혼자 앉아 있다.
>
> — 김춘수, 「귀갓길」 부분. (952)

이상(以上)의 시편들에서 시적 주체에게 '아내'는 "살"(「슬픔이 하나」, 「대치동의 여름」)과 "피"(「꿈과 벼룩을 위한 듀엣」, 「미움」)에 대한 감각으로 기억되었다. 시적 주체에게 '나'(시인)의 '살' 안에서 '너'(아내)의 '살'이 섞이고, '아내'의 '피' 안에서 '나'의 '피'가 흐르게 되었다. 시적 상

상력 안에서 두 사람의 몸이 하나가 된 것이다. '피'와 '살'이 한 몸 안에서 혼융됨으로써 두 사람이 일체화되는 것은 종교적으로 성찬식(聖餐式)을 통해서이다. 성찬식은 예수의 피와 살을 상징하는 포도주와 빵을 먹음으로써 예수와 신도(信徒)가 일체화되는 체험이다. 예수의 피와 살을 먹는다는 것은 예수의 죽음을 시인하고 그가 다시 메시아가 되어 돌아올 날을 기다린다는 점에서 묵시록적 의미가 있다.[117] 또한, 성찬식은 예수와의 최후의 만찬을 기억하는 의식이다.[118] 「강우」와 「귀갓길」에서 '아내'가 없는 "밥상"과 "식탁"은 "피"와 "살"로 기억되는 '아내'의 부재를 위해 혼자 갖는 성찬식(聖餐式)의 오브제이다. 「강우」와 「귀갓길」, 이 두 편의 시는 시인이 '아내'와의 최후의 만찬을 기억하는 성찬식으로서의 의미가 있을 것이다. 이 시편들의 시적 주체는 사랑하는 사람에 대한 부재의 시화를 통해 돌아올 수 없는 그녀를 기다리는 것이다. 그러나 돌아와 주기를 기다리는 시적 주체는 "육탈(肉脫)"(「육탈」)할 것이므로, 다시 생물학적인 육체를 가지고 되살아온다는 것을 의미함은 아니다. 그러한 지점에 신앙을 통한 부활이 구원의 의미로 자리하게 된다.

> 천사가 길을 떠난다./아내가 내리고/천사는 손을 흔들지 않는다.
> — 김춘수, 「또 일모(日暮)」 부분. (972)

> 천사란 말 대신 나에게는 여보란 말이 있었구나,/여보, 오늘부터/귀는 얼마나 홈이 파일까.
> — 김춘수, 「두 개의 정물」 부분. (961)

---

117) Reinhold Niebuhr, 『신앙과 역사』, pp.252~253.
118) Mircea Eliade, 『세계 종교 사상사』 2, pp.467~468.

위에 인용된 「또 일모(日暮)」에서 "천사"는 죽은 "아내"를 데리고 천
국으로 간다. "손을 흔들지 않는" "천사"는 시인의 비애를 위로해 줄 수
없는 신의 사자(使者)일 뿐이다. 신의 섭리인, 인간의 생사를 가르는 일
에 천사는 관여할 수 없다. 천상과 지상 사이의 격절(隔絶)에 시인은 절
망할 수밖에 없다. 대신에 다음 시에서 시인은 자신이 갖기에 불가능한
것을 가능한 것으로 대체하게 된다. 「두 개의 정물」에서 "여보"가 "천
사"를 대체할 때 두 말은 등가로서 은유적 관계이다.[119] 일평생 시를
통해 "천사"와 함께 해 온 김춘수는 아내가 죽은 다음에야 그녀가 자신
에게 "천사"와 같은 존재였다는 것을 깨닫는다. 그리하여 "피"와 "살"
을 가진 육체로 되살아올 수 없는 죽은 '아내'는 「두 개의 정물」에서
"천사"라고 새롭게 이름 붙여짐으로써 새로운 의미를 얻는다.

> 거울 속에 내가 있다./거울이 나를 보게 한다./[중략]/거울 속엔 어
> 둠만 있었다./기억하라,/나는 그때 어둠이었다.
>
> — 김춘수, 「또 거울」 부분. (975)

> 절대로 잊지 말 것/넌 지금 거울 앞에 있다는/인식/거울이 널 보고
> 있다는 그/인식
>
> — 김춘수, 「시인」 부분. (1039)

> 그가 놓고 간 두 쪽의 희디흰 날개를 본다./가고 나서/더욱 가까이
> 다가온다./길을 가면 저만치/그의 발자국 소리 들리고/들리고/날개
> 도 없이 얼굴 지운,
>
> — 김춘수, 「명일동 천사의 시」 부분. (960)

---

119) Roman Jacobson, 「언어의 두 양상과 실어증의 두 유형」, 『문학 속의 언어학』, 신
문수 옮김, 문학과지성사, 1989, pp.96~110.

천사는 육체가 없는 것이 특징이다. 토마스 아퀴나스에 따르면, 천사는 신의 형상(imago Dei)도 아니고,[120] 육체도 아니며, 육체와 결합하지도 않는 비물체적 실체일 뿐이다.[121] 그러나 '거울 속의 천사'를 시인이 바라보고 있다는 것은 천사가 형상을 하고 있어 시각화되었다는 의미를 내포한다. 그러나 그 시각화는 감관으로 지각할 수 있는 감각의 차원과는 다르다. 「또 거울」에서 '나'를 "어둠"이라고 말하는 것은 자기지(自己知)에 대한 무지(無知)를 의미하는 것이며, 「시인」에서 "거울" 앞의 자신이 '시인'이라는 "인식"을 말하는 것도 '자기인식(自己認識)'을 의미하는 것이기 때문이다. 「명일동 천사의 시」에서의 "얼굴 지운"은 사별로 인한 슬픔의 정서와 기억 속의 잔상의 망실을 의미하는 것으로 해석할 수 있다. 죽은 아내로서의 "천사"가 떠난 자리의 "거울"에서 김춘수는 "천사"를 바라보고 있다. 그는 점점 자신이 "천사"가 되어 가면서 지상적인 세계 안에 천상적인 세계의 도래를 보고 있다.

나는 어릴 때 호주 선교사가 경영하는 유치원에 다니면서 천사란 말을 처음 들었다. 그 말은 낯설고 신선했다. 대학에 들어가서 나는 릴케의 천사를 읽게 됐다. 릴케의 천사는 겨울에도 꽃을 피우는 그런 천사였다. 역시 낯설고 신선했다. 나는 지금 세 번째 천사를 맞고 있다. 아내는 내 곁을 떠나자 천사가 됐다. 아내는 지금 나에게는 낯설고 신선하다. 아내는 지금 나를 흔들어 깨우고 있다. 아내는 그런 천사다.

− 김춘수, 「후기」 부분. (1043)

러시아에서는/교회의 종소리에도 천사가 있다./[중략]/혁명가 트

---

120) Thomas Aquinas, *op.cit.*, p.157.
121) *Loc. cit.*

로츠키가 혁명이 끝나자/산 채로 미라가 됐다는데,

　　　　　　　　　　　　－김춘수, 「이문(異聞)」 부분. (1012)

안다르샤/잡풀들이 키대로 자라고/그들 곁에/머루다람쥐가 와서 엎드리고 드러눕고 한다. 그/머루다람쥐의 눈이 거짓말 같다고/믿기지 않는다고/장군 프랑코가 불을 놨지만, 너/천사는 그슬리지 않는다.

　　　　　　　　－김춘수, 「허유(虛有) 선생의 토르소」 부분. (976)

역사의 천사도 바로 이렇게 보일 것임에 틀림없다. 우리들 앞에서 일련의 사건들이 전개되고 있는 바로 그곳에서 그는, 잔해 위에 또 잔해를 쉼 없이 쌓이게 하고 또 이 잔해를 우리들 발 앞에 내팽개치는 단 하나의 파국만을 본다. 천사는 머물고 싶어 하고 죽은 자들을 불러일으키고 또 산산이 부서진 것을 모아서 다시 결합하고 싶어 한다. 그러나 천국에서 폭풍이 불어오고 있고 이 폭풍은 그의 날개를 꼼짝달싹 못 하게 할 정도로 세차게 불어오기 때문에 천사는 날개를 접을 수도 없다. 이 폭풍은, 그가 등을 돌리고 있는 미래 쪽을 향하여 간단없이 그를 떠밀고 있으며, 반면 그의 앞에 쌓이는 잔해의 더미는 하늘까지 치솟고 있다. 우리가 진보라고 일컫는 것은 바로 이러한 폭풍을 두고 하는 말이다.

　　　　　　　－Walter Benjamin, 「역사의 개념에 대하여」 부분.122)

김춘수는 『거울 속의 천사』의 「후기」에서 자신의 일생에서 만난 천사는 세 번 있었다고 고백한다. 그 세 천사는 첫 번째가 "호주 선교사"로부터 들은 천사, 두 번째가 "릴케의 천사", 그리고 마지막으로 죽은 "아내"인 천사이다. 아울러 그는 「후기」에서 『거울 속의 천사』의 모든

---

122) Walter Benjamin, 「역사의 개념에 대하여」, 『역사의 개념에 대하여, 폭력 비판을 위하여, 초현실주의 외』, p.339.

시는 죽은 아내의 영향 아래 있다고 밝힌다. 그러므로 이 시집의 천사는 전반적으로 죽은 아내로 보는 것이 옳다. 그러나 『거울 속의 천사』에 나타나는 "천사"가 관련을 맺는 인물들을 살펴보면, "천사"의 의미가 일의적이지만은 않다는 것이 발견된다. 『거울 속의 천사』의 시편들은 죽은 아내로서의 "천사"가 시인에게 일깨운 생사의 의미가 역사적인 차원까지 확대된다. "천사"가 역사와 관련되는 양상은 「이문(異聞)」과 「허유(虛有) 선생의 토르소」에서도 보인다. 「이문(異聞)」에서는 러시아의 "천사"와 "트로츠키"(Leon Trotsky, 1879~1940)의 비극적 죽음이 연관된다. 「허유 선생의 토르소」에서는 허유 하기락(河岐洛, 1912~1997)이란 인물을 제목으로 삼은 가운데 "천사"와 "프랑코"(Francisco Franco, 1892~1975)가 대립적으로 연관된다. 허유 하기락은 한국현대사상사에서 신채호와 함께 무정부주의자의 계보를 잇는 철학자이다. 허유 하기락은 차후에 김춘수에게 영향을 미친 사상가를 연구하는 데서 반드시 포함되어야 할 인물이다. 프랑코는 스페인의 파시즘화를 이끈 독재자이다. 이처럼, 『거울 속의 천사』에서 "천사"와 함께 다뤄지고 있는 역사적 인물들은 모두 20세기의 비극의 일면을 보여주는 인물들이다.

『거울 속의 천사』에서 종교적 상징인 "천사"가 20세기의 역사적 인물들과 동시에 언급된다는 점에서, 김춘수의, 노년의 사상에 큰 영향을 미친 신학자 니부어의 『신앙과 역사』를 다시 참조해 볼 필요가 있다. 니부어는 역사의 발전이 곧 인류의 구원이라는, 역사 낙관주의가 르네상스 시대의 플로리스 요아힘(Joachim Dē Florīs, 1145~1202)으로부터 시작되어, 계몽주의 시대를 거쳐 역사적 변동설(historical catastrophism)이나 사회진화론(Social Darwinism)까지 지속(持續)되었으나 20세기

초반에 좌초되었다고 보았다.123) 니부어는 진보주의자들의, 역사에 대한 낙관주의적 태도를 역사적 실증을 통해 비판한다. 김춘수도 "나는 진보주의와 같은 옵티미즘을 믿지 못한다."124)고 고백하였다. 니부어가 '역사적 변동설'이라고 지칭한 것은 마르크시즘 류(類)의 혁명사상을 의미한다. 「이문(異聞)」에서 혁명이 끝나자 죽음을 맞은 "트로츠키"가 바로 니부어가 가리키는, 역사적 변동설의 실패를 증명한다. 니부어가 지칭한 사회진화론에는 파시즘과 같은 전체주의 사상이 포함된다. 「허유 선생의 토르소」에서 "프랑코"의 정치상에 대한 비유가 바로 니부어가 가리키는, 사회진화론의 실패를 증명한다. 니부어는 역사 낙관주의가 실패한 근본 원인이 인간의 자유가 과대평가된 데 있다고 보았다.125) 김춘수에게도 인간의 유한성에 대한 절망적 인식이 신과 천사의 존재성을 다시 요청하는 계기가 될 수 있었을 것이다. 그러한 비극적 역사의식의 일부를 벤야민도 공유한다.

『거울 속의 천사』에 나타난 김춘수의 역사에 대한 인식에는 선(善)의 상징인 "천사"가 동반된다는 점에서 위에 인용된 「역사의 개념에 대하여」(1940)에서 보듯이 벤야민의 "역사의 천사"가 연상된다. 벤야민은 20세기의 역사를 반영하여 현대적인 천사상을 제시한 철학자이다. 그는 「역사의 개념에 대하여」에서 자신의 천사상을 클레(Paul Klee, 1879~1940)가 그린 「안젤루스 노부스 Angelus Novus」(1920)의 이미지에 빗대어 설명한다. 「안젤루스 노부스」는 새로운 천사라는 의미이다. 벤야민은 클레의 「안젤루스 노부스」에서 천사의 형상이 눈을 크게 뜨고 입

123) Reinhold Niebuhr, 『신앙과 역사』, pp.3~10.
124) 김춘수, 「책 뒤에」, 『쉰한 편의 비가』, 현대문학, 2002. (김춘수, 『김춘수 시 전집』, p.1102. 재수록.)
125) Reinhold Niebuhr, op.cit., p.75.

을 벌린 채 날개가 젖혀질 듯 펼치고 있는 이유를 천국에서 불어오는 역사의 폭풍에 죽어가는 인간들을 구제하지 못하는 무력함 때문이라고 해석한다.126) 벤야민의 천사상에서 역사에 대한 묵시록적 인식을 읽어낼 수 있다. 조영복은 이상(李箱)의 디스토피아적 근대의 천사를 분석하면서, 벤야민의 「역사철학테제」를 야만의 역사에 대한 도저한 비판으로 보았다.127) 김춘수의 『거울 속의 천사』의 천사상도 죽은 아내인 동시에 벤야민의 천사처럼 역사의 야만을 바라보고 역사의 야만에 희생되는 천사이다.

클레는 타계하기 전 1년 5개월 사이에 집중적으로 천사화(天使畵) 70여 편을 남겼다.128) 우연의 일치로 벤야민과 클레는 1940년이라는 같은 해에 타계했다. 「역사의 개념에 대하여」도 벤야민이 타계하던 1940년에 쓰였다. 한 명의 철학자와 한 명의 화가가 죽음을 앞두고 구원처럼 갈구하였을 천사상을 이 세상에 남기고 떠난 것이다. 1940년은 김춘수가 동경(東京)으로 건너가 니혼대학(日本大學)에 입학하였던 때이다. 1940년 무렵은 그의 세계관과 역사관이 형성되어가던 결정적인 시기였다. 그가 릴케의 천사와 셰스토프의 천사를 만난 것도 그 무렵이다. 김춘수의 천사의 테마는 초기작부터 꾸준히 나타나다가 본격적으로 전경화된 것은 『거울 속의 천사』(2001)와 『쉰한 편의 비가』(2002) 두 편의 시집에서이다. 그도 자신이 타계한 2004년 직전에 천사의 테마를 집중적으로 창작한 것이다. 이들은 자신들에게 도래할 죽음을 예감하

---

126) Walter Benjamin, 「역사의 개념에 대하여」, 『역사의 개념에 대하여, 폭력 비판을 위하여, 초현실주의 외』, p.339.
127) 조영복, 『한국 모더니즘 문학의 근대성과 일상성』, 다운샘, 1997, p.30.
    벤야민의 「역사의 개념에 대하여」는 「역사철학테제」와 같은 글이다. 전자가 원제(原題)이다.
128) 양혜숙, 「파울 클레(Paul Klee)의 천사화」, 『천사』, 학연문화사, 2007, p.234.

는 가운데 천사에 대한 역작을 남겼다는 공통점이 있다.

> 하늘에서도 막 내린/새도 아닌데 날개를 접고/도독한 볼기짝 너
> 머 갈맷빛 나는/네 불두덩에는 왜/불알이 없었나,/걷힌 그늘 풀밭에/
> 알몸인 채 갸우듬 모로 누운/네가 천사,
>
> ―김춘수,「네 살 난 천사」부분. (793)

> 어쩌나 그때/서열에도 끼지 않은 그 깐깐하고 엄전한/왕따인 천
> 사가 눈을 뜬다.
>
> ―김춘수,「밤이슬」부분. (968)

클레는 다섯 살에「아기 예수와 장난감 기차가 있는 크리스마스트리」
(1884)라는 천사화를 처음 그렸다.[129] 김춘수에게도「네 살 난 천사」라
는 작품이 있다. 김춘수의 뇌리에 각인된 원형적인 천사상은 유년의 교
회에서 크리스마스트리를 통해 본 천사의 이미지였다. 클레도 유사한
유년의 체험이 있다. 클레가 말년에 그린 천사화로는「깨어 있는 천사」,
「가엾은 천사」,「못난이 천사」,「건망증이 심한 천사」,「의심하는 천
사」,「천사가 되기 위한 대기실에서」,「미완성의 천사」,「천사, 아직
걸음마를 배우지 않은 천사」등이 있다. 클레의 천사화 가운데는 시적
인 제목의 작품이 많다. 클레의 말년의 천사화에서 특징적인 점은 제목
에서 "못난이", "건망증이 심한", "가엾은", "미완성의" 등과 같은 수식
어들이 천사를 인간처럼 불완전성을 띠는 존재로 묘사하고 있다는 점
이다. 화가의 눈은, 인간과 천사의 경계가 점점 사라져서, 천사가 인간
이 되고, 인간이 천사가 되는, 삶과 죽음의 경계를 바라보고 있던 것이

---

129) *Ibid.*, p.235.

다. 김춘수의 「밤이슬」도 "천사"에 대한 수식어가 "서열에도 끼지 않은", "깐깐한", "왕따인" 등인 것으로 나타나, "천사"를 인간처럼 불완전한 존재로 제시한다. 김춘수의 눈에도 자신이 죽음에 가까워질수록 천사와 인간의 경계가 사라져 간 것이다. 클레와 김춘수의 천사와 관련된 작품들에서 역설적인 것은 그들이 그려낸 '인간화된 천사'의 원관념이 사실은 '천사화된 인간'이라는 것이다. 시인의 시선은 깊어져 점차 인간 안에서 천사를 발견하는 데까지 나아가고 있던 것이다. 다음 작품들에서는 시인과 천사가 서로 거울 관계가 되어 간다.

> 거울 속에도 바람이 분다./강풍이다./나무가 뽑히고 지붕이 날아가고/방축이 무너진다./거울 속 깊이/바람은 드세게 몰아붙인다./거울은 왜 뿌리가 뽑히지 않는가,/거울은 왜 말짱한가/거울은 모든 것을 그대로 다 비춘다 하면서도/거울은 이쪽을 빤히 보고 있다./셰스토프가 말한/그것이 천사의 눈일까,
>
> — 김춘수, 「거울」 전문. (957)

> 거울 속에 그가 있다./빤히 나를 본다./때로 그는 군불아궁이에/발을 담근다. 발은 데지 않고/발이 군불처럼 피어난다./오동통한 장딴지,/날개를 접고 풀밭에 눕는다./나는 떼놓고/지구와 함께 물도래와 함께/그는 곧 잠이 든다./나는 아직 한 번도/그의 꿈을 엿보지 못하고/나는 아직 한 번도/누구라고 그를 불러보지 못했다. ᅥ1054
>
> — 김춘수, 「천사」 전문. (991)

거울은 내게 하나의 상(像)을, 아니 현실을 보여주었다. 원하지도 않았는데 나는 그만 이 낯설고 알 수 없는 괴물 같은 현실에 녹아들어 버렸다. 이제 거울이 힘 있는 자가 되었고 나는 거울이 되었다. 나는 내 앞에 있는 이 거대한 끔찍한 미지의 존재를 바라보았다. 그와

단둘이 있는 것이 무섭게 여겨졌다. 이런 생각을 하는 순간에 최악의 사태가 벌어졌다. 나는 모든 감각을 잃었고, 그만 나를 잃어버렸다. 한순간 나는 사라진 나에 대해 말할 수 없이 슬픈 그러나 덧없는 그리움을 느꼈다. 그리고는 그 괴물 같은 존재만이 남았다. 그 밖에는 아무것도 없었다.

— Rainer Maria Rilke, 『말테의 수기』 부분.130)

『거울 속의 천사』의 표제작과 같은 성격을 지닌 작품으로 위에 인용된 「거울」과 「천사」가 있다. 이 두 작품에서는 시인이 "거울" 속에서 마주한 "천사"가 그려지고 있다. 토마스 아퀴나스에 따르면 천사는 육체도 아니고 육체와 결합하지도 않는 비물체적 실체이다.131) 그러므로 천사는 거울에 비칠 수 없다. 그러나 김춘수는, 전술한 바와 같이, 죽은 아내로서의 "천사"와 이 세상에서 함께 지낼 때 "피"와 "살"을 섞던 기억을 떠올리면서, "천사"에게도 육체를 부여하는 상상력을 보여줬다. 김춘수의 시에서 "천사"는 예수가 성육신(成肉身)으로 몸을 가지고 지상에 내려와, 성찬식(聖餐式)으로 성도(聖徒)들의 몸과 하나가 되는 것처럼, 몸을 가지고 인간을 마주하는 "천사"이다.

또한, Ⅲ장에서 전술한 바와 같이, 김춘수의 "거울"은 현실뿐 아니라, 달리의 그림처럼 꿈을 비추는 "거울"이었다. 김춘수의 문학적 진실에는 "천사"에게도 몸의 형상이 있고, "거울"에도 꿈이 비칠 수 있었다. 그렇게 김춘수가 열어 온 시세계 속에서 "거울 속의 천사"라는 이미지가 탄생할 수 있었다. 김춘수가 "거울" 속에서 "천사"를 만날 수 있게 되는 시의 내적 논리는 바로 그것이다.

---

130) Rainer Maria Rilke, 『말테의 수기』, pp.115~116.
131) Thomas Aquinas, 『영혼에 관한 토론문제 *Quaestiones Disputatae de Anima*』, p.157.

정신분석적으로 거울상은 주체의 형성과정에서 자신을 타자화(他者化)하여 바라보는 계기가 된다. 자신의 타자화는 즉자존재(卽自存在)가 대자존재(對自存在)가 되기 위하여 자신을 객관화하는 과정에서 필수적인 단계인 것이다. 주체는 거울 속의 자신의 상을 타자화하여 그 상(像)과 대화한다. 그러나 이렇게 거울 앞에 타자화됨으로써 분열된 시인은 불행한 의식(不幸한 意識, Unglückliches Bewußtsein)[132]이다.

구체적으로 김춘수의 「거울」에 대하여 작품분석을 해보면 다음과 같다. 이 시는 1행에서 "거울 속에 바람"이 불고 있다는 상황을 제시하는 것으로 시작된다. 현실 속에서 "바람"이 불고 있는 상이 "거울"에 비친다는 의미일 것이다. 2행의 "강풍"의 과학적 기준은 초속 14m로 부는 바람이다. "강풍"은 인간이 걷는 속도에 비해 십여 배 빠르다. "강풍" 속에서 인간은 아무것도 할 수 없다. "강풍"은 인간에게는 재앙으로서의 바람이다. 3행에서는 "강풍"에 의해 "나무"가 뿌리 뽑히고, "지붕"이 날아간다. 김춘수의 시의 물질계는 무수한 식물들의 육체로 이루어져 있었다. 김춘수에게 식물계는, 전술한 바와 같이, 퓌시스(φύσις, Physis)로서 시인 자신의 존재를 투영하며 공존하는 대상이었다. 그러므로 "나무"가 뿌리 뽑힌다는 것은 시인에게 세계의 상실을 의미한다. 그것은 마치 『성경』의 「요한묵시록」 6장 13절에서 "하늘의 별들이 무화과나무가 태풍에 흔들려 선 과실이 떨어지는 것 같이 땅에 떨어지"는 것과 같은 장면이다. "나무"는 하늘과 땅을 연결한다. 그러므로 "나무"가 뿌리 뽑힌다는 것은 천체도 무너진다는 것이다. "강풍"에 "지붕"이 날아간다는 것은 집이 붕괴된다는 의미이다. 김춘수에게 집은 타자와

---

132) "분열된 가운데 스스로 이중화된 모순된 존재로서의 자기를 의식하는 것이 불행한 의식이다."
   Georg Wilhelm Friedrich Hegel, 『정신현상학』 1, p.244.

진실의 언어를 나누는, 공간인 고로 존재가 시적으로 거하는 공간이었다. 그러므로 "지붕"이 날아간다는 것은 공동존재(共同存在, Mitsein)들의 존재의 상실을 의미한다. 4행에서는 "방축"이 무너진다. "방축"이 무너진다는 것은 홍수 또는 해일과 같은 물의 재앙이 일어난다는 의미이다. "방축"이 무너지는 장면은 「북풍(北風)」이라는 시에서도 나온다. 그 시에서 "방축"의 무너짐과 함께 침몰하는 것은 "마음"이라고 했었다. 김춘수에게 원형적으로 바다는 한려수도로부터 온 평화로운 바다였다. 그 바다는 '물의 어머니'였다. 김춘수의 바다는 존재의 근원으로서의 모성의 의미이다. 그러나 이 시에서는 "방축"이 무너짐으로 인하여 평화가 깨지고 존재의 근원지가 상실된다. 시인은 이미 모든 것을 잃었다. 그럼에도 불구하고, 5~6행에서 "강풍"이 몰고 오는 재앙은 "거울" 속 깊은 곳까지 철저한 파멸로 나아간다. "거울" 속의 지구는 모든 것이 멸망하는 중일 것이다. 그것은 재앙을 넘어 지옥의 한 장면이기도 할 것이다. 유대인은 대재앙(大災殃) 또는 폭풍(暴風)이란 말에 대한 완곡어법으로 '쇼아(so'ah)'(『성경』「이사야서」10장 3절)라는 표현을 쓴다.[133] 김춘수의 "거울" 속의 "강풍"은 바로 쇼아와 같은 재앙으로서의 바람이다. 그러한 재앙적 상황에서 시적 주체는 절망의 파토스를 극한으로 몰아가지 않고 의문을 갖는다. 6행과 7행 사이의 행갈이에는 에포케(epoche)적인 순간이 숨어있다. 7~8행에서 보듯이 "거울"은 왜 이 "거울" 속의 지구가 멸망 중인데도 그대로인가에 대하여 시인은 묻는다. 거울상 또한 자신의 또 다른 자아(自我)의 상이라면 그 물음은 또 하나의, 진지한 실존적인 존재 물음일 것이다. 9~10행에서 보듯이 "거울"은 "강풍"에 멸망해 가는 인세(人世)의 모든 것을 비춰 주기만 한다.

---

133) Giorgio Agamben, 『아우슈비츠의 남은 자들』, p.46.

"거울"은 인세를 구원하지 않을 만큼 냉정하거나, 인세를 구원하지 못할 만큼 무력하다. "거울"은 "거울" 밖으로 시선을 되돌려 주기만 한다. 그런데, "거울"의 그러한 시선을 시적 주체는 "셰스토프"의 "천사의 눈"인가 하고 묻는다. 전술한 바와 같이, '온몸이 눈으로 된 천사'는 선(善)과 양심(良心)과 동정(同情)의 상징이었다. 그러나 이 시에서는 "천사"조차 시적 주체와 격리(隔離)되어 있다. 다만, 온몸이 눈으로 된 천사는 홀로 괴로워만 하고 있을 것이다. 이 시는 "천사의 눈"이 "거울"이 되어 재앙에 휩싸인 시적 주체와 대립(對立)되는 상황을 보여주는 것이다. 『성경』의 「요한묵시록」에서 하느님이 타락한 세상에 재앙을 내려 징벌하는 역할을 천사에게 맡긴다. 그러고 나면 새로운 세상이 다시 열리고 메시아가 도래할 것이라고 요한은 예언한다. 이 시 속의 장면은 양심의 상징인 "천사"가 세상의 재앙을 바라보는 상황이다. 아직 메시아가 도래하지 않았으며, 메시아가 도래한다는 예언조차 없다. 시인은 이 모든 재앙적 불행을 지나야 한다.

불행한 의식은 '가변적인 것'과 '불변적인 것'의 모순적 대립 가운데 형성된다.[134] 특히, 자신이 '가변적인 것'의 편에 있음으로 인해 '불변적인 것'을 바라보며 고뇌하기 때문에 그 의식은 불행한 것이다.[135] 김춘수의 「거울」의 경우, 시적 주체는 재앙의 한가운데서 가변적인 존재로 있는 반면, "천사의 눈"으로서의 "거울"은 불변적인 존재로 있다. 시인은 우주와 존재와 모태를 잃었음에도 그것을 응시하는 "거울"은 "말짱"한 것이다. '말짱하다'라는, 사뭇 단순해 보이는 시어는 존재의 완전성(完全性)과 무오성(無誤性)을 의미한다. 이 시에서 재앙 가운데 있는

---

134) Georg Wilhelm Friedrich Hegel, *op.cit.*, pp.246~263.
135) *Ibid.*, p.252.

시인의 불행한 의식이 "천사의 눈"에 대하여 느끼는 완전성과 무오성의 대립은 해소되지 않은 채로 있다. 메시아의 도래 문제는 다른 시편들을 통해 형상화된다.

다음으로 이어서 위에 인용된 「천사」를 분석해 보면 다음과 같다. 「천사」의 1~2행 "거울 속에 그가 있다./빤히 나를 본다."는 「거울」의 10행 "거울은 이쪽을 빤히 보고 있다."에 상응한다. 이 시집의 제목『거울 속의 천사』는 「거울」이란 시와 「천사」라는 시 두 편이 서로 대칭적인 연작임을 보여준다. 시인에게 "거울 속의 천사"라는 하나의 이미지가 두 시의 공통된 발상이었을 것이다. 순서상으로는 「거울」이라는 시가 「천사」라는 시를 파생했을 것이다. 그 근거는 「거울」이란 시의 말미가 「천사」라는 시의 서두가 되고 있다는 것이다. 「천사」의 3~5행에서는 다소 충격적인 이미지가 제시된다. "천사"가 "불"에 "발"을 담그니 "발"이 "불"이 된다는 것이다. 이 이미지는 몇 가지로 해석될 수 있다. 먼저, 이 이미지는 "군불아궁이"에서, 즉 유년의 고향 집에서 불을 지피던 여자가 지금은 화장(火葬)되고 있는 장면으로 해석될 수 있다. 가장 행복했을 추억이 "불" 속에서 사라지기 때문에, 이 시는 슬픔과 경악의 정서를 자아낸다. 또는 이 이미지는 '불의 재앙'을 연상시킨다. 『성경』의 「요한묵시록」 10장 1절에는 "천사"의 "발"이 "불기둥" 같다는 표현이 나온다. 이 시의 '불의 재앙'의 이미지는 「거울」의 '물의 재앙'의 이미지와 대조적이다. 6~7행의 "오동통한 장딴지"는 "천사"에 대한 대유법이다. "오동통한 장딴지"라는 시 구절에서는 어린아이의 몸을 가진 "천사"가 연상된다. 8~10행에서 "천사"는 "잠"이 든다. 이 "잠"은 "지구와 함께" 드는 "잠"이므로, 한 세상이 저물었다는 의미에서 죽음에 대한 비유일 것이다. "천사"의 죽음에 대하여 시적 주체는

"나를 떼놓고"라며 소외감을 표한다. 11~12행에서 "꿈을 엿보지 못"
했다는 것은 내밀한 진심을 이해하지 못했다는 의미이다. 13~14행에
서 "누구라고" 부르지 못했다는 것은 '꽃'의 시편들에서 존재의 명제진
리(命題眞理, Satzwahrheit)로서의 이름을 불러주던 것으로부터 완전한
퇴행이다. 그 끝에 남은 것은 언어파괴의 흔적으로서의 "ㅓ1054"가 남
아있을 뿐이다. 그러므로 「천사」는 시적 주체가 "천사"와 사별 후에 완
전히 존재의 상실에 이르렀음을 고백하는 시이다. 그러한 의미에서
「천사」의 시인 역시 불행한 의식이다. 「거울」의 "천사"가 재앙 속에 있
는 시인을 바라만 보고 있었다면, 「천사」의 "천사"는 자신의 죽음으로
시인을 홀로 지구에 고립무원으로 남겨두었다. 『거울 속의 천사』라는
시집의 표제작 격인 두 시 「거울」과 「천사」는 겉으로 보기에는 정제된
형식을 갖추고 있으며, 파토스가 절제된 것처럼 보이지만, 실제로 그려
내고 있는 것은 대재앙의 날에 벌어지는 "천사"와 "나"의 동시적인 죽
음이다.

　「천사」라는 시에서, "거울" 속에서 "나"를 보는 사람은 타자화(他者
化)된 자기 자신, 즉 또 다른 "나"이다. 이 시의 제목이 「천사」이므로
"그"는 "천사"이다. 요컨대, "거울" 속에서 "나"를 바라보는 "그", 즉,
"천사"는 "나"이다. 리쾨르에 따르면 '~처럼 보다'는 '~처럼 존재하다'
이다.136) 그러므로 「천사」라는 시에서 "천사"처럼 보는 거울 속의 시
인은 "천사"처럼 존재한다. '천사의 눈'으로 자신을 바라보던 시인은
'천사의 존재'가 되어 가는 것이다.

　이것은 마치 피카소(Pablo Picasso, 1881~1973)의 「거울 앞 소녀」(1

---

136) Paul Ricœur, 『시간과 이야기』 1, 김한식 · 이경래 옮김, 문학과지성사, 2012,
　　p.176.

932)가 '존재계의 거울'인 것과 같은 이치이다.137) 위에 인용된 릴케의
『말테의 수기』에 나타난 "거울"도 이른바 '존재계의 거울'이다. 릴케는
"거울" 안의 세계를 "괴물 같은"이라고 표현하고 있다. 즉, 이 작품 속
의 "거울"은 현실적 영상의 반영이 아니라, 창조적 존재계의 영상을 비
춘다.

한편, 라이프니츠는 인간존재를 하나의 모나드(monad)로 간주하면
서, 모나드를 하나의 거울로 해석했다. 그 거울은 하나의 우주로서의
모나드의 주름을 펼쳐 보이는 거울이다. 그렇게 존재의 형상이 끊임없
는 움직임으로 비치는 것이 '거울활동'138)이다. 김춘수 영혼의 유동으
로서의 거울활동에는 「거울」의 '물의 재앙'과 「천사」의 '불의 재앙'이
번갈아 쇄도한다. 김춘수의 『거울 속의 천사』에서 "속"의 의미는 바로
모나드로서의 인간존재의 내면을 의미할 것이다. 그러한 의미적 맥락
에서 "거울 속"은 인간존재의 내면에 창조된 세계를 의미할 것이다. 그
내면에 '물의 재앙'과 '불의 재앙'이 나타나는 것은 아직 메시아가 도래
하기 전의 묵시록의 세계처럼 참담하다.

김춘수에게 메시아로서의 예수는 천사조차 무력할 때 요청된 것이
다. 거울 앞에 분열되었던, 불행한 의식이 불변적인 것과 통일되기 위
해서는 육화(肉化)된 신(神)으로서의 예수가 있어야만 한다.139) 김춘수
는 수많은 '예수' 시편 이외에도 「메시아」라는 작품을 남긴다. 김춘수
의 「메시아」를 살펴보면 다음과 같다.

---

137) 신범순, 「이상의 자화상과 거울서판의 기호학」, 『동아시아 문화공간과 한국문학
    의 모색』, p.380.
138) Martin Heidegger, 「마르부르크 대학에서의 마지막 강의로부터」, 『이정표』 2,
    pp.208~209.
139) Wilhelm Friedrich Hegel, op.cit., pp.249.

1//헤르몬산은 해발 1만 척, 연중 눈이 녹지 않는다. 언저리는 울
창한 숲을 이루어 요단강의 수원(水源)이 되고 있다. 그런 헤르몬산
을 등지게 하고 헤롯왕의 아들 빌립이 만든 빌립 카이자리아가 꽃핀
꽃밭처럼 펼쳐져 있다. 갈릴리 호수는 남쪽으로 100리쯤 떨어져 색
지를 오려 붙인 듯 짙은 쪽빛으로 누워 있다. 밀은 남풍을 받아 이미
알이 다 찼다. 그는 왜 올해도 오지 않는가,//2//딱한 내 사정을 들어
줄 그가 여기(다방) 오게 돼 있었다. 약속 시간을 10분이나 넘겼다.
무슨 사정이 있었겠지. 조금만 더 기다려보자. 30분이 지났다. 한 시
간이 지났다. 할 수 없이 자리를 뜨면서도 무슨 사정이 있었겠지 다
음 또 기회가 있겠지 하고 나는 나에게 타이른다. 그러나 마음에 몹
시 걸린다. 아무렴, 그렇다 하더라도 전화 한 통 해줄 수는 있었겠는
데 말야.

— 김춘수, 「메시아」 전문. (661)

성령과 신부가 말씀하시기를 오라 하시는도다 듣는 자도 오라 할
것이요 목마른 자도 올 것이요 또 원하는 자는 값없이 생명수를 받
으라 하시더라/[중략]/이것들을 증거하신 이가 가라사대 내가 진실
로 속히 오리라 하시거늘 아멘 주 예수여 오시옵소서/ 주 예수의 은
혜가 모든 자에게 있을지어다 아멘

—『성경』「요한묵시록」 22장 17절~21절.

김춘수가 노년에 탐독한 니부어의 『인간의 본성과 운명 — 제2부 인
간과 운명』의 주제는 바로 메시아관(messiah觀)이다. 김춘수에게 많은
'예수' 시편이 있지만, 「메시아」라는 제목의 시는 이 한 편뿐이다. 김춘
수의 메시아관을 파악할 수 있는 시로써 「메시아」가 분석되어야만 하
는 이유가 여기에 있다.

일반적으로 메시아는 구세주(救世主)라는 의미로 통용된다. 그러나

어원상으로 메시아는 '기름 부음을 받은 자(mâśiah)'[140]라는 뜻이다. 그리스도(Christ)와 메시아는 같은 말로, 메시아에 대한 그리스어 번역어 크리스토스(Christos)가 신약에서 '예수 그리스도'라는 고유명사로 정착된 것이다.[141] 김춘수의 「메시아」의 1부에서 "메시아"는 "헤롯왕"을 대신해 줄 새로운 왕으로서의 "메시아"이다. 「메시아」의 2부에서 "메시아"는 "딱한 내 사정 들어줄" "메시아", 즉 인간의 죄를 속죄해 줄 사제로서의 "메시아"이다. 이처럼, 메시아의 권능에는 세속적 권능과 영적 권능이 있다.[142] 전자는 지상에 하느님의 나라가 임재(臨在)하도록 하는 왕으로서의 권능이며, 후자는 인간의 죄를 속죄하고 죽음으로부터 부활시키는 사제로서의 권능이다.[143] 김춘수의 「메시아」의 1부가 바로 왕으로서의 권능을 다루고 있으며, 2부가 바로 후자, 사제로서의 권능을 다루고 있다. 즉, 김춘수는 메시아의 역사적 의미와 실존적 의미를 동시에 「메시아」라는 시를 통해 말하고 있다. 김춘수는 "사람은 역사의 진행에 정면으로 부닥치면 언제나 자기의 실존을 보게 된다."[144]고 말하였다. 이 시 「메시아」에서도 역사와 실존이 교차한다. 실존은 역사의 한가운데 있는 것이다.

메시아에 대한 신앙은 종말론(終末論, eschatology)과 관련이 있다. 『성경』에 종말론이 처음 제기된 것은 「이사야」이다.[145] 「이사야」에는 타락한 세상에 종말이 있고, 그다음에 구원이 있으리라는 예언이 나온다. 포프(Alexander Pope, 1688~1744)의 목가시(牧歌詩), 『메시아』도

---

140) Mircea Eliade, 『세계 종교 사상사』 2, p.349.
141) *Ibid.,* p.472.
142) *Ibid.,* p.350.
143) *Ibid.,* pp.483~484.
144) 김춘수, 「아만드꽃」, 『왜 나는 시인인가』, p.113.
145) Mircea Eliade, *op.cit.,* p.344.

「이사야」의 메시아를 시화한 작품이다.146)

그러나 메시아로서의 예수 그리스도가 분명히 예언되고 있는 것은 「요한묵시록」이다. 「요한묵시록」은 예수가 메시아로서 "속히 오리라"는 예언으로 종결된다. 위에 인용된 「요한묵시록」 22장 17절~21절은 「요한묵시록」의 마지막 부분으로, "오라…오라…올 것이요…오리라…오시옵소서"처럼 '오다'라는 동사가 긴박하게 반복적으로 엮여 있다. 그러한 문장구조에는 메시아가 가까운 미래에 도래할 것이라는 믿음이 강렬하게 표현되어 있다.

위에 인용된 김춘수의 「메시아」에서도 "왜…오지 않는가…오게 돼 있었다"가 가장 중요한 문장의 뼈대이다. 가까운 미래에 "메시아"가 올 것에 대해 말하고 있다는 점에서 김춘수의 「메시아」와 『성경』의 「요한묵시록」은 닮았다. 그러나 「메시아」가 「요한묵시록」과 다른 점은 「요한묵시록」에는 메시아가 온다는 것에 대한 확신이 강하게 드러나는 반면, 「메시아」에는 메시아가 오지 않는 것에 대한 의문이 드러난다는 점이다. 대신 김춘수의 「메시아」 2부는 "메시아"를 현재 실존하는 존재인 것처럼 기다리는 자세를 보인다.

이 시 「메시아」는 수필 「아만드꽃」과 내용 면에서 상당히 유사성을 보인다. 수필 「아만드꽃」은 김춘수가 이스라엘 지역을 성지순례 하면서 쓴 것으로 추측된다. 그러나 그 글은 현재의 이스라엘의 풍경에 대한 묘사와 『성경』 속 예수의 이야기가 뒤얽혀 있어, 픽션과 논픽션, 현재와 과거의 경계가 불분명하다. 그러한 특성은 김춘수가 성서 시대와 현대를 동일한 시간의 지평 안에서 사유하기 때문에 나타날 것이다. 김춘수는 인간존재의 본질이 시대에 따라 변하는 것이 아니라고 본다. 그

---

146) Northrop Frye, op.cit., p.488.

에게 메시아에 대한 부름이 여전히 유효한 것은 바로 그러한 신화적 시간을 현재화하는 인식 때문일 것이다. 신화적 시간이 현재에도 재현 가능하다고 보는 관점은 인간존재의 본질이 역사를 초월하여 불변한다고 보는 관점이기도 하다.

그러나 김춘수의 「메시아」와 『성경』이 다른 점은 종말이 임박한 세상에 대한 묘사에도 나타난다. 「메시아」의 1부는 "헤롯왕"의 시대가 외관상으로는 평화롭고 아름다워 보이는 것으로 묘사되고 있다. 「메시아」의 2부는 "메시아"를 기다리는 것이 "다방"에서 친구를 기다리는 것처럼 일상적인 장면으로 묘사되고 있다. 김춘수가 그렇게 묘사한 이유는 반드시 전쟁의 시기처럼 역사가 위기에 처한 순간에만 "메시아"가 요청되는 것은 아니라는 점을 역설적으로 보여주려 했기 때문일 것이다. 김춘수의 그러한 묘사는 압정(壓政)에 의해서도 외관상 평화로워 보이는 세태가 연출될 수 있다는 점을 드러내는 것이다. 또한, 김춘수의 그러한 묘사는 "메시아"의 도래에 대한 갈구가 실존적 이유에 있다는 점을 강조한 것이기도 하다. 그러므로 역설적으로 외관상 평화로워 보이지만 실존이 위기에 처한 시대가, 역사가 위기에 처한 시대이기도 할 것이다. 그 시대는 어떠한 역사적 사건이 발발한 시대만이 아니라, 우리가 일상을 살아가는 매순간이다. 신에게 기도하는 매순간이 메시아의 도래를 기다리는 순간이며, 성령을 자신 안에 들이는 매순간이 메시아를 맞이하는 순간이다. 그러므로, 메시아가 곧 도래한다는 의미는 매순간 역사의 종말이 임박해 있다는 의미와 신앙체험은 초시간적으로 현재성을 띤다는 의미를 동시에 지니는 것이다.[147] 김춘수에게는 메시아를 통한, 절망으로부터의 구원에 대한 갈망이 일상화된 권태로

---

147) Mircea Eliade, *op.cit.*, p.463.

변해 있던 것이다.

여기서 벤야민이, 현재가 메시아가 들어오는 문148)이라고 한 아포리즘의 의미가 드러난다. 절망이든 권태든 그것은 생에 대한 허무감의 이면이다. 역설적으로 그 순간마다 김춘수는 메시아라는 신적 존재 안으로 자신의 실존을 삽입함으로써 인간적인 한계를 극복하려고 하였다. 김춘수에게 그 대상은 육화된 신으로서의 예수이곤 했다. 벤야민은 인간존재가 모나드(monad)로서 결정화(結晶化)되는 현재 시간(Jetztzeit)을 언어화하는 것, 바로 거기에 역사가 있다고 하였다.149) 벤야민의 그러한 사유는, 김춘수가 「메시아」를 비롯한 신앙과 역사에 대한 일련의 글들에서 보이는 사유와 통하고 있다. 그러한 이유는 벤야민과 김춘수 사이에 역사에 대한 비극적 인식이 공통적이기 때문일 것이다.

김춘수는 역사에 대한 진보주의가 초래한 비극을 비판한다. 예컨대 "나는 진보주의와 같은 옵티미즘을 믿지 못한다"150)라고 말하거나, "인간과 사회가 근본적으로 달라지지 않는 한 진보란 한갓 허상에 지나지 않는다"151)라고 말했다. 김춘수의 그러한 발언에는 역사에 대한 참담한 심정과 인간존재에 대한 성찰에의 촉구가 담겨 있다. 벤야민의 사상에서 역사에 대한 비극적 인식은 역사의 종말을 상정하는 역사관으로 나타난다. 그의 역사관에서 역사의 종말에는 역사의 심판이 이루어진 다음 메시아에 의한 부활이 실현된다. 역사의 끝, 즉 역사의 텔로스(telos)의 핵심은 심판이 아니라 부활이다.152) 곧 역사의 텔로스는 메시

---

148) Walter Benjamin, 「역사의 개념에 대하여」, 『역사의 개념에 대하여, 폭력 비판을 위하여, 초현실주의 외』, p.350.
149) Ibid., p.348.
150) 김춘수, 「책 뒤에」, 『쉰한 편의 비가』, 현대문학, 2002. (김춘수, 『김춘수 시 전집』, p.1102. 재수록.)
151) 김춘수, 「무엇이 진보인가」, 『왜 나는 시인인가』, p.415.

아를 맞이하는 것이다. 김춘수의 「메시아」는 그러한 역사의식의 텔로스 위에 있다. 이 시에서 텔로스의 순간은 항상 현재적이다. 그러므로 묵시록의 재앙은 메시아적 고통이기도 하다.[153]

지금까지 V장의 논의를 천사로부터 메시아인 예수로 이어왔다. 신학적으로 천사와 예수, 천사와 성령은 엄격히 다른 위계를 가지고 있다. 프라이가 릴케의 천사가 신이나 예수의 변체[154]라고 하는 것은 신학적 차원이 아니라 문학적 차원에서 가능한 것이다. 그러한 논리를 김춘수의 시에 나타나는 천사와 예수의 관계에도 적용할 수 있을 것이다. 김춘수는 시인으로서의 자기 자신이 천사가 되기도 하였고, 십자가형에서 자기 자신이 예수가 되기도 하였다. 그런 의미에서 『거울 속의 천사』의 안젤루스 노부스로서의 천사의 이미지는 겟세마네에서의 예수의 이미지와 상통한다. 그것은 바로 아직 부활의 시대가 오기 전 메시아적 고통을 앓고 있는 모든 존재자들의 수난이다. 다음으로 김춘수의 마지막 시집 『쉰한 편의 비가』에 대한 논의를 이어가고자 한다. 이 시집에서는 다시 천사가 전면에 등장한다.

3. 세계내면공간에서 초재의 의미와 죽음을 초월한 존재의 비가(悲歌) — '비가'의 시편

김춘수의 마지막 시집 『쉰한 편의 비가』를 논의하기에 앞서 시인의 시작의도를 직접 확인해 보면 다음과 같다.

---

152) Reinhold Niebuhr, 『신앙과 역사』, pp.247~248.
153) Mircea Eliade, 『세계 종교 사상사』 2, p.372.
154) Northrop Frye, 『비평의 해부』, p.246.

내가 쓴 「비가(悲歌)」 연작시는 릴케의 『두이노의 비가』의 패러
디라고도 할 수 있으리라. 나는 젊어서 릴케의 「비가」를 읽고 무슨
말인지 이해할 수 없었다. 지금은 그의 범신론이 낳은 그의 독특한
천사상을 겨우 짐작하고 있다. 그러나 나의 「비가」는 물론 릴케의
그것과는 사뭇 다르다.
　　　　　　　　ㅡ 김춘수, 「책 뒤에」, 『쉰한 편의 비가』 부분. (1100)

　　위의 인용된 부분에서와같이 김춘수는 『쉰한 편의 비가』의 「비가
(悲歌)」 연작들이 릴케의 『두이노의 비가』의 패러디(parody)라고 하였
다. 그러나, 김춘수는 릴케의 천사상은 범신론(汎神論, pantheism)에서
온 것이므로, 자신의 천사상은 다르다며, 자신의 천사상의 독자성에 대
하여 자신감을 내비쳤다. 범신론은 모든 존재자 안에 신 또는 신적인
것이 깃들어 있다고 보는 '내재적 신관(神觀)'[155]이다. 김춘수는 자신과
릴케가 다르다고 하면서, 자신은 니부어의 신학의 영향을 받았음을 수
차례 강조한다. 니부어는 종교개혁기의 신학자인 루터(Martin Luther,
1483~1546) 계열의 정통 프로테스탄트 신학을 계승한 신학자이다. 김
춘수가 릴케와 자신을 차별화하려는 의도에는 자신은 범신론이 아니
라 유일신론(唯一神論, monotheism)이라는 것을 강조하려는 데 있는 것
으로 판단된다. 유일신론은 인간을 단 하나의 절대적 존재로서의 신을
상정하는 '초월적 신관'[156]이다.

　　김춘수가 자신의 시작의도에 대하여 그렇게 직접 언명한 것은 연구
자들도 시작의도대로 해석해 주기를 바란다는 의미일 것이다. 이러한
맥락에서 V장의 3절은 릴케의 『두이노의 비가』와 김춘수의 『쉰한 편

---

155) 최숭정, 「성경에 나타난 "천사"」, 『천사』, 인천가톨릭대학교 종교미술학부 편, 학
　　연문화사, 2007, p.39.
156) *Loc. cit.*

의 비가』에 나타난 천사상을 비교하는 논의로 전개하고자 한다.

먼저 릴케의 『두이노의 비가』에 나타난 천사상을 살펴보도록 한다. 다음은 하이데거가 인용한 릴케의 서간의 부분이다.

> "비가의 천사는 우리가 수행하는 가시성으로부터 불가시성으로의 변화가 이미 그 자에 있어서 완수되었다고 여겨지는 그러한 피조물입니다. 비가의 천사는 불가시성 안에서 보다 높은 현실의 위계를 인식한다는 것을 보증하는 그런 자인 것입니다."
> [중략]
> 천사의 본질은 육체를 갖지 않아 가시적 · 감각적인 것 때문에 야기된 혼란이 불가시적인 것으로 변용되는 것으로, 세계내면공간의 내부에서 두 영역을 균형 잡힌 통일의 안정을 기초로 현존한다.
> [중략]
> 세계내면공간의 현세적 통일로서 천사는 나타나 세계내면공간의 불가시성에서 현세적 존재자의 가시성으로 변용된다.
> ─Rainer Maria Rilke, 「서간」 1925년 11월 13일.[157]

하이데거는 릴케의 『두이노의 비가』의 천사에 대하여 다음과 같이 규정하였다. 『두이노의 비가』에서, 릴케가 존재자 전체의 개명(開明)을 내면화하여 표상적 가시물을 심정적 불가시물로 전회한 결과물이 곧 천사이며, 그러한 천사는 존재의 탐구에 대한 모든 관련에 삼입(滲入)하여 미문(未聞)의 중심을 지배한다는 것이다.[158] 하이데거가 인용한 릴케의 글의 핵심은 신학적으로 불가시적 존재인 천사가 문학적으로 세계내면공간(世界內面空間, Weltinnenraum)에서 가시적인 존재로 변

---

157) Martin Heidegger, 「가난한 시대의 시인」, 『시와 철학 ─ 횔덜린과 릴케의 시세계』, pp.264~266. 재인용.
158) Ibid., p.264.

용된다는 데 있다. 불가시성은 초월성에, 가시성은 내재성에 대응될 수 있다면, 릴케에 의해 시화된 천사에는 초월성과 내재성이 동시에 있다. 그러한 특성을 초재라고 할 수 있을 것이다. 초재성을 지닌 존재인 천사는 세계내면공간의 주인공이다. 김주연은 세계내면공간에 거주하는 릴케의 천사의 특성을 순수성(純粹性)이라고 단순·명료하게 규정한 바 있다.159) 인간은 순수하지 못하기 때문에 세계내면공간에 들어갈 수 없다는 것이다.160) 릴케의 천사가 어느 종교의 천사인가에 대해서는 가톨릭이라는 관점, 이슬람이라는 관점,161) 범신론이라는 관점162)이 있다. 그러나 본질은 어느 종교인가 하는 것을 넘어선다. 김주연의 의도 또한 릴케에 대한 논의가 종교의 영역이 아니라 문학의 영역에서 이루어져야 한다는 데 있을 것이다. 그는 릴케가 범신론이라는 관점들에 대해서도 마찬가지의 태도를 보인다. 김주연은 릴케의 범신론을 정령숭배로서의 애니미즘(animism)이 아니라, 실존주의163)로 넘어가는 단계의 존재론적 인식으로 볼 것을 제안한다. 예컨대, 니체와 들뢰즈의 생성적 존재론을 범신론적 천사상에 대한 형이상학적 해석틀로 적용

---

159) 김주연, 「근원적 고독 혹은 예언적 실재 – 라이너 마리아 릴케」, 『독일 시인론』, 열화당, 1986, pp.203~204.
160) *Loc. cit.*
161) 릴케의 천사가 『코란』의 천사라는 주장이다.
   Friedrich G. Hoffmann & Herbert Rösch, 『독일문학사』, 오한진 외 공역, 일신사, 1992, p.355.
   그러나 그 근거가 회박하다는 반론이 있다.
   Dieter Bassermann, *Der späte Rilke*. 2. Aufl., München, 1948, S. 93. 참조. (전광진, 「『두이노의 비가』에 나타난 천사상」, 김주연 편, 『릴케』, p.54. 재인용.)
162) 릴케의 신 개념 및 범신론에 미친 러시아 여행의 영향에 대해서는 여러 논자가 지적해 온 바이다. 그러나 그 가운데서도 이영일의 논문이 주목된다. 이영일은 릴케에게 러시아는 존재론적으로 '신–대지–고향'이라는 총체적 의미가 있다고 보았다.
   이영일, 『라이너 마리아 릴케 – 죽음의 미학』, 전예원, 1988, p.35.
163) 김주연, *op.cit.*, p.204.

해 볼 수도 있을 것이다. 전광진이 천사를 정신(Geist)이자, 존재의 원형들(Archetypen des Seins)이며, 근원의 힘(Urmächte)[164]이라고 한 것도 존재의 잠재태들의 운동으로 이해할 수도 있을 것이다. 또한, 릴케 자신도 "투박한 운명이 또다시 부수어 버릴지라도 우리는 대담한 구상(構想)들을 통해 비로소 우리의 신들을 만들어 본다"[165]고 하였다. 그의 말에서 신을 만든다는 것의 의미는 그에게 신이 종교적 차원이 아니라 문학적으로 재창조된 신이라는 의미일 것이다.

김춘수의 경우도 자신이 기독교인이 아니라고 발언을 한 적이 있다. 그러한 발언과 유사한 근거로 그가 『성경』을 역사서이자 문학서로 이해한다는 점과, 바울에 의해 기독교가 교회중심이 된 것을 비판한다는 점에서도 찾을 수 있을 것이다.[166] 그러나 김춘수는 니부어라는 정통 프로테스탄트 신학자를 신념화하는 가운데 성경적 모티프를 자신의 작품에 다수(多數) 인용한다. 그뿐만 아니라, 신앙체험의 흔적이 그의 시 안에 삼투해 있다. 그러므로 그의 시의 기독교적인 맥락을 부인할 수는 없을 것이다. 주시해야 할 점은 천사가 문학작품을 통해 존재계를 형상화하는 일환으로서 의의가 있다는 점이다.

릴케와 김춘수의 후기 시세계에 나타나는 묵시록적 맥락도 종교의 보편적 차원에서 해석될 수 있다. 칸트는 세계가 황금시대 또는 낙원으로부터 격절되어 악에 물들어 있다는 사유가 역사만큼 오래되었다고 보았다.[167] 앞 절에서 살펴본 바와 같이, 니부어나 벤야민에게서는 분명히 근현대사의 역사적 현황에 대한 비극적 인식에서 묵시록적 세계

---

164) 전광진, 「초월의 공간」, 『릴케의 두이노의 비가 연구』, 삼영사, 1986, pp.41~43.
165) Lou Albert-Lassard, 『내가 사랑한 릴케』, 김재혁 옮김, 하늘연못, 1998, p.222.
166) 김춘수, 「어찌 할 바 모르나니」, 『왜 나는 시인인가』, p.150.
167) Immanuel Kant, 『이성의 한계 안에서의 종교』, p.175.

관이 유래했었다. 그러나 칸트는 그들보다 통시적인 관점에서 묵시록적 세계관이 유사(有史)이래 항시적이었다고 말한다.

릴케는 후배와 주고받은 예술론에 대한 서간인 「젊은 시인에게」(1903)에서 예술작품을 영속적이고 신비로운 존재로 받아들여야 한다고 조언한다.168) 그러므로 릴케의 천사에 대한 논의를 신비의 범주로 넓혀서 보는 편이 그의 시세계를 문학적 텍스트로서 접근하는 데 유용할 것이다. 신비는 종교성의 핵심인 성현(聖現), 즉 히에로파니(hierophany)169)라고 규정할 수 있을 것이다. 그러나 문학에서의 신비는 종교학적 개념을 원용하지 않더라도 상상력의 영역 안에서 본래 있던 것이다. 요컨대, 김춘수가 이해한, 릴케의 천사상에서의 범신론의 의미는 정령숭배가 아니라, 존재론의 신비주의로의 비약으로 규정된다.

세계의 무슨 화염에도 데이지 않는/천사들의 순금의 팔에 이끌리어/자라가는 신들,/어떤 신은/입에서 코에서 눈에서/돋쳐나는 암흑의 밤의 손톱으로/제 살을 핥아서 피를 내지만/살점에서 흐르는 피의 한 방울이/다른 신에 있어서는/다시 없는 의미의 향료가 되는 것을,/라이너 · 마리아 · 릴케/당신의 눈은 보고 있다./천사들이 겨울에도 얼지 않는 손으로/나무에 꽃을 피우고 있는 것을,/죽어간 소년의 등 뒤에서/또 하나의 작은 심장이 살아나는 것을,/라이너 · 마리아 · 릴케,/당신의 눈은 보고 있다./하늘에서/죽음의 재는 떨어지는데,/이제사 열리는 채롱의 문으로/믿음이 없는 새는/어떤 몸짓의 날개를

168) Rainer Maria Rilke, 『젊은 시인에게 보내는 편지』, 홍경호 옮김, 범우사, 1997, pp.21~22.
169) 그리스어의 성(聖)을 의미하는 hieros와 나타내다를 의미하는 phainein의 합성어로 성현(聖現)으로 번역되곤 한다.
Mircea Eliade, 『종교 형태론 Patterns in Comparative Religion』, 이은봉 옮김, 한길사, 2004, p.47.

치며 날아야 하는가를,

―김춘수, 「릴케의 장」 전문. (194~195)

그것은 처음에는 한 줄기의 빛과 같았으나 그 빛은 열 발짝 앞의 느릅나무 앞에 가 앉더니 갑자기 수만 수천만의 빛줄기로 흩어져서는 삽시간에 바다를 덮고 멀리 한려수도로까지 뻗어 가고 말더라, 그 뒤로 내 눈에는 늘 아지랑이가 끼어 있었고, 내 귀는 봄바다가 기슭을 치고 있는 그런 소리를 자주자주 듣게 되더라.

―김춘수, 「천사」 전문. (404)

김춘수의 시세계(詩世界)에서 릴케가 등장하는 것은 초기작부터 후기작까지 계속된다. 그중에서도 릴케가 가장 처음 등장하는 김춘수의 시는 처녀시집 『구름과 장미』에 실린 「가을에」이다. Ⅲ장에서 분석한 바와 같이, 「가을에」에 나오는 "두이노 고성의/라이너 · 마리아 · 릴케의 비통"은 김춘수의 시의 근본 정서였다. 그것은 바로 릴케의 『두이노의 비가』로부터 온 것이었다. 이처럼 릴케의 비가에 나타난 문학적 정서는 김춘수의 초기작에서부터 심원한 영향을 미쳐온 것이다.

「가을에」에 준하는 김춘수의 또 다른 작품은 「릴케의 장」이다. 「릴케의 장」에는 비로소 릴케의 천사가 등장한다. 릴케의 시 가운데 천사가 등장하는 시는 처녀시집 『기도시집』부터 상당히 많다. 그러므로 김춘수의 「릴케의 장」에 나오는 릴케의 천사를 『두이노의 비가』에 나오는 천사라고 확정할 수는 없다. 그러나 "화염", "피", "암혹", "죽음의 재" 등 최후의 심판과 같은 묵시록적인 이미지를 근거로 「릴케의 장」의 천사가 『두이노의 비가』의 천사일 것으로 추정된다. 또한 「릴케의 장」의 '겨울에 피는 꽃'과 '죽은 소년에게서 살아나는 심장' 등 소생(蘇

生)의 이미지는 최후의 심판 이후의 부활을 암시한다. 이러한 점에서 「릴케의 장」의 주제는 『두이노의 비가』와 같은 주제를 담고 있다. 이 렇듯, 「릴케의 장」은 『쉰한 편의 비가』를 예고했다. '꽃'의 시편이 쓰이 던 시기에도 릴케의 천사는 김춘수의 시에 존재해 왔다. 천사는 김춘수 가 애정을 지닌 존재들에 부여하는 이름이었다. 그러한 이유에서 천사 는 『처용단장』, 『라틴점묘 · 기타』, 『들림, 도스토옙스키』까지 거의 모 든 시집에서 고르게 나타난다. 그러다 그는 자신의 마지막 시집 『쉰한 편의 비가』에서 『두이노의 비가』를 패러디했다고 표현할 만큼, 릴케에 게 헌사(獻詞)된 시집을 쓰게 된 것이다. 그러나 그의 천사는 릴케의 『두이노의 비가』의 영향을 받았지만, 나름의 독자성을 확보하고 있다. 그러한 점을 작품을 통해 살펴보면 다음과 같다.

김춘수의 「천사」는 「가을에」나 「릴케의 장」과 달리, "한려수도"라 는 고향을 배경으로 그만의 독창적인 "천사"의 이미지가 나타난 시이 다. 이 시에는 "천사"의 본디 의미가 형상화되어 있다. 이 시에서는 "한 줄기 빛"이 "수천만의 빛줄기"로 퍼져나간다. 이것은 마치 태초의 순간 에 빛이 창조되어 혼돈 상태의 우주를 비추기 시작하는 이미지처럼 보 인다. 이 시에서 "천사"는 제목에만 나타나지만, 퍼져나가는 "빛"의 이 미지는 상상 속에서 "천사"들의 동선(動線)을 그리게 한다.

아우구스티누스에 따르면, 천사가 창조된 것은 천지창조 중 첫째 날 로, 천사는 빛과 함께 창조되어 빛에 속한다.[170] 천사가 선한 본성과 선 의지를 지니는 한, 빛에 속하는 것은 계속된다.[171] 이렇듯 천사가 지닌 빛의 이미지는 신학적으로 천사의 본디 이미지로 「천사」는 그것을 아

---

170) Aurelius Augustinus, *op.cit.*, pp.513~516.
171) *Ibid.*, pp.546~547.

름답게 형상화하고 있다. 류신은 플라톤의 선(善)의 이데아가 빛의 원천인 태양에 비유되듯이, 릴케의 『두이노의 비가』의 "천사"도 "꽃피는 신성의 꽃가루,/ 빛의 뼈마디"에 비유된다고 하였다.172) 김춘수와 릴케의 시에서 천사를 빛에 비유하는 성경적 이미지는 이렇듯 플라톤과 아우구스티누스의 계보에서도 나타나는 바와 같이 보편성을 띤다. 여기서 강조되는 것은 천사가 빛의 이미지를 통해 선(善)과 이상(理想)을 상징하게 된다는 것이다.

김춘수의 「천사」에서 시적 주체는 어떤 소리에 귀 기울이고 있다. 불변의 진리인 하느님의 말씀은 천사를 매개해 내면의 귀로 들어야만 영적인 형상이 생긴다.173) 「천사」에서 "봄바다가 기슭을 치고 있는 소리"란 바로 자연의 섭리로 나타나는, 신의 소리일 것이다. 창조주로서의 신은 무소부재(無所不在)하다. 김춘수는 천사가 전해주는 신의 말씀을 바다를 바라보며 들었다. 김춘수의 "한려수도"는 그렇게 "천사"와 같은 "빛"과 "소리"로 신성화된 공간이다. 그러한 자연의 신비로운 아름다움과의 조응(照應) 속에서 시인은 그것이 천사의 존재를 방증한다고 보았기 때문에 이 시의 제목은 「천사」가 된다. 조응은 지상적인 것에서 천상적인 것으로의 비약을 가능하게 한다. 신을 인격적 존재로 인정할 때, 그 조응은 신과 인간 간의 사랑이라고 할 수도 있을 것이다. 신에 대한 사랑은 존재로 하여금 고상한 감정으로 상승하게 한다.174) 예컨대 릴케는 "예술은 신의 사랑"175)이라고 하였다.

---

172) 류신, *op.cit.*, p.225.

173) Aurelius Augustinus, *op.cit.*, pp.748~749.

174) Rainer Maria Rilke, 「신에 대한 사랑이 신의 사랑에 대한 보답이라는 견해에 대해」, 『예술론(1906~1926)—시인에 대하여, 체험, 근원적 음향 외—릴케 전집 13』, 전동열 옮김, 책세상, 2000, p.86.

175) Rainer Maria Rilke, 「사물의 멜로디」, 『현대 서정시 · 사물의 멜로디 · 예술에 대

김춘수의 「천사」는 천상의 이미지를 가지고 있다. 신의 음성을 들을 수 있는 천사는 신과 대화하는 자이다. 그러므로 김춘수의 한려수도는 지상에 실현된 천상과 다름이 없다. IV장에서 신화화된 세계의 영원성을 다루었듯이 「천사」에 구현된 시간은 영원이다. 릴케는 영원과의 조용한 대화를 축제라고 하였다.[176] 김춘수의 「천사」에도 영원성으로서의 신의 음성을 듣는, 소리 없는 대화로서 "빛"의 축제처럼 찬란한, 지상 속 천상이 형상화되어 있다. 요컨대, 「릴케의 장」에서는 릴케의 『두이노의 비가』와 같은, 묵시록적인 천사가, 「천사」에서는 김춘수의 고향을 배경으로 한, 신학적으로 본디 의미의 천사가 나타난다. 그러나 김춘수의 천사상이 가장 구체적이면서도 개성적으로 드러나는 것은 그의 마지막 시집인 『쉰한 편의 비가』이다. 이 시집 안의 작품들을 살펴보면 다음과 같다.

> 네 젖무덤에서는 구구구 구/비둘기 우는 소리가 났다. 그러나/그때 이미 너는/나를 떠날 채비를 하고 있었다./달이 지고 아침이 와서/바다가 또 한 번 되게 보챘다./다른 몸짓으로,
> — 김춘수, 「제4번 비가(悲歌)」 부분. (1052)

> 운다는 것은 때로/울지 않는다는 것이다./[중략]/하늘이 나에게로 내려오지 못하고/왜 밤마다 엉거주춤 저러고 있나,/잠든 내 머리맡을/밤새 누가 왔다 갔다 한다./무슨 할 말이 있는 듯,
> — 김춘수, 「제7번 비가(悲歌)」 부분. (1055)

하여 — 릴케 전집 11』, 장혜순 옮김, 책세상, 2001, p.154.
176) Rainer Maria Rilke, 「나의 축제를 위하여」, 『초기 시와 서정적 희곡 — 삶과 노래·치커리·그대의 축제를 위하여 — 릴케 전집 5』, 장영은 옮김, 책세상, 2000, p.244.

눈물은 어느 날 길모퉁이/땅바닥에 떨어졌다. 한 번 다시/날개를 달기 위하여 눈물은/꿈을 꾼다. 그러니까/그러니까 눈물의 고향은/하늘에 있다./눈물은 멀고 먼 하늘에서 왔다./이처럼 멀리까지 왜 왔을까,

ㅡ김춘수, 「제21번 비가(悲歌)」 부분. (1069)

하늘에는 눈물이 없다. 하늘에는/구름이 있고 바람이 있고/비가 오고 눈이 내린다./하늘에는 고래가 없고/우산오이풀이 없다./하늘에는 우주의 그림자인/마이너스우주가 있다. 하늘에는 밤마다/억만 개의 별이 뜬다./사람이 살지 않아 하늘에는/눈물이 없다.

ㅡ김춘수, 「제20번 비가(悲歌)」 전문. (1068)

위에 인용된 네 편의 비가에서 김춘수는 울음과 눈물을 노래하고 있다는 점에서 초기 시의 비가(悲歌)의 세계로 돌아와 있다. 비가는 죽음에 대한 애도를 노래한 시이다. 모든 현존재(現存在, Dasein)가 죽음을 향한 존재(Sein zum Tode)라는, 존재론의 본래 자리로 김춘수는 돌아와 있는 것이다. 시간의 지평 안에서 기획투사(企劃投射)해서 멀리 내다보아야 했던 죽음이 어느덧 그에게 가까이 다가와 있는 것이다.

플라톤은 비극의 시인들의, 지나친 비탄의 토로가 시민들을 나약하게 만든다고 비판했다.[177] 김춘수의 시는 형이상성(形而上性)과 상징성(象徵性)을 가진 시로서 이성(理性)의 작용으로 감정이 적절히 절제된 시라는 점에서 플라톤의 비판으로부터 어느 정도 자유롭다. 그러나, 김춘수의 시는 근본적으로 항상 생의 근본적인 비극성에서 오는, 비가의 정조를 잃지 않고 있었다. 김춘수 시의 비극성 그의 노년까지 이어진다.

---

177) Friedrich Wilhelm Nietzsche, 『유고(1869년 가을~1972년 가을) 아이스킬로스, 소포클레스, 에우리피데스에 대하여 외』, p.44.

비극은 불멸성에 대한 믿음이다.[178] 그러나 이 시집의 언어는 짧은 행 단위가 긴 침묵의 여백을 만들어 음성과 음성 사이가 영성으로 채워진다. 이 언어는 로마네스크 양식의 성당이 높고 둥근 천장을 만들어 깊어진 성당 내부의 공간에서 침묵의 기도를 올리도록 한 것과 같은 숨결이다.

위에 인용된 비가의 시편들에서 공통으로 나오는 공간은 바로 "하늘"이다. 그런데 "하늘"은 멀리 있는 "하늘"이 아니라, 시인이 있는 곳으로 내려와야 할 "하늘"이다. "하늘"이 초월의 상징이라면, 그 초월이 땅으로 내려오고 있다. 김춘수의 정신세계는 지상이 그대로 천상이 되는 경지에 이르고 있다. 시인의 몸이 점점 천사의 몸으로 변해가고 있다.

형이상학의 궁극은 인간과 자연과 우주의 원리를 하나로 꿰는 것이다. 김춘수의 '천사' 계열의 시편들은 마침내 "우주"에까지 닿는다. 그 "우주"는 「제20번 비가」에서 물리학적 우주를 넘어선, 천사들의 우주로서 "마이너스우주"라고 명명된다. 그곳은 세계내면공간(世界內面空間, Weltinnenraum)에 대한 또 다른 표현일 것이다. 그곳은 죽음을 초월한 존재들이 사는 우주이다. 진리를 담보한 존재로서의 천사는 무한으로서의 우주에 닿는다. 김춘수의 우주론은 천사를 통해 발견된 것이다.

> 잘 보이는 길이 있고 눈 감아도/보이지 않는 길이 있다./어둠의 저쪽/밝음의 저쪽/그들이 길이 아니라면/왜 하늘로 하늘로 누가 새들을 가게 하나,
>
> —김춘수, 「제10번 비가(悲歌)」 부분. (1058)

---

178) *Ibid.*, p.11.

잠들면 왜 우리는 꿈을 꾸나,/처음 듣는 이름의 낯선 누가/우리의
부끄러운 꿈을 훔쳐본다.

— 김춘수, 「제16번 비가(悲歌)」 부분. (1064)

지금 이슬비가 단풍나무 새잎을 적시고/땅을 적시고/멀리멀리 바
다 하나를 가라앉힌다./그쪽은 그쪽/망자들이 사는 곳,

— 김춘수, 「제19번 비가(悲歌)」 부분. (1067)

그쪽에는 또 언제나/벙어리로 태어난 눈이 큰 바다가 있다

— 김춘수, 「제15번 비가(悲歌)」 부분. (1063)

위에 인용된 「제10번 비가(悲歌)」, 「제19번 비가(悲歌)」, 그리고 「제
15번 비가(悲歌)」에서는 "저쪽" 또는 "그쪽"을 가리키고 있다. "저쪽"
또는 "그쪽", 그곳은 죽음의 세계를 암시한다. 그러나 그곳은 존재하지
않는 곳이 아니다. 죽음의 세계는 「제20번 비가」에서 "마이너스 우주"
라고 명명된 것처럼 천사들이 사는 세계이기도 할 것이다. 그곳은 「제10
번 비가(悲歌)」에서처럼 "어둠"의 방향에, 「제16번 비가(悲歌)」에서처
럼 "꿈"에, 「제19번 비가(悲歌)」와 「제15번 비가(悲歌)」에서처럼 "바
다"의 방향에 있다. 죽음의 세계는 보이지 않는 곳에 있는 것이 아니라
산 자들의 세계와 연결되어 있다. 「제7번 비가」에서처럼 "하늘이 나에
게로 내려오지 못하"지만, 이 세계는 "하늘"과 연결된 것이다. 죽음을
향한 존재(Sein zum Tode)로서의 현존재(現存在, Dasein)는 죽음을 초월
한 세계를 바라보지만, 그 초월의 세계가 이미 삶 안에 초재(超在)하고
있다는 것을 깨달아 가고 있다. 죽음에 대한 예감은 「제16번 비가(悲
歌)」에서 보는 바와 같이 편안한 죽음으로서의 '꿈 없는 잠'을 떠올리게
한다. 그러한 의미에서 「제16번 비가(悲歌)」는 김춘수의, 유서(遺書)로

서의 시이기도 할 것이다.

> 사랑하고 싶은데 너는/내 곁에 없다./사랑은 동아줄을 타고 너를
> 찾아/하늘로 간다./하늘 위에는 가도 가도 하늘이 있고/억만 개의 별
> 이 있고/너는 없다. 네 그림자도 없고/발자국도 없다./이제야 알겠구
> 나/그것이 사랑인 것을,
>
> — 김춘수, 「제22번 비가(悲歌)」 전문. (1070)

> 너는 이제 투명체다./너무 흰해서 보이지 않는다./눈이 멀어진
> 다./[중략]/너는 벌써/억만 년 저쪽에 가 있다./무슨 수로/무슨 날개를
> 달고 나는/너를 따라잡을 수 있을까,/언제 우리는 다시 만나게 될까
>
> — 김춘수, 「제37번 비가(悲歌)」 부분. (1085)

김춘수는 시의 인식 즉 앎으로서의 철학의 문제를 중요시했으며[179)]
관념은 상상력을 통해 구체화(具體化)됨으로써 시화(詩化)된다고 하
여,[180)] 그의 시의 형이상학적 특성을 밝힌 바 있다. 「제22번 비가(悲歌)」
와 「제37번 비가(悲歌)」는 초월의 형이상학을 본격적으로 보여주는 작
품이다. 「제22번 비가」는 "사랑하고 싶"다는 갈망, 즉 에로스를 보여준
다. 에로스는 진리를 추구하는 열정이다. 김춘수의 시에서 공동현존재
(共同現存在, Mitdasein)로서 자신의, 존재의 진리를 서로 나눌 타자의
지위는 언제나 중요하다. 특히나 천사와의 대면이 중심이 되는 『쉰한
편의 비가』에서는 진리를 향한 순례 위에 있는 시인에게 "너"의 지위는
그 어느 때보다 본질적인 것이 된다. 그러나 "사랑"을 진실로 소망하는
순간에 "너는/내 곁에 없다"며 "너"의 부재를 발견한다. 「제22번 비가

---

179) 김춘수, 「시론—작시법을 겸한」, 『김춘수 시론 전집』 I, p.186.
180) *Ibid.*, p.219.

(悲歌)」의 4~5행에서 시인에게 부재(不在)하는 "너"에 대한 "사랑"을 찾는 순례는 "하늘"로 이어진다. "하늘"은 죽음의 세계인 동시에 신이 거주하는 세계이다. 아우구스티누스는 천사를 끝없이 신의 진리를 향해 가는 존재로 보았다.[181] 김춘수의 「제22번 비가」에서 시인은 천사처럼 진리를 찾아 "하늘", 즉 신의 자리까지 가게 된 것이다. 그 추동력은 순수한 사랑의 열정이다. 「제22번 비가」에서 시인이 사랑을 찾아 하늘로 가는 것은 릴케의 『오르페우스를 위한 소네트』의 현존재(現存在, Dasein)가 사랑을 찾아 죽음의 세계로 가는 것과 같은 모습이다. 그러나 「제22번 비가」에서 시인이 "하늘"에서 만나는 것은 "억만 개의 별"이다. "억만 개의 별"은 천사들의 "마이너스우주"(「제20번 비가」)를 구성하는 천체이다. 그곳은 세계내면공간이다. 천사처럼 순수해야만 도달할 수 있는 곳까지 시인은 사랑을 찾아간 것이다. 그러나 그곳에서 시인은 결국 "너"를 만나지 못한다.

「제37번 비가(悲歌)」에서 시적 주체가 "무슨 날개를 달고 나는/너를 따라잡을 수 있을까"라고 묻는 것은 아무리 사랑을 찾아도 그 대상에 이를 수 없음에 대한 회한에서이다. 그러나 시인은 역설적으로 사랑의 대상의 부재에도 불구하고 자신을 천상까지 이끈 에로스 그 자체를 사랑이라고 규정한다. 「제22번 비가」에서 시인은 "사랑"이란 존재의 진리를 찾아가는 순례의 과정에서 자신이 순화되어 감, 그 자체라고 말한다. 그렇기 때문에, 「제37번 비가(悲歌)」에서 "너는 이제 투명체"라는 표현은 타자의 부재를 시각화한 표현이다. "사랑"을 찾아 "하늘"까지 간 시인에게 "너"가 보이지 않는 것은 "너"가 이미 "나"의 안에 내재하는 존재가 되었다는 의미이기도 하다. 먼저 천사가 되어 "하늘"로 간 여

---

181) Aurelius Augustinus, 『신국론 *De Civitate Dei*』, p.748.

인을 찾아간 시인도 천사가 되어있을 것이다. 시인은 천사를 바라보던 자에서 스스로 천사에 다다른 존재가 되어 간다. 자신이 이상적으로 바라보아야 하는 초월적 지위에 있던 천사는 사랑을 통해 완전히 자신과 동화된 천사가 되어 간다. 김춘수에게 사랑은 존재의 명제진리(命題眞理, Satzwahrheit)로서의 이름을 붙여 주는 것이었다. "진리의 이름으로!"[182] 신으로부터 받은 사명을 수행하는 존재, 그를 천사라 부를 수도 있을 것이다. 그는 이제 하늘에 진리의 이름을 새기려 한다. 세계의 밤(Weltnacht)의 심연으로부터 출발했던 김춘수는 천상까지 와있는 것이다. 이것은 죽음을 향한 존재(Sein zum Tode)가 죽음을 초월하는 존재가 되어있는 것이다. 다시 말해, 김춘수의 천사는 죽음을 향한 존재를 넘어 육체의 소멸로도 부정될 수 없는 이데아로서의 존재로 천사를 상정한 것이다. 김춘수의 천사는 '죽음을 초월한 존재'라고 할 수 있다.

니체는 죽음 후에도 삶이 존재한다고 믿는 자는 살아서도 자신의 죽음을 견뎌야 한다고 주장한다.[183] 즉, 초월이 가능하다면 먼저 초재가 가능해야 한다는 논리인 것이다. 그러므로 진정한 초월은 단순히 지상세계를 넘어 천상세계로 가는 것이 아니라, 지상세계의 삶을 역사적 의미에만 가두어 타락시키지 않는 것, 그리고 여러 세대의 흐름 속에서 죽음과 삶을 연속체 속에서 바라보는 것이다. 천상과 지상, 삶과 죽음, 이 사방세계(四方世界, Welt-Geviert)를 시 안에서 하나의 세계내면공간(世界內面空間, Weltinnenraum)으로 상정하며 그 안에서 사는 천사는 시인의 모든 행보에 동행한다. 그런 의미에서 시인이 자신의 진리를 갈구할 때 그것을 증언하는 존재로서의 천사는 곧 진리의 존재이다.

---

182) 이재룡 · 이경재, 「옮긴이 해제」, Thomas Aquinas, 『영혼에 관한 토론문제 *Quaestiones Disputatae de Anima*』, p.464.

183) Friedrich Wilhelm Nietzsche, *op.cit..* p.11.

김춘수는 일생을 통해서 결정적인 순간마다 자신을 진리로 이끌어 주는 천사를 만나곤 했다. 그리고 그 천사에게 구원을 갈구하기도 했고, 천사마저 죽었다며 절망하기도 했다. 그렇지만 김춘수가 끝내 이데아의 존재를 잃지 않도록 해준 것이 그 천사의 존재임은 분명하다. 김춘수가 내내 바라보았던 천사는 어느새 김춘수의 눈과 영혼으로 스며들어 김춘수 자신을 천사로 만들어 갔을 것이다. 김춘수는 끝내 지상에 날개의 흔적만 남겨 놓은 천사를 그리다가 자신도 천사가 되어 하늘나라로 갔다. 그가 남긴 시편들은 신이 죽었다고 선언된 시대보다 더한 절망의 현시대에 명멸하는 빛으로 우리에게 진실한 감동을 일깨워준다. 그는 지금, 이 순간에도 천상에서 지상의 천사들이 그를 바라보고 있음을 믿고 있을 것이다.

김춘수가『쉰한 편의 비가』의「책 뒤에」에서 릴케의『두이노의 비가』의 천사상과 자신의 것이 다름에 자신감을 내비쳤듯이 이번에는 『두이노의 비가』에 나타난 특징을 살펴보기로 한다.

『두이노의 비가(悲歌)』는 릴케가 1912년에 집필을 시작하여 10년에 걸쳐 완성하고 1923년에 출간한 시집이다. 제목에 '비가'라는 장르개념이 들어가 있듯이, 이 시집에는 고대(古代) 비가의 2행시(Distichen) 형식이 부분적으로 삽입되어 있다.[184]『두이노의 비가』의 내용은 묵시록적 시대의, 죽음에 대한 비탄과 존재의 극복을 통한 구원의 노래로 이루어져 있다.『두이노의 비가』의 구성은「제1비가」부터「제10 비가」까지 10편의 연작으로 이루어져 있다.

『두이노의 비가』라는 제목의 '두이노(Duino)'는 릴케의 후원자였던 마리 탁시스(Marie Taxis, 1855~1934)가 아드리아(Adria) 해안에 소유

---

184) Wolfgang Leppmann,『릴케 - 영혼의 모험가』, 김재혁 옮김, 책세상, 1997, p.451.

하고 있던 두이노 성(Duino Castle)에서 유래한 것이다.[185] 릴케가 초월적인 영혼성을 고취한 시인으로 고평되는[186] 데는 『두이노의 비가』라는 대표작의 공로가 크다. 『두이노의 비가』는 『오르페우스에게 바치는 소네트』와 함께 그가 운명하기 4년 전에 출간된, 최고의 역작들이다.

『두이노의 비가』에 영향을 미친 사상가로는 실존주의의 선구자인 키르케고르를 들 수 있다. 차후에 릴케의 존재론적 시론은 하이데거의 존재론적 철학에 영향을 미쳤다. 콜슈미트(Kohlschmidt)는 릴케가 자신의 과거에 대한, 미적 통찰을 드러내기 시작한 '두이노의 전회(轉回)'가 키르케고르에 대한 대결에서 나왔다고 보았다.[187] 릴케가 키르케고르의 철학을 숭앙했다는 증거로 『말테의 수기』(1910)의 주인공 말테의 국적이 키르케고르의 고국인 덴마크라는 점이 있다. 릴케의 자전적 체험이 반영된 『말테의 수기』의 말테는 릴케에게 분신적 존재이다. 그렇지만 말테의 섬약하고 고뇌하는 초상에 키르케고르의 이미지가 비치는 것이다. 릴케의 『말테의 수기』로부터 결정적인 영향을 받은 김춘수도 한국시사에서 이상(李箱)이 키르케고르의 방향으로 나아가지 않은 것을 아쉬워하며 김춘수 자신은 노년으로 갈수록 신학의 방향으로 나아갔다. 한국현대시사에서 키르케고르 철학에 대한 수용은 박용철, 윤동주, 고석규 등으로 이어지며 하나의 계보를 이룬다.[188] 이들은 한국시사

---

185) *Ibid.,* pp.409~451.
186) 박찬기, 『독일문학사』, 일지사, 1983, p.459.
187) W. Kohlschmidt, *Rilke—Interpretationen*, Lahr 1948, p.193. (이영일, *op.cit.,* p.32. 재인용.)
188) 표재명, 「한국에서의 키르케고르 수용사」, 한국 키르케고르 학회 편저, 『다시 읽는 키르케고르』, 철학과현실사, 2003, pp.318~333.
　박용철은 「VERSCHIEDENE」(『文學』 제1호, 1933. 12.)에서 "케르케고-르에서 抄"라고 하여, 키르케고르의 여러 저서에서 대표적인 문구를 모아서 발표하였다. 박용철, 『박용철 전집 2 — 평론집』, 깊은샘, 2004, pp.186~187.

에서 릴케 문학에 대한 수용의 계보와 거의 일치한다. 한국현대시사를 통해서도 키르케고르와 릴케의 친연성을 확인할 수 있는 대목이다.

콜슈미트가 지적한, 릴케에게 미적인 것이란 미학적 개념과는 다른 것이다. 예컨대, 키르케고르는 절망에 대하여 아름답다고[189] 말한다. 키르케고르의 미에 대한 관점은 헤겔의 그것과 대비된다. 헤겔에게 미(美)는 하나의 이념으로, 이상적이며 보편적이어야 한다. 헤겔에게 존재는 이념적이어야만 진리가 된다.[190] 즉, 헤겔에게 미의 이념이란 진리와 동일시될 수 있다.[191] 그러나 키르케고르의 절망은 이념적인 것이 될 수 없지만 아름다운 것이 될 수 있다. 『두이노의 비가』 또한 절망에서 비롯되는 존재의 미묘한 승화가 아름다운 정서를 유발한다. 릴케에게는 슬픔으로부터 비상하는 존재에 대한 긍정이 있다. 예컨대, 『두이노의 비가』에는 '비탄의 여신'도 등장하지만, '영웅'도 등장한다. 그런 점에서 릴케에게는 키르케고르의 영향 이외에도 니체의 영향이 발견된다. 릴케의 『두이노의 비가』의 '영웅'은 니체의 『차라투스트라는 이렇게 말했다』의 '초인'에 상응될 것이다. 『두이노의 비가』에 나오는 '변용'도 『차라투스트라는 이렇게 말했다』에 앞서 나오는 개념이다. 키르케고르가 죄적 존재(罪的 存在, Sündigsein)로서의 인간의 절망을 죽음에 이르는 병이라고 했다면, 니체는 그 상태에서 벗어나 초인이 되기

윤동주는 윤일주가 "그는 "켈케고올"을 애독한 적이 있었다."라고 밝혔다.
윤일주, 「형 윤동주의 추억」, 『시연구』 No. 1, 산해당, 1956, p.46.

189) "절망하고 있다고 해서 공로 있는 일이 될 수는 없다. 미적인 견지에서 본다면 그 것은 우월점이다."
Søren Kierkegaard, 『죽음에 이르는 병』, p.168.

190) Georg Wilhelm Friedrich Hegel, 『미학 강의』1, 두행숙 옮김, 은행나무, 2014, pp.208~209.

191) *Loc. cit.*

를 강구(講究)했다. 릴케는 키르케고르와 같은 비관의 정서와 니체와 같은 극복의 의지를 동시에 보여준다. 실제로 릴케는 「프리드리히 니체에 대한 주석」이라는 글을 쓴 바 있다. 이 글은 니체의 『비극의 탄생』에 대한 릴케 나름의 주관적인 해석을 아포리즘의 형식으로 적은 것이다. 이 글은 루 살로메의 유고에서 미완의 상태로 발견되었다.[192] 루 살로메라는 여인과의 연인관계를 통해서 니체와 릴케 사이의 영향관계가 확인되는 것이다.

김춘수도 『쉰한 편의 비가』에 대한 시작의도에서 『비극의 탄생』과 공유되는 자신의 인생관을 강조한 바 있다. 그러므로 『두이노의 비가』와 『쉰한 편의 비가』 사이에 니체의 『비극의 탄생』의 영향이 공통적이라 할 수 있다. 릴케의 「프리드리히 니체에 대한 주석」은 니체의 비극의 개념을 릴케가 자신의 비가의 개념으로 전유하는 과정을 보여준다. 릴케가 「프리드리히 니체에 대한 주석」에서 주목하고 있는 내용의 핵심은 첫째, 멜로디의 창조성과 둘째, 몰락의 창조성이다. 릴케는 니체의 비극의 본질을 음악과 몰락에서 찾은 것이다. 아폴론적인 예술로서의 조각이 현상의 형상화를 통해 삶을 긍정하는 예술 양식이라면, 디오니소스적인 예술로서의 음악은 죽음을 초월하는 예술 양식인 것이다. 릴케는 "음악에서만 개인의 죽음에 대한 기쁨이 이해될 수 있다"[193]고 말한다. 그것은 니체가 '비극은 영원한 삶을 믿는다'[194]는 주제의식을 가진 것을 릴케가 자신의 이념으로 전유한 것이다. 릴케는 거기서부터 한 단계 더 나아가, 음악보다 탁월한 장르로서 서정시에 비극의 정신을

---

192) 전동열, 「부록 주」, Rainer Maria Rilke, 『예술론(1906~1926) - 시인에 대하여, 체험, 근원적 음향 외 - 릴케 전집 13』, 전동열 옮김, 책세상, 2000, pp.294~295.
193) Rainer Maria Rilke, 「프리드리히 니체에 대한 주석」, *op.cit.*, p.245.
194) *Loc. cit.*

결합한다. 비극에서의 음악이 합창의 형식으로서 공동체를 상징하며 리듬에 충실하다면, 서정시는 모나드로서의 존재를 상징하며 리듬보다 섬세한 영혼의 율동을 가진다. 바로 그러한 서정시에 대하여 자부하는 지점에서 릴케는 진정한 서정시인이다. 릴케는 니체의 비극의 개념을 극복한 비가의 개념을 창조해낸 것이다. 그러므로『두이노의 비가』는 고대 그리스의 비극을 초월하는 지점에 있다고 할 수 있다. 고대 그리스의 비극보다 천상에 가까운 정신적 영역에 릴케의 시의 위상이 있다. 그것이 바로 비극에는 영웅이 있지만, 비가에는 천사가 있는 이유일 것이다.

릴케의 초기『기도시집』등의 천사는 기독교적 신앙으로 충만한 천사이다. 그렇지만, 중기의『말테의 수기』창작 무렵 쓰인 시집들의 천사는 파리(Paris)라는 근대적 도시 공간의 체험이 개입되면서 지상을 순례하는 인간을 수호하는 천사가 된다. 마지막으로 후기의『두이노의 비가』에서의 천사는 성경의 요한묵시록에 나오는 천사처럼 최후의 심판을 감행하는, 두려움의 대상으로서의 천사이다. 요한묵시록은 신약성경의 마지막 장으로 최후의 심판을 그 내용으로 담고 있다. 그런 맥락에서 '묵시록적'이라고 할 때, 묵시록의 의미는 종말론적인 예언서를 가리킨다. 릴케의 경우, "주여, 대도시들은/타락하고 파멸된 곳입니다./가장 큰 도시는 타오르는 불길에서 도망치는 것과 같습니다./제 스스로를 위로해줄 위안은 하나도 없고/하찮은 시간만이 흘러갈 뿐입니다."[195)와 같은 구절에서 묵시록적인 시대 인식이 나타난다. 그러나 시대만 타락한 것은 아니다. "우리는/우리의 죽음의 사산을 할 것입니다./[중략]/진통에 못 견디어 제왕절개를 하는/창녀처럼 종말을 고할 것입

195) Rainer Maria Rilke,『기도시집 외』, p.430.

니다."196)에서처럼 인간에게도 더 이상 희망이 없다는 종말의식이 나타난다. 그러나 그는 신에 대해서는 "다가오는 모든 종말을 뛰어넘어/영화가 이우는 모든 왕국을 넘어 살아남을 것입니다."197)라고 말하는 데서 나타나는 바와 같이 신이 구원을 이뤄 줄 것을 마지막까지 믿었다.

이러한 천사상의 변화가 나타난 것은 릴케가 20세기 초에 바라본 세계가 기독교적 세계가 무너진 후 근대적 세계가 비인간화된 모습으로 등장했기 때문일 것이다. 20세기 초의 세계사적 몰락의 징조는 『두이노의 비가』에서 신과 인간, 또는 천사와 인간의 이화(異化) 또는 분리라는, 절망적인 모습으로 펼쳐진다. 그것은 하이데거가 말한 신이 없는 시대의 심연이다.

본격적으로 『두이노의 비가』에 나타난 "천사"에 대한 분석과 해석으로 들어가 보면 다음과 같다. 『두이노의 비가』의 "천사"는 모두 10편의 비가 가운데서 「제3 비가」, 「제6 비가」, 「제8 비가」를 제외한, 7편의 비가에서 등장한다. 그러나 10여 년에 걸쳐 창작된 각각의 비가들 사이에는 편차가 존재한다. 그러므로 『두이노의 비가』에 나오는 "천사"의 특징을 세 가지 정도로 나누어 살펴보고자 한다. 먼저 「제1 비가」와 「제2 비가」와 「제10 비가」에서 "천사"가 나오는 구절을 보기로 한다.

> 내가 이렇게 소리친들, 천사의 계열 중 대체 그 누가/내 목소리를 들어줄까? 한 천사가 느닷없이/나를 가슴에 끌어안으면, 나보다 강한 그의/존재로 말미암아 나 스러지고 말 텐데. 아름다움이란/우리

---

196) *Ibid.*, p.434.
197) *Ibid.*, p.450.

가 간신히 견디어내는 무서움의 시작일 뿐이므로.

[중략]

천사들은 살아 있는 자들 사이를 가는지 죽은 자들/사이를 가는
지 때때로 모른다(이렇게 사람들은 말한다). 영원한 흐름은 두 영역
사이로/모든 세대를 끌어가니, 두 영역 모두를 압도한다.

─ Rainer Maria Rilke, 「제1 비가」, 『두이노의 비가』 부분.[198]

(443~446)

무섭지 않은 천사는 없다. 하지만, 슬프게도, 너희들, 영혼의 거의
치명적인 새들을, 알면서도, 나 노래로 찬양했다./토비아의 시절은
어디로 갔는가,/찬란한 천사들 중의 하나 길을 떠나려 약간 변장하
고/수수한 사립문 옆에 서 있던, 조금도 두렵지 않던 그 시절은./(호
기심으로 바라보는 그 청년의 눈에도 청년으로 보이던)./이제는 위
험스런 천사, 그 대천사가 별들 뒤에 있다가/우리를 향해 한 걸음만
내디뎌도, 하늘 높이 고동치며/우리 심장의 고동은 우리를 쳐 죽일
텐데.

[중략]

천사들은/정말로 저희들 것만, 제 몸에서 흘러나간 것만 붙잡나,/
아니면, 가끔 실수라도 우리의 본질도 약간/거기에 묻혀 들어갈까?

─ Rainer Maria Rilke, 「제2 비가」, 『두이노의 비가』 부분.

(448~449)

정말로 괴롭다, 고통의 도시의 뒷골목은 낯설기만 하구나,/그곳
엔 넘쳐나는 소음으로 만들어진 거짓 고요 속을/공허의 거푸집에
서 나온 주물들이 마구 활보하며 걷는다./금으로 도금한 소음, 파열

---

198) 『두이노의 비가』에서 인용된 부분은 Rainer Maria Rilke, 『두이노의 비가 외 ─ 릴
케 전집 2』, 김재혁 옮김, 책세상, 2001.에서 취하고, 인용 면수는 ( ) 안에 숫자로
만 표기한다.

하는 기념비./오, 천사가 있다면 얼마나 흔적도 없이 짓밟아버리겠
는가,

— Rainer Maria Rilke, 「제10 비가」, 『두이노의 비가』 부분.

(483~484)

위에 인용된 「제1 비가」, 「제2 비가」 그리고 「제10 비가」에서 공통
으로 나타나는 "천사"의 특징은 시적 주체에게 무서움의 대상이라는
것이다. 「제1 비가」에서 "천사"가 무서움의 대상인 이유는 "천사"가
"나"보다 강하고 아름답기 때문이다. 천사의 인간에 대한 우월성은 인
간으로 하여금 절망하게 하고 몰락하게 할 수 있다. 「제1 비가」에서 삶
과 죽음 사이의 "영원"은 신이 관장하는 무한의 시간이다. 키르케고르
는 유한한 자의 절망은 무한한 것의 결핍 때문일 수 있다고 하였다.[199]
천사가 신의 진리에 참여하여 무한에 닿을 수 있는 자라면, 인간은 상
대적으로 유한한 자이다. 즉, 천사는 자신에게 충실한 존재이며, 인간
은 그렇지 못한 존재[200]이다. 그러므로 「제1 비가」에서처럼 "천사"가
인간을 안거나, 「제2 비가」에서처럼 "천사"가 걸음하기만 하여도, 인
간은 상대적인 나약함에 의해 파멸될 수 있다. 그러나 무서움이란 감정
은 일의적이지만은 않다. 「제1 비가」에서 아름다움 때문에 무섭다는
것은 아름다움이 주는 황홀경이 자아의 망실을 가져올 수 있다는 의미
이기 때문이다. 릴케는 「프리드리히 니체에 대한 주석」에서 인간의 감
정을 그러한 상태에 이르게 하는 것을 비극이 지닌 마력으로 보았
다.[201] 그러므로 천사가 무서움의 대상이라는 비극적 의미는 천사가

---

199) Søren Kierkegaard, op.cit., p.55.
200) 이효상, 『릴케의 시정신』, 문호사, 1966, p.37.
201) Rainer Maria Rilke, 「프리드리히 니체에 대한 주석」, p.240.

동경의 대상이라는 의미이기도 한 것이다. 한편「제10 비가」의 "도시" 는 릴케가 파리 체험에서 본 것과 같은, 근대도시 이면의 부정적인 모습 으로 묘사된다. 그러한 "도시"는 벤야민(Walter Benjamin)이 근대의 아 케이드에서 본, 지옥202)으로서의 도시 이미지를 가지고 있다. 그러므로 「제10 비가」의 이러한 "도시"는 묵시록적인 시대상을 상징하는 것으 로 해석될 수 있다.「요한묵시록」의 "천사"가 신이 내린 재앙을 수행하 여 인간을 파멸로 몰고 갈 수 있듯이,「제10 비가」의 "천사"는 인간을 짓밟을 수 있을 만큼 무서운 대상이다. 요컨대, 이처럼「제1 비가」,「제 2 비가」,「제10 비가」에 나타난 "천사"는 인간과 이화된 무서움의 대 상이다.

다음으로「제4 비가」와「제9 비가」를 살펴보기로 한다.

> 천사와 인형: 그러면 마침내 연극은 시작되는 것이다./그러면 우 리의 존재 그 자체로 인해 우리가 언제나/둘로 나누었던 것이 합쳐 진다. 그러면 비로소 변화의/전체 원이 우리 인생의 계절들 속에서 그 첫 기원을 찾게 되리라. 이윽고 우리 머리 바로 위에서는/천사가 연기를 한다. 보라, 죽어가는 자들, 그들은/분명히 짐작하리라, 우리 가 이곳에서 행하는/모든 것이 얼마나 구실로 가득 차 있는지를. 이 세상/어느 것도 그 자체인 것은 없다. 오 어린 시절의 시간들이여,
> — Rainer Maria Rilke,「제4 비가」,『두이노의 비가』부분. (459)

> 천사를 향해 이 세상을 찬미하라, 말로 할 수 없는 세상은 말고,/ 호화로운 감정으로는 너는 천사를 감동시킬 수 없다; 천사가 모든 것을 절실하게 느끼는 우주공간에서 너는 초심자일 뿐이다./그러니

---

202) Susan Buck—Morss, *op.cit.*, pp.133~134.

천사에게 소박한 것을 보여주어라

       — Rainer Maria Rilke, 「제9 비가」, 『두이노의 비가』 부분. (481)

    위에 인용된 「제4 비가」에서 "천사"는 "인형"과 짝을 이룬다. "인형"
이 상기하는 것은 바로 "어린 시절의 시간들"이다. "어린 시절의 시간
들"은 김춘수의 '처용' 시편에 나타난 유년이 그러하듯이, 존재를 "그
자체"의 "기원"으로 되돌려 "나누었던" 분열을 치유한다. 일반적으로
천사화(天使畵)에서 천사의 형상은 어린아이의 몸을 가진 것으로 나타
나곤 한다. 김춘수의 경우 「네 살 난 천사」에서 어린아이의 이미지를
가진 "천사"가 등장한다. "천사'의 순수성은 인간의 동심에 비견된다.
릴케의 「제4 비가」의 "천사"는 그 자신이 아이인 것은 아니지만, "우
리"를 아이와 같은, 순수한 상태로 되돌려 주는 역할을 한다.

    한편, 릴케의 「제9 비가」에서는 "호화로운 감정"과 "소박한 것(감
정)"이 대비된다. 시적 주체가 "천사"에게 "호화로운 감정"보다 "소박
한 것(감정)"을 보여주라고 한 것은 "천사"는 순수한 것을 사랑한다는
의미로 해석될 수 있을 것이다. 「제4 비가」에서 "천사"가 인간의 마음
을 동심으로 되돌렸듯이, 「제9 비가」에서는 "소박한 것(감정)"으로 되
돌리는 것이다. 이러한 감정은 모두 순수성에서 비롯되는 감정일 것이
다. 요컨대, 「제4 비가」와 「제9 비가」의 "천사"는 순수한 존재의 상징
으로 등장한다.

    마지막으로 「제7 비가」와 「제5 비가」에 나타난 천사상을 살펴보면
다음과 같다.

    천사여, 나는 그것을 그대에게 보여준다, 자 여기! 그대의 눈길 속
에/그것이 구원을 받게 해다오, 마침내 똑바로 서도록.

천사여, 내가 구애를 한다고 해도! 그대는 오지 않는다./나의 부름은/언제나 사라짐으로 가득 차 있기 때문이다. 그토록 강렬한/흐름을 거슬러서는 그대는 올 수 없다. 나의 외침은/쭉 뻗은 팔과 같다. 그리고 무언가 잡으려고/하늘을 향해 내민 나의 빈손은 그대 앞에/공허하다. 방어하고 경고하는,/잡을 수 없는 그대, 까마득히.

— Rainer Maria Rilke, 「제7 비가」, 『두이노의 비가』 부분.

(473∼474)

천사여! 오 잡아라, 어서 꺾어라, 작은 꽃이 핀 그 약초를./꽃병을 구해서 꽂아두어라! 그것을 우리에게 아직/열리지 않은 기쁨들 사이에 놓아라; 아담한 단지에다/화려하게 날아오르는 듯한 글씨를 새겨 찬미하라://"곡예사의 미소"라고.

— Rainer Maria Rilke, 「제5 비가」, 『두이노의 비가』 부분.

(463∼464)

위에 인용된 릴케의 「제7 비가」와 「제5 비가」 부분에 나타난 천사상이 김춘수의 『쉰한 편의 비가』에 나타난 천사상과 가장 상관성이 높다. 우선, 「제7 비가」의 주제어는 "구원"과 "구애"이다. "나"는 "천사"에게 "구원"과 "구애"를 갈구하고 있다. 그러나 구원자이자 애인으로서의 "천사"는 "나"에게 닿을 수 없는 거리에 있다. "나"에게 되돌아오는 것은 "공허"뿐이다. 릴케의 「제7 비가」의 인용된 부분은 김춘수의 「제22번 비가」와 「제37번 비가」와 모티프나 주제가 거의 동일하다. 그러나 김춘수의 두 시는 단형의 시인데 반해, 릴케의 「제7 비가」는 장형의 시이다. 김춘수의 시는 운율, 이미지, 정서 모든 면에서 함축적이다. 이에 반해 릴케의 시는 장형의 시를 지탱하는 서사적 요소와 철학적 요소가 내포되어 있다.

한편, 「제5 비가」에서 위에 인용된 부분은 김춘수의 '꽃' 시편이나 「최후의 탄생」을 연상시킨다. 그러나 핵심은 대상에 대한 태도와 정서이다. 「제5 비가」에서 시적 주체는 "천사"에게 "꽃"을 "찬미"하라고 주문하고 있다. 그런 관점에서 「제5 비가」는 "찬미"가 "천사"를 규정하는 주제어가 된다. 『성경』에서 천사는 하느님을 찬미한다. 「제5 비가」에서 "천사"는 하느님 대신 이에 상응하는 이데아적 존재로서의 "꽃"을 찬미하는 것이다. 즉, 이 시에서의 "천사"는 이데아적 존재를 "찬미"하는 존재이다. 요컨대 이상과 같이 「제7 비가」와 「제5 비가」의 "천사"는 인간에게는 "구애"의 대상이자, 이데아적 존재에게는 "찬미"의 주체라고 할 수 있다.

이상으로, 『두이노의 비가』에 등장하는 "천사"의 성격을 규정해 보았다. 『두이노의 비가』의 천사는 순수한 존재의 상징으로 때로는 무서움의 대상이고, 때로는 구애의 대상이다. 릴케에게 실존적 측면에서 사랑에 의한 존재의 상승과 자아의 이상의 성취를 위한 변용의 개념이 중심에 있는데, 천사는 바로 이러한 데서 시인에게 구원자 역할을 한다.[203]

마지막으로 김춘수의 천사와 릴케의 천사를 비교해보기로 한다.

김춘수의 천사와 릴케의 천사의 공통점은 다음과 같다. 첫째, 천사는 존재와 비존재 사이에 있다. 둘째, 천사는 세계내면공간(世界內面空間, Weltinnenraum)의 존재이다. 셋째, 천사는 빛에 속하고 진리에 참여한다.[204]

203) 오주리, 「릴케의 《두이노의 비가》와 한용운의 《님의 침묵》에 나타난 사랑의 의미 비교 연구」, 『비교문학』 53집, 한국비교문학회, 2011, pp.189~190.
204) I장 2절에서 전술한 아우구스티누스와 아퀴나스와 벤야민의 천사에 대한 규정을

다음으로 김춘수의 천사와 릴케의 천사 차이점이다. 먼저 김춘수의 천사만의 특색은 다음과 같다. 김춘수의 천사는 사실적인 차원에서 3가지로 구분할 수 있다. 첫째, 김춘수의 원형적인 천사상은 호주 선교사의 유치원에서 본 천사에서 비롯된다. 이 천사는 신의 울타리 안에 있는 존재이며, 악에 물들지 않은 존재이다. 둘째, 김춘수의 대학 시절과 청년기에 릴케의 『두이노의 비가』에 나오는 천사의 영향을 받은 천사이다. 『두이노의 비가』의 천사는 인간의 유한성을 비통하도록 느끼게 하는 존재이다. 릴케의 천사는 오르페우스로 변용된다. 김춘수에게서는 천사가 오르페우스의 한국적 변용으로서 처용이 등장한다. 오르페우스와 처용의 공통점은 '음악의 신'으로서, 시인의 원형이자 이상이라는 점과 잃어버린 아내를 찾는 연인의 원형이라는 데 있다. 셋째, 김춘수의 말년의 천사는 죽은 아내를 의미한다. 김춘수의 아내는 초기 시에서는 신부(新婦)이고, 중기 시에서는 처용의 처이며, 말기 시에는 천사이다. 즉, 김춘수의 아내는 죽음을 향한 존재(살아있던 아내)에서 죽음을 넘어선 존재(천사가 된 아내)로 변용된다. 『거울 속의 천사』와 『쉰 한편의 비가』에서는 죽은 아내가 천사라면, 같은 시기에 『들림, 도스토옙스키』에서는 "소냐"가 천사로 나온다.

김춘수 시에서의 천사의 변용의 의미를 자세히 살펴보면 다음과 같다. 첫째, 천사는 시인의 이상적 자아상 또는 이상적 존재의 상으로서의 천사이다. 천사와 상징체계상 같은 계열의 놓인 것으로 현존재(現存在, Dasein)의 상징으로서의 '장미' 또는 '꽃'(현존재(現存在, Dasein))'과 오르페우스의 한국적 변용으로서의 '처용'이 있다. 김춘수의 시 세계에서 '꽃' 계열의 시의 '꽃'은 '천사'로 대치되었을 뿐이다. '꽃' 계열의 시

참조할 수 있다.

에서와 '천사' 계열의 시에서 주체와 타자 간의 관계나 한 존재의 내적 진실을 향한 존재론적 호명 등은 같은 맥락에 있다. 둘째, 천사는 시인이 사랑한 여성으로서의 천사이다. 그것과 상징체계상 같은 계열의 천사는 "얼굴을 가리운 나의 신부"(「꽃을 위한 서시」)와 역신에 빼앗긴 처용의 아내와 김춘수의 죽은 아내가 있다. 셋째, 그밖에, 김춘수의 시에서 천사는 '프시케(고대 그리스의 존재혼)'와 '나비', '새' 등 '날개'의 이미지를 가진 것들과 '눈[雪]'과 '백색(白色)'을 가진 것들로 변용되기도 한다.

다음으로 릴케의 천사의 특색은 다음과 같다. 먼저 릴케의 천사를 시기별로 구분하여 특성을 정리하면 다음과 같다. 첫째, 릴케의 초기『기도시집』등의 천사는 기독교적 신앙으로 성령 충만한 상태에서 시적 주체가 만나는 천사이다. 릴케의 고향 체코 프라하의 성당들과 묘지들이 천사들이 등장하는 주 배경을 이룬다. 이때까지 릴케의, 생에 대한 균열적 인식은 거의 나타나지 않는다. 천사의 성경 본래의 의미가 구현되어 나타난다. 둘째, 릴케의 중기의『말테의 수기』무렵의 천사는 프랑스의 파리 체험이 개입되면서 순례자를 지키는 수호천사로서의 의미가 강해진다. 생의 어두운 비극적 면모가 조금씩 깊어져 간다. 셋째, 릴케의 후기의『두이노의 비가』에서의 천사는 양면성을 가지고 나타난다. 한편으로는 사랑으로 가득하다. 소유하지 않는 사랑, 구애하지 않는 사랑, 내적 자연을 따르는 사랑을 내세운다는 점에서 사랑에서 자유의 원리를 추구하는 그런 천사이다. 한편 그 천사는 「요한묵시록」에 나오는 무서운 천사의 이미지도 가지고 있다. 최후의 심판에서 신의 대리인으로서 타락한 인세(人世)를 징벌하는 강력한 천사의 이미지가『두이노의 비가』에 나타난다. 릴케는 "최후의 심판의 날에/아버지여,

나는 체념합니다./내가 보는 것은 내가 항상 알았던 것에/이르지 못했습니다./그것은 나의 모든 상실이/속삭이는 장대함."[205]이라는 구절에 핵심적으로 나와 있다. 그것은 릴케가 20세기 초에 바라본 종말론적 세계사의 징조였다. 그것은 하이데거가 말한 신들이 죽은 시대의 심연이기도 할 것이다. 『두이노의 비가』 연작이 쓰이는 동안 1차 세계대전이 있었고 『두이노의 비가』 출간 이후 머지않아 릴케는 영면(永眠)에 든다.

205) Rainer Maria Rilke, 「천사의 손에 놓인 한 가난한 자의 목소리」, 『헌시 · 시작노트 ─ 릴케 전집 4』, 안철택 · 변학수 옮김, 책세상, 2000, p.295.

VI. 결론 — 형이상시에 구현된 '존재와 진리'의 의미

이 논문의 목적은 김춘수의 형이상시(形而上詩, Metaphysical Poetry) 의 '존재와 진리'의 문제를 구명하는 것이다. 형이상시라는 연구의 시 각은 김춘수가 자신의 시를 플라토닉 포에트리(Platonic Poetry)라고 규 정한 데 근거를 두고 있다. 형이상학은 존재의 진리에 대한 물음을 던 지는 학문이다. 형이상시는 존재에 대한 사유를 통해 시의 근원으로서 의 시인 내부의 진리를 언어로 형상화한다. 그러나 형이상시가 예술의 육체로서의 감각의 실재를 배제하는 것은 아니다. 형이상시는 감각으 로서의 아이스테시스(αισθσις, aisthesis)를 지나 이상으로서의 이데아 (Ιδέα, Idea)에 도달한다. 천사는 그러한 이원론적 대립들—천상과 지 상, 생과 사, 이성과 감성, 존재론과 인식론—의 경계를 넘나드는 존재 의 상징이다. 천사는 신의 사자(使者)로서 진리와 선에 참여하는 존재 의 상징이다. 그뿐만 아니라 천사는 인간의 한계를 넘어 자신을 초월하 여 신에게 다가가고자 하는 존재의 상징이다. 김춘수의 형이상시에서 천사는 그의 시력 전반에서 등장하며 비극적 세계인식에도 불구하고 존재를 타락시키지 않도록 인도하는 수호자 역할을 한다.

 I장에서는 김춘수의 형이상시에 대한 연구사를 존재론과 인식론을 중심으로 검토하였다. 다음으로 연구의 시각으로 김춘수와 영향관계에 있는 철학자들의 사상을 통해 존재와 진리의 의미를 재정립하였다. 김춘수가 자신의 시를 플라토닉 포에트리라고 한 데서 살펴본, 플라톤의 이데아론에 입각한 존재론은 그 자체에 진리의 개념을 내포한다. 김춘수가 인간의 비애의 근원이라고 한 데서 살펴본 대자존재는 헤겔의 존재론에서 일자로 규정된다. 다음으로 실존주의 철학자들, 키르케고르의 단독자, 니체의 초인, 후설의 에포케, 하이데거의 현존재(現存在, Dasein) 등의 개념은 모두 신이 죽은 시대의 절망 가운데서 인간이 살아야 하는 이유에 대한 질문을 스스로 던진 가운데 얻어낸 답이었다. 김춘수는 실존적 허무를 극복하기 위해 신학과 신화의 세계로 나아가게 된다. 그런 가운데 등장하는 천사는 신학적으로 아우구스티누스와 아퀴나스가 신적 존재에게로 다가가는 매개적 존재로서 정의한다. 한편 벤야민은 현대의 천사로서 비극적 역사를 신화적으로 재해석함으로써 메시아를 예고하는 안젤루스 노부스를 제시한다. 그러한 신화적 역사관은 니부어의 신학과도 동시대적 에피스테메를 지니고 있어 김춘수의 묵시록적 세계관을 구명하는 데 유효하였다. 한편 김춘수는 신화주의자로서 레비-스트로스의 신화소와 프라이의 원형 개념을 들어 운명결정론적인 인생관을 가지게 되고 그것을 부단히 신화적 형이상시로 형상화하게 된다.

 II장에서는 김춘수의 형이상시의 시론의 형성과정을 추적하였다. 1절에서는 그가 문학사 연구를 통하여 형이상시의 계보를 어떻게 인식하였는지 맥락를 구성하였다. 김춘수의 형이상시의 계보는 유교의 시조(時調)부터 시문학파와 생명파를 경유하여 실존주의의 고석규에게까지 이른다. 2절에서는 형이상시라는 개념을 처음 형성한, 던의 형이상시로부터 T.S. 엘리엇과 랜섬의 형이상시론까지 다루었다. 형이상시는 신앙을 이성이 대체하는 세계관 속에서 배태되었다. 형이상시는 기상으로서의 은유와 신화로서의 은유로 표현된다. 김춘수의 경우 단형시는 기상, 장형시는 신화의 특징을 보인다. 3절에서는 김춘수가 시인이 되는 데 결정적 영향을 미친 릴케의 존재론적 시론을 다루었다. 릴케의 변용은 존재의 안으로부터 비롯된 존재론적 변화에 의한 창조이다. 릴케는 키르케고르의 영향을 받아 신앙과 실존의 문제로부터 시작하여 니체적인 존재초월의 문제로까지 나아간다. 『기도시집』은 신적존재에 대한 구원의 갈망을, 『오르페우스에게 바치는 소네트』는 음악으로 비상하는 현존재(現存在, Dasein)의 상징으로서의 시인상을, 『두이노의 비가』는 묵시록적 세계에서의 비애와 존재초월의 가능성을 보여준다. 『기도시집』은 김춘수의 초기시에, 『오르페우스에게 바치는 소네트』는 그의 중기시에, 『두이노의 비가』는 그의 후기시에 각각 대응된다.

Ⅲ장에서는 김춘수의 존재론적 형이상시를 면밀히 분석하여 존재와 진리의 의미를 궁구하고자 하였다. 이 장에서 '천사'는 신의 언어에 매개하여 진리에 참여한다. 1절에서는 신이 죽은 시대를 세계의 밤(Weltnacht)으로 규정하고, 존재의 심연에서 구원을 갈망하여 진리의 언어인 로고스로 기도하는 시편을 다루었다. '기도' 시편의 존재는 비존재로 소멸해 가는 존재, 즉, 죽음을 향한 존재(Sein zum Tode에 대하여 비통하게 애도하는 존재인 한편, 죄적 존재(罪的 存在, Sündigsein)로부터 벗

어나 신적 존재로 비약하려는 단독자로서의 존재이기도 하다. 2절에서는 존재론의 현대적 테마로서의 주체의 균열의 문제를 '나르시스'의 시편을 통해 궁구하였다. 거울은 존재의 내면의 성찰을 통한 자기지의 추구를 상징하지만 거울상은 주체의 분열을 상징하기도 한다. 그러나 김춘수의 초현실주의적인 거울상은 그 자체로 또 하나의 창조이자 현실을 초월하는 매개가 될 수 있는 것이다. 감각으로서의 아이스테시스는 이상으로서의 이데아에 도달하기 전 에피스테메를 얻는 과정인 동시에 그 자체의 아름다움으로 이데인과 에로스를 자극하기도 한다. 또한, 동일성과 비동일성의 문제는 진리에 다가가는 과정으로서 동일율, 배중률, 그리고 모순률 등의 명제로 시의 문장 안에 시도된다. 3절에서는 존재의 명제진리(命題眞理, Satzwahrheit)로서의 이름과 표현존재(表現存在, Ausdrucksein)에 대하여 '꽃'의 시편을 중심으로 궁구하고자 하였다. 인간은 결여로서의 존재이며 타자에 의해 대자적으로 존재의 의미를 부여받아야 한다. 그러한 차원에서 존재의 본질로서의 이름을 부여하는 명명의 의의가 있다. 이름은 하나의 명제진리여야만 한다. 존재는 주체의 차원에서는 표현존재가 되어 자신 내부의 진리를 온전히 드러낼 때만 타자와 진실한 관계를 형성할 수 있다. 관계성 안에서 서로의 존재의 의미를 묻고 답하는 것은 진리가 실체와의 일치뿐만 아니라 주관적인 직관에 있다는 것을 보여준다. 이때의 진리는 직관진리로 형이상시의 진리가 된다.

IV장에서는 신화적 형이상시에 나타난 존재와 진리의 의미가 분석되었다. 이 장에서 천사는 오르페우스적 현존재(現存在, Dasein)의 변용이다. 1절에서는 역사허무주의 극복으로서의 신화주의에 대하여 '만년(萬年)'의 시편 중심으로 논의되었다. 현존재는 시간적 존재이다. 현존재(現存在, Dasein)는 세계내존재(世界內存在, In-der-Welt-sein)로서 타자에 대하여 염려할 때 역사적 존재가 된다. 김춘수는 자전소설에서 자신은 역사에 대한 허무주의로 인하여 신화주의자가 되었다고 고백한다. 그의 역사허무주의는 그가 몸소 20세기 역사의 비극을 체험한 데서 비롯된다. 신화는 시간을 기원으로 되돌려 존재를 치유한다. 2절에서는 퓌시스(φύσις, Physis) 위에 펼쳐지는 존재사가 논의되었다. 퓌시스는 신과 우주를 포괄하는 자연존재이다. 한려수도라는 퓌시스를 무대로 시인의 분신으로서의 존재의 역사가 신화화하여 광활하게 펼쳐진다. '처용' 시편에는 유토피아로 이상화된 유년의 바다가 등장하는가 하면, 지옥을 방불케 하는, 세계사가 몰락하는 바다 또한 등장한다. 처용을 통해 구현되는 신화적 역사는 유년기의 무의식과 세계사의 비극이 결합된 진혼시로 완성된다. 3절에서는 시인의 이상적 현존재로서의 오르페우스의 진리의 순례가 논의되었다. 릴케는 음악을 현존재라고 하였다. 후설이 시간의식을 멜로디라고 한 것처럼 인간 내부의 영혼성은 시간의 흐름과 같은 양상이다. 그러므로 음악의 신이자 시인의 상징인 오르페우스는 탁월한 현존재의 상징이다. 오르페우스는 음악의 신이자 사랑의 신이지만, 지옥의 순례자이기도 하다. 그런 의미에서 오르페우스의 신화는 비극이다. 등단작 「애가」로부터 시작된 김춘수의 이상적 음악의 추구는 형이상시의 초월성을 함께 의식을 고양한다. 4절에서는 성육신의 부활 신화에 나타난 신적 존재의 의미가 논의되었다. 성육신은 신적 존재가 십자가형을 통해 인간과 동일한 고통을 겪게 되지만 죽음을 초월하여 부활하는 데서 증명된다. 김춘수의 고통 콤플렉스는 신적 존재의 죽음과 부활을 통해서만 극복될 수 있었다. 그는 신적 존재의 인성(人性)을 부각하는 방식과 그 자신이 신인(神人)과 동시대인이 되는 방식으로 예수를 형상화하는 시편들을 남긴다. 부활의 의의는 한편으로는 지극한 사랑과 다른 한편으로는 극복될 수 없는 비극성에 있다. 김춘수의 신화적 형이상시는 신적 존재의 실체화와 극화를 통해 운명적으로 결정된 역사적 비극을 드러내는 또 하나의 은유이다.

V장에서는 묵시록적 형이상시에 나타난 존재와 진리의 문제가 논의되었다. 이 장의 '천사'는 '안젤루스 노부스'로의 변용된다. 이 장은 역사의 비극에 대하여 묵시록적인 시대인식을 가지며 한편으로는 악에 대한 심판과 또 한편으로는 메시아에 대한 기다림이 나타난다. 1절에서는 '도스토옙스키'의 시편에 나타난 인신사상의 비극과 악에 대한 심판을 다루었다. 인신사상은 무신론의 시대에 인간이 신적 지위에 오르고자 자유를 무한대로 추구하는 것이지만, '도스토옙스키' 시편에 등장하는 인신주의자들은 결국 신이 될 수 없음에 절망한다. 인신주의자들의 비극적 패배 끝에 다시 메시아와 천사가 등장한다. 2절에서는 양심의 시선으로서 천사의 눈과 메시아를 예고하는 '안젤루스 노부스'가 '거울 속의 천사'의 시편을 중심으로 논의되었다. 천사의 눈은 지상의 역사를 내려다보는 양심의 눈으로서의 기능을 한다. 사별 후 천사가 된 아내가 부재하는 삶 속에서 시인은 거울을 보아도 지옥의 재앙만 마주치게 된다. 묵시록적 세계에서 천사는 인간을 구원하려고 하지만 역사의 폭풍 앞에 무력하며, 메시아의 도래를 예고하지만, 구원에 대한 갈망만 현재적일 뿐 역사의 종말의 순간은 알지 못한다. 3절에서는 세계내면공간(世界內面空間, Weltinnenraum)에서의 초재의 의미와 죽음을 초월한 존재의 비가(悲歌)가 '비가'의 시편을 중심으로 논의되었다. 세계내면공간은 천상과 지상, 생과 사를 넘나드는 천사에 의해 만들어진다. 김춘수의 '비가' 연작에는 천상이 지상에 내려옴으로써 내재적 초

월로서의 초재가 이루어지는 세계내면공간이 형성되어 있다. 릴케의 '비가' 연작에는 묵시록적 세계의 비탄 가운데 천사를 통한 존재의 상승을 하려는 곳으로서 세계내면공간이 펼쳐진다.

| 참고문헌 |

1. 기본자료

(1) 김춘수 관련 전집

김춘수, 『김춘수 전집 1 ― 시』, 문장사, 1982.

_____, 『김춘수 전집 2 ― 시론』, 문장사, 1982.

_____, 『김춘수 전집 3 ― 수필』, 문장사, 1982.

_____, 『김춘수 시 전집』, 민음사, 1994.

_____, 『김춘수 시 전집』, 현대문학, 2004.

_____, 『김춘수 시론 전집』 I · II, 현대문학, 2004.

(2) 김춘수 관련 동인지 및 잡지

『浪漫波』, 『詩硏究』, 『文藝』, 『文學藝術』, 『思想界』, 『現代文學』, 『現代公論』, 『現代詩』, 『思潮』, 『文學과 知性』, 『現代詩學』, 『文學思想』, 『新東亞』, 『月刊 文學』, 『月刊中央』, 『詩文學』, 『韓國文學』, 『心象』, 『創作과 批評』 등

(3) 김춘수 관련 기타 자료

김춘수, 「哀歌」, 『날개 ― 해방 1주년 기념 시집』, 조선청년문학가협회 경남본 부 편, 부산: 을유출판사, 1946.8.15.

_____, 『꽃과 여우』, 민음사, 1997.

_____, 『왜 나는 시인인가』, 남진우 엮음, 현대문학, 2005.

_____, 『달개비꽃』, 현대문학, 2004.

김춘수 · 정효구, 「시와 시인을 찾아서 - 대여 김춘수 시인 편」, 『시와 시학』, 1994년 가을호.

2. 국내 논저

강계숙, 「김종삼 시 연구」, 연세대학교 국어국문학과 대학원 석사학위논문, 1999.

_____, 『1960년대 한국시에 나타난 윤리적 주체의 형상과 시적 이념 - 김수영 · 김춘수 · 신동엽 시를 중심으로』, 연세대학교 국어국문학과 대학원 박사학위논문, 2008.

강숙아, 「릴케 문학의 영향과 김춘수의 시」, 『외국학연구』 제22집, 중앙대학교 외국학 연구소, 2012. 12.

고석규, 「현대시의 전개 - 비유에 대하여」, 『시연구』 No. 1, 해문당, 1956.

_____, 「지평선의 전달」, 『신작품』, 1954.11. (『여백의 존재성 - 고석규 문학 전집 2』, 마을, 2012. 재수록.)

_____ 외, 「합평」, 『시연구』 No. 1, 해문당, 1956.

권기호 외 편, 『김춘수 시 연구』, 흐름사, 1989.

권영민, 『한국현대문학사』 1, 민음사, 2006.

권 온, 「김춘수의 시와 산문에 출현하는 '천사'의 양상 - 릴케의 영향론 재고의 관점에서」, 『한국시학연구』 vol. 26, 한국시학회, 2009.

권혁웅, 『한국 현대시의 시작방법 연구』, 깊은샘, 2001.

금동철, 『1950-60년대 한국 모더니즘시의 수사학적 연구』, 서울대학교 국어국문학과 대학원 박사학위 논문, 1999.

_____, 「예수 드라마와 인간의 비극성 -김춘수론」, 『구원의 시학』, 새미, 2000.

김기림, 『김기림 전집』, 김학동 편, 심설당, 1988.

김대희, 「김춘수 문학에 나타난 예수 문제」, 『개신어문연구』제26집, 개신어문
학회, 2007.12.

김석환, 「김춘수의 『쉰한 편의 비가』의 기호학적 연구」, 『한국문예비평연구』
No. 23, 한국문예비평학회, 2007.

김성리, 「도스토옙스키와 심리적 진실」, 『김춘수 시를 읽는 방법 — 현상학적
해석과 치유시학적 읽기』, 산지니, 2012.

김승구, 「시적 자유의 두 가지 양상: 김수영과 김춘수」, 『한국현대문학연구』
vol. 17, 한국현대문학회, 2005.

김예리, 「김춘수의 무의미시론 비판과 시의 타자성」, 『한국현대문학연구』제
38집, 한국현대문학회, 2012.

김용직, 『한국 문학의 흐름』, 문장사, 1980.

김용태, 「무의미시와 시간성—김춘수, 무의미시에 대한 존재론적 규명」, 『어
문학교육』 vol. 9, 한국어문교육학회, 1986.

_____, 「김춘수 시의 존재론과 Heidegger와의 거리 其一」, 『어문학교육』제
12집, 한국어문학교육학회, 1990.

_____, 「김춘수 시의 존재론과 Heidegger와의 거리 其二」, 『수련어문논집』
vol. 17, 수련어문학회, 1990.

김유중, 『한국 모더니즘 문학과 그 주변』, 푸른사상, 2007.

_____, 『김수영과 하이데거 — 김수영 문학의 존재론적 해명』, 민음사,
2010.

_____, 「김춘수 문학을 어떻게 이해할 것인가?」, 『한국현대문학연구』 vol.
30, 한국현대문학회, 2010.

_____, 「김춘수의 유년과 우울 : '나르시스적 우울증'의 발생론적 동기와 배
경에 관한 일 고찰」, 『한중인문학연구』 vol. 33, 한중인문학회, 2011.

_____, 「김춘수의 실존과 양심」, 『한국시학연구』 vol. 30, 한국시학회, 2011.

_____, 「김춘수의 문학과 구원」, 『한국시학회 학술대회 논문집』, 한국시학
회, 2014.10.

김윤식, 「한국시에 미친 릴케의 영향」, 『한국문학의 이론』, 일지사, 1974.

_____ 외,『한국현대문학사』, 현대문학, 2002.

김의수,『김춘수 시의 상호텍스트성 연구』, 서울대학교 국어국문학과 대학원 박사학위 논문, 2002.

김주연,『독일 시인론』, 열화당, 1986.

_____ 외,『릴케』, 김주연 편, 문학과지성사, 1993.

김재혁,「시적 변용의 문제: 릴케와 김춘수」,『독일어문학』vol. 16, 한국독일 어문학회, 2001.

김지녀,『김춘수 시에 나타난 주체와 타자의 관계 양상 연구』, 고려대학교 대 학원 박사학위 논문, 2012.

김춘수 연구간행 위원회,『김춘수 연구』, 학문사, 1982.

김 현,「절대에의 추구: 말라르메 시론」,『현대문학』, 1962.8.

_____,「처용의 시적 변용」,『상상력과 인간/시인을 찾아서 ─ 김현 문학 전집 3』, 문학과지성사, 1991.

_____,『존재와 언어 · 현대 프랑스 문학을 찾아서 ─ 김현 문학 전집 12』, 문 학과지성사, 1992.

김효중,「김춘수의 시적 정서와 기독교적 심상」,『세계문학비교연구』vol. 19, 세계문학비교학회, 2007. 6.

김희진,「John Donne의 The Songs and Sonnets 연구─화자의 갈등하는 목소리 를 중심으로」, 서울대학교 영어영문학과 대학원 석사학위 논문, 1997.

남금희,「시적 진실로서의 고통과 성경 인유: 김춘수의 예수 소재 시편을 중심 으로」,『문학과 종교』vol. 15, 한국문학과종교학회, 2010. 4.

남기혁,「김춘수 전기시의 자아인식과 미적 근대성─'무의미의 시'로 이르는 길」,『한국시학연구』vol. 1, 한국시학회, 1998.

_____,「김춘수의 무의미시론 연구」,『한국문화』vol. 24, 한국문화연구소, 1999.

_____,「서정주의 동양인식과 친일논리」,『국제어문』vol. 37, 국제어문학회, 2006.

라형택 편,『로고스 성경사전』, 로고스, 2011.

류 신,「천사의 변용, 변용의 천사 －김춘수와 릴케」,『비교문학』제36집, 한국비교문학회, 2005.

문혜원,「하이데거의 영향을 중심으로 한 김춘수 시의 실존론적인 분석」,『비교문학』vol. 20, 한국비교문학회, 1995.

_____,『한국 전후시의 실존의식 연구』. 서울대학교 국어국문학과 대학원 박사학위 논문, 1996.

_____,「김춘수의 시와 시론에 나타나는 현상학적 특징에 관한 연구: 후설 현상학과의 관계를 중심으로」,『한국언어문학』제86집, 한국언어문학회, 2013.9.

_____,「김춘수의 무의미시의 현상학적 특징 연구」,『비교한국학』vol. 22, 국제비교한국학회, 2014.

박용철,『박용철 전집 2 － 평론집』, 깊은샘, 2004.

_____,「시적 변용(變容)에 대해서－서정시의 고고한 길」,『삼천리문학』창간호, 1938. (박용철,『박용철 전집 2 － 평론집』, 깊은샘, 2004. 재수록.)

박은희,『김종삼 · 김춘수 시의 모더니티 연구』, 한국학술정보, 2006.

박찬기,『독일문학사』, 일지사, 1983.

방민호,「6.25와 한국문학」,『서정시학』vol. 23, 2013.

배대화,「김춘수의 ≪들림, 도스토옙스키≫에 대한 시론적 연구」,『세계문학비교연구』제24집, 세계문학비교학회, 2008.9.

서우석,「김춘수: 리듬의 속도감」,『시와 리듬』, 문학과지성사, 1993.

서정주,「김구용의 시험과 그 독자성」,『현대문학』, 1956.4.

송기한,「근대에 대한 사유의 여행 － 무의미에 이르는 길」,『한국 현대시와 근대성 비판』, 제이앤씨, 2010.

송방송,『한겨레음악대사전』, 보고사, 2012.

송승환,「김춘수 시의 비극성 연구: 시집『쉰한 편의 비가』를 중심으로」,『어문논집』vol. 49, 중앙어문학회, 2012.

송하춘 · 이남호 편,『1950년대의 시인들』, 나남, 1994.

신범순,「작은 평화가 숨쉬는 휴식처; 김춘수의 샤갈의 마을에 내리는 눈」,

『문학사상』, 문학사상사, 1996년 1월호.

_____, 「무화과나무의 언어 – 김춘수, 초기에서 <부다페스트에서의 소녀의 죽음>까지 시에 대해」, 『한국현대시의 퇴폐와 작은 주체』, 신구문화사, 1998.

_____, 『깨어진 거울의 눈』, 현암사, 2000.

_____, 「처용신화의 성적 연금술의 상징」, 『시작』, 천년의시작, 2003년 2월.

_____, 『노래의 상상계』, 서울대학교 출판문화원, 2011.

_____, 「역사의 불모지에 떨어지는 꽃들(3) – 김춘수를 중심으로」, 『시와 정신』, 2014년 가을호.

_____, 「동아시아 근대 도시와 문학」, 『동아시아 문화 공간과 한국 문학의 모색』, 어문학사, 2014.

_____, 「한국현대시강독 강의자료집」, 서울대학교 국어국문학과, 2014.

신채호, 『조선상고사(朝鮮上古史)』, 인물연구소, 1982.

엄정희, 「웃음의 시학 – 김춘수 시집 『거울 속의 천사』의 기호놀이를 중심으로」, 『한국문예창작』 vol. 8, 한국문예창작학회, 2009.

오광수, 「밀레의 생애와 작품 세계 – 토속적인 방언으로 영원한 지평을 열어」, 『밀레』, 서문당, 2003.

오세영, 「시의 분류」, 『문학과 그 이해』, 국학자료원, 2003.

_____, 「김춘수의 무의미시 연구」, 『한국현대문학연구』 제15호, 한국현대문학회, 2004.

오정국, 「김춘수 시에 있어서의 '천사'의 시적 변용」, 『한국문예창작』 제9권, 한국문예창작학회, 2010.8.

오주리, 「릴케의 『두이노의 비가』와 한용운의 『님의 침묵』에 나타난 '사랑'의 의미 비교 연구」, 『비교문학』 제53집, 한국비교문학회, 2011.

유성호, 『김현승 시의 분석적 연구』, 연세대학교 국어국문학과 대학원 박사학위 논문, 1997. (유성호 외, 『다형 김현승 연구 박사학위 논문선집』, 다형김현승시인기념사업회, 2011. 재수록.)

유종호, 「이데아의 음악과 이미지의 음악: 김춘수의 시세계」, 『현대문학』, 현대문학, 2005년 1월호.

윤수종, 「들뢰즈 · 가타리 용어 설명」, 『진보평론』 제31호, 2007년 봄호.

윤일주, 「형 윤동주의 추억」, 『시 연구』 No. 1, 산해당, 1956.

이성희, 『김춘수 시의 멜랑콜리와 탈역사성 연구』, 서울대학교 국어국문학과 대학원 박사학위 논문, 2011.

이승훈, 「김춘수와 무의미의 세 유형」, 『현대문학』, 현대문학, 2005년 1월호.

이영일, 『라이너 마리아 릴케 – 죽음의 미학』, 전예원, 1988.

이인영, 『김춘수와 고은의 허무의식 연구』, 연세대학교 국어국문학과 대학원 박사학위 논문, 2000.

이중섭, 『이중섭 – 편지와 그림들』, 박재삼 옮김, 다빈치, 2013.

이효상, 『릴케의 시정신』, 문호사, 1966.

인천가톨릭대학교 종교미술학부 편, 『천사』, 학연문화사, 2007.

장경렬, 「의미와 무의미의 경계에서 – '무의미 시'의 가능성과 김춘수의 방법론적 고뇌」, 『응시와 성찰』, 문학과지성사, 2008.

전광진, 『릴케의 두이노의 비가 연구』, 삼영사, 1986.

전병준, 「김춘수 시의 변화에서 역사와 사회가 지니는 의미 연구」, 『한국문학이론과 비평』 제58집, 한국문학과 비평학회, 2013.

_____, 『김수영과 김춘수 – 적극적 수동성의 시학』, 서정시학, 2013.

조강석, 「김춘수의 릴케 수용과 문학적 모색」, 『한국문학연구』 제46집, 한국문학연구소, 2014.

조두환, 『라이너 마리아 릴케: 삶과 문학』, 건국대학교 출판부, 1994.

조연정, 「'추상 충동'을 실현하는 시적 실험: 김춘수의 무의미시론에 나타난 언어의 부자유와 시의 존재론」, 『한국현대문학연구』 제42집, 한국현대문학회, 2014.4.

조영복, 『한국 모더니즘 문학의 근대성과 일상성』, 다운샘, 1997.

_____, 『한국 현대시와 언어의 풍경』, 태학사, 1999.

_____, 『문인기자 김기림과 1930년대 '활자 – 도서관'의 꿈』, 살림, 2007.

_____, 『넘다, 보다, 듣다, 읽다』, 서울대학교 출판문화원, 2013.

진수미,「김춘수 초기 시의 역사 인식 문제」,『민족문학사연구』제45호, 민족
　　문학사학회 민족문학사연구소, 2011.4.

최라영,『김춘수의 무의미시 연구』, 서울대학교 국어국문학과 대학원 박사학
　　위 논문, 2005.

＿＿＿,「'도스토옙스키 연작' 연구 ─김춘수, '암시된 저자(the implied author)'
　　를 중심으로」,『김춘수 시 연구』, 푸른사상, 2014.

최재서,『문학과 지성』, 인문사, 1938.

최현식,「'들린' 영혼의 자기 관찰과 시적 표현─김춘수 시집 ≪들림, 도스토옙
　　스키≫」,『말 속의 침묵』, 문학과지성사, 2002.

표재명,「한국에서의 키르케고르 수용사」, 한국 키르케고르 학회 편저,『다시
　　읽는 키르케고르』, 철학과현실사, 2003.

한계전,「50년대 모더니즘 시의 가능성」,『1950년대 한국문학연구』, 한양어
　　문학회 편, 보고사, 1997.

한국 T.S.엘리엇학회 편,『T.S. 엘리엇』, 동인, 2007.

한국하이데거학회 편,『하이데거의 예술철학』, 철학과현실사, 2002. (이광호,
　　「김춘수 시에 나타난 호명과 시선의 문제」,『현대문학의 연구』제46
　　집, 한국문학연구학회, 2012.2. 재인용.)

한국철학사상연구회 편,『철학대사전』, 동녘, 1997.

함종호,『김춘수 '무의미시'와 오규원 '날 이미지시' 비교연구: '발생 이미지'를
　　중심으로』, 서울시립대학교 대학원 박사학위 논문, 2009.

홍준기 외,『라캉의 재탄생』, 김상환 · 홍준기 엮음, 창작과비평사, 2002.

3. 국외 논저

(1) 동양서(東洋書)

加藤尙武 外,『헤겔 사전』, 이신철 옮김, 도서출판 b, 2009.

孔子,『논어(論語)』, 박종연 옮김, 을유문화사, 2013.

_____ 編,『시경(詩經)』, 이기석 · 한백우 역해, 홍신문화사, 1999.

老子,『도덕경(道德經)』, 노태준 역해, 홍신문화사, 1995.

大濱晧,『주자(朱子)의 철학』, 임헌규 옮김, 인간사랑, 1997.

陶淵明,『도연명』, 장기근 편주, 서원, 2001.

孟子,『맹자(孟子)』, 우재호 옮김, 을유문화사, 2011.

木田 元 外,『현상학 사전』, 이신철 옮김, 도서출판 b, 2011.

坂部 惠 外,『칸트 사전』, 이신철 옮김, 도서출판 b, 2009.

柄谷行人,『언어와 비극』, 조영일 옮김, 도서출판 b, 2004.

_____,『네이션과 미학』, 조영일 옮김, 도서출판 b, 2012.

_____,『세계사의 구조』, 조영일 옮김, 도서출판 b, 2012.

王弼,『주역(周易) 왕필 주』, 임채우 옮김, 길, 2000.

_____,『왕필의 노자(老子)』, 임채우 옮김, 예문서원, 2001.

劉文英,『꿈의 철학』, 하영삼 · 김창경 옮김, 동문선, 1993.

任繼愈,『중국철학사』, 전택원 옮김, 까치, 1990.

遠藤周作,『예수의 생애』, 김광림 옮김, 홍익사, 1983.

莊子,『장자(莊子)』, 안동림 역주, 현암사, 2000.

朱子,『중용(中庸)』, 최석기 역, 한길사, 2014.

曾子,『효경(孝經)』, 임동석 역, 동서문화사, 2009.

(2) 서양서(西洋書)

Adorno, Theodor. W.,『부정변증법』, 홍승용 옮김, 한길사, 1999.

_____,「문화비평과 사회」,『프리즘: 문화비평과 사회』, 홍승용 옮김, 문학동네, 2004.

Agamben, Giorgio,『남겨진 시간: 로마인들에게 보낸 편지에 관한 강의』, 강승훈 옮김, 코나투스, 2008.

_____,『목적 없는 수단: 정치에 관한 11개의 노트』, 김상운 · 양창렬 옮김, 난장, 2009.

_____,『장치란 무엇인가』, 양창렬 옮김, 난장, 2010.

_____,『언어의 성사(聖事): 맹세의 고고학』, 정문영 옮김, 새물
결, 2012.

_____,『아우슈비츠의 남은 자들−문서고와 증인』, 정문영 옮김,
새물결, 2012.

Albert-Lassard, Lou,『내가 사랑한 릴케』, 김재혁 옮김, 하늘연못, 1998.

Aquinas, Thomas,『존재자와 본질에 대하여』, 김진 · 정달용 옮김, 서광사,
1995.

_____,『영혼에 관한 토론문제』, 이재룡 · 이경재 옮김, 나남, 2013.

Arendt, Hannah,『폭력의 세기』, 김정한 옮김, 이후, 1999.

Aristoteles,『시학』, 천병희 옮김, 문예출판사, 2002.

_____,『형이상학』, 김진성 역주, 이제이북스, 2010.

Augustinus, Aurelius,『신국론』, 추인해 옮김, 동서문화사, 2013.

Bacon, Francis,『신기관− 자연의 해석과 인간의 자연 지배에 관한 잠언』, 진
석용 옮김, 한길사, 2001.

Badiou, Alain,『존재와 사건』, 조형준 옮김, 새물결, 2013.

Bakhtin, Mikhail,『말의 미학』, 김희숙 · 박종소 옮김, 길, 2007.

Barthes, Roland,『이미지와 글쓰기』, 김인식 편역, 세계사, 1993. (류신,「천사
의 변용, 변용의 천사 −김춘수와 릴케」,『비교문학』제36집, 한국비
교문학회, 2005. 재인용.)

Bataille, Georges,『에로티즘』, 조한경 옮김, 민음사, 2005.

Beckett, Samuel,『고도를 기다리며』, 오증자 역, 민음사, 2012.

Bell, Daniel,『이데올로기의 종언(終焉)』, 기우식 옮김, 삼성문화재단, 1972.

Benjamin, Walter,『독일 비애극의 원천』, 조만영 옮김, 새물결, 2008.

_____,『아케이드 프로젝트 4 − 방법으로서의 유토피아』, 조형준
옮김, 새물결, 2008.

_____,『역사의 개념에 대하여, 폭력 비판을 위하여, 초현실주의
외』, 최성만 옮김, 2009.

Bergson, Henri,『창조적 진화』, 황수영 옮김 아카넷, 2005.

Bernet, Rudolf,「후설과 하이데거에서 비진리의 현상학적 개념들」, 박지영·신호재·최일만 옮김, 서울대학교 철학사상연구소 초청강연 발표문, 2014. 10. 22.

Blanchot, Maurice,『문학의 공간』, 이달승 옮김, 그린비, 2014.

Bohrer, Karl Heinz,『절대적 현존』, 최문규 옮김, 문학동네, 1998. (남기혁,「김춘수의 무의미시론 연구」. 재인용.)

Breton, André,『초현실주의 선언』, 황현산 옮김, 미메시스, 2012.

Bürger, Peter,『미학 이론과 문예학 방법론』, 김경연 옮김, 문학과지성사, 1987. (조영복,「1950년대 모더니즘 문학 논의를 위한 비판적 검토」,『한국 모더니즘 문학의 근대성과 일상성』, 다운샘, 1997, p.201. 재인용.)

Calinescu, Matei,『모더니티의 다섯 얼굴』, 이영욱 외 옮김, 시각과언어, 1993.

Camus, Albert,『시지프스의 신화』, 민희식 옮김, 육문사, 1989.

Carr, Edward Hallett,『역사란 무엇인가』, 김승일 옮김, 범우사, 1998.

Childers, Joseph · Hentzi, Gary,『현대 문학 · 문화 비평 용어사전』, 황종연 옮김, 문학동네, 2000.

Dali, Salvador,『달리』, 정영렬 해설, 서문당, 2000.

Descartes, René,『방법서설』, 권오석 옮김, 홍신문화사, 1995.

Deleuze, Gilles,『니체, 철학의 주사위』, 신범순 · 조영복 옮김, 인간사랑, 1993.

_____,『의미의 논리』, 이정우 옮김, 한길사, 1999.

_____ 외,『앙띠 오이디푸스』, 최명관 옮김, 민음사, 2001.

_____ 외,『천 개의 고원』, 김재인 옮김, 새물결, 2001.

_____,『카프카』, 이진경 옮김, 동문선, 2001.

_____,『스피노자와 표현의 문제』, 이진경 옮김, 인간사랑, 2004.

_____,『주름, 라이프니츠와 바로크』, 이찬웅 옮김, 문학과지성사, 2004.

_____,『차이와 반복』, 김상환 옮김, 민음사, 2004.

_____,『매저키즘』, 이강훈 옮김, 인간사랑, 2007.

_____,『감각의 논리』, 하태환 옮김, 민음사, 2009.

_____,『프루스트와 기호들』, 서동욱 · 이충민 옮김, 민음사, 2009.

Durkheim, Emile,『자살론』, 김충선 옮김, 청아출판사, 2000.

Donne, John,『존 던의 거룩한 시편』, 김선향 편역, 청동거울, 2001.

Dostoevskii, Fyodor Mikhailovich,『카라마조프 씨네 형제들』상 · 중 · 하, 이대
　　우 옮김, 열린책들, 2014.

_____,『악령』상 · 중 · 하, 홍대화 옮김, 열린책들,
　　2013.

_____,『죄와 벌』상 · 하, 홍대화 옮김, 열린책들,
　　2013.

_____,『백치』상 · 하, 김근식 옮김, 열린책들,
　　2014.

Eliade, Mircea,『종교 형태론』, 이은봉 옮김, 한길사, 2000.

_____,『신화와 현실』, 이은봉 옮김, 한길사, 2011.

_____,『세계 종교 사상사』1, 이용주 옮김, 이학사, 2014.

_____,『세계 종교 사상사』2, 최종성 · 김재현 옮김, 이학사, 2014.

_____,『세계 종교 사상사』3, 박규태 옮김, 이학사, 2014.

Eliot, Thomas Stearns,『문예비평론』, 최종수 옮김, 박영사, 1976.

_____,『문예비평론』, 이경수 옮김, 성창출판사, 1989.

Evans, Dylan,『라캉 정신분석 사전』, 김종주 옮김, 인간사랑, 1998.

Freud, Sigmund,『무의식에 관하여』, 윤희기 옮김, 열린책들, 1998.

_____,『쾌락원칙을 넘어서』, 박찬부 옮김, 열린책들, 1998.

_____,『성욕에 관한 세 편의 에세이』, 김정일 옮김, 열린책들, 2000.

Frye, Northrop,『비평의 해부』, 임철규 옮김, 한길사, 2000.

Gaillemin, Jean-Louis,『달리-위대한 초현실주의자』, 강주헌 옮김, 시공사,
　　2010.

Gheorghiu, Constantin Virgil,『25시』, 최규남 옮김, 홍신문화사, 2012.

Haase, Ullich & Large, William, 『모리스 블랑쇼―침묵에 다가가기』, 최영석 옮김, 앨피, 2008, p.109. (이광호, 「김춘수 시에 나타난 호명과 시선의 문제」, 『현대문학의 연구』 제46집, 한국문학연구학회, 2012.2. 재인용.)

Hegel, Georg Wilhelm Friedrich, 『헤겔 논리학』, 김계숙 옮김, 서문문화사, 1997.

_____, 『정신현상학』 2, 임석진 옮김, 한길사, 2009.

_____, 『정신현상학』 1, 임석진 옮김, 한길사, 2011.

_____, 『미학 강의』1, 두행숙 옮김, 은행나무, 2014.

_____, 『미학 강의』2, 두행숙 옮김, 은행나무, 2010.

Heidegger, Martin, 『논리학: 진리란 무엇인가?』, 이기상 옮김, 까치글방, 1977.

_____, 『진리의 본질에 관하여―플라톤의 동굴의 비유와 테아이테토스』, 이기상 옮김, 까치, 1977.

_____, 『시론과 시문』, 전광진 옮김, 탐구당, 1979.

_____, 『시와 철학―횔덜린과 릴케의 시세계』, 소광희 옮김, 박영사, 1980.

_____, 『철학이란 무엇인가 · 형이상학이란 무엇인가 · 휴머니즘에 관하여 · 무엇을 위한 시인인가 · 철학적 신앙 · 이성과 실존』, 최동희 · 황문수 · 김병우 옮김, 삼성출판사, 1990.

_____, 『존재와 시간』, 이기상 옮김, 까치, 2001.

_____, 『칸트와 형이상학의 문제』, 이선일 옮김, 한길사, 2001.

_____, 『존재론―현사실성의 해석학』, 이기상 · 김재철 옮김, 서광사, 2002.

_____, 『이정표』 1, 신상희 옮김, 한길사, 2005.

_____, 『이정표』 2, 이선일 옮김, 한길사, 2005.

_____, 『동일성과 차이』, 신상희 옮김, 민음사, 2009.

_____, 『횔덜린의 송가』, 최상욱 옮김, 서광사, 2009.

_____, 『니체 I』, 박찬국 옮김, 길, 2010.

_____,『숲길』, 신상희 옮김, 나남, 2010.

_____,『종교적 삶의 현상학』, 김재철 옮김, 누멘, 2011.

_____,『언어로의 도상에서』, 신상희 옮김, 나남, 2012.

_____,『시간개념』, 김재철 옮김, 길, 2013.

Hoffmann, Friedrich G. & Rösch, Herbert,『독일문학사』, 오한진 외 공역, 일신사, 1992.

Humphrey, Robert,『현대 소설과「의식의 흐름」』, 천승걸 옮김, 삼성문화문고, 1984.

Husserl, Edmund,『시간의식』, 이종훈 옮김, 한길사, 1996.

_____,『데카르트적 성찰』, 이종훈 옮김, 한길사, 2002.

_____,『순수현상학과 현상학적 철학의 이념들』I · II · III, 이종훈 옮김, 한길사, 2009.

_____,『형식논리학과 선험논리학 — 논리적 이성비판 시론』, 이종훈 · 하병학 옮김, 나남, 2011.

_____,『현상학적 심리학』, 이종훈 옮김, 한길사, 2013.

Jacobson, Roman,『문학 속의 언어학』, 신문수 옮김, 문학과지성사, 1989.

James, William,『심리학의 원리』1, 정양은 옮김, 아카넷, 2005.

Kant, Immanuel,『판단력 비판』, 이석윤 옮김, 박영사, 2003.

_____,『윤리 형이상학 정초』, 백종현 옮김, 아카넷, 2010.

_____,『실천이성비판』, 백종현 옮김, 아카넷, 2009.

_____,『이성의 한계 안에서의 종교』, 백종현 옮김, 아카넷, 2011.

_____,『윤리형이상학』, 백종현 옮김, 아카넷, 2012.

_____,『형이상학 서설』, 백종현 옮김, 아카넷, 2012.

_____,『순수이성비판』1 · 2, 백종현 옮김, 아카넷, 2014.

Kierkegaard, Søren,『죽음에 이르는 병』, 박환덕 옮김, 범우사, 1995.

_____,『불안의 개념』, 임규정 옮김, 한길사, 1999.

_____,『이것이냐 저것이냐』, 백재욱 옮김, 혜원출판사, 1999.

_____,「철학적 단편에 대한 종결적 비학문적 후서」,『Søren

Kierkegaard Samlede Vaerker」, Auden Udgavne VII, København, 1920~1936. (표제명, 『키르케고르의 단독자 개념』, 서광사, 1992. 재인용.)

Kristeva, Julia, 『사랑의 역사』, 김인환 옮김, 민음사, 1995.

_____ et. al, 여홍상 엮음, 『바흐친과 문학 이론』, 여홍상 외 옮김, 문학과지성사, 1997.

Lacan, Jacques, 『세미나 11 ─ 정신분석의 네 가지 근본 개념』, 맹정현·이수련 옮김, 새물결, 2008.

Laplanche, Jean, & Pontalis, Jean-Bertrand, 『정신분석 사전』, 임진수 옮김, 열린책들, 2005.

Lanson, Gustave & Tuffrau, Paul, 『랑송 불문학사』, 정기수 옮김, 을유문화사, 1997.

Leibniz, Gottfried Wilhelm von, 『모나드론 외』, 배선복 옮김, 책세상, 2007.

Leppmann, Wolfgang, 『릴케 ─ 영혼의 모험가』, 김재혁 옮김, 책세상, 1997.

Levinas, Emmanuel, 『시간과 타자』, 강영안 옮김, 문예출판사, 2001.

Lévi-strauss, Claude, 『야생의 사고』, 안정남 옮김, 한길사, 1996.

_____, 『신화학』 1, 임봉길 옮김, 한길사, 2013.

Lucretius Carus, Titus, 『사물의 본성에 관하여』, 강대진 옮김, 아카넷, 2013.

Merleau-Ponty, Maurice, 『지각의 현상학』, 류의근 옮김, 문학과지성사, 2002.

Motyer, J. Alec et al., 『IVP 성경주석』, 한국기독학생회출판부, 2011.

Niebuhr, Reinhold, 『비극의 피안』, 정하은·전대웅 공역, 대한기독교서회, 1955.

_____, 『인간의 본성과 운명』 제1~2부, 이상설·윤영복·양우석 옮김, 민중서관, 1958.

_____ 외, 『그리스도인의 윤리·예수·희망의 실험』, 박봉배 옮김, 삼성출판사, 1982.

_____, 『신앙과 역사』, 편집부 옮김, 종로서적, 1983.

Nietzsche, Friedrich Wilhelm, 『유고(1869년 가을~1972년 가을) ─ 아이스킬로

스, 소포클레스, 에우리피데스에 대하여 외』, 최상욱 옮김, 책세상, 2005.

_____, 『유고(1888년 초~18889년 1월 초)—생성과 존재 외 니체 전집 21』, 백승영 옮김, 책세상, 2006.

_____, 『유고(1884년 초~가을) 영원회귀—하나의 예언 외—니체 전집 17』, 정동호 옮김, 책세상, 2006.

_____, 『유고(1882년 7월~1883/84년 겨울)—루 살로메를 위한 타우텐부르크 메모들 외—니체 전집 16』, 박찬국 옮김, 책세상, 2005.

_____, 『유고(1881년 봄~1882년 여름)—즐거운 학문 · 메시나에서의 전원시—니체 전집 12』, 안성찬 · 홍사현 옮김, 책세상, 2005.

_____, 『차라투스트라는 이렇게 말했다—니체 전집 13』, 정동호 옮김, 책세상, 2000.

_____, 『바그너의 경우 · 우상의 황혼 · 안티크리스트 · 이 사람을 보라 · 디오니소스 송가 · 니체 대 바그너—니체 전집 15』, 백승영 옮김, 책세상, 2002.

_____, 『비극의 탄생 · 반시대적 고찰—니체 전집 2』, 이진우 옮김, 책세상, 2010.

_____, 『선악의 저편 · 도덕의 계보—니체 전집 14』, 김정현 옮김, 책세상, 2009.

_____, 『인간적인 너무나 인간적인 I—니체 전집 7』, 김미기 옮김, 책세상, 2010.

_____, 『인간적인 너무나 인간적인 II—니체 전집 8』, 김미기 옮김, 책세상, 2010.

Plato, 『향연—사랑에 관하여』, 박희영 옮김, 문학과지성사, 2006.

____, 『법률』, 박종현 역주, 서광사, 2009.

____, 『국가 · 정체』, 박종현 역주, 서광사, 2011.

_____,『소피스트』, 이창우 옮김, 이제이북스, 2012.

_____,『소크라테스의 변론, 크리톤, 파이돈, 향연』, 천병희 옮김, 숲, 2012.

Popper, Karl Raimund, Sir,『파르메니데스의 세계』, 이한구 외 옮김, 영림카디
　　　널, 2009.

Pound, Ezra,『칸토스』, 이일환 옮김, 문학과지성사, 1992.

Ricœur, Paul,『악의 상징』, 양명수 옮김, 문학과지성사, 2000.

_____,『시간과 이야기』3, 김한식 옮김, 문학과지성사, 2004.

_____,『시간과 이야기』2, 김한식·이경래 옮김, 문학과지성사, 2005.

_____,『역사와 진리』, 박건택 옮김, 솔로몬, 2006.

_____,『시간과 이야기』1, 김한식·이경래 옮김, 문학과지성사, 2012.

Rilke, Rainer Maria,『젊은 시인에게 보내는 편지』, 홍경호 옮김, 범우사, 1997.

_____,『기도시집 외－릴케 전집 1』, 김재혁 옮김, 책세상, 2000.

_____,『보르프스베데·로댕론－릴케 전집 10』, 장미영 옮김, 책
　　　세상, 2000.

_____,『말테의 수기－릴케 전집 12』, 김용민 옮김, 책세상, 2000.

_____,『예술론(1906~1926)－시인에 대하여, 체험, 근원적 음향
　　　외－릴케 전집 13』, 전동열 옮김, 책세상, 2000.

_____,『초기 시와 서정적 희곡－삶과 노래·치커리·그대의 축
　　　제를 위하여－릴케 전집 5』, 장영은 옮김, 책세상, 2000.

_____,『헌시·시작노트－릴케 전집 4』, 안철택·변학수 옮김,
　　　책세상, 2000.

_____,『두이노의 비가 외－릴케 전집 2』, 김재혁 옮김, 책세상,
　　　2001.

_____,『완성시(1906~1926)·프랑스어로 쓴 시－릴케 전집 3』,
　　　고원·김정란 옮김, 책세상, 2001.

_____,『현대 서정시·사물의 멜로디·예술에 대하여－릴케 전
　　　집 11』, 장혜순 옮김, 책세상, 2001.

_____,『단편소설－삶의 저편으로, 두 편의 프라하 이야기, 마지

막 사람들, 사랑하는 신 이야기-릴케 전집 7』, 권세훈 옮김, 책세상, 2000.

Russell, Bertrand, 『서양 철학사』, 서상복 옮김, 을유문화사, 2013.

Sartre, Jean Paul, 『존재와 무』, 정소성 옮김, 동서문화사, 2014.

_____, 『존재와 무』 II, 손우성 옮김, 삼성출판사, 1977.(최원규, 「존재와 번뇌-김춘수, 「꽃」을 중심으로」, 『김춘수 연구』, p.42. 재인용.)

Shestov, Lev, 『죽음의 철학』, 임대현 옮김, 정음문화사, 1985.

_____, 『도스토옙스키, 톨스토이, 니체-비극의 철학』, 이경식 옮김, 현대사상사, 1986.

Spinoza, Benedictus de, 『에티카』, 강영계 옮김, 서광사, 1990.

Steenberghen, Fernand van, 『존재론』, 이효상 옮김, 동아출판사, 1968.

Stenger, Georg, 「세계 현상- 후설부터 롬바흐까지」, 이종주 · 김태희 · 김기복 옮김, 서울대학교 철학사상연구소 초청강연 발표문, 2014. 10. 22.

Thévenaz, Pierre, 『현상학이란 무엇인가-후설에서 메를로 퐁티까지』, 심민화 옮김, 문학과지성사, 1995.

Wheelwright, Ellis Wheelwright, 『은유와 실재』, 김태옥 옮김, 한국문학사, 2000.

Wilson, Edmund, 『악셀의 성』, 이경수 옮김, 문예출판사, 1997.

Žižek, Slavoj, 『환상의 돌림병』, 김종주 옮김, 인간사랑, 2002.

_____, 『무너지기 쉬운 절대성』, 김재영 옮김, 인간사랑, 2004.

_____, 『신체 없는 기관』, 김지훈 · 박제철 · 이성민 옮김, 도서출판 b, 2008.

_____, 『죽은 신을 위하여』, 김정아 옮김, 길, 2010.

_____, 『폭력이란 무엇인가』, 이현우 · 김희진 · 정일권 옮김, 난장이, 2011.

Zupančič, Alenka, 『정오의 그림자: 니체와 라캉』, 조창호 옮김, 도서출판 b, 2005.

Adorno, Theodor. W., *Kierkegaard-Construction of the Aesthetic*, Trans. & Edit.
Robert Hulot−Kentor, London: Universit of Minnesota Press, 1999.

Badiou, Alain, *Briefings on Existence*, translated, edited, and with an introduction
by Norman Madarasz, New York: State University of New York Press,
2006.

_____, *Logics of Words−Being and Event II*, Trans. Alberto Toscano,
New York: Continuum, 2009.

_____, *Theory of the Subject*, Trans. Bruno Bosteels, New York:
Continuum, 2009.

Bassermann, Dieter, *Der späte Rilke*. 2. Aufl., München, 1948. (전광진, 『≪두
이노의 비가≫에 나타난 천사상』, 김주연 편, 『릴케』, 문학과지성사,
1993. 재인용.)

Benn, Gottfried, *Gesammelte Werke* in 4 Bänden hrsg, von Dieter Wellershoff,
Wiesbaden, 1958~1961, Bd. 1, S. 589. (유향자, 「Gottfried Benn의 절
대시(絶代詩) 연구」, 이화여자대학교 독어독문학과 대학원 석사학위
논문, 1989, 1. 재인용.)

Donne, John, *John Donne Selected Poetry*, Edited with Introduction and notes
by John Carey, Oxford: Oxford University Press, 2008.

Heidegger, Martin, "Language", *Poetry, Language and Thought*, Trans. A.
Hofstadter, NY: Harper and Row, 1975. (장경렬, 「의미와 무의미의 경
계에서 − '무의미 시'의 가능성과 김춘수의 방법론적 고뇌」, 『응시와
성찰』, 문학과지성사, 2008. 재인용.)

_____, *The Principle of Reason*, Trans. Reginald Lilly, Indiana:
Indiana University Press, 1991.

Kohlschmidt, W., *Rilke-Interpretationen*, Lahr 1948. (이영일, 『라이너 마리아
릴케−죽음의 미학』, 전예원, 1988. 재인용.)

Gardner, Helen, *The Metaphysical Poets*, London: Oxford University Press,
1967.

Grant, Robert M., *The Earliest Lives of Jesus*, New York: Harper, 1961. (Mircea Eliade, 『신화와 현실』, 이은봉 옮김, 한길사, 2011. 재인용.)

Grieson, Herbert J. C., "Introduction", *Metaphysical Lyrics and Poems of the Seventeenth Century — Donne to Butler*, London: Oxford University Press, 1995.

Lacan, Jacques, *Écrit: a Selection*, Trans. Alan Sheridan, New York · London: W · W · Norton & Company, 1977.

_____, *The Seminar of Jacques Lacan Book XI: The Four Fundamental Concepts of Psycho-Analysis*, Trans. A. Sheridan, New York· London: W·W·Norton & Company, 1981.

Leishman, J. B. & Spender, Stephen, *Duino Elegies Commentary*, New York: W · W · Norton & Company, 1939. (김춘수 연구 간행 위원회, 『김춘수 연구』, 학문사, 1982. 재인용.)

Levinas, Emmanuel, *Totalité et Infini: Essai sur l'extériorité*, Phaenomenologica VIII, La Haye, Martinus Nijhoff, 1961.

Husserl, Edmund, *Logical Investigations* volume 1 · 2, Trans. J. N. Findlay, London & New York: Routledge, 2008.

Malabou, Catherine, *Plasticity at the Dusk of Writing*, Trans. Carolyn Shread, New York: Columbia University Press, 2010.

_____, *Ontology of the Accident—An Essay on Destructive Plasticity*, Trans. Carolyn Shread, Malden; Polity, 2012.

Ranciere, Jacques, "Master of Surface", *Aisthesis*, Trans. Jakir Paul, London · New York Verso, 2013.

Ransom, John Crowe, "Poetry: A Note in Ontology", *The American Review*, New York: Bookman, May 1934.

Richards, Ivor Armstrong, *The Philosophy of Rhetoric*, London & New York: Oxford University Press, 1965.

Ricœur, Paul, *The Rule of Metaphor*, Trans. Robert Czerny, Toronto: UTP,

1979.

Rimbaud, Arthur, "Lettre du Voyant", (Rolland de Renéville, 『견자 랭보』, 이준오 옮김, 문학세계사, 1983, p.79. 재인용.)

4. 기타

『성경』, 주교회의 성서위원회 편, 분도출판사, 2011.

오주리吳周利

서울에서 태어나 서울대학교 윤리교육과를 졸업하고, 동대학원 국어국문학과
대학원을 졸업했다. 시인으로서 대학문학상, 『문학사상』 신인문학상, 한국문
화예술위원회 창작기금 등을 받으며 문단활동을 하고 있다. 서울대학교에서
강사로서 시 창작을 가르쳐 왔으며, 현재 가톨릭관동대학교 교양대학 조교수
로서 문학을 가르치고 있다. 김춘수 연구로 한국연구재단으로부터 연구지원금
을 받았다. 시집으로 한국문화예술위원회 나눔도서로 선정된 『장미릉』(한국
문연, 2019)이 있으며, 학술서적으로 『한국 현대시의 사랑에 대한 연구』(국학
자료원, 2020)와 『김춘수 형이상시의 존재와 진리 연구』(국학자료원, 2020)와
『존재의 시: 한국현대시사의 존재론적 연구』(국학자료원, 2021)가 있다. 『김춘
수 형이상시의 존재와 진리 연구』는 2020년 세종학술도서로 선정되었다.

김춘수 '형이상시(形而上詩)'의 '존재와 진리' 연구

'천사(天使)'의 변용을 중심으로

초판 1쇄 인쇄일	2020년 3월 19일
3쇄 인쇄일	2021년 8월 01일
초판 1쇄 발행일	2020년 3월 20일
3쇄 발행일	2021년 8월 10일

지은이	오주리
펴낸이	정진이
편집/디자인	우정민 우민지
마케팅	정찬용 정구형
영업관리	한선희 김보선
책임편집	우정민
펴낸곳	국학자료원 새미 (주)
	등록일 2005 03 15 제25100-2005-000008호
	경기도 고양시 일산동구 중앙로 1261번길 79 하이베라스 405호
	Tel 442-4623 Fax 6499-3082
	www.kookhak.co.kr
	kookhak2001@hanmail.net

ISBN	979-11-90476-34-8 *93810
가격	32,000원

* 저자와의 협의하에 인지는 생략합니다.
  잘못된 책은 구입하신 곳에서 교환하여 드립니다.
  국학자료원 · 새미 · 북치는마을 · LIE는 국학자료원 새미(주)의 브랜드입니다.
* 이 도서의 국립중앙도서관 출판예정도서목록(CIP)은 서지정보유통지원시스템 홈페이지(http://seoji.nl.go.kr)와 국가자료
  종합목록 구축시스템(http://kolis-net.nl.go.kr)에서 이용하실 수 있습니다. (CIP제어번호 : CIP2020010611)